着迷

VOL. ONE

梦筱二 —— 著

图书在版编目（CIP）数据

着迷 / 梦筱二著. —武汉：长江出版社，2019.3

ISBN 978-7-5492-6334-9

Ⅰ.①着… Ⅱ.①梦… Ⅲ.①长篇小说—中国—当代 Ⅳ.①I247.5

中国版本图书馆CIP数据核字(2019)第043558号

着迷 / 梦筱二 著

出　　版	长江出版社 （武汉市解放大道1863号 邮政编码：430010）
选题策划	漫工厂产品部 （湖北省武汉市洪山区城投瀚城 邮政编码：430070）
市场发行	长江出版社发行部
网　　址	http://www.cjpress.com.cn
责任编辑	陈辉　罗紫晨
装帧设计	李志恒 张丁丁
印　　刷	武汉立信邦和彩色印刷有限公司
版　　次	2019年3月第1版
印　　次	2019年6月第1次印刷
开　　本	787mm × 1092mm　1/16
印　　张	30
字　　数	646千字
书　　号	ISBN 978-7-5492-6334-9
定　　价	62.00元（全两册）

电话：027-82926557（总编室）027-82926806（市场营销部）

着迷 OBSESS

目录

/ 001 Chapter1. 一个旧的结束，一个新的开始

/ 006 Chapter2. 追她

/ 010 Chapter3. 你还真以为韩沛是张床，我想睡就睡？

/ 017 Chapter4. 和韩沛的第一次见面

/ 022 Chapter5. 他鲜有的耐心

/ 028 Chapter6. 陪他跑步

/ 034 Chapter7. 约你，是我自己的意思

/ 040 Chapter8. 他随便一句话，都会撩人心弦

/ 044 Chapter9. 他那样的专注，没有女人能招架住

/ 048 Chapter10. 在酒吧遇到韩沛和秋蓝

/ 053 Chapter11. 不是男女朋友也可以闹脾气，你闹了，我来哄

/ 057 Chapter12. 哄她

/ 061 Chapter13. 陪了她一夜

/ 065 Chapter14. 遇到贺竞南

/ 069 Chapter15. 最特别的心理疏通

/ 075 Chapter16. 亲了亲她的眼睛

/ 079 Chapter17. 韩沛说以后不抽烟了

/ 083 Chapter18. 平安夜到了

/ 087 Chapter19. 亲吻

/ 092 Chapter20. 他最想给她的礼物

/ 097 Chapter21. 另类表白

/ 102 Chapter22. 最特别的情侣头像

/ 107 ***Chapter23.***
赵曼迪笑说，
你马上要有师母了

/ 112 ***Chapter24.***
520520 这个密码

/ 116 ***Chapter25.***
你愿意我穿浴袍见别的女人？

/ 122 ***Chapter26.***
那你去问医生要个氧气瓶来

/ 127 ***Chapter27.***
主动亲他

/ 133 ***Chapter28.***
一朵花

/ 140 ***Chapter29.***
真想把你这台 HP 电脑系统重装

/ 146 ***Chapter30.***
惹火

/ 151 ***Chapter31.***
过些日子收拾你

/ 155 ***Chapter32.***
年会

/ 159 ***Chapter33.***
那个电梯密码

/163 ***Chapter34.***
见招拆招

/ 168 ***Chapter35.***
总有办法治她

/ 172 ***Chapter36.***
说谎要出差，
结果被逮个正着

/ 178 ***Chapter37.***
护照上去英国的那些记录

/ 183 ***Chapter38.***
上海之行，
迎接韩沛的不再是惊喜

/ 189 ***Chapter39.***
煎熬的一晚

/198 ***Chapter40.***
愿望就是，现在想看到你

/ 200 ***Chapter41.***
哄她睡觉

/ 205 ***Chapter42.***
参加同学聚会

/ 211 ***Chapter43.***
同学聚会

/ 219 ***Chapter44.***
My only love

/224 ***Chapter45.***
情人节

/ 229 ***Chapter46.***
最特别的情人节礼物

Chapter 1

一个旧的结束 一个新的开始

今天是 2014 年 2 月 14 号，凌晨 5 点半，现在我正在飞机上。

纽约到伦敦，大概是六千多公里的距离？

这半年里，我都不记得我往返过多少次。

伦敦是他现在工作的地方。我一直想着，会不会有一天，能在伦敦的某个街头偶遇他？

可终究没有。

今天是 2014 年 10 月 19 号，伦敦的天气转凉了，还下着雨。

我在他可能会去的地方，来回转了一整天。

还是没遇到他。

今天是 2015 年 2 月 13 号，此刻已经凌晨 1 点半，我挣扎犹豫了半个多小时，最终把去伦敦的机票退了。

愿他一切安好。

秦书无意中翻到了这条只有自己可见的朋友圈，现在是 2017 年 12 月，这条动态还是两年前发的。

当时她把这些心情记在手机备忘录里，也只是随手一记，没想过要以此证明自己曾有多用心。后来要换手机，没舍得删，便直接截图发了这条动态。

要不是今天看到这段记录，她都没有刻意去想起，原来自己也这么痴情肆意过。

“琪琪！你爬的呀！能不能快点！”

琪琪是她的小名，发小卜一在喊她。

卜一跟她就读于纽约同一所大学，她在金融系读研究生，卜一则在计算机系。

学校放寒假了，她今天回国，卜一来送机，正推着她的行李箱走在前面。

卜一看了眼手表，时间不算宽裕。他又催了一遍：“琪琪，快点！”无奈地拉长尾音。

秦书回神，抬头不耐道：“你烦不烦？”

她还是不紧不慢地往前走，又低头看手机。

盯着那条动态看了半晌，早就物是人非了，留着好像也没什么意义。

她选择了删除键，在最终确认是否删除时，手指顿了下。

取消还是确定？

犹豫数秒，还是决定暂时不删了，再放一放。

忽然有人碰了下她的手臂，秦书还没来得及收回的大拇指直接触到了“确定”键上，那条动态瞬间就没了。

这下是彻底没了。

秦书：“……”

怒火攻心，她倏地抬头，目光冰冷。

她自己想删除是一回事，别人无意中让她误删了，却是不可原谅的。

一行四五人从她身边经过，全部身着商务正装，除了最左边的那个人，其他几个都推着行李箱，行色匆匆。

最有可能蹭到她的是那个穿着黑色风衣的男人。他身姿挺拔，也是那几人中，身高和气场最抢眼的一个。

男人正在接电话，周围嘈杂，秦书听不清他说的什么语言。

韩沛刚才掏手机时不小心碰了秦书一下，他自己并没有意识到。

电话是投行的贺竞南打来的，约他见面。

韩沛淡笑着，“今晚来不及了，我还在肯尼迪机场。嗯，直飞上海，明晚回北京。行，那晚上 7 点半见。”

收起手机，韩沛问助理：“AC 公司的资料都准备好了吧？”

助理点头，“全部好了。”

顿了几秒，助理提醒韩沛：“韩总，有确切消息说，贺竞南从伦敦的那家投行辞职，跳槽到海纳全球投行，回北京担任海纳的中国区负责人。”

韩沛微诧，“从伦敦回国了？”

“嗯，昨晚听到的消息。所以我们的项目还要不要继续交给贺竞南？”

韩沛颔首：“嗯，我只认他这个人，跟哪家投行没关系。”

助理就没再多言。

几人走远。

“我说你连路都不会走了是不是？下次走路能不能不看手机？！”卜一折回来，不耐烦地拉着她朝左边走去。

“烦死了，松手！”秦书正为那条彻底消失的动态烦躁不安，看着那几个远去的身影，一团火气郁结在心口，上不来下不去。

她用力把手机扔到包里。

还是不解气，又狠狠地踹了卜一两脚。

卜一龇牙咧嘴忍着疼，在心里悄悄地骂了句娘。

他弯腰拍拍裤脚，“还是方妈了解你，千叮咛万嘱咐，让我一定要看紧你，不然好看的男人一出现，你哧溜一下就跟着跑了。”

卜一以为秦书生气，是因为刚才她看到个好看的男人，他把她拽了过来，她心里不爽才踹他。

秦书平复了下心情，摘下墨镜，找出证件准备办理登机手续。

刚才有那么一瞬，她想跑过去找那个人的，可是拉住他说什么？

说他把她曾经的感情弄丢了？

让他赔？

卜一坐在行李箱上，耷拉着腿，下巴微扬，“欸，还气呢？”

秦书睇了他一眼，没搭理他。

卜一见她始终板着个脸，便主动说道：“我知道刚才那个男的叫什么。”

秦书漫不经心道：“叫什么？”

卜一说：“韩沛。”

秦书抬眸，“韩沛？”

“嗯，万禾集团的执行总裁，韩沛，北京人。”他见过韩沛好几次，都是以前跟着父亲参加饭局时遇到的。

秦书压根就没当回事。卜一信口胡诌的本事她是从小就领教过的，明明她还没开始踹他，他就哭爹喊娘地说她打他。

然后她就真的打了。反正恶名已经背上了，不打白不打。

万禾集团她知道，也知道他们万禾的董事长姓韩，不过没听过有韩沛这号人。

隔了一会儿，“欸，你给点反应啊！”卜一无奈地望着她，“没骗你，他真叫韩沛，之前负责万禾集团的海外市场，这两年他爷爷身体不太好，他就回总部接管集团的工作了。”

秦书这才把视线落在卜一脸上，若有所思，随即拿出手机快速输入“韩沛”两个字，搜到不少新闻上配的照片，包括背影照和侧脸照。

还真是他。

行，这个账先记下来了。北京不小，可金融圈不算大，总有遇到的那一天。

时间差不多了，秦书准备去办理登机手续。她问卜一什么时候回国，卜一敷衍了句，说要跟同学把手上的项目给做完了。其实，他是要留下来追一个美女学霸来着。

和卜一道别，秦书去检票。

飞机上，她又拿出手机，这回那条动态是真的没了。

她又发了条只对自己可见的动态：今天是 2017 年 12 月 16 号，我在肯尼迪机场遇到了韩沛，他碰到我一下，那条好几年都没舍得删的动态就这样被误删了。也不知道韩沛是我的克星，还是“他”的克星。

经过十几个小时的飞行，她终于回到了北京。父母忙着开会，来接机的是爷爷。

司机拿着她的行李先走了，秦书挽着爷爷的手臂，爷孙俩亲昵地聊着，不紧不慢地朝外走。

秦爷爷习惯性地垂眸瞅了眼秦书的脚，见她还是没穿袜子，脚踝露在外面，便责备道：“说多少回了，天冷要保暖。”

秦书用力抱着爷爷的手臂，撒着娇说：“我一点都不冷。”

“这几天北京降温，预报还有大雪。你出了机场试试，都能把人冻出毛病来。”说着从口袋里掏出一个精致的小袋子，“到洗手间穿上，我搁这儿等你。”

秦爷爷把手里的小纸袋塞给秦书，里面是一双棉袜，大红色的。

秦书眯了眯眼，内心排斥拒绝，可最后还是乖巧地接了袜子去穿上。

因为追求着装的整体美感，长大后她就再也没穿过袜子。

去纽约工作读书的这几年，每次冬天回来，爷爷都会给她准备袜子，还是小时候她常穿的那几种颜色。

红的，粉的。

为了应付爷爷，她当时穿着，回到自己家后就迫不及待地脱下来。然而下一次去爷爷那里，他还是会给她准备袜子。只是没想到，爷爷今天把袜子带到了机场，还非得让她现在就穿。

从洗手间出来，秦书都不忍心多看自己脚上一眼。她今天穿了驼色浅口鞋，配上这大红色的棉袜，不伦不类，十分扎眼。

“嗯，这样看着就顺眼多了。”秦爷爷打量她一番，给出这么个评价。

秦书词穷，只能无奈地微笑。

坐上车，秦爷爷从扶手箱里拿出眼镜和一个陈旧泛黄的笔记本，戴上眼镜开始研究起来。

“爷爷，您看的什么？奶奶年轻时给您的情书啊？”秦书笑着，靠近爷爷坐下。

“你这孩子，瞎说什么呢。”爷爷把日记本又往远处挪挪，自己身体朝后倾。

这两年老花眼越来越厉害，离近了看不清上面到底写的什么。

“到底是什么宝贝啊？”秦书凑近日记本，上面的蓝色墨水都褪了色，不过还能看到记录的东西。

“爷爷，您跟朋友下个棋都还做记录啊。”

上面有爷爷哪天跟谁下棋，下了几盘，还有输赢情况，哪一步输了。

秦爷爷又翻了一页，“嗯，有反思才有进步。”

“您怎么突然想起来看这个？”

“棋牌协会今天周年庆，他们说要搞个活动，今天好多人过去。我这几年忙得没时间下棋，看看以前的记录，要知彼知己嘛。”

看了一会儿，秦爷爷拿下眼镜揉揉眼眶，“我这个也是跟韩老爷子学的。他每次跟谁下棋都会做记录，还会耐心地跟对方讲，哪一步不该那样走。”

“韩爷爷跟您差不多大吗？”秦书随意问了句。

“韩老爷子比我大十几岁，今年都 89 了。前年做了次手术，身体大不如前，也好几年没去协会那边玩了。今天他也过去，我得好好跟他切磋切磋。”

秦书点点头，原来如此。

她摁摁突突直跳的太阳穴，有点犯困。在纽约时是白天，现在还是白天。接下来就是昼夜不分，痛苦倒时差的日子了。

秦爷爷正专注地看记录本，忽然想起什么，征求秦书的意见：“你爸妈最近忙，你奶奶也出去旅游了，家里没人，你跟我过去看看下棋？”

秦书点头应下来，反正自己本来也打算一上午都陪爷爷聊天的，回家或是在外面都一样。

她想起来还没给卜一报平安，便拿出手机发了条信息：我到了。

卜一回她：嗯，好好倒时差吧。对了，我下午时收到了你的实习 OFFER，是海纳投行的。怎么现在才寄过来？

秦书：之前我哥让我去总部拿，我一直忙就没过去。可能是他秘书给我寄过去的。

原来是这么回事。卜一又问：寒假也就一个多月，你还要实习？

秦书：嗯，不然时间也浪费了，又无聊。、

卜一：也对，像你这样没男人陪的，的确很无聊。

秦书：滚！

卜一笑，接着打字：那你就赶紧找一个，虽然像贺竞南那样成熟内敛的男人不多，但也不是没有。正好你要到投行实习，说不定就能遇到比贺竞南还厉害的银行家。

刚要发送，他又觉得不妥，毕竟贺竞南这几个字对她来说就是死穴。

卜一把这段话删了，重新编辑：那你就赶紧找一个，不然我还以为你对我有想法呢，我会内疚的。然后加上一个微笑的表情。

秦书：有多远滚多远！

片刻后，卜一发了一张韩沛的正面照给她：帅哥正看着你呢，咱不能生气，要淑女、乖巧、优雅。

秦书：……

Chapter 2

追 她

秦书陪爷爷在棋牌协会玩了一上午。中午时他们还有聚餐，秦爷爷怕秦书跟他们一起吃饭无趣，就让她先回。

临走时，好多人都让她留下来吃饭。特别是韩爷爷，最热情，对她也好。上午从他那里学到了不少，不管是棋艺还是商场上的一些东西。

秦爷爷替她婉拒了，说她中午约了朋友。

爷爷把她送到院子里，“想吃什么回家让厨师做，我下午就回去了。”

秦书点头应道：“不用那么麻烦，我回公寓那边。”

“你那个好朋友知不知道你今天回来？”秦爷爷问。

爷爷口中的那个好朋友，是她的闺蜜颜彦。大学毕业时爷爷送了套公寓给她，她也没出租，每次回国就住几天，颜彦也住在里面。

秦书说：“嗯，她今天都没去公司加班，在家做了好吃的等我。”

“那你们年轻人一起吃。”顿了片刻，爷爷看着她，语重心长道，“你呀也不小了，该找个男朋友了，不然圣诞节都没人陪着过。你看卜一都没回来，肯定是陪女朋友了。”

秦书：“……”

爷爷算是保守派，对她的着装和晚上回家的时间有着严苛的要求，不过有时候又出奇地开明，挺矛盾的一个老头儿。

回去的路上，路过 CBD 中心，海纳投行的北京分部就在这边。

她犹豫着要不要过去先报个到，发了条信息给表哥：我去分公司实习找谁报到？

表哥很快回：到时给你安排个老师，这几天他们都忙，你也休息几天，圣诞节后再过去报到。

秦书：好，爱你！后面加上一个微笑表情。

表哥：收起你的公主脾气，别跟你上司起争执，就是爱我的表现。

秦书不满：我有那么差劲？！

表哥：知道你嫂子比你哪一点强吗？

秦书：哪点？

表哥：她偶尔还有点自知之明，你到现在都不知道“自知之明”是什么。

秦书笑了出来。看了下时间，他那边已经是半夜，于是打字：先不聊了，你早点睡，晚安。

回到公寓，颜彦已经做好了一桌子菜，都是她爱吃的。

秦书看着这么丰盛的大餐，“就我们俩，你做这么多吃得完吗？”

颜彦摘下围裙，“放心，有我呢，不会浪费的。”

秦书上下打量她一圈，比前几个月好像又胖了点，“你不是嚷嚷着要减肥吗？”

颜彦微笑，“晚饭不吃了。我要减肥，争取明年春天找个帅帅的男人谈恋爱。”

秦书将信将疑地看着她。“晚饭不吃了”这句话，她也不知道说了几年了，但愿这次是真的。

颜彦瞥见了秦书脚上的大红袜子，“啧，真是难得，你竟然知道保暖了。不过能不能换个低调点的颜色？跟你的衣服不搭。”

秦书跷腿看看，“我爷爷带去机场的，非让我穿。”说着把袜子脱了下来，浑身都自在不少。

颜彦唠叨她几句：“在家不用穿，出门还是穿着吧。你又奇葩，从来都穿浅口鞋，大冬天的脚踝会被冻坏的，老了有你受的。”

说完又感慨了一句：“你这样犟的，得找个能治得了你的男人才行。”

秦书不屑，回她：“没人管得了我。”

颜彦瞟了她一眼，“话可别说得这么早，卤水点豆腐一物降一物，你没听过？”

两人边吃边聊，菜都凉了，还没聊完。

后来颜彦的上司打来电话，问她关于计划书的事，这场马拉松似的聊天才暂时告一段落。

“下午还要去公司？”秦书问。

颜彦想了想，说：“算了，不去了，在家也一样。”

秦书看了看窗外，“嗯，在家加班吧。天又阴又冷，看样子下午就要下雪，一下雪晚上肯定会堵车。”

下午真的下雪了，从 2 点多开始下，一直到了现在，快 7 点了还没停。因为这场不期而至的大雪，交通拥堵不堪。

贺竞南到了万禾集团的楼下，拍了拍大衣上的雪。

车被堵在了半路，跟韩沛约好了晚上 7 点半见，没办法，他下车走了过来，还是迟到了。

到了楼上。

“韩总，不好意思，耽误你时间了。”两人握过手，贺竞南歉意道。

韩沛淡笑，“见外了。”

他亲自给贺竞南泡了茶，自己倒了一杯温水，先是恭喜贺竞南成为海纳投行中国区负责人，又道：“没想到你回国了。”

“父母年纪大了，回来能多陪陪他们。”简单地聊了几句后，说起公事，他问韩沛，“这次又看上了哪家公司？”

他和韩沛合作过不少次，前几年主要做海外并购。并购市场买方的交易不好做，难得他和韩沛合作得比较愉快。

这次他跳槽到海纳投行，韩沛是他带过来的大客户。

韩沛喝了几口温水，润了润嗓子，“这回不是收购，是要出让和别人一起投资的一个公司。”

贺竟南对韩沛旗下的公司算得上了如指掌，猜测道：“AC 公司？”

韩沛颔首。

两人聊着，不到半个小时就结束，具体细节还要等贺竟南回去做计划书。

聊得差不多，贺竟南拿出烟，递了一支给韩沛。

韩沛摆手，指指嗓子，“这几天不舒服。”说着，把烟灰缸移到贺竟南那边。

贺竟南点上烟，笑说：“还以为韩总有了女朋友，管着不给抽了。”

韩沛也笑，“就是怕被管着，才一直不敢找女朋友。”

贺竟南半开玩笑地说：“可以私下偷着抽。”

韩沛难得在谈公事时这么认真地说私事：“如果哪天真遇到合适的，她要不喜欢烟味，我就直接戒了。”

贺竟南弹弹烟灰，刚要接着说，韩沛的手机响了。

是爷爷打来的。韩沛微微欠身，拿上手机去了办公室里面的休息间。

“爷爷。”

“韩沛啊，你那个专访几点开始播？我是不是记错时间了，等到现在都没等到。现在是老糊涂了，脑子一点儿也不中用了。”

韩老爷子声音略显疲惫，却一直守在电视机跟前，准备看那档访谈节目。

爷爷无意中说的一句话，韩沛听着特别不是滋味。他看了眼手表，告诉爷爷，节目还有十五分钟才开始。

访谈节目是他上个月底录制的，一个朋友的老婆是财经主持人，正好那几天他在北京，就抽出几个小时录了节目。

韩沛没急着挂电话，跟爷爷闲聊了几句。

爷爷絮絮叨叨地说着。近来爷爷变得爱唠叨了，一件小事都能说上十多分钟，以前爷爷是个话不多的威严老头儿，现在是真的老了。

韩沛没有一点儿不耐烦，把手机放在耳边静静听着。

他单手插兜，临窗而立。屋里热，外面冷，玻璃上晕着一层薄薄的雾气。房间里只开着一盏暗黄的壁灯，落地窗玻璃上映着自己模糊的身影。

窗外，鹅毛大雪纷纷扬扬。

跟贺竟南聊完，韩沛直接回了爷爷那边，爷爷正在看他那期专访节目的回放。

电视里，他正双手交握，跟主持人谈着金融市场。

“这节目有什么好看的？”韩沛给爷爷倒了一杯温水，在爷爷身边坐下。

韩老爷子摘下眼镜，言不由衷地道：“不然也闲得慌。”他看着韩沛，倒是挺好奇，“今天怎么这么早就回来了？”

现在才 10 点，以往韩沛 12 点之前很少回来，不是应酬就是在公司加班。

韩沛揉揉眉心，“累了。”

连着三个月，他一天都没休息，每天十五六个小时的工作强度，还不时飞长途，前几天又感冒了，嗓子到现在都不舒服。

韩老爷子盯着他看了几秒，“都跟你说了多少回，别成天想着工作，集团少了你还是会照常运作。人啊，别把自己太当回事，就不会活得累。你看看你爸妈，满世界地玩，工作也没耽误一点。”

说到这，忽地话锋一转，“跟爷爷说句实话，有女朋友没？”

韩沛敷衍道：“哪天有了，第一个带给您看。”

韩老爷子微微颔首，顿了顿说：“嗯，该找一个了。有了家，你就不会这么拼命了，一天十五六个小时都在工作。”

说着又叹了口气：“你要是有媳妇，你生个病什么的，总归有个贴心的人在身边陪着你，我还能放心不少。到了我这个岁数，身体又不咋地，活一天少一天了。”

韩沛没作声，太忙了，感情的事他从来都没考虑过，更别说成家了。可爷爷的身体是真的一天不如一天了，特别是前几年做过一次大手术，精神明显不如以前。在这之前，爷爷从来都没跟他提及过成家之类的话题，这是头一回。可能爷爷是真的感觉身体不怎么样了。

“今天去棋牌协会玩得怎么样？”韩沛岔开这个不愉快的话题。

说起下棋，韩老爷子脸上的皱纹都舒展不少，饶有兴趣地讲了一番。

忽然韩老爷子想起什么，“你等我一下。”他起身，拄着拐杖，颤巍巍地走向书房。

韩沛盯着爷爷苍老的背影出神，他什么都能买得起，但就是买不回爷爷的一个好身体。

没几分钟，韩老爷子拿着一张便签纸出来。

“我上午去棋牌协会，遇到老秦了。”韩老爷子说了个名字，“知道秦老爷子是谁吧？”

韩沛点头，“以前和秦氏还有过一次合作。”他个人挺敬佩秦老爷子的为人。

“老秦带着孙女一起过去玩的，那丫头今天正好回国，棋下得不错。”爷爷重点强调一句，“老秦说那丫头还没男朋友。”

韩沛：“……”

合着爷爷刚才说了那么多，都是在打感情牌。

韩老爷子把那张便签纸递给韩沛。韩沛看了眼，叫琪琪，还有个手机号。

他无奈一笑，“爷爷，您这是让我去相亲？”

“不是让你去相亲，相亲多老套啊。”韩老爷子笑着说。

韩沛抬头看向爷爷，眼底闪过一丝讶异，不是去相亲？

韩老爷子继续说：“琪琪那丫头长得好，特别聪明，就是比你小不少。听说现在的女孩儿都喜欢浪漫，我怕那丫头不一定能看得上你这样少言寡语的。”

韩沛不解，“既然不是去相亲，那您的意思是？”

韩老爷子笑眯眯的模样，“你是男子汉，主动点。”

韩沛脸色微变，满脸问号。

韩老爷子直接道：“你去追那丫头。”

韩沛被气笑了：“爷爷，是谁给您出的这个馊主意？”

“你这孩子，怎么说话呢，什么叫馊主意！”韩老爷子也没隐瞒，“是涔涔。涔涔还跟我说，说不定两人本来还能有点好感的，要是一上升到相亲的层面，潜意识里就觉得是商业联姻，心里头自然就会排斥，那点好感也就没了。”

韩涔，他堂妹，大概是皮又痒了，出这么损的主意。

韩沛目光幽深，若有所思地瞅着“琪琪”两个字，要他主动去追她？

韩老爷子瞥了眼韩沛，明显看出他的排斥和不乐意。

他和老秦都挺满意这门婚事，他中意秦书，老秦对他家韩沛也特别欣赏。人老了后就爱操心，于是他跟老秦一拍即合，决定尽力撮合他俩。

过了片刻，韩老爷子把手伸到韩沛面前，“纸条给我吧，爷爷从来都不让你做自己不喜欢的事，以前是，以后的婚姻大事也是。你要是不想的话，我就回绝了老秦。”

还不等韩沛说话，韩老爷子又开始打感情牌：“大不了被老秦说一通。起先是老秦不太同意，说你们俩差七岁多，他们家想找个年纪相仿的，是我卖了老脸，硬着头皮要了联系方式。”

韩沛：“……”

这以退为进的招数，就是专门用来对付他的，屡试不爽。

韩沛收起便签纸，跟爷爷说：“我尽力。”

至于结果，不好保证。

向来都是女人围着他，他从来就没追过女人，更没有时间和耐心去哄女人。

韩沛上楼后脱了外套放进收纳篮，准备去洗澡，走了几步又想起那张便签纸还在外套口袋里，犹豫几秒，又转身回去存号码。

在屏幕上输入号码时，韩沛有点走神，一手输号码，一手漫不经心地解着衬衫纽扣，本来是要保存号码，结果习惯性地拨了出去。直到手机里有铃声传来，韩沛这才回神，立即摁掉。

Chapter 3

你还真以为韩沛是张床
我想睡就睡?

"贺老师，贺老师！"秦书对着男人高大又挺拔的背影喊了两声。

贺老师没回应，正侧着脸跟身边的人专注地说话，两人并肩朝办公大楼方向走去，后面跟着一行人，是各自的秘书和助理。

他们应该在谈公事。

贺老师穿着深蓝色大衣，那人穿着黑色大衣，差不多身高的两个男人，气场上那人略胜贺老师一些。两人颀长挺阔的背影越走越远。

秦书跑岔气了都没追上，情急之下，她直呼其名："贺竞南！"这一声差点把嗓子给喊裂了，喉咙都开始不舒服。

她目不转睛地望着前面，没想到转身的却是旁边的男人。

还没来得及看清那个男人的脸，随之响起一阵音乐铃声。

秦书用力眯着眼，想把刚才那个场景接上去，也许她再喊一声，贺竞南就会回头，可现在头脑无比清醒。

手机铃声只响了几声就挂了。

秦书沮丧又恼怒地拿过手机，是一个陌生号码，大概是谁打错了。

盯着那个恼人的号码看了半晌，还是把手机扔得远远的。

睡前跟卜一聊了几句，说到她今天从棋牌协会回家时，路过 CBD 那边，看到了比较厉害的几个投资银行家，然后就做梦了。

白天的那个场景直接出现在了梦里，只是人物换了，梦里的人竟然是贺竞南。

在纽约的机场不小心删掉了那条跟他有关的动态，没想到他就钻到她梦里来了，把她搅得翻江倒海。

现在是晚上 10 点半，她看了一下午的电视，后来就迷迷糊糊睡着了，好不容易做个梦，结果还被打断了。

这两天喝凉水都塞牙缝！好长时间不看朋友圈，结果一看就被韩沛给蹭到了，导致那条动态被彻底删除。

这么多年好不容易梦到了一回贺竞南，关键时刻又被陌生铃声打断。

丝毫困意都没有了，掀被子起床。

拉开窗帘，秦书愣了下，下雪了，还不小。

漆黑无边的夜空，雪花漫天飞舞。

看了几分钟的雪，秦书还在想着刚才那个梦，后来自己也觉得没意思。

拉上窗帘，下楼。

楼下客厅，闺蜜颜彦正在修改计划书。她都快走到颜彦跟前了，颜彦还沉浸在一堆文字里毫无察觉。

“计划书还没弄好？”秦书问。

“妈呀！你想吓死我啊！”颜彦捂着心口用力揉揉，瞄了眼电脑上的时间，已经晚上 10 点多了，她在这里弄了一晚上的计划书。

她示意秦书厨房有吃的。

秦书摇头，“不想吃。”

颜彦不由看了下自己的小腹，用力吸了吸，再看看秦书柔软盈盈的腰身，叹口气：她要是有秦书那么性感苗条的身材，她天天躺着吃。

秦书拿了瓶苏打水，咕咚咕咚一口气喝了半瓶下去。

“大冬天少喝冷水，我去给你倒杯温水。”颜彦说着就要起身。

秦书摆摆手，“我习惯了，你快忙你的。”

颜彦继续做计划书，秦书陷在沙发里发呆，那个梦太过真实，挥之不去。

她无意识地用力捏着苏打水的瓶子，水淌出来洒得她睡裙上全是。

秦书忙把瓶子搁一边，抽了好多纸来擦。

颜彦抬头，若有所思地看着秦书：“你怎么有点反常？”

秦书头也不抬地回：“做噩梦了。”

难怪。

现在是晚上，颜彦有点小迷信，觉得做梦了要等太阳升起后才能说，那样就不会成真，所以也就没问秦书做了什么噩梦，“你去弹弹钢琴平复一下。”

悠扬的钢琴曲在房间里回荡，颜彦继续工作。

要不是秦书回来，她就去公司加班了，在家里总感觉没工作的氛围，工作效率也跟不上，一个下午过去，计划书还没修好。

她和秦书是大学同学，毕业后她们都直接工作，她在投资公司上班，秦书在投行做了两年的分析师，又去国外读研。

弹了几首曲子，心情平静不少。

“彦子，你这几年有没有梦过大学里的同学或是老师？”秦书问。

颜彦摇头，“没，不过倒是遇到过不少同学。”突然又想起什么，“对了，我前几天还遇到我们贺老师了。他上个月跳槽了，回北京任职，具体在哪家投行我就不知道了。”当时还没来得及问，贺竞南约的人就到了。

秦书手上的动作一滞，怔了大概两秒，“你说你遇到贺老师了？”他在北京？

颜彦点头，说起前几天的偶遇，遗憾道：“就是贺老师不记得我是谁了。不过也正常，他带过不止我们一届学生，又过去了四年。”

她合上笔记本，起身倒了水喝了，继续说：“还好沾你的光。”

秦书一脸迷茫，“沾我什么光？”

“我觉得像你这么漂亮又聪明的，贺老师说不定就记得。然后我说我是每次上课都跟秦书坐一起的那个。”说着，颜彦抬头看秦书，“你知道贺老师什么反应吗？”

秦书用手指随意地拨弄着琴键，看似平静地问道：“什么反应？”不会连她是谁也不记得了吧。

“贺老师当时说，”颜彦尽力还原当天贺竞南说话时的语气，“你这么一说，我想起来了，你跟琪琪每次都坐第一排，讲台左手边。”

她又喝了几口水，“贺老师早已经不教书了，工作成天那么忙，没想到还记得你叫琪琪。”

贺竞南是她们大学的老师，学校外聘的，能力和颜值几乎虏获了她们学院所有女生的芳心，那时她们每次上课都犯花痴。

不过带过她们那届后，贺竞南就辞去了这份兼职。

具体原因不得而知，要说是因为忙，那当时给她们上课时，他也忙啊，手里有好几个项目，还管理着公司那么多团队。

反正他辞去老师的工作，被学生传得神乎又很迷，那些学妹们可是羡慕死她们这一届了。

至于贺竞南为何称呼秦书为琪琪——琪琪是秦书小名，她们同学习惯了喊她琪琪，后来贺老师给她们上课，他从来不带点名册，一直以为琪琪就是大名。

一直到学期末考试，贺老师发现试卷里没有姓琪的，才知道琪琪叫秦书。

秦书说不上来现在是什么心情，一晃四年多了，她不是拿得起放不下的人，有些事早就该过去的，可又一直没过去。

颜彦端着水杯随意地靠在沙发背上，笑说：“美女就是好啊，四年过去了，老师还记得你叫什么。”

秦书的声音很淡：“跟颜值没关系。”

“嗯？”颜彦不太明白，下意识摸摸自己的脸，自我调侃一番，“你要是长得跟我一样，我就不信贺老师到现在还能记得你。”

秦书也没打算再隐瞒：“你要是跟贺老师表白一次，你看看他能不能记得你叫什么。”

颜彦愣怔住。

秦书的样子不像是开玩笑，她缓了一会儿还是觉得不可思议：“你……你说你向贺老师……”

秦书接过话：“毕业时对他表白过。”

“……”

她眨了眨眼，还是不可置信，“那结果呢？”

“这个问题很没智商。”

也对，如果贺竞南答应了，秦书还不早就嘚瑟上天。

颜彦笑着声讨她：“你瞒得还挺严实啊，连我你都不告诉。”

“当时你都自顾不暇，我就没说。”

颜彦一怔，毕业那会儿她失恋了，那段日子太灰暗，灰暗到现在都不敢想起。

好在，都过来了。

快四年半了，她已经很长时间不去想过去的那些事，那个人，要不是今天秦书突然说起，她可能真的都快忘了。

秦书倏地转头盯着颜彦，问了个跟自己智商不符的问题：“你说，我刚才做梦梦到贺竞南了，这代表什么？”

颜彦想了想措辞，委婉道：“我昨晚还梦到你表哥了，你说代表什么？”

“我表哥多着呢，哪一个？”

“你大姨家的表哥，也是你现在投行的老板。”

“……你犯花痴呢吧！我哥都结婚了，孩子都有了！”

颜彦耸肩，“所以，你梦到贺竞南，能代表什么？”

秦书没接话，又喝了几口冰凉的苏打水。

颜彦还想问问当初秦书怎么表白的，贺老师为什么又拒绝她，话到嘴边又咽了下去。她自己过去的那段感情她都不愿提起，秦书那么骄傲的女孩，难得主动表白一次却遭拒，肯定更不愿再去碰触。

颜彦看了眼秦书，她拿了本财经杂志翻看，不知道是真看进去了还是装装样子。

十多分钟过去，杂志还没翻页。

颜彦有点儿担心：“你还没放下贺老师？”

秦书心不在焉地翻了一页杂志，“放下了，就是没放稳。”

颜彦被噎了一瞬，宽慰秦书：“等以后，你遇到一个比贺老师还聪明还帅的又对你好的男人，你就会觉得，以前那点挫败感真算不上什么。”

秦书抬眸，“现在还单身，比贺竞南还帅还聪明的，你找给我看看。”

颜彦把水杯搁一边，“我差点就给忘了，今天有档财经专访节目，不过应该结束了，我找回放给你看。”说着去找了遥控出来开电视。

秦书放下杂志，“嘉宾是谁？”

颜彦下巴一扬，“自己看。”

电视里传来男人低沉而富有磁性的声音，秦书侧脸看去。看到屏幕上的男人，她微怔，没想到是韩沛。

他跟美女财经主持人面对面坐着，穿白色衬衫黑色西裤，双腿自然交叠。隔着屏幕，都能感受到他强势的气场。

颜彦第一次觉得大尺寸的电视屏幕也是有那么点用处的，屏幕里的韩沛就跟坐在她们家客厅里一样，人物很真实。

她走过去指指屏幕，跟秦书说：“你看看韩沛，腿长手长肩宽，完全符合你对男人身材的要求。这张高冷的脸，这个性感的喉结，都是你喜欢的类型。我们同事偶尔会八卦他，说他私生活检点。”

她下巴微扬，“怎么样？他所有的条件你还满意不？”

秦书盯着电视看了几秒，客观地评价："还不错。"

电视里，韩沛的声音又传来。用时下最流行的话形容，听了会怀孕。

也是出于职业病，秦书习惯研究一个男人的手，偏执地喜欢骨节分明，手指修长的男人。会弹钢琴更好。

韩沛双手交握，正跟主持人聊着金融方面的话题。

秦书最初关注的是他的手和他的脸，后来就专注于听他分析金融市场，连之前做的那个梦都被暂时抛之脑后。

"要吃东西吗？"颜彦问。

心情不好时，她总管不住自己的嘴，中午那么多菜基本都是她吃的，可现在又饿得慌了。

秦书看电视看得正入神，下意识摇头。

再回神，是闻到一股特有的香气。

秦书转头，颜彦不知道什么时候去厨房泡了一桶面，刚揭盖子，满屋都是泡面味。

"你不是说晚上减肥不吃的吗？"

颜彦认真地点点头，吃了两口面才道："吃饱了才有劲减啊。"

秦书无语地看着她，一桶面，没几分钟，颜彦就稀里哗啦吞了下去。

"你到底什么时候真的开始减肥，而不是嘴上说说？"秦书说，"女人要是自己不对自己狠点，现实和男人就会对你狠。"

"等我把汤喝完你再刺激我，行不？"

"……"

颜彦把面汤都喝下了，吃泡面最美味的不过是汤。

放下泡面桶，一抬头就对上秦书嫌弃的眼神，她笑："你什么表情啊，我真的是吃饱了要减肥的。一会儿去跑步机上跑步，跟我一起？"

秦书摇头，这辈子最不擅长的就是跑步，就是当初贺竞南劝她跑步锻炼身体，她都没有照做。估计这辈子也没什么人能让她心甘情愿地去跑步了。

颜彦说起韩沛："我有个同事喜欢夜跑，有次还遇到了韩沛，激动得不行。自那以后她就在那个时间点去跑步，结果经常能遇到。她说韩沛每次绕着跑道跑二十多圈。"

她看着秦书，"要不你以后也去那个学校操场跑步得了，说不定就能睡到韩沛。"

"你还真以为韩沛是张床，我想睡就睡？"

颜彦被噎得无话可说。

秦书转脸继续看电视，访谈节目正好结束了。这个节目让她意犹未尽，特别是韩沛的一些观点和看法，她从中受益匪浅。

"别对着电视出神了。"颜彦递给她一个苹果，"韩沛长得帅吧？一会儿再给你看一遍回放，好好培养培养感情，争取早点把他睡了。"

秦书："……"

秦书没再接着看韩沛那档节目的回放，正趴在床上看杂志。那本杂志她从楼下看到楼上，从床下看到床上，还是那一页，一个字也没看进去。

杂志看不进去，外面大雪也没停，都没法出去玩。

秦书郁闷地把手机扒拉过来，给卜一发信息：中午时跟你提到几个银行家，猜我刚才梦到谁了？

卜一：我？（龇牙）

秦书：要点脸行吗！

卜一从小就被她骂惯了，也不气，贱兮兮的：梦到我就直说，别不好意思。你要暗恋我，我就勉强允许了，等哪天我心情好了可以试着接受你。

秦书被气得心口发疼：滚！！

卜一摸摸鼻子：梦到贺竞南了？

梦里还有另外一个男人。

特别奇怪，她都没看清那个男人长什么样，却莫名觉得熟悉。

卜一好奇：你真的梦到贺竞南了？

秦书：嗯，挺奇怪的。不过他的出现提醒我，我四年半没恋爱，大把青春岁月就这么被我蹉跎了。

卜一来了一句：你不会……脑子的坑没填，还要继续追他吧？

秦书答非所问：北京下雪了，很大。

又问卜一：项目什么时候结束？你再不回来，圣诞假就结束了，北京的雪也化了。

卜一回她：加班一整夜，项目差不多结束了。哥哥我现在在研究一道数学推理题，推不出正确答案绝不回去！

秦书无语地看着手机屏幕，大概又是追的哪个美女学霸给他出难题了：把题目发给我，赶紧买机票滚回来陪我去马场。

接下来的两天，秦书一直沉浸在那道数学题里，草稿纸用了几十张，依旧没有任何头绪。雪停了，卜一也在回国的飞机上了，她还是束手无策。

就在她焦头烂额时，手机响了。

陌生号码，不过有点眼熟。

盯着那个尾号看了又看，秦书想起来了，前几天晚上打过她的手机，就是打断她好梦的那个号码，今天竟还有胆子再打。

Chapter 4

和韩沛的第一次见面

主动撞上枪口，就不能怪她了。

秦书决定先礼后兵。接通后，电话里传来低沉好听的声音："琪琪你好，我是万禾集团的韩沛。"

秦书一愣，韩沛？

顾不上想别的，第一反应就是——怎么又是他！

电话那头，韩沛正面无表情，眼睛微眯，剜着韩涔。

给秦书的这个电话不是他打的，是韩涔说要借用他手机打个电话，哪知道她拨了秦书的号码。

接通后，韩涔直接把这个烫手山芋搁在他手心。

韩涔一手遮着眼不看他，一手拿着草莓吃，憋不住时"哈哈"笑两声。

韩沛扫了她眼，电话里秦书客气的声音传来："韩总您好，有什么指示？"

韩沛迟疑几秒，反应也快："不好意思，冒昧打扰了。"

然后编了一通打电话的来意。爷爷突然想下棋，原本想找秦爷爷过来，想到秦爷爷白天要忙着自家公司的事，到了晚上怕没有多少精力，就不好意思再打扰他老人家。

然后话锋一转，"爷爷对你的棋艺赞不绝口。"问道，"要是下午有空，能不能耽搁你一会儿，陪我爷爷下几盘？"

秦书对韩老爷子印象不错，老人家的一番心意她爽快地应了下来，只是暂时不确定对方是不是真的韩沛。

她委婉地说："这个没问题，只要韩爷爷不嫌弃我棋艺不精就好。那我一会儿跟韩爷爷约时间吧。"

韩沛没多想，直接道："把地址发我，我现在去接你。"

电话里有片刻的沉默，秦书没有立即回应。

韩沛说过这话又觉得不妥，他说他是韩沛，秦书也不见得就深信不疑，没说几句话就问人家要地址，搁谁谁都不会没戒备心。

他对着手机说："爷爷想跟你说两句。"

韩沛走过去把手机递给爷爷，转身去了楼上。

韩老爷子捂着手机话筒，小声跟韩涔说："去帮你哥好好捯饬捯饬。"

韩涔做了个"OK"的手势，把果盘放下，麻溜爬起来随着韩沛一起上楼。

"你还敢跟上来？"韩沛斜她一眼。

韩涔咧开嘴笑，上前挽着他的手臂，"我这是爱你关心你啊！我相信你这么聪明的人，不会不分青红皂白的。”

韩沛“呵”了声，懒得搭理她。

韩涔上下瞅他一番，“哥，待会儿换件黑色衬衫吧，黑色衬衫显得神秘又性感，女孩儿都喜欢。”

韩沛侧目扫她两眼，“你要真闲得慌就去看书，争口气把司法考试过了，让我刮目相看一回。”

“那可不行。在我心里，什么都没你的终身大事来得重要。”

到了卧室，韩沛抽出手臂，边解纽扣边去了衣帽间。

韩涔没跟进去，直接往卧室沙发上一躺，双手枕在脑后，想了又想，一直挺纳闷：“欸，哥，你既然心里这么排斥跟秦书见面，那你刚才为什么要跟秦书主动自报家门？你要是真不想见面，刚才不说话就行了，秦书就会觉得是谁不小心打错了。结果你接了，接了就算了，还非要现在就去接她。”

她对着衣帽间门口方向，提高声音：“哥，你到底怎么想的？”

隔了几十秒，韩沛也没回应。

“哥？”

没声音。

“哥！”

韩沛换了白色衬衫，拿着一件黑色中长款大衣走了出来。

“白色也好看，禁欲。”韩涔双腿跷在沙发背上，没个正形。

韩沛套上大衣，盯着韩涔的脚看了几秒，“以后穿衣服能不能正常点？”

韩涔把一条腿高高抬起，看了又看，“哪里不正常了？现在就流行袜子外穿，把裤子塞子袜子里，既时尚又保暖，你懂不懂？！”

韩沛没理她，戴上手表，下楼。

“欸，哥，你还没回答我呢？”韩涔小跑着跟上韩沛。

韩沛漫不经心道：“回答什么？”

“就是你怎么突然要去接秦书到我们家了？”韩涔拍拍心脏部位，“我怎么感觉不踏实呢。”

她看着韩沛，警告的语气：“哥，我可跟你说啊，你要是心里实在不愿意，那咱就到此为止。待会儿就算秦书来了，我跟爷爷也决不会表现出别的意思。你不能把人接过来，又各种针对，你这样会让爷爷没法做人的，也是你没家教的表现，我们家坚决不许这样的事发生。”

韩沛停下脚步，盯着她看了数秒，忽地揶揄：“终于说句人话了。”

韩涔被气得双手叉腰，“你什么意思啊？我一直在说人话好不好？只是有些人听不懂人话！”

韩沛也没跟她计较，说：“我跟你不一样。”

他既然答应了爷爷，就不会敷衍了事。

今天真没打算约秦书，不过电话已经打通了，择日不如撞日。

韩涔好奇："那如果秦书不是你喜欢的那类型呢？你会为了爷爷把她娶回来？"

韩沛瞪了她一眼，"我有毛病？"

韩涔假笑，"我不就是怕你有毛病，一时脑子短路，为了哄爷爷高兴把不喜欢的女人也娶回来嘛。既然不会就好，那我就放心了，毕竟你开心才是最重要的嘛。"

韩沛瞅着韩涔，"倒是你，成天不务正业瞎操心我的事，爷爷给了你多少好处？他给的，我加倍。"

韩涔佯装生气，"哥，你这什么话？咱是什么关系啊，我怎么可能为了钱做难为你的事情呢，我是真的关心你。我保证，我跟你的感情，金不可破！"

韩沛自然不信，"等我有空了，看我怎么治你。"

楼下，韩老爷子已经结束通话，把手机还给韩沛，"琪琪已经把地址发过来了，刚才加了你微信。"其实是他主动要琪琪加韩沛微信的。

韩老爷子又继续道："我给老秦打了电话，老秦又跟琪琪说了一遍，这丫头才没有戒备心的。"

"有戒备心是好事。"说着，韩沛看了眼微信，秦书的微信昵称是"琴棋书画"。

出门前，韩老爷子又千叮咛万嘱咐，唠叨的话说了好几遍。

韩沛无奈地笑了，"爷爷，我不是去相亲。"

"那也得给人家女孩好的印象，第一次见面最重要。"韩老爷子下巴微扬，示意他赶紧去。

另一边，秦书放下手机，把那股怒气压了压，认识后不怕没算账的机会。

手机振动了下，是韩沛发来的信息：我半个小时后到，到了打你电话。

秦书愣怔几秒，总觉得有点相亲的意味。不过一想到对方是韩沛，又感觉是自己多想了。韩沛那样的优质男人，真需不着以相亲的方式找妻子，还不知道有多少门当户对的千金名媛追他。

以前听方慕和提过一次，有个香港富豪家的女孩儿，一路从英国追到美国，然后去了香港，最后跟着到了北京，结果还是被拒。

想到方慕和，秦书又突然想起一件事，给方慕和发了条信息：方妈，晚上你去接卜一吧，我下午有事，晚上可能赶不过去。

她，方慕和还有卜一，他们三人从小就认识。方慕和比她跟卜一大九岁，小时候都是方慕和带着她跟卜一玩，长大后，她和卜一还是围着方慕和，不管什么事都找他。

方慕和经常调侃自己，说他就是她跟卜一的妈。

自那之后，她跟卜一就习惯喊他"方妈"。

方慕和很快回：什么事？

秦书：韩沛约我去他家陪韩爷爷下棋。

方慕和：你同学也有叫韩沛的？

秦书：就是你商业对手的那个韩沛。

隔了好几秒，方慕和回了一句：目前还不算是对手。

不过他和韩沛不熟悉是真的，只是点头之交。

秦书不关心这些，而是想着马上就要见到韩沛了，问他：方妈，我一直在琢磨，韩沛是不是看上我了？

要是看上了她，那他们还真是冤家。

方慕和正在开会，被这话给呛了下。

他缓了缓，语重心长道：孩子啊，虽然你是咱自家的，我怎么看你怎么好，可我还记得我老早就教你和卜一，“自知之明”这四个字是怎么回事……你尽管把心放回肚子里，韩沛没兴致没时间也没耐心去哄一个刚断奶的孩子。

他跟韩沛是一类人，不会花心思在感情这种虚无缥缈的东西上，更不可能去招惹世交家的女孩儿。

麻烦。

秦书欲要拨电话反驳他，方慕和又发过来一条信息：不说了，在开会。

秦书只好忍了，叮嘱道：晚上别忘了去接卜一。

方慕和：嗯，晚上带你们去酒吧玩。

秦书：你不用约会？

方慕和：最近忙，没时间找女人。

秦书没再多问。

方慕和什么都好，长得好，家世好，自身能力也好，就是感情上典型的“渣男”，放荡不羁。

方慕和十几岁就开始早恋，拿她和卜一当借口，跟家里说是带他们俩出去玩，其实把他们往游乐城一丢，跟美女约会去了。

放下手机，秦书起床去了浴室。

从昨晚到现在，她就睡了四个多小时，其他时间都在研究卜一发给她的那个破题目，直到现在也毫无头绪。

有那么一瞬，她怀疑那个题目错了。还有几个小时卜一就落地，如果到时候她还解不出题目，卜一少不了一通冷嘲热讽。

晚上方慕和还要带他们去酒吧，她考虑着要不要去。

精心打扮后，韩沛也到了小区门口。

秦书没有等人的习惯，也不喜欢让别人等。接了韩沛的电话，她拿上包，把笔和几张草稿纸装进去，匆匆下楼。几乎差不多时间，两人都到了公寓楼下。

东北风呼呼吹着，树上落雪不时飘下。

出了公寓，秦书才感到刺骨的冷，特别是脚踝处。

韩沛从驾驶座下来。

秦书微怔，他自己开车？

眼前的男人比那天在电视里看到的还有男人味，英气冷峻。白色衬衫搭配黑色大衣，强大的气场都盖过了呼呼的北风。

继上次在纽约的机场，这是她第二次见到他本人，虽然上次只有一个背影。

他害她把那个动态删掉，又把她的梦给打断，这两笔账，她暂时给他记着，等熟悉后再慢慢跟他算总账。

她冲他淡笑打招呼。

迎上她清澈但有些微凉的眸光，韩沛微微颔首。

他见过秦书的父母，经常在金融峰会上跟他们碰面。秦阿姨高贵优雅，五官精致，秦书遗传了妈妈的长相。

刚才秦书从公寓走出来，还没跟他打招呼，他就猜到是她。这么冷的天，她穿的比他还少。少就算了，黑色小脚裤大概是九分的？也没穿袜子，露出雪白的脚踝。

韩沛不动声色地收回视线。秦书走近，原本她想绕过车头坐在副驾驶，结果韩沛打开了驾驶座后面的车门，“坐这边。”

秦书顿下脚步，浅笑着客气道：“哪能让你当司机。”

“没那么多讲究。”韩沛的手一直放在车门上，“刚下了雪，有些路段滑。”那个座位相对安全。

Chapter 5

他鲜有的耐心

秦书最终坐在了驾驶座后面的那个位置，韩沛又叮嘱她把安全带系上，汽车缓缓驶离小区。

两个第一次见面又都沉默寡言的人也没什么好聊的，车厢里的气氛有些局促。

韩沛打破沉默，问秦书："想听什么音乐？"

"钢琴曲，随便什么曲子都可以。"顿了下，秦书又道，"谢谢。"

之后的时间里，车里除了悠扬轻缓的钢琴曲，再也没别的声音。

路况不太好，韩沛一直专注前方的路。秦书离韩沛很近，周围全是他身上淡淡的清冽的气息，视线越过他的肩膀，盯着他修长的手指看了好一会儿。

"你会弹钢琴吗？"冷不丁地，秦书突然冒出一句，问过之后又觉得唐突，连个称呼都没有。

韩沛从后视镜里看了她眼，又迅速收回视线看向道路，"学过，不精，好多年没弹了。"又问她，"你喜欢弹？"

秦书点头："嗯。"

汽车通过交叉路口，车多路滑，韩沛认真开车，车厢里又恢复了安静。

秦书没再跟他攀谈，拿出草稿纸，打开手机软件，开始做那个题目。

一旦投入进去，她就会忘了在哪里，身边是谁。

她还有个坏毛病，做题目时最讨厌被打断，不管是谁，都不行。工作或学习前，她都会在身边放个牌子，上书：非重要事，勿扰！

当初卜一不知道她的这个坏毛病这么严重，有次她正专心研究题目，他无视那个提醒牌，非要拉她去吃火锅，结果被揍了一顿。

卜一快委屈死了，后来方慕和宽慰他："如果你正在做床上运动时被打断了，你是不是想揍人？"

卜一炸毛了："你这什么破比喻啊！琪琪做的是题目！"

方慕和："一样的道理。"

卜一："……"

方慕和有个被很多人都唾弃的所谓至理名言：当你做任何事都拿出做床上运动的热情来，没有不成功的。

反之，谁能容忍这个时候被打断？

话糙理不糙。

自那之后，卜一再也不敢在秦书专注做事时打断她。

很快到了别墅区，韩沛停下车，从后视镜看了眼，秦书正低头在纸上写东西。她眉心微蹙，因为太过投入，他停车了她都没注意到。

韩沛若有所思，又轻踩油门，车子慢慢向前滑着。

外面的路上车辆多，刚才一路上很多起车辆碰擦的事故，他就没开出去，在小区里转悠。期间韩沛的手机振动，他没接，拿过来直接摁掉了。

半个多小时过去，秦书带的几张草稿纸用完，密密麻麻的记录一大堆，还是没解出答案。

她轻叹口气，退出手机软件，把纸笔和手机一起塞进包里，一抬头发现已经进了小区，“这么快就到了？”

“嗯。”韩沛说，“前面就是我家。”

到了别墅，韩沛以为韩涔还在家里，正好能陪着秦书。结果她却溜了，家里只有爷爷在。

韩老爷子早前问过秦爷爷，知道秦书喜欢吃什么水果，已经让阿姨洗好了备着。

打过招呼后，韩老爷子拍拍身边的位置，让秦书过去坐，又问韩沛：“是不是路上堵？”来回也就半个小时的车程，这都一个半小时过去了。

韩沛“嗯”了声，别的没多说。

秦书和韩老爷子有共同爱好，聊起天来不冷场。

韩沛瞅了眼秦书，还以为她天生就是那样冷淡的性子，原来是因人而异。

“爷爷，您和琪琪先下棋，我去书房处理点事。”

韩老爷子不太满：“有什么事，非得现在处理？”

“回个电话，十分钟就下来。”

韩老爷子摆摆手示意他去忙，又跟秦书聊起来。

韩沛去了楼上，把半小时前的那通电话回过去。

那边很快接听，是秋蓝：“忙什么呢，连电话也不接？”

“在家。”

秋蓝“哦”了声，问他：“大概什么时候回公司？我还在你这边的会客室等着你呢。”

韩沛看了眼手表，已经 4 点半了，“不过去了。”

秋蓝一怔，才 4 点半而已，对他来说这是晚上工作时间的开始。惊讶片刻，她又马上想到：“是不是爷爷身体不舒服？那我过去看看，正好跟你商量一些事。”

“爷爷身体不错，家里还有客人。”

秋蓝听出他这是婉拒了，“那行啊，不打扰你了，明天再找你谈。”

韩沛问她：“是为 AC 公司的事？”

他和秋蓝是初中和高中同学，又是大学校友。秋蓝家里是做投资的，去年秋蓝找他合作，他觉得那个项目还不错，就一起投资了 AC 公司，他是最大的股东。

本来是打算通过 AC 上市退出投资，可排队做 IPO 的企业太多，还不知道要等到哪天，他最终决定通过并购退出。

“嗯。”秋蓝顿了下，问他，“你见过贺竞南了？”

“见过。”

“那什么时候我们叫上贺竞南，找个地方再碰个头，商量具体方案。”

“我最近没空。”

她跟贺竞南也不熟，有时还会有竞争。“那到时候再说吧，你先忙。”挂电话前秋蓝又跟他确认，“明天你确定来公司吧？不然我又白跑一趟。”

“明天我有安排，后天吧。”

抽了一支烟，韩沛才下楼去。爷爷和秦书在下棋，他在秦书旁边坐下。他对棋没什么研究，也看不太懂。

一盘结束，秦书落了下风。

秦书侧脸看他：“你去忙吧，不用专门陪我。”

他坐在边上，她反倒觉得有压力。

韩沛泰然，“今天没什么事。”

韩爷爷插话：“难得休息休息。就算是机器，成天忙也会受不了。”说着，开始收拾棋盘准备下一局。

韩沛想起来：“你在车上做的什么题？”

秦书微怔，没想到他看到了。

“一道比较变……”那个“态”字最后收住，换了个说法，“比较复杂的数学题。”

韩沛颔首，“有结果了？”

秦书摇头，“做了好几天了，还是没做出来。”

韩爷爷望着秦书，“那让韩沛给你看看，他打小数学就好。”

“是吗？”秦书浅笑着，“那太好了。”

韩沛伸手，“我帮你看看，不一定能做出来。”

秦书拿出手机，把卜一发的那个题目转发给韩沛，又拿出草稿纸，把自己的解题过程一并给了韩沛。

给他草稿纸时，两人的指尖有瞬间的接触，他的指尖是温热的。他的手已经收回，她指尖还留着他的温度，若有若无。

韩沛接过草稿纸，不由得用余光看了她一眼，穿那么少，连手指都是冰的。

两个多小时很快过去，秦书几乎每盘棋都输，但棋艺长进不少。

韩老爷子也有些累了，捶捶腿：“你跟韩沛，你们小年轻出去玩玩吧。我精神头不行了，吃点东西就要歇着了。”

秦书说：“爷爷，我们陪您吃晚饭。”

韩老爷子摆手，“不用，我的食谱跟你们不一样，太清淡，你们吃不惯，平时韩沛他们都不在家吃的。”

秦书看向韩沛，看他什么意思。

韩沛正在草稿纸上做标注，两个多小时下来，他研究得差不多了，把秦书思路有问题的地方给圈出来，“时间不够，我只看到这里，你回去顺着这个思路看看能不能推出答案。”他把草稿纸给她，“都给你做了注明。”

秦书表达了谢意，然后说：“爷爷有些累了。”

韩沛叮嘱了家里的阿姨和保健医生几句，和秦书一道离开。

坐上车，韩沛问秦书想吃什么。

秦书知道韩沛忙，在家陪了她一个下午应该耽误不少事情：“不用，你直接送我回家就行，我还要做题。”

秦书的不讲理只对自己最亲近的人，跟她关系一般或是不了解她的人都觉得她性格特别好，特善解人意，不愧是大家庭培养出来的女孩儿。

方慕和经常揶揄她是最美的伪装者。

韩沛转头看着她，“你用不着减肥，多少吃点。”

秦书随口扯了个谎：“没减肥，等室友回来还要吃夜宵。”

“室友？”

“我闺蜜，住我那里。”

韩沛点点头，也没再勉强她，“等你有空我请吃饭，今天耽误你一下午，陪老人挺无聊的，又枯燥。”

秦书客气道：“一点都不无聊。韩爷爷的棋艺很少有人能比，我这是不花钱学下棋呢，赚的是我。”

韩沛直接道：“那有空就过去玩。”

秦书：“……”

韩沛没觉得自己刚才的那句话有什么不妥，转过身去，发动引擎，汽车缓缓驶离院子。

秦书回到家，颜彦还没回来，估计今晚又加班。没顾得上吃晚饭，她直接去了书房，一头扎进题目里。

再次回神是电话响了，方慕和打来的，“在哪？”

秦书揉揉眉心，看了眼时间，快凌晨了。方慕和应该接到卜一了，只是她的题目还没做出答案来，一点都不想跟卜一碰面。

她瞎诌一句：“在我爷爷这里。”

方慕和一听她在爷爷家，就打消了念头。秦爷爷和秦奶奶家教严，特别是秦奶奶，决不许琪琪超过 10 点了还在外面玩，尤其是在一些娱乐场所。

“嗯，那圣诞节再带你和卜一出来玩。”

秦书应着，又好奇道：“你圣诞节没人约？”不应该。

方慕和笑，逗她：“约我的女人太多，不知道选哪个，索性全拒绝了。”

“……方妈妈，对待感情不专一，总有天会遭到报应的。”

方慕和不以为意，“什么报应？爱而不得？”他这个年纪，早就把爱情看得透彻。

“不是感情方面的。”

“那是哪方面？”方慕和漫不经心地问。

“在生意场上，有一天韩沛各方面全力碾压你，特别是身家远远超过你。”她就跟韩沛相处了一下午，他话不多，她却感受到了他的气场和沉稳。这些方慕和也不缺，所以他们俩在生意场能势均力敌。可她总觉得韩沛身上有种特质，是方慕和没有的。具体是什么，她一时说不上来。

方慕和本来是慵懒地倚在汽车座椅上，被她这话给气得直接坐直：“你才跟韩沛见了一面，你就开始吃里爬外？琪琪，你的良心呢？”

秦书笑，“心一直都在，至于良不良，就不好说了。”

方慕和也懒得跟一个吃奶的孩子计较，好心叮嘱她：“别跟韩沛走得太近，你幻想的浪漫爱情他满足不了。再说，他身边追他的女人，比你优秀的多了去了。像他这样城府深的男人，你还小，驾驭不了。”

秦书无语，明明她是在跟他说商场上的事，他却跟她扯感情上的。

她还要继续做题目，没空跟他掰扯，“先不说了，我困了。”

还没来得及挂电话，手机里传来卜一的声音，特别欠扁的语调：“学霸女神，题目做出来没？要是没做出来也别哭，哥哥我不会笑你的。”

“做出来了，在我公寓那边，明天我回去后一早就给你发过去。”她脸不红心不跳地撒谎。

卜一愣了下，“真的假的？”

秦书“切”了声，“你以为数学天才的称号是浪得虚名？”说完直接挂了电话。又去厨房冲了一杯浓咖啡，今晚熬个通宵也得把题目给做出来。

三个小时过去，终于在凌晨3点一刻，秦书解出了题目的答案。她合上电脑，整个人累到虚脱，直接躺在椅子里。

比表白成功还激动，这种兴奋，无以言表。几分钟过去，心情还是没平静下来。可能真的累糊涂了，秦书以为自己现在是在纽约的公寓，她还换算了下，这个时间点北京是下午。

她拿出手机竟然拨了韩沛的电话。

韩沛一晚上都在处理下午耽搁的工作，一直忙到凌晨2点，才刚睡着没一会儿，手机响了。

摸过手机，本来困意席卷，看到是秦书的电话，他清醒不少：“喂，琪琪。”

“没耽误你工作吧？”

韩沛怔了下，一时没弄明白是怎么一回事，关心道：“怎么了？”

“那道题目我做出来了。”

韩沛松口气，淡笑着：“这么快？”

秦书“嗯”了声，“我是按照你提醒的思路来解的。”然后特别真诚地说了句，“谢谢。”

韩沛一时也没了困意，拿上烟盒打火机去了露台，冷风灌进脖子里，大脑瞬间彻底清醒。他随口问道：“这题目是你的课后作业？”

“不是。”有一方面是在卜一那里要面子，更主要的是为了她自己。顿了几秒，接着说，“怎么说呢，就是把它研究透彻了，对我工作也有帮助。”所以她就较真了，一直忙活了好几天。

“那值得研究。”他点了支烟。她半夜给他打电话分享这种喜悦，他不能敷衍了事打击她的热情，“把解题过程说给我听听，说不定还能给你一些意见。”

“时间挺长的，不打扰你工作吗？”

韩沛抽了口烟，缓缓吐出烟雾。她是彻底沉浸到题目里了，还以为自己在纽约，他也没说穿，“这会儿不忙。”

秦书又打开电脑，很认真地把自己所有的解题思路一点点表达给韩沛。韩沛专注听着，不时给出一些建议。

一支烟抽完，他又点了一支。弹弹烟灰，凌晨3点半，他累得要命，却耐着性子听她讲题目。

Chapter 6

陪他跑步

一个小时后，这通电话才结束。

韩沛揉揉眉心，这是他打过最长的一次电话，从头至尾都极尽耐心，身体已经极度疲倦，又在露台抽了支烟才回卧室。

秦书关上电脑，捏捏颈椎。这会儿彻底从刚才的兴奋中抽离出来，脑子也冷静不少，然后她意识到一个严重的问题——现在，她在北京。

所以……她半夜三更给韩沛打电话，还一讲就讲了一个多小时？

秦书怔怔地盯着手机屏幕，凌晨 5 点了。傻了几秒，她迅速给韩沛发去一条信息：对不起，我搞错时间了。

韩沛刚躺下，看着又亮起的屏幕，回她：没事，我当时也刚忙完。早点睡。

秦书又打了好几行深表歉意的话，手指在按键上方停留半晌，最终全部删去，回过去两个字：晚安。

韩沛也回了“晚安”两个字。

秦书才睡了四个小时就被卜一给吵醒：“我和方妈已经在你公寓楼下，给你十分钟洗漱时间，赶紧下来。”

秦书睡眼惺忪，连声音都含糊不清：“什么事？”

“拿我题目的答案，然后带你去马场。”

“答案马上发给你，马场我就不去了。”

卜一一副没商量的语气：“不是你火急火燎地让我回来陪你去马场？！你说不去就不去？方妈已经把今天空出来，连会议都取消延迟到明天，你好意思为了睡觉失约？”

“你烦死了！滚！”秦书扔了手机，起床。

“怎么了？又发公主脾气了？”方慕和收起手机，他刚跟秘书打过电话，把今天所有的行程都推后了。

卜一一脸郁闷，“嗯，估计这阵子正在骂我。”

方慕和笑，“你活该。”

卜一：“……”

方慕和昨晚也没睡好，靠在座椅里闭目养神，还不忘挖苦卜一：“你说你在纽约好好待着就是了，缺吃缺喝的我给你寄过去，你非要上赶着自虐。”

卜一望着窗外叹气：“还不是琪琪说她能把那个题目解出来，不然我吃饱了撑的回来受她虐？”

方慕和问：“跟我说实话，那个题目到底是谁让你做的？我觉得你导师还没那么闲。”

卜一有丝心虚，没敢说是为了追一个美女学霸，坚持道：“真是替老师解决的。”

“最好是这样，不然看我怎么收拾你。”他摁着突突直跳的太阳穴，“下次放假，你们一个个都别回来了。你们一回来，我就得折腾进去半条老命。”这辈子的耐心都耗在他们俩身上了。

正说着，手机振动了。方慕和睁眼，漫不经心地拿过手机，看到备注名称，他一怔。

韩涔发过来一条信息：晚上有空吗？

方慕和一点都没拖泥带水：没空。

几分钟过去，韩涔没再回过来。方慕和对着屏幕若有所思几秒，推开车门下去。

走到离车挺远的花坛边，方慕和拨了韩涔的号码。

韩涔的语气淡淡的：“有事？”

“韩涔，你几岁了，还玩这么小儿科的把戏？”

韩涔喜欢他，他拒绝了。没有结果的事，他就不会给她任何幻想。

“那你还打给我？”

“打你电话是有别的事。”

今天早上吃饭的时候，他听父母说起琪琪跟韩沛的事，原来两家大人还真有心想撮合他们。

韩沛是成功的商人，家世好，长得好，能力超群，是许多长辈眼里中意的女婿人选，但韩沛却不是女人的良人。至少他们这个圈子里熟悉韩沛的那些同龄人，都这么认为，韩沛太过理智冷静，没人情味。

稍停顿，方慕和开门见山道：“琪琪和你哥的事，少不了你在里边掺和吧？”

韩涔一怔，没想到方慕和这么快就知道了。

过了几秒，方慕和还是没听到她的动静，他把手机放在眼前看了下，还在通话中，“韩涔，说话！”

韩涔还是没吱声，两人僵持着。她正在车里，窗玻璃上有层浅浅的薄雾，她心不在焉地胡乱画着，也没回应方慕和。

前几天她从爷爷那里知道跟哥哥相亲的是秦书，他们基本定下来会是商业联姻，她就希望哥哥能对秦书好点。甚至还鼓动爷爷，让哥哥主动去追秦书，结果现在却换来方慕和的埋怨。

他着急，她就偏不说话。

“再不说我挂了！”方慕和语气不耐。

顿了片刻，韩涔终于开口：“如果我说我所谓的掺和是为了我哥和秦书好，你信不信？”

“我话就说一遍：到此为止，别把琪琪往火坑推！你哥那种冷血没人情味的人，会把爱情放心上？你就别再瞎掺和，让他们顺其自然，早散早好！我忙了。”说完直接挂了电话。

方慕和转身就看到秦书从公寓走出来，一副没睡醒的样子，无精打采。走近后，他发现她眼圈都是黑的。

“昨晚干什么去了？”他盯着她看。

秦书面不改色道：“没干什么，在我爷爷家睡不着，半夜又爬回来了。”她拉开车门坐上去。

方慕和不满地揉揉她的脑袋，都懒得拆穿她。昨晚她说她在爷爷家，今早他和卜一直奔秦爷爷家，结果哪里有她影子？她压根就没过去，撒谎成精了。

还好秦奶奶出国去玩了，不在家，不然还不知道要怎么盘问他和卜一。

秦书把答案和解题过程全部发给卜一，卜一看完后激动半天，抱拳感谢：“以后你就是我姐，我唯你马首是瞻！”

方慕和瞅了秦书两眼，“你做的？”

秦书侧脸跟他对视，挑衅的眼神，“不然呢？”

方慕和笑笑，这题目他都没做出来，就她？大概是韩沛帮了不少忙。

手机响了，是马术俱乐部那边的负责人。方慕和接听，说还有一个半小时能到，让他们先准备好马。

秦书和卜一从小就喜欢骑马，他自己赚了钱后就投资了马术俱乐部，请人教他俩马术。每次只要她和卜一想骑马，他再忙都会抽时间陪他们。

卜一把题目答案发给美女学霸，静候佳音。闲着无聊，他忽然想起来一件事儿，凑到秦书身边，小声说：“欸，你猜我跟方妈昨晚遇到谁了？”

秦书头也不回地回他：“人。”

卜一被噎了下，好在都已经习惯了，知道以秦书的脾气，不会回答他，就小声自问自答：“遇到了贺竞南。”

秦书一怔，“在哪儿遇到的？”

“在酒吧，他应该是跟客户去楼上会所谈事情。”他压低声音，“昨晚没跟我们一起去，后不后悔？”

秦书整理好表情，“没听过‘相见不如怀念’？”

卜一跷着二郎腿，手臂撑在车窗上，若有所思地看着她，“那天我问你的那个问题，你还没回答我呢。”

“哪个？”

“你还要追贺竞南？”

秦书不答反问：“我脑子有坑？”

卜一放心了，“不追就好。”

那边，方慕和结束了通话，把手机搁一边。他只听到卜一最后那句，问道：“不追什么？”

秦书喜欢贺竞南，跟贺竞南表白遭拒的事，之前只有卜一知道，现在多了闺蜜颜彦，其他谁都不清楚，包括方慕和。

秦书最怕方慕和唠叨她，就一直瞒着他。

她抢过话："星。"

卜一连连点头附和："嗯，不追星，耽误学习。"

"追星还不如追我，我这样的适合做偶像。"

秦书和卜一不约而同地把脸转到一边去，一脸的嫌弃。

到了马场，方慕和遇到了熟人，招待他们去了茶室。卜一和秦书跟那些人不熟，就在马场瞎转悠。

冬天的马场冷清萧条，一眼望去白茫茫的一片。卜一看了眼手机，两个小时过去，女神还没回复他。他收起手机，双手抄兜，来回踩着地上的落叶，发出窸窸窣窣的声响。卜一又接着车上之前未完的话题，看向身边正玩雪的秦书："欸，琪琪，你刚才说不追贺竞南了，是不是纯粹敷衍我的？"

秦书不耐烦，"几天不见，你怎么变得婆婆妈妈的？"

卜一如实说："昨天不是遇到贺竞南了么，方妈说贺竞南回国了。"顿了顿，欲言又止。

秦书抬头，"3、2……"

还没数到1，卜一立马招供："贺竞南就在你们海纳投行上班，是中国区的负责人。"

秦书手上的动作一紧，手心里的雪球碎了。卜一摸摸鼻子，不敢吱声，心里也是五味杂陈。

因为两家大人关系好，走得近，他和琪琪出生没多久就认识了。他比琪琪小两个月，这么多年来，相处得就跟亲姐弟一样。大多时候都是琪琪照顾他，当然也免不了地欺负他。他呢，每次都跟她对着干。玩闹时归玩闹，可看她现在这样，他心里也不太好受。

许久，秦书回神，把手上的雪拍拍，起身。

"你没事吧？"卜一也不会安慰人，小声问她。

秦书从兜里拿出纸巾擦擦湿漉漉又冰凉的手，"现在没事了。"

卜一看着她，"你打算怎么办？"

秦书迎着他担心的目光，"谢谢。"

卜一有些发蒙，"琪琪，你没……没事吧？"她在他跟方慕和面前，从来不知道"谢谢"二字是什么，现在一本正经地跟他道谢，太惊悚了。

秦书摇摇头，说没事。圣诞节后她就要去分公司报道，还好提前知道这事，不然在公司遇到贺竞南，这样子多失态。把手里的纸团团，她下巴微扬，"走吧，去找方妈。"

卜一几步追上她，还是不放心，"琪琪，你确定你没事？不爽你就说出来，哭一场也没关系，我绝不会笑你。"又伸手指保证，"真的。"

秦书瞧他一眼，"放心，我还没那么脆弱。"

卜一现在担心的是，"那你以后跟贺竞南碰面了，你……怎么办？"

"气势上压倒他。"

卜一不明白："什么意思？"

"聪明人一听就明白是什么意思。"

卜一在原地站了数秒，还是不明白。

秦书已经走了老远，他小跑着追上去，好生相劝："欸，琪啊，你可千万别……再表白了。万一要再失败，这抬头不见低头见的，多尴尬。"

"我是那种死缠烂打的女人？"

卜一摇头，这会儿他毫不吝啬赞美之词："当然不是，你是我见过最帅气又爽快的女孩儿。"

"那不就得了。"

她不是小女人，不会为了爱情寻死觅活。没有贺竞南的这几年，她变得更好了，只是想到还有几天就要见面，她现在说不出是什么心情。悲喜交加？可能吧。

卜一跟在她身后，"琪琪，要不你这个寒假就别去实习了，以后还是回海纳总部上班吧。"这样不就什么问题都解决了？

"解决得了一时。"

"嗯？什么意思？"

秦书没应声，双手插兜，慢慢悠悠地走着，不时踏两脚雪。

卜一快走两步，追到她前面去倒着走，"欸，琪琪，你刚才那句，什么意思？"

秦书难得这么心平气和地跟卜一说心里话："逃避不是办法，贺竞南是我心里的一个疙瘩，现在有这个机会，我就得把这个疙瘩解决了。"

爷爷以前经常跟她说，那些不开心的人，不是因为将就，就是因为逃避。面对了，很多问题就会迎刃而解。可能这个解决的过程会很辛苦也会很痛苦，但解决了，就会一劳永逸。

卜一好像明白了一点，用力点点头，"那我支持你去上班。你看四年半你都没走出来，是该好好解决一下。"

一直玩到下午 5 点，他们才从马场回市区。

因为贺竞南的事，秦书玩得不是太尽兴，方慕和也感觉出她情绪上有波动，"琪，怎么了？"

"没睡好。"

"我不是指这个。"

秦书装傻充愣，"你是说我今天技术不咋地？马的原因。"

方慕和一脸无奈，"……跟你说句话怎么那么费劲！"

秦书笑，"那还不简单，你把嘴闭紧不就行了？"

方慕和知道问不出什么，打开邮箱开始工作。

卜一玩累了，坐在副驾驶睡着了。

秦书也困，靠在椅子上眯上眼小憩。刚睡了几分钟就接到韩沛的电话。

"忙不忙？"他问。

秦书发现韩沛低沉的声音有治愈的功能，一下午低落的心情瞬间好转。她回："不忙，在车上。"

顿了几秒，韩沛问："那我现在去接你，晚上一起吃饭？"

秦书满是歉意地说道："我不在市区，回去估计要挺晚。明天我请你。"昨夜打扰他那么久，她得找个机会表示感谢。

韩沛思忖几秒，又问："晚上有没有安排？"

"和朋友吃个饭，别的没有。"

"那晚上陪我跑步。"

秦书微怔。她确定自己没听错，韩沛让她陪着他跑步。

Chapter 7

约你
是我自己的意思

韩沛等着秦书回应。他正在商务会所，约了贺竞南谈事，不是AC公司的事，另一个并购案，所以昨天秋蓝要约贺竞南一起时，他推辞了，说没空。

本来说好了一起吃饭，结果贺竞南晚上临时有重要的事，那一瞬，他竟然想到了约秦书。

电话里，秦书的声音传来："我没穿运动鞋。"

"你围着操场走走就行。"

其实走走她都是不愿意的，可拒绝了又太无情，毕竟她还欠他一夜陪聊的人情，只好应下来。

结束了通话，韩沛还没收起手机，贺竞南就进了包间，刚才他出去接了老板的一个电话。

贺竞南再三表示歉意，"改天我请客。"

韩沛淡笑，"我们之间就不用客气了。"

贺竞南和韩沛简单聊了几句，在商务会所楼下分开。

刚坐上车，贺竞南就收到了老板发来的信息。刚才老板给他打电话，说圣诞节后安排个还没毕业的小孩给他带带。还特意叮嘱他，尽管严厉，那女孩心性高脾气大，不服管，得收收她的性子。

贺竞南点开信息，看到"秦书"两个字，愣怔住，存着一丝侥幸心理，也许这个秦书只是跟他认识的秦书同名同姓。他找出号码簿里"琪琪"的手机号，跟老板发来的那个"秦书"的号码一样。

贺竞南摁掉手机，揉揉眉心。

千回百转，他们又遇上了。这一回，他还是她的老师。

贺竞南直接回了公司，约的人还没到，公司投资银行部的副总赵曼迪敲门进来。赵曼迪是典型的职场女强人，强势干练。

"贺总。"

"这么快就好了？"

"您看看还有什么不合适的地方，我再修改。"赵曼迪把商业计划书递给他，是AC公司的计划书，这个项目由她和贺竞南亲自带领团队负责。

"嗯，晚上我谈完事情抽空看。"贺竞南拿出便签纸，开始写东西，又忽然想起来，"生日快乐。"

刚才路过项目三部办公室，他们手里还有个项目，到了后期，这段时间几乎通宵加班。没想到这么紧张的时候，他们还在吃蛋糕。秘书说今天是赵总三十岁生日，太忙了，就在办公室一起吃个蛋糕。

赵曼迪浅笑，“谢谢贺总。”没有其他事，她抬步离开。

“曼迪你等一下。”贺竞南继续写着，“团队再加个人，她圣诞节后过来报到。”

赵曼迪微诧，没听人事那边说有新人过来。“谁介绍过来的？”她走过去。

“老板。”贺竞南盖上笔盖，把便签纸递给她，“马上研究生毕业，之前在总部做了两年的分析师，都是由我们老板亲自带的。”

赵曼迪看到便签纸上的名字，怔住。

贺竞南没注意赵曼迪的神情，低头看了眼自己的行程安排，“我那几天不确定在不在公司，要是我出差，你把她的工作安排好。”

赵曼迪回神，迅速整理好失态的表情，淡笑着：“好，我会尽心安排的。”走出贺竞南的办公室，赵曼迪长长地呼了口气。

她没回办公室，去了洗手间。又看了看手里那张纸上的名字——秦书，小名琪琪，耳畔回荡着特别久远的声音。

“姐姐，我看到你和哥哥亲亲了！哎呀，好丢丢！”

“……没亲亲，姐姐眼里进了沙子，哥哥帮我吹吹的。”

琪琪噘着嘴，“骗人！才不信，你们大人喜欢说谎。就是亲亲了，我和卜一都看见了。卜一说电视上都是这么亲的。”小丫头笑着，和卜一跑进了游乐场。

那时她跟方慕和成天黏在一起，他们是彼此的初恋。可是后来，一切都变了。当初那个小丫头长大工作了，而她都三十了。

赵曼迪拿出手机存了秦书的号码，想拨过去，最终作罢。

秦书和卜一还有方慕和正在吃晚饭，她连着打了好几个喷嚏。

“让你穿那么少！”方慕和瞅她一眼，不满的语气。

“说不定是谁在想我。”

卜一吃得差不多了，手托腮，摇着红酒杯，笑说：“那可不一定，指不定谁看你不爽，在骂你呢。”

秦书在桌子底下狠狠踢了他一脚，卜一没坐稳，大半个身体趴在了餐桌上，红酒也洒了半杯。

“你！”

方慕和刚才也喝了不少酒，酒精上头，他揉揉眉心，“你们两个小祖宗，就不能消停一会儿吗！”

秦书把手里的餐巾系在卜一脖子上，又用力捶了他几下，拿上包离开。

“去哪？”方慕和对着她的背影问道。

秦书头也没回：“约会去。”

卜一快被餐巾给勒死了，好不容易解下来，长吁一口气，问方慕和：“琪琪要跟谁去约会？”

“人。”

“……”

秦书直接去了Z大的操场。刚下过雪，这几天天冷，跑步的人不多，整个操场上也就十多个人。一阵冷风吹来，她不由得微微瑟缩。

刚走到操场入口，身后就传来喇叭的嘀嘀声。秦书转头，路边一辆黑色轿车里下来一个人。隔得有些远，她眼睛微眯，看见了穿着一身黑色运动装的韩沛，他手里还拿着大衣，朝她走过来。

“怎么不打我电话？”韩沛走近。他刚才在看邮件，一个没留神，她就从他车前走过去了。

“以为你跑步去了没带手机。”她瞅了一眼他手里的大衣，“你拿着衣服，跑步方便？”

“给你穿的。”

秦书一怔，“给我穿？”

“嗯。”他瞅了眼她的脚，今天依旧是没穿袜子，露出白皙的脚踝。他就跟有强迫症一样，想给她的脚踝保暖。

秦书本能地拒绝：“我不冷，谢谢。”

“脚上注意保暖，否则老了会得关节炎。”

秦书还是说：“我习惯了，不冷。”

韩沛没再勉强，那件大衣他也没再放回车里。两人并肩走向操场，秦书侧脸问他：“你经常来这跑步？”

“只要不出差，基本每天都跑。”他说，“你要是有时间，可以跟我一起。”

秦书最怕的就是跑步，她敷衍了句：“嗯，等有时间的。”

走路时韩沛瞥了几眼她的脚踝，“不冷？”

“还行。”秦书若有所思地望着他，“你是不是有轻微强迫症，见不得女人大冬天不穿袜子露脚踝？”

韩沛跟她对视，“别的女人穿不穿，我没注意过。”

秦书一时都不好接话，这话有一丝丝暧昧。

空气都有点沉默。

进了操场，韩沛把大衣递给她，“冷了你自己穿。”又把手机递给她，“帮我拿着。”

韩沛去跑步了，秦书一人慢慢悠悠围着跑道走，这边操场空旷，没有遮挡物，东北风嗖嗖地往脖子里灌，不光是脖子，脚上更冷。

走了半圈，实在冷得受不了。

秦书肠子都悔青了，她干什么来这里找罪受？有那么一瞬，她都怀疑韩沛是不是跟她有仇，大冷天的让她喝冷风。

韩沛正好从后面追上来，他已经跑了三圈，看她直哆嗦，“不是有衣服？”下巴一扬，示意她手里他的大衣。

还不等她说话，韩沛继续跑远。

又过了几分钟，秦书实在冻得受不了。她跟韩沛不熟，不好意思穿他的衣服，只好把他的手机揣进自己外套口袋，拎着他风衣的衣领，放在身前挡风。胸口暖了，可脚还是不管用，要再往下放他衣服就拖地了。

韩沛跑得快，几分钟就跑了一圈。跟她擦肩时，他停下，“衣服给我。”

秦书：“……”

才刚暖和一点，他又要拿去。

韩沛接过她递来的衣服，走近半步，“我帮你穿。”一只手臂穿过她的身后。

靠得太近，他手臂环住她的身体，秦书像被他抱在怀里一样，周围全是他的气息。她心跳加速，竟然鬼使神差地没有拒绝他的好意。

韩沛比她高一个头，她眼睛平视他的喉结。就跟颜彦说得那样，喉结特别性感。

韩沛把他的大衣系在她的腰间，秦书像穿了条厚厚的长裙，两条腿瞬间暖了。

秦书收着呼吸，抬头看他：“都快拖地上了，会弄脏衣服。”

韩沛把两只袖子又系牢一些，“衣服脏了可以洗。”他退后半步，跟她保持着让她舒适的距离。

直到他的身影在夜色里越来越远，绕到她身后看不见，秦书才收回视线。身上裹着他的衣服，像是被他从身后拥住一样，感觉很奇妙，她也理不清到底是一种什么感受。

之前颜彦说韩沛每次都跑二十多圈，秦书也没太当真，只以为是颜彦那个花痴同事夸大事实。没想到韩沛还真的坚持跑了 23 圈，跟她年龄一样的圈数。

他跑了二十多圈，她才围着跑道走了四圈。不时有跑步的人路过她身边会盯着她看几秒，可能觉得她这样子装扮有些奇怪，她也没放在心上。

韩沛跑最后一圈时，手机振动了。秦书以为是自己的，习惯性从口袋里拿出来，她的手机跟韩沛是一个牌子，只是颜色不同。

来电显示，秋蓝。

秦书把手机摁了静音又放回口袋。不到两分钟，韩沛从后面追上了她。

“还跑吗？”秦书问。

韩沛停下来，气喘吁吁，额头上全是汗，“不跑了。”

“23 圈。”

“嗯。”

秦书好奇，“你也数自己跑多少圈？”

“以前没数过。”

秦书没多想，想起他的手机，掏出来递给他，“刚才有电话进来。”

韩沛看着未接来电，思忖片刻才回过去。秦书见他出那么多汗，把大衣解下来给他。韩沛摆摆手，示意她穿着。秦书便没打扰他打电话，先去了汽车那边。

电话接通，秋蓝的声音传过来：“你电话现在怎么这么难打？”

“手机用了好几年，旧了。”

秋蓝一噎，每次抱怨他，从来都不会从他那里讨到一分钱的便宜。

言归正传：“忙不忙？”

“忙。”

秋蓝半开玩笑：“忙着约会呢？连电话都不接。”

“嗯，陪女人。”

“陪什么女人？”

韩沛望着夜色里秦书婀娜的身影，回秋蓝：“我的。”

他的女人？

秋蓝一愣，转念间自己又笑了，她以为韩沛这么说是在回呛她。这个时间点儿，韩沛如果没出差，基本都在公司加班，哪有那个闲工夫陪女人谈情说爱。

她刚才随口说的一句玩笑话，没想到韩沛较真了。不过秋蓝还是顺着他的话调侃了句：“仙女还是妖精？”

韩沛却没那个闲情逸致跟她掰扯：“要是找我聊天，你找错人了。”

秋蓝收起玩笑，说正经事：“今天遇到个熟人，期间聊到一家公司，我觉得可以投资。”

韩沛单手抄兜，慢慢朝秦书那边走去，他问：“什么项目？”

“环保类的项目，业务涉及污水治理和污染治理，感兴趣吗？要不一起投？”

韩沛对这个行业没深入研究过，感兴趣和能不能赚钱是两码事，不过也没直接回绝：“现在我没空，到时再说吧。”

秋蓝迂回道：“听说方慕和对这个公司也蛮感兴趣的。”

韩沛没吱声。

“喂？”秋蓝以为是信号不好。

“嗯，然后呢？”他知道秋蓝是在用激将法，拿方慕和激将他，怕他不投资，而她手上的资金不够。

秋蓝笑了：“没有然后，就是圈里人不是经常把你们俩放一起比较吗，他现在对那个项目也感兴趣，说明值得投。”

“方慕和看好的项目我不一定看得上，他看不上的也不代表不好。”

秋蓝顺着他的话：“是是是，你说什么都对。那具体的我们明天见面聊吧，我觉得这个项目的发展前景不错。”

约好了时间，韩沛挂了电话。

秦书站在汽车跟前，她不知道车钥匙在韩沛大衣口袋里。

韩沛跑着过去，“冷不冷？”汽车正好停在风口。

“还行，刚走了几圈，身体暖和不少。”秦书把衣服递给他，“出了汗容易着凉。”

“习惯了。”韩沛看了眼时间，10点半了，抬头看着她，“我先回公寓冲个澡再送你回去？”

秦书无所谓，反正回家也没事可做，这几天颜彦出差了，要明天才回来。

韩沛公寓离 Z 大很近，开车只用了 5 分钟。这么晚了，韩沛也没邀她上去，打开车载钢琴曲，“我很快就下来。”

悠扬的曲子在车里环绕，秦书平静不少。

这一天下来，很多事让她猝不及防，贺竞南成了她的顶头上司，以后他们又要不时见面；韩沛竟主动约她，也许并不是他本意，只是迫于家里的压力。从昨天下午去下棋到现在，她基本可以确定，两家长辈希望她和韩沛结婚。

韩沛简单冲了澡就下楼，从上楼到现在也才过去 32 分钟。洗过澡他穿了件黑色衬衫，头发还没干。秦书差点都没移开眼，性感成熟的男人对女人有着致命的诱惑，她也不能免俗。

韩沛问秦书饿不饿，要不要吃夜宵。

秦书摇头，“晚上吃得不少。”

韩沛发动车子，一路上两人基本都是安静状态，偶尔有一搭没一搭地聊两句，还都是工作上的话题。

到了秦书公寓楼下，秦书没打算下车，“有时间吗？想跟你聊聊天。”

韩沛大概猜到她想聊什么，“到前面来坐。”

秦书从后排移到了副驾驶室。开门关门的瞬间，车里进来不少冷风，韩沛把空调又调高两度。

韩沛解开安全带，看着她，“想说什么就直接说。”

跟韩沛这样城府深的男人聊天，秦书也就没绕圈子，“约我，是韩爷爷的意思吧？”她又想到了那通来自“秋蓝”的电话，对韩沛说，“如果你难为情或是有不得已的地方，就由我来断了长辈的心思。我爷爷还算通情达理，不会勉强我做不喜欢的事。”

韩沛一眼便知道秦书在想什么，“刚才是工作上的电话。”

既然她问了，他就把话说开：“想撮合我们确实是爷爷的意思。”稍稍一顿，他看着她，“但约你，是我自己的意思。”

Chapter 8

他随便一句话 都会撩人心弦

他这么直白又坦诚，秦书都不知道要怎么接话。招架不住他深邃的眼神，她移开了视线。

两个直白的人，成功地把天聊进了死胡同。

韩沛适时缓和气氛，半开玩笑的语气说："跟我说说，你好不好追？"

秦书也笑了，"不好追，难度五颗星。"

"那就追到你毕业，追不到再继续。"

秦书没吭声。这次他的语气和表情都是认真的，没有半点玩笑的意思在里面，她迎着他的视线，"你喜欢我什么？"

看来直白会传染，她竟毫无顾忌地问出口。

"漂亮，性感，聪明。"

"……就这些？"

韩沛颔首，坦诚道："目前是。"

这种男人，直白起来都是一种诱惑。

秦书笑，"这么肤浅？就不能说点有内涵的？"

"那至少也得三五个月以后，了解一个人的内在需要时间。"他说，"我们才认识两天，我现在要说爱你爱得刻骨铭心死去活来，你信？"

秦书毫不犹豫，"不信。"

总觉得不真实，下车前，秦书索性一次弄个明白："你身边肯定围着不少漂亮性感和聪明的女人。"不多她一个，她还有自知之明。她绝不是最好看的那个，才见了两次，他怎么就对她上心了？

"所以，你不一样。"

凌晨 12 点半，秦书在床上躺了一个多小时，毫无困意。韩沛的那句"所以，你不一样"一直萦绕在耳边。算不上情话的情话，扰得她心神不宁。

方慕和以前跟她和卜一探讨过什么是爱情，她觉得经得住时间和平淡考验的感情，才是她向往的相濡以沫的感情。就像她的父母，她的爷爷奶奶，一辈子没有过轰轰烈烈，却过得踏实。

方慕和说，感情和爱情不是一回事。日久而生的基本都是感情，这种感情很复杂，是习惯是依赖，有时还有生存的需要。爱情是很纯粹的，没有条件，是一瞬间的心动，道不清说不明，在那一瞬，甚至可以为他活，也可以为他死。刻骨铭心又心甘情愿。

方慕和还说，不是每个人都有幸遇见爱情，有些人谈了不止一次恋爱，却从没体会过心动是什么滋味。后来，方慕和跟他的初恋分手了，她有次问他爱不爱的事，他再也不提，说爱情是虚无缥缈的东西，信那个做什么。

卜一说，方妈的爱用完了，所以不想提那些情情爱爱的。秦书开始瞎想，韩沛对她……是一见钟情？也可能。第一次见面，他让她坐在驾驶座后面那个位置，一切就不一样了。

韩沛要是喜欢一个女人，还主动追，不管哪个女人都没法抵抗那份诱惑。她也是俗人一个，不能例外。

长这么大，第一次因为男人的一句话，她失眠了。实在睡不着，秦书起来弹钢琴。有些曲子好多年不弹都忘了谱子，去书房找来多年前的琴谱，翻来翻去，没有哪首适合现在的心情。

今天韩沛跑了23圈，她就翻到了第23页。秦书来回弹了十遍，大脑愈发兴奋了。合上琴盖，拿着手机去了露台。

“你知不知道现在几点了？”方慕和刚睡着又被吵醒，晚上喝了不少红酒，这阵子睡意正浓。也就是秦书，换作别人三更半夜来吵他，他早就直接挂了电话。

没好气地问秦书：“你又哪根神经搭错了？！”

“韩沛要追我。”

方慕和以为自己听错了，拧着眉，“你说什么？”

“话。”

“……不说我挂了。”

秦书趴在台子上，看着小区里零星的灯火。被韩沛主动表白的那份悸动还在，虚荣心也在作祟，怎么都冷静不下来，只能来找方慕和，让方慕和给她泼泼冷水。

隔了几秒，秦书才说：“韩沛要追我。”

方慕和清醒不少，开灯起床，“韩沛要追你？他亲口说的？”

“嗯。”

方慕和去书房拿上烟，正好书桌上有半杯冷咖啡，他端起来一口气喝了。喝完直接去了阳台，打开窗户，东北风嗖嗖地卷进来。他冷得向后退了步，开始点烟。

半晌过去，秦书没听到那边的动静，“怎么不说话？”

方慕和深深吐出一口烟雾，“抽支烟压压惊。”

“……”她不满地质问，“有那么大惊小怪？我哪里差了？”

方慕和平静不少，“跟你没关系，就是韩沛那种冷血动物一下子要食人间烟火，有点不习惯。”

又问她：“你怎么想的？”

秦书在露台上也冷，把睡袍用力裹紧，不忘回方慕和：“现在什么都没想，等我明天头脑理智了再说。”

冷风吹着，方慕和的酒气散得差不多。感情的事，他作为局外人，不好多说什么，况且韩沛那样的，没几个女人会拒绝。他担心的是，“你确定你能驾驭得了韩沛那样城府深不见底的男人？”又提醒她，“韩沛跟我一样，没那么多时间去谈情说爱，也没心思哄女人，至于你这个年纪想要的浪漫，他更给不了。”

给秦书几十秒消化的时间，方慕和继续道：“最主要的是，你跟韩沛之间，还牵扯到两家的商业合作跟长辈的交情。你都 23 岁了，也不小了，真跟韩沛在一起后，哪能你想做什么就做什么，你想分手就分手。这些你都要想好了。如果你明天冷静下来，经过深思熟虑后，你还是想跟他试试，”顿了下，他说，“那我支持你。”

秦书连着五六天没睡好，脑仁都发疼。她用力按着头上的穴位，方慕和说的这些确实该考虑清楚。

方慕和没催着她说话，她现在需要冷静。

过了一阵子，秦书喊他：“方妈？”

“嗯？”方慕和把烟头摁在烟灰缸里。

秦书犹豫了下才问：“初恋到底是怎么定义的？”

单向暗恋算是初恋吗？还是非要接吻拥抱？

方慕和手上的动作一滞，脸上的神情有瞬间的凝结，连声音都莫名沙哑了几分，“怎么忽然问这个？”

“没什么，瞎问的。”

方慕和没心思说这个，催她：“不早了，睡吧。”

秦书挂了电话才发现有一条未读的信息，是韩沛发来的，简单的一句：我到了，早点睡。

连晚安都没有，也许不习惯？

她回了句：嗯，晚安。

没想到韩沛的电话随即打了进来，第一句话就是：“时差还没倒过来？”

这一阵子风又大了，秦书背过阳台，拢了拢大衣，“嗯，不过比之前好多了。”

“既然没倒过来那就别倒了。”韩沛的声音传来。

“……”她又断断续续听到一些，“反正过段时间就回学校了，不然到时候还得再倒。”中间他还说了不少，她都没太听清。

“你在电梯里？”秦书问道。

“你刚才说什么？”这回他的声音清晰又低沉。

秦书没答反问：“你到家了？”

韩沛“嗯”了声，开门进去。之前回来换衣服丢了一份文件在家，他今晚要去爷爷那里住，文件明天要用，他又返回来一趟。文件就在客厅，他拿上后没有逗留，直接关门离开。这次没坐电梯，走了楼梯下去。

秦书听到他两次开关门的声音，多问了句：“还要去公司吗？”

“去爷爷家，这边偶尔住。”楼梯太过安静，他的声音有浅浅的回音。

一直听到他走路的声音，通话质量也正常，秦书想到他可能走的楼梯，不过这个想法被她自己给否定了。

他可是住在19楼，谁吃饱了撑的有电梯不坐走楼梯？

“怎么不说话？”韩沛低声问。

秦书实话实说：“在听你是不是走楼梯。”

“嗯。”他说话向来直接，“你不是睡不着？陪你聊聊天。”

专程走楼梯就是为了陪她聊天，聊完不是更睡不着了？电话里格外安静，静到仿佛能听到他走路时微微急促的呼吸。

“琪琪？”韩沛没听到动静，喊她一声。

这一声带着点宠溺的“琪琪”，简直就是毒药。秦书给自己泼泼冷水，理智冷静了那么多年，到了韩沛跟前彻底破功。

韩沛到了楼下，电话才结束。他没急着开车，倚着车门抽了支烟。烟雾才吐出口，就被不知道哪个方向刮来的冷风瞬间吹散，有些还吹到了自己脸上。

几分钟后，韩沛把烟头扔进垃圾桶，给秦书发了条信息：早点睡，晚安。而后驱车离开。

到了爷爷家，今晚韩涔也在家，正在楼下看电视，某档综艺节目的回放。

“哥。”韩涔听到动静，头都没回地打了声招呼。

“你都看几遍了？”韩沛拧开苏打水喝了几口。

“我只是眼睛在看，心不在这儿，在方慕和那里。”

韩沛盯着韩涔看了片刻。他不止一次劝过她，她跟方慕和不合适，就她那情商和智商，跟方慕和过不到一起去。本想再说她两句，话到了嘴边又咽下去，她现在这个样子，说再多也是对牛弹琴，他索性不再多言，直接催她：“不早了，赶紧睡。”

“我都睡了一觉了。你上楼吧，不用管我。”韩涔不耐烦地挥挥手。

韩沛拿着文件上楼，走到楼梯转台处停了下来，盯着楼下韩涔的脚看了数秒，主动问道：“你那袜子随便在哪都能买到？”

韩涔漫不经心道：“当然不是啦，这袜子可贵了。”

韩沛难得这么有耐心：“在哪买的？”

韩涔以为自己听错了，赶紧调小电视的声音，“你要给我买？”

“哪来那么多废话，告诉我在哪买的就行了。”

韩涔眼睛微眯，若有所思地望着他，“说，你怎么突然对我这么好了？”前几天还说她穿衣服不正常，对她袜子外穿的行为嫌弃得不行，今天态度竟来了个一百八十度的大转弯。

事出反常必有妖。

韩沛耐着性子，“再问你一遍，在哪买的？”

韩涔寻思着，兴许是他良心发现，便说了几个品牌名称给他，还是感觉不可思议，“欸，哥，你为什么突然对我这么好？”

韩沛答非所问：“方慕和跟我一样，都不喜欢问‘为什么’和话多的女人。”

“……”韩沛转身上楼，边在手机备忘录里记下那几个品牌的名字。

Chapter 9

他那样的专注
没有女人能招架住

翌日，颜彦打来电话时，秦书还在睡梦里。昨晚被韩沛那番话给彻底搅乱了，到天快亮时才迷迷糊糊睡着。

她眯着眼，问颜彦是不是回北京了。

“没，还在上海。”颜彦在上海一家企业做尽调，估计元旦前回不去了。一大早见公司的微信群里炸开了锅，赶紧给秦书打了个电话。

“什么事？”

颜彦怒其不争：“还不是跟你有关！”

“我？”

“嗯，韩沛有女朋友了。”

秦书倏地睁开眼，“什么意思？”

颜彦把早上公司的微信群里发生的事详细说了一遍。其实严格意义上来说，是昨天夜里的事，只是她睡得早，没看到。

她有个同事一直花痴韩沛，经常去跑步偶遇韩沛，昨晚那花痴同事又去跑步了，结果看到韩沛跟一个女人在一起。韩沛还把自己衣服系在那女人的腰间，动作那叫一个温柔体贴。跑步时，韩沛每次经过那个女人身边都会跟她说几句，还问冷不冷。同事回去后心稀碎，说失恋了，连早饭都没吃好。

颜彦叹口气，“你说你……我都不知道要说你什么好了，你要是早几天就去那边跑步，韩沛说不定就是你的了。”

“……那个女的是我。”

颜彦正吃早饭，差点被噎着，杏眸圆瞪，“你说什么？！”

“昨晚跟韩沛散步的人是我，他又把我送到楼下。对了，我已经去过他家，还跟韩爷爷下了一下午的棋。”

惊喜来得太突然，索性连饭也不吃了。颜彦抽张纸擦擦嘴，“你跟我好好说道说道。等我下，我先给手机充上电，还有三格电，我怕不够讲的。”

知道韩沛昨晚带女朋友去跑步的还有秋蓝，一早在洗手间听到的。当时公司那些小丫头在聊八卦，以往她从来不关注她们说什么，可今天她们对话里有“韩沛”两个字，她就上心了。

韩沛来过她们投资公司几次，那些花痴小丫头不知道她对韩沛的心思，一个个痴迷得不行了。她从来不往心里去，帅哥谁不喜欢，也只是花痴花痴罢了。哪知道有个刚毕业不久的小姑娘说昨晚去跑步了，还遇到了韩沛。听她们的对话，她们有个私下八卦的微信群，她这个老板自然不在里面。

秋蓝回到自己办公室，对着手机出神许久。原来昨晚韩沛说“在陪女人”“他的”，不是回呛她，是真的在陪女人。她想给韩沛打电话问个清楚，号码都拨出去了又摁断。这种事在电话里问，太唐突，更何况她还约了他 10 点见面。

“最近都忙什么呢？见你一面不容易，电话也是不易打通。”到了韩沛办公室，秋蓝笑着，故作若无其事地说道。

秘书送来咖啡，门关上，韩沛回完手上的邮件才接话：“忙工作。”

“昨晚不是还说忙着陪女人，真以为你恋爱了。”

韩沛从办公桌前移步到秋蓝对面坐下，“暂时还算不上。”

秋蓝紧握着咖啡杯，淡笑，“怎么，家里催婚了？”

“算是。”

秋蓝轻抿了口咖啡，余光望了他几秒，“你不是说三十五岁前不考虑婚姻么，怎么一下子提前了四五年？”

韩沛没答，伸手，“计划书给我看看。”

“好。”这份投资计划书几乎是秋蓝通宵赶出来的。

韩沛认真翻看，秋蓝不时瞄他几眼，揣测他刚才那几句话到底是什么意思。

用了半个小时时间，韩沛认真看完，期间秋蓝一直静静等着。

“怎么样？”秋蓝问。

韩沛把计划书搁到茶几上，对计划书的好差没做评价，“我对这个行业不熟悉，具体的等我研究过行业资料再给你答复。”

“嗯，等你好消息。”

两人又聊了 AC 公司的一些事宜，结束时已经 11 点半。

秋蓝揉揉脖颈，几十个小时没休息，累得不行。她试探着：“不知道是不是上了年纪，熬夜后明显精神跟不上，你是怎么保持旺盛精力的？看你天天忙十几个小时，也不像我这样。”

韩沛双腿交叠，轻靠在沙发里，“我每天跑步。”

“是么？我买了跑步机也坚持不下来，你是在家跑？”

“不是，外面。”

秋蓝浅笑，“在哪跑的？公园？跟你搭个伴，不然我一个人坚持不下来，跑两圈就累得不想跑了。”

“我不光跑步，还要陪她。”

秋蓝嘴角的笑淡了一些，“家里介绍的那个？”

“嗯。”他起身，坐到电脑跟前忙起来。

秋蓝看着韩沛，到了嘴边的话又咽下去，她知道韩沛最不喜欢在工作时间谈私事，顿了几秒，“晚上有空吗？请你喝一杯。”

“有约了。”

有些事，特别是感情的事，拖不得，说不定过两天他就跟家里介绍的那个女人在一起了。

秋蓝又问："晚点呢？想从你那里取点经。"

韩沛抬眸，若有所思，微微颔首，"行，晚上联系。"

秋蓝回去还有事，起身告辞。

晚上刚下班的时间，秦书接到了韩沛的电话，约她晚上一起吃饭。秦书没拒绝，今天一个白天，她想通了不少，有些话要当面跟他说清楚。

他们选在一家安静的西餐厅，用餐时，两人都没怎么说话。吃过饭两人去看了场电影，电影才九十多分钟，结束后时间还早，韩沛提议："去跑步？"

秦书笑笑，"你之前的生活，除了工作、休息就是跑步？"

"基本是这样，有空会去会所玩玩。"

秦书想了想，还是决定陪他去跑步，他一天唯一能放松的时间大概就是跑步时。方慕和说得对，跟韩沛这样的男人在一起，要忍受约会的无趣和他的繁忙，忙起来也许一天都想不起打个电话。不过这些都不在她烦恼的范围之内了。

韩沛先回公寓换了运动装，秦书依旧在楼下等着他。

他下来时，秦书问："你每晚跑过步还加班吗？"

韩沛点头，"一般凌晨1点左右睡，有时还晚。"

去Z大的路上，车里很安静，秦书想把一些要说的话跟他说了，又怕影响他跑步的心情，最终作罢。

到了Z大，韩沛停好车把自己的大衣又递给秦书。

"不用，我不冷。"秦书第一反应就是本能的拒绝。

"下车，我帮你穿。"

"……"

两人下车，秦书没让韩沛帮忙，自己把大衣系在腰间。韩沛又多看了眼她露在外面的脚踝。

从汽车跟前到操场入口这段路还不短，秦书找了个话题，问道："你们这些成功的男人，是不是都把谈恋爱当成工作一样？"公事公办，什么都是按一定的流程来。

韩沛侧脸看着她，"当成事业有什么不好？"

他还真会偷换概念，工作和事业是两码事。

韩沛今天还是跑了23圈。秦书今天走了五圈半，因为今天比昨天冷，不走快点她冷得受不了。

"这几天你先走，适应后，跟我一起跑。"结束后，韩沛跟她说。

秦书淡笑，"如果有机会的话。"

韩沛看了她几眼，没吱声。

还是跟昨晚一样，韩沛要先去冲澡换衣服再送她回去。不过他今晚穿的衣服和昨晚有点区别，昨晚洗过澡他穿的休闲衬衫，今晚是正装，白色衬衫禁欲又性感。

秦书问他："晚上还有应酬？"

"跟朋友谈点事。"

秦书点点头，工作上的事，她不便多问。过了一会儿，她闲着无聊说了句："有没有觉得约会挺浪费时间？"

韩沛如实道："有，所以在你之前，我没时间也不想浪费时间去谈感情。"

秦书发觉他随随便便一句话，都会撩人心弦。

很快到了公寓楼下，秦书没急着下车，一瞬不瞬地望着他，有话说。

韩沛解开安全带，"有事？"

秦书点头，有些事还是说清楚比较好，"关于以后，我没法给你回应了。"

韩沛不明所以，"嗯？"

秦书整理下思绪，"几年前我暗恋我老师，后来表白遭拒，跟他差不多快四年半没见了。我以为这辈子都不会再有交集，哪知道他又成了我上司，圣诞节后我要去报到，马上又要跟他见面了。"

韩沛花了半分钟，把她这番话给消化完，目光深邃沉静，"你还想去追他？"

秦书毫不犹豫道："怎么会。"第一次表白，她已经是放下了所有的骄傲，既然他都不喜欢她，她不会死缠烂打。

女人要有自尊，爱情也一样。

她跟韩沛对视，"感情上我没经历过风浪，暂时做不到再次见到曾经欣赏喜欢的人能心如止水，我可能得要一段时间去适应跟他的上下级关系。这段时间里我心情肯定复杂，毕竟他拒绝了我，女孩那点微妙的心理可能你不懂。"

"然后？"

"然后就是谁也不知道明天会发生什么，我不想因为后面一些难以避免的误会或是其他什么原因，影响我们两家的关系。你这么优秀，就算咱们没有男女缘分，我也不想跟你闹僵了，说不定以后我和你还有工作上的合作，未来的事谁也说不准。再说我目前这种状态，不管跟谁谈恋爱，都挺不厚道的。"她一口气把想说的都说了，韩沛那么聪明不会不懂她什么意思。

韩沛若有所思地望着她，"我只想确定一件事。"

"嗯，你说。"

"你确定不再追他？"

秦书用力点点头，真要想缠着贺竞南，她也不至于等这么多年不行动。

"既然你决定不再追，那就不影响我们相处。你以前喜欢的人现在又要跟你共事，在我这里没什么。跟他见面后，如果你心情复杂有波动，我来帮你梳理。"

Chapter 10

在酒吧遇到
韩沛和秋蓝

“跟他见面后，你如果心情复杂有波动，我来帮你梳理。”

十多分钟后，秦书脑海中还萦绕着这句话。她站在露台上一直盯着院子里看，韩沛的车已经驶离小区。那几句话，是一个成熟男人的承诺，她深信不疑。要说韩沛现在对她有多深的感情，肯定是不太可能的。只是他明白自己想要的，便会认真，甚至会做出退让。

这一点，跟方慕和一样。

秦书在露台又吹了一会儿冷风才回到客厅，随手打开电视，自己却陷在沙发里发怔。早上和颜彦打电话时，颜彦说，既然遇到了这么好的，就别再错过。贺竟南是过去，过去的就该过去。

秦书看不进去电视，躺在沙发上百无聊赖。手机振动，是韩沛发来的消息：早点睡，晚安。

反射弧这么长，离开这么久才想起来说晚安。

的确很晚了，但她一点也不安。秦书回：到会所了？他离开之前说要去会所跟朋友谈事情。

韩沛：一会儿过去，现在在家。

秦书：那你忙，不打扰你了。

韩沛又回过来：马上圣诞节了，把平安夜那晚空出来。

秦书：这几天你都约我，不耽误你工作?

韩沛：说了要追你。

秦书思忖几秒：真要追到我毕业?

韩沛：不追，感情怎么来?

两人一点感情基础都没有，光凭现在那点好感根本不够。他清楚自己是什么性格，理智又冷静，不趁现在，时间一久也就冷了、淡了。

秦书：你……认真的?

韩沛没回信息，他刚到爷爷家，发现韩涔的车不在家。问了家里的阿姨，说是韩涔傍晚就出去了，说要见一个朋友。

韩沛微微颔首，看到秦书那条信息，直接拨了电话过去。

秦书从沙发上爬坐起来，把电视声音调小，接通：“喂。”

韩沛的声音带着笑意：“怎么，我的话没可信度？”

“不是，觉得你没那闲工夫。”

韩沛往楼上走，“是比较忙，不过所有私人时间都给你。”顿了下，“你要有空也可以来找我。”

秦书都不知道怎么接话合适，这个男人啊，直接得叫人无法拒绝。

“先不说了，你早点睡。”他要去看看爷爷。

秦书“嗯”了声，切断通话。

他说把所有私人时间都给她，这样的情话他信手拈来，没有丁点恋爱经验的她，一点抵抗力都没有。

今晚是睡不着了，秦书给卜一打电话，让他陪她去酒吧。

卜一正在酒吧，“你过来吧。”

“你不来接我，我怎么去？”

“你现在不是能开车了？自己开车过来。”

秦书摸摸自己的眼睛，“夜里看路费眼，我舍不得用。你到底来不来接？不接的话，以后你也没机会了。”

卜一想说没机会正好，又怕被揍，可他喝了酒又没带司机来，“这样吧，我打电话给方妈，让他去接你。”

卜一打电话给方慕和的时候，方慕和正在公司楼下，对面站着韩涔。他今晚在公司加班到现在、哪知道忙完出来就遇到了韩涔。

韩涔说已经在这里等了他三个小时，可怜兮兮地卖惨。

手机响了，方慕和看到是卜一的电话，没接，直接摁掉。

方慕和把手机调成静音放在口袋，看向韩涔，“之前是我说得不明白，还是你没理解？要是没理解，我再好好解释一遍。”

韩涔被冻得鼻尖发红，她摇摇头，“都不是。”

方慕和无奈地“呵”了声，特别无力，“既然你都知道我已经拒绝你了，你到底想怎样？”他的好脾气已经忍耐到了极限。

韩涔轻咬着嘴唇，“就这么讨厌我？”

“不是讨厌，是不喜欢。”他尽量心平气和，“韩涔，爱情是要感觉的，我对你没那方面的感觉。”

韩涔呼口气，“我就这么差？”

她不差，家庭不差，自身条件也不差，可他对她没那个心思。

方慕和看着她，“打个不恰当的比方，你是孔雀，几乎所有人都觉得孔雀开屏美得不可思议，可我不觉得，知道为什么吗？”

韩涔摇头。

方慕和说：“因为我是色盲。”

韩涔愣了下，随即反驳：“现在有基因疗法，色盲也是可以治愈的，治好了后你就能看到孔雀开屏有多好看。”

方慕和差一点就被这话给噎死了。他扶扶额，她这是跟他较上劲了。

韩涔看着他，犹豫半晌，还是问了："你是不是爱无能？"

方慕和不懂爱无能是什么意思，他只知道性无能，听上去应该差不多，就是某方面没用。

他点头，"嗯。"站在外面冷，他掏出烟。

韩涔心里酸酸的，"是因为以前特别爱过一个人吧？"

方慕和正点烟，手上动作一滞。他把烟放在手心里揉捏着，答非所问："也就你们这些小女孩会把爱这个东西当信仰。"

他看了眼手表，"不早了，回去吧。"

"我今天找你，是想跟你说一声我要去伦敦了。我爸妈在那边出差，我过去陪他们过圣诞节，然后直接回学校。"她把手里的纸袋递给他，"礼物提前送了，圣诞快乐。"

方慕和说了声"谢谢"，没接。

韩涔把纸袋挂在他手腕上，"没有特别的，就是几个平安果和一些糖果，希望新的一年里，你一切都好。"

方慕和瞄了一眼，还真是两个苹果，接过来，再次说了声"谢谢"。

韩涔双手背在身后，用力绞着手指，"你那个色盲的病，我有办法让你治愈，就算爱无能，你也别放弃。"她浅笑着，"这个学期结束我就毕业了，到时我回国专程给你治疗这个'疾病'。"

说完，转身就走。没走几步，她又转头跟他挥挥手，"我还会回来找你的。"

方慕和有些无力。看着夜色下那个越走越远的身影……他到底是造了什么孽。

方慕和走向汽车，这才想起之前卜一的那个电话。拿出手机一看，差点都没忍住爆粗话，一共 25 个未接来电。

刚要回过去，卜一的电话又打进来："你干什么！电话也不接！"

方慕和坐上车才回他："你还真当我是你妈啊！"

"对啊，不然呢？"

"有屁赶紧放！"

"琪琪想来酒吧，你去接她。"

"不是新给她买了车？让她自己开过去。"

"她说天太黑，看路费眼，不舍得。"

方慕和无奈，挂了电话，吩咐司机去秦书公寓那边。

秦书自打出生就视力差，后来越来越严重，做过手术后恢复了不少。她最馋开车，他不敢给她开，好在后来治好了，终于过了一把瘾。

一想到韩涔几个月后还要回国缠着他，他就心口发堵。

汽车在夜色里穿行，方慕和看着车窗外，想着韩涔的那句"是因为以前特别爱过一个人吧"。

是吗？

谁知道。

方慕和接上秦书直接去了酒吧，路上秦书开了点车窗，低声哼着歌。

“这么开心？”方慕和瞅她几眼。她虽然比同龄女孩成熟，但在他跟前，都是喜形于色，毫不掩饰。

秦书点头，隔了几秒，“我想好了。”

“想好什么？”方慕和一时没想起来是跟韩沛有关的事。

“跟韩沛试试。他说了，追我到毕业。”

方慕和点头，“想好就行。”

到了酒吧门口，方慕和手机响了，是海外的一个工作电话。他让秦书先进去，找了个安静的地方接电话。

路过露天停车场，他无意间扫了眼前排的汽车，看到一个熟悉的车牌号。他微怔，韩沛今晚也过来了？

酒吧里。

“这边。”秋蓝对着韩沛招手。

韩沛收起手机，朝吧台走过去。

“不是说了到上面的会所？”韩沛找个位置坐下来。

秋蓝让调酒师给韩沛调了杯酒，她说：“今晚是谈私事，会所太安静，不适合，还是这个地方好。”

她看着他，“怎么这么晚？”她等了他一个多小时，差点以为他不过来了。

“爷爷有点不舒服，回去看了一趟。”

秋蓝问：“爷爷现在怎么样了？”

“老毛病。下午出去转了会儿，可能有点累，已经歇着了。”

“没事儿就好，人老了都这样。”

韩沛拿过一个烟灰缸，点了支烟。

秋蓝看了眼他手里的烟，“好几次都没看见你抽，以为你戒了。”

韩沛吐出烟雾，“快了。”

“嗯？”秋蓝不明白。

韩沛没解释，他知道秦书爸爸不抽烟，她应该也不喜欢烟味。

秋蓝现在没心思想别的。她垂眸看着杯中的酒，昏暗的灯光下，她也分不清酒的颜色，在心底呼口气，从来都没这么紧张过。

酒吧里喧嚣嘈杂，舞台上乐队在演奏，嘶哑的歌声、震耳的架子鼓声都没法压住她怦怦的心跳声。

秦书到酒吧的第一眼就看到了韩沛的身影。她视力明明不咋样，又在不算明亮的地方，她却一眼看到了他。

他坐在吧台那边，背对着她那桌。身边坐着一个女人，看不到脸，从背影看，性感有气质。

“看什么呢？”卜一之前是跟朋友一起来的，秦书说要过来，他就把那帮人都打发走了。

“看男人。”秦书坐下，要喝酒。

卜一不许：“你可别害我，你半杯醉的人，谁惹得起。”

上次喝了小半杯就醉了，后来是方慕和把她背回去的，她吐了方慕和一身。后来再去酒吧，方慕和严禁她沾酒。

秦书声音温和：“那给我点红酒，就一口。”

架不住秦书的胡搅蛮缠，卜一快疯了，最后无奈答应她。

“看那边？”秦书下巴微扬。

卜一转身，顺着秦书示意的方向看去，正好韩沛侧脸跟秋蓝说话。

卜一盯着看了半晌，“那不是韩沛么？”他收回视线，“你认出来了？”

秦书点头，又道：“以后就让他当你姐夫。”

卜一嘴里有酒，差点喷出来，“琪啊，咱要有自知之明。”

酒吧的经理送来一瓶红酒和方慕和专用的一套高脚杯。这家酒吧还有楼上的会所，都是方慕和投资的。

“谢谢。”秦书接过酒杯。

经理让人打开了红酒。“就倒一点点，两口就行。”卜一在边上叮嘱着。

秦书的视线一直落在韩沛那边，盯着他的背影和他身边的那个女人若有所思。她得想个法子，让韩沛知道她也在酒吧。

Chapter 11

不是男女朋友也可以闹脾气 你闹了，我来哄

秦书收回视线，回头看向边上的经理，“方经理，我一会儿想上去唱歌。”

这个经理也姓方，是方慕和远房的一个亲戚，帮方慕和打理酒吧和会所。

方经理笑说：“好，马上给你安排。还跟以前一样，自弹自唱？”

秦书点头，又道：“把我那个要钱的小纸箱拿来。对了，再给我弄个收款的二维码，现在很多人都不带多少现金出门。”

空气仿佛有一瞬间的凝固。

卜一被呛得直咳嗽，“你想钱想疯了啊！”

秦书白他一眼，“要你管！”

卜一倚在沙发里，仰天长叹。秦书每次唱歌后都会拿着小纸箱在舞台下走一圈，不会主动要小费，但一般听过她唱歌的人都出手挺阔绰的。

反正换作他他是不好意思这么做的，打死他他也不会拿着钱箱在舞台下转悠，要是遇到熟人，脸往哪里搁？

大概秦书习惯了，她长这么大，在国外生活的时间占了三分之一，觉得拿人小费没什么，反正也是劳动所得。

“你准备弹唱什么歌？”卜一问她。

秦书又不动声色地看了眼韩沛那边，说：“方妈那个年代的老歌，很安静的一首情歌，能引起共鸣。”也不知道韩沛听不听那类歌。

“你缺钱啊？缺的话我把我的钱都给你。你想唱歌可以唱，就别拿着你那粉色钱箱子转悠了，行吗？求你了。”他放下酒杯，双手求饶。

“你就是跪下来也没用。”

舞台那边，方经理已经准备得差不多，驻唱的乐队一首完毕，已经停下来到一边休息了。

没了摇滚音乐，酒吧里瞬间安静下来。

秦书把外套脱了放一边，补好了妆，轻抿了一口红酒，对卜一说：“一会儿跟方妈扫码支持我。”

她放下酒杯，起身去了舞台那边。

熟悉的钢琴前奏响起，秋蓝会弹钢琴，对这个曲子也熟悉，她侧脸看向舞台那边，随即响起悦耳清澈的女音，声音低低的。

韩沛也转身，看到钢琴前的人，他愣住，是秦书。

她穿着宽松的低领白色针织衫，露出白皙漂亮的脖颈，完全投入在音乐里。

秋蓝本来想要跟他说那件事的，可还没来得及开口，这首钢琴曲就响起了。她瞄了眼韩沛，他看得那么专注。

她淡笑着，“听歌还是看人？”

韩沛的目光一直专注地落在秦书身上，说：“看人，歌也不错。”

秋蓝又看向舞台，“你们男人都喜欢年轻漂亮的？”

韩沛却说了句：“比她年轻的多了，比她好看的也不少。”

秋蓝不太明白，她揉揉太阳穴，也许是刚才喝了酒的缘故？

韩沛看了眼手表，来这里快半小时，她东扯西扯，一句重要的都没说，“你让我过来就是陪你喝酒消遣的？”

“等这首歌结束跟你说。”

方慕和接过电话就来了，坐在秦书的那个位置，晃着高脚杯里的红酒，那句“在很久很久以前，你拥有我我拥有你”扎了他的心。这首歌曾经他和赵曼迪合唱过，以前也是秦书钢琴伴奏。

他拿出手机，无意识地输入11位号码。这个号码他没存过，也没忘记过，就是很多年刻意不去想起。

卜一瞄了眼方慕和的手机屏幕，半分钟过去，他还在那里发怔。他平时调侃方慕和习惯了，这一刻，他收敛了。

方慕和手指在屏幕上摩挲半天，最终又把那个号码一个数字一个数字全部删去。他用力攥了攥手机，直接丢在桌上，把杯子里的红酒一口闷下去。

“琪琪怎么唱这么难听的歌？”他用不悦又不爽的语气问卜一。

卜一心道，这不是你以前最喜欢的一首歌？他耸肩，顺着方慕和的话说：“谁知道，可能她脑子有坑吧。”

方慕和靠在沙发里闭目养神，静静听着秦书的琴和歌，脑子里一直回放着以前的一些画面，全跟赵曼迪有关，怎么都压不下去。

台上，一曲结束。

秦书把谱子收起来，侧脸看向韩沛的方向。正如她所料，他看到她了，现在还在看她。她笑着冲他扬扬眉，起身去了后台拿那个钱箱。

韩沛忽地笑了。原来她早就看到他了，弹琴唱歌就是想告诉他，她看到他了，还是跟一个女人在一起。她貌似不太满意。

秋蓝一转脸就看到韩沛嘴角的一抹淡笑，她揶揄：“美女的魅力就是不一样，一个眼神都能博你一笑。”

“是不一样。”他再次看手表，“你要没事，我先失陪了。”

“这就说。”秋蓝又问调酒师要了一杯酒，这才跟韩沛对视，“想跟你咨询点感情上的问题，我一时走进了死胡同。”

韩沛喝了几口酒，“我不擅长，回头我给你介绍个感情方面的心理咨询师。”

“我没心理毛病。”她知道韩沛没什么耐心了，也没再绕弯子，“就是……我暗恋一个男人，最近突然感觉自己好像老了，马上就三十了，而且那个男的也到了成家的年纪。”

她盯着他的眼眸：“你说，我要不要表白？”

韩沛知道这个男人就是他。她当时约他晚上见面，他大概能猜到她要做什么，反正早晚是要解决的，拖久了反而会误事，他就来了。既然她留了余地没点破，他也没必要点破。

韩沛就装什么都不知道，问她：“那个男的对你什么感情？”

秋蓝一愣，没想到他会问这个问题。她摇头，“不知道，反正不讨厌，我跟他认识很多年了。”说着，又随便加了句，“比认识你还早半年多，他对我还算不错吧。”也只是不错。

韩沛捏着酒杯，没再喝，静默片刻才说：“既然能让你暗恋这么久，自然不会差，这类男人不可能喜欢一个女人还不自知。”他说得很直白，“既然认识这么多年他都没表示，那他对你应该没那方面的意思。”

给了她消化的时间，韩沛又接着说：“当然，这只是我的想法，不代表那个人也这么想。如果换作我，一旦对一个女人有了好感，早去追了。”

秋蓝紧紧攥着手心，“呵”了声，“你们这样的男人，还会主动追女人？”真是稀奇了。

“你对我们这样的男人有什么误解不成？”他道，“我们这样的男人最直接，知道自己要什么。”

秋蓝心里五味杂陈，被拒绝的滋味，有点钻心的疼。她都还没有表白，就这么被婉拒了。

从初中开始，她一路追着他的脚步走了这么多年，他宁愿跟家里介绍的女人试着相处，都不考虑她。

她用力捏着杯子，那么多的不甘心。

秋蓝把杯子里的酒一饮而尽，烈酒烧着胃疼痛难忍，即便这样也压不住心里的那种疼。她转头看向韩沛，淡笑着，“今晚耽误你时间了。至于要不要表白，我还真得好好想想。”

她现在就祈祷着，他跟那个家里介绍的，成不了。就算是现在成了，过不了多久就会散……

秦书拿着她的钱箱，慢慢悠悠晃了一圈，收到不少小费，走到韩沛那边时，他边上的那个漂亮女人已经离开。

秦书把钱箱放他面前，趴在台上，笑着看他，“啊呀，还是老熟人。刚才离得远，就觉得好看，没想到是你。”

韩沛望着她狡黠的模样，忽然笑了，“以为你会不高兴。”他没用吃醋这个词。

秦书手托着腮，幽幽道：“为什么要不高兴？闹脾气不是女朋友才有的特权吗？”

“不是男女朋友也可以闹，你闹了，我来哄。”他拿出钱包，里面现金不多，一千多块钱全部放进了钱箱里，又拿出手机扫了二维码，转账两万给她。

秦书瞅着他，忽明忽暗的灯光照在他的侧脸，特别迷人。

她说："以后你少来这样的地方，晚上不安全。"他是不知道有多少女人想睡他？

韩沛抬眸，笑了，"好，听你的。"

她就是瞎说说，他还真答应了？

韩沛收起手机，说："楼上有个休息区，我上去等你。"也不管她答不答应，他起身离开。

秦书若有所思地看着他的背影，看了下自己手机，转账两万。她没点开，把钱箱交给身边的工作人员，"请你们吃夜宵了。"

工作人员笑着说："谢谢秦小姐。"

秦书去找卜一跟方慕和，卜一正在打游戏，方慕和倚在沙发上，看样子睡着了，"这么吵，他还能睡着？"

"可能忙累了，刚才又喝了不少酒。"

秦书把自己的大衣盖在方慕和身上。红酒还在桌上，卜一正埋头打游戏，她趁他没注意倒了半杯。

"欸，你要去哪？"卜一感觉到她的身影离开，忙着打游戏，头也没抬。

"给你找姐夫。"

"别瞎走！"

"嗯，就在这边，不走远。"

这里是方慕和的地方，工作人员都认识秦书，他就没多管，接着打游戏。

秦书端着红酒上楼去，她对这里特熟悉，知道韩沛说的那个休息区在哪边。过去时，韩沛正在抽烟。看到她来了，韩沛把烟掐灭。

秦书在他对面坐下，喝了口红酒，看向韩沛时韩沛也在看着她。他眼神特别深邃，她保持着面上的沉静，"要我过来做什么？"

"哄你。"

Chapter 12

哄 她

秦书到底不是韩沛的对手，他这么直白的情话她不知道怎么接，他深邃的眼神她更是无法招架。半晌，她问：“怎么哄？”也没敢跟他对视。

“有问必答。”

秦书这才又看他，开玩笑说：“就这样？”

这对韩沛来说，真的是这么多年来最大的让步，不管是感情上还是生意上，以前从来没有过。她不管问什么他都会回答，这样还不够？

韩沛笑了，“那你说，我照做。”

秦书把红酒杯放在唇边，这个时候酒杯成了唯一的掩饰，她整理下混乱的思绪，“刚才开玩笑的，真没闹脾气。”

韩沛也没再勉强，“这次先欠着你，以后随时问我要。”

秦书盯着他看了数秒，“要什么？”

“说了要哄你的，你现在又不接受，那先欠着。”

秦书揉着眉心，“我不知道是不是我喝多了。”

“嗯？”韩沛不明白。

“喝了点红酒，感觉出现幻觉了。”方慕和可不止一次说过，他说韩沛不近人情，也没耐心哄女人。

韩沛思忖片刻，大概猜到她想表达什么，他说：“耐心和时间，因人而异。你要不想做一件事，就不会有时间。”

又绕回之前的话题，“今晚我错在先，跟你说了是在会所谈事，结果被你遇到在酒吧跟女人喝酒。”他主动解释，“她是我同学，做投资的，我们合作了几个项目，今晚跟我咨询点私人事情，就没去楼上。”

秦书微诧，没想到他会这么认真解释。她笑，“你这么一解释，我感觉自己很不讲理。”说着，又抿了一口红酒。

韩沛伸手拿下她的酒杯，“少喝点，脸都红了。”

看他站起来，她仰头，“你要回去了？”

韩沛半开玩笑，“人还没哄好，我敢回？”

韩沛把她拉起来，“上次不是问我会不会弹钢琴？去弹一首给你听。”

秦书不可置信，“你真要到楼下弹？”

她无所谓，习惯了这样的表演，有时候就喜欢热闹。可让韩沛弹琴给酒吧里那么多人听，他心里不排斥？

韩沛朝楼梯走去，秦书紧跟上去，“算了，以后有机会的吧。”

“现在能做的事，为什么非要推迟？”韩沛侧脸看着她。

到了楼下，秦书找到方经理，说明情况。方经理让人找来琴谱，跟秦书那里的那本一样，都是秦书喜欢的一些曲子，他们自己装订起来的。

“你要不要练练？”秦书问韩沛，台下肯定有不少懂钢琴的，万一弹错了可不好。

韩沛拒绝了她的提议：“不用，错就错了。”

韩沛坐在钢琴前，先试了几个音。好多年不弹，手生得不行，还好谱子都还认识。

秦书站在他边上，“你要弹什么曲子，我帮你找。”

“随便。”他自己直接翻到第23页。

秦书瞅了他一眼，他对23这个数字，这么执着？

韩沛起身拿来话筒，简单说了几句，他好几年不弹，难免出错，请大家见谅。

台下不少人都没注意，只顾着胡闹喝酒，反应过来的人给他鼓掌，稀稀拉拉的掌声里夹杂着口哨声，又瞬间被喧闹声淹没。

最后一句，韩沛把麦克风关了，说：“这首曲子送给我家琪琪。”

秦书心尖一颤，缓了下，她转头，让方经理再给她一杯酒。方经理不好拒绝，只能让人给她倒来，只倒了杯底一点。

琴声响起，第一段就出错了。韩沛也没在意，边看着谱子，认真弹着。不够连贯流畅，该有的力度也没有，可秦书听得入神，这首曲子是这个男人专程为她弹的。

台下，卜一刚打完一局游戏，不经意抬头就看到了台上的两人，弹琴的是韩沛，站在他边上的是琪琪。

他一阵惊悚，赶紧喊身边的方慕和：“方妈，醒醒醒醒，赶紧的！”

方慕和头昏脑涨，刚才也没深睡，现在正难受，“一边玩去！”他没好气地拨掉卜一的手。

卜一快急死了，“诶呀，出大事儿了！琪琪把人家男人给抢了！”

“什么？”方慕和坐起来。

“那里！”卜一指着台上。

方慕和眼睛微眯，看向舞台那边，待看清弹琴的男人后，对卜一说了句：“你有病吧！”

卜一来不及计较，解释说：“人家韩沛是有女人的，晚上过来就跟一个女人关系很亲密，一起喝酒来着。结果刚才琪琪说她看韩沛帅，还说什么要给我找姐夫。我以为她嘴上说说，哪知道她还真去撩韩沛了。”他站起来，“不行，我得赶紧把琪琪拽下来。她现在是无法无天，敢当众撩男人了。”

卜一刚走两步又被方慕和给拽回来，“你歇着吧！就你这智商，活该追不上喜欢的女孩！”

他真想怼回去，可事实摆在那里，他已经把那个题目的答案发过去了，然而对方还是没回应……

回过神后，他还是见不得琪琪这样，真是一点淑女样子都没有了。虽然她从来就跟淑女搭不上边，但在外人面前也该收敛点。这要是被秦奶奶知道她在酒吧瞎胡闹，那还不得把她关禁闭。

方慕和见卜一当真了，解释道："韩沛没女朋友，他是琪琪家里介绍给琪琪的，你别咸吃萝卜淡操心了。"

卜一眨了眨眼，半晌后，"为什么你知道，我不知道？"

"这些事，只有聪明人才能知道。"

方慕和喝了半杯冰水，清醒不少，再次看向台上，这才后知后觉，韩沛在弹琴给琪琪听。

韩沛在哄女人开心？

真是邪门。

方慕和点了一支烟，看着台上的一幕，还是难以置信。

不光是方慕和，同样觉得不可思议的还有几个人，他们都认识韩沛，刚才在吧台那边点酒，就看到了台上的韩沛。一开始以为认错人了，又专程绕到舞台正方，没错，是韩沛。他们拿着酒，直接回到楼上包间。包间里玩得正热闹，他们迫不及待地道："知道韩沛在做什么吗？"

严沉抬眸，"加班，跑步？不然就是在去跑步的路上。"说着包间里的人都笑了。他们了解韩沛，他跟他们不一样，基本没时间消遣。

贺竞南插了句："韩沛在楼下？"

严沉嗤笑一声："怎么可能。"

刚上来的几人肯定道："贺总说对了，韩沛在楼下，还在弹琴，身边站着个漂亮的小妹妹，确定不是韩涔。"

严沉眉心微蹙，"真的假的？"

那几人一副"骗你有钱赚吗"的表情。

严沉也不打牌了，"走，去看看，邪门了呀。"他们起哄似的，一窝蜂下去了。

贺竞南也放下牌，他们下楼，他正好可以回去。

"你不去？"严沉没跟他们一起，等着贺竞南。

贺竞南摆手，"你们玩，我先回去了。"

严沉问："回公司？"

"手上有好几个项目要跟进，他们都在加班，我回去看看。"他穿上外套，跟严沉说，"今晚谢了啊。"

严沉笑，"咱俩就需不着客气了，下次有空一起吃饭。"

出了包间，贺竞南浑身都自在不少。这个圈子他不熟悉，是严沉的朋友圈。他跟严沉是同学，两人关系不错，严沉经常介绍一些人脉资源给他认识。做他们这一行，个人能力重要，但人脉更重要，应酬也是必不可少的。而他最不喜欢的就是应酬，就像今晚这样，游戏、打牌、喝酒，他提不起丝毫兴致。

没走几步，有几个人又返回。

“怎么回来了？”严沉问。

“韩沛弹完琴就走了。”他们又折回包间继续玩。

贺竞南问严沉：“你也回去了？”

“嗯，明天还要出差。”

贺竞南微微颔首，两人并肩离开。

严沉烟瘾上来了，问贺竞南，“要不要去休息区抽根烟再走？”刚才包间里有几个女性朋友，她们太强势，不许任何人抽烟。

贺竞南提议说：“要不去楼下停车场那边？”

“也行，那边空气还好。”说着，严沉突然想起，“哦，对了，我之前去马场，遇到了你以前的一个学生。”

他对那女孩印象很深，那天只一眼就认出来了，不过那女孩好像没想起他是谁。

“谁？”

“名字记不太清了，以前听你好像叫她琪琪？”

贺竞南脚步微滞，说了句：“是么。”

“嗯，跟方慕和，还有一个年龄相仿的男生，马术不错。”两人走向电梯，声音也越来越远……

休息区那边，弹完琴的韩沛拿了两杯水，和秦书又回到这边。

“酒放下，喝水。”韩沛把秦书手里的酒杯换下来，责备的语气，“不能喝酒还非要逞能！”

秦书半杯就醉的人，刚才喝了有一两红酒，现在晕晕的，醉倒没醉，就是有点困了。正好口渴，把韩沛给她的一杯温水全部喝下去。

“我能不能睡一会儿？困得不行了，回国后我就没好好睡过一觉。”顿了下，她又道，“睡半小时我们再回家。”秦书喝了酒后，话多了点。

“可以。”韩沛让服务员送来一条毛毯。

秦书倚在沙发里，把毛毯盖在身上，酒精上头，没一会儿就昏昏欲睡。

韩沛看了眼她的脚踝，还是没穿袜子，“脚冷不冷？”说着弯腰用手背轻触一下，冰凉的。

秦书有气无力地“嗯”了声。

韩沛看了她数秒，脱下自己的风衣，把她的双脚抬起放在他腿上。

秦书猛地睁开眼，“干什么？”

“把腿抬高睡着舒服，正好还能给你捂脚。”

“不用，捂不热的，也没热水袋。”说着，她想把脚拿下来，却被韩沛压在腿上，她没法动。

韩沛动作轻柔又极有耐心地把大衣裹在她腿上和脚上，低声跟她说：“睡吧，一小时后我喊你。”

Chapter 13
陪了她一夜

贺竞南跟严沉去了楼下停车场，严沉没想到会看到熟人。不远处秋蓝在打电话，声音哽咽。

他顿了下，眼神示意贺竞南去别处。两人到了路旁一处的垃圾桶边，各自点烟。

贺竞南也认识秋蓝，问严沉："你跟她有不愉快？"他刚才没注意到秋蓝哪里不对。

"好像在哭，估计跟韩沛有关。"

贺竞南微微颔首，别人的私事，他没多问。

严沉吐出一口烟雾，关心地问了句："跟尹一乔相处得还愉快？"

尹一乔是贺竞南前妻，他们大学毕业没多久，贺竞南跟尹一乔就结婚了，没过几年他们又离了，六七年过去，贺竞南还单身。

巧的是，尹一乔现在也在海纳工作，是投行部的副总。

说起尹一乔，贺竞南的话并不多，"还行，她那种性格，没有好不好的。"

严沉笑，"反正够你管的。"

"一乔还行，公私分明。"离婚后还能和平共事已经实属难得，贺竞南微微叹口气，"难管的还没去。"

"嗯？"严沉弹弹烟灰，然后看向贺竞南，"谁还要去？"

"琪琪。"

严沉沉默了几秒，爆了句粗口。

贺竞南把烟蒂摁灭扔掉，"先回了，明天还要去拜访重要客户。"明天上午约了秦氏的总裁，也就是秦书的爸爸。

夜场快散时，方慕和才睡醒，边上的卜一依旧沉浸在游戏里，完全忘记了时间。

之前韩沛弹钢琴时，方慕和打算等钢琴表演结束后去找秦书，后来困意上来又继续睡了。他看看身上的衣服，是秦书的，侧脸问卜一："琪琪呢？"

卜一低头专注着手机屏幕，心不在焉道："应该去哪儿玩了吧。"

"去哪儿了？"方慕和清醒不少，一看手表，凌晨 3 点 30 分。

卜一也不清楚，模棱两可道："应该就在会所。"秦书要是回家的话，肯定会跟他们招呼一声，估计是跟韩沛在楼上的包间玩。

方慕和拨了秦书的手机，没人接听，打了两遍也没打通。

他一把夺过卜一的手机，"还打！长点心行不行？！大半夜的，琪琪又喝了酒，去哪了你也不知道，信不信我把你手机摔了！"

方慕和气得把手机直接扔到桌子上。卜一理亏，方慕和睡觉之前叮嘱他，让他别光顾着打游戏，看着秦书点，结果他一头扎进游戏里就没出来。

方慕和责骂他，他也不敢反驳，理亏地摸摸鼻子，“要不，我们去楼上找找？”

方慕和气得心口发闷，喊来方经理，问有没有看到秦书。

方经理答道：“秦小姐和韩总在二楼的休息区。”

每次秦书过来，方慕和都会叮嘱他，让人看紧了秦书，不许出半点岔子。后来只要秦书到酒吧，不管她喝不喝酒，找人看好她都成了他条件反射的做法。

方慕和松了口气，直奔二楼，卜一也起身紧跟过去。到了二楼，楼梯口站着个人，对着方慕和欠了欠身。方慕和微微颔首。这人是方经理安排负责秦书安全的。

快到休息区，方慕和怔住脚步，那边的灯光很暗，应该是方经理让人把周围的壁灯都关了。借着窗口的亮光，可以看到两人已经睡着，秦书躺在沙发里，盖着毛毯，腿和脚上裹着暗色的衣服，应该是韩沛的风衣，而韩沛坐在秦书的脚头，靠在沙发上就这样坐着睡着了。

“天啊，什么情况！”卜一两眼瞪大，不可思议地看着几米外的那两人。

方慕和斜他一眼，“小点声，没人当你哑巴！”然后转身下楼了。

“欸，方妈，你就这样走啦？不管琪琪了？”卜一噔噔噔下楼，追着方慕和问。

方慕和小声说：“韩沛管她，不比我们管强？”

方经理就在一楼楼梯口等着，问：“要不要喊醒他们？”

“不用，把楼上暖气开足一点，别去打扰他们。”又道，“辛苦你们一下，值班到天亮吧。”

方慕和跟卜一离开，汽车缓缓驶离会所。

过了一会儿，卜一忽然扭头看着方慕和，“方妈，你以前不是坚决不许琪琪跟异性在晚上单独相处的吗？今天怎么这么纵容她？”

方慕和难得耐心地解释：“琪琪平时睡眠多不好，你又不是不知道，难得她在那么吵的环境里能睡着。”更难得韩沛愿意迁就她。反正换作现在的他，他是做不到像韩沛那样，累了一天还坐在沙发里将就睡觉，为的就是哄一个女人。

爱情就是一场劫，遇到了，谁都逃不过。以前的他，现在的韩沛。看来，再理智的男人都无法免俗。

“你说韩沛对琪琪是真心的吗？”

他不担心韩沛的人品，就是怕韩沛会为了家里的压力才这样做。琪琪看上去挺爷们的性格，其实骨子里也是小女人的很，就算被贺竞南拒绝了，她也还是一直信仰爱情。他希望她能遇到真正对她好的男人，而不是迫于其他原因。

方慕和看向他，“你自己也是男人，你什么情况下这么委屈自己？”

“喜欢一个人时。”

“那不就得了。”

秦书一直睡到第二天早上 6 点钟，这一觉睡得很沉，整个人都休息过来了，头脑也不再涨了。睁开眼时，她愣住了，四处扫了一圈，这里是会所？然后看到了还坐在她脚边，正看着她的韩沛。

韩沛声音沙哑：“醒了？”

秦书赶紧眯上眼，把昨晚的事情好好捋了一遍。意识回笼后，她把胳膊搭在眼上，如果她没记错的话，她的双脚好像从昨晚开始就一直在韩沛的怀里……

秦书还在平复心情，韩沛没打扰她，拿出手机，十几个未接来电。昨晚关了静音，后来一直没看手机，十多个是韩涔打的，还有两个是秋蓝。还有不少条微信消息。

韩涔：我要回伦敦了，不要太想我！给你和爷爷准备了圣诞礼物，爱你们。

还有一条：对了，我二十七号就回来了。

韩沛收起手机，秦书还躺在那里，他轻拍她的腿，“你这是要继续睡？”

“不睡了，缓一下。”还是没把手臂拿开，问他，“昨晚怎么不喊我起来？”

韩沛把她腿上的衣服绕下来，说：“喊了，你说困。”后来他就没再说话。

本来他坐在她对面，她靠在沙发里坐着睡，为了让她睡得舒服，他把她平放在沙发上躺着，结果她总动来动去，睡得不踏实。怕她掉下来，他就坐过去，把她脚放在了他腿上，后来她就睡得比较安稳了。

风衣拿下去，秦书感觉脚上一阵凉风，原来她的鞋子也脱了。昨晚她到底睡得有多沉，连韩沛给她脱鞋她都没感觉到。

韩沛把自己身上的毛毯给她盖住脚，跟她说：“起来吧，要是还困，回家洗个澡接着睡。”他现在没时间继续陪着她了。

韩沛穿上风衣，准备回家洗澡换衣服去公司，早上还有个早会。

“不困了，睡饱了。”她坐起来，也没敢直视他。摁摁两边的太阳穴，不疼不涨，不像以前每次睡醒后难受得不行，头疼。

方慕和说她是睡眠浅，还找医生给她调理了段时间，但丝毫没用，该失眠还失眠，就算睡着了，丁点的动静她都能醒，醒了再入睡就特别困难。也不知道是红酒的原因，还是有韩沛在这里，她昨晚竟然没失眠，还睡得很深。

秦书抬眸看了眼韩沛，他正在揉着颈椎，她这才后知后觉，她睡了一夜，而他坐了一夜，满怀歉意地说：“不好意思，折腾了你一夜。”

“没什么。”时间不早了，他准备离开，“早点回家吧，我还要赶去公司，来不及送你了。”

秦书说她有车回去，催他快走，别迟到了。

看着韩沛离开的身影，秦书喊了句：“韩沛。”

“嗯？”韩沛驻足回头。

“晚上我陪你去跑步。”

韩沛微怔，随即兀自一笑。她主动约他，应该也是感谢他这一夜的“陪睡”，可他今天行程安排得满，晚上还有应酬，来不来得及跑步还不好说。

韩沛思忖几秒，问她：“白天忙不忙？”

秦书摇头，“圣诞节前我都是放假。”

韩沛颔首，“没事可以去公司找我。我今天事情多，晚上不一定有时间跑步。”顿了下又道，“尽量去跑步。”

秦书一时还没想好白天做什么，更没想好去韩沛那里做什么，会不会耽误他工作。来不及想太多，她先点了点头。

韩沛的身影消失在二楼的楼梯口。秦书发了一会儿呆，找来自己的包去洗手间卸妆。看着镜中不修边幅的自己，她长长吁了口气，昨晚没卸妆，睡了一夜，头发也乱了。这是她人生里第一次这么邋遢不讲究，还是在韩沛面前。懊恼片刻，她又暗自庆幸，还好当时休息区的灯光昏暗。

秦书重新化好妆后去找方经理，感谢之后，开了方慕和的车离开。等红灯时，她给方慕和打了个电话。方慕和正打算去楼下开会，秘书正好过来，递给他一份文件，是他想要并购的那家环保公司的资料。

他边看边朝会议室走去，问秘书：“人都到齐了？”

秘书道：“全到了。”

方慕和颔首，认真翻看资料，一会儿要开的高层会议就是讨论并购的事情，这家环保企业好像有不少人感兴趣。手机响了，方慕和看了眼来电人，把资料递给秘书，走到窗边接听电话，“醒了？”

“嗯。”秦书笑着揶揄，“知女莫若母，明晚请你吃大餐。”

她都没想到方慕和会放任她昨晚跟韩沛留在休息区，按照他的性子，应该是直接把她拍醒了送回家才对。哪知道他大发善心，把她感动了一下。

方慕和毫不留情地打击她：“别感动，我这么做是因为快被你烦死了，好不容易遇到个愿意自虐的想管你，我求之不得。”

秦书心情好，不跟他计较，“至于你什么出发点我就不管了，反正我的目的达到了。对了，明晚真请你吃饭。”

方慕和提醒她：“明晚平安夜，确定陪我吃饭？”

她都睡糊涂了，忙道：“嘴滑，是后天晚上。后天晚上老地方，不见不散。”

明晚就是平安夜了，不知道韩沛会约她做什么。

韩沛开过早会就开始处理邮件，看到邮件标注的日期，想起马上就是平安夜，给秘书打了个电话：“把我下午的安排推迟到明天上午。”

秘书看了下行程表，“好，我这就安排。”

韩沛又给韩涔发了条信息：起来没?

过了一会儿，韩涔回：早起了，在看书呢。她正在看视频。

韩沛：书躺在床头看你吧!

韩涔差点被呛死。

韩沛：把你们这个年纪的女孩儿喜欢的礼物全列给我。

韩涔确认：全部?

韩沛：嗯。

Chapter 14

遇到贺竞南

秦书回到自己公寓，洗澡换衣服。睡眠充足时整个人都精神爽朗，难得心情这么好，她到厨房给自己做了点吃的。

做好后拍了张照片传给颜彦：馋死你～

颜彦才刚睡醒，盯着照片看了半晌，确定餐桌是她们公寓里的，惊讶地回：你自己做的？

秦书：不然呢？

颜彦若有所思，快速打字：你昨晚睡到韩沛了？

所以心情好到爆，睡不着觉起来做吃的？

秦书笑，逗她：差一点。

颜彦也不睡了，一骨碌爬起来，“什么叫差一点？？”

秦书的早饭没来得及吃，时间全被颜彦八卦的电话给占用了。

十五分钟后，秦书看看盘子里的早餐，“能不能让我吃口饭？等你回来我们再细聊，我饿死了。”

“不是说秀色可餐么，你真要饿了去看看韩沛，立马管饱。”

秦书：“……”

颜彦也没时间跟她闲扯了，马上就要起来工作，“我这几天忙死了，差不多元旦前能回去，到时我们卧谈。”

“嗯，先不聊了，我吃完还要去商场。”

颜彦笑，“心情美得一大早就逛街？”

“马上就要圣诞节，看看给韩沛买份礼物。”说着，征求颜彦的意见，“你说我送什么合适？”她半点经验都没有，向来都是只收礼物。卜一跟方慕和每年都会送礼物给她，她都是请他们吃饭，礼物他们不缺，都有女人送。

“韩沛那样的男人，我连接触都没接触过，再说他肯定什么都不缺。”

“所以我才发愁。”

颜彦想了想，“你跟他也接触了几天，跟着自己的感觉来呗。礼物也不一定要昂贵啊，最重要是实用，他能天天看到那种。可千万别送那种他收到后就往储藏室一丢的东西，多少年后都忘了是谁送的。”

这是秦书第一回认真思考要送对方什么礼物，挂了电话就一直在想。一顿早饭吃下来，秦书想好了送什么礼物给韩沛。

开上车直奔商场，到了商场商场却还没开门，长这么大，这是她第一次这么积极地逛街。

商场开门时，爷爷正好打来电话，问她起没起床。顿了下，爷爷疑惑："你在哪儿？怎么那么吵？"

秦书随着人群去坐电梯，这几天商场搞活动，不仅商品有折扣活动，好像前多少名还送现金券，那些人一早就过来排队。

"在逛街呢。"电梯那边挤满了人，秦书转身坐扶梯。

"你说你在逛街？"秦爷爷特别惊诧，秦书的衣服基本都是高定的，还有些是奶奶给买的，很少需要她自己去买。

秦书也没隐瞒："嗯，给韩沛买圣诞礼物。"

秦爷爷听后一番欣慰，连连感慨："好好好，你们处得好就行，处得好就行。"他压根就没想到自己孙女会这么上心，之前还怕她会从心里排斥这种相亲。

秦书问爷爷打电话什么事，爷爷说："没什么事，就问你今天忙不忙，不忙的话跟我去公司转转。"

"行，逛完街我就回去。"

一个小时后给韩沛选好礼物，她直接回了爷爷家。

"爷爷，您怎么突然想起来带我去公司？"秦书边吃水果边问爷爷。

秦爷爷心不在焉道："我是怕你一个人闲在家里无聊。今天正好公司有个会议，我要过去一趟。以后你早晚要回公司工作，多了解点没坏处。"他正在专心试戴秦书给他买的运动手表，戴好后左看右看，自认为比他所有的手表都好看。

"你给韩沛买了什么礼物？"爷爷顺带问了句。

秦书笑，"不告诉你。"

秦爷爷看了眼时间，"赶紧走喽，不然迟到了。"

秦书见爷爷戴了那块运动手表出门，可爷爷穿的是衬衫西装外面套了件大衣，提醒他："欸，爷爷，您忘换手表了，那块跟您的衣服不搭。"

秦爷爷舍不得换下来，便说："你们年轻人不都说混搭时尚吗？"

"……"

一路上爷爷都在看文件，秦书在一旁无聊，帮着整理爷爷看过的文件。文件的字体都是加大的，一份文件厚厚一叠。

爷爷现在还担任着秦氏的董事局主席，不过不像以前那么忙了，手里的很多事情都分给爸爸和几个叔伯去做，每天只去公司开开高层会议。

快到公司时，爷爷把文件全部看完了。

"爷爷，在您眼里，韩沛是个什么样的人？"秦书问道。

秦爷爷拿下眼镜，略作思考，跟她说："你选择信任他时，他就一定不会让你失望。"

这是她听过的，爷爷对一个年轻人最高的评价。秦书看着爷爷，"爷爷，您说的是韩沛在生意场上的品质？"

“嗯，跟他合作过，挺愉快的。”爷爷又道，“生意见人品，小事也见人品，这些你以后慢慢悟。”

秦书在爷爷办公室待了一会儿，秘书正汇报着工作，她待着无聊，就去楼下找爸爸。回来几天了，跟爸妈只吃过一次饭，还吃得很匆忙。

到了爸爸办公室所在楼层，没有麻烦秘书，她自己溜达过去。会客室前，爸爸正跟人握手道别。周围还有一圈人，隔得又远，爸爸没看到她。

秦书望着人群里最高的那个背影，拿着手机的手一滞。

爸爸可能急着要去开会，跟助理匆匆离开，留下副总跟那人寒暄着。那人穿着深蓝色风衣，挺拔有气质，跟她记忆里的那个人重合。

四年半过去，时间留下一些东西，但带走的更多。秦书也早知道这几天她就要遇到他，可就算是这样，她心里还是莫名的一团乱。这种情绪波动，靠理智根本控制不住。

后来副总也忙着去开会，那人跟自己的秘书准备离开。

转身时，贺竞南一愣。秦书就在拐角处的植被旁，看表情，应该早就看到他了。他跟秘书吩咐几句，秘书先行离开。

贺竞南走过来，先开口打招呼的却是秦书。她努力维持着面上的平静，淡笑着，“贺老师，真巧。”

何止是巧，以前她跑了那么多次伦敦都没遇到过他一回，今天她在自己家公司瞎转悠就遇到了，可偏偏现在她一点都不想看到他。

贺竞南微微颔首，“还真是巧。”问她，“早就回来了？”

秦书点点头。

气氛本来是尴尬的，至少秦书这么认为。可贺竞南是谁啊，瞬间能找到合适的话题，他浅笑着，特别亲切又自然的口吻：“几年不见，好像长高了一点？”

秦书接着他的话：“嗯，吃了不少钙片。”

贺竞南没有接话，心说她还是跟以前一样，嘴上不饶人。

他又问她，知不知道节后上班的事。

秦书点头。

那她也应该早知道他是她以后的上司，别的话就不用多说了。贺竞南看了眼时间，“有空吗，中午请你吃饭。”

秦书知道他这顿饭的用意，以后抬头不见低头见的，避免她心情有波动，他就事先给她暖暖场。饭吃过，再聊聊天，在公司再见到后，应该也不会太尴尬了。

他什么事都想得周到，所以当初就算被他那么直白地拒绝了，她还是一点儿都怨不起来。

她笑笑，“请吃饭是想拉拢我这个下属？”

贺竞南浅笑着，“算是拉拢你。对一个领导来说，最头疼的就是遇到脾气大但又有能力的下属，又打不得骂不得，只能好好供着。”

秦书：“……”

片刻后贺竞南又言归正传，“本来就打算在你上班前找你一起吃个饭。”给她一个心理缓冲的时间。

他不知道她现在的心理状态怎么样，但上次遇到颜彦，颜彦说，琪琪就没谈过恋爱，还是一个人呢。四年多过去，他不确定她到底走没走出来。

贺竞南收回思绪，接着道：“节后我忙，都没时间在公司待着，趁现在正好把你工作上的事情交代一下，到时候你直接去公司报到。”

“谢谢贺老师。”

贺竞南下巴微扬，示意她往电梯那边走。

跟他并肩往前走时，秦书不自觉会用余光瞄他一下，有很多话想说，最后又什么都没说。

到了楼下，贺竞南的车已经开过来，秘书也在。

秦书说自己开车去饭店，贺竞南也没勉强她，先离开。

秦书又折回楼上问爷爷的秘书拿车钥匙，直到现在，心里都没平静下来。她以为再次见到贺竞南时她能潇洒应对，她当时还在卜一跟前吹牛，说要在气势上压倒贺竞南。

可并没有。

贺竞南比秦书早十几分钟到了饭店，是一家私房菜馆，口味偏清淡。以前跟同学严沉来过几次，后来他也就习惯了到这边来。

只是没想到，这么巧又遇到了严沉，同行的还有韩沛。严沉和韩沛在附近谈事情，临近中午了，两人就顺路在这边吃点。

韩沛现在之所以能成为他的大客户，当初就是靠严沉牵的线。

“约了人谈事？”严沉问。

贺竞南道：“也不算。公司新来的一个小朋友，交代一下工作上的事情。”

严沉提议：“既然也不是见客户，那我们就一起呗。不然两人两人一个包间，多浪费啊。再说人多吃饭热闹。”

韩沛是不介意的，反正就是一个多小时吃顿饭，多一个人也无所谓。

贺竞南都还没来得及表态，门口进来个人。

严沉先看到了来人，他眉心微蹙，确认后，眼神示意贺竞南：“欸，那不是你学生么？”

韩沛下意识侧眸，往这边走来的人是秦书。

Chapter 15

最特别的心理疏通

秦书没想到贺竞南跟韩沛认识，貌似关系还不错。

她形容不出现在的复杂心情，下意识地偷偷扫了眼韩沛，可惜他喜怒不形于色，单从脸上看，她瞧不出半点儿的情绪波动。

“对我真没一点印象？”严沉笑着。

秦书认真想了想，真的不记得见过他，她指指自己的眼睛，“我视力不太好，最近几年才恢复一些。”

贺竞南接过话，“她眼睛不怎么样，还做过手术。现在勉强正常，白天的视力还凑合，但畏光。”

韩沛不自觉瞅了秦书一眼，难怪她总喜欢戴墨镜。也挺好奇，贺竞南会知道得这么清楚。

既然是客观原因造成的，严沉就没再逗她。

他见过秦书不止一次，以前秦书到贺竞南办公室请教问题，他好几次都在。后来秦书在贺竞南公寓楼下跟贺竞南表白时，他还在。只是当时他在汽车里，没下车。那次秦书跟方慕和去马场，他还盯着秦书多看了眼。

在贺竞南给她介绍韩沛时，秦书说：“我们认识。”现在韩沛只是在追她，具体什么关系，她不好定义，就没多说。

韩沛微怔，本来都要伸手跟她握一下，当作初次见面，结果她来了这么一句。

贺竞南不奇怪他俩认识，秦家和韩家的长辈关系还不错，也有生意往来。

“合着绕来绕去都是一家人啊，这必须得一块儿吃。”严沉让服务员把另一个包间点的菜放到贺竞南订的那个包间。

他看向秦书，笑说：“你喊贺竞南贺老师，我跟韩沛可是跟你们贺老师一个辈分的，你得喊我们叔叔了是吧？”

韩沛插话：“你自己老，别扯上我。”

严沉哈哈笑，好奇问：“你什么时候这么介意自己年龄了？”

韩沛余光扫了眼秦书，没理严沉这茬。

贺竞南也打趣了句：“按理说，是得叫叔叔。”他下巴微扬，“走吧，到楼上说。”一句话结束了这个话题。

几人一起上楼。

“严大哥，我跟你一起坐。”秦书坐在了严沉旁边。

严沉笑，“咱俩是得好好熟悉一番，不然下回见面你还是认不出我。”

贺竞南跟韩沛坐在一起，他们除了工作上的话题，可聊的并不多。现在这个场合，还有服务员在，也不适合聊跟工作有关的事儿。

菜还没上来，两人有一搭没一搭地说着最近的财经大事件，时不时会瞅对面一眼。

严沉天生自来熟，没几分钟，就跟秦书聊得投机。

秦书其实并不是善于聊天的人，只是现在得找个事儿转移她的注意力，现在唯一能让她放轻松的就是严沉。不管是贺竞南还是韩沛，此刻都让她倍感压抑。

她也不看对面，因为一抬头就看到他们两人。特别是他们一起看向她时，那滋味太煎熬，就跟热锅上的蚂蚁一样。

韩沛漫不经心地嘬着玻璃杯里的茶，不时看两眼严沉。贺竞南亦是。

严沉光顾着跟秦书闲聊，都没注意对面两人在干啥。等他无意间抬头，迎面就对上了几道凉凉的视线。

严沉一脸茫然。好在这时菜上来了，严沉也没细想韩沛那眼神到底是几个意思。

有东西吃能免去很多尴尬，秦书暂时松了口气。

严沉知道秦书表白遭拒的事，他平日里再喜欢玩笑，也还是有分寸的。所以刚才秦书说要跟他坐，他没有半点意外。因为贺竞南让她有压力，韩沛这人天生自带冷场功能，跟他坐一块也压抑，他就成了秦书的最佳选择。

韩沛就更不用说了，在楼下大厅就知道了秦书暗恋的人是贺竞南。就在严沉对贺竞南说“那不是你学生么”那一瞬，他几乎肯定，秦书跟他说过的那个老师就是贺竞南。

曾经的老师，现在的上司。秦书又是在投行工作，贺竞南也符合她暗恋的标准。

他们三人都挺照顾秦书的情绪，不约而同把话题绕到生意上。秦书听着他们聊天，心不在焉地吃着盘子里的菜。

转盘是自动旋转式，每次秦书喜欢吃的那道菜到了她面前，韩沛都会用手压一下转盘，等她夹好菜，他才松手。

每次都是。

桌上的其他人包括秦书自己，都没发现韩沛的这个小举动。

有个服务员看到了，瞅了韩沛好几次。韩沛是这家私房菜馆的常客，以前没见他这么细心地对过谁。

转盘本来转得就慢，其实是用不着按压的。可一圈圈，每次他都要压一下。

严沉看向韩沛，“欸，我突然想起来个事儿，你那晚发什么神经，怎么想起来在酒吧弹钢琴？”

刚才几人聊到了 AC 公司的事，聊到 AC 就会提到韩沛的合伙人秋蓝，严沉就想起那晚在会所停车场遇到秋蓝，她正打电话，眼泪流得稀里哗啦。

简直活见鬼了。

韩沛抬眸，问严沉：“你知道？”

“我当时在楼上玩儿呢。他们听说你为了哄一个女孩开心竟然弹钢琴了，都一窝蜂跑下去看，结果你弹奏已经结束了。”他不可思议地看着韩沛，“真是为了哄人家小女孩开心？”

韩沛余光看了眼秦书，不动声色地收回，“嗯。”

严沉笑，“原来你也有鬼迷心窍的时候啊。”然后就说起秋蓝，“难怪我出去时遇到秋蓝，她正哭呢。”

接着笑着提醒韩沛：“秋蓝当时大概在跟闺蜜打电话，说什么向你表白失败了，你宁愿跟家里安排的相亲对象相处，都不愿给她一个机会。然后趁你现在还单身，决定换个方式睡了你。”

韩沛看向秦书，秦书正好也在看他。

贺竞南示意严沉：“我们这里还有小朋友，别说些少儿不宜的。”

严沉笑，“那我们聊聊小猪佩奇放到第几季了？”

“……”

吃过饭，也没时间逗留，几人下楼。

严沉跟韩沛先离开，贺竞南看着秦书，“去喝杯咖啡？”刚才有外人在，也不方便聊天。

秦书想了下，点头。

两人没走远，就在饭店附近找了家咖啡馆。

贺竞南和秦书喝过很多次咖啡，特别在伦敦时，他只要有空就去陪她喝下午茶。

问她：“跟以前一样？”

“随便，我什么咖啡都喝。”其实，就是什么咖啡都不喜欢。

以前爱喝咖啡，这样才有借口缠着贺竞南陪她去咖啡馆坐坐。在毕业后的这几年，当初在伦敦的那段日子，她曾无数次拿来回味，怀念。如今再面对面坐着，却再也找不回当年的心境。

咖啡上来，贺竞南跟她闲聊着，问道：“眼睛怎么样了？”

她眼睛第一次做手术时，是大三暑假，他在伦敦那边正好有项目，她跟他说了后，他有空就会去医院看看她。无形中，她对他的依赖便多了。

秦书轻轻搅动着杯子里的咖啡，“后来又做过一次手术，现在还行。”她抿嘴，浅浅一笑。

那笑有多不走心，她自己知道。

贺竞南刚要说什么，手机响了，是客户的电话。他歉意地点点头，起身去接电话。

秦书的手机也振动了下，是韩沛发来的信息：在哪儿？

秦书回：在咖啡馆。

韩沛看着手机，就四个字，传达的信息已然很多，就没再打扰她：嗯，那一会儿再联系。

“你也有走神的时候？”严沉笑问。

“在想事。”

严沉打趣：“想你那个酒吧的钢琴小姑娘？”

韩沛不置可否，伸手，严沉秒懂，把自己的烟跟打火机给他。

咖啡馆那边，贺竞南接了电话就要赶回公司，客户跟他约了3点见，现在马上2点。

咖啡都没来得及好好喝上一口，两人就结账下楼了。

贺竞南说改天再补请，叮嘱了一句："还有三天就上班了，这几天在家好好放松一下自己。"

秦书点头，"公司见。"

贺竞南伸手，"那就……共事愉快。"

秦书也伸手，指尖都是冰凉的。

轻握后，随即分开。

贺竞南的汽车缓缓驶离，秦书没急着走，在汽车里坐了一会儿。中午这顿饭太戏剧性，很难遇到的人，都碰到一起了。

她忽然想到韩沛之前给她发的信息，给他回过去：我从咖啡馆出来了。

韩沛直接打来电话，问她："要不要来我办公室等我一块下班？"

他的声音温润低沉，能直接流淌到人心里去。秦书一直都觉得韩沛的声音有治愈的功能。

韩沛肯定知道贺竞南就是她曾经喜欢的人了，他都没介意，还主动联系她，秦书爽快应下来："好，我半个小时后到。"

"嗯，开车慢点。"

秦书以为韩沛会给她做心理疏通，毕竟他之前那么认真地说过，等她见到她曾经喜欢的人，心理上要是有情绪波动，他来负责疏导。可她都来他办公室快一个小时了，他只字不提中午吃饭的事，只找了几道变态的数学题目给她做，然后就开始忙他自己的工作。

秦书手里转着笔，抬头望他，他正专注地处理邮件。

"韩沛。"她喊他。

"嗯？"他头也没抬。

她望着他，"你……没什么想问的？"

"没有。"顿了下，韩沛又说，"问什么？"

也对啊，问什么？他那么聪明一人，什么想不明白。

"没什么了，你忙吧。"秦书继续做她的题目。

在他办公室待着，她心情平静不少，偶尔也会走神，不过能及时回来。

韩沛正低头看文件，忽然一顿，想起什么，给秘书发了条信息：把我办公室里的几张椅子都拿去修一下。

又加了一句：都没坏，都拿去修。

秘书看到信息后很是无语，但是也不能多问，直接回：好，马上。什么时候给您送过去？

韩沛：下班后。

秘书：好，我这就安排。

几分钟后，办公室响起敲门声。

“请进。”韩沛头也没抬。

“韩总。”秘书进来，后面还跟着两个后勤的中年男人。

秘书知道韩沛办公室有个女的，她并未朝休息区那边多看，直接跟韩沛说：“韩总，是我的失误，今早安排工作时没说清，您的椅子没及时拿去修理，师傅我带过来了。”

“没事，也不影响坐。”他站起来，“你们拿回去修吧。”

秘书配合着演戏：“我马上送张椅子过来。”

“不用麻烦。”他指指沙发那边，意思是可以坐沙发上工作。

秘书和修理师傅拿上几张椅子离开，办公室又恢复了安静。

秦书纳闷，他的椅子还真心有灵犀，要坏一起坏。

韩沛移到她对面办公，专注地看着邮件，好像刚才什么都没发生过一样。

过了一会儿，他首先打破沉默，“给我倒杯水。”韩沛把水杯递给她。

秦书笑，“让我过来，就让我给你当茶水小妹的？”她已经帮他倒了两次水，每次他都是理所当然的语气。

“除了给我倒水，以后所有的事都由我来做。”

秦书一时没明白，看着他。韩沛并未解释，直到许久后秦书才明白。

等秦书倒好水转身，韩沛也起身过来，让她把水杯放茶几上，问她：“两个小时过去了，现在心情怎么样？”

他终于问了，秦书想了想，回他：“还行。”也只是还行。

她问韩沛：“我这样的属不属于特别矫情的那类女人？”

“矫情和长情是两码事，你属于后者。”他说，“挺好。”

“谢谢。”秦书淡淡一笑。

韩沛走近她，盯着她看了数秒，略有犹豫，还是问了：“你喜欢他什么？”

秦书跟韩沛对望，这么直接的男人，大概就只有他了。

喜欢贺竞南什么？

很多很多，也不是几句话就能说清。秦书简单概括了下，回答得很直白：“帅，成熟有魅力，双商高。”

韩沛双手抄兜，顿了片刻，又问：“就这三样？”

秦书点头。

然后就是一阵沉默，仿佛房间的空气都凝结了。

须臾，韩沛说话，声音低沉有磁性：“如果你就喜欢男人这三样的话，我都有，且超过任何人。”

他要是认真起来，哪个女人都接不住。

现在他还只是对她有好感，在追她，要是时间久了爱上她，她会不会从此深陷其中而无法自拔？

缓了好一会儿，秦书才在脑海里搜寻到合适的言辞来回应他：“你这是在跟我表白？”

韩沛看着她狡黠的眼神，不禁就想逗她，不答反问：“那你答不答应？”

秦书一怔，没想到他是动真格的。不管她回答“答应”还是“不答应”，都会落了下风。这就是一个陷阱，他在风轻云淡间就能给你挖个坑。

秦书不甘心输了气势，她反应也快，“你说了要追我到毕业。”

韩沛颔首，“是说过，不过这不影响，你答应你的，我追我的，追到你高兴为止。”似笑非笑地看着她，“所以答不答应？”

就这一会儿工夫，她已经哑口无言好几次。

韩沛笑了，不再跟她开玩笑，说：“现在给你做心理疏导。”

秦书看着他，“聊天？”

“这是心理医生的活，我不擅长。”

“那你要用什么方法？”

韩沛解开袖扣，“帮我拿着。”把衣袖往上撩了撩。

看他这架势，秦书竟来了一句：“你还会气功？”

韩沛被逗笑了，盯着她看了数秒。看得秦书招架不住，别过脸去。

“最上边有本书，你帮我拿下来。”韩沛指指书柜最上面那格。

秦书顺着他指的方向看去，这一排书架是特别定制，有三米来高，最上面都是些金融类的书籍。难道他要给她读书来疏导？

“接下来我跟你要有肢体上的接触。”韩沛挽着衣袖，说道。

秦书收回视线，“肢体接触？”

“嗯，我抱着你，你把书拿下来。”

秦书下意识就拒绝了：“我直接踩在椅子上就够得着，不用你抱。”

“椅子都拿去修了。”

秦书再一次无言。

Chapter 16

亲了亲她的眼睛

秦书已经知道他接下来要做什么，既没排斥也没拒绝。至于为什么不拒绝，很多年后她才想明白。

在她开小差时，韩沛将她悬空抱起来。秦书一个紧张，抱住了他的脖子。

偌大的办公室，针落可闻，能清楚地听到扑通扑通的心跳声，还有微微急促的呼吸，也分不清到底是谁的。

秦书感受着他结实有力的臂膀，还有他身上清冽的气息。头一次被异性这么抱着，她有些紧张，不自觉地动了几下。

韩沛忍了又忍，最后还是说了出来："在男人身上时别动来动去，会动出事情来。"

秦书耳根都泛红了。

"你要拿什么书？"秦书岔开话题，被他这样抱着，满屋都是暧昧。

韩沛自己也忘了最上层到底放了些什么书，他扫了一眼，"拿你喜欢看的。"他抱着她走到书架前。

秦书装模作样地看了看，最后拿了本英文版的跟收购有关的书籍。

韩沛放下她，从她手里拿回他的袖扣。被她攥在手心攥得太紧，袖扣都潮了。

韩沛边佩戴袖扣，还不忘看她一眼，"别去刻意让自己忘记什么，不管什么事都要顺其自然，忘不了的也没必要去忘。等你到我这么大，就知道有份纯粹的感情多难能可贵。"他下巴微扬，"喝杯咖啡，看看书。"

韩沛接着去工作了，好像刚才的事对他一点都没影响。他认真专注，秦书盯着他的侧脸看了好一会儿。

她压根就没想到韩沛会用这样的方式来给她做心理疏导，不过还真是有效，至少她没时间去想其他事了，现在满脑子都是韩沛这样亲昵地抱着她的画面。

秦书做了几分钟静心的动作，开始接着做数学题。

期间韩沛去开了个短会，回来时秦书已经把几道题做完了，正在看手机。她闻声抬头，"结束了？"

"嗯。"韩沛手里提着一个塑料袋，里面花花绿绿的。

"现在没什么事吧？"韩沛问她。

"没事，题目都做出来了。"

韩沛把手提袋给她，"要是没事，就做圣诞卡片。"

"圣诞卡？"秦书疑惑地看着他。

韩沛颔首，跟秦书说，刚才秘书办有个秘书在做，她家女儿幼儿园里要求做亲子手工贺卡，她带了不少材料，他要了一份过来。

秦书惊讶的是，“你们秘书上班时还可以做这个？”

“我允许的，只要工作全部完成，下班前的时间自己安排。”

“做什么都可以？”秦书问。

“除了刷手机，聊八卦。”

秦书虽然有些不知道该怎么接话，但还是顺着他的话说了句：“这样也挺好，省下来的时间能做点有意义的事。”

“嗯。”顿了下，他话锋一转，“以后你也别刷手机，你视力本来就不好。”

原来绕了那么大一大圈，就是想要说，让她别没事就盯着手机看。

她敷衍了句：“以后尽量少看。”

秦书把所有材料都摆在茶几上，研究一番，确实是制作亲子卡片的材料。反正也闲着，她准备做两张。

韩沛处理好所有的邮件，开始看计划书，遇到个问题，直接拨了严沉的电话，那边占线。过了几分钟又拨了一遍，还是打不通。

严沉正在跟贺竞南打电话，先是聊了工作上的事，后来他忍不住八卦贺竞南的私事，这是他长这么大第一次八卦别人的感情。

“欸，你跟秦书，现在是什么状况？”

贺竞南顿了几秒才说：“没什么状况，就是她来实习，我带带她。”

严沉也实话实说：“我看那丫头，好像对你……怎么说呢，我感觉她还没走出来一样，难得你们这么有缘分，这么多年过去又碰到一起了……”

他谨慎措辞：“再说了，谁也没规定，离了婚的男人就不能再追求爱情，是不是？”况且贺竞南离婚，那都是多少年前的事情了。

当初秦书表白时，贺竞南离婚已经快两年。

贺竞南正在抽烟，刚抽了不到一半，把剩下的那半支用力揉在烟灰缸里，“不说了，都过去了。”

“我也有妹妹，看到秦书那样吧，我就忍不住想帮帮。”

他了解贺竞南的为人，离婚并不是什么原则上的错误，他觉得贺竞南跟秦书其实还蛮配的。不过感情的事，他这个局外人也不好说太多，“你再好好考虑一下吧。我先忙了，回聊。”

手机屏幕暗下去，贺竞南摁摁眉心。想来想去，还是给严沉发了条信息，叮嘱他：以后别再说琪琪以前上学时的事，任何事都不行，开玩笑也不行。特别是她在场时，她挺敏感的。

严沉看完这条信息，忽地笑了，思忖数秒，回他：既然这么放不下她 ，那你就不能对她好点儿?

半晌，贺竞南发来一条：我和琪琪的事，过去就过去了。

既然贺竞南都这么说了，严沉就没再多费口舌。他还算了解贺竞南，一旦决定的事，就很难再改变。

刚要放下手机忙工作，电话又响了，是韩沛打来的，“干吗？……行啊，我这就给你传过去。”

他把几份资料拍下来传给韩沛。

好几分钟过去，资料才传完。

韩沛：收到，谢了。

搁下手机，韩沛把这些资料全部打印出来，每天盯着电脑十多个小时，眼睛受不了。

他开始看资料，那边，秦书正在做卡片，已经完成了一个小的卡片。

韩沛把所有资料都看完，秦书也差不多结束了。她画工好，做出来的卡片别有新意。

“不错。”韩沛在她边上坐下。

秦书看了眼时间，已经 7 点半，她忽然想起：“你早上不是说晚上有应酬？是不是被我给耽搁了？”她刚才一门心思研究贺卡，就没注意时间。

“应酬已经提前到中午了。”

“就是跟严沉？”

韩沛点头，“还有另一个人，当时他忙，先回公司了。”

没耽误正事就行。秦书看看贺卡，“我能拿回去么？”她还挺喜欢的，好多年都没做贺卡了，还是幼儿园时做过。

韩沛伸手，“我替你收着。”

一张卡片，秦书也没放在心上。

两人离开公司，韩沛带着秦书去吃了点东西，秦书问他是不是这就要去操场跑步了？

韩沛说：“不跑了。”

“你还有工作？”这是秦书唯一能想到的原因。

“没有，陪你转转。家里有健身房，我回去跑。”两人到了汽车前，韩沛给她打开汽车后门，“想去哪儿转？”

秦书自己没浪漫细胞，她想韩沛应该跟她差不多，除了跑步，他应该也想不到其他约会方式了。

她说：“随便，就到处看看夜景吧。”看着他，“一直开车瞎转悠，你会不会挺无聊的？”

“我开车，你唱歌给我听。”

唱歌是秦书最擅长的，“你想听什么？”

“那晚我弹的那首曲子。”

是琴谱上第 23 页那首曲子，这首歌秦书从小就会唱，以前是爷爷弹琴奶奶唱歌。

韩沛还给她找了钢琴曲伴奏，一遍唱完，韩沛又把曲子重播，她一共唱了五遍，才换成别的歌曲。

一晚下来，她感觉自己开了一场音乐会，把韩沛车上的苏打水都喝光了。

小区门口有药店，“嗓子疼不疼？”韩沛在药店门口停下。

“不用买药，我习惯了。”每次跟方慕和跟卜一去唱歌，她都能唱好几个小时，是个不折不扣的麦霸。

韩沛还是下车了，说给她买几盒润喉糖。

秦书趴在车窗上，看着收银台前韩沛挺拔的身影，他正在排队等着结账。她拿出手机，调好角度，拍了好几张，发了条只有自己可见的动态：今天，感激，感恩。然后附上韩沛的照片。

韩沛买了四盒润喉糖，只给她两盒，“这两盒放车上，下次想吃的时候就方便了。”

秦书拆开盒子，礼貌性地问了句：“你要不要来一粒？”

“放一粒在我嘴里吧。”他系上安全带，开始发动车子。

这是她第一次喂男人吃东西，微凉的指尖碰触到他温热的嘴唇。只有一秒钟的接触，全身都跟触了电一样。

到了公寓楼下，韩沛推门下车，还没来得及给她开车门，秦书已经下来，冷风吹在脸上，滚热的脸颊舒服不少。

韩沛锁车，那意思已经很明显，要送她上楼。秦书没拒绝，两人一前一后进了公寓。

电梯里，只有两人的呼吸，空间安静幽闭，最易滋生暧昧。

秦书面对着镜面，看着镜子里的韩沛，他双手抄兜，微微垂眸，像在思考什么事。

到了门口，韩沛顿下脚步，看着她，“早点睡，明晚我来接你。”

秦书点头，时间太晚，也不合适再邀请他进屋，便叮嘱他路上开车小心。

韩沛下巴微扬，“进去吧。”

秦书“嗯”了声，推门进屋。才刚踏进去一只脚，韩沛望着她的背影，忽然喊她：“琪琪。”

“嗯？”她转身，韩沛的身影压下来，他结实的手臂扣在她柔软的腰上，把她带进怀里。

秦书的心脏一下子跳到了嗓子眼，她被他的气息包围，大脑有瞬间的空白。

她抬眸，他的唇就在离她眼五公分不到的地方。

大概是因为今天遇到了贺竞南，某种意义上，贺竞南是他的情敌，无形地激起了他作为男人本能又强烈的占有欲。

离得这么近，秦书闻到了淡淡的薄荷润喉糖的味道，不知道是她自己嘴里的，还是他唇间留下来的。

韩沛刻意停在那里没亲下来，给她缓冲和拒绝的时间。

她要是不愿意的话，她相信他不会亲下来的。

秦书微微垂眸，没吱声，也没躲避。

韩沛的吻落在她眼睛上，动作很轻。

秦书下意识抓住他大衣的衣襟，用力攥着。

韩沛又亲吻了她另一只眼，随后用自己的侧脸在她脸颊轻轻摩挲了一下，温热的气息喷在她耳边，声音低沉：“晚安。”

Chapter 17

韩沛说以后不抽烟了

韩沛送我回来时亲我了。

一个小时后，秦书已经冲过澡，还做了一会儿瑜伽，没一点儿用，怎么都平静不下来，只好给闺蜜颜彦发了条信息。

颜彦激动地直接发来视频邀请。接通后，颜彦看见视频里的秦书湿漉漉的长发搭在胸前肩头，穿一件性感睡衣，皮肤白得刺眼。

“你赶紧裹个床单在身上，不然我被刺激得都想找根绳上吊。”她晚上刚和同事吃了自助火锅，差点没撑死，现在身上都一股火锅味。

秦书笑，偏跟她对着干，直接在瑜伽垫上劈了个一字马竖叉，“看到没，这才是减肥该有的态度。”又故意刺激颜彦，“我晚上只吃了一碗粥，回来做了半小时瑜伽，准备再做三百个深蹲。”

颜彦觉得心绞痛，“对了，韩沛怎么亲你的？”一秒转移话题。

“用嘴。”

颜彦差点被噎死，“你能不能好好说话？！”

秦书还是保持着一字马的动作，笑着看颜彦，“我一直都在好好跟你说话，你不好好听，怪我？”

颜彦被秦书的一字马刺激了，也不好意思半躺在床上，从床上爬起来，收腹挺胸，靠墙跟站着，这才跟秦书聊：“你们现在就这么甜蜜，那不是离床又近了？”说着，挑挑眉，一副不正经的样子。

秦书笑，“离床远也没事，可以站着。”

颜彦傻了两秒，反应过来后，“……琪啊，你堕落了。”

两人嬉闹几句，秦书想了下，还是跟颜彦说起：“我上午遇到贺竞南了，在我家公司，然后跟他一起吃饭，吃饭时遇到了韩沛。”

颜彦一时都没消化过来，花了十几秒把这句话好好理了一番，她现在最关心的是，“你怎么想的啊？”是继续跟韩沛谈下去，还是抛弃韩沛投奔贺竞南?

“韩沛亲我，我都默许了，你说呢？”

颜彦松口气，“那就好。”接着开始语重心长，“感情里，最禁忌的就是在几人之间徘徊不定，到后来没人会尊重你，也不会有人同情你。”

说着，忽然又想起：“我差点给忘了，就在两分钟前我在我们八卦群里看到的，刚想要跟你打电话呢，结果你先给我发信息了。”

“什么事？”秦书收起一字马的动作，起身去找苏打水喝。

“我们同事，就是那个花痴你家韩沛的小女孩，她刚才说在跑步的操场看到我们二老板了。二老板还扎了个马尾，穿着运动装，看背影跟十八九岁小女孩一样。”

秦书把手机搁一边，开始拧瓶盖，漫不经心问道：“你们二老板？”

“嗯，我们老板的闺女，叫秋蓝，长得挺漂亮，教育背景也好，人呢聪明又性感，关键是……”说着，颜彦特意停顿了下。

“直说。”

“我们二老板跟韩沛关系不错，两人投资了好几个项目。我那个同事一看到二老板也来跑步，她自己没跑完就赶紧撤了。她说有种预感，我们二老板是去那里等韩沛，不然她家什么健身器材没有？那么冷的天犯得着大晚上去室外跑步？”

秦书也没把秋蓝放心上，就算颜彦不说她都知道，喜欢韩沛的女人不会少，也不多秋蓝一个。

“欸，咋不吱声？”颜彦问。

“韩沛说今晚不跑步，送我回来他就回家了。”

“还好我同事回来了，不然她就是跑到明天早上也遇不到韩沛呀。”

提到颜彦那个花痴同事，秦书思忖两秒，“彦子，你那同事不是看到韩沛跟我一起跑步了，怎么还去？”不是自己给自己添堵？

“这个不影响，帅哥结婚了也照样看啊。看了养眼，省眼药水钱。”床头柜上那个工作用的手机连连振动，“你等我一下，我们八卦群里不知道又有什么新八卦。”

颜彦过去拿起手机，屏幕上是一张秋蓝跑步的照片。“欸，琪琪，给你看一下我们二老板长啥样，挺有味道的一个女人，自身能力也强，反正你看紧韩沛呗。”颜彦把镜头对准另一个手机屏幕，怕秦书看不清照片，她差点就把两手机贴在一起。

而那个屏幕上，秋蓝的照片很快就被韩沛的侧脸照和背影照冲没了，他穿一身黑色运动装，帅气又迷人。

八卦群里在聊天。

“小花痴啊，你不能到操场跑道那边拍啊？看不清韩沛的脸啊。”

“再近也没用，操场里黑黢黢的，我拍不到，就这里靠路边有灯光，还能勉强辨认出来。不拍了，他跟我们二老板汇合了。”

又附上一张一男一女的照片，只有背影。光看背影，特别般配。韩沛穿黑色运动装，秋蓝穿一身白色，有那么点情侣装的味道。

“我撤了，我的男神跟别的女人好了，心碎了，回家吃一顿。”

群里开始起哄，聊天还在继续。

“看清没？”颜彦把手机镜头对准回自己，她余光扫了眼另一个手机屏幕，群里都在讨论她们二老板和韩沛，在猜两人跑完步会去干吗？

一群色女人说起话来也口无遮拦的，颜彦愣了下，赶紧爬楼看是什么状况，原来是那个花痴同事在操场外面遇到了韩沛来跑步。

群里又沸腾起来。

颜彦用力扯扯自己头发，她好心办坏事儿了，早知道就不给秦书看这个八卦群。

刚才秦书说韩沛不去跑步，回家了，结果立马被打脸，人家不仅去跑步，还跟美女一起跑。

颜彦看了眼视频里，秦书正在喝苏打水。

“琪琪？”颜彦试探着喊了句。

“嗯？”秦书抬眸看她。

颜彦赶紧宽慰秦书：“韩沛习惯跑步了，不跑估计都睡不着觉。他应该是怕你冷，就没带你去。这明眼人一看就是我们二老板在追韩沛，你这么聪明，不会误会的对不对？”

秦书笑，逗她：“我已经误会了。”

颜彦看她表情轻松，心里松口气，“你别多想，我觉得韩沛不是那种男人。如果他真对我们二老板有意思，那他们早就结婚了，现在也没你什么事儿。”

“现在不跟他计较，等他是我的了，我再好好跟他算账。”

两人又瞎聊了一会儿，挂电话前颜彦又叮嘱她：“反正韩沛比较抢手，你得看紧点，过去的事都过去了。你看韩沛对你多好，什么都不介意，还想着法子让你开心，珍惜眼前最重要。”

秦书也觉得韩沛对她好。她把手机搁一边，对着化妆镜看了一会儿，她全身最脆弱的地方就是眼睛，而他晚上亲的就是她的两眼。

她给韩沛发了条信息：晚安。

反正也睡不着，就去书房画画了。

韩沛的手机放在车里，人正在跑步。本来是要回健身房锻炼，路过这边又临时改变了主意。

好巧不巧的，秋蓝也在。他和秋蓝只打了声招呼，两人就各跑各的。

秋蓝没有刻意跟上他的步伐，他跑得快，她也追不上。那晚在酒吧遭拒后，她给闺蜜打了个电话。闺蜜说，这都什么年代了，成熟男女之间早就不流行表白。男人跟生意一样，要想拿下，靠策略。说女追男隔层纱是骗骗小女生的，怎么可能那么容易？像韩沛那样的男人，隔着的差点就是一个喜马拉雅，你不想吃苦，不想翻山越岭，根本就到不了他所在的地方。

她对生意精通，感情上还真不是行家，就问闺蜜，现在男女之间流行什么。

闺蜜：找机会相处，如果没暧昧的气氛那就自己营造，感情自然而然就来了。有感情了，差不多就能睡了。

反正韩沛现在还是单身，她追他，睡他，没有对不起谁。

秋蓝这么想着，韩沛的第二圈又追上了她，她才跑了半圈。

“你一般跑多少圈？”两人并肩时，秋蓝问他。

“不知道。”

“你继续吧，我不行了，跑了几圈就受不了，先回了。”秋蓝跟他摆摆手。

韩沛点点头，没有半句多余的话，继续往前跑。

秋蓝看着他的背影，想着他一副不咸不淡的样子。她摸摸脸颊，感觉发烫。

她这样算是倒贴了吧？结果人家连看都不看一眼。

没在操场多逗留，到了路边开车上就离开了。

她来跑步之前，给自己做了那么多心理暗示，追韩沛那样骄傲的男人，不主动不付出，是没戏的。可他稍微给点脸色，她自己就发觉受不了了。

秋蓝找个路边停下，给闺蜜发了条信息：原来厚脸皮不是谁都有这个心理素质。我没完成今天的任务。

本来打算跟在韩沛后边跑五圈，可是一圈下来，她就跑不下去了。

闺蜜：出息！拿出你做生意的强势啊！不过好歹迈出那一步了，明天继续加油！你抓紧吧，等韩沛有女朋友了，你再去追，那就是小三，懂吗？

秋蓝呼口气，把手机丢一边。

她忍不住自嘲，秋㞞包，你活该这么多年近水楼台你都没摸到韩沛那个月亮的边！

韩沛跑过步也没再回爷爷那边，晚上保健医生给他打过电话，说爷爷今天状态特别好，还去棋牌协会转了一圈，晚上也没说累。

回到公寓冲过澡，韩沛才看手机，距秦书发来信息已经过去一个半小时。

他回：嗯，晚安。

秦书：还没睡？

韩沛拿上烟跟打火机去了露台，拨通了秦书的电话，第一句就是："我刚跑步回来。"

"又出去跑了？"秦书忙了一个多小时的大作完成，她关了书房的灯准备休息。

韩沛倒了支烟出来，"嗯，一天也就跑步的这一个小时在外面。"

"你每天都坚持锻炼？"秦书随意跟他聊着。

"除了在飞机上，基本都是，一个小时跑步，半个小时游泳。"

"你那么忙，坚持下来不容易。"

"放下手机，一个半小时还是能挤出来的。"顿了下，又道，"再忙的人都能挤出一个多小时的锻炼时间。"

秦书说了句："我今晚没看手机。"

韩沛笑了下，声音很低。

"晚上都做了些什么？"韩沛轻靠在台子上，陪她聊天。

"走神十几分钟，然后做了会儿瑜伽，后来就画画，你打电话时我刚画完。"秦书一一汇报着。

"嗯，挺好。"他把烟含在嘴里，拿出打火机，"咔哒"一声。

"你在抽烟？"秦书听到了打火机的声音。

还没来得及点，韩沛熄灭打火机，把烟从嘴里拿下来，"嗯。"

秦书说："少抽点，抽烟对身体不好。"

静默半秒，韩沛声音低沉沙哑："以后不抽了。"

他把烟又放回烟盒，将烟盒跟打火机一起丢进烟灰缸。

Chapter 18
平安夜到了

“烟哪有那么好戒。”秦书接着他的话低声说了句。

她声音听上去倒是挺平静，内里其实早就泛起了波澜。一个男人说要为你戒烟，还是他主动提出的。这样的糖衣炮弹谁受得了，偏偏她又没穿防弹衣。

电话里韩沛略沙哑的声音又传来，“是不好戒，那得看为谁戒。”

秦书一下语塞，不知道要怎么接话合适。从下午到晚上，他抱了她，亲了她，现在又说要为她戒烟。

电话里有片刻的安静，秦书能听到他的呼吸声。

韩沛打破沉默，问她：“晚上画了什么？”

“发在朋友圈了，你可以去给我点赞。”

韩沛淡笑着，“行，这就去。”

通话就这么结束了，气氛还不算太尴尬。

秦书画的是自己的眼睛，她拿着镜子照着画了一晚上，就一双眼，别的没有。

打开微信，好多条留言和点赞。

第一条就是卜一：我去！有你这么自恋的吗！大晚上拿自己眼睛出来显摆！知道你眼睛长得好看！

秦书：你能看出来我画的是自己？

卜一开始打字：你什么时候画过别的女人？

这句话还没发出去，秦书就回他：看来我画工不错，都能把人物刻画得栩栩如生。

卜一：……

方慕和也没睡，留言：琪啊，你把你那条留言先撤了，卜一还有话没说完呢。等他说完，你再考虑要不要继续。

卜一：方妈，还是你了解我。（大哭）

秦书知道方慕和跟卜一是想损她，她偏偏装傻：卜一啊，我知道你想夸我，谢了。

方慕和：琪，来，跟我念，我的脸皮厚度已经赶超城墙，即将破世界纪录。

秦书：哥温！哥温！哥温！第三声！

方慕和：就不能淑女点？怎么说也开始恋爱了。

秦书：恋爱怎么了？恋爱了我照样削你！

方慕和吓唬她：韩沛要是知道你这么粗鲁不讲理，说不定……就要考虑考虑要不要继续跟你谈。

秦书：我在韩沛那里一直是优雅的女神形象。在熟透之前，我是不会让他知道我强势又不讲理，以后我要狠狠地欺负他，哈哈哈。

方慕和：别嘚瑟，小心被他知道了。

秦书：反正咱俩的聊天他也看不到，你也不会跟他说。配上一个嘚瑟的表情图。

她知道方慕和跟韩沛的关系特一般，甚至连话都没说过几句，两个都是那么骄傲的人，自然不会主动加对方为好友。

要是加了，方慕和早跟她说了。她跟方慕和之间，唯一的共同好友就是卜一。所以不管她怎么撒泼，外人也不知道。

过了几十秒，方慕和也没再留言，给她私下发了聊天消息：我突然想起来，韩沛是我的微信好友，我们俩的留言聊天他是不是能看见？

秦书才不信：你当我傻？

方慕和直接截图过来，还真是韩沛。

秦书：你们……你们怎么还互加好友？

方慕和想了想，还是好几年前的事情了：当时有个场合，大家互加了联系方式。我跟他就假客气了一番，也加了，不过从来没联系过。

秦书：……

方慕和：不要紧，现在把对话删了，他这个人基本不看这些。

秦书肠子都悔青了：来不及了，我刚才让他给我的画点赞。

方慕和：那你活该。（微笑）

秦书也没心思跟方慕和拌嘴，这下形象彻底毁了。内心天人交战，许久，她平复下来，发了条信息给韩沛：哈罗～

韩沛打来电话，笑着问：“要怎么欺负我？”

秦书语塞。

韩沛笑了声，没再为难她：“你有多不讲理？”

秦书：“……还行吧。”

韩沛已经走到书房，打开电脑还要处理工作，声音温和：“嗯，不讲理也没事，我有的是办法。”

这话听上去，怎么就那么宠溺，那么暧昧。

韩沛叮嘱她：“早点睡，明天下班我去接你。”

“好。”秦书挂了电话。

今天夜里，她不用睡了……

平安夜终于在期盼中到来，海纳投行难得今天正常下班，所有人都不用加班。

贺竟南收拾好文件，准备离开。

他办公室的门半掩着，赵曼迪敲门，“贺总。”

贺竟南抬眸，“还没回去？”

“这就走，报告我赶出来了。”赵曼迪把一大叠资料放过去。

两人边聊着一起离开办公室。大厦里到处都洋溢着圣诞节的气氛，不可避免地说到今晚的安排。

“贺总也是要去约会？”赵曼迪浅笑着问。

她知道贺竞南还没结婚，有没有女朋友她不得而知，不过像他这么优秀的男人，不该没有女人。

贺竞南淡笑着，“去相亲。”

赵曼迪诧异了下，“没想到贺总还单身。”

“时间都给工作了。”

赵曼迪点点头，“也对，做我们这行的，休息的时间都没有。”然后微微叹口气，她妈妈也开始着急她的婚姻大事了，回家就不断唠叨她，耳朵都快起老茧。

妈妈说她已经三十了，再不抓紧找，好男人就肯定没有了，再过两年的话就只能找个二婚的男人……

岔开这个不愉快的话题，聊起明天晚上的公司聚餐，赵曼迪征求贺竞南的意见：“要不让秦书明天来公司？正好借着聚餐跟同事熟悉一下。”

秦书本来是圣诞节后来报到。

贺竞南思忖几秒，“行，一会儿我打个电话给她。”

到了公司楼下，和赵曼迪分开后，贺竞南准备给秦书打个电话。

他原本是要出差，结果明晚全体聚餐。圣诞节那天聚餐是行里每年的老规矩，他第一年过来，不好缺席，就把出差时间推迟。

刚找出秦书的号码，妈妈的电话打了进来。

“竞南啊，下班了没？”妈妈是掐着点打来的。

贺竞南无奈一笑，“您说呢？”

“那你快去饭店吧，第一次见面别迟到了，不管你满不满意，也别失了礼数。”

贺竞南“嗯”了声，切断电话。他揉揉眉心，身心俱疲，还要去跟一个陌生女人见面吃饭。

离婚后，母亲没跟他提过再婚的事。自从他回国工作，家里亲戚倒是比母亲还积极，已经介绍了好几个，他都推了没见。今天这个相亲是舅妈安排的，连餐厅都早早订好了，不给他一丝拒绝的机会。

收回思绪，贺竞南打了秦书的手机，那边很快接听，“贺老师。”

贺竞南先说了声：“平安夜快乐。”

秦书一怔，“谢谢，您也是。”

她又问：“有什么事吗？”她了解他，没重要的事他是不会主动给她打电话的。

“你明天来公司吧，晚上公司有聚餐。”

“好。”

电话里有一秒的沉默，贺竞南说：“明天见。”

“明天见。”

搁下手机，秦书平静了几分钟，开始接着化妆。

今晚算是她跟韩沛的第一次正式约会，她花了好几个小时精心打扮，还专门去弄了发型。

一刻钟后，韩沛到了。

他见惯了美女，各种美女，清纯的，妖艳的，性感的，妩媚的。就算这样，当秦书站在他面前时，他还是心动不已。

她长长的卷发今晚散了下来，穿着某品牌高定的干枯玫瑰色长裙，配了一双高跟鞋。白皙的脖子上戴着一根细细的黑色颈圈，站在公寓门口，微微歪着头看着他。也许是情人眼里出西施，她的精致，她的性感，无人能及。她狡黠又勾人的眼神里夹着一丝坏，最为特别。

韩沛穿上大衣下车，秦书也走过来。

他问："不冷？"她裙子外面虽然也披了件大衣，但脖子和脚都露在外面，今天零下九摄氏度。

"冷。要想美，忍着。"

秦书看着韩沛，在他面前也不用再收着自己的性子，更不用再继续扮演淑女，她清了清嗓子："魔镜啊魔镜，请告诉我，谁是这世界上最美的女人。"

韩沛别过脸，不自觉笑了。

"欸，魔镜，喊你呢。"秦书下巴微扬，故意逗他。

韩沛转过来，看着她的眼，"琪琪最好看。"

秦书耳根一红，笑，"这还差不多。"问他，"现在去餐厅？"

"去我家，我做给你吃。"

"……你会做饭？"

"不会，可以学，你喜欢的那几道菜容易做。"她爱吃素菜、家常菜，他问过厨师了，好做。

很自然的，韩沛牵着她的手朝汽车走去。她冰凉的指尖被他全部握在手里，他的手遒劲有力又温暖，彻底拨乱了她的心弦。

Chapter 19

亲 吻

从公寓大门到汽车边并不远，韩沛走得也不快。

过了几秒，“韩沛。”秦书喊他一声。

“嗯？”韩沛侧眸看她。

秦书指指她自己的汽车，“我到后备箱拿点东西。”她要送给他的礼物还在里面。

韩沛也没松手，跟她一起走过去。

打开后备箱，秦书拿出一个购物袋递给他，“圣诞快乐。”

“给我的？”韩沛接过来。

秦书点头，“不知道合不合适。”

韩沛只看购物袋上的LOGO就知道她送了什么，但他还是打开来看了，一套运动装，他喜欢的颜色，黑色。

他轻轻抱抱她，“谢谢，很喜欢。”

秦书整个人被他纳入怀里，周围全是他身上好闻的气息，就跟喝了酒一样，她差点就醉了。

只是还没过足瘾，韩沛随即松开了她。

秦书又拎了一个手提袋出来，里面是她自己的衣服，锁上后备箱。

“这是什么？”韩沛替她拎过来，又牵着她的手。

“一套我平常穿的衣服，还有平底鞋，吃过饭我陪你跑步。”

韩沛看着她，“今晚不跑了。”

秦书找个理由：“我想出去转转，在屋里闷得慌。”她还记得他说过，一天也就跑步的那一个小时在外面，今天白天他肯定也是在公司忙了一整天。

韩沛盯着她看了好几秒，松开她的手用力揉揉她的头发，略沙哑的声音说了句：“谢谢。”

到了韩沛公寓，秦书才知道为什么韩沛要到家里过圣诞节，明明自己不会做菜，还非要难为自己。

开门后，韩沛没开灯，屋里各色彩灯，美轮美奂，有花香，还有欢快的圣诞曲。

秦书呆了下，公寓是复式，客厅里那么高一棵圣诞树，有四五米，差点顶到楼上的吊灯。树上挂满了礼物，圣诞树下也堆了一大堆。圣诞树边有圣诞老人和驯鹿，有马车，有好几个雪人玩偶，还有折叠梯子。

“去拆礼物吧，能够到的都归你。”韩沛关上门，还是没开灯，房间里温暖浪漫。

女人最无法抗拒的就是男人给的惊喜和浪漫，秦书也不例外。就算家里一直给她过圣诞，这么大的圣诞树，甚至比这还高的圣诞树爷爷也给她准备过，可当时的惊喜跟现在的惊喜完全不一样。

那是亲情的惊喜，这是爱情的浪漫。

韩沛帮她把外套挂起来，“我去做饭了，你拆完礼物去弹琴。”顿了下又道，“就弹那晚你唱的那首，钢琴在那边。”

秦书顺着他的视线看去，黑色三角钢琴上摆满了玫瑰花，就连琴凳周边也是，至少得几百朵。

“你到底给我准备了多少礼物？”她收回视线看向他。

“没多少，看看能不能找到你喜欢的。”

“谢谢。”秦书换上拖鞋欢快地去拆礼物了。

韩沛盯着她的背影看了一会儿，换上家居服去了厨房。偶尔他会转身看秦书两眼，她正坐在地毯上拆圣诞树下的礼物，动作认真又仔细，把礼物盒外面的包装纸也叠好了收着。

虽然客厅堆满了礼物盒，不过他最想送的礼物不在里面，等出去跑步时再给她。

秦书都没来得及弹琴，光是拆礼物就拆了一个多小时。这些礼物基本都是她钟爱的，有礼服、包、化妆品、首饰，还有比较潮的饰品。他是把商场里女人可能会喜欢的都买了回来。

秦书拿手机拍了几张，没拍礼物，只拍了她叠好的包装纸，一共三摞，选了好几个角度拍下来，然后又拍了几张那棵圣诞树。

发了个朋友圈：圣诞快乐～附上几张照片。

颜彦正无聊地吃着甜点刷着朋友圈，秦书上传的照片里，客厅背景她不熟悉，秦书家里她也去过，第一反应就是：你在韩沛家？

秦书：嗯，在他公寓。

颜彦笑：那今晚就装醉别回去了，趁机把他当床睡了。

然后又看了下照片：那些花花绿绿的是？

秦书：礼物包装纸。

颜彦：……都是韩沛送你的礼物？！

秦书：嗯，我只送了他一套运动装，他送了我这么多。

颜彦宽慰她：没事儿，礼物嘛贵在用心，他感受到你心意就行了，以后过节你再多送点。

又不由得感慨：别人是晒礼物，你是晒包装纸……扎心了。

她刚好又拿了一个甜点，正打算往嘴里塞，又看了眼那几摞礼物包装纸，然后再默默看看手里的甜点，微微叹口气，好像是该减肥了。今年圣诞节只收到秦书给她寄来的圣诞礼物，一根跳绳和一个电子秤……

秦书发来私聊：咋不吱声了，又在立志减肥？

颜彦最终还是把甜品塞进嘴里，在心里对自己说：“以后再买剁爪子！！”拿过手机回秦书：正在做深蹲减肥呢，我已经不是原来的那个我了！

秦书：撒谎胖十斤。

颜彦：……

另一个手机又振动了，都是一群单身狗在互相诉苦。

八卦群里，那个花痴小美女又发来八卦，说看到二老板的车了，就是车停在路边，人一直没下来。她跑了两圈，还是没见到二老板。

颜彦跟秦书说：我们二老板好像又去操场等韩沛了。大过节的，天又冷，你们今晚不会还要去跑步吧？

秦书：韩沛说要去。

颜彦：那可热闹了。

秦书：没什么热闹的，反正我也不掺和，他的事他自己解决。

颜彦：也对，就算没我们二老板，还有其他女人，你也不可能天天看着他。不打扰你了，去睡你的床吧。

“还没拆完？”韩沛做好了饭，走过来。

秦书收起手机，指指圣诞树上最高处，“还有最后一个，我够不着。”刚才试过了，站在梯子最上层都够不着。

韩沛笑，“够不着就不归你。”

秦书坐在地毯上，仰头望着他，只说了两个字：“想要。”

这一次换成韩沛招架不住她撒娇又妖媚的眼神，喉间轻滚，他稍稍别开视线，下意识就说了句：“我帮你够。”

秦书站起来给他扶着梯子，“最上面的是不是很特别？”

“马上你就知道了。”其实韩沛自己也不知道最上面那个是什么礼物。当初商场一起送过来的，他就把重的礼物放地上，轻一点的挂在圣诞树上，最轻的那个放在了最上面。踩梯子够下来后递给她，“拆完正好吃饭。”

秦书“嗯”了声。最后一个礼物她拆得特别慢，包装纸没有丝毫损坏，没想到是一瓶进口的眼药水。

秦书轻咳两声，盯着他看了半秒，忽然伸手抱着他，很轻，环着他的腰。

韩沛脊背一僵，酥酥麻麻的感觉蔓延全身。

秦书抬眸，笑说：“谢谢你的礼物，我特别喜欢。”

韩沛笑了笑，之前她送他礼物，他抱了她，她这是礼尚往来？只是被她这一撩，他心里的火又烧起来，只能煎熬着。

“喜欢就好。”韩沛下巴微扬，示意她去餐厅吃饭。

看到每个盘子里摆放的精致的菜，“你这么有耐心啊。”秦书感慨了句。

“耐心也是因为有时间。”顿了下，又说，“换以往任何一年，我们都不会是这个结果。”

秦书不太明白，看着他，等他答疑。

“前些年我负责万禾集团的海外市场，一年在国内的时间加起来不到一个月，这一个月里还有一半时间在上海。”

也许人和人之间真有缘分一说，相遇太早，他没时间培养这段感情；相遇太晚，可能她就认识了别的男人。

也真是巧，今年圣诞到元旦这段时间，他都不出差，手上的项目也都上了正轨，需要他操心的事情不多。若是在往年，他就是想找个时间约会都没有机会。

餐桌上有一杯红酒和一杯牛奶，秦书自觉地把红酒给他，自己留下那杯牛奶，跟他碰杯，“能在这个恰好的时间遇到你是我的荣幸。”

韩沛笑了，“彼此。”抿了一口红酒。这酒味道不错，醇厚浓香，是严沉之前送给他的，他一个人时也想不起来喝。

他问秦书：“要不要喝点？还不错。”

秦书晃晃玻璃杯，“你不是都给了我牛奶？”

韩沛把自己的高脚杯递给她，“不能多喝，就尝一口。”

那天在酒吧，她才喝了小半杯，就醉了。今晚他要送的礼物还没送出去，她要是喝了红酒，肯定就躺沙发上交代了，所以刚才思来想去还是给了她牛奶。

看着眼前的高脚杯，两人还没接吻，就要喝一杯酒了。秦书实在分不清，韩沛是故意撩人，还是无意之举。反正这个男人是毒药。

秦书拿着酒杯，含住杯子的另一边抿了一小口。她对酒没研究，平时家里人不许她喝，她尝不出来味道怎么样，反正都觉得辣。

“怎么样？”韩沛问。

秦书如实道：“不知道，我不懂酒，你说好喝，应该不错。”她把酒杯还给他，又忽然想起来，“你喝了酒，一会儿怎么开车去学校操场？”她晚上一般不开车，看不太清楚，还费眼睛。

“不开车，我们走过去。”

走过去？那……不得累死？

韩沛做的菜味道一般，秦书也吃了不少。难得第一次下厨的人，还能做到色香都不错，虽然味道有待改进。

饭后，秦书要帮着收拾碗筷，韩沛不让，“我之前不是说过，你只需要给我倒水，其他的我来做。”

秦书半开玩笑：“那我衣服你也给我洗？”

“只要有时间，没问题。”

秦书一下就不知道怎么接了。

韩沛开始洗碗，秦书靠在边上看着，忽然想起，“家里没洗碗机？”

“不知道。”韩沛第一次下厨，以前从没关注过阿姨是怎么做饭洗碗的，“有也不会用，就这几个盘子，手洗方便。”

秦书跟他随意聊着：“发现你好像没缺点。”

韩沛抽空看她一眼，开玩笑道：“男人追女人时，谁会傻到把缺点露出来？”

秦书静默了数秒，然后笑了。想反驳他一句来着，话到嘴边又咽下去，还是注意点淑女形象吧。

韩沛扫她一眼，“我都知道你不讲理了，以后就不用在我面前太收着脾气。”

秦书笑，“还是装装吧，万一把你吓跑了呢？那可得不偿失。”

韩沛示意她，“帮我把衣袖往上挽一下。”他右手臂的衣袖滑了下来，影响洗碗。

秦书把他衣袖挽起来，不可避免地，指尖就会碰到他的手臂。麦色的小臂结实有温度，两人靠得太近，几乎挨着身体，彼此的呼吸互相纠缠着。

韩沛垂眸，她正认真地给他挽着衣袖，长睫毛扑闪扑闪的。情不自禁，他忽然低头，嘴唇靠近她的眼睛。

秦书只是下意识向后缩了下脖子，幅度并不大。她的手指用力捏着他的衣袖，没再动。原本她答应了来他的住处，就在一定程度上默许了他的一些亲昵行为。更亲密的举动他肯定不会，因为两家大人都知道他们晚上在哪里过圣诞节，他还是有分寸的男人。

韩沛的吻落下，很轻却滚烫。他的吻从她的眼睛移到她的鼻尖，他亲了又亲。

秦书眯上眼配合着他，他开始亲她的唇角，她抓着他手臂的两手不由得紧了紧。

韩沛两只手上还沾着洗洁精的泡沫，水龙头的水也在哗啦哗啦流着，厨房静得都能听到自己的心跳声。

韩沛的吻最终印在她的唇间，他轻轻吮吸着她的上唇，带着两个人的体温。

Chapter 20

他最想给她的礼物

韩沛知道再亲下去就会一发不可收拾，他及时收住了吻，抵着她的额头，“换衣服，马上去跑步。”

秦书本来还想着咬他的唇给撩回去，结果他先喊停了。还是矜持一点吧，以后有的是机会撩他。

平静了下呼吸，她点点头，离开厨房去换衣服。

韩沛怔神几秒，而后视线一直追着她的身影，直到她拿着衣服去了楼上衣帽间，他才收回视线接着洗碗。

他一直以为自己的自制力还可以，就算有女人在怀也不会情迷意乱。可刚才要不是他手上有洗洁精没法抱着她，他们之间，今晚可能就真不用去跑步了。

就在亲上她的那一瞬，他是真的想要她。那种占有欲，来自心底，抵挡不住。

半小时后，各自换好衣服，只带了手机，两人下楼。

出了公寓大门，韩沛把秦书的手握在手心，两人偶尔聊几句。秦书心情不错，以他为圆心，一直画圆。

韩沛捏捏她的手，“好好走路。”她一直围着他转圈，头都被她转晕了。

可秦书哪是个听话的主，他说东，她偏向西。

走出小区挺远，秦书发现方向不对，这条路不是去 Z 大的那条。“我们不去操场跑？”她问韩沛。

“去，换一所高校。”

秦书微怔，忽而又明白了，应该是因为秋蓝去了 Z 大的操场跑步，他就选择直接避开了。

只是这么冷的天，又是圣诞节，秋蓝岂不是连人影都瞄不到?

有一瞬的心酸，不只为秋蓝，也为那些明知道没结果却依旧执迷不悔的女孩，更为曾经的自己。

秋蓝差不多等了一个半小时，今晚不是没人约她，她都推了。跟不喜欢的男人吃饭，没多大意思，她也不喜欢吊着人。下班后简单吃了饭，不知道做什么好，就开车来了 Z 大。

已经 9 点半，韩沛应该过来了，可他还是不见踪影。她对他还算了解，任何时候都不会因为工作和女人耽误锻炼的时间，对他来说，身体是一切的本钱。

秋蓝靠在座椅里，目不转睛地盯着车外看，生怕错过韩沛的身影。操场上稀稀拉拉的身影，有人来，有人走。

正出神时，手机响了，是好友尹一乔打来的，“嘛呢？”

秋蓝笑，“等我的心上人啊。”她喜欢韩沛的事，只有尹一乔知道。当时被韩沛在酒吧婉拒，她也毫无保留地都跟尹一乔说了，因为尹一乔不会笑话她。

尹一乔忍不住调侃：“你把车玻璃都望穿了吧？”

“去你的！”就是在打着电话，她还不忘看操场入口。

尹一乔的声音又传来：“你不会又去操场堵韩沛了吧？”

“要不怎么办？”不这样偶遇，她到哪里去找他？白天他忙工作，他这个人最讨厌别人公私混为一谈，也特别厌烦女人借着公事的理由接近他。叹口气，“好像除了跑步睡觉的时间，他都在工作。”

尹一乔笑，“那就等他睡觉时找他，正好一起休息。”说完哈哈笑。

“一边去！”秋蓝顿了下，“其实我还真想跟他在床上好好聊聊，可没机会呀。”

“你这就去约他。你不约，还真等他主动来找你？你上次不是跟我说，说他跟家里介绍的也就那样，还没正式在一起？韩沛这样的男人，真要看上了一个女人，还会等？就算他愿意等，对方都不一定想等啊！所以，妹妹啊，你赶紧的吧。”

秋蓝揉揉眉心。她不直接约，就是怕韩沛当面拒绝了她，那样她肯定会崩溃的，以后估计连合作都难了。

她也有自己的骄傲，虽然不是倾国倾城，可好歹也算是个美女，这样上赶着追一个男人，追上了还好，万一……一辈子的阴影啊。

“喂？”尹一乔没听到动静，喊她一声。

秋蓝应道：“活着呢。”

“说句可能会打击到你的，说不定韩沛今晚跟他的那个‘小相亲’正黏糊着呢。这年头最怕的就是孤男寡女在暧昧的空间相处，处着处着就处出事情来了。你懂得吧？”

秋蓝烦躁，岔开话题：“你不跟你老公好好过节，你闲的吧来打击我？”

尹一乔笑，“已经约完会了。刚吃完饭他就回公司，说有个客户找他商量事情，我只好放他走了。”

秋蓝第一反应是，“客户是男的女的？”

尹一乔逗她：“女的。”

“你的心真大！”

“不大又怎样？真想偷吃的男人靠看是看不住的。他哪天真要敢找女人，我就有法子让他肠子都悔青了。大过节的不提这些扫兴的，你猜我刚在餐厅遇到谁了？”

秋蓝想了想，“你前夫？”

尹一乔已经到了停车场，没急着离开，就靠在车边，醒醒酒。“嗯。上班天天见，好不容易下班了有个私人时间，还遇到。”若顿，“我跟我老公遇到他正和一个女人在吃饭，应该是相亲。”

秋蓝惊诧不已，“贺竞南在相亲？”

“应该是。”反正那女的看样子就不是客户，客户不会约在情侣餐厅用餐，况且今儿还是圣诞节。

她跟贺竞南以前是竞争对手，自从跟贺竞南离婚，两人见面大多是在公司，要不就是在竞标时。

这世上除了情敌见面分外眼红外，竞争对手亦是如此。

她跟贺竞南从来不会让着对方，就是她们当时没离婚时也一样，各为其主。没想到贺竞南跳槽到海纳，她跟他成了盟友，只不过他是她的上司，这让她很不爽。

秋蓝笑，“你们俩这缘分啊，够孽的。”关心道，“对了，这段时间跟他相处得怎么样？”

“就那样呗，还能怎样？你又不是不知道他，向来公事公办，前天有个报告直接被他打了回来重写，是推翻重写！”

秋蓝幸灾乐祸，“活该你！”又逗她，“你说贺竞南会不会对你还余情未了？故意为难你，引起你注意？”

尹一乔自嘲：“还人鬼情未了呢。”她说，“要我现在是二十岁，我有可能会自作多情地以为他还爱我。”只是上了年纪，一个男人爱不爱自己，她还是能感受到的。贺竞南对她肯定有不一样的地方，但那不是爱情了。

“我还以为看到他跟别的女人相亲，你心里泛酸呢。”

“泛酸倒不至于，就是觉得他挺可怜的，我是说感情上，太理智冷静的男人，有时候太孤独。”

外面太冷，尹一乔被冻得受不了，开了车门坐进去，然后就看到餐厅里，贺竞南跟相亲的那个女人出来了。两人边走边聊，看得出聊得还算投机，贺竞南不时笑笑。那女人更是，嘴角的笑就没淡过。

秋蓝的声音又传来，“享受了工作带来的成就感就必然会付出一些东西，哪能什么好事都让一个男人占尽了，老天给了他颜值又给了他能力，就已经是格外偏袒他了。”

尹一乔收回视线，跟秋蓝继续聊着：“也的确，他比一般男的拥有得更多。”岔开话题聊正经的，“我给你打电话，是想让你给我参谋一下，有件事我到底要不要做。”

秋蓝笑，揶揄她：“你不是一直都瞧不上我的情商，还敢找我商量大事？”

“三个臭皮匠还顶个诸葛亮呢。”

“……信不信我拉黑你。”

“好了，不开玩笑了，说正经的。”

“嗯，你说。”

“我跟赵曼迪一直都不对付，这个你知道吧，我就不多说了。”她和赵曼迪负责不同的项目部，反正是各种争，从资源到人员。

秋蓝问然后呢，笑着说，“你是想问我，你跟赵曼迪打起来，贺竞南会向着谁？”

“我有那么LOW？”继而跟秋蓝详细说道，“是这样的，行里新来了一个分析师，以前是在总部上班，跟我们老板搭档完成项目，能力可想而知了。我去总部开会见过那个分析师一次，漂亮又聪明，当然了，脾气也不小，还强势。虽然做着最辛苦的分析师的工作，但她业务能力精湛，不在我之下。”

秋蓝奇怪：“不比你差？那还做分析师？”投行部最辛苦、干活最多拿钱最少的大概就是分析师。

“她家里有钱，过来也不是为了拿工资，大概就是锻炼自己开拓眼界，所以对什么职位都无所谓，主要就是为了多接触复杂的好项目。”

秋蓝点点头，难怪。她笑着问尹一乔：“你是怕这个美女分析师抢了你的风头？会吸引到贺竞南？”

尹一乔无奈地摁摁眉心，“你！你脑子里别成天想些乱七八糟的事情，行不行？”

“……那你废话那么多做什么，说重点！”

“重点就是，我喜欢漂亮性感、强势又有能力的女人。我手上有个IPO的项目，我想要这个分析师加入到我的团队，可是贺竞南把这个分析师给了赵曼迪那个项目部，所以……”

秋蓝接过话，“所以，你想去问贺竞南要那个美女到你团队里，可你又怕贺竞南不答应，你没有面子，是不是？”

尹一乔“嗯”了声，声音很小。

“借你以前老说我的一句话送给你，‘脸皮厚一厚，多吃一块肉’。现在这话咱俩共勉。”

尹一乔差点被噎死，“闭嘴，看你的男神去吧！”

秋蓝把手机丢在副驾驶，看了看操场那边，今晚是平安夜，操场上只有三两个人在跑步。

韩沛还是没来。

韩沛和秦书还在去另一所学校的路上。今晚的东北风比前几天都凛冽，吹在身上让人直打冷颤，秦书感觉脚踝处像有无数个小刀割来，冷得发疼。

她跺跺脚取暖，还是一点用都不管。不由看了眼韩沛身上的风衣，要是能给她系在腰间挡一下就好了，可他里面就穿了运动装，脱下来也会被冻个半死。

“看什么？”韩沛侧眸，明知故问。

秦书只好实话实说：“冷。”

韩沛停下来，“脚冷？”

秦书点头，其实哪哪都冷，就是脚上最冷，没遮没拦，脚踝都露在外面。

韩沛来了句：“谁让你不穿袜子。”

秦书接过他的话，“是不是你还想说我活该？”

韩沛笑着，“有自知之明。”

秦书大概是踹人踹习惯了，然后想都没想地就给了韩沛一脚。

韩沛无奈一笑，“自己不穿袜子还怪人？”他往前看了下，不远处有个长椅，下巴一扬，“到那边坐着。”

“坐着也冷。”她现在真后悔来了，可又不能临阵退缩，是她非要陪他跑步的。

韩沛没吱声，拉着她快步走，到了长椅前，“坐下。”

秦书坐好，“你要帮我挡着风？”那一会儿站起来还是冷。

韩沛蹲下，握住她的脚踝，冷得跟冰一样。他把她脚上的鞋都脱掉，掀开自己的运动衫，直接把她的脚放在他衣服里。

秦书浑身微颤，两脚直接靠在他温暖的小腹上，暖流从脚底蔓延至全身。

秦书怕他冷，下意识想缩回脚，被韩沛用力摁住，“别动。”

她望着他的眼，“这样你冷。”

韩沛跟她对望，“我没事。”

哪能没事，刚接触时，冷得他打了个寒噤。

夜色里，两人一开口就有一团白色雾气喷出。后来谁都没再说话，她坐着，他蹲着，两人就这么凝望着对方，眼神深得足以看进对方的心底去。

有一种情愫，就在这一瞬，悄然生出，然后扎根，发芽。

过了几秒，秦书实在过意不去，提议道：“这样捂着也没用，一会儿走起来还是冷。我们跑步吧，跑跑就不冷了。”

她第一次会去心疼一个人。

韩沛还是没动，“捂暖了给你穿袜子。”他一手托着她的双脚，一手伸进风衣口袋，里面有他给她买的袜子，就是韩涔说的那种比较时尚的袜子，可以外穿。

他见不得她脚踝在外面，从第一次见面就是这样的想法。

看他拿出袜子，是双黑白条纹相间的女袜，秦书微怔：“你有袜子？”

“嗯。”韩沛换了个姿势半蹲着，把她双脚搁在他腿上搭着，开始拆袜子。

秦书诧异地看着他，除了爷爷外，韩沛是她见过的第二个随身带袜子的男人，她好奇，“你还随身带袜子？”

“给你的圣诞礼物。”

“……那你怎么不早给我，刚才我穿袜子就好了。”那么冰冷的脚直接搁在他怀里，她想想都觉得他冷。

韩沛抬眸瞥她一眼，“不把你冻到撑不住，你愿意穿？”

Chapter 21

另类表白

袜子也是韩沛给她穿的，他把袜筒提高直接套在了裤腿外面。

秦书虽然不穿袜子，也知道这种袜子就专门用来外穿的，特别贵。她看着他："你还有时间看时尚杂志？"

"我堂妹推荐的。"

秦书点点头，顺着问了句："你堂妹跟我差不多大？"

"比你小一岁，学法律。"

秦书浅笑着说："算是半个同行。"

韩沛开始给她穿另一只袜子，看她一眼，"你本科读法律？"

"不是，选修了法律，我已经通过司法考试了。"

韩沛微诧："以为你理科好，文科就一般。"袜子穿好，又给她穿上鞋，"走吧。"他起身把她也拉起来。

秦书很自觉地把自己的手放他风衣口袋里，继续刚才的话题："也是被逼的。谁想看书啊，不过咬咬牙也坚持过来了。"

"我是考试专业户，CFA，FRM，这两个证我都有了。"说完，嘚瑟地扬扬眉，"夸我一下。"

韩沛笑，把她带到怀里，低头在她眼睛上亲了下，"很厉害。"

秦书抱抱他的腰，这一刻，平淡而温馨。

两人边聊边走，走得很慢。

秦书抓着他的手，时而会退着走。

韩沛问："当初先工作两年再去读书就是为了考证？"

秦书点头，"嗯，有的证就是要求有工作经验才能考。我哥说先工作两年也不错，对读研也有帮助。"

跟韩沛亲密了，她也愿意跟他说些自己的私事，"我本来是不想再继续读硕士的，是我哥，他说学历是次要，开拓眼界和自我修养才是最重要的。女孩子只有自己变得优秀了，才能遇到更优秀的另一半。"

表哥还说，就算是金字塔顶端，也是分层的。如果金字塔顶端有九层，她站在第一层的话就不可能够到第八层第九层的人。如果她站在第七层，那她就能够到第九层的人，和那人比肩看更高的风景。

韩沛一直静静听着，秦书笑说："你看我现在站在第七层，我伸手就抓到了你这个站在第九层的男人。"说着，还伸手抓抓他的手臂。

韩沛笑，揉揉她的长发，“考证很累吧？”

秦书点头，“都快累得死过去。那几年书就是我男朋友，我天天看它。”

她回想着考试那段日子，说起考 FRM：“当时一边看书一边骂我哥，有次遇到做不出的题目被气哭了，哭过后还得继续做。”那些日子也都熬过来了。

秦书想到明天就要上班了，“上班以后我就没那么多时间跟你见面了。”马上要跟项目，接下来就是做尽调，一天工作十五六个小时太正常，他也忙，他们哪里还有时间再花前月下。

“有时间约会。”

秦书微诧：“你不忙？”

“忙，不过每天锻炼的时间还是要抽出来。”韩沛说，“以后每晚 10 点我在操场等你。不一定 10 点，根据你的时间来，再忙，也要抽出一个小时出来走走。”

秦书心里莫名排斥去操场，可还是做了个 OK 的手势。

跑完步，韩沛送秦书回去，还是跟上次一样，把她送到家门口。

在她开门前，韩沛上前半步，把她抱起来。

秦书搂着他的脖子，垂眸看他，“这是新式说晚安？”

韩沛颔首，“抱你五分钟。”

秦书看着他的眼睛，两人对视一会儿，她低头亲上他的唇，亲着亲着就轻轻咬他的上唇。

安静的走廊上，只有彼此纠缠的呼吸，越来越重。

韩沛抱了她 3 分钟，她就在他唇上辗转厮磨了 3 分钟，两人的唇一刻都没分开过，最终只抱了她 3 分钟多一点，就放下来。

“5 分钟这么快就过去了？”秦书双手还扣在他脖子上。

韩沛沙哑着声音，“嗯，差不多了。”不是他不想抱了，是他身体有了反应，再抱下去，非要出事。

“进去吧，明天还要早起上班，晚安。”他又在她眼上亲亲。

一路上汽车疾驰，韩沛回到公寓的第一件事就是去浴室冲澡。花洒里喷出来的是冷水，这才把那股火浇灭。

洗过澡，韩沛去书房找烟，这才想起来，他把烟都扔了。裹着浴袍，在露台又吹了几分钟冷风，心里才慢慢平静下来。

韩沛下楼去厨房倒水，客厅里圣诞树上的彩灯还在一闪一闪，礼物盒堆满了客厅，秦书说她有空要把这些盒子也带回家。

钢琴上 52 朵玫瑰，秦书拿了一支回家，还说剩下的要一朵一朵拿走，让他找个花瓶先养起来，养不好的话还要找他算账。

直到现在，他都还记得她说这话时不讲理的样子。

盯着钢琴思忖了几秒，韩沛转身上楼去，在书架上拿了一本自己最喜欢的书又折回楼下客厅。把书放在钢琴上，选了个角度，把玫瑰、钢琴和那本书都拍了下来。

翌日。

秦书6点就起床了，到海纳楼下也才7点钟，公司已经陆陆续续有人过来。

在停车场，她遇到了熟人。

“琪琪。”赵曼迪的车刚拐进来，鸣了几下喇叭。

几年不见了，她还是一眼就认出了秦书。

车窗降下，秦书盯着车里看了数秒，愣怔片刻。

“不认识我了？”赵曼迪缓缓停下车，笑着说道。

秦书由惊讶到惊喜，“曼迪姐，你……”

赵曼迪点头，“对，我也在海纳。”还要说几句的，结果后面又传来了喇叭声，她的车正好堵在入口。

“我先停车，一会儿咱们好好聊。”赵曼迪冲她笑笑。

汽车开过去，秦书这才看到后面的那车，嘴角的笑淡了不少。

贺竞南主动跟她打招呼：“早。”

“贺老师，早。”秦书客气又疏离地对他微微颔首。

秦书等着赵曼迪一起，贺竞南也停好车走过来，他穿着白色衬衫，黑色大衣搭在手臂上，另一只手里提着笔记本，还有一个资料包。

秦书不经意看向那边时，贺竞南的视线也正好投过来。秦书跟他只有不到一秒的对视，两人的视线随即分开。

三人朝大厦走去，“你们早就认识？”贺竞南问赵曼迪。

“嗯，也好多年没见了。”

然后有几秒的沉默，谁都没说话。

贺竞南又侧眸跟秦书说：“没想到你FRM考下来了。”昨天晚上相亲后很早就回家了，也给自己放了一晚上的假，就没看项目书。打开邮箱找了老板之前给他发的秦书的个人简历，他认真看了一遍，没想到几年来，她考了那么多证。

以前他无意中说过，说她不是考证的料。就为这句话，她好几次跟他在学校碰到都不理他。

秦书淡淡说了句：“嗯，没有什么是不可能的。”

贺竞南瞥她一眼，没再说什么。

赵曼迪感觉他们之间不像是头一次见面，“贺总，您跟秦书也认识？”

贺竞南笑，“嗯，以前是我学生。”

赵曼迪吃惊，但也只说了两个字：“难怪。”

到了大厅，赵曼迪和秦书跟贺竞南一起，坐了他的专用电梯。电梯门慢慢合上，门口传来一声：“欸，等一下，谢谢。”

几人一起看过去，一个打扮精致的女人快步走过来。

秦书多看了她几眼，穿着她们海纳的工作装，不算大美女，但气质非常好，气场也很强势。

赵曼迪和尹一乔虽然心不合，可面子上都过得去，特别还当着贺竞南的面，两人彼此点头微笑着打了声招呼。

还没等贺竞南介绍，尹一乔先伸出手，对着秦书笑着说："你好，你就是秦书吧？我是尹一乔，投行部六部的负责人。"

秦书微微一怔，也没表现在脸上，莞尔："尹总好，以后请多关照。"

贺竞南扫一眼尹一乔，他太了解她，她向来自视甚高，能让她主动打招呼的，除了公司的大客户，就是她看上眼想要的人。不过他没考虑让秦书到她手下工作。

尹一乔的聊天话题跳跃性太大，从工作上话锋一转，就聊起秦书身上穿的衣服，"这颜色挑人，我看了杂志上模特穿的样衣，一直想买，但我皮肤暗，怕穿不出味道。"

赵曼迪也说："一件简单的针织衫都被你穿出不一样的味道。"

秦书笑，"都被你们夸得不好意思了。"

她穿的颜色跟昨晚那条裙子一样，是干枯玫瑰色，都是奶奶给她定制的。奶奶虽然七十多岁了，却是时装周的常客，看到喜欢的就会给她买，买不到的就高定。

秦书就站在贺竞南身边，贺竞南也不好专门看她到底穿了什么衣服，刚才在楼下也没太在意看，他挺好奇到底什么衣服，能让赵曼迪和尹一乔聊起来就说个没完。

电梯还没到 39 楼，几个女人还在聊着时装。他无奈地盯着电梯数字键，终于到了海纳投行部所在楼层。贺竞南摁着按键，让她们先下去，他走在后边，这才仔细看了眼秦书的装扮。

她穿着玫瑰色针织衫，背着一个黑色双肩包，很大，里面鼓鼓囊囊，应该是上班要用的一些办公用品。白色大衣拿在手里，穿黑色小脚裤，黑色皮毛一体的平底浅口鞋，跟以前的装扮差不多。

唯独不同的是，她竟然穿袜子了。黑白条纹相间的袜子直接套在了裤子外面，差点提到小腿肚。

在他印象里，她从来不穿袜子，哪怕大冬天也一样。还喜欢穿九分裤，脚踝露一大截在外面。上次在秦氏集团遇到她，她也是这样穿的，没想到今天竟然穿袜子了。

贺竞南忽然想起来，"琪……"他喊习惯了，差点就叫她的小名，改口，"秦书。"

秦书转身，"嗯？"

贺竞南问道："你没工作服？"之前在海纳总部工作两年，不会没有。

"有。"

贺竞南点头，又道："那怎么不穿？"

这句话落在秦书的耳朵里，就成了这样的语气："那你怎么不穿！"

其实她的工作服带来了，就在包里，准备一会儿去更衣室换下来。海纳不管是总部还是分行都有专门的更衣室，她知道，在家里时就没穿。她一直排斥穿工作服，太丑。

秦书看着贺竞南，语气很淡，"不知道会提前上班，工作服昨天下午洗了，天不好，还没干。"

贺竞南哑口无言。

见贺竞南吃瘪，尹一乔没忍住笑了声，抬步离开。她决定了，秦书这个人，她这个团队要定了。

赵曼迪和尹一乔都回了自己的办公室，走廊里就剩贺竞南和秦书。

贺竞南无奈地看着她，“家里没烘干机？”

“坏了。”

贺竞南被气笑了，“抽空去行政部领工作服，以后上班时间不许穿私服。”

“知道。”顿了下，秦书又问，“贺总，还有别的事？”

“暂时没有，一会儿开会说，去找赵曼迪给你安排下在哪里办公。”

秦书点头，转身离开。

贺竞南看着她的背影，总感觉哪里不对。边思忖着边走向自己的办公司，就在开门的那一瞬，他恍然，之前她一直喊他“贺老师”，刚刚她称呼他“贺总”。

秦书找赵曼迪，赵曼迪早就给她安排好位置，靠着一个年轻小伙子坐，年轻小伙子叫何飞。

何飞手上有份报告书早上开会要用，昨晚光顾着跟女友约会，只好今天一早来公司加班。

打过招呼，秦书在位置上开始整理自己的东西。

何飞早上 5 点多就来了，这会儿忙得差不多，他看了眼秦书的桌上，她从包里拿出一个工具箱。

何飞一愣，“秦书，你带的是什么工具？”他第一次见女人上班带些修理工具来的。

“修电脑和打印机的一套工具。”这些是卜一给她的，修电脑也是跟卜一学的。

何飞笑了，告诉她：“这个活儿就不用我们动手做了。要是电脑出了问题，有信息部那边的专人负责。”

“万一哪天夜里加班，电脑或打印机坏了呢？”

何飞怔了下，也对哦。

他好奇道：“你一个女生，还会修这些？”

秦书笑，“汽车我都会修。”

何飞也笑，以为她在开玩笑。

他看了眼时间，“我去吃早饭了，回聊。”

秦书挥挥手，继续整理物品。

手机振动了，是方慕和发来的：上班了？

秦书：嗯，在整理东西。

方慕和：你到底是怎么征服韩沛的？

秦书：……？？什么意思？

方慕和：他连微信头像都在跟你表白。

Chapter 22

最特别的情侣头像

秦书赶紧登录微信，找到韩沛的号，他的头像换成了一架黑色钢琴，钢琴上放满了玫瑰，最显眼的位置是一本书。

琴和书。

她名字的谐音。

还有那些代表爱意的红玫瑰。

点进他的微信号，他连封面都换了一样的。

思忖两秒，秦书点赞了他的封面。

方慕和的信息又进来：你之前还不知道？

秦书：嗯，可能昨晚换的。她后来睡着了，也没看微信。

方慕和：孩子啊，要是你以后真跟他在一起了，万一哪天我跟他在生意上有了竞争，你咋办才好？

秦书还真没想过这个问题。假如，有天，韩沛跟方慕和因为生意站在了对立面，她要怎么做？她会怎么做？要命的一道题。

方慕和的消息又进来了：先别杞人忧天了。晚上接你下班，说了要请我吃饭的，没忘吧？

秦书：真的忘了，为了什么事？

方慕和：……你在酒吧过了一夜，我没打扰你跟韩沛。

秦书揉揉脑袋，最近健忘了：可我晚上要参加公司的聚餐。她犹豫着要不要跟他说，她跟赵曼迪一个部门。

方慕和：那到时再联系，要是结束得早，我带你吃夜宵。

办公室其他同事陆续来了，秦书跟他们一一打招呼。

很快到了开会时间，是跟项目有关的会议，贺竞南也参加了。

秦书没想到是AC公司的项目，明天他们项目团队的人要去AC公司做尽调，AC公司的办公地点在万禾集团总部。这就意味着从明天开始，她能每天都见到韩沛了。

会议还在继续，秦书不自觉地在记录上写写画画。忽然脑子闪过一个灵感，她嘴角不由弯了弯。

接下来是贺竞南安排工作，秦书收回思绪，集中精力听他安排，在本子上认真地做记录。

散会后，秦书给卜一发了一条信息：我要买台笔记本，你现在就帮我去买，立刻！马上！

又发过去电脑的品牌。

卜一才刚睡醒：大姐，你不是有笔记本？

秦书：备着。万一那个坏了怎么办？赶紧的。

卜一：你不是一直用水果的笔记本？怎么换牌子了？

秦书：知道你为什么追不到你的学霸女神吗？因为女人最讨厌的就是你这种老是问为什么的男人！

卜一：……

秦书刚要收起手机，又振动了下，打开一看，是贺竞南：刚才开会你心思都放哪儿去了？下不为例。

秦书无语，回他：知道了，贺总！发送。

贺竞南刚到办公室坐下，她就发来了这条信息，还有个感叹号。他“呵”了声，老板说得没错，她难管。

刚放下手机，有人敲门。

“请进。”

尹一乔进来，“贺总，您要的报告书。”这是他前几天打回去让她重写的，全部内容都推翻了重来，她赶了两个通宵。

“放这儿吧，中午看。”他上午的时间都安排满了，又问尹一乔，“你手里那个IPO项目准备得怎么样了？材料什么时候能内核？”

“最迟明天。”

贺竞南在低头看邮件，微微颔首，表示知道了，“你去忙吧。”

过了几秒，尹一乔也没动。

贺竞南抬眸，“有事？”

“就是那个IPO的项目，我手头上的人员不够。”

贺竞南知道她什么心思，没接茬，“你团队里好像没人辞职吧？”

“没，有两个项目都到了后期，大家熬得心力交瘁，精力实在跟不上。”她顿了下，“能不能给我多安排个人手？”

也没给贺竞南表态的时间，她直接道：“我觉得秦书不错。”

贺竞南颔首，“她是不错。”如果单论业务能力，秦书在尹一乔跟赵曼迪之上，只是没有单独带团队做项目的经验。

尹一乔知道贺竞南在跟她打太极，就直说了：“我想让她跟我这个项目，她之前做的招股说明书我看了，很棒。”

“她没时间。”贺竞南直接拒绝了。

这也在尹一乔的预料之内，她知道这是贺竞南的托辞，不是秦书没时间，是贺竞南把秦书给了赵曼迪，他怕自己在她和赵曼迪之间难为情。

她笑着表态：“放心，我和赵总虽然有时意见不合，不过大家都是为了公司着想，不会故意找对方茬。再说，哪家投行的分析师不是一个人要负责好几个项目，有好几个项目领导？”

贺竞南始终没松口：“我刚说了，她没时间。她年后还要回学校一趟，还有毕业的事情要忙，没时间陪你去做路演。”

他看了眼手表，下巴微扬，“去忙吧，我马上要跟总部那边开视频会议。”

都下逐客令了，也不能再赖着不走。

说什么“脸皮厚一厚，多吃一块肉”，她脸皮都厚了两厚，可连丁点肉末都没看到。

毕业前没时间是吧？那她就等到秦书毕业再来找他问他要人，到时候，看他还拿什么理由搪塞她。

她就欣赏秦书这种家里有钱，自己还很拼的女孩，才华能力都有，家庭背景也好，能为团队带来优质业务。不管哪个投行部的领导都喜欢这样的人。

本来还想礼节性地关心一下，他昨晚的相亲怎么样，不过贺竞南已经打开视频，还跟对方打了招呼，尹一乔只好退了出去。

视频会议结束后，贺竞南给秦书发了一条信息，让她准备一份材料，下午 3 点之前给他。

十几分钟过去，秦书也没回他。

贺竞南又发了一条：没收到？

还是没回复。

原本想打个电话过去，号码都拨出去了，又瞬间摁断。她做资料时最讨厌被打断，被打断后经常发脾气，这是被他们老板给惯的。老板在邮件里还特意跟他做了说明，让他包容一下。

思考片刻后，贺竞南直接去了她的办公室。

秦书正在校对一份计划书，是赵曼迪安排下来的任务，正好熟悉一下这个项目。看得太过入神，手机振动了几下她都没听到。

办公室的其他人都在忙着手上的活，很少有人注意到贺竞南过来。

贺竞南直接把便签条放在秦书的键盘上，秦书这才抬头。贺竞南也没说话，示意她看便签条，上面详细写了要什么材料，几点给他。

“好的，贺总，会准时给您的。”

贺竞南多看了她一眼，她现在不仅称呼贺总，还用上了敬词，您。

微微叹口气，转身离开。

盯着他的背影看了几秒，秦书收回视线开始工作。计划书明早给赵曼迪，贺竞南要的材料要在 3 点之前给。她收起计划书，打开邮件，里面有贺竞南发给她的资料，开始分析他想要的数据。

一天忙下来，除了中午吃饭，和去洗手间的时间，她都没顾得上跟韩沛联系。韩沛大概也忙，电话没有，信息也没有。她点赞了他的封面，他也没任何表示。

韩沛从早上到现在都没闲下来，开了一上午的会，下午见了国外的一个商务代表团。刚把客人给送走，秘书又给他拿来了接下来一周的行程安排。看到最后一页，韩沛顿了下，这周四要去天津参加一个集团的年终酒会。思考几秒，他还是决定去天津，只是这样一来，那晚就没法陪她跑步了。

秘书离开后，韩沛看了下时间，已经6点半了。他拿出手机准备给秦书发信息，这才登录微信，朋友圈有很多点赞，都是点赞他新换的那个封面。

严沉还专门发了消息问他：几个意思？你怎么走起闷骚路线了？还真被那个酒吧里的小姑娘勾去了魂？

韩沛回：嗯。

没想到秦书也给他点赞了，她应该看懂他这头像是什么意思了。

问她：下班没？

秦书很快回：已经到酒店了。

韩沛打了电话过去，跟她聊着："你们年会都有什么节目？"

秦书刚从电梯下来，在大厅等卜一，卜一给她送电脑过来。

她回韩沛："我们的年会很单调，大家都没时间准备节目，就一起吃吃自助餐，然后会唱歌的唱首歌。"

韩沛顺着她的话，"我们公司年会的节目还算丰富，到时你跟我一起看？"

秦书笑着，"你这是……准备要公开我？"

"不算是，到时候你就知道了。"

秦书笑，"还跟我保密？"

韩沛岔开话题，"说了要追你到毕业，要是公开了，那我爷爷就以为我们俩关系稳定了，然后就会开始催婚。"他问，"你想毕业就结婚？"

当然不想，这是她第一次恋爱，想好好享受这种恋爱的感觉，说不定这辈子就谈这一次，总得留点回忆才行。

秦书问："你们年会是什么时候？"

韩沛答："元旦后。"又聊了几句，说晚上在操场等她，让她先去跟同事吃饭。

正好卜一也来了，秦书挂了电话。

"你疯了吧，吃饭你要电脑做什么？！"卜一跑得气喘吁吁的。

之前说好了晚上送到她公寓，哪知她下班时突然给他发信息，让他直接送到饭店，还说要6点半之前到。

秦书嘚瑟，"秀恩爱。"她打开电脑包拿出电脑，也没打开，放在大堂休息区的茶几上摆好，又把小盆栽拿来当陪衬。

卜一一脸郁闷，"你要做什么？疯啦？！"

秦书没搭理他，找好角度，给笔记本拍照。

卜一上下打量着她，"琪琪，你……今天受刺激了？跟我说说，贺竞南是不是又拒绝你了？还是他有喜欢的女人了？"

秦书斜了他一眼，"闭嘴！"

她挑了一张效果最佳的照片，把自己的微信头像换下来，然后下巴对着卜一扬了扬，“欸，看一下我的微信头像怎么样。”

卜一打开手机，看后，眨了眨眼，“你……不会买台新的惠普电脑就是为了换个微信头像吧？”

“嗯哼。”

卜一唯一能想到的原因就是：“贺竞南用惠普的电脑？”

秦书摇头，“不知道。”

卜一更郁闷了。

“我先上去了，改天请你跟方妈吃饭。”秦书把电脑装起来，拎着电脑包上楼了。

“欸，琪琪，你还没说清楚呢！”卜一对着她喊了句。

秦书头也没回地跟他挥挥手，“聪明的人一眼就看出来是什么意思了。”

卜一盯着那个头像看了又看，看了数秒还是没看出什么道道来，整个头像最显眼的就是惠普的标志“hp”。

忽地，他恍然大悟，韩沛名字的首字母可不就是“hp”。

Chapter 23

赵曼迪笑说 你马上要有师母了

“买了新的笔记本？”赵曼迪看了眼秦书手里的电脑包，跟她说，“不用自己买笔记本，去行政部申请就行。”

秦书把电脑包搁在一边的沙发上，不由多看了下那个标牌，回赵曼迪：“朋友送的。”

赵曼迪微微颔首，示意她一起去拿点好吃的过来吃。

秦书和赵曼迪先去了蔬菜水果沙拉区。两人明明以前无话不说，可现在除了工作，找不到任何合适的话题。

秦书余光扫一下赵曼迪，思忖几秒，就没再七绕八绕，直接问赵曼迪：“曼迪姐，你有男朋友没？”如果她没记错，赵曼迪今年三十岁了。

赵曼迪笑笑，“干我们这行的，哪有时间谈情说爱。”

“嗯，耐心和时间都给了项目。”秦书淡笑着说道，其实她还想说，方慕和暂时也单身。

赵曼迪漫不经心地夹了点吃的放盘子里。不知怎么地，跟秦书聊天她就会想到方慕和，一个已经离她很遥远的男人。

赵曼迪收拾好表情，指指饮料区，“我去拿点喝的，你要什么？”

“我都喝白开水。”

赵曼迪过去了，秦书心不在焉地往盘子里夹水果。方慕和在感情上比较渣，这几年没见他对谁认真过，可她看到过他认真时的样子，就是年少时对赵曼迪。

大概所有的爱都给了赵曼迪，只是后来为什么分了呢?

她问过方慕和，方慕和说因为年轻，她不太懂是什么意思。

“想什么呢！”头顶传来贺竞南的声音，冷冷清清的。

秦书回神，侧脸看他，“怎么了？”

贺竞南下巴对着她的餐盘一扬，“拌个沙拉都能走神，要是工作时你得出多少错。”

秦书看看手里的餐盘，她明明夹了半盘子水果，却把拌蔬菜沙拉的橄榄油和黑醋放里头了，还舀了一勺青豆在里面。

贺竞南盯着她看了两秒，最终什么都没说，转身离开。

苹果片上淋了黑醋，秦书叉了一片放嘴里，眉头紧皱，最新鲜的“苹果醋”。

秦书又拿了一份甜点，然后到用餐区找赵曼迪。

“你晚上还敢吃甜的？不怕胖啊。”赵曼迪笑说。

“回去做瑜伽。”秦书在她边上的位置坐下。

舞台那边热闹起来，很多人起哄让贺竞南唱歌，赵曼迪收回视线，“你不去唱首歌？”她听过秦书唱歌，嗓音特别。

秦书回她：“歌要唱给喜欢的人听。”然后接着吃她的苹果醋。

赵曼迪顿了下，点点头，“也对。”

她们边吃边有一搭没一搭地聊着，谁都没提起过去，因为过去就是方慕和。

“不介意拼个桌吧？”清脆带笑的女音传来，是尹一乔。

赵曼迪嘴角浅浅扬了一下，“跟美女共餐，我们的荣幸。”

尹一乔在赵曼迪对面坐下。她主动拼桌是想跟秦书拉近关系，赵曼迪知道，也没表现出丝毫介意。

尹一乔看向秦书，笑说：“惠普给了你多少代言费，你这么拼？连微信头像都是他们的电脑，还特意把标志放最显眼的位置。”她也是刚才在微信群里看到的，觉得秦书就是个另类。

秦书也笑，“一个亿。”

赵曼迪插了句话：“你朋友是代理惠普的？”所以送了她一台。

“……差不多吧。”

尹一乔开玩笑：“那你去找我们老板，以后我们所有的工作电脑都换成惠普的，不然人家给你一个亿的代言，不得亏得死死的啊，夜里睡觉都哭着醒来。”

几人笑着。

秦书的手机振动了，不少条留言，好几个人问她哪根筋抽了，换这么个头像。

方慕和知道里面的小九九：你跟韩沛，你们也够了！

秦书笑：羡慕嫉妒恨啊？

方慕和：呵，我羡慕？我是可怜韩沛，跟你这样不讲理的人在一起，以后有他肠子悔青的时候。

秦书：我要骂人了啊！

方慕和没再跟她瞎胡闹，问她：什么时候结束？我接上你一起，我正好在你们楼上的包间。

他今晚有应酬，也在这家餐厅。

秦书抬眸看了眼赵曼迪，想了又想，还是决定跟方慕和说实话：曼迪姐也在，她是我领导，你……还要来找我？

过了许久，就在秦书差点以为他不会再回了时，信息又进来：是么，我车停在 A 区。然后把具体车位号发给她。结束后你直接去车上，司机在。

只字未提赵曼迪。

秦书骗他：放心，曼迪姐不会缠着你的，她结婚了。

方慕和在看到这条信息时，手指抖了下。桌上有人敬酒，喊了他两遍他都没回应，弄得对方有丝尴尬。

“方总。”秘书小声提醒他。

秘书也是第一次遇到方慕和在酒桌上不走心。今晚是方慕和找朋友约了BD集团（某环保集团）的几个高管一起吃饭，为以后收购BD集团的某个项目铺铺路，结果他倒在走神。

方慕和回神，一桌子人都在看他。他笑了笑，为表歉意，他站起身，拿起酒杯跟那人隔空碰碰，把杯子里的白酒一饮而尽。

所有人都察觉出方慕和的情绪有点异常，也都心照不宣地没再打扰他，开始了花样拼酒。

方慕和回秦书：嗯，是该结婚了，也不小了。

秦书继续刺激他：曼迪姐虽然三十了，不过跟二十二三岁时没什么区别。听说幸福的女人显年轻，我来公司一眼就认出了她，大概是爱情的滋润。

方慕和指腹轻轻摩挲着手机屏幕，最终什么都没回。

秦书没等到方慕和的消息，又打开韩沛的微信，可能他还没发现她的头像换了，到现在都没丁点表示。

实在吃不下盘子里又酸又咸的水果沙拉，秦书又起身去了菜品区。

舞台那边，贺竞南最终没唱。他唱歌也还行，只是好几年不唱了，前妻在，秦书也在，他就一点都不想唱。后来让秘书替他唱了几首，自己罚了两杯酒，说过年给他们多发点奖金。

这个比唱歌好，他们就放过了他。

“贺总，这边。”尹一乔朝他招手。

贺竞南没看到秦书，这才端着餐盘过去。尹一乔是在借此告诉他，她跟赵曼迪没有传言那么不和，她们私下还行，所以秦书这个人，他可以放心地交给她这个团队。

还没聊几句，贺竞南的手机响了，是昨天相亲的女人打来的。

昨晚他和那个女人聊得还行吧，不喜欢，也不讨厌。单从结婚的角度，那个女人是不错的人选。她很聪明，一顿饭吃下来，从头至尾没提跟相亲有关的半个字，都是跟他聊的金融市场。知道他忙，她还主动提出让他早点回去。如果不考虑感情，这个女人无疑是妻子最合适的人选。

贺竞南接通电话，那边带笑的声音传来：“还在加班呢？”

贺竞南回：“没，在吃饭，今天公司聚餐。”

“那你忙，改天中午找你吃个饭，有几个问题我想请教你。”

“行，到时候给你电话。”

贺竞南刚收起手机，尹一乔问：“贺总，女朋友啊？”因为赵曼迪在，她就不能表现得跟贺竞南很熟络的样子。她跟贺竞南以前的那些事，早就成为过去了，她不想让别人知道。

赵曼迪也知道他昨晚相亲的事，贺竞南就没隐瞒：“相亲对象。”

“看来感觉挺不错的。恭喜啊，贺总。”赵曼迪笑着说。

“你也知道我们贺总去相亲了？”尹一乔问赵曼迪。

赵曼迪点头，“那天正好跟贺总一起下班，聊了几句。”

尹一乔了解贺竞南，要是不考虑的女人，他不会再联系，“恭喜啊，贺总。”说着举起酒杯。

“谢谢。”贺竞南客气道，并未多做解释，也需不着跟她解释什么。

赵曼迪也敬了一杯，秦书正好拿了吃的过来，“我错过了什么吗？”都在恭喜贺竞南拿到大单子了？

赵曼迪笑说：“你马上要有师母了。”

秦书一怔，瞬间又整理好脸上的表情，“是吗？真好。”手边正好有水杯，她拿起来敬贺竞南，“那先恭喜贺总，等着吃喜糖。”半杯冷水，她全部喝了下去。

贺竞南盯着秦书看了好几秒，什么也没说，把剩下的酒全部喝了。

尹一乔和赵曼迪并未发现他们有什么异常，尹一乔对着秦书感慨了句：“所以要在进投行前先把男朋友找好了，不然忙起来真没时间找，最后只能找个人凑合过日子。你看你贺老师，这么优秀的人现在才找，也是相亲认识的。”

秦书正叉了一块寿司放进嘴里，听到尹一乔这番话，她的手一滞，原来贺竞南去相亲了。

放在前几年，如果她听说他宁愿跟相亲认识的女人在一起，也不愿接受她，她肯定会备受打击。她当初被他拒绝后，一度陷入自我怀疑自我厌弃的怪圈里，总觉得自己很差，很差。现在好多了，韩沛的出现让她知道，她足以让优质成熟的男人心动。

贺竞南主动岔开话题，问了尹一乔手上 IPO 的项目。

秦书正好找了个借口，“你们几位领导先聊，我去找同事了。”她拿上餐盘去找别的同事。

秦书只是一个分析师，她的主动回避在尹一乔和赵曼迪看来是很正常的，毕竟有些涉及客户机密的消息不适合她听。

可贺竞南知道她为什么撤，余光不自觉又看了下坐在远处的秦书，大概以后再也听不到她喊他贺老师。他跟一个陌生女人相亲，宁愿凑合都不愿接受她跟她试一试，这彻底打击到她骄傲的自尊了。

聚餐在 10 点多就散了，吃喝得差不多，他们说要回家补觉。

秦书现在还不知道赵曼迪对方慕和到底什么态度，也不好说让她搭方慕和的顺风车，便跟她在餐厅楼下道别。

A 区停车场离这里还有一段距离，走了好几分钟。

“你都在车上了，就不能把车开到餐厅楼下？”秦书对着方慕和不满道，坐上去后气哼哼地把车门用力关上。今晚冷，走过来差点冻死她。

方慕和正靠在椅背上闭目养神，今晚喝了不少，现在胃里正难受。听到动静，他睁眼，“结束了？”

“不是刚给你发了信息？”

"没看。"

他身上一股酒味，两眼微红。

秦书拿了他的水杯拧开递过去，"喝点温水。你怎么喝那么多？你要是不愿意，谁还敢灌你酒？"

方慕和把半杯温水喝下去，敷衍了句："应酬，免不了要喝。"

汽车缓缓离开停车场，在路口，赵曼迪和尹一乔正聊天，她们晚上都喝了酒，应该是在等贺竞南的车，贺竞南有司机。

"曼迪姐。"秦书用手肘捣了一下方慕和。

方慕和没看，倒是司机多看了眼车外。他做方慕和司机十多年了，知道赵曼迪是谁。跟前几年没什么区别，就是更瘦了。

"欸，方妈，曼迪姐，就在路边。"秦书又喊了他一遍。

方慕和把衬衫纽扣松了几粒，胃里翻江倒海的难受，他只"嗯"了声。

秦书拿手在手臂上抠抠，"我骗你了，曼迪姐没结婚，单身。"

方慕和睁眼，斜了她一下，立刻降下车窗往后看，离得太远，他看不清赵曼迪了，可那个身影他熟悉。

秦书揶揄他："我还以为你有骨气，就是不看呢！"

方慕和收回视线，把车窗关上，"我不看有夫之妇，单身的美女我从来没什么禁忌，好看的不好看的，都会瞄两眼。"

秦书哈哈笑了，被方慕和打了几巴掌。

"送你回家？"方慕和问，他今晚没胃口再吃夜宵了。

秦书说要去某大学操场跟韩沛一起跑步，在学校门口把她放下就行。

她又给韩沛发了条信息：我再有二十分钟就能到，你可以出门了。

韩沛早到了操场，已经跑了五圈，现在正在接电话。

是秋蓝打来的，秋蓝问他："你之前说对BD集团所涉及的环保业务不了解，我已经整理好相关资料，明天给你送过去，你什么时候有空？上午还是下午？"

韩沛说："不用，我了解过了。"

秋蓝赶紧问："那你觉得怎么样？"

韩沛自然不会直接回答好不好，只说："你再给我一份详细点的项目计划书，元旦后我拿到董事会上讨论。"

这就是认可了她的提议，基本确定会投资。秋蓝松了口气，说会在元旦放假前把计划书给他。

Chapter 24

520520 这个密码

挂上电话，韩沛看到了秦书的消息，回她：嗯，我在学校门口等你。

他没再接着跑，去汽车里拿上风衣穿上，直接去校门口等秦书。

等了快十分钟，秦书才来。韩沛首先看的是她的脚，今天听话，穿袜子了。

“你这么快就到了？”秦书提着她的电脑包快步走过来。

韩沛看了眼那个“hp”的包，双手捧着她的脸，给她捂着脸颊。

她脸颊冰凉，感受着他掌心的温度。

韩沛望着她的眼，“我看到你微信头像了。”跟他的微信头像有异曲同工之妙，凑成了一对情侣头像。

秦书没立即承认，而是用故作一本正经的语气说：“嗯，朋友就卖这个牌子的电脑，给他打打广告。你知道的，现在生意都不好做。”说得跟真的似的。

韩沛笑，顺着她的话故意说道：“把你朋友电话给我，我让行政部去采购。”

秦书一脸消化不良的样子。

看她吃瘪，韩沛笑了。知道她接下来就会发脾气，他把手从她脸上拿下来，用力将她往怀里收了收。

秦书也没真的闹，只是剜他一眼，等她把他弄到手，看她怎么治他。

“今天上班怎么样？”韩沛松开她，牵着她的手往学校里走。

秦书简单汇报：“还行，领导我之前就认识，同事也不错，食堂的饭菜挺可口。”然后说起工作上的，“我现在手上的项目是 AC 公司。”

“还真巧。”韩沛知道她们工作的大概流程，跟她说，“以后做尽调可以去找我。”

“明天就去你们万禾，工作时没时间，下班找你。”

“明天我不在公司，去天津一趟，要待两三天。”他这次去拜访几个合作伙伴，还要参加一个年终酒会，周六才回。

到了操场边，韩沛把风衣脱下来，还是老样子，把风衣系在秦书的腰上，正好挡住她的腿和脚。

秦书说不用，“我今天穿袜子了。”生怕他看不见，还特意把腿抬高，“你看看，真的穿了。”她就是想让他看，她穿袜子了。

韩沛盯着她的脸看了几秒，做了个决定，把风衣又给解下来，“既然不冷了，那你跟我一起跑。”

秦书眨了眨眼，真是偷鸡不成蚀把米。恋爱可以不谈，但是步不能跑，会要命的。

她指了指膝盖，“刚才抬腿扭到了，有点疼。”

韩沛望着她几秒，最后把风衣直接丢在她头上，“自己穿。”跨步跑起来。

秦书把他的风衣直接套在身上，瞬间被他身上特有的气息包围，像是被他抱在怀里一样。

穿两件大衣暖和不少，她慢慢悠悠围着操场走。今晚太冷，时间也不早了，操场上只有他们两人。等韩沛弯道转弯绕到她身后时，她就转身退着走。他跑了多少圈，她就一直盯着他看了多少圈。

翌日清晨。

秦书比平时起得要早，看着化妆镜里的自己，嘴唇还有一点点肿，昨晚被韩沛亲得太久。他送她回家，两人在门口又缠到一起去了，直到亲累了，两人才分开。她昨晚用冰袋敷了好几次，不然今天都没法上班。

化好妆才 6 点半，想到韩沛要出差，今天上午就离开北京，她可能有三四天都见不着，便主动问他：早饭吃了没？

韩沛正在餐桌前，手机振动时，他刚好搁下筷子。

“不吃了？”韩老爷子问。

“嗯，饱了。”韩沛起身去漱口。

韩老爷子没吃，他早饭都是在 8 点半左右，中午吃点蔬菜水果，下午的饭在 4 点半，但他每天早上都会在餐桌前看看报纸，陪着韩沛吃早饭。

一份报纸已经看完，韩老爷子抽出信息重要的一张放到餐桌上。韩沛坐回来，“什么新闻？”

韩老爷子说：“我们自己家公司的新闻。你这半年动静不小，董事会那帮人，你怎么应付的？”他已经极少过问公司的事，韩沛也很少说。

韩沛扫了眼新闻版面，是他们万禾董事会换届的新闻，新闻里还列出了他们新一届董事会候选人名单。

韩老爷子问：“你几乎都换成了自己人，其他股东能没意见？”

“钱帮他们赚了，还能有什么意见？”有意见也得保留。

韩老爷子了解韩沛，他做事向来果断又不留余地，还没啥人情味，叮嘱他：“凡事都给自己留条退路。”

韩沛“嗯”了声，“我心里有数。”

韩老爷子多问了句：“接下来有什么打算？”

公司现在的产业结构他还算满意，模式也健康，近几年没有重组调整的打算，该剥离的一些资产也剥离得差不多，眼下就剩 AC 公司了。

韩沛说：“接下来想涉足我以前没涉足过的行业。”

韩老爷子问：“什么行业？”

“一个是环保类的。”

“环保？”老爷子有点诧异。

韩沛“嗯”了声，就是秋蓝提议要投资的那家环保企业。那家企业总部在天津，他这回过去就是跟他们高层先接触一下。

老爷子更好奇了，“还有呢？”

“制药业。”

“制药？”这回韩老爷子就更纳闷了，他们万禾集团从来没有涉及过这些行业，不管是环保类还是制药类。

“嗯，主要研发跟眼疾有关的药品。”至于为什么还要涉及医药，韩沛也是突然就有了这个念头。

老爷子担心的是，“你有那么多精力？之前都没有涉足过，就算有精力怕是也没经验。”关键是没有优质的团队去做，现组团队，耗时耗力，至于结果谁都没法保证。

韩沛解释：“环保的那个项目我有别的用处，制药我想自己做，没经验现学。”

光顾着讲话，他这才想起看手机。消息是秦书发来的，问他吃没吃早饭。

韩沛没答，问：怎么了？

秦书：今天起得早，有时间做早饭，你要是没吃，我就多做一份。

韩沛从不撒谎，今天破例了：没吃。

秦书：那我给你准备一份。

又约了见面的地点，那条路正好他们都要经过，只是他往西她往东。

到了约定的地点，看到标志物，韩沛让司机靠边停等一下。

司机还好奇，一大早的，老板在这里停下做什么。直到半小时后，路对面有辆车停下，鸣了几声喇叭，他看过去，原来是秦小姐。

他现在觉得那些感情不好了，都以忙为借口的，太没道理了。你看他老板平时多忙，忙到一天要工作十五六个小时，而秦小姐也是投行的，忙起来那就更没边了。其实再忙，只要有心，还是能挤出时间见上一面的。

韩沛正在看邮件，听到声音便抬头看了眼。见到熟悉的车牌号，他把笔记本放一边，推门下车。

秦书降下车窗，递给他一个保温包，“吃完记得给好评。”她笑着说。

韩沛“嗯”了声，叮嘱她：“开车小心点。”

秦书点点头，发动车子离开。

目送她的汽车汇进车流，直到看不清，韩沛才收回视线。

为了见上一面，他等了半个小时，她忙了一早上，然后各自就说了一句话，又匆匆分开。

秦书到公司楼下时不到 8 点，停好车，拎上保温包下车。她早上没来得及吃早饭，只能带到公司解决。

无意间瞥到边上的汽车，是贺竞南的，原来他早来了。

贺竞南也刚到，只比她早了两分钟。她车开进来时，他正好进大楼，在电梯那边他遇到了尹一乔，她正在等电梯。

“早啊。”尹一乔跟他打了声招呼。没有别人时，她说话也随意了许多。

贺竞南微微颔首，“早。”他走到专用电梯那边，输入密码。

尹一乔一直瞄着键盘，默默记下了密码，下次她就直接坐他的电梯，省的下班时那么挤。

她说：“你这密码还真有意思，520520。恋爱的男人就是不一样，连电梯密码都透着恋情的味道。”

贺竞南瞥她一眼，懒得搭理她。

电梯门开了，尹一乔跟他一起进去，“谢啦。”

尹一乔摁了楼层，电梯门缓缓关上。快要合上时，贺竞南从门缝里看到了门口走来的人，他又摁了打开键。

“怎么了？”尹一乔问。

贺竞南没回，而是对着门口那边喊了声：“就不能快点！”秦书还是不紧不慢地朝这边走。

“你这个学生有个性。”尹一乔压低声音说了句。

秦书到电梯边才看到尹一乔也在，笑着招呼：“尹总早。”

尹一乔笑着，“早。”瞥到了她手里的保温包，“早饭没吃？”

秦书点头，“一大早不太饿。”

尹一乔朝她递了一个眼神，“我们公司有规定，”特意强调了下，“是最近才有的规定，一律不许在办公室里吃东西，包括下午茶。”

秦书明白尹一乔那个眼神，是贺竞南来了后才有的规定，她冲尹一乔淡淡一笑，“谢谢尹总提醒，既然规定不许在办公室里吃东西，那我一会儿站在办公室门口吃。”

贺竞南一脸心塞的表情。尹一乔没忍住，笑了出来。

秦书到了办公室，好多同事都到了，她桌上有巧克力。

“什么情况？”她问坐在他边上的何飞。

何飞一边腮帮鼓着，在吃巧克力，他说：“小冯今天过生日，她男朋友昨晚给她买了一大包巧克力，她一早就来撒‘狗粮’，每人分几块。”

还跟她说：“贺总不许我们上班时吃东西，可千万别被他撞到，不然得写检讨。”

秦书点点头，又说了声谢谢，把巧克力收起来。

“对了，今天中午小冯在楼下餐厅请我们吃饭，下班一起过去。”何飞跟她说。

“好。”顿了下，秦书又想起来，“我还没准备礼物呢。”

何飞摆摆手，“我们从来都没有送礼物的习惯，谁生日谁请客吃一顿。平时忙得要死，哪还有时间准备礼物。”

他又问秦书：“对了，你生日哪天？”

秦书道：“还早呢，5 月份。”

何飞点点头，“说早也不早，做个项目眨眼就到了。”

秦书笑笑，开始吃早饭。

韩沛发来信息：早饭吃了，打满分。等出差回来我做给你吃。

Chapter 25

你愿意我穿浴袍见别的女人?

这几天秦书和同事一直忙着AC公司的尽调，每晚都加班到10点多才回去。韩沛也忙，白天他们几乎很少联系，偶尔吃饭时发个信息。

那天她在万禾集团做AC公司的尽调，在他们食堂吃饭，发了张自拍照给他，背景是他们食堂。

韩沛逗她：跟窗口负责打饭的阿姨提我名字，能多给你一块肉。

秦书回过去一串点。

韩沛又发来：吃过午饭去我办公室休息一会儿，我跟秘书说过了。

秦书想了想，回他：不去了，不累，我都习惯了。

周四那天，北京又下雪了。颜彦也从上海回来了，放下行李箱就去海纳投行找秦书。她没上去，在楼下等她下班一起吃饭。

你要吃什么？秦书边核对数据边跟她聊着。

颜彦：天冷，吃火锅取取暖。

秦书一听到吃火锅，恨铁不成钢：你就不怕被胖死?

颜彦说这几天在上海那边，饮食不习惯，都快营养不良了。

秦书竟无言以对。

所有数据核对完了，马上就要下班，她跟颜彦说：回聊，我去把资料给领导。贺竞南也喜欢看纸质的材料，她发了一份到他邮箱，又打印一份出来，给他送过去。走廊上正好遇到尹一乔，她也是过去送资料，正板着个脸。

“尹总。”秦书淡笑着打招呼。

尹一乔指指贺竞南的办公室，“可能又犯病了，处处找茬，你待会说话注意点啊。”

刚才因为一个项目方案，之前贺竞南叮嘱她有个地方要改，她也改了，他还是不满意，“这就是你现在的水平？”

把她气的，当时有那么一瞬，真想跟他撕一场。

秦书用嘴形说了句谢谢。她敲门进去时，贺竞南正在打电话，示意她稍等，又指指他办公桌前的椅子。

秦书把资料搁一边，坐下，不知道他还有什么事要吩咐。

贺竞南对着手机继续讲：“妈，先不说了，我忙了。嗯，你直接跟舅妈说，我跟那女的不合适。我刚到新公司，暂时没时间考虑结不结婚的事，挂了。”然后直接切断了电话。

电话那头，严沉直接蒙了。刚才明明在说着合作上的事，贺竞南说了一个“请进”

之后，然后就神经病一样喊他“妈”。

严沉又拨了贺竞南的电话，被秒挂。

贺竞南不仅挂了他的电话，还把手机摁了静音。

秦书视线落在资料上，心里想的却是，不知道什么样的女人他才能看入眼。有时她也挺好奇，他前妻是个什么样的女人，能让他放心上那么多年还念念不忘。

贺竞南拿过资料翻了几页，认真看了后，只说了句：“这个估价模型做得不错，内行人喜欢。”

秦书了解他，他这么说基本意味着不合格，内行人喜欢，可很多投资者就是个外行，什么都看不懂。

她伸手，“我回去再做详解点。”

贺竞南颔首，把资料递还给她，“一份好的计划书，要让内行看出门道，又要让外行看得懂热闹。”末了又加了句，“晚上11点前给我。”

晚上11点前？这就意味着，她晚上要在公司加班，没法跟颜彦去吃火锅了。

颜彦收到消息时，恨得咬牙，害她白在楼下等了这么久。要不是贺竞南是她以前的老师，还照顾过她的虚荣心，她真想画个圈圈诅咒他。

一个人也不想吃火锅，她决定去母校觅食，还问秦书想吃什么，给她带一份回家当夜宵。

秦书回：赤豆元宵。

收起手机，泡了杯咖啡，开始修改材料。

贺竞南那边，他看完邮件合上电脑，准备出去吃晚饭，回来还要跟总部那边开视频会议。

刚走两步，桌上手机响了，严沉打来的，开口就是，“贺竞南，你疯了吧？谁是你妈！”

贺竞南无所谓道：“吃亏的也是我，不是？”

严沉现在没空跟他掰扯这个，他关心的是，“你跟相亲那女的……”

“已经说清楚了，本来也没打算发展。”

严沉想明白是怎么回事了，确认道：“刚才进你办公室的是秦书？”

贺竞南“嗯”了一声。

“你现在到底几个意思？”严沉有点看不懂了。

“没什么，不想打击她的自信，也不想她有任何不开心。”顿了下，跟严沉说，“昨天我问了我那个医生朋友。”

之前秦书说她眼睛后来又做了一次手术，恢复得差不多。他不知道为什么还要二次手术，没忍住问了朋友，朋友一开始不肯说，后来他坚持，朋友就说了。

严沉知道这个医生，当初贺竞南介绍给秦书做眼部手术的，问道：“怎么了？”

“她其实原本不需要二次手术，就是因为我当初拒绝她，她消沉了很长一段时间，正好是眼睛恢复的关键期，情况很不乐观，只能二次手术。”他没想到当年她陷得那么深，他以为她只是一时的依赖和欣赏，时间久了她也不会把这段暗恋放在心上。

哪知会是那样。

有数秒的沉默，严沉问他："照你的意思，她要是一辈子走不出来，你还一辈子不结婚了？"

"暂时没想那么多。"

严沉忍不住又劝道："现在时间正好，她没恋爱，你也单身；她不再是当年的十九岁涉世未深，你也不再是她的老师，不存在道德争议，你现在事业也稳定下来了，既然又遇上了，那你就争取下呗，说不定她家里就不介意你的过去呢。"他很少这样啰嗦，就是莫名为他们两个感到惋惜。

谁能决定自己的家庭和年龄呢。

隔了一瞬，贺竞南才吱声："再说吧。"

"嗯，我忙了，回聊。"

秦书一直忙到10点半，所有资料全改好，又打印了一份给贺竞南送过去。

贺竞南还在看邮件，眉宇之间全是疲倦之色，他指指电脑边，"放这里吧，我一会儿看。"

秦书搁下资料，礼貌又客气，"贺总，还有别的吩咐吗？"

"没了，你赶紧回吧。"

秦书看着他，不自觉多说了句，"您也早点回吧，外面雪越来越大了。"说完转身要离开。

贺竞南一怔，忽然想起什么，喊住她："我送你回去。"他起身，拿上车钥匙。今天忙晕了，把下雪这事给忘了，早知就不让她加班了。

秦书婉拒："不用了，爷爷给我安排了司机。"

贺竞南点点头，"那就好，快回去吧。"

秦书轻轻关上他办公室的门，回自己那里收拾包离开公司。她看了看窗外，雪更大了，其实爷爷不知道她今晚加班到这么晚，并没有给她安排司机。

等电梯时，秦书才有空看手机，韩沛给她发了信息：到家没?

十分钟前发的。之前快下班时，她跟他说晚上要和闺蜜去吃火锅，哪知道又突然要加班。

她回：我刚下班，还在公司，马上回去。

韩沛没回。到了楼下大厅，韩沛的电话打进来，"怎么加班了？"

"材料不合格，打回来重做了。"听到他那边比较嘈杂，秦书问他，"酒会还没结束？"

"还没。"韩沛松松纽扣，喝了不少酒，有些燥热，问服务生要了一杯冰水，喝了半杯后胃里舒服不少。

秦书刚要说话，就听韩沛那边传来对话声，有人找他。她跟韩沛说："等你回酒店再聊，你先忙。"

韩沛没急着挂电话，“下雪你不能开车，我让司机过去接你，半小时左右到。”

秦书回到家快 12 点半了，颜彦还没睡，正在站墙根。

“你做什么呢？面壁思过？”秦书瞅着她。

颜彦叹口气，“今晚在我们大学里吃了麻辣烫，差点被撑死，我站一会儿，消化消化。”其实吃完她就后悔了。

秦书无奈，她还能说什么？问颜彦：“你到底准备啥时候减肥？”

颜彦一咬牙，“今晚就开始减肥，明年春天我一定要谈恋爱。”示意她，“给你带了赤豆元宵，热一下赶紧吃。”

秦书摇头，“不吃了，从今儿起我陪你减肥。”

“你哪用减啊，你这么瘦。”

秦书上下扫了颜彦一眼，“要是我不陪你，你这身膘，我怕后年春天还在。”

说干就干，秦书找来电子秤和记录本，两人开始称体重。

颜彦站上去时，秦书歪头要看上面的数字，颜彦推了她一下，“欸欸欸，你干什么呢，体重是女生的秘密。”

秦书笑，“我都已经看到了。”又打击她，“就你这身材，我瞄两眼就知道你多重。”她自己又称了一下。

做记录：颜彦，身高 162，体重 64 公斤，目标体重 53 公斤；秦书，身高 169，体重 52 公斤，目标体重 50 公斤。

秦书记录了两份，撕下一张给颜彦，“看看我的身高体重再看看你自己的，你就吃不下东西了。”

颜彦看这数字，受的刺激不是一般地大。她瞅了秦书一眼，发现她一直摁着右眼皮，“怎么了？眼睛不舒服？”

“不知道，今天上午开始跳的，可能电脑看多了。”她宽慰自己，其实眼皮跳得她心里一直发慌。她把电子秤往一边挪挪，“睡觉吧，明早一起来跟我做瑜伽。”

颜彦点点头，问她：“明早你想吃什么，我早起去买早饭，以后你的早餐我全包了。”决定以后再也不睡懒觉。

“明天给我带一份，等韩沛回来就不用了。”

“为啥？让他给你买？”又不是住一个小区，来回要折腾这么远呢。

“他只要在北京就每天都会给我送早饭。”

颜彦捏了一把腰上的肉，“我一定要减下来，找个男人天天给我送早饭，还得变着花样送给我吃。”

两人笑着，一起上楼。

秦书以为睡一觉眼睛就好了，结果第二天早上起床右眼皮还一直跳，上班时跳了一整天。

下班时雪还没停，贺竞南让秘书发了通知，今晚不许任何人加班。

“第一次那么早下班，天还亮着呢，好不习惯。”何飞笑着说，伸个懒腰，准备去接女朋友下班。

“我们前一个大领导从不管这些，他那个级别也用不着加班，我们这些虾兵蟹将偶尔能碰到大领导一次。不像贺总，我们做项目时还会督促我们，给我们些建议。”东西收拾好了，他跟秦书摆摆手，“我去接我家那位了。”

秦书笑笑，“赶紧去吧。”右眼皮又剧烈跳了好几下，跳得她心烦意乱。

回到家，她剪了一段双面胶贴上去固定着。晚上跟韩沛视频时，韩沛眉心微蹙，“你这是出什么洋相？”

秦书倚在床头，用力压着眼皮，“跳得厉害，心都发慌，不知道又有什么倒霉事。”

她和韩沛之间的相处越发自然，不用再顾忌是不是素颜，也不用想着什么话该说什么话不该说。

“你还迷信这个？电脑看多了。”韩沛问她，“给你的眼药水呢？”

“用了，不管用。不说这个了，你哪天回来？”

“后天早上就回了。你这两天好好休息，别乱想。”

秦书点点头，“嗯。”

正说着，手机铃声响了，韩沛看了眼，是秋蓝。

他没有任何避讳，接通了，秋蓝的声音传来，“现在忙不忙？”

“忙。”

秋蓝噎了一下，“我是说你有没有出去应酬？”

“没，有事？”

“我马上就到你入住的那家酒店，计划书好了，我五分钟后到。”

秋蓝在这个时间点送计划书来他不觉得奇怪，以往的项目，只要她计划书好了，就算是他在国外，她也会赶飞机过去。

对生意人来说，面谈比电话沟通更容易打动对方，也更方便解决交流中出现的问题。秋蓝深知这一点，所以不管多累，她都会千里迢迢赶到，在那等着，随时修改计划书里不合理的部分，为项目争取时间。

就冲她这点，他跟她合作至今。

“你忙吧。”秦书准备结束视频。

韩沛放下手机，跟秦书说：“是秋蓝。”

秦书怔了下，第一反应就是去看电脑右下角的时间，已经快 9 点。

酒店房间，大晚上的，孤男寡女。

约等于，做坏事。

韩沛笑着，“你什么表情？”

秦书剜他一眼，“灭了你的表情。”

她说：“四舍五入的话，你现在基本就是我的人了。半夜了，对你有意思的女人敲你门，你还准备去开，我是不是得给你上点规矩？”

韩沛笑，他笑起来更性感。

秦书在视频上戳戳他的脸，“还笑还笑！”

韩沛把视频声音调大，起身去拿西裤和衬衫。

秦书在镜头里找不到他，“韩沛？”以为他去开门了，不管她了。

“拿衣服呢，丢不了。”他避开镜头，脱了浴袍开始换衣服。

秦书呛他：“啧，还要梳洗打扮？”

韩沛反问：“你愿意我穿浴袍见别的女人？”

秦书脱口而出：“肯定不行啊，想都别想。”

“那不就得了。”韩沛把衬衫塞进裤子里，全部整理好才又再次出现在视频里。

黑色西裤白色衬衫，特好看，秦书盯着他看了半晌，竟然有点想他了，跟他说：“你早点回北京。”

韩沛又把袖扣戴上，沉声问她：“怎么了？”

秦书翻个白眼，“你说呢？你心里还没点数？”

韩沛无声笑了，答应她：“后天一早你就能看到我。”

Chapter 26

那你去问医生
要个氧气瓶来

敲门声响了，秋蓝已经过来。

韩沛跟秦书说："我很快回，无聊你就先睡。"

秦书摁着右眼皮，"我不困。这才几点啊，你这么早就催我睡，我会觉得你那什么什么的，懂得吧？嗯？"

韩沛笑，"那等我。"视频没关，他去开门了。

门外，秋蓝又看了下手表，正想着韩沛怎么还不过来，门开了。他头发半干，看样子刚洗过澡不久，可穿得正式，一丝不苟。不仅佩戴了袖扣，就连衬衫最上面的纽扣都扣上了，不知道的还以为他要去参加酒会。

"计划书。"秋蓝把文件袋给他。

她这几天通宵赶了出来，知道韩沛最近忙，没空抱着电脑看，他也不喜欢在电脑上看这么厚的计划书，她就按照他喜欢的排版打印出来，连夜给送过来。

她做事从不拖泥带水，今天能完成的，决不到明天。这也是韩沛为什么能跟她合作的原因。

韩沛接了档案袋，也没打开看，"董事会后给你电话。"又问，"没别的事了吧？"

秋蓝摇头，在他转身时喊他："欸，对了，年前有同学聚会，他们知道你是个大忙人就都私聊我，让我喊你一块去。"

韩沛驻足，"什么同学聚会？"

他跟她是初中和高中同学。

"高中，我们有四五年都没聚了吧？"

"忘了。"

秋蓝打趣他："你不是一贯记性好？"

"我只记我上心的。"

秋蓝语塞。

跟他合作是件很有意思的事，他总是会给她带来意想不到的惊喜，只要他看上的项目没有拿不下来的。可私下闲聊，没劲透顶，他一句话都能把人给噎死。他们之间的聊天，她不知道被他噎死了多少回。

秋蓝无意跟他再斗嘴，她也不是他对手，直接说明："年前腊月二十八，大家也都闲下来了，地点你定？"

"在哪吃都一样，我没那么多讲究。"

秋蓝想了想，"那我安排吧，到时可别嫌弃。"又好奇道，"你也不问问这次谁去谁不去？”说完盯着他看。

韩沛面色如常，“有空的去，没空的不去。”

他说话太呛人了，她接不住，这个话题就此打住，顺带着问了句：“你哪天回？”

“后天。”

“我也是。”其他的没再多说，秋蓝跟他摆摆手，“熬了两三天，差点死过去，我回房间休息了。”

韩沛回到房间，把衬衫纽扣松了，袖扣也解下来，走到电脑前，视频里秦书正在看书，不时写写画画。

“琪琪。”

“这么快就回来了？”秦书抬头。

韩沛把袖扣丢一边，“要不我再出去聊半个小时？”打开文件袋。

秦书挑衅的眼神，“你敢？”

韩沛笑，让着她，“不敢。”

秦书高兴了，“不耽误你工作了，你忙吧。”

韩沛打开另一台电脑，把视频的电脑调好角度，问她：“这样行吗？”

秦书点头，正好可以看到他正面，角度也好。

韩沛开始工作，秦书起来去拿了几张白纸，又拿了折叠桌过来。他看邮件，她画画，画的是她跟韩沛第一次在肯尼迪机场遇到的画面。

一幅画完成已经是 11 点，有点犯困，她又盯着视频看了韩沛一会儿，越看越想抱着他睡一觉。叹口气，也没打扰他，把电脑搁在床头柜上熄灯睡觉，希望马上就到后天。

之后的两天，秦书一直忙着做资料。贺竞南去香港出差了，让她把手头上的项目书好好完成，她暂时落个清静，不用被他训来训去。

时间眨眼就过去。周日一早，还不到 6 点钟，秦书的手机响了。她以为是闹铃，拿过来打算摁掉，没想到是方慕和打来的电话。

“喂，方妈。”一大早的，他应该有重要的事。

方慕和声音低沉，“起了没？”

“马上就起，有事？”

方慕和“嗯”了声，“琪琪，跟你说件事，你先有个心理准备。”

秦书笑，“你跟曼迪姐和好了？”

方慕和没吱声，静默几秒，“是韩沛。”

秦书心里咯噔一下，“韩沛怎么了？”她心都提到了嗓子眼，右眼皮还在跳着。

“他出车祸了，目前什么情况还不知道。”

一个晴天霹雳。

秦书紧紧攥着手机，手不由发抖，张张嘴，连话都说不出来。她终于知道为什么这几天右眼皮一直跳得这么厉害。

“琪琪？”方慕和喊她一声。

秦书颤抖着嘴唇，“你听谁说的！别瞎说了！”她不愿承认。

也不管方慕和有没有话要说，秦书直接挂了电话拨打韩沛的手机。打了好几次，都是关机无法接听。早知道她就不让他那么早回了，如果不是她让他早点回，他没准就能避开这次车祸。

秦书擦擦眼泪，又拨了方慕和的电话，“方妈，我打不通他电话。”她自欺欺人，“可能他还没醒呢，他昨晚睡得很晚。”

方慕和叹口气，“你快起来去医院吧。”

秦书问道：“你是怎么知道的？会不会弄错了？啊？”

“我跟一个朋友现在在瑞士出差，刚才朋友正跟老婆打电话闲聊，他老婆是医生，今天正好值班。两人刚聊了几句，结果他老婆说急诊那边送来几个车祸受伤的人，领导亲自打来电话，让她马上去抢救，因为其中有个受伤的是万禾集团的韩沛。”

在那一瞬，秦书说不出话来，整个人都是蒙的。

方慕和宽慰她：“你别急，他的车安全级别高，不会有大碍的。一大早的，我现在也没人可打听，你赶紧去医院看看。”

又告诉她韩沛现在在哪家医院，去医院找谁。

原本方慕和还犹豫着要不要跟秦书说，怕她会担心，可是以她跟韩沛现在的关系，这份担心她应该要承担，只有经历过这样的痛彻心扉，她才会真正明白珍惜是什么。

秦书终于说话，从来没这么害怕：“他不会有事的对不对？”声音哽咽着，眼泪大串流下来。

方慕和顺着她的话：“不会的。”

秦书在床上瘫坐了好一会儿，才有力气下床。她自己没法开车，喊上了颜彦开车去医院。

颜彦瞅着她苍白的脸，“琪琪，没事的。”又说了好多话宽她的心。

然而所有的安慰都苍白无力。

秦书好几次想打电话给韩老爷子，问韩沛现在怎么样了，又怕韩老爷子还不知道这事，万一要刺激到他……

她用力按压着狂跳不止的心脏。其实她跟韩沛也才认识没多久，可又感觉好像有一辈子那么久了。

才早上 6 点多，又是周末，不算堵。可是昨天夜里下了雪，路上有冰冻，有的路段滑，不时有汽车碰擦，占据了车道。

秦书实在没耐心等了，“彦子，你回去吧。”她推门下车。

“欸，琪琪，你干什么？”

“我跑去医院，我等不了了。”一分钟都等不了了。

“五六里路呢，跑死了。”

“死不了。”秦书头也不回地跨过隔离栏。

医院里，韩沛正在 VIP 病房，医生忙着给他清理伤口。秋蓝站在边上，别过脸去不敢看。

韩沛的胳膊上被划破了，没伤着骨头，可伤口深。

“你打个麻药吧。”秋蓝光是看着都觉得疼。

“没那么矫情。”

病房里有护士进来，跟韩沛说司机没事，情况稳定下来了，刚才已经下了手术台，马上转到病房。

韩沛颔首，“谢谢，辛苦你们了。”

“应该的。”护士又出去忙了。

秋蓝问医生，韩沛需不需要再去做个全身检查。医生建议不仅要检查，最好住院观察两天。因为强力撞击后，有些症状当时不明显。

秋蓝看着韩沛，“你就别急着回公司，在医院休息两天，有什么事我去给你跑腿，观察两天再出院。”

韩沛没置可否，忍着疼。不光手臂疼，当时系着安全带，发生碰撞时，安全带自动收紧，心口处被挫伤，一讲话就疼。

秋蓝盯着他的侧脸，他咬肌紧绷，另一只没受伤的手紧攥，手臂上青筋暴出。

她现在特别想上前去抱抱他，可还有医生。

她把手伸过去，“要是疼得受不了，你就掐我手。”

韩沛觑她一眼，没吱声。

秋蓝也不在意，现在满脑子都是他受伤了，要让着他。想到撞车那一幕，她现在都心有余悸。

本来以为他上午回，结果他早上 5 点就往北京赶。她自己有车就没跟他同车。一路上都挺正常，哪知道在下高速进入匝道时，后面有辆越野车不知怎么失控了，直接追尾撞上他的车。他的汽车又撞上隔离栏，玻璃都碎了。还好他习惯好，就算坐在后排也系安全带，不然后果真不敢设想。

他和司机都被气囊击晕，司机伤得重，直接进了抢救室，他在来医院的路上就醒过来了。

“想吃什么？我去给你弄点吃的。”秋蓝问他。

“不饿。”他伸手，“手机借我用下。”

他的手机在撞击时屏幕彻底裂了，现在打不开。

秋蓝把手机解锁后给他，韩沛拨了秘书的电话。公司有事，秘书昨晚先回来了。他吩咐秘书，给他带手机和笔记本到医院。

本来还要给秦书打个电话，想跟她说一句，他早上赶不回去看她。号码都拨了出去，他又立刻摁断。怕她会瞎想，还是等秘书带来手机用他自己的号码打。

韩沛把手机还给秋蓝，“没事了，你回去吧。”

秋蓝肯定不会走，“今天周末，我没什么事，在这陪着你，有什么事你吱一声。”

话音刚落，病房的门砰地一下被推开。韩沛和秋蓝同时转身看去，秦书紧紧攥着胸前的衣服，弯腰扶着门，大口大口喘气。

一路上跑过来，她差点就要死过去。跑了五六里路，楼下电梯排队，她跑楼梯上来的。十八楼，要了她的命。现在心脏又慌又疼，跟谁使劲撕扯了一样，疼得受不了，感觉下一秒就能窒息死掉。

看到韩沛好好地站在那里，秦书松了口气，眼泪一下子就掉了下来。跑岔气了，实在一步也走不动，也顾不上什么形象不形象的了，她顺着门跌坐下来。

韩沛愣了，来不及想那么多，大步走过去在她跟前蹲下，擦擦她额头上的汗，用手背把她脸上的眼泪擦去，“你急什么。”

秦书搂着他的脖子，死死地抱着，上气不接下气，“伤到……哪儿了？”

韩沛捋着她的后背给她顺气，“没事，就是一点皮外伤。”

秦书哽咽了下，点点头，还好没事。

她气息不稳道：“那你去问……医生要个氧……气瓶来，我快不行了。”

Chapter 27

主动亲他

韩沛一直给秦书捋后背，抵着她的额头，心疼道：“歇会儿就好了。”

他不知道她跑了五六里路，就以为她是从楼梯爬上来的，累是肯定累，尤其是她这样不爱运动的人，但不至于要吸氧，缓缓就没事了。

再说那个氧气瓶，对正常人来说，吸了跟没吸一样，一点用都没有。

秦书泪眼蒙眬，心口窒息的疼，快受不了了，几乎是朝韩沛吼出来：“不行！你哪来那么多废话！”

秋蓝认出眼前这个女孩，就是那天在酒吧弹琴唱歌撩骚韩沛的那个。没想到两人这么快就勾搭上了，现在这些女孩，看起来正经得不行，哄男人倒是一套一套的，爬个楼梯都能累到要吸氧。

还真是矫情。

韩沛安抚着秦书的情绪，“好，床头就有，马上给你弄。”转脸让秋蓝去喊护士。

秋蓝瞥了眼秦书，还是不情不愿地出去找护士了。

秦书坐在地上，眼泪刷地一下又掉下来。

韩沛一愣，给她擦擦泪，“护士马上就来，忍着点儿，不许哭。”

秦书也不想哭，长这么大她很少这么矫情的掉眼泪，就是当初贺竞南拒绝她，她都隐忍着没掉一滴泪。她眼睛不好，不能老哭，可今天的眼泪怎么都止不住了，看到他手臂那样，就难过得不行。

出车祸的是他，劫后余生的却是她。

“还哭！”韩沛给她轻揉着眼睛，她眼睛不好，他见不得她哭，说话的语气也就莫名冲了点儿。

秦书一下子不知道哪来的脾气，就想发泄出来——“我不是哭你，我是哭我自己呢！”

韩沛心里疼得慌，却忍不住笑了，“哭你自己做什么。”

秦书仰头看着他，用力揉着心脏那地方，还是闷疼，没忍住爆了句：“我都要累死了！我跑了二十多分钟才到医院，又从一楼跑上来。”长这么大没这么跑过，她从小眼睛不好，体质也差，跑步简直就像要了她的命。

韩沛愣怔，没想到她跑了那么远，也不知道是伤口疼还是心口被挫伤的地方疼，抑或是别的，反正整个胸腔都难受得不行。这种难受，只有当初爷爷被推进抢救室时有过一次。

秦书擦擦眼泪，“韩沛，也就是你，换其他人，死了我也不会这么跑。为了别人搭上我自己的命，值吗？！不值！我刚坐地上时真感觉自己要挂了，我就想，我怎么那么傻，万一我真要挂了，你以后还是会娶妻生子，早不记得我是谁了，我那么拼命做什么！”越说，情绪越有点崩溃。

一路上被吓得，就怕他真的不行了。长这么大，第一次经历这种生死离别，那种疼钻进了骨头里，痛彻心扉。当跑到病房，看到他好好站在这里，突然就特别委屈。她自己都捉摸不透，这是一种怎样的心理，也许真怕就从此失去他。她知道高速上出车祸，活命的几率太低了，因为车速太快。尤其坐后座的人，几乎没人系安全带，一旦出事，就真的要了命。

韩沛把她的头轻轻按在怀里，理解她情绪这么激动，一路上不只累，还有担心受怕。他体会过那种滋味，当初爷爷被推进抢救室，他也是一路跑到医院，当时电梯那没人，他都忘了要坐电梯。

他摸摸她的头，“你真要挂了，我不会再结婚。”

秦书猛地抬头，瞪他一眼，“那是我现在还好好的！我要是真挂了，你肯定就不这么说了。哼！我还不知道你们男人。”

韩沛本来心里还不是滋味，硬生生被这话给气笑了。

韩沛给秦书擦擦汗，“起来，地上凉。”

秦书抱着他的脖子，不动，“起不来了。”两条腿都不是自己的了，心脏还是闷疼，整个人快虚脱了。

韩沛半起身，用那只没受伤的手臂揽着她的腰，要抱她起来，却被秦书拒绝了：“你别使劲啊，你胳膊还伤着呢。不要你弄，我歇歇自己起来。”

她现在是爬都爬不起来了，全身瘫软，又累又怕。

她自己都佩服自己，怎么会坚持跑了那么远，当初大学 800 米测试，她放弃了好几次，跑了一圈就实在受不了。今天就是累到快要死过去，她都没停下来，就怕晚到一秒，也许这辈子就跟他错过了。

要不是伤得特严重或是已经无力回天，她觉得方慕和不至于一大早就非得让她来医院。在来的路上她做好了最坏的打算。她也终于理解了在医院抢救室外面号啕大哭的家属，因为知道没希望了，自己先崩溃了。

人这一生，也许只有自己经过那种意外来临的生离死别，才能真正领悟，什么是活着就好，其他的都可以不再去计较。

“你放手，没事的，我不冷，跑了一路现在身上都是汗。”她轻轻推他。

韩沛根本不听她的，怕她坐地上凉，还是抱紧了她，另一只受伤的手也帮了下，把她从地上拉起来。

秦书的腿都直打颤，身体所有重量都靠在他身上，怕弄疼他，她想自己站稳，又一把被韩沛给搂怀里，跟她说：“我没事的。”

秦书的脸上有泪又有汗，在他胸口蹭蹭。

韩沛半抱着她，挪到床边。

秋蓝跟护士一起进来了，韩沛问秦书：“还要不要吸氧？”

“要，全身细胞都缺氧，会变丑的。”

韩沛无奈。

受伤的是韩沛，躺在病床上吸氧气瓶的却是秦书。这画面，秋蓝看着都觉得好笑。她一脸不屑地望着秦书，果然会哭的孩子有奶吃。

韩沛站在床前，用指腹把秦书紧皱的眉心给轻轻舒展平。

“还难受？”他问。

秦书有气无力地点点头，何止难受，想死的心都有了，不过比之前好了不少。

韩沛弯腰，把她的手放在手里用力攥着，“往后每天跟我去跑步。”

秦书睁眼，剜他，“你想谋杀我？”

韩沛再次被气笑，“就你这体质……”想到秋蓝还在旁边，他就没说出来。

秦书一副找茬的样子，“我这体质怎么了？嗯？”还抬脚踹他一下。

韩沛没作声，一直看着她的眼。她的眼神挑衅又不爽，他知道是为什么，秋蓝在这里，她开始不讲理了。

后来看着看着，他嘴角噙着一抹意味深长的笑。

体质怎么了？以后两人在一起，他还不得备几个氧气瓶放床头？

秋蓝双手抱臂，一直默不吱声地望着打情骂俏的两人。

那边两人还在闹着。秋蓝视线落在韩沛手上，他抓住秦书的手，秦书跟他置气地抽回，又被他抓住，她又挣脱。

来来回回好几次，最后还被秦书踹了好几下，韩沛没有半点不耐烦，还是要去攥秦书的手。

他什么时候愿意哄女人了？

秋蓝做了个深呼吸，望向窗外，心里牵扯得有丝疼。刚才韩沛包扎伤口时，她都主动把手递给他，他看都不看一眼。

正好医生进来了，秋蓝回头，“医生，她没什么大问题吧？”她也并不是关心秦书，只是觉得秦书小题大做了，在韩沛跟前忒能装。

女人一旦弱了，梨花带雨的模样，男人看了就会心软，然后心疼。

医生没立刻回答，而是问秦书现在感觉怎么样，秦书说比之前好点了。

医生点点头，“以后多注意，体质差还不怎么运动的人，突然剧烈长跑后猝死的例子也不是没有。”

韩沛用力揉揉秦书的头，他眼里的自责和担心，秋蓝全看在了眼里。

医生离开后，秦书把吸氧面罩拿下来，长长吁了口气。

“再吸几分钟。”韩沛还要把面罩给她戴上。

秦书挡掉，“不用了。”现在缓过来了，想要下床，“你休息一会儿吧。”

“我没事，你躺好了。”

“要不要喝水？”秋蓝走上前几步，客气地问秦书。

秦书也淡笑，“谢谢，不用。”

韩沛这才给她们做介绍，“秋蓝，我同学。秦书。”别的没多说。

秦书微笑着点点头，秋蓝嘴角的笑僵了僵。

秦书？

秋蓝头脑里猛地就想起韩沛的微信头像，一琴一书，谐音可不就是秦书？

之前她还纳闷，韩沛什么时候对个微信头像还这么上心了？

她记得可清楚了，自从韩沛有微信至今，头像就一直是万禾集团的一个标志，从来没换过。

没有再逗留的必要了，秋蓝找了个借口离开。出了病房，她没忍住给好友尹一乔打了个电话。

“姐姐啊，这才几点？大周末的能不能让我睡个好觉？”尹一乔昨晚加班到 11 点半才回，这阵子正困得厉害。

秋蓝也没了跟她调侃的心思，“他有女人了。”

尹一乔一愣，大概是没睡醒，问了个没过脑子的问题：“谁有女人了？”

秋蓝没坐电梯，从楼梯下去，嗒嗒嗒的高跟鞋声在楼梯间格外刺耳。

“秋蓝？”尹一乔没听到她声音，喊了一句。

“还活着呢。”

尹一乔坐起来，揉揉肿胀的太阳穴，“韩沛有女人了？”

“嗯。”

再多马后炮也没用。尹一乔说：“世界上又不是只有韩沛一个男人了。”她裹了件睡袍到窗边醒醒神，拿她自己作例子，“当年我离婚时，那可是脱了一层皮。现在呢？不是也挺好。这种感情上的挫折对女人来说是蜕变，懂吗？别看成是毁灭性的打击，这世上谁离开谁还活不了？”

这是尹一乔第一次主动说起自己当年离婚的事，当初她最忌讳的就是别人问她离婚。秋蓝理解尹一乔当时的心情，她从来也不问，只陪着尹一乔喝酒，沉默。至于当年尹一乔跟贺竞南为什么离婚，她也不得而知。

她问尹一乔，“后来你是怎么走出来的？”说着顿了下，“算了，不提不开心的了。”

尹一乔也不想再提过去那些事，转移话题，“你怎么知道韩沛有女人了？遇到了？”

“嗯。”把韩沛受伤的事略过去，“看到了，就是我那晚给你电话，说我跟韩沛间接表白了，当时酒吧里那个弹琴的小姑娘，一脸妖媚。”

尹一乔笑，“我听着怎么那么酸呢？什么叫一脸妖媚？那叫性感有女人味，你懂什么。”

“……我说你到底是谁朋友啊？！竟胳膊肘朝外拐！”秋蓝差点被尹一乔那句话给噎死。

尹一乔收起玩笑，不再逗她，“那你现在打算怎么办？继续睡韩沛？”

秋蓝没接话，静默半晌后叹了口气。

“我脸皮再厚，也没想过要当人家小三呀。”她说，“我总不能情商失意，生意场再失意吧？”

她太了解韩沛，她要是真的不知好歹，跟韩沛的生意，也就从此断了。谁跟钱过不去？女人有了钱才能财务自由，才有骄傲的资本。

尹一乔还是忍不住说了她两句：“也不是我说你，你早干什么去了呀，把自己快拖成黄脸婆了，才想起来睡韩沛。”

秋蓝张张嘴，想反驳几句，又觉得没意思，现在说什么都晚了。

上学时没机会，初中时可能年纪还小，家里管得严，没想那么多，就觉得他帅，想跟他做朋友。后来两家大人熟悉后，她跟他走动比较多，不过也仅限于朋友间的相处。

高一时没想到还是分到了一个班。高二分班，他选了理，她理科不好，为了能跟他一个班，她把所有时间都用来恶补数理化。高二如愿又跟他是同一个班，不过从来没机会跟他坐过同桌。

高三那年，他跟他那个新同桌关系特好，不过她看着那女的就特不爽，连带着对他也是意见满满，每次他给那个同桌讲题目，她都会去捣个乱，也问题目。

现在想来，幼稚得可笑。

那时他打算高中毕业就出国读书，她后来就把所有的心思都放在了学习上，希望跟他能申请到同一所大学。

到了大学，他身边追他的女人都比她优秀，她哪敢表白。也是这几年她才跟他有生意合作，联系多了，但也不是能经常见面，有时三五个月都见不到他人。

跟他合作的这几年里，她也没见他身边有女人。她一直以为，她的陪伴会换来他最后的选择。哪知道，他竟然跟那些男人一样，看上了年轻小姑娘。

尹一乔的声音从手机里又传来，“你能想开我就放心了，实在没必要为一个男人连自尊都不要了。”

秋蓝嗯了声，心里还是难受，“那女的看我很不爽，我肯定也不会让她好过。”

“几个意思？”

“我决定了，以后我就安安分分跟韩沛只谈生意，我没事就去找韩沛，气死那个女的。”

“你……你就这点出息啊？！”

秋蓝难过地吼了句：“我睡不着韩沛，我连句气话还不能说了啊！”

“能说，继续，姐姐听着。”

病房里，秦书把手递给韩沛，“你不是想握么，喏，给你。”

韩沛正在小心翼翼地把衬衫衣袖放下来，瞧她一眼，没说话。

“刚才不是很来劲，我不让你攥，你非要攥，现在给你机会了你又不要，你这人吧，谁惯出来的毛病，啊？！欠收拾是吧！”秦书煞有介事地训着他。

“秋蓝都走了，没人看戏，用不着再演。”刚才秋蓝在，她就跟打了鸡血一样，他想攥她的手，她死命跟他对着干。没法子，他耐着性子哄她。

秦书笑着，还是把手伸着，“要不要了？”

韩沛把衣袖理好，在她手上打了两下，“刚才哪来那么多脾气。”

“见不得你跟别的女人在一块。”她朝他勾勾手指头，“过来，离我近一点儿。”

韩沛俯身，另一只手撑在床头，把她半包围在怀里，“又要做什么？”

秦书看着他那个受伤的胳膊，“是不是伤得很深？”

韩沛没说实话：“一点皮外伤。”

秦书双手在他胸前轻轻抚了抚，“这里肌肉挫伤了吧？”她玩车，知道碰撞后这个地方最易伤到。

韩沛亲了亲她的眼，“还行。”问她，“喝不喝水？”

秦书点头，“你这么一说，我就渴了。”她掀被子下床，“我自己倒，你躺着歇一会儿。”

韩沛看了看她的脚，“又不穿袜子。我出差这几天你是不是就这样应付的？”

“就今天没穿，知道你在医院抢救，我哪还有心思穿袜子，套上衣服披头散发的就出门了，脸也没洗。”她指指头发，“没看这么乱？”在车上时随手拢了拢，这是第二次在他面前这么不修边幅。

韩沛给她倒了半杯温水，“方慕和跟你说的？”

“嗯。”她挺感激方慕和，要不是自己经历这么一遭，她大概不会这么早知道，韩沛对她来说，这么重要。

秦书没接水杯，握着他的手腕，压着水杯沿喝了几口，心里才彻底平静下来。她去洗手间洗漱一番，把头发也梳理好。出来时，韩沛正靠在床头闭目养神，听到动静睁眼，朝她伸手，示意她过去。

秦书紧挨着他坐下，韩沛把她环在怀里，“一会儿去给你买早饭。”

都这个时候了，他还记着要给她买早饭的允诺。秦书抬头，扣紧他的脖子，凑过去含住他的上唇。

Chapter 28

一朵花

韩沛受伤住院的事只有几个人知道，他瞒着韩家所有人，就连韩涔都不知情。秋蓝回家后也没有跟谁提起，他瞒着，因为两家父母交情不错，万一哪天说漏嘴了，反而会生出事端。受伤的司机的情况也

中午时方慕和给秦书打了

秦书知道这个还好指的是 要有走动的，多个朋友不比多个敌人

“不熟，没必要。”方慕 过。”她心情不好，他也不会好受。

秦书叹口气，“你跟韩沛

“生意场上的事谁说得准 想过要成为朋友，再说做朋友得讲究

生意上的错综复杂、尔虞 事，你忙吧，挂了啊。”

挂电话前，秦书低声道：

方慕和知道她谢什么， 卜一，从小让你让惯了，他的耐性也 给挥霍完了。”

秦书点头，从没有过的

方慕和了解她，“现在知 知道了，得心知道，刻在脑子里！”

秦书噎了一下。

方慕和那边忙了，“挂

秦书刚要发飙，那边已

韩沛上午被秦书强行 也没出现其他不适，不过她还是不放 倚在床头，双脚搁在韩沛肩头，悠哉

韩沛又剥好一粒，送到

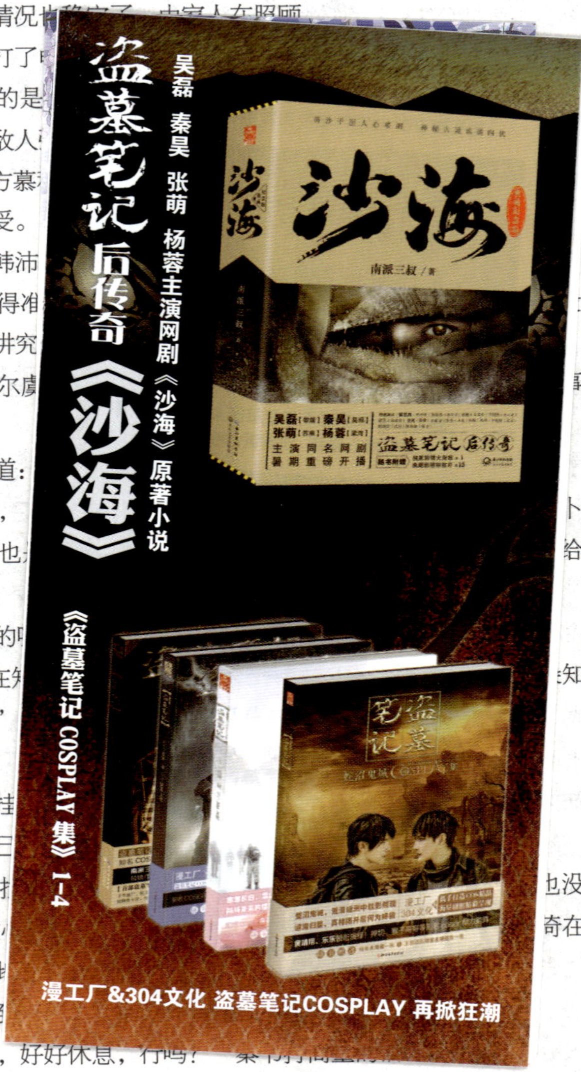

“那晚上别忙工作了，好好休息，行吗？”

韩沛看着她，顿了下，点头。

秦书高兴了，把脚拿下来，“你到床上躺着，我给你去买些换洗衣服来。你还需要

什么？我一起买过来。”

“不需要买，回家拿。”韩沛起身去拿秘书送来的包，从里面找出一张卡，“这是小区的门禁卡。”又跟她说了家里的密码。

秦书拿着门禁卡在手心敲敲，笑说：“你这样把家交给我，人家会不好意思的。”说着还挑挑眉。

韩沛笑，“做饭阿姨也有我家门禁，你别多想。”

秦书微眯着眼看他。

后来，韩沛被收拾了一顿。

秦书到了韩沛公寓，给他收拾了睡衣，又把明天上班要穿的衣服叠好放进箱子里。路过客厅钢琴边时，她看到了玫瑰花。

玫瑰花被养在花瓶里，有些花朵娇艳欲滴，有些就要落了。她去给花瓶换了水。钢琴上的那本书还在。看着书，若有所思几秒，秦书顺手拿上带去医院。

从韩沛家出来，天色已晚，黑夜拉下帷幕。秦书回了自己的公寓一趟，洗过澡带上电脑，这才去往医院。

“你怎么把电脑带来了？”韩沛注意到她头发半干，知道她要做什么了，“我又不是不能动，不用你在这陪。听话，回家好好休息。”

秦书看着他，“如果换我受伤了躺在这里，你肯定不会丢下我一个人自己回家睡，你就别劝我了。”她给韩沛买了点吃的回来，打开电脑就开始工作。

深夜 12 点多，病房只有翻书的声音。

秦书终于把今天的工作完成，打开新闻页面准备把今天没来得及看的财经新闻浏览一遍，抬头时，见韩沛正认真看书，就是她带来的那本，也是他最喜欢的。

她问：“这本书你看了几遍？”

韩沛抬眸，“二十几遍了，没事就会看看。”有些段落早就熟记于心。

秦书点点头，跟他说，“我也看过好多遍。”又道，“不过你那个版本的我没看过。你那本从出版到现在六十多年了，还保管得那么好。”

“嗯，以前我还有第一版的，后来被同学给弄丢了。”

秦书听后觉得可惜，毕竟第一版的，太难找。

韩沛搁下书，问她：“你忙完了？”

秦书颔首，“嗯，再看看新闻就去睡。”

韩沛示意她把电脑关了，“看一晚上了，让眼歇歇，你躺床上去，我读给你听。”

秦书在家洗过澡了，把电脑装起来，铺好床和衣而卧。

她的床离韩沛的床不算远，也不近，她刻意保持了点距离。

韩沛把房间的灯关了，只留了他床头那盏，打开财经新闻页面，把今天重要的新闻一条条读给她。

秦书累了一天，财经新闻又枯燥，才听了几条就睡着了。

韩沛起身，把她的被子给盖好。她哪是来照顾人的，尽给他添乱来了。他笑笑，低头在她眼上亲了几下。

元旦后，更忙了。韩沛和秦书只有早上能见一面，晚上的时间全被各自的工作给占去。有时一天下来连个电话都没空打。

韩沛因身体原因，没去夜跑，一直静养。经过这段时间的调理，恢复得差不多了。

清早，韩沛习惯性给秦书发了条信息：想吃什么？

出院后他每天早上都给秦书送早饭，还是在那条两人都要经过的路上等着她。

秦书这人坏毛病多，说前一天晚上没法决定第二天早上要吃什么，就算定了也会改，都是一大早韩沛现问她。

秦书回：不知道。

韩沛：嗯，起床吧。

他穿好衣服下楼，阿姨早就给他准备好了早饭，爷爷正在餐厅看报纸。打过招呼，韩沛坐下来吃饭。

“今早准备什么吃的？”阿姨主动问。

韩沛想了片刻，“待会儿我自己做。”

阿姨笑着说好，又回了厨房。

爷爷翻了页报纸，盯着看了几秒又把视线落在韩沛脸上。

“怎么了？”韩沛感觉到一道审视的目光，抬头。

爷爷犹豫半秒，“你要不要去检查检查身体？”

韩沛脸色微变，以为爷爷察觉出他身体异样，或是从别处听到他出车祸的事，不确定的事他不好直问，淡笑着试探了一句：“您觉得我哪里出问题了？”

“现在糖尿病不光是年纪大的人得，小年轻有这病的多了去了。你现在每天上午都加餐，也不见你胖。”

爷爷又细细打量韩沛一番，很确定地说：“这段时间还瘦了。”

韩沛语塞。这还怀疑他有糖尿病了，不过不是车祸的事就好。

爷爷又接着道：“最近你还犯懒了，每天早上游泳半小时，多少年了你都雷打不动。现在吃得多，不爱运动，精力也不行。”典型的生病前兆。

韩沛笑了，“早饭是给琪琪带的。”至于为何不游泳，他略过去没说，多说反而会被发现异常。

爷爷一愣，“每天你多带一份是给琪琪的？”

韩沛点头，“她最近忙，就早上那会儿工夫我们能见到。”

爷爷脸上的神情轻松不少，“好事儿。”难得韩沛这么主动，出乎他的意料，问他，“跟琪琪怎么样？”

“还在追。”

爷爷脸上的笑加深不少，“看来明年就能结婚。”

吃过饭，韩沛去厨房给秦书准备早饭。前几天他手臂疼，就让阿姨代劳，今天手臂还可以，他便打算亲自动手了。

秦书吃得少，早饭也好准备。做好早饭，韩沛上楼去。

“要游泳？”爷爷问了句。

韩沛敷衍地“嗯”了声，在书房里处理了几个邮件，时间差不多，他又去别墅顶层转了一圈。

下楼时，爷爷已经看完今天的报纸，正在院子里打太极。

韩沛拎着盛早饭的手提袋出门。“韩沛啊。”爷爷停下来，喊住他。

“嗯？”韩沛把手提袋搁在后座，“什么事？”

“你有没有去我花房里揪我的花？”

韩沛一顿，笑了笑，“爷爷，我又不是三岁小孩儿，揪您的花做什么？”

别墅顶层有个玻璃花房，好几百平方米，里面全是爷爷培育的花卉，有好多珍贵的品种。特别是月季和玫瑰，好多品种，花店里都没有。

爷爷就纳闷了，自言自语道：“看来我老糊涂了。前几天要开的花这几天一朵都没开，连花骨朵都没了。”

爷爷摆摆手，“忙去吧。”继续打太极。

还是那个路边，韩沛等了十多分钟，秦书的汽车开来。

这边不能长时间停车，每次两人相处的时间也就一两分钟。就为了这一两分钟，秦书每天早起半个小时，化精致的妆，弄不一样的发型，衣服也从来都没重复过。每天韩沛看到，都会小小惊艳一下。

韩沛把早餐递给她，盯着她的脸庞多看了几秒。

秦书笑，“看进眼里拔不出了？”然后把脸靠近他，“来，再好好看看，秀色可餐，多看两眼中午管饱不用吃饭，省点粮食。”

韩沛无声一笑，揉揉她的头发，提醒道：“后天晚上我们公司年会，你把时间空一下。”

秦书点头，“好的，那天再忙也必须去捧场。”伸手摸摸他的胸口，“还疼吗？”

“好了。”韩沛把她的手拿下来，“别瞎摸。”

秦书笑，眼神夹着一丝坏，又在他胸前抓了一把。

韩沛捏着她的手背，轻轻打了两下，跟她说：“下周开始，跟我去跑步。”

一听到要去夜跑，秦书笑得比哭都难看，想都不想地拒绝：“我回家跑，家里的跑步机长时间不用会坏掉的，正好陪颜彦减肥。”

韩沛望着她，一眼就看穿她心里想什么，“不行，就这么定了。”

秦书极不情愿地撇撇嘴，又瞪他一眼。

韩沛低头在她唇上亲了下，“开车慢点。”

两人分开，一个朝东，一个往西。

等红灯时，秦书打开手提袋，和每天一样，都有一朵鲜花。今早的花是一朵蓝玫瑰，还有几滴水滴。她放在鼻尖闻闻，淡淡的香。

把花搁一边，打开早饭。两个保温盒，最上面的是一片面包片，用番茄酱写了“不知道”三个字，还有一个句号。

秦书嘴角上扬，早上他问她想吃什么，她说不知道，他就给她弄了个“不知道”的早餐。

到了公司，秦书先换上工作服，然后给她的花瓶换水。

玻璃花瓶是韩沛给她买的，每早他都会送一朵鲜花给她，切朱、玫瑰、月季还有百合，几乎每天都不重样。

自从有了这些鲜花，整个办公室都有淡淡的花香，沁人心脾。

在洗手间换水时遇到了尹一乔。“早啊。”尹一乔开始补妆，刚才吃早饭，口红都淡了。

秦书笑着跟她打招呼：“尹总，早。”

从镜子里，尹一乔盯着她的花瓶看了几眼，认出了这个花瓶，多问了句：“男朋友送的？”

秦书点头，“嗯。”

尹一乔笑笑，“真有心。”

还要去把资料给贺竞南审核，尹一乔先去忙了，秦书还在洗手间摆弄她的花，用手指把水洒在花瓣上。

贺竞南早就来了，他基本每天都是第一个来公司。尹一乔敲门进去时，他正用座机打电话，传来无人接听的回音。

“贺总，资料都好了。”尹一乔面无表情地把文件袋搁他桌上。

这几天天天加班，看到他，她差点就黑透眼。还好离婚了，不然回家也是厮打。这人太变态了，不管什么都要求尽善尽美。

每晚回到家心情都极其郁闷。老公问她是不是又跟赵曼迪争了，还让她别那么强势，都是同事，何必搞得关系这么紧张。她说不是跟赵曼迪，是贺竞南。老公宽慰她，别把心思花在生气上，伤身伤心，还不如想想怎么比贺竞南厉害，以后做贺竞南的领导，然后各种虐贺竞南。她当时也答应老公了。在老公面前，她基本就是小女人状态，偶尔还会撒撒娇，可是一看到贺竞南，她就莫名地想撕，都没法控制。

她跟贺竞南注定了这辈子是冤家，所以就算是初恋，就算是感情好到毕业就结婚了，可后来还是难逃过离婚的结局。她跟贺竞南也许是月老打瞌睡时牵错的那根线，等月老醒了，他们彼此又得回到之前的人生轨道上。所以她觉得不管是分手还是离婚，并不是天塌下来了，而是你走错了，及时回头，才会回到自己正确的那条路上。

她跟现在的老公也会吵架，都是男人跟女人之间的那种闹别扭，有时她错了她还会主动跟老公道歉。可跟贺竞南在一起那会儿，她基本不会让他，更不会主动道歉，总觉得道歉就输了气势，输了面子。直到再婚她才明白，她跟贺竞南之间只适合做事业上的搭档或是竞争对手，因为彼此都太强势，谁都不会让着谁。

尹一乔看向贺竞南，他的电话没打通，面无表情，也没看她的文件。就在这一瞬，她下定决心，有生之年一定要成为他的领导，往死里整他。

“贺总，没别的事了吧？”她冷冷地问了句。

贺竞南看了眼那个文件，微微颔首，“你忙吧，我一会儿看。”然后继续拨打号码，摁了免提，那边还是没人接听。刚才打了秦书办公室的座机，这会儿又打了她手机，没回应。

秦书早来了，他知道。

尹一乔多问了句：“找秦书？”公司每天早来的就他们三个。

贺竞南点头，“嗯。”

不用想也是找秦书催问资料的，尹一乔打抱不平：“人小姑娘每天来这么早，走那么晚，一天三分之二的时间都被你压榨，恋爱的时间都不够，你就不能等上班时间再找她？让她自由一会儿？”

贺竞南不由得看了看她，“什么意思？”

“秦书恋爱了，这会儿正在洗手间给花换水，你也让人喘口气。”又加了句，“男朋友送的。”

贺竞南一怔，男朋友？自打她上班，哪天不是加班到三更半夜回去，早上也几乎跟他差不多时间到，上班前还没男朋友，现在就有了？她这个年纪，还没毕业，也不至于去相亲。

尹一乔没注意他表情，自顾自地说着：“你也行行好，不能你每天工作十六七个小时，就要求所有人都这么拼命。你不结婚无所谓，人家小姑娘正是恋爱的年纪，别耽误了人家。”

贺竞南看似漫不经心地问了句：“男朋友是我们公司的？”

“这个不清楚，应该是吧。”昨天她在洗手间看见何飞正给那瓶花换水，今早就是秦书换了，秦书还说是男朋友送的，应该就是何飞吧。没确定的事她也不好肯定地说。

贺竞南基本肯定了是谁。每天中午吃饭，他都会看到秦书跟一个年轻的小伙一起吃饭。跟她坐一起的那个，叫何飞。

秦书捧着换好水的花瓶回办公室，半路正好遇到何飞，他刚来。“这么早。”他笑着说，“以后这个换水的粗活我来做。”

秦书拿下巴对着其中一朵红玫瑰，轻扬，“你这朵花开得特好。”

她跟何飞说花是男友每早送她的，因为忙，两人只有一大早才能见上一面。

何飞颇有感触，他跟女朋友从大一就在一起，到现在快六个年头了。女朋友家是本地的，住家里，他租房子住。临近年关，彼此都忙，两人都没时间见面，有时见了面还会吵架。

听了秦书跟她男朋友的事，他也决定每天送女朋友一朵玫瑰花。一大早花店不开门，他都是晚上买了放在秦书的花瓶里养一夜，第二天一早就给女朋友送去。

女朋友也在这条金融街上班，跟海纳投行隔得不算远。一朵十多块钱的花，女朋友能开心一整天，两人的感情比在学校热恋那会儿还好。

到了办公室，何飞从包里拿出一个保鲜袋，里面装了一小团东西，他打开捏了一点放进花瓶里。

“你放了什么？”秦书问。

“我女朋友给我的白砂糖，说放一点在里面，花养得好。还让我专程谢谢你呢。”

秦书笑，“你女朋友可真可爱。”

何飞不好意思地挠挠头，“是挺可爱的，还很善良。”他说，“她家里一直不同意我们在一起，想让她找个本地的，她一直坚持着。我得好好攒钱，争取明年首付买房。”

“加油。”

何飞又捏了点白砂糖放花瓶里，把剩下的给她，“以后每次换水都搁一点在里头。”

秦书收好，拿出早饭开始吃。

何飞看了眼时间，女朋友还得过一会儿才上班，他就拿出剪刀把那朵要送女友的玫瑰花修剪一下。

“不是挺好，还用修？”

“花枝有点长，剪短点，她的花瓶没你这个花瓶大。”

贺竞南过来时，就看见他们两人有说有笑，秦书吃着早饭，何飞在剪花枝。清早的第一缕阳光洒在办公桌上。

年轻，浪漫。

好不惬意。

他轻咳两声。

秦书和何飞抬头，“贺总。”秦书默默把早点收起来。有外人时，她基本还是会收敛点，不会公然跟贺竞南怼。

贺竞南对秦书说：“到我办公室来一趟。”转身离开时，又多看了眼何飞。

何飞眨了眨眼，总觉得贺总那一眼，意味深长。他这几天工作认真，没犯错啊？

Chapter 29

真想把你这台
HP 电脑系统重装

待贺竞南离开，何飞压低声音问秦书：“贺总刚才那眼神，你注意到没？”他心里不踏实，可又实在想不到哪里得罪了领导。

秦书问：“咋了？”

“你有没有觉得贺总对我……”何飞一时都找不到合适的形容词，然后看着秦书，“你懂我想表达的吗？”

秦书点头，宽慰他：“一早上，贺总在忙工作，我在吃早饭，你闲得剪花，他看到你不板着脸，难不成还笑嘻嘻地说，嗯，不错不错，剪得好，剪得棒？”

何飞被秦书的神情逗笑了。这么一想，也真是这样，他赶紧收起剪刀，“你快过去吧，我给女朋友送花去了。”

秦书拿着矿泉水，去洗手间漱了漱口才去贺竞南办公室。

“不许在办公室吃早餐，说多少回了？”他头也不抬，看着手里的文件。

“知道了。”

贺竞南抬眸，“知道了后呢？继续吃？”

秦书反驳一句：“您不是说上班时间不许在办公室吃东西？那现在还不是上班时间。”

贺竞南看了她几秒，最后没吱声。

“贺总，您找我什么事儿？”静默半刻，秦书开口问。

贺竞南把资料给她，“我做标注的地方都要修改，最迟周六一早给我，下周路演要用。”

秦书看着厚厚一叠资料，是路演要用的 PPT。她花了那么多天熬夜做出来的，已经改了好几遍，现在竟然还要改？今天是周四，最迟周六一早给他，也就是后天一早给他？算了下时间，这意味着她不吃不睡也只有四五十个小时可用？

这是另一个公司的债券承销项目资料，她手里还有 AC 公司尽调的资料要整理。默默扫了眼贺竞南，在心里骂了他好几句。

后来她也想过，如果当初她跟贺竞南在一起了会怎样。大概两人在公司吵过，回到家已经筋疲力尽，连搭理对方都不愿意了。时间久了，爱情和热情终究会被现实冲淡，然后只剩下满目疮痍。

贺竞南合上文件夹，看向她，“这次的推介会会有不少国外投资者参加，PPT 上的内容能现场翻译吧？”

其实问出来后他也觉得自己多虑了，她以前跟他们老板一起做跨境并购项目，所有路演 PPT 都是她完成的，包括现场解答不同国家投资者的问题。专业英语难不倒她。

秦书多问了句："有没有同传？如果没有的话，可以让何飞去做翻译。"既不用花钱请人，又能节省不少时间。而且何飞的口语可是相当牛。反正都是照着现成的演示稿翻译，对何飞来说是小菜一碟，正好可以给他个表现的机会。

要是贺竞南对何飞印象好了，以后升职什么的才有机会，买房指日可待。

贺竞南默不作声地看着她，半晌后，他淡淡道："现场同传？要求还挺高，要不我去给你做同传？"

讽刺不悦的语气秦书还是能听得出来的，只是她第一次见他说话这么不客气，还这么让她下不来台。

一大早的，吃错药了？

说完，贺竞南就后悔了。他揉揉眉心，什么时候他也说这么没水准的话了？静了静心，"这几天没休息好，火气大，你不用往心里去。"

秦书微怔，他在道歉？

其实他刚才那句话，如果是上司对下属说，也算正常，毕竟她们投行里的高管都是以严苛变态出名。就算是尹一乔和赵曼迪这样看上去优雅的女人，发起脾气来，那也是"灭绝师太"级别的。可能是因为她跟他关系不一般，她一下没适应这种严苛的上下级关系。

她也挺大方，"没事。"顿了下，又叮嘱，"贺总，您多注意休息。"

贺竞南挥挥手，"忙去吧。"

秦书离开，办公室的门关上，贺竞南呼了口气，起身倒了半杯冷水喝下去，打开窗户点了支烟抽起来。

工作到现在十几年了，不管是以前遇到多大的困难，哪怕项目夭折，事业遇到瓶颈，他都没像今天这样不在状态。不但是不在状态，还失态。刚才秦书明明就是随意问了句有没有同传，他怎么就突然怼她了？

把烟头摁掉，坐回办公桌前，贺竞南发了一会儿呆。静下心后，打开电脑工作。

一天忙下来，秦书只离开座位三次，一次中午去食堂，两次去洗手间，其他时间都在埋头修改 PPT 资料。

6 点钟时，头昏脑涨，实在熬不住，她收拾一下准备回家。

"今天不用加班？"何飞问。

"到家再忙，累了。"

何飞点点头，"嗯，多注意休息。"接着忙自己的。

秦书又给花洒了点水，离开公司。今天没有要打印交给领导的资料，在哪加班都一样，回家还能泡个澡做做瑜伽。现在脑仁疼，一点效率都没有。

出了大楼，秦书给韩沛打去电话。两人就早上见了一面，一整天都没联系。

"累不累？"接通电话后，韩沛问她。

"嗯。"秦书自己都没察觉到，她一个"嗯"字里，全是撒娇的味道。

韩沛放下手里的工作，“跟我说说，陪你聊一会儿。”

“也没什么，就是累。”正好走到停车场，秦书打开车门坐上去，开了空调后懒懒地靠在座椅里，终于松口气。问他，“你呢？晚上还要忙？”

“马上有个会，晚上跟秋蓝约了谈事情。”董事会通过了投资某环保企业的方案，他约了秋蓝谈具体细节。

自那天在医院，秋蓝都没再主动联系过他，有事也是直接找他的秘书。今天这事重要，必须要面谈，没法让秘书代为转达，他先约了秋蓝。

一听到秋蓝两字，秦书“哼”了一声，别的没多说。

韩沛笑，“这没意义的醋，你还吃上瘾了？”

秦书翻个白眼，“是的，怎么地？我现在又烦又累，别招我！你要招惹我我就跟你没完！”

她现在不讲理的样子，就是夏天太阳暴晒下的小鞭炮，不点自己都想炸。韩沛给她降降温，低声问她：“想我了？”

就这三个字，一天下来的疲劳瞬间没了，她还是“嗯”了一声。

“我知道了。”

还等着他说甜言蜜语呢，结果他就是知道了？

秦书实在累了，连话都不想说，韩沛感觉得出，问她：“放首曲子给你听？”

“好。”秦书插上耳机，把手机丢在边上，放下座椅，闭目养神，耳边传来韩沛给她播放的钢琴曲，还是琴谱上第 23 页的那首。

“这首歌对你有什么特别的意义吗？”秦书好奇道。

“以前没有，现在有。”

秦书嘴角弯了弯，没再吱声，安静听着。

听着听着就睡着了，后来别的音乐声插进来，秦书猛地醒了，有电话进来。她看了下时间，晚上 7 点半，她睡了一个多小时。看了下手机屏幕，是方慕和来电。

她跟韩沛的通话进行了一个多小时，他一直给她放音乐听，手机也快没电了。

“韩沛？”喊了几声，那头没人应答，大概人开会去了。

秦书醒神片刻，接听方慕和的电话。

“在公司？”方慕和问。

“马上就回家，有事？”秦书把座椅调好，准备离开。

“我到市区了，跟我一起吃个饭。”

“就我们俩？”

“嗯，顺便跟你谈点公事。”

方慕和很少这么严肃地跟她说话，“好，那就老地方见。”

收线后，秦书发动车子离开停车场，快到入口时，那边贺竞南跟何飞正在汽车前，何飞汽车的引擎盖打开，两人正说着什么。

贺竞南今天这么早就下班了？秦书降下车窗，车子停下，先跟贺竞南打了声招呼，又问何飞："怎么了？"

何飞回头，"我车打不着，出毛病了。"又忽然想起，"你不是说累了回家休息么？怎么还在这边？"

秦书下车，"在车上睡着了。我看看怎么回事。"

何飞笑，"我都忘了，你还会修汽车。"秦书第一天来上班说过这话，当时他以为是玩笑话，现在看来是真的。

何飞又道："我不懂车，贺总正要捎我一段路。"现在这个点正好路上堵，让拖车过来也不知道要等到哪天，贺竞南说等明天白天再打电话给 4S 店。

贺竞南在一边看着他们俩你一言我一语，自己就像个外人。

秦书坐到车里又打了几遍火，听了听声响，跟何飞说："是你的电瓶亏电了。"

何飞跟贺竞南业务在行，但对汽车外行。

"那怎么办？"何飞问。

秦书细细观察了下汽车，"我给你搭个电，你开去修理厂换个电瓶就行。你这车是 2013 款的，都快五年，该换电瓶了。"

何飞一愣，"我这十几万的小车你都能知道是哪一年的款？"

秦书笑，"是不是很崇拜我？我允许了。"

贺竞南双手抱臂，一直看着她，她的自信、她的肆意，仿佛又回到了他刚认识她那会儿。

何飞问："你有搭电的东西吗？"

"有，玩车的人都有。"她认识卜一跟方慕和这么多年，别的没学到，玩，那叫一个精。

她把汽车开到何飞的汽车车头停好，没熄火，下车打开自己的后备厢找出工具箱，从里头拿出一根电瓶线，带上白手套。

天黑了，这边灯光也不是太亮，"贺总，能不能帮忙打个手电筒？"秦书问贺竞南。

贺竞南点头，走过来。秦书把专用的电筒给他，"谢谢。"

贺竞南瞅她一眼，没吱声。

秦书把电瓶正负极接好，示意何飞："你打火试试。"

还真管用，火打着了。

秦书把工具收拾好，"快去修理厂吧，不然人家都下班了。"

何飞跟贺竞南说了好几遍谢谢。他早上还觉得贺竞南对他有点意见，看来是自己多想，知道他汽车出了毛病，他就一直等着要顺路送他回去。

何飞离开后，安静的停车场里只剩他们两人，贺竞南看着她，"以后不要在车里睡觉，有危险。"

"我都是把车窗留缝的，不碍事。"

贺竞南嗯了声，想说点什么的，后来只说了句："开车慢点。"

秦书点点头，"您也是。"

经过她汽车旁，他无意间瞥了下她车里，一愣。那个挂件还在，当时在伦敦，她看中，他买给她的。

秦书已经关上后备厢，贺竞南收回视线，抬步走向自己的车。

跟贺竞南分开，秦书直奔西餐厅。

“不是说下周才回来么。”秦书靠在沙发里，还是没什么精神，这段时间被几个项目折腾得够呛。

“事情谈得差不多了，回来还有事。”方慕和给秦书点了一份果盘，他自己要了一杯红酒。

“最近怎么样？”他问。

秦书一脸坏笑，“你是想问，跟我上司处得怎么样吗？”

方慕和瞅了她一眼，没搭理。

“曼迪姐公私分明，没因为跟你分手的事迁怒于我。”

方慕和指指水果，“食不言。”

秦书使坏，后来真就光顾着吃，一个字都不说，就是方慕和问她话，她也不说，然后学着他的样子，指指果盘。

方慕和被气笑了，“来劲了是吧？”

秦书叉了一块水果放嘴里，“我这叫听话。”玩闹后，她下巴微扬，“有什么重要的事要跟我说？”

方慕和抿了口红酒，“我看上一个项目，想并购，交给你们投行来做。”

秦书放下手里的叉子，也认真起来，“什么项目？”

“环保行业的一家公司，具体资料我发你邮箱。”

“上市公司？”

方慕和点头。

秦书又问：“看中所有资产，还是部分？”

“只是一部分。”

“那就有难度了。”

“没有难度我找你？”

秦书笑，“我就是个分析师而已。你醉翁之意不在酒吧？”

方慕和晃晃红酒杯，想喝一口的，都到了嘴边又把高脚杯搁一边，“好歹你喊我一声妈，这亲闺女上班了，我不得拿个像样的项目给你撑撑腰？”

秦书微笑，“这项目太大，我怕做不好，我不要行吗？”

方慕和白了秦书一眼。

秦书笑了声，言归正传：“确定找我们投行做？”

“本来就是要给你找个项目，凑巧了。”他还是知道投行的一些道道的，有人脉资源能拉来项目，所有人包括领导都会捧着。秦书那性格，就算表哥是老板，可同事不一定会瞧她顺眼。给她们团队个项目，看在年终奖金的分上，她们也不会太跟她计较。

秦书拿着水杯跟他轻碰了下，他们之间见外的话也不用多说，试探地问了句："你有跟曼迪姐联系吗？"之前的元旦节，多好的机会。

方慕和反问："为什么要联系？"

秦书心道，为什么要联系你心里没点数？

感情的事，她就不掺和了，免得弄巧成拙。等正式合作了，还怕没联系？

"又瞎想什么呢？"方慕和瞥她一眼。

秦书浅笑："想着要怎么谢你。"

方慕和："少来，没指望你这个白眼狼能感恩，别给我惹麻烦我就谢天谢地了。"问她还想吃什么。

秦书摇头，说晚上要减肥，吃水果就行。方慕和也累了，两人坐了一会儿就离开。

到了楼下，方慕和忽然想起来："对了，最近跟我准女婿处得怎么样？"

秦书瞥了一眼他，上次他喊韩沛女婿她还没来得及找他算账呢，拿脚踹他，"再瞎喊试试。"

方慕和笑，用力揉揉她的脑袋，"白眼狼。"又叮嘱她，"开车小心点。"

秦书到了车上先给韩沛发了条信息，才发动车子准备离开。

韩沛正跟秋蓝在办公室聊合作上的事情，手机振动了下，他点开看，是秦书发来的，一个女孩翻白眼的表情图。

他无声一笑，回她：还真长不大了？一会儿回去你再跟我闹。

秦书：不管我怎么闹，你都会哄我？

韩沛：嗯。

过了两分钟，秦书又发来：真想把你这台 HP 电脑系统重装，安装个叫 QS 的系统，以后你一去见别的女人，我就瞬间进入休眠状态，自动关闭显示屏，让你看不到别的女人。当然，我更乐意做 CPU，我一不高兴你就要处于被修理的状态。

Chapter 30

惹 火

秋蓝拿着文件心不在焉地看着，不时瞅一眼韩沛。他嘴角带笑，一条信息看到现在，没完没了了。

“这个并购项目我想自己做。”她出声。

韩沛抬眸，“你们团队自己来？”

秋蓝点头，笑着说：“自己做上心，还节省一笔费用。我算了下，要是交给大投行来做，费用加起来都要几千万了。”最后能不能成还两说，不成的话，前期的费用就打了水漂。

其实AC公司那个项目她本来想自己做的，不过韩沛看不上她们投资公司，虽嘴上没说，可他把她也有股份的公司交给海纳投行来做，一切不言而喻。

当然，她们投资公司跟海纳投行相比，不管是资质还是人员上都难以相提并论，可也没那么差劲。之前她带着团队做过一些并购项目，都是国内一些中型企业的并购，像这回环保集团这样的大型并购还没做过，但总要有第一次尝试。

韩沛若有所思，手指无意识摁着手机侧键，屏幕一会亮，一会儿暗。片刻后，他提醒：“这是几十亿的项目。”

秋蓝望着他，“你就不能信我一次？我都把我爸拉进来投资了，我会当儿戏？再说，认识这么多年，你什么时候见我对生意儿戏过？”

最终，韩沛颔首。秋蓝松口气，“谢了。”

这个项目对她自己和她的投资公司都是一次挑战，并购成功了，她赚的不仅仅是钱，还有在业界的名声。之前她不是没犹豫过，这个项目到底要不要自己做，也许自身的经验不足以应对并购过程中遇到的一些棘手问题。思来想去，总是不甘心，秦书能做到的，她为什么做不到？

那天从医院回去，她莫名不甘心，就找人打听了秦书。原来是秦家的小女孩，秦家小辈十多个，秦书是最小的，也是唯一一个女孩。听说是早产，因为当初用药不当导致眼睛几乎失明。好不容易家里有了个女孩，所以秦书从小被秦老爷子和秦老太太惯得不行。秦书天资聪颖，虽然爷爷奶奶惯着，不过她的父母能狠下心来磨炼孩子，就算她在万千宠爱中长大，倒是也没长歪。

秦书还挺能吃苦，在投行的工作硬是坚持了下来。这点她还蛮佩服的。既然是两家的联姻，韩沛又表态了，就真没她什么事儿了。即便她已经放弃了对韩沛的那种执念，可心里头总有种不甘，爱情上输给了秦书，总不能业务上还被秦书压一头。

秋蓝的手机振动，是请的指导老师给她发来了信息。后天就是万禾集团的年会，每年万禾的董秘办都会给她发邀请函，请她表演节目。今年也一样，节目定下来时韩沛还不认识秦书。

这几天她思来想去，还是决定继续演。她要临时退出的话，万禾集团的那些女人还不知道要怎么暗中热嘲冷讽。

女人啊，最喜欢为难的始终是女人。

回了信息后，秋蓝站起来，“不打扰你了，我回去了。”

韩沛嗯了声，秦书一直都没再回信息，他收起手机，也随之站起来。

秋蓝问：“你还要加班？”

韩沛过去关了电脑，“回家哄孩子。”

秋蓝：“……”

韩沛收拾文件带回家处理，秋蓝等他一起下楼，无意间被他书柜里的两张立体卡片吸引。卡片幼稚又略显可爱，跟他办公室格格不入。她首先想到的就是，“韩涔还真是小孩子，给你的圣诞礼物？”

韩沛抬头看了眼，“她手拙，做不出来。”

秋蓝一怔，他那样没人情味的行事风格，除了自家人，任何人都不足以让他挂心，更别说还专门腾了一格书柜放卡片。

不用韩沛再说，她已经猜到是谁送给他的。

他对那个秦书动了真格？

跟韩沛在楼下分开，秋蓝给尹一乔发了信息：忙吗？出来吃点东西？

尹一乔：差点死了，忙的。

秋蓝笑：你可以这么想，贺竞南其实是为了想多看你两眼，才让你材料改来改去。

尹一乔：别跟我提他，我现在后悔了。

秋蓝：后悔什么？

尹一乔：后悔离婚。要是没离婚，我回家就弄死他，我们公司所有人就都解脱了，我也算为民除害。

秋蓝笑出声：他现在就这么招恨？

尹一乔：嗯，不止我一个人想弄死他。不说他了，你找我有啥事？就光是吃夜宵？

秋蓝：马上要做项目了，说不定好几个月都没时间跟你碰面。

她暂时不确定方慕和是不是真的也看上了那家企业，更不确定如果他看上了会不会找海纳去做。万一方慕和真要找海纳去做，她跟尹一乔就会成为竞争对手。

她和尹一乔身处同一行，她为自己的公司，尹一乔为海纳，大多时候都是竞争关系，但从没影响过彼此的感情。两人都做项目的时候，她们几乎不联系，一是为了避嫌，二是为了防止聊天时无意泄露企业机密。这些年她跟尹一乔保持了这种默契，项目结束，她们该吃吃该玩玩，从来没因利益吵闹过。

跟尹一乔约好了见面的地点，秋蓝放下手机，驱车离开万禾。

她一直好奇，要是方慕和也看上了 BD 这个项目，正好交给了秦书去做，事情最后会发展成什么样子？现在韩沛对BD项目是势在必得。如果到时候韩沛要是跟秦书在竞标时正面对上了，他会怎样选择？是坚持他一贯的商人做派？还是会为了秦书妥协利益？想想就蛮有意思的。

韩沛给秦书打电话时，秦书刚洗过澡，正准备练会儿瑜伽开始加班改PPT，正擦头发时，手机响了。

她趴在床上接听，第一句就是“哼”。也不是真生气，听到他声音就想这么闹一下。

韩沛气笑了，“没完了？”

“嗯，想跟你一辈子都没完没了。”

韩沛没说话，浅浅笑了笑。

发丝有水滴，一滴滴落在手背上。秦书把手机搁在床上开了免提，心不在焉地拿毛巾擦一下，低低喊他一声：“韩沛。”

“嗯？”韩沛已经停好了车。

“你累不累？”她问。

韩沛声音说不出的柔和沙哑，“还行。”他说，“下楼。”

“嗯？”

“在你楼下。”

“你不是说今晚很忙？”秦书立即爬坐起来，把毛巾随意往后一丢，边说边找衣服套上去。

“来看看你。”

秦书顾不上跟他说话，穿好衣服，把湿湿的长发随手扎了下，匆匆下楼。电梯门一开，她就看见了韩沛，他正在门边等着，双手抄兜，微微垂眸，正在思索什么。

听到动静，韩沛抬头。秦书走出电梯，还没站稳，就被韩沛伸手带到怀里。

秦书仰头，还是那么一句“哼”！

韩沛笑了，问她：“几岁？”

“这个你得问你自己，我是你的CPU，忘了？”她点着他的心脏部位，“这里现在是秦书牌的，晓得？知道我一不高兴的后果是什么吗？”

“被修理？”

“嗯，有时还会死机。”

韩沛笑，揉揉她的脑袋，“最近累坏了吧？”

秦书点头，“好几个项目赶到一块了。我们团队里所有人都忙，也不是我一个，没事儿的，现在不累了。”看到他疲劳消除了一半还多。她侧脸贴在他心脏部位，听着强劲又有规律的心跳声。

“上去坐一会儿？我给你洗点水果吃。”她问。

韩沛说不去了，“你室友在，晚上不方便。”

秦书就没再说什么。站在楼道里除了冷一点，其他挺好的，特安静。她把脸又埋在他的怀里，感受他的气息和温度。

"琪琪。"韩沛喊她一声。

"嗯？"秦书抬头，刚要说话，他炙热的吻落下。

他含着她的唇吮吸了一会儿，滚烫的舌尖顶开她的牙关，勾着她的舌。情动之下，秦书浅浅"嗯"了声，手臂穿到他风衣里，用力抱着他的腰，两人紧贴在一起。

结束后，秦书呼吸不稳，偏过头去大口喘气。韩沛松开她，跟她隔了点距离。他胸口也有起伏，喉结滑动了好几下。每次抱着她软软的身体，他都有反应。

韩沛看了眼手表，11点还有个视频会，牵着她的手，"送你上去。"

秦书点头，跟他十指紧握进了电梯，问他："回家还要忙？"

"嗯，要开会。"

"那你还绕路过来？我跟你生气也是开玩笑的，假的，你看不出？"秦书侧眸看着他，他脸上明显有疲倦之色。

韩沛没接话，他自然看得出她是假生气。她不讲理归不讲理，也不会没底线地瞎胡闹，他就是想来看看她。揉揉她的湿发，叮嘱她："吹干了再睡。"

秦书点头，"嗯"了声，不自觉又靠在他肩膀上，额头还在他肩头一直蹭着，无意识的。

韩沛垂眸看她的发顶，动来动去，厮磨得他浑身都燥热。

极力忍着。

秦书绕到他身前，把脸埋在他胸前，刚要抱他的腰，被韩沛一把扯开，"别乱动。"

秦书刚才贴着他的那一瞬，好像感觉他某处不一样了，她咳了两声掩饰尴尬，好在电梯到了所在楼层。

关上门，秦书揉揉脸，特别烫。她直接去了阳台打开窗户，很快，楼下有车灯亮起，那道光一点点移动，慢慢消失在夜色里，最后什么都看不见了。

收回视线，秦书拉上窗帘。累了一天，他多绕半小时的路，看看她亲亲她，就要匆忙赶回去，关键还弄得……

只要晚上跟秦书约会，韩沛回家的第一件事就是冲冷水澡。今晚也是，冲了十多分钟那股火气才散去。穿好衣服，韩沛在露台站了好一会儿，这样下去总不是办法，可偏又想抱她。

静了片刻，他回书房开视频会。忙了一晚，闲下来时已经到了凌晨1点。

以前他从没有刷手机的习惯，现在倒是会看看秦书的朋友圈。每天她都会把他送的花拍一张发出来，每一条，他都会点赞，然后收藏。

翻看她的朋友圈时，韩沛又看到了圣诞节那天的动态。那些包装纸再平常不过，也不是他亲自包装，她却把每张包装纸都叠得那么仔细，后来真就把那些包装纸也拿回家去了。

忽然想起什么，韩沛给秘书发了条信息：明天把年会节目单给我一份。

第二天清早，韩沛给秦书送过早餐，到公司还不到8点。秘书已经来了，把年会的节目单给他送来。

韩沛今年不参加任何节目，秘书又确认一下，“韩总，今年的抽奖环节您还参不参加？”以往他都会上去抽奖，抽的奖品会再随机抽号送出去。今年他不参加节目，秘书不确定是不是连抽奖环节也省去。

“参加。”又问道，“今年都是什么奖品？”

秘书一愣，以前他可从来不过问这些小事，赶紧说：“我马上发一份清单到您邮箱。”

韩沛摆摆手，“不用，我就是问问。”略顿，特别安排道，“给我抽到的那个奖项再多加一份奖品。”

“好的，要加什么？”

韩沛想了想，很确定地说：“干枯玫瑰色的口红，所有大牌差不多这个色号的都买一支，包装盒要精致一些。”又特别叮嘱，“费用从我个人账户出。”

秘书微诧，“好。”她不自觉瞄了眼韩沛，他还知道干枯玫瑰色？

挺时髦的。

Chapter 31

过些日子收拾你

周六一早，秦书按时把修改后的 PPT 打印一份送给了贺竞南。贺竞南当时正在开视频会，小声跟她说了句“一会儿看”。

一天下来，贺竞南没再找她，大概合格了。

晚上要去参加万禾集团的年会，不到 5 点，秦书收拾东西准备离开。

何飞也关了电脑，“你今天也这么早？”他问秦书。

秦书笑笑，“去约会，你呢？”

“陪女朋友看场电影，都三个月没去电影院了。”下周开始就要协助路演，一丁点时间都没有，也就今天有空。

何飞女朋友刚下班，给他打来电话，“我先走啦。”他拿上包匆忙离开。

明天不一定过来，秦书又给花瓶换上水，还撒了一点糖进去。去更衣室换下工作服，秦书又去洗手间照了照镜子，满意后才拿上包离开。边朝电梯走边给韩沛发信息：我现在就过去，直接去你办公室还是酒店？

韩沛：酒店，我在那边等你。

秦书：嗯，二十分钟左右到。

路过赵曼迪办公室，出差的那个牌子还挂在门把手上，也不知道哪天回，更不知道她会不会接方慕和那个项目。

到了电梯口，正心不在焉地想着这事，另一部电梯的门缓缓打开，她下意识朝那边扫了眼，出来的人是贺竞南，大概是拜访客户刚回来。

“贺总。”她淡淡打声招呼。

贺竞南微微颔首，她今天穿得还挺隆重。刚才在楼下停车场，他遇到了何飞。

这是去约会？

问她：“吃过饭还回不回来加班？”

“不回了。”秦书等的电梯来了，“再见，贺总。”她刚要踏进去，贺竞南对着她背影喊了句，“琪琪，你等一下再走。”

秦书脊背一僵，这两字从他嘴里喊出来，像一条时光隧道，把她带到很久以前。

他第一次在课堂上喊她琪琪时的自然；在课后他喊她琪琪时的温和；在伦敦他喊她琪琪时的无奈，后来有点宠溺。

再后来，他再也没喊过。所有的画面，她都清楚地记得。她没有放任自己回想过去，立刻抽身回来，转身，“贺总，还有事？”

“明天你不用过来加班了，在家好好休息吧。现在耽误你几分钟，跟你说下那个

PPT。”

“好。”秦书一路跟在他身后，保持着一两米的距离。

贺竞南想跟她说句话，侧脸竟没找到她人，想让她走快点，话到了嘴边又作罢。

到了办公室，贺竞南从公文包里拿出那份资料，他在办公室没时间看，利用了去拜访客户的路上看完。

贺竞南打开他折角的地方，把文件朝秦书那边侧了侧，“这行有错别字，这边标点符号漏掉了，就不是你想表达的那个意思了。”

“好，下次一定注意。”

“有时候，一个字、一个符号能决定成败，细节往往能反映出一个人的态度。”

秦书没反驳，认真聆听。

贺竞南的严谨是出了名的，他不仅对自己要求高，对下属也是如此。其实这些文件本不需要他过目，他这个职位也不用这么忙，可他好像有着用不完的精力，自己分内的事情做完，项目的具体事项他都会参与。

下属对他的感情很复杂，又恨又爱。资料被打回来重做时，恨不得撕了他。可当按照他的要求重做一遍把资料完善好，就会收获颇多，这个时候对他又恨不起来，更多的大概是爱吧。

这是她们办公室好几个同事的共同感受。他不管跳槽到哪里都不会带团队一起跳，也不会担心新到一家公司没有自己的心腹，工作不好开展。他总会在最短时间内，用自己的人格魅力征服团队。

她想，这也许是为何连韩沛都这么欣赏他的原因。

贺竞南收起文件，里头还有好几个小问题，无关紧要，他就没再一一指出。

秦书伸手，“我马上去把那几处修改了，一会儿就给您送过来。”

贺竞南摆摆手，“不用，我帮你改过来就行，你忙去吧。”知道她还要约会，就没再耽误她时间。

“谢谢您，贺总。”秦书又看了他眼，转身离开。

门合上，贺竞南对着文件出神。

最开始，她喊他贺老师，他习惯了。后来在伦敦，她眼睛做手术住院那段时间，他有空就会去陪她。突然有天，她不再喊他贺老师，喊他贺竞南。他微怔，那种感觉无以言表。

她笑着说，不是在学校，不用喊他老师。那几个月里，她每天都会喊好多遍贺竞南，没事她就喊他名字。直到她表白他拒绝后，她又喊回贺老师。而现在，她喊他贺总，那么客套，仿佛他们从来都没认识过。

她喊他贺竞南那段时间，他迷失过，沉沦过，心动过。可那时候她才十九岁啊，他们之间有着跨不过去的鸿沟。后来她表白，没人知道他用了多大的狠心才拒绝了她。

她毕业离校后，仿佛那个学校空了，他也辞职离开。

“叩叩”的敲门声传来，贺竞南收回思绪，平复了下情绪，“请进。”是秘书进来汇报工作。

楼下，秦书到了车上给韩沛又发了条信息：我才从公司出来，你不用急着到楼下等我，二十分钟后再下去。

韩沛：谁说要去接你?

秦书发了好几个翻白眼的表情图给他。

韩沛笑了，叮嘱她：开车小心点。

他早已经到了酒店这边，一直坐在车里没上去，边处理工作边等秦书。

正在看邮件时，边上响起一阵鸣笛声，韩沛循声看去，是秋蓝的车，就停在他隔壁车位。他降下车窗，“这么早？”

秋蓝下车，拿着白色大衣，穿一袭海蓝色长裙，优雅又性感。

她走近，笑说：“先去彩排下，那么多人看呢，可不能出岔子，不然多丢人。”她下巴微扬，“一起上去？”

“等人。”

秋蓝早知道秦书会来，没表现出任何多余的情绪，笑笑，“那我上去了。”

秋蓝前脚才刚走，秦书的汽车就开进了停车场，她余光还是瞥到了秋蓝婀娜多姿的背影。

这么巧?

韩沛看到了秦书的车，下去找她。秦书今天穿得少，一阵风刮过，她冻得打了个寒噤。韩沛走过来，把她往身前带了下，用身体给她挡着风，“这样会感冒。”说着开始脱自己的风衣。

“我不穿，被你们公司人看到不好，还以为我多矫情呢。”她撇下韩沛，小跑着直奔酒店去。

“等我下。”韩沛无奈地看着她，他搁这里等她这么久，她倒是先跑了。

到了酒店大厅暖和不少，韩沛还没到，秦书等着他，不经意扫了眼电梯那边，正好看到了秋蓝，她在等电梯。秋蓝也看到了她，两人对视几秒，礼节性地点点头打招呼。

电梯还在上面楼层，秋蓝就走了过来，浅笑着，“等韩总？”

秦书点头，“嗯。”

秋蓝提醒了一句：“他在停车场那边，应该是等你。”

“嗯，刚看到了。我冷，先跑进来了，没等他。”

这大概是韩沛第一次吃瘪吧，眼巴巴地等人，结果人家先跑进来了，把他一个人甩后头。

活该。

她冲秦书笑笑，没再说别的，那边电梯门打开，她先过去了。

很快，韩沛也进来了，“你穿高跟鞋跑那么快做什么？”

秦书笑，“哪能让你轻易追上。”她问，“秋蓝也是来参加你们年会的？”

“嗯，还有表演。”

“表演？”

“嗯，弹奏钢琴。”

他昨天看了节目单，秋蓝是第二个节目。大概秘书办觉得他跟她关系不错，特意这样安排。

韩沛解释：“她的节目在认识你之前就定了下来，以后不会再有这种情况。”

“我哪有那么小心眼，反正她钢琴肯定没我弹得好。”

韩沛笑了，牵着她的手走向楼梯。

“我们不等电梯啊？”秦书向后拽他，她一点都不愿意走楼梯。

“时间还早，跟你聊聊天。年会就在六楼。”

秦书想了想，六楼，那还行，勉强累不死人。

两人继续聊秋蓝的话题，秦书说：“她表演这个节目，一来是想给自己撑场子找面子，二来还能气到我。”还真是会算计。

韩沛轻轻摩挲着她的手背，“既然知道她为什么要这么做，那就别往心里去。”

这几年，就秋蓝跟他走得最近，他们合作了不止一次，她经常来他办公室，跟秘书办那些人都熟悉了。她们都以为他和秋蓝是一对。不仅秘书办，好几个高层，甚至有些员工都这么认为。现在他跟秦书在一起了，秋蓝就会成为别人议论的对象，免不了还会被嘲讽。

秋蓝以后还想跟他们万禾合作，少不了到他们万禾来。她那么高傲的女人，决不允许自己成为别人茶余饭后的谈资，也没法容忍自己成为其他女人眼里的笑话。所以明知道他今晚会带秦书过来，秋蓝还是会继续表演节目。她肯定还会装作跟秦书关系不错，让其他人认为她对他没有别的感情，那些传言只是他们一厢情愿的瞎猜。

秦书说：“要是我没猜错，她一会儿表演完节目，肯定要坐我旁边，然后还会跟我热聊，让你们公司人看到，她不仅跟你关系好，还跟我关系好。”

如此一来，以后不管她什么时候来万禾，跟韩沛就算走再近，别人也不会说她闲话。秋蓝这样的女人，是真聪明，找回了面子，钱也不耽误赚。

韩沛逗她，“等她找你聊天，你往我怀里一趴不睬她。”

秦书抬手打了他两下。“看在她是你多年同学的分上，还跟你有合作，我就不跟她一般见识。”她说，“不过她今晚气我的，以后我再还给她。”

韩沛笑了，“你闲的？跟无关紧要的人置气。”

秦书斜他一眼，“还笑！”她说，“我这么争风吃醋，还不是为了哄你！我要一点都不介意，怕你回家偷偷抹眼泪。”

韩沛看着她得意那样，过了片刻，说了句：“过些日子收拾你。”

秦书没深想，还在嘚瑟地笑着。

Chapter 32

年会

年会在7点开始，首先是韩沛的父亲致辞。韩董跟韩沛一样，话不多，就算致辞也是极其简短。

韩董每年都会自掏腰包，现场随机抽取数字发红包。以往都是两百个红包，金额从一千到五千不等。今年红包的个数是六百，金额也翻倍了。

主持人宣布后，宴会厅一片沸腾。声音鼎沸，连主持人说什么都听不见。

周围人在小声讨论，韩沛若有所思地望着台上的父亲，一身正装，还是他心里那个威严又高大的形象。也许是年龄的原因，比以前和蔼了不少，嘴角不时挂着笑。

忽然秦书用手臂碰他一下，他侧脸，“怎么了？”

秦书朝他那边凑近一些，“今年你们万禾有什么喜事？”

韩沛一时没明白，“嗯？”

“韩伯伯发这么多红包？”

韩沛解释：“跟公司没关系，可能心里高兴。”

秦书还是不懂。韩沛想了下，说道：“应该是听爷爷说了我跟你的事，他一时高兴。”

父亲一直都是内敛又寡言的男人，不善表达感情，喜怒不形于色。这次大概是太高兴了，又不知如何表达这种喜悦，只能用这样大家同乐的方式。

秦书笑，“韩伯伯怕你成大龄剩男没人要？”

韩沛把她的手握在手里攥了攥，没舍得太用力，跟她对视，“那你要不要？”

秦书点头，“要，最近正好想要买台新的笔记本放家里用，你这个牌子的蛮好。”

韩沛被气笑了，又捏了她的手，这回比刚才用力。

周围都是坐了万禾的高层，她还得注意形象，不能踹不能瞪眼，忽然想起来：“我是不是要去跟韩伯伯打声招呼？”

“不用，发完红包我爸就回去了。”

秦书点点头，也莫名松了口气。就算是两家长辈撮合的，可要见家长也是会紧张的，眼下能拖一天是一天。

红包抢完，韩董就从后台离开。

万禾每年年会节目不是太多，一个节目之后就是一轮抽奖，大家的热情都在奖品上，对节目倒是没那么关注。第一个节目结束，第一轮抽奖开始。先上去的都是高层，抽到的奖品他们都不会自己留着，然后随口说个数字再送给员工。

秦书不时会四处看看，没看到韩沛。刚才韩沛在第一个节目刚开始时就离席，说是找秘书有事情。她一人吃着水果，有些心不在焉。

到韩沛抽奖时，宴会厅瞬间安静下来，鸦雀无声，特别是女职工，都会再看一眼自己手腕上的数字牌。这个数字牌是进场时自己随意在箱子里拿的，抽奖就是根据这个数字牌来。以往每年，不管哪个女职工得到韩沛送出的礼物都会高兴好久，还不时拿出来炫耀一下。

秦书一直看着台上，今晚韩沛穿着黑色西装，里面是白衬衫。她微怔，还打了领带？刚才明明没有领带，去找秘书就是拿领带的？

酒红色暗黑条纹领带，性感又有男人味。秦书不由瞥了眼自己的衣服，黑色收腰针织衫，酒红色高腰 A 字大摆长裙。

她正出神时，台上主持人说话了，读了韩沛所抽奖品，一部某品牌新款手机和一盒口红。底下的女生可高兴坏了，手机她们无所谓，要是得到韩沛送的口红……想想都快美死了！还是一盒。

主持人递一个话筒给他，“韩总今年要选多少号送出去？”

“手机送出去，口红我自己留着。”

主持人笑问：“韩总是要把口红送给女朋友吗？”这句台词其实是秘书特意安排的，事先跟主持人打过招呼，一句就够，剩下的给韩总发挥。

底下更安静了，一个个好奇他们的韩总什么时候谈恋爱了？全是八卦的眼神。

“还不是女朋友，正在追。”

底下有跟韩沛熟悉的高管，带头鼓掌起哄，宴会厅炸开了锅一般。尤其女职工，都在议论什么样的女人能让她们韩总主动追，还当众宣布。然后开始八卦，肯定是秋蓝，因为秋蓝今晚有节目，就在下一个。

等彻底安静下来，主持人说：“那就祝我们韩总新的一年，心想事成。”女朋友这个话题就这么带过去。又让韩沛选一个数字，把好运送出去。

韩沛想都没想，说道：“23 号。”

23 号是一个二十多岁的小姑娘，刚上班不久，可把她激动坏了，上台拿奖品时对韩沛说了句：“韩总，爱死你了。”说完赶紧捂住嘴，高兴又激动，还有点紧张。

这句“我爱你”，纯属偶像般的表白。

主持人笑着，又问：“还有什么想对你们韩总说的？”

小姑娘说：“祝韩总和我们未来的老板娘甜蜜恩爱，长长久久。”

韩沛淡笑着回了一句：“谢谢。”拿着他的口红离开舞台。

韩沛回到自己的位置上，秦书终于缓了口气。刚才他说正在追时，周围所有人都盯着她看，看得她眼神都无处安放，第一次被人看得这么局促不安。

韩沛把口红递给她，“你的。”

周围的高管都收回视线，这下终于确定，原来这位就是韩总说的正在追的女人。那秋蓝岂不是失恋了？

“你怎么那么执着 23 这个数字？”跑步是 23 圈，弹琴也是第 23 页的曲子，现在连随意抽个奖也是23。

韩沛答非所问："明年就是24。"

秦书微怔，她明年可不就是24？

下面是秋蓝的节目，全场所有人从来没这么认真地看过一个节目。离韩沛远的没看到秦书的那些人边看边议论，韩沛说的女人是不是就是秋蓝？坐在韩沛周围的人知道现在是什么情况，就是对秋蓝有点看不懂了，秋蓝这个节目是挑衅还是不知道韩沛有了女朋友？

秋蓝今晚从妆容到礼服都是精心准备的，连钢琴曲也是。

节目开始，她微笑着说了几句："这首曲子送给我的老同学韩沛，和美丽可爱的琪琪，祝你们幸福长久。"大方又得体，然后开始弹奏。

秦书看着陶醉在音乐里的秋蓝，这女人的表演到了炉火纯青的地步，但不否认，她那么聪明，赢回了自己的面子，还赢得了韩沛的不反感。

一切都恰到好处。

"想什么？"韩沛低声问她。

说话不方便，怕被人断章取义，秦书拿出手机给他发了信息：在想秋蓝比我想的还厉害。

韩沛：嗯，她城府要是不深，能把投资公司做好？

秦书：我喜欢这样的对手，有挑战性。

韩沛：不说了，她来了。

秦书收起手机，抬头，秋蓝表演结束，下了台直接往这边走。

待秋蓝走近，"谢谢。"秦书笑着说，"曲子特别好听。"

秋蓝找了张椅子拿到秦书旁边，"献丑了，平时没时间弹，能弹成这样也是临时抱佛脚，找个老师指导了下，不然看着谱子都不一定能弹顺溜。"

秦书把面前的果盘递到她那边，"吃点水果。"

"谢啦，正好口干。"秋蓝也没见外，边吃边跟秦书闲聊。

在外人看来，她们关系不是一般地好。本来还想看热闹的人，也没了这个心思。

又待了几分钟，韩沛跟秦书说："走吧。"

秦书问："这样好吗？"年会才刚开始呢。

秋蓝接过话，"没事，他每次都这样，一般抽过奖就离开了，今年是给我面子，看完我的节目才撤。"

"你还要再待一会儿？"秦书客气地问了句。

秋蓝点头，"等结束了我还要找副总谈个事情，你们忙。"

韩沛带着秦书一道离开。

"你往哪走呢？"秦书下巴微扬，提醒他前面有个门可以出去。

"走后门。"

秦书心想着可能他要到那边找人，就没再多言。

走后门要穿过整个宴会大厅，跟在他旁边被那么多人盯着看，浑身不自在。她手里还拿着口红的礼品盒，这下万禾所有人都知道她就是韩沛正在追的那个女人了。

终于到了外面，"你故意的。"秦书瞅着他。

韩沛面色如常，"什么故意？"

"再装！"

韩沛笑了笑，没接茬，牵着她的手往楼梯走去。

秦书逗他，"你不是说正在追我么？追人不能牵手。"

"不攥紧了，怎么追得上？"

"……强词夺理。"秦书无意间瞄到韩沛的领带，把口红递给他先拿着，腾出手轻轻拽他的领带，"眼光不错，跟我这套裙子挺配的。"

韩沛放开她的手，把领带松了拿下来，套在她脖子上。秦书向后躲了下，没躲开，"韩沛，你干什么？！"

韩沛笑，"配你的裙子。"

后来秦书把领带系在两人手腕，一路闹到楼下。

到了车上，秦书打开口红的包装盒，数了数，一共 23 支口红。大概是所有品牌的加一起也没凑到 23 支这个色号，有的牌子就买了两支。全是她最近挺喜欢的颜色，干枯玫瑰色。

韩沛发动车子，"带你去吃饭。"

"等一下开。"秦书搁下口红，扒着他的椅背起身，想要爬到驾驶座。

韩沛回头，"你做什么？"

秦书故意曲解他这话的意思，"坐你。"

Chapter 33

那个电梯密码

穿着高跟鞋不方便爬过去，秦书直接蹬掉鞋，从座位空隙间穿过。

韩沛无奈道：“你还真来劲了？”

秦书嗯一声，故意曲解“来劲”一词的意思，“系着你的领带忽然浑身都有劲了。”她笑着说。

之前两人在楼梯间闹着，他把领带从两人手腕解下来后直接给她系在脖子上。别说，还真配她这一套裙子。

韩沛解下安全带，伸手扶她一下。他喜欢她黏着他，又害怕她贴在他身上。火烧着了她就撤了，受罪的还是他自己。

秦书把碍事的裙摆往一边拨了拨，跨坐在他腿上。

韩沛熄火，发动机的声音停了，前灯暗掉，周围瞬间安静下来。狭窄的车厢，两人温热的呼吸彼此纠缠，燥热情动，暧昧蔓延。

秦书环住他的脖子，递上自己的唇，韩沛低头含住，扣紧她的腰把她往怀里压。两人贴得密不透风，深吻着，呼吸都不够。

情不自禁时，秦书“嗯”了声，柔柔软软地落在韩沛耳朵里。她轻轻推了下他的肩膀，不知是下意识的紧张，还是没做好心理准备。韩沛把手从她裙摆里拿出，放在她腰间，现在他全身血液都在翻滚着，再亲下去非得出事不可。他抵着她的额头，没再亲下去。顺手把车窗降下，冷风吹在两人脸上，连车厢里的温度都慢慢降下。

韩沛的手机振动了，是秋蓝打来的，正好可以转移注意力。韩沛平复下呼吸，接了。

秋蓝没听到他这边情况的异常，问道：“没打扰你们吃饭吧？”

韩沛低头看了看怀里的人，哪里是吃饭，是吃罪。

秦书刚才也看到了他手机来电，她坐直，拿自己的鼻尖蹭着他的下巴，时而轻轻咬一口他的脖子。更过分的是还在他胸口揉两把。

韩沛没管她，就这么安静地看着她在他怀里兴风作浪，回秋蓝，“什么事？”

“约了环保公司那边的一个高层，时间刚定下来，下周二晚上，你要不要一起？”

“把具体时间和地点发给秘书吧。”

“好，你忙。”

通话结束了，秦书还没闹够。

不管她怎么折腾他，韩沛都没阻止，任她自娱自乐，喉间轻滚，身体的燥热从腹部瞬间蔓延至四肢。他侧脸看向窗外，绿化带的地灯泛着幽蓝幽蓝的光，暧昧，而又让人沉沦，却心甘情愿。

“琪琪，你做什么。”韩沛身体一紧，赶紧把她的手从他怀里拽出来。

秦书笑，“我还以为你坐怀不乱。”现在她老实了，趴在他怀里。

韩沛暗暗缓了一口气，“谁告诉你我坐怀不乱的？”

秦书抬头，“那你的意思，只要女人对你投怀送抱，你就会有想法？”

“你以为所有人都跟你一样，想坐我怀里就坐我怀里？”

秦书笑，“这话我爱听。”又亲了他的唇角一下。

韩沛实在忍不了了，把手机丢在副驾，拍拍她，“起来。”

“你要做什么？”

“灭火。”

秦书爬回后座，把鞋穿上。韩沛下车，也没穿外套，还把西装脱下扔到副驾。凛冽的风吹过，把心里的那股火气降了不少。到后备厢拿了一瓶苏打水，半瓶冷水喝下去，心里这才舒坦。

过了几分钟，秦书趴在后车窗，“韩沛。”

“嗯？”他绕过来。

“待会儿着凉了。”她把他的外套从窗户递给他。

“不用。”现在热着呢。

“对不起。”她小声道歉。她不是男人，体会不到那种滋味有多难受，可看他又是吹冷风又是喝冷水的，应该比她想的还痛苦。

韩沛伸手碰碰她的脸颊，“下次你再这样胡闹，就让你帮忙了。”

秦书一时没多想，“帮什么忙？”

韩沛又喝了一口，不紧不慢地咽下去，视线在她修长雪白的手指和唇间来回移动。秦书忽然看懂了他的眼神。

她瞪他一眼，“你烦死了。”赶紧把车窗升上去，耳根脸颊都泛红。

韩沛无声一笑，只是刚才好不容易降下去的火，又因为这句话，再次被点燃，且越烧越烈。他用力呼口气，把最上面的纽扣松了几粒。不是他不想，他们认识到现在也才一个月，对她来说，似乎还有点早。

秦书觉得韩沛今晚就是易燃物，还是着火点特别低的那种，她稍靠近他，他就能自己烧起来。

后来随便吃了点东西，韩沛就把她送回家。进屋前，韩沛叮嘱她：“别忘了明晚跟我跑步。”

“……不是说下周开始吗？”

“星期天不就是一周的第一天？”

秦书语塞，想死的心都有了。

回到家，颜彦正好从书房出来倒水，开玩笑说：“还以为你今晚回不来了呢。”

“回来前也可以做坏事啊。”秦书笑说。

颜彦知道秦书在说笑，下巴一扬，坏笑着问：“欸，你打算什么时候把他给拿下？”

秦书拿了个抱枕抱在怀里，整个人都陷在沙发里，心不在焉道："等情人节的时候吧。"

"你有强迫症啊，睡个男人也要挑具体日子。"

秦书愁眉苦脸，"先不说这个了，韩沛明晚就要让我去跑步，你说我怎么办？"

颜彦靠在沙发扶手上，幸灾乐祸，"不是说没人管得了你么？"

"谁知道他那么强势。"

颜彦揶揄她："那你可以比他更强势啊，直接压倒他。"

秦书叹口气，"我好像栽他手里了。"

颜彦最了解秦书，让她跑步就相当于要她的命。男人再重要也不如自己的命重要，就是当初贺老师让她多跑跑步锻炼身体，她都迈不开腿。

给秦书出主意："加班，不然就说腿疼。先拖一下，做个心理准备再去跑。"

"这招不管用，我感觉我不管心里想什么，韩沛一眼就能看穿。"

加班这个借口，说出来都伤感情。腿疼？还不如说加班。所以不管什么借口都勉强。

颜彦调侃她："目前好像只有分手可破，不过你又不舍得。"她拍拍秦书的肩，"孩子啊，享受精神的愉悦必然要付出身体的劳累，这就跟欢爱一样，不辛苦哪能享受？"

"……你……滚。"

"过两天我还真要滚了。"

"嗯？"

"周二我要去天津出差，跟我们老板去做尽调，哪天回来还不知道。"具体什么项目她就没说。

涉及企业机密，秦书也没多问。后来秦书有电话进来，她上楼接电话，颜彦回书房继续加班。

"喂。"秦书有气无力道。

方慕和眉心微蹙，"怎么跟霜打了一样，在加班？"

秦书倒在卧室沙发上，"没，啥事？"

"项目你们还想不想做了？"他没好气地问。

这几天等了又等，没等来秦书的只言片语，他又不好上赶着问。这是第一次，客户委屈吧唧地主动求投行做生意的。

"你们不想赚钱了是吧？"他越想越气。

秦书笑，"心急吃不了热豆腐。"

"琪啊，这不是一两块钱的买卖，你们真要不做就早说，别耽误我的进展。你不知道有时候晚一步，步步晚？"

他还上纲上线了，秦书忍着笑，没拆穿他，"我们赵总出差还没回，我已经把情况大致跟她说了，她说等她回来时再商量具体事宜。"

"那你不早吭一声？！"

"忙着跟我们家帅哥约会，忘了。"

方慕和被噎个半死。

通话结束，秦书微微叹气，也不知道赵曼迪会不会接这个项目，她其实不止问了一遍，赵曼迪说还在看资料，没法立刻给答复。

周一赵曼迪才回。

翌日，周末。贺竞南虽然说让她在家休息一天，可休息后呢，手头上的活还得加班加点地干，思来想去决定还是去加班。

跟平时上班一样，秦书7点多就到了公司。几乎每天她都能遇到尹一乔，今天也是。她刚走进大厅，贺竞南的专用电梯刚要关上，又打开。

“真巧。”尹一乔笑着招呼。

秦书本不想坐专用电梯，跟贺竞南一起，她总是有压力。没想到今天贺竞南不在电梯里，秦书微怔。

“愣什么啊，进来呀。”尹一乔一直摁着关门的键。

“贺总不在？”说出来后才觉得是句废话，要是在，那么大一个人还看不见。

“不知道他今天来不来。”然后解释她为什么能直接进电梯，“那天他输密码我偷看到的，省得跟别人挤电梯。”

这栋大厦还有别的公司，要坐普通电梯就得跟其他公司的职工一起挤，她最不喜欢挤电梯，人挨着人。

秦书笑笑，“这个不错。”

“我把密码告诉你，以后你就不用跟别人挤电梯了。”不等秦书说不用，尹一乔就主动报了密码，“520520，特好记。”然后笑说，“没想到我们贺总也这么有情调。”

秦书嘴角一僵。一直到办公室，秦书都还没缓过神，对着电脑界面愣了半晌，输入自己的电脑密码：520520。

这个密码她用了好多年，不认识贺竞南那会儿她就用这个密码。在伦敦住院那段时间，有次贺竞南过来看她，正好临时他要开个视频会，就用了她的电脑。他问她密码，她说了后，贺竞南还问她怎么用这么简单的密码。

她跟贺竞南说觉得有意思，趁这个机会又问贺竞南：“贺竞南，你知不知道我生日是哪天？”

贺竞南摇头，“跟我说说。”

她说：“5月9号。”

贺竞南回说：“一般人都会弄个520509的密码。”

她狡黠一笑，“其实这个密码也跟我生日有关，你猜猜是个什么关系？猜对了我给你惊喜。”她给了贺竞南两分钟时间。

贺竞南想了下，“5月20号是农历生日？”

她摇头。后来贺竞南开会了，这事他就搁在一边，会议结束后他大概彻底忘记了，再也没提起。至于那个惊喜，也没了意义。

没想到多少年后，他的专用电梯竟用了这个密码。

Chapter 34

见招拆招

“一个男人用一个女人的密码做自己的密码，说明什么？”

“至少说明男人把这个女人放心上了。”

秦书已经盯着这两条信息看了好半晌，第一条是她发给方慕和的，第二条是方慕和给她的答案。

秦书把这个对话删了，正发呆，座机响了，是赵曼迪办公室的短号。她一愣，赵曼迪回来了？

“赵总。”

“嗯，到我办公室一趟。”

“好，马上。”

秦书拍拍脸颊缓神片刻，又喝了几口水，快步奔去。

今天赵曼迪的黑眼圈有点明显，化了妆也没用。好几天连轴转，本想在飞机上睡个好觉，哪知道失眠了。

秦书来了，她打起精神，“方氏的那个项目，我决定接了。你跟那边联系一下，什么时候方便面聊。”

秦书微笑着，“好，我现在就联系。”莫名为方慕和开心，也许分开的恋人不会再有结果，但万一呢？

秦书立即回了办公室联系方慕和。方慕和在家，今天家里请客，他没打算去公司。听秦书说要约时间面聊，他没有丝毫犹豫，“现在就有时间，一个小时后我在办公室等你们。”

方慕和换了衣服，拿上车钥匙出门，在客厅遇到方母。

“要出去？”方母问。

方慕和点头，“去公司一趟。”

方母似有不满，“你这孩子，不是早就跟你说了，今天家里来客人，你跟你爸一会儿要招呼人。”

方慕和知道母亲是给他变相介绍对象来着，他无奈地看着母亲，“妈，您儿子不是没人要，你这样，弄得我多廉价一样。”

很多话她作为一个母亲，实在说不出口，说了也是打自己脸。看他今天这样子，估计出去了也不会再回来，她索性把话挑明：“你说你但凡要是着调点，我能这么逼着你？”

方母怒其不争，“你成天在外面瞎混，别以为我不知道。我现在要是不管着你，以后谁家好姑娘会往我们家嫁？慕和啊，过了年你就三十三了，放在以前早就成家立业了。你看你现在，感情婚姻都当儿戏了。”

方慕和把玩着车钥匙，始终沉默。

方母叹口气，“以后你也收敛着点，你爷爷奶奶要是知道你在外面瞎搞胡搞的，还不得被你气死。”

“妈，什么叫瞎搞？多交了两个女朋友，在你们眼里就是十恶不赦了，是不是？”

方母摆摆手，“不说了，说了我也是惹一肚子气。”提醒他，“跟你说的话你别当耳旁风，10 点半之前回来。”

方慕和淡淡地“嗯”了声。

方慕和的汽车和赵曼迪的车差不多时间到方氏楼下。

方慕和往大厦走去，身后传来一声“方妈”。方慕和转身，先看到的却是赵曼迪，一身职业套装，驼色大衣，优雅又干练，眉眼间透着淡淡的凉气。

他上次见到她是在两年前，一家咖啡馆门口。当时他在车里，她从车窗边经过，一起的还有一个男人，她的男朋友。

也许后来不合适分了。

方慕和冲着赵曼迪淡淡地笑了笑，像是老朋友见面，可他们又不是朋友，所有的寒暄全都多余。

他看向秦书，“穿那么少不冷？”

秦书无语，真想怼他一句，你眼瞎啊！今天她明明穿羽绒服了，脚上还穿了袜子。

秦书知道这种尴尬最难熬，她体会过，就适时调节氛围，跟方慕和聊着家常，说起骑马。就算是在电梯里，气氛也没那么沉默。

赵曼迪一路都没怎么说话，偶尔会附和两句。看着电梯里的镜面，方慕和正偏头跟秦书说话，有意避着她的视线。跟方慕和见面的这几分钟里，恍如隔世。她曾经以为的那些早就不记得的事，其实一直是她不愿去想起。纵然思绪万千，她还算理智，这辈子跟他再无可能，她也不许自己再回头。曾经最爱的时候都能因为一点矛盾分开，更别提各自经历了那么多风雨之后了。

到了办公室，没有过多寒暄，直奔主题讨论项目。

秦书感觉自己现在头顶顶着两千瓦的电灯泡，坐在这里的每一秒都是煎熬。

她不时瞅瞅赵曼迪，过一会儿又用余光瞄一下方慕和。这两人不知道是不是受什么刺激了，坐下来到现在，一个多小时过去了，一直在谈那个项目，所有的口吻都是公事公办。

赵曼迪开始报价，这个项目如果顺利完成，大概需要多少费用，每月要定时支付多少必要费用。方慕和看似也认真听着，不时附和两句。

咨询费多少，方慕和是不在乎的，毕竟他那么心甘情愿，说是为秦书撑腰，赵曼迪提什么，他全应下来。他的要求只有一个，他想要拿下那个项目，且成交价格合理。

赵曼迪点头，露出职业化的微笑，“这个方总可以放心，让客户利益最大化，是我们海纳的服务宗旨。”

不知道为什么，秦书突然想笑，同情了方慕和0.1秒。

谈得差不多了，秦书找借口离开，想给他们点独处的时间。她起身，“我去个洗手间。”

赵曼迪也随之站起来，“我也一起。”

还真是一点机会都不给方妈。

莫名地，秦书有丝心疼赵曼迪，以前到底受了多大的伤，才会时过境迁之后，还是不愿单独面对他。

她们离开，方慕和盯着赵曼迪坐过的地方发怔，茶几上给她倒的水，她一口没喝。

他松了领带扯下来，这是他收到的第一条领带。

22岁那年，他要参加一个演讲，赵曼迪送给他的。今天换衣服时，不管看哪条领带都不顺眼。找来找去，就这条还行。赵曼迪也没瞅一眼，估计早忘了这回事。

就在十几分钟前，那个曾在他怀里肆无忌惮的小女孩，现在一本正经地跟他谈钱，谈利益。他的心塞塞的。

回去的路上，秦书看看赵曼迪，到了嘴边的话又咽下去。赵曼迪靠在椅背上闭目养神，把大衣盖在胸口，看样子是累坏了。

赵曼迪本来是明天才能回来，那边方慕和催了，怕耽误他事情，她把行程压缩，所有事情加班完成。

车里很安静，只有司机播放的钢琴曲，声音很轻。

秦书一直望着窗外，同情赵曼迪，也同情曾经的自己。

手机振动，是方慕和发来的：中午来我家吃饭？

秦书：要加班。

方慕和：就是加班，饭总要吃。

秦书：是不是伯母又给你介绍对象了？自己搞定，我不去。

方慕和：……养你有什么用！

过了一会儿，赵曼迪睁眼，看向秦书：“琪琪。”

秦书一怔，自上班后，她还没这么喊过她。

“曼迪姐。”她也随之改了称呼。

赵曼迪很认真的语气，“我之所以接这个项目，一是我的确看上了这个项目，对我对你，都是一次锻炼；二是，我想告诉自己，也想告诉方慕和，过去的就过去吧，我们试着放下心结，找到各自的另一半。”

秦书静默几秒，“曼迪姐，你跟方妈真的没可能了吗？”

“我不是20岁了，还要矫情一下，等他主动追我求我。”赵曼迪叹了一口气，“我三十了，很多事早就看得透彻又明白，当然也会有冲动不理智的时候，不过我只要冷静几分钟，就不会放任自己。”

秦书好像懂了，却又不是太明白，“我知道方妈心里有你，你呢？应该也挺在意他的吧？”

赵曼迪没否认：“谁都不会彻底忘记初恋，除了失忆。可我怀念的是十几岁二十多岁的方慕和，而不是现在的他。

“我也不止一次动过再回头的念头，可后来都放弃了。我跟方慕和之间有太多的人和事跨不过去，就算复合，过了短暂的甜蜜期，后面就是无休止的埋怨和不甘，最终的结果还是分开。我不会让自己把曾经的那种痛再经历一遍。”

她说：“我跟他最爱的时候都不合适，就别说现在了。我觉得方慕和执念的也是曾经的那个我。”

秦书点点头，“我以后不会再瞎掺和了。”

赵曼迪笑笑，“你也是好心，不用往心里去。”

到了公司楼下，正好遇到贺竞南回来。秦书一早没看到他，还以为他今天不过来，看样子是拜访客户去了。

打过招呼，贺竞南问赵曼迪怎么提前回来了。

“接了个项目，急着回来见一下客户。”又道，“一会儿我做好了申报资料，给您递过去。”

贺竞南颔首，又看向秦书，“下周三有个推介会，跟我一起过去。”

“好。”秦书问，“就是那个债券发行的推介路演？”

“嗯。”

几人边聊边进了公司大厅。

跟贺竞南一起，她们也都习惯了蹭他的电梯坐。看着贺竞南熟练地输入密码，秦书偏过头去看电梯边的植被。有些事，剪不断理还乱，索性就什么都不去想。

晚上6点，韩沛给她打来电话，说一起吃晚饭，然后去跑步。

熬了一天，这痛苦的时刻还是来了。秦书一直思忖着，是一会儿多吃点，跑一圈就说胃疼不能跑，还是穿双高跟鞋，一会儿去餐厅时故意崴一下，然后就彻底不用跑？

吃多了的话，会胖；崴脚的话，要是把握不好力度，弄不好真会崴了。下周三又要去推介会，她总不能一跳一蹦地单脚跳上台吧？那贺竞南还不灭了她？所以，怎么办？

思来想去，都不完美。

想着想着，就到了餐厅。

韩沛比她早到，正等着她，见她一幅无精打采的样子，问道：“很累？”他牵过她的手进餐厅。

秦书心想，现在不装累点，一会儿还不得跑死？

她点头，“嗯，又有新个项目，资料多得不行了。”

韩沛知道投行有多辛苦，特别是做项目时，揉揉她的头。

秦书攀着他的手臂，像是撒娇，“饿死了，一会儿我要多吃点。”

她决定了，还是多吃吧，多吃谁也管不了。吃多了不合适跑步，韩沛也没招，回家她再做瑜伽减下来。

韩沛若有所思地扫她一眼，没吱声。落座后，韩沛把菜单递给她，让她看看喜欢吃什么。

秦书还佯装客气了下，“你点吧，我不挑食。”

韩沛也就没跟她客气，自己做主点了几道。等菜上来，秦书愣了下。两菜一汤，清一色蔬菜，就连汤也是清清爽爽的芙蓉汤。外加两小碗米饭。她还想心存侥幸，兴许荤菜还没上。

“韩总，您的菜齐了，请慢用。”服务员浅笑着说到。

“谢谢。”

这……就齐了？

她微微叹口气，没有荤菜就没有吧，本来她也不怎么爱吃肉，她自我安慰。待会儿她要吃一盘素菜，再把一锅汤都喝下去，汤水也能短时间撑肚子。

韩沛把筷子递给她，“吃过饭先回公寓，我要开个视频会，你正好消消食，10 点钟我们再去跑步。”

10 点再去跑？那撑肚子的汤不就消化完了？

Chapter 35

总有办法治她

秦书漫不经心地挑着碗里的米粒往嘴里送，半天才咽一口。想到要去跑步，就倍感心塞。

“欸！”她喊韩沛。

“嗯？”韩沛抬头。

秦书问：“我跑几圈就行了？”

韩沛想了下，“今晚先跑 3 圈，以后慢慢加。”

还要加?

又问：“跑道是多少米的？”

韩沛看她一眼，“怎么跟奔刑场一样？”

秦书小声咕哝一句：“可不就是么。”

谁不怕死啊。

韩沛示意她别说话赶紧吃饭，秦书默默叹口气。

他们旁边那桌坐着一对年轻小情侣，不时有嬉闹声，韩沛从不会因为这些事分心，他一直慢条斯理地专注吃饭。

秦书会不时看一眼，正好看到那个男的夹了蔬菜给女的吃，菜都到嘴边了，女的就是不张嘴，连连摇头。

男的还挺坚持，“就吃一口。”

女的噘着嘴吧，嘴里哼了声。那眼神很挑衅，说什么就不吃。

秦书也不好一直盯着他们看，边吃边余光扫着。

那男的还杠上了，就是不收筷子，菜就在女的嘴边。就在她想着女的是不是会张嘴吃下去时，那女的突然站起来，向前倾身，身体横跨桌子，在男的唇上亲了下。然后又亲。男的无奈，自己把菜吃了。

秦书收回视线，若有所思地望着韩沛。也许，她要学学那女的，拿出女人的杀手锏——撒娇。

秦书把自己的碗推到韩沛边上的位置，自己也挪到他旁边。

“怎么了？”韩沛问。

“想靠你近点。”

韩沛笑了笑，自己朝沙发里面挪了下。秦书搁下筷子，问服务员要了一把小勺子。她用左手吃饭，右手找到韩沛的左手，勾着他的手指。韩沛扭头看了她片刻，也许再理智的女孩谈了恋爱也会黏人，他没说什么，任她攥着他的手指。

用勺子吃饭不好夹菜，韩沛不时就要夹菜给她，两人配合得还挺有默契，一顿饭下来，秦书吃得心满意足。

女人撒娇对男人真管用，她这么想，韩沛最注重餐桌礼仪，可刚才一直在纵容着她。希望一会儿跑步时，他能记得他们吃饭都要手牵着手的深厚感情。

秦书从刚才邻桌女孩那里学到了撒娇的精髓，她现在连走路都会腻着韩沛，不时牵他的手，不时抱他的手臂。走着走着还会抱抱他的腰，大半个身体都贴在他身上。

韩沛无奈又特别受用。“好好走路。”偶尔训斥她一句。

“就不。”出了饭店，秦书从背后抱着他。

韩沛不知道，秦书现在就开始给他挖陷阱了。

上车时，秦书非要坐副驾，韩沛不让，秦书只好绕到他后面的那个位置。

秦书嘟囔一句：“这是市区，哪条路不堵车？龟速一样，谁的车都开不起来，坐副驾驶根本就没什么。”

“好习惯是靠平时养成。”他深有体会，要是上次被追尾时，他没有系安全带的习惯，怕命早没了。现在更是小心，只要上高速，就算坐后排，安全带也必系。

秦书趴在驾驶座椅背上，堵车没法动弹时，她手指在韩沛肩膀像弹钢琴一样，不断跳动。

韩沛从后视镜瞧着她，“你以前也这样？”

秦书也看着镜子里的他，“哪样？”

“黏人。”

秦书笑了，“以前不这样。”顿了下，学着他以前的语调，“所以，你不一样。”

镜子里，秦书对着他勾勾手指头，韩沛回头，秦书的吻落在他唇角。韩沛一怔，心里有不一样的东西在流动。他顶开她的唇，加深了这个吻。直到后面有汽车鸣喇叭，他们才结束。

到了韩沛公寓，他上楼开会，秦书就在客厅弹钢琴。弹了几首就不想弹了，一个人坐客厅无聊，就给方慕和发了信息：方妈，今天相亲饭吃得咋样？

方慕和正在公司。中午那顿饭应付过去后，他就去了公司，一下午什么都没做，就坐在电脑前发呆。一直都想不通，明明琪琪特意给他们制造了独处的机会，她却不要，什么都公事公办的样子，恨不得将跟他的过去那段忘得一干二净。

手机震动了，秦书发来消息。方慕和回神，一看时间，都 8 点多了。他关上电脑，离开，直接拨了秦书的电话：“还在加班？”

“没，跟韩沛在一块。”

“韩沛现在开始不务正业了？”

“你几个意思？”秦书不满道。

方慕和笑，“没贬低他的意思。他这是从此不晚朝了？”

“正在楼上开会，一会儿要带我去跑步。”

“跑步？你？”方慕和稍稍吃惊。

“嗯，他说我要跑三圈。”她正发愁呢，也不知道待会儿跟他撒娇管不管用。

方慕和调侃她：“你不是嘴犟说，谁都管不了你？”

秦书死不承认：“我说过？”

方慕和已经无力去吐槽她，女大不中留一点都不假。他以前还担心，就琪琪那性格，哪个男的受得了？就算受得了一时，谁会让她一辈子？没想到她跟韩沛互为卤水和豆腐，彼此降彼此。

跟秦书一路聊着，很快到了楼下。刚出公司大门，对面走过来一个女孩儿，冲他摆摆手。

方慕和无奈，韩涔又来了。

他跟秦书说：“遇到个熟人，回聊。”而后挂了电话。

韩涔笑，“我回来了。”

“你到底要怎样？”

“给你把色盲的症医好，你得相信我是个好医生。”

方慕和盯着她看了半晌，心平和下来，“知道我为什么每次都给你留面子吗？”

韩涔不傻，“因为我哥。”

“这只是一方面。”他跟韩沛，总是被别人拿来比较，他们不熟悉，甚至还是竞争对手，可却是互相都欣赏的人。他不想让韩涔那么没面子，让韩涔下不来台，也间接让韩沛没面子，所以很多话，他没说重。

“那还因为什么？”韩涔紧追着问。

“因为你是个乐天派，什么挫折到了你那里都不算什么，你从不会因为这些消沉，所以我也说了，我不讨厌你，有时还很欣赏你的这份乐观。”顿了下，又说，“甚至我挺羡慕韩沛，有你这样一个妹妹。”

他说：“我没把话说绝，是不想让你的自信在我这里受打击。我不喜欢你，不代表比我更优秀的人不喜欢你。你还年轻，以后要走的路还很长，你现在的这份乐观不能在我这里毁了。”

韩涔眼睛发酸，再也笑不出来。

方慕和想了片刻，下巴一扬，“我还没吃饭，陪我去吃个饭，正好跟你讨教讨教，你怎么会这么乐观。然后我们再讨论讨论，女孩儿的爱情底线在哪里。”

韩涔点点头，跟在他后头走着，从没这么乖过。

车上，方慕和专注开车，韩涔心思烦乱地望着窗外。透不过气，她索性降下车窗，迎着灯光，她瞄到了对面来车的车牌。一顿，再关窗户已来不及，情急之下她猛地弯腰，把自己的头埋得很低。

方慕和笑了，“你干什么呢，一惊一乍的。”

韩涔指指窗外，“我哥的车。”

汽车过去，方慕和也没看清，扫她一眼，“你这么怕你哥？”

“他知道我来找你，肯定又要训我。”韩涔叹口气。

韩沛的车里，跟韩涝一样惆怅的是秦书。她在家里磨着韩沛，缠着他亲他，想把他留在家里，可他不为所动。撒娇这招彻底失效。

到了学校，韩沛停好车，到后备厢里拿了一个背包，里面鼓鼓的，看样子装了不少东西。

“还要带包？”秦书问。

“嗯，带了件外套，跑完你得穿着，不然会着凉。”

秦书点点头，心里一万个拒绝。望着夜色下的跑道，又叹口气。

韩沛牵着她朝那边走去，侧脸瞅她一眼，“别弄得跟上刑场一样。”

秦书斜他一眼，别过视线不爱看他。韩沛没忍住，笑了出来。

韩沛把那个背包搁在围栏边，陪着秦书先慢跑。跑得不快，刚开始感觉还行，她不时还会跑到韩沛前面，故意挡着他的那个跑道。他换了另一个，她又变道，还是跑在他前面。

“琪琪！”

“没听到。”秦书笑着，在他前面玩闹。

今晚她跟他穿了情侣运动装，连跑鞋也一个款式，都是韩沛为了哄她跑步准备的。

跑道是 400 米的，第一圈跑完，她已经气喘吁吁。到了一圈半，她的两腿像灌了铅一样，抬不起来。实在坚持不到第二圈跑完，她停下来不跑了。韩沛回头，拉着她跑。秦书捂着胸口，又出现了上次跑去医院时的状况，心脏狂跳不止，还拉扯着疼，半分力气都没了。

她忽然想到，何不就此躺下去？

“我不行了。”然后大口喘气，把韩沛往后拽，说什么都不愿跑了。差一点点就到两圈，想到还有一圈，简直要了她的命。索性蹲下，抱着韩沛的腿，“我不行了。”她仰头望着他，“心脏疼，你送我去医院行不行？我感觉喘不上气了，得吸氧。”

韩沛半抱着她，把她架到边上。秦书到了边上就蹲下，后来索性坐在他脚上，脚边就是他们的背包。

韩沛揉揉她的脑袋，“忍一下。”

“忍不了了。”她装作很难受的样子，说，“不吸氧我受不了。”拼命揉着心口，把脸靠在他腿上。

韩沛打开包，递给她一个东西，“赶紧吸一下吧。”

秦书拿过一看，便携式吸氧瓶，粉粉的，瓶身还很漂亮。

秦书的心有点塞塞的。

Chapter 36

说谎要出差 结果被逮个正着

韩沛半蹲下来，把秦书的头靠在他怀里。她所有的小动作都瞒不过他眼睛，他都懒得去拆穿了。

秦书抱着氧气瓶，边吸氧边冲他翻白眼。

韩沛笑，“还能找茬那就没事。休息两分钟，把剩下那圈跑了。”

秦书用氧气瓶敲了他好几下，快被烦死了。

看来他是不打算放弃了，她把氧气瓶放一边，两手抱着他的脖子，开启了撒娇模式，“你忘了我们吃饭还手牵着手的，那时我们感情多好。”

秦书晃着他的脖子，“我累，韩沛，我累。”

说着，她自己都一身鸡皮疙瘩，真没想到自己也有这样矫情的一天。

韩沛静静地望着她，没吱声。

他的眼神里有异样的情绪在流动，秦书看到了，趁热打铁，“别让我跑了好不好？韩沛，我真的累。”说着，声音变得又低又软，“我从小到大都没怎么跑过步，上体育课都是请假。以前不管是谁让我跑，我都不可能跑。韩沛，就你，你让我跑，我就乖乖来了。”然后把脸埋在他脖子里，蹭来蹭去。

韩沛始终没松口，让她再休息一会儿。

过了片刻。

“韩沛。”

“嗯？”

她亲了亲他的脖子，哑声道：“爱你。”

酥软的声音让韩沛呼吸一滞，被她撩得浑身燥热。他垂眸看她，“这话有几分诚意？”他知道她是为了躲过跑步，想到什么说什么，什么招管用就用什么。

秦书跟他对望，眼睛清澈透明，“八分诚意，两分撒娇。”她说，“你出车祸时，在我心里就到了那个分量。方慕和说，爱是一瞬间的，就在那一瞬间可以为他死。我怕我跑死，可我还是想看到你，就是这样。”

秦书也承认，“我现在说出来，肯定是想跟你撒娇，可也是我心里话。”她又亲了亲他的下巴，“就看在我硬着头皮好不容易说出那两个字的分上，别让我跑了，好不好？”

韩沛被她磨得狠不下心来，他起身把她抱着站起来，“我背着你把最后一圈跑完。”

韩沛把氧气瓶装好放起来，弯腰，“到我背上来。”

秦书没动，“你背着我跑，跟我不跑，不都一样？”

“不一样。不管用什么方式，至少三圈的任务完成了。”

他今晚算是看出来了，她就是个得寸进尺的主，今晚跑两圈把最后一圈赖掉，明晚她就能跑一圈，赖掉两圈。

起初秦书以为韩沛是背着她走，哪知还真是跑，就是速度特别慢，但也跑起来了。她在他背上一颠一颠，没跑多远，她就听到他急促的喘息。

内疚自责一股脑儿地全上来了，秦书用手背给他擦擦汗，“我现在好多了，我跟你一起跑，你放我下来。”

“别动，我背着你。”

“我要下来。”她使劲往下挣脱。

韩沛又问：“确定要自己跑？”

“嗯。”

韩沛把她放下来，手给她，“我拉着你跑。”

他拉着她，这一圈跑得很慢很慢，慢到几乎跟走路差不多。到终点时，秦书双手扶在膝盖上，大口喘气，瞥脸看向韩沛，“你是不是有强迫症？干什么非要我跑步？”

韩沛去包里拿了保温杯来，拧开递给她，“你体质原本就差，还有你们这行的工作性质，一坐就是一天，要是再不锻炼，身体迟早会出问题。”

秦书缓了会儿，接过水喝起来，温度正合适。

韩沛下巴微扬，“包里有衣服，待会换上，我再跑几圈。”

韩沛今晚没以前跑的圈数多，发觉秦书整个人都蔫了吧唧的，他停下来，“还累？”

秦书点头，“嗯。”

韩沛微微叹口气，把她揽怀里，“跑习惯就好了。”又亲亲她，“这就送你回去。”

秦书靠在他怀里，抱着他的腰，“走不动了。韩沛，我走不动了，一步也走不动。”

秦书一路都是韩沛抱着，从操场到车里，从公寓楼下到楼上。

“现在怎么样？”到了家门口，韩沛把她放下来。

秦书回他：“腿软。”

韩沛望着她几秒，笑了笑，没吱声。想起出差的事，跟秦书报备：“周二我要跟秋蓝去趟天津，如果晚上赶不回来，周三一早回。回来继续陪你跑步。”

听说他要出差，秦书莫名轻松，终于可以歇一晚。

说到秋蓝，她问：“你们又有合作？”

“嗯。”接着解释道，“把前期的一些事宜解决好，都是下面人跟她对接。”他跟秋蓝原本一年也见不到几面。见面最频繁的就是项目初期，需要他定夺一些事。

“你们该合作合作，我就是随口问问。”

两人亲昵了一会儿，道了晚安分开。

回到家，韩涔还没回来。韩沛给她打电话，韩涔没接，回了信息：跟朋友在咖啡馆，再有半个小时回。

韩沛问她：司机有没有跟着？

边发着信息边上楼，晚上他才跑了十圈，准备去楼上健身房再跑几公里。刚走上楼，手机振动，以为是韩涔回信过来，哪知是严沉打来电话。

“忙呢？”

“没，在家。”

“你前段时间托我给你打听制药厂的事，有眉目了。”

“这么快？”

“您老人家吩咐下来的，我敢怠慢？”严沉笑着，说起制药厂，“跟你掌握的资料差不多，目前研发中心最好的就是秋蓝家制药厂的那个研发中心，现在由秋蓝的姐姐和姐夫负责。”

韩沛知道秋蓝的姐姐秋青，但没打过交道，问严沉：“秋青这人什么性格？”

“性格么，跟你一样，不是善类。”

“……损我呢？”

严沉笑，“这是夸，你懂吗？”玩笑过后，言归正传，严沉评价秋青，“我跟秋青也不算熟，还是她结婚时见过，在她婚礼时帮了点忙。听身边朋友说，像秋蓝这样的，到了秋青跟前瞬间就被秒杀。秋青特别疼秋蓝，你要是想约秋青，我觉得找秋蓝约，比找我约要方便。”

“我心里有数了。”周二要跟秋蓝去天津，到时再跟她面谈。

结束通话，韩沛手机有信息进来，是韩涔的：司机跟着的，在楼下等我。

韩涔撒谎了，她根本就没带司机，到咖啡馆也是坐了方慕和的车。跟方慕和聊了好几个小时，这是第一次他这么心平气和地说这么多，没说感情上的，想到哪儿说哪儿。说得最多的，大概就是她乐观的态度。

方慕和又续了一杯，问她：“再给你来杯温水？”

“谢谢，不用了。”她看着他，“你不是说要跟我聊聊女孩儿感情的底线？现在还说吗？”

方慕和点头，“当然要说。”

“我听着。”她从没这么乖巧听话过。

方慕和组织了下语言，先是问她：“你从十几岁到现在，有没有见过比我优秀，比我好看的男人？”

韩涔下意识点点头，哥哥身边有不少这样的朋友，她也认识。

方慕和问：“那你都喜欢他们吗？”

“怎么可能？！”

“那不就结了。没被你喜欢的，能说他们不优秀？”方慕和说，“同样的，我不喜欢你，不代表你不好。你真不必纠结这个，也不要觉得我不喜欢，你就很差劲，从此自我厌弃。”

韩涔握着水杯，没吱声。

跟她聊了一晚，方慕和有些累了，双腿交叠轻靠在沙发上，“不管男人还是女人，能让他/她心动的寥寥无几，甚至一辈子也就只有一个，还有的人到老了都不知道心动是什么，也有人会对一个很渣的人心动。有时一个特别好的男人陪你身边，不管他做什么，就是没法让你爱上他。”

顿了片刻，他道：“所以一个人好不好，并不是别人对她心动的唯一条件，只是你有的特质并不是那个人需要的。”

韩涔呼口气，这话的意思就是，她再好，但不是他想要的。

方慕和看着她，“再跟你说说一个女孩儿该有的恋爱底线，你哥肯定说给你听过，估计你这边听了那边就忘了。”

韩涔没反驳，韩沛自从知道她喜欢方慕和，就不知道跟她聊过多少次，可她从来都听不进去。

方慕和说：“不管你有多喜欢一个人，你都不该为了他失去自我，特别是一个还不喜欢你的男人，就更不值得你付出，因为你根本就感动不了一个不爱你的男人。甚至不管你做什么，在他眼里都是个笑话。”

韩涔手指一颤，心也跟着疼了下。

方慕和微微叹口气，“刚刚那句话不是说你。我要是笑话你，自然就不会坐在这里跟你说这么多。”

韩涔点点头，“谢谢。”

方慕和接着道：“可这不代表以后你遇到别的男人，他若是不喜欢你，你这样……”本想说死缠烂打，到了嘴边又换成，“你这样执着，他只会觉得好笑，没半点感动。”

寻思片刻，他还是把心里那句话说了，“说句你可能不爱听的，不过你也不小了，听听没坏处。我身边就有不少男人，明明不喜欢那个女人，可女的贴上来了，也就睡了。边睡还边瞧不起这些女的。

“今天跟你说这么多，就是想让你明白，你特别优秀，有些闪光点连我都没有，我特别羡慕特别欣赏。也想让你知道，女孩儿别‘恋爱脑’，任何时候都别丢了自己的骄傲，你的妥协退让换不回对方的尊重。”

韩涔看着杯子里的白开水，里面仿佛倒映着自己。她不知道经过这一晚，她是能彻底想明白，还是因此更爱方慕和……

周三上午，秦书收到韩沛的信息：我已经回北京，晚上约了人，10点再陪你跑步。今晚跑六圈，把昨晚的补上。他没打算让她跑六圈，慢跑三圈，走三圈。

秦书她眉头紧皱，跑六圈？那不得跑死啊。

昨晚他给她电话催她去跑步，她种种借口，挨到最后，一看都10点半了，说太晚，她一个人害怕。她以为万事大吉了，结果他来这招。

秦书开始发愁，想着怎么把今晚给躲过去。忽然灵机一动：“刚要给你打电话呢，我们刚散会，晚上没法跑了。今天开始，接下来几天都是路演，要出差，最近忙死了。”

现在先忍着不见，等过几天见面肯定有种小别胜新婚的感觉，她再撒撒娇，他应该就会不让她再跑六圈。

“出差？”

“嗯，我们贺总安排的，我又不能搞特权不去，对不对？”

“是要去，你先忙，晚上给你电话。”

秦书松口气，终于蒙混过关。

下午，秦书和贺竞南还有公司几个高层一起去了路演现场。

车上，秦书问贺竞南：“都有哪些公司会过去？”

“到了才知道。”又说，“邀请函发了不少。”

秦书点点头。

贺竞南问她：“一会儿上台没什么问题吧？”

秦书反问：“我要说有问题，是不是就不用上了？”

贺竞南看了她几秒，最后什么也没说。

她还是记仇的。那天关于要不要找同传的话题，他虽然道了歉，她也嘴上说着没事，其实心里一直不满着呢。

岔开话题，问她：“你现在手上有 AC 和 BD 两个项目，忙得过来？”

秦书实话实说：“有点累，不过还行，能应付。”

贺竞南微微颔首，“听说方慕和跟你关系不错，不能因为是熟人就放松对自己的要求。”

“这个我知道，我能做到公私分明，他现在就是我的客户。”

贺竞南“嗯”了声，跟她分析目前 BD 公司的情况：“BD 不是小公司，他们不缺钱。换句话，他们如果出手手里的环保项目，也一定是对方拿了他们想要的利益交换，绝不是现金。方慕和想要拿下这个项目，就看他舍得付出什么。”

“等完成对 BD 项目的估值后，我会跟方慕和对接，看他有什么打算。”

贺竞南提醒她：“尽量快些，争取年前完成前期尽调，年后就切入正题。这个项目不止方慕和一人看上。”

一谈起工作，秦书跟贺竞南的距离就少了，可以暂时不受任何拘束。

她说：“我分析了不少资料，对 BD 感兴趣的不少于五家，好几家因为 BD 集团的高层难搞已经望而却步。”又说起竞争对手，“方慕和目前潜在的竞争对手是秋氏的秋青，不过方慕和占优势，他资金雄厚，秋青近两年把精力都放在了制药厂，想要拿下 BD 项目，她没那么大财力。”

贺竞南点点头，“那也不能掉以轻心，任何潜在的竞争对手，我们都要把它看成真正的竞争对手，你才能万无一失。”

他说起自己之前并购遇到的一个例子，“我以前帮甲客户并购项目，当时看上这个项目的还有乙，不过乙不管哪方面实力都不如甲。就在我们都以为甲能把这个项目收入囊中时，结果杀出来个丙，丙的财力最大，最后拿下那个项目。”

他问秦书：“你知道最后怎么着了吧？”

秦书思忖两秒，“丙拿下项目后，把项目转给了乙，结果原先胜算最大的甲什么都没得到？”

贺竞南点头，“所以你觉得秋青没这个实力跟方慕和抗衡，万一到时她某个合作伙伴帮了她，她不是照样拿下项目？”

秦书心里咯噔一下，莫名就想到了韩沛。昨晚韩沛还说跟秋蓝有合作项目，要去天津，而BD的总部就在天津。

贺竞南接着道：“当然这种情况发生的概率可能只有千分之一，可万一要发生了，对你而言就是百分百，没有丝毫挽回的余地。”

秦书暗暗吁了口气，点点头。

秋蓝的姐姐就是秋青，韩沛跟秋蓝合作项目，其实也算是跟秋青合作。方慕和现在就是甲的角色，秋青是乙，而韩沛，就是丙。她做了个假设，韩沛有足够的财力拿下项目，然后转给秋青，那么，方慕和就落空了……

现在是项目的保密阶段，她不会跟韩沛说是方慕和看上了这个项目。自然，韩沛本着基本的商业素养，就算是秋蓝真的看上了BD项目，他也不会告诉她。

秦书看向窗外，总有种预感，或许未来某天，她真的会跟韩沛在竞标桌上见面。到那时候，他们要怎么面对？怎么处理？

他们到会场时，债券发行公司的董事长和其他领导也陆续到了。这次路演吸引了不少投资者，跟贺竞南之前说的那样，有不少外资企业负责人参加。会场还来了不少媒体，人挺多，秦书也没盯着台下看。

在她演说时，期间有人问了个问题，她回答时看向对方，也许是自己视线太宽了，她竟然看到了那人旁边的旁边的男人。

她一愣，韩沛怎么也来了？还正眸光幽幽地望着她。

秦书心塞，那什么……从二环到三环来，也算出差吧？

Chapter 37

护照上去英国的那些记录

煎熬了好几个小时，推介会终于结束，剩下的就是领导的事情。

秦书终于喘了口气，她在台下找韩沛，发现贺竞南正跟韩沛寒暄。

秦书收回视线，去休息室拿杯子倒水。在休息室发了一会儿呆，愁着要怎么去跟韩沛解释出差这事。谁知道第一次撒谎就被抓包，这印象可不好。以后不管她说什么，韩沛心里就会打个大大的问号。

秦书又去会场转悠，韩沛还没离开。等了几分钟，韩沛朝洗手间方向走去，她紧跟上去。他走得快，周围有人，她也不好大声喊他。

秦书就在洗手池边等他，流水哗啦哗啦，她心不在焉地把手放水流上冲着，直到韩沛出来。

“嗨。”秦书笑嘻嘻地先打招呼。

韩沛望她一眼，没搭腔。

秦书呵一声，“啧，一天不见，你连自己心上人都不认识了？嗯？”

她那盛气凌人又不讲理的样子，把韩沛给气笑了，“你撒谎还有理了。”

“谁撒谎了啊？”秦书装着一副理直气壮的样子，其实心里没一点底气。

“不是说要出差？”

“对啊，要是晚上饭局结束得晚，我也没打算开夜车回去，你知道我视力不好。”她说，“我就在这边开个房间不回了，这还不叫出差啊？”

韩沛瞥了她一眼，“要是我没记错，你爷爷家就在附近，开车不要五分钟。”

秦书词穷，真想拿水喷他，怎么那么讨厌。

韩沛挤了洗手液开始搓手，秦书从他手心抠了一点，装模作样地搓手背，抬眸从镜中看他，韩沛始终都没看镜子。

韩沛把手放到水龙头下，水刚出来秦书就把自己的手伸了过去，让他只能用她冲过手的水。

“长不大了？”他无奈看着她。

“女士优先，不懂？”

“你那边有水龙头。”

“就看你这个顺眼。”

洗手这茬她找过了，韩沛抽了纸擦手，她一把抢过来，若无其事地仔细擦手指间。韩沛只好又拽了一张出来。

秦书把用过的纸揉成一团，拉开他衬衫的领口直接塞进他怀里，还用力拍了拍，随后扬长而去。

韩沛解开几粒纽扣拿出纸团，扔掉后几步追上她，跟她并肩时，他说：“今晚加跑三圈，跑九圈。”

秦书气急败坏地拿身体用力撞了他一下，韩沛没有任何防备，一个趔趄，朝前冲了好几步。等韩沛站稳，秦书早就一溜烟跑远。

之后秦书又忙起来，韩沛跟几个熟人聊天，两人没找到再见面的机会。

很快工作结束，她跟贺竞南一起回公司。

今天的推介会比较圆满，贺竞南夸了她几句。

“谢谢贺总。”秦书依旧是客气又疏离的语气，然后开始低头发信息。

贺竞南若有所思地望着她，最终还是问了：“有男朋友了？”

秦书正给韩沛发信息：帅哥～

闻声抬眸，有那么几秒的迟钝，她点点头，“嗯。”

本想说男朋友是韩沛，可韩沛现在跟贺竞南有合作，而种种迹象好像表明，贺竞南貌似对她也不是没有一点感情，只不过那点感情不足以撼动他的理智。

男人大概也会有占有欲的吧？就像那天何飞边剪花枝边跟她聊天，贺竞南的表情明显跟平时不一样。当时她不愿多想，就宽慰了何飞几句。直到发现那个电梯密码，她印证了当初的猜测。是不是所有男人都一样，就算食之无味，也还是觉得弃之可惜？

万一的万一，她说了男朋友是韩沛，影响到他们的合作怎么办？还是等项目结束再说吧，不然总感觉这种关系，既尴尬又奇怪。

秦书那一瞬间的犹豫，贺竞南没读懂啥意思，后来也就没多问。

到了办公室，“回来啦。”何飞正在准备证件，问她有没有去瑞士的签证。

秦书摇头，“没有，怎么了？”

“AC 公司在那边有工厂，我们要过去尽调，赵总让把资料给秘书，一起办签证。”

秦书打开包，这些东西她经常要用，都随身携带，拿出一个文件袋，全是她的个人证件。

文件袋还没拉开，手机振动，赵曼迪打来电话，让她过去一趟。

秦书把手机放一边，将那个文件袋给何飞，“证件都在里头，你帮我找一下一起给秘书，赵总找我。”

何飞看了眼，“你有好几本旧护照？”

秦书笑笑，没吱声。

何飞把其他证件拿出来，从旧护照里找能用的新护照。光看封面，这些护照都不旧。他翻开一本，看了几页边检戳上的日期，她这是把英国当家回了？基本都是两周一次，在那边待个一两天就回，有时甚至还每周都去。

另一个同事也随手翻开一本，问何飞：“秦书男朋友在伦敦？”竟然跑得这么勤快。

何飞摇头，“不知道，大概吧，不然谁没事老往伦敦跑？”他们海纳也有分部在伦敦，不过没有什么项目是需要她这样跑来跑去的。

“秦书呢？”贺竞南过来找她有事，刚才何飞跟同事的对话他听得一清二楚。

何飞抬眸，忙打招呼，“贺总。”然后道，“秦书刚刚去了赵总办公室。”

贺竞南颔首，看了眼何飞手上的护照，“秦书的？”

“嗯，对。”

贺竞南拿了一本过来，这本也是旧的，盖满了边检戳。再仔细看上面的日期，他呼吸微滞。调整好情绪，跟何飞说：“一会儿秦书回来，让她去我办公室。”

“哦，好的。”

贺竞南放下护照离开。

办公桌前，贺竞南还在想着护照，每一页上的日期都像刻在了脑海里。那几年，她除了偶尔回国，其他都是英美往返。每次周五晚上去，周六或是周末回。

毕业那会儿，她表白的场景还历历在目。她说得直白又简单，他拒绝得亦是，没给自己留任何余地。那是他人生里最痛苦的一次抉择，也是他最没风度最不委婉的一次。

她一直低头沉默，也不知道过了多久，“我们是有缘分的。”她说了这么一句。

他回：“这是师生缘分，我跟你的每个同学都有。”

她张张嘴，忍着眼泪在眼眶里打转。许久，她说：“那我去伦敦偶遇你行不行？绝不刻意，如果我遇到了你，你能不能……”后来她没说出口。或许连她自己都没抱希望他会因为一次偶遇改变现在的决定。

然后她转身走了，没再回头。自那之后，她再也没出现过，也没再打扰过他。直到四年半后，他跟她在她家公司遇到。

那几年去伦敦，每次她都是以什么心情去，又以着什么心情而回？

只是，他彻底错过了。

也好，跟年轻的何飞在一起，总比跟他在一起有趣。他现在只能这么宽慰自己。

“叩叩”的敲门声响起，贺竞南回神，“请进。”

秦书推门进来，“贺总，您找我？”她没走近，远远地站在门边。

贺竞南点头，“嗯，这周末跟我一起去上海出差，那边下周一有个推介会。”然后叮嘱了她几个注意事项。

“好的。”又道，“还有别的吩咐吗？”

“其他没事了。”

“那我去忙了。”秦书带上门就离开了。

接下来的一个多小时，贺竞南一直在看邮件，可半个字都没看下去。现在一点工作效率都没有，他关上电脑离开。

路过洗手间那边，何飞正在给花瓶换水，台子上还有一朵刚买的玫瑰，包装纸还在。何飞换好水，把玫瑰包装纸拆了，将花插进花瓶。

贺竞南若有所思几秒，正要抬步离开，何飞刚好抱着花瓶转身。看到贺竞南在门口，他吓一跳，向后退了半步，“贺总。”打声招呼。

贺竞南微微颔首，问了句：“给秦书的？”

何飞赶忙解释，“哦，不是不是。这个花瓶是秦书的，我把刚买的玫瑰放她花瓶里养一夜，第二天送女朋友。”又加一句，“早上太早花店不开门。”

贺竞南一愣，原来秦书不是他女朋友。也好像明白了下午他问秦书是不是有男朋友，她迟疑了一瞬，最后只有一个“嗯”字。或许是怕给他带来困扰，她才说自己有了男朋友。

他对何飞“嗯”了声，抬步离开。弄得何飞一头雾水，那个“嗯”几个意思？琢磨来琢磨去，还是不懂。

秦书加班到9点，给韩沛发信息：还没结束？

韩沛正在跟严沉和秋青谈事，原本是要找秋蓝约，结果秋蓝拒绝，说她夹在中间不好做，到时候姐姐跟他谈条件时，她不知道要帮谁。

他还是让严沉帮忙约了秋青。

韩沛看了眼信息，回秦书：快了，结束后我打你电话。

他们这些人都直接惯了，秋青问：“韩总也对制药这块感兴趣？”

韩沛笑，“听说还挺赚钱。”

秋青莞尔，“凑合，不过比韩总所涉的行业还差点。”顿了片刻，迂回道，“我们公司的资金链还行，近期也没有调整架构的打算。”那意思，不需要任何投资。

韩沛没接这个话，转而问：“那秋总对BD有兴趣没？”

秋青微怔，都没料到韩沛的思维如此跳跃。

BD她想了蛮久，跟她们集团某块业务有竞争，她早就想吃下，一直没找到机会。这次妹妹秋蓝想了法子，只不过她们集团现在没那么多资金投，就找了韩沛一起。

韩沛占大头，她们占小股。

看来韩沛是想拿持有的BD的股份，跟她换制药公司的股份。他知道别人缺什么，然后拿别人求之不得的，换他自己看中的，别人都没有讨价还价的余地。

都是明白人，很多话就不用点破，秋青便开门见山：“韩总想要制药公司多少股份？”

韩沛抿了口红酒，“制药厂我无所谓，我想要的是你们制药公司研发中心的绝对控股权。”她们研发中心是独立的。

秋青盯着他看了数秒，他的强势和自信，她算是见识到了。

她笑了笑：“那就看韩总能拿出BD公司多大的诚意。”

他要是拿持有BD的全部股份跟她换研发中心的股份，也不是没可能。加上秋蓝持有的股份，以后BD就是她们集团控股。

韩沛又要了半杯红酒，跟她碰杯，“期待合作愉快。”

秋青笑笑，也举起酒杯，把杯底的红酒一饮而尽。

又聊了一会儿，散场。

严沉收起手机，“妥了？”

秋青道：“你捣鼓什么呢？”

严沉笑，“男人的秘密。”

秋青也不好奇，起身说：“马上年底了，太忙，改天有空一起吃饭。”

严沉说：“那就过年吧。”

韩沛道：“时间你们安排，我请客。”

几人下楼。

回去的路上，严沉没忍住问道：“你决定投那个BD公司，就是想用来换秋青手里的研发中心的股份？”

韩沛回：“不然呢？”

他们万禾集团跟BD公司的业务不搭边，他对这个行业也没太多兴趣，一开始秋蓝找他时，他是真没打算投。结果后来看中了制药厂，而秋青家的公司就有环保业务，BD是她们最大的竞争对手，她肯定会对BD感兴趣。他当即就改了主意，同意秋蓝一起投资的决定。

“还是你狠啊，专挑别人的七寸捏。”严沉又好奇道，“你怎么突然就对制药行业感兴趣了？还非要人家研发中心的股份。你还要专门研发什么药不成？”

“嗯，跟眼疾有关的，女朋友视力不好。”

严沉一直盯着他看，惊讶得半晌说不出话。

Chapter 38

上海之行
迎接韩沛的不再是惊喜

韩沛回到小区，秦书已经在楼下等她。

汽车缓缓停下，秦书走到后座拉开门，微微欠身，做了个请的手势，“韩总，辛苦了。”

韩沛笑了，“别来这招，没用，该跑步还得跑。”

秦书“哼”了声，等司机开车离开，韩沛把她揽怀里，“早过来了？”

“也才刚到。”她在他怀里舒个懒腰，“好困啊。”

韩沛亲亲她，“上楼换衣服，跑过步回去早点睡。”

秦书叹口气，由韩沛牵着上楼。

回到家，韩沛到衣帽间换衣服去了，秦书在客厅等着，今天还真累了，不由得打个哈欠。

她在沙发上躺下来，睡着了正好，就不用再去跑步。

没到一刻钟，韩沛下楼，秦书躺在沙发上呼吸均匀，看上去像睡着了。

韩沛弯腰，两手撑在她身侧，蹭蹭她的鼻尖，“琪，醒醒。”

秦书没动，还在睡。

“琪琪。”

房间里还是安静的。

你永远都叫不醒一个装睡的人，一点都不假。

韩沛亲着她，“再不睁眼我就挠你了。”

这招奏效，秦书缓缓睁开眼，有气无力道：“你换好衣服了？”装作很累的样子。

“下午打我的精神头哪去了？”

“我什么时候打你了啊？”

韩沛笑，“失忆了？”

“那叫打？我那是爱你，懂吗？一点浪漫细胞都没有！”她双手揉着他的脸颊。

韩沛没说话，任她玩闹，就这么看着她。

“咋了？”秦书停手，觉得他眼神不一样，有点腻人。

韩沛声音有丝沙哑，“刚才说什么？”

秦书眨了眨眼，“哪句？”

“不是打我，那叫什么？”他还想再听一遍。

“爱你。”她笑着，说得如此自然。其实下午真被他气急了，她才拿身体撞他。

韩沛滚烫的吻落下，她的整个唇都被他含住。这一亲，十多分钟就过去了。

韩沛极力克制住自己，“起来，去跑步。”他说，“就跑三圈。”

秦书黑眼珠骨碌一转，点子马上就来了，双手双脚并用，缠住他，“还想亲。”再亲一会儿，说不定连剩下的三圈都不用跑了。

秦书勾着他的脖子，用力往自己身上一拉，韩沛直接压在她身上。他欲要起来，她没让，双腿缠着他的腰。

“别闹了。”韩沛无奈看着她。

“就闹你。”她亲着他的唇，“我现在要色诱你。”

韩沛词穷。秦书笑了出来，又亲亲他，“冬宵一刻值万金。”

韩沛喉间一紧，盯着她的眼看了片刻，“确定要？”

秦书一愣，他来真格时她就接不住，发怵了。

韩沛双手垫在她后脑，“要的话，我们就做，做完出去跑三圈。”顿了下，问她，“要不要？”

秦书没出息道：“要跑步。”

下楼时，秦书心里憋屈，缠着他不想走，“腿疼，要抱。”

韩沛凌厉的那面慢慢被她磨平，她撒娇，他就照单全收，弯腰将她抱起来。

“我这周末要去上海出差，在那边待两天，跟贺竞南还有几个同事一起。”秦书跟他汇报，就怕他不信。

“嗯，上海最近冷，还有雨雪，你多带件衣服。”

秦书瞅着他，“你信了？就不怕我是找借口躲着跑步？”

韩沛瞥她一眼，“你哪句是真哪句是假，我还分得清。”

秦书开心，在他脸颊亲了几下。

韩沛明天就要出差，去香港，在那边要待几天，他说：“时间允许的话，我去上海找你。”

“好，给我带点好吃的。”

周末晚上，秦书跟同事一行人就到了上海。跟韩沛说的一样，这几天上海蛮冷，阴沉沉的。

贺竞南是从广州飞上海，跟他们差不多时间到酒店。

晚上在餐厅用餐时，他们遇到了。打过招呼，贺竞南在秦书对面坐下。只要不是上班时间，不谈跟工作有关的，贺竞南还算挺好相处，幽默风趣，这是投行部的人给他的评价。一旦进入工作状态，所有人对他又爱又恨。

吃饭时不谈工作，这是贺竞南的规定。

团队里的姑娘小冯问贺竞南：“贺总，您以前真当过老师啊？”她也是听小道消息，秦书是贺竞南学生。

贺竞南点头，下巴朝秦书那边一扬，“她就是我学生。”

小冯看向秦书，开玩笑一样地问了句：“你们班当初是不是有不少小姑娘迷恋我们贺总？”

秦书的手顿了下，笑着说：“可不是，连我们女老师都暗恋呢。”别的就没说。

贺竞南慢条斯理地咀嚼着食物，不时看她一眼。

毕竟是领导，就是私下开玩笑也不敢过头。小冯呵呵笑了声，正好吃得差不多，跟其他几个同事一起离开，只留下贺竞南跟秦书。

说起暗恋不暗恋的，秦书忽然就没了胃口，她搁下筷子，“贺总，您慢用，我回房间再看看明天推介会的资料。”

贺竞南回道：“待会一起上去。”

秦书刚起身，又坐下，以为他有工作上的事情要交代，结果从餐厅到楼上，直到下了电梯，他也没说半句跟工作有关的。

两人的房间在同一层，不同方向。分开前，贺竞南若有所思地看了她一瞬，想说来着，又怕影响接下来的行程安排，最后把话给咽了下去，决定等推介会结束，找个机会跟她说。

回到房间，秦书跟韩沛视频，“你那边还要几天才结束？”她想他来上海看她。

韩沛道：“还要三天。”

秦书算了下，那就是要周三才能忙完，周三她就要回北京了。

“那我们北京见。”

韩沛正在看邮件，偶尔跟她聊几句。

过了一会儿，秦书喊他一声：“韩沛。”

“嗯？”他淡笑着看她，他现在是一分钟都不舍浪费，想抓紧结束行程好去上海那边看她。

秦书轻声说了句：“想你了。”

见到他时嫌烦，因为讨厌跑步，可几天不见，她就特别想念他的怀抱。

韩沛用指腹摩挲着电脑屏幕，她脸的位置，“过几天就能见到了。”

周二那天，上海飘雪了，雨夹雪。小小的雪花落地即化，直到晚上，路边的绿化带才落了一层浅浅的白。

推介会结束后，发行公司请他们吃饭，一家特色饭店，离他们下榻的酒店不远。

这些日子全是忙着推介会，结束后所有人都不想提任何跟工作有关的，便天南海北地胡侃。

美女向来是酒桌上的团宠，就别说是秦书这样自身能力强的美女。席间，客户方的几个高层都挨个敬了秦书一杯，说小姑娘这么小就有这样的能力，让人欣赏钦佩。

其中有个还单身的高层问秦书：“小秦今年才毕业？”

秦书点头，“五月份回校参加毕业典礼。”

桌上开始聊各自的母校，一聊又发现，秦书跟那个单身的高管还是校友，无形中两人的话题就多了。

“小秦有男朋友没？”他直接问道。若秦书是单身，他就追了。

“有。”

"男朋友做什么的？"男人又浅笑着说。桌上的人都看出来他对秦书有意思。

秦书不想过多聊韩沛，说多了他们就会追问，敷衍了句："做点小生意。"

男人笑笑，既然有主了，他就没了别的念头，后来便绕开了话题。

饭局结束才 10 点，他们要找个地方消遣，贺竞南婉拒了，说这几天大家都累得够呛，下次再聚。也没让对方公司送，说正好雪中漫步消消食。

同事小冯挽着秦书手臂，"什么时候把男朋友介绍给我们认识认识？不行，光认识不够，还得请我们吃顿大餐。我们投行的一朵花都被他给拐走了，必须吃大餐。"她笑着，玩笑似的说。

秦书笑，"还在追我呢，成了后请你们吃饭。"等项目结束后再说。

小冯说："行啊。"然后又叮嘱她，"多考验考验他再答应，时间久了才见人品。"正说着，感觉后边有脚步声。

贺竞南跟那边高管寒暄过了，已经跟过来。

"我去找何飞聊聊 AC 那个项目。"她松开秦书，小跑着去追何飞他们。

其他几人都很自觉地走在最前边，把空间留给贺竞南跟秦书。换作别的女下属跟贺竞南走这么近，免不了流言蜚语。可这人是秦书，没人八卦，没人觉得他们之间会有什么。因为秦书是老板的表妹，家世优越，跟贺竞南又认识那么多年。

人的想法有时也挺有意思的。

秦书并无心思欣赏什么雪景，她还要回房间跟韩沛视频，脚步挺快。贺竞南也紧跟着，以为她冷，"冷的话我衣服给你穿。"说着就要脱自己的风衣。

秦书连连摆手，"不用，我不穿别人衣服，谢谢贺总。"

贺竞南作罢，"打个车吧。"他拿出手机。

"前边拐弯就到了，你等到车我们也到酒店了。"说着她清清嗓子，这几天一连说那么多话，嗓子都不舒服了。她抠了粒薄荷润喉糖放嘴里。

贺竞南这几天嗓子也不舒服，"给我一粒。"他伸手。

秦书手里攥着那版薄荷糖，这是韩沛买给她的，谁都不能给。她看了看贺竞南，毫不犹豫地拒绝："不给。"

贺竞南猝不及防，忽而笑了，以为她在使小性子，没放心上。

以前她住院那会儿也不时使小性子，手术时前要求他必须在手术室外等着。

那天他要见个大客户，也就是韩沛。当时他跟韩沛刚合作，为了秦书，他推了那个约，说家里人的手术提前，他得去医院。

没说是他一个学生，不然给人的感觉就是故意爽约。

他本以为跟韩沛的合作没希望了，后来韩沛主动联系他，还关心了下他"家人"的病情。

秦书的手术比较成功。拆纱布那天，她说想让他陪着她一起。

那天秦家所有人都在，就他一个外人。

医生过来时，她非要攥着他的手，"贺老师，我要是看不见怎么办？"

他宽慰她："不会，所有检查指标都良好。"

就连医生拆纱布时，她都没松开他的手，仿佛他是她唯一的浮萍。

后来恢复期间，她没事就给他打电话，让他陪她喝下午茶，逛街。要是他没空拒绝了，下次再见面，她就一直不搭理他。去咖啡馆，她会把他那杯咖啡也端过去，怎么都不给他。

当时她不讲理的样子，就跟她现在的样子如出一辙。

贺竟南侧脸看她，她又抠了一粒润喉糖放嘴里。

路过一家咖啡馆，贺竟南喊住她："等一下，我给你买杯牛奶。"

秦书下意识拒绝："不想喝。"

"一会儿你回去了就想喝了。"他还是了解她的，晚饭几乎不怎么吃，可睡前要喝牛奶。

也不管她的意见，他转身推门。

"那帮我买杯星冰乐，抹茶的，谢谢。"

贺竟南回头看着她，"天这么冷，喝点热饮不行？"

"要喝热的话，那我还不如回去烧白开水喝？"

贺竟南没再多说，转身进了店里。

秦书没进去，站在外头等他。拿出手机找到他的微信号，给他发了个红包。

贺竟南正好在点东西，顺手打开信息，是秦书发来的红包，红包上的留言是："润喉糖。"

贺竟南笑笑，以为她随便发了个小红包给他买润喉糖，他就点开接收。

看到数字金额，他微怔，就是买一杯星冰乐的钱，一分都不差。

她这是要彻底划清界限?

咖啡馆离酒店不远，路上两人有一搭没一搭地聊着，说的也都是跟今天的推介会有关的事情。

后来贺竟南接了个电话，秦书就加快了脚步，一直走在他前面。

到了酒店楼下，贺竟南的通话结束，秦书离他十几米远。

路过花坛边，她伸手，边走边用手指刮着绿植上的雪，一路走一路玩。

贺竟南在她身后看着。

"琪琪。"他喊她一声。

秦书回头，"贺总，有事？"她还是一副客气又淡漠的样子。

贺竟南走上前，没作声，一直盯着她看。

有些话不知道怎么开口，也无从说起。

秦书被盯得不自在，"我先上去了。"

欲要抬步，被贺竟南一把攥着她的手腕，"既然还没答应他，我也有机会是不是？"

她刚才跟小冯说，那个男的还在追她，他听到了。

他不关心那个男的是谁，没在一起就行。

秦书身体一僵，大脑瞬间空白，等缓过神，第一反应就是要挣脱开他。

他攥得紧，她没甩动，“贺竞南，你放手！我有男朋友！”

贺竞南以为她在委屈闹脾气，不仅没放，还把她一把拉进怀里，用力抱着她，覆在她耳边，低声说：“琪琪，这次换我来追你。”

酒店入口，一辆轿车缓缓开进来，结果突然在喷泉边停下。

是韩沛临时喊停的。

司机正纳闷怎么在这就停了下来，无意间瞥了眼车窗外，看到了不远处的秦书。

灯火通明的酒店门口，她正跟一个男人抱在一起，似有争执。

这一瞬，他恍然，难怪韩沛让他在这边停，再往前开，就没法收场了。

韩沛收回视线，眸光幽深，眼底泛着波澜。

几秒后，他吩咐：“掉头回去。”

Chapter 39

煎熬的一晚

秦书情绪激动又崩溃，她最不愿见到的那个场景，还是来了。

以前她无数次幻想过，兴许贺竟南对她也是有一点点喜欢的，只不过碍于他们的年龄，他离婚的经历，所以拒绝了她。等他冷静后，会去找她的。

可这一等，就是四年半。

四年半过去了，他宁愿去相亲都没想过要考虑跟她试试。

这会儿，他竟说要追她？

男女力气悬殊，秦书挣扎无果。他安静地抱着她，用了他全部的力气。

贺竟南早就猜到，有些话一旦说出口，她会有怎样过激的反应。

她踹，她闹，她哭，他都忍着。

可出乎意料，她没跟他歇斯底里地闹。

既没踹也没抓。

两人因为之前的挣扎，贺竟南现在面对着酒店入口。

喷泉边的灯今晚亮得过分，照着那个车牌号。

他一怔，韩沛的车？

汽车没从出口那边走，直接从入口拐了回去。是因为看到了他，免得尴尬？

来不及多想，秦书的声音再次穿过耳膜。

“贺竟南，我都跟你说了，我有男朋友的！你犯病了是不是？！”气急之下，秦书口不择言。

贺竟南：“是的。”

秦书眼睛发红，“滚！”

贺竟南没吱声，手臂上的力度又大了些。

秦书眼泪一下子就掉下来了。她也不再挣扎，越挣扎他就抱得越紧，索性安静下来，连声音都安静理智得可怕：“贺竟南，你这样到底算什么啊？你知道我现在心思不在你身上了，你就这样。”

说着，她哽咽了下，“你就算不喜欢我，你也别这样作践我啊。我对你来说，食之无味弃之可惜是不是？”

她的眼泪顺着两颊哗啦啦流下，汇聚到下巴，然后一滴滴砸在他的衬衫上。

贺竟南也静下来了，只是心里抽着疼，“琪琪，不是这样的，有些事我一句话说不清，改天我好好跟你说。”呼了口气，“我问过何飞，他有女朋友的。”

秦书抬眸，泪眼蒙眬地迎着他的视线：“何飞？谁告诉你何飞是我男朋友？！我男朋友是韩沛！韩沛！韩沛！韩沛！是韩沛！你听到没！我是不想你们之间尴尬我才一直没说，你还不松手！”她几乎是吼了出来。

贺竞南整个身体一僵，手指颤了下，立即松开她，“对不起，我真的不知道。”

看她泪流满面，贺竞南想伸手给她擦擦眼泪，手抬起来，最终又落下。

无处安放的手，最终插到风衣口袋。

想到刚才韩沛的汽车驶离，这辈子，他从没有像这一刻这么糟心狼狈过。

雪混着雨水打到身上，两人的头发都湿漉漉的。

两人之间，安静得只有风刮过的声音。

“快五年了，这么久你到哪儿去了啊？我等了你快五年，你都没来找我，现在我好不容易把你放下了，你忽然又想起来要谈场恋爱。”秦书擦擦眼泪，深呼吸平复着心情。

她看向他，“贺竞南，你知不知道，这个世上根本就没有谁会在原地一直等着谁。那些能破镜重圆的，能久别重逢的，只不过他们运气好，还能有缘分在下一个路口遇见。而我跟你，没那个缘分了。”

说完，她转身就走。

贺竞南眼底情绪翻腾，最终一个字也没说。

现在不管他解释什么，理由都成了借口。

望着她的背影，他许久都没回过神。

贺竞南在酒店门口站了差不多有一刻钟，一直盯着喷泉池看，喷泉没开，只有安静的一池水。

雪花大片掉落，泛不起丝毫波澜。

心里的烦闷还是无处释放，他拿出手机给严沉打了电话过去，“还在上海吧？”

严沉前几天也在这边出差，回没回北京他也不知道。

“在呢，还要待一段时间。”严沉问他，“你那边结束了？”

贺竞南“嗯”了声，“出来喝一杯？”

严沉一愣，笑着说：“行啊，你什么时候不自律了？”

贺竞南给他的印象除了工作就是工作，连应酬都不上心，现在竟主动要去喝酒？要说是这次推介会比较成功，那也没道理，他什么大项目没做过？

“遇到什么事了？”严沉问道，然后唯一能猜到的就是，“是不是尹一乔？”

电话里有片刻的静默，而后，贺竞南幽幽地说：“琪琪跟韩沛在一起了。”

严沉正吃夜宵，差点被噎死。

原来韩沛那晚说视力不好的女朋友，是秦书。

严沉都还没消化这个消息，贺竞南又道：“刚才我抱着琪琪，韩沛看见了。”

严沉：“……”

酒吧里，贺竞南已经喝了两杯红酒。他酒量还可以，就是早些年因为一直要应酬，胃被喝伤了，现在除了必要的大场合，他极少碰酒。

严沉意兴阑珊地抿着红酒，不时看一下贺竞南。这种事，他一个大男人也不知道要怎么安慰。

还真够狗血的。

"你刚知道韩沛是琪琪的男朋友？"严沉问他。

贺竞南微微颔首，神色落寞地望着酒吧舞池那边。

严沉也叹一口气，"我早让你对她好点儿，你总是有顾忌。"

贺竞南看着杯子里的酒，许久，"怎么个对她好？"他低沉一句，"当时她那么小。"

秦书天生聪颖，尤其擅长数学，小学到高中跳了几级。

他教她们班后才知道，秦书比同班同学小三岁，是她们班年龄最小的。

未经世事，人生单纯得就像一张白纸。

而他，30 岁，离异，还是她的老师。

两人家境的悬殊，更是一个天，一个地。

他要怎么对她好？拿什么对她好？

"她当时不是毕业了么？也开始上班。她心智也比一般人都成熟。"

贺竞南晃着杯子里的酒，没接话。

经历过一次失败的婚姻，他怕自己做不好。

她家境优越，从小被那么多人捧在手心里疼。还不等她经受挫折，家里人早就把不好的那面给她挡掉。

她就是个活在城堡里的公主，集万千宠爱于一身，未经历过疾苦，以为世间的一切都是美的。

除了从小被眼疾折磨，这一路走来，她付出后收获的全是鲜花和掌声。

她什么都不缺。亲情、友情、物质、荣誉，她全有，甚至比大多女孩都多。

然后，爱情成了她唯一的信仰。

可他早过了肆意的年纪，变得现实。

当时他正处在事业上升期，没那么多时间给她，更不会为了一时的爱情就放弃自己的事业。

就算当时他答应了她，等爱情保鲜期一过，他们拿什么继续？

她还小，什么都没经历过，未来还有那么长的路要走。

如果有天遇到跟她年纪相仿的男生，彼此谈得来……他怕她有天会后悔。

快五年过去，他们彼此都经历了许多，他事业稳定了，有了从前没有的那份包容和耐性，而她也成熟了。

再次遇见时，他不确定她对他的感情还在不在，就算在，又有几分。

他不是没犹豫挣扎过，只不过他及时扼杀了自己内心的那点想法，不舍得去打扰她好不容易平静下来的生活。

这段日子相处下来，他总不自觉地被她吸引。

工作之余她的傲慢不讲理，投入工作时她的认真不知疲倦，加上过去的那些痕迹不时提醒他：她始终是在意他的。

只是等一切都合适，早已时过境迁。

她或许始终是在意他的，只不过这个“在意”，是“过去的秦书”在意“过去的贺竞南”，跟现在无关了。

而他，选择了错误的时间去找她。

沉默了一会儿，贺竞南看向严沉，“琪琪不知道韩沛已经看到了我们，我要不要跟琪琪说一声，让她跟韩沛解释一下？”

他现在比较乱，一时拿不定主意，才找来严沉一起喝酒。

严沉摆手，“别别别，感情的事，你一个外人别掺和。”

他给贺竞南分析：“你以为韩沛是给你面子才没下车？他是为琪琪考虑，怕她难为情。他忍着想揍你的冲动回去了，煞费苦心地不想让琪琪难做人。你这么一说，那韩沛的苦心不就白费了？”

贺竞南点点头，又要了一杯酒。

严沉忽然想起：“韩沛大概早知道琪琪以前暗恋的人是你，而且也早跟琪琪在一起了。”

贺竞南狐疑：“怎么说？”

严沉回忆起那次吃饭，“当时我开玩笑，说琪琪该喊我们叔叔，结果韩沛冷淡地来了句，别扯上我。后来我跟琪琪聊天，韩沛看我的眼神……”

他又好好回想了那天在饭店大厅遇到的画面，“那天琪琪也说了，她跟韩沛认识，可明显当时韩沛的举动是想跟琪琪握手，装作第一次见面。”

韩沛要伸手的那个细节严沉注意到了，只不过他当时没多想。

贺竞南也开始回想当初四个人吃饭时的情景，严沉这么一说，他当时觉得奇怪的地方，现在全理顺了。

严沉又说起：“那晚在酒吧，韩沛为小女孩弹琴，那个小女孩就是琪琪。因为那天吃过饭，你跟琪琪去喝咖啡了，韩沛整个人都不在状态。我还开玩笑说，是不是被那个钢琴小女孩勾走了魂，他没否认。”

贺竞南用力捏着酒杯，他现在才明白琪琪的那个头像是什么意思。HP 电脑，可不就是韩沛名字首字母的缩写？

那些多细节，他竟然没注意到。

贺竞南又担心：“要是韩沛误会了琪琪怎么办？”

“误会倒不至于吧，不过糟心是肯定的。”他问，“你知道韩沛最怕什么吗？”

贺竞南没那个心思猜，摇摇头。

“韩沛这个人强势又内心强大，他不怕琪琪有喜欢的人，因为他有足够的自信琪琪会爱上他。他最怕的，是他还没让琪琪彻底爱上他，结果你说要回头。”说着，他兀自一笑，感觉自己像个爱情专家。

严沉接着道：“你这一回头不要紧，琪琪以前是单向暗恋，现在成了你跟琪琪彼此都有情，这就搞得韩沛像个外人一样，特别尴尬。”

他拿酒杯跟贺竞南轻碰，抿了几口，“你跟琪琪其他的追求者不同，你是琪琪喜欢了那么多年的人，而韩沛又知道。现在你一这样，那种感觉就很微妙。也就是韩沛，换我我早炸毛了。”

贺竞南侧脸一直看着严沉，最后只喝酒，什么都没说。

酒吧喧嚣，唯独这边静得都能听到自己心底的声音。

马后炮的话严沉就没多说，他问道：“接下来有什么打算？我是说你跟韩沛，你们之间还有这么多合作，现在就敏感了。”

贺竞南把杯底的红酒一口闷了，“这个不影响，韩沛什么人你还不了解？我也不是公报私仇的人。”

他现在担心的是琪琪，如果早知道是这样的结果，他肯定不会说出来让她陷入两难的境地。

秦书回到房间，一直用冷水拍脸，卸了妆又洗了好几次脸，望着镜中的自己，脸色发白，眼睛有些肿。

她用食指轻轻揉压眼眶，因为眼睛不太好，她几乎不哭。刚才在酒店的楼下，她破例了。

把房间所有灯都关了，秦书坐在沙发上，对着黑黢黢的空间发呆。

两个小时过去，她慢慢冷静下来。

对于一个人来说，暗恋其实并不辛苦，辛苦的是从那段暗恋中走出来。

秦书揉揉太阳穴，这才想起，要跟韩沛视频。又一想，眼睛有点肿，就直接打了电话过去。

手机响起时，韩沛在落地窗边抽烟。

他房间里的灯也没开，拉开落地窗帘，上海最繁华璀璨的地方一览无余，他心不在焉地俯瞰这座城。

夜幕阴沉，还飘着雪。

这座城少了往日的喧嚣。

戒烟挺久了，这段时间比想象中难熬，每次想抽就想办法转移注意力。

终于熬过最难捱的那段时间，今晚又破例了。

手机响了，韩沛瞅了眼屏幕，是琪琪。

看看手里的烟，刚抽了一半，在接电话之前，他还是掐灭。

“忙完了？”他问。

“嗯。”声音柔软。

“你还在忙吗？”她问。

“没，刚回酒店。”

秦书尽量让自己语气显得正常又轻松，“你累不累？”

“有点，还行。”

其实整个人都疲惫不堪，香港的行程，他紧赶慢赶缩短了一天赶到上海。想着晚上陪她一会儿，就回来处理工作。刚才在电脑前坐了一个小时，半个字都没看进去。这种情况少有，这是第二次。

第一次是爷爷手术时，生死未卜。

这一次，竟是为了女人。

情绪来了时，靠理智根本就管不住。

现在不只累，他更需要时间去平复自己，让理智回来。

秦书想挂电话让他早点休息，可又想听他的声音，柔声喊他："韩沛。"

"嗯？"

"你还记不记得你最喜欢的那本书上的一些片段？"

"记得。"他问，"想听？"

"嗯。"

"不过记得不多。"

"没事，一句也行。"

韩沛只说了他现在最想说的那两句。

老人走到门外，男孩跟着他。男孩很困，老人用胳膊搭着他的双肩说："真抱歉。"

"别这么说。"男孩说，"男人该当如此。"

听完，秦书淡淡笑了笑。

他声音沙哑低沉，治愈了她。

只不过她现在还没体会"男人该当如此"的深意。

犹豫了片刻，问他："我明天就回北京了，你还过来吗？你要过来我等你一起回去。"

"不了，我直接回北京。"

秦书有一瞬间的失落，不过又一想，来回转机还麻烦，便说："我中午的航班，那我们明晚见。"

韩沛"嗯"了声，轻触个按钮，窗帘缓缓合上。借着手机的光，他坐到沙发那边，声音透着一丝沙哑，"回北京我去找你，睡吧。"

"嗯，晚安。"

"晚安。"

挂掉电话，手机屏幕慢慢暗下去，房间又瞬间陷入一片黑暗，什么都看不见，秦书长长吁了口气。

韩沛那边的房间也是，黑暗里，只有一个模糊的身影轮廓，一点猩红，还有似有若无的白色烟雾。

他刚刚又点了支烟，深吸一口，烟雾全闷在嘴里，一点点从鼻孔喷出。

Chapter 40

愿望就是
现在想看到你

忽然手机振动了几下，韩沛以为是琪琪发来的信息，没想到是韩涔，给他发了几张图片，全是好吃的。

韩涔：我在上海，发现了一家小吃不错。有包装好的，常温能保存三天，我给你带点，你送秦书？

韩沛拨了电话过去，“什么时候来的上海？”

韩涔还在吃东西，细细品了他那句话，“你也在？”

韩沛嗯了一声。

韩涔惊讶了下，“上午你不是还在香港？”

“到这边处理点事。”

生意上的事情韩涔不感兴趣，问他：“你住哪儿？我去找你。”

又问他：“刚才那个好吃的，你要多少？”

韩沛没答，让韩涔把地址发给他，“我过去接你。”

他起身穿上风衣，没麻烦司机，拿了把备用钥匙出门。

韩沛对上海不陌生，因为一年要来好多趟。可也不熟悉，每次来都是商务出差，没时间逛街。韩涔说的那个地方，他找不到。后来开了导航，七拐八拐，一个多小时才找到韩涔。那家店店面不大，深夜了，还有不少客人。

韩涔喝着咖啡，正瞅着窗外发呆，韩沛在她对面坐下来她都没察觉。

“看什么呢？”韩沛出声。

韩涔吓一跳，“这么快就到了啊？”

“马上都天亮了，还快。”

韩涔撇撇嘴，把自己盘子里的点心推给他，“尝尝，可好吃了，不知道秦书喜欢什么口味。”

韩沛尝了一口，没吱声。

韩涔神经大条，没发觉韩沛哪里异常。她忽地看向韩沛：“欸，哥，你也不问问，我怎么就到上海来了？”

韩沛瞥她一眼，“祭奠你所谓的，跟方慕和的爱情？”

这话，韩涔还不知道说过多少回了，他都能一字不差地说出来了。

韩涔表情严肃，“我这回是动真格的了。”

“你哪次都这么说。”

“哥！”韩涔气急败坏地剜了他一眼。

韩沛咽下嘴里的甜点，味道一般。

韩涔叹口气，“这次我真的不再去找他了，回北京我要正儿八经地找地方实习。”然后看着韩沛，“你跟不少律所都熟悉，帮我介绍个老师，我跟着做事。”

韩沛抬眸，“你别去祸害人了，谁要个连司法考试都没过的助手？”

韩涔倍受打击，努努嘴，却无力反驳。过了会儿，韩涔小声道：“哥，这次实习，我是认真的。”说着，举起三根手指，“哥，我跟你保证……”

还没开始说，韩沛做了个打住的眼神，“喝你的咖啡。”这种保证，他几乎过段时间就要听一遍，说完她就忘到脑后，下次他再问，她就装失忆。他不想再听这种毫无意义的保证，不听还不来气。

韩涔也没生气，从没有过的认真语气，说：“哥，这回是真的，我保证两年内把司法考试过了。我去实习也是认真的，我虽然没什么特长，但我能吃苦。”

韩沛若有所思地望着她，她除了能吃，还真没其他特长了。他最大的失败，就是把韩涔给呵护得太好。什么都不缺，也不舍得她受委屈，成天活在童话王国里。方慕和明明在男女感情上差劲得不行，她却着了魔一样，这几年，非方慕和不可。韩沛问她：“方慕和跟你说了什么？”

“也没说什么。那天跟他聊了挺多，觉得他所有的话都有道理。他说，我们永远都没法感动一个不爱自己的人。”

韩涔无意中的一句话，对韩沛来说，无疑是一种刺激。他看了眼手表，问韩涔：“还吃不吃了？”

韩涔摇头，“早吃饱了，就等你过来给你尝尝的。”

韩沛起身，“那走吧。”

韩涔拿上包，小跑着追他，“哥，你不给秦书买点儿？我在北京还没吃过这样的小点心。”

韩沛岔开话题：“你真要去实习？”

韩涔连连点头，“要是去玩的，我敢让你介绍？”

韩沛考虑几秒，让她等电话。

韩涔兴奋地摇着他的手臂，“哥，你真是个好人，好人有好报的。”说着，她自己都笑。然后嗅嗅鼻子，“哥，你抽烟了？”靠近了她才闻到他身上有淡淡的烟草味，“你不是戒了么？”

“刚才犯困抽了支。”说着到了汽车前。拉开车门时迟疑一瞬，他把车门关上，转身去了店里。

“哥，你干什么？”韩涔降下车窗喊道。

韩沛头也没回，“买吃的。”他把秦书喜欢的口味全都买了一份。

出差前，秦书说让他带好吃的，他一直都记得。

“哥，你什么时候也变得这么口是心非？”韩沛到了车上，韩涔揶揄他。

韩沛扫她一眼，“我自己吃。”

韩涔“呵呵”两声，自然不信。

深夜，这座城已经安静下来。雪还在飘着，车玻璃上一串串水珠流下，模糊了视线。车里的兄妹俩各怀心事。

韩涔盯着窗外看累了，回头问韩沛：“哥，你知道方慕和喜欢的女人是谁吗？”

韩沛正认真开车，抽空看她一眼，“他女人多，不知道。”

韩涔不满，“你怎么这样，不喜欢他你也不能这样诋毁他呀！”

韩沛懒得解释，专心看着前方的路。过了会儿，“涔涔，你喜欢方慕和什么？”韩沛问道。

韩涔定定看着韩沛，“哥，你这是？”她一时摸不清韩沛要做什么，他这么严肃地跟她探讨爱情这件事，着实诡异。

“没什么，关心关心你。”

韩涔有点不适，“哥，你还是骂我，我比较习惯。”

韩沛：“……”

车厢里恢复安静，韩涔盯着前面的挡风玻璃怔神半晌，侧过脸，“我可能喜欢他不喜欢我这一点。”

韩涔双腿蜷缩，两脚搁在座椅上，半蹲在副驾驶上，满脸惆怅。

“坐好了！把安全带系上！”韩沛发现她这副坐姿后，呵斥她。

“没事，这是市区。”韩涔翻个白眼。

“把安全带系上，再不听话到后面坐去！”

“我就不听！”韩涔来劲了。

韩沛懒得多费口舌，看了眼倒车镜，一把方向盘打过去，汽车靠边停下，“再不坐好，到后座去！”

刚才在店门口，他就让她坐到后面，是她赖在副驾驶不走。

“你这人怎么这么古板，这么没意思呢！”韩涔气哼哼地把脚拿下来，坐正，又剜他一眼，“我都奇怪你这强势的臭脾气，秦书怎么受得了！换我我早就跟你分手 800 回了！”

还不解气，韩涔继续指责，把在方慕和那里受到的挫折一股脑儿地全撒气撒在韩沛身上。等她说累了，已经是 20 分钟后。

韩沛瞥她一眼，“心里舒坦了？”

韩涔一怔，没吱声。

韩沛微微叹口气，伸手摸摸她的头，“发泄出来就好了。”

韩涔眼眶一红，眼泪差点掉下来，她吸吸鼻子，把眼泪给逼回去，“对不起，哥。”

“没什么。”韩沛的手指不由紧了紧方向盘。

韩涔心情糟糕时，还能朝他发泄不满，秦书呢？半夜，这边也没有她的熟人，就是有，她也找不到谁倾诉这样的事。

“哥？”

“嗯？”

韩涔察觉韩沛情绪不对，以为韩沛是担心她才这样，“我没事了，真的。”

“嗯。”韩沛转移话题，问她有没有中意的律所。

“没有，你看着安排吧。”

把韩涔送到酒店，韩沛没打算上去，把她送到电梯口，叮嘱她：“早点休息，明天跟我一起回北京。”

韩涔点头，问他：“这么晚了你还要出去？”

韩沛“嗯”了声，没多解释。

他刚转身时，韩涔拉住他，“哥，你是不是要去找秦书？”

韩沛顿了下，不置可否，好奇道：“你知道秦书在上海？”

韩涔摇头，“我怎么知道她的行程？不过大半夜的，你又买了好吃的，除非你有别的女人。”

“别瞎想。”韩沛下巴微扬，示意她电梯到了。

韩涔没理会电梯，还是紧抓着他，“你们是不是闹小别扭了？”

“没。”

韩涔不信，“我知道我情商不咋地，可也没到无药可救的地步，你从香港赶到上海，来了也不找秦书？”

她神经大条不假，不过好歹也是跟他在一起生活了那么多年，自家哥哥的情绪，她还是了解一二的。

他高不高兴，是不是敷衍，她有时能看得出一点。

韩沛不想说太多，“上去吧。”

韩涔知道就算问了哥哥也不会说，只劝他：“女孩儿都要哄的，你一哄，就什么都好了。”

今晚韩涔的感慨特别多：“你们男人觉得闹个别扭没事，有时还会故意冷落我们，觉得得让我们长记性。可你们肯定不知道，有时你们男人无意间的一句话，就会让我们患得患失半夜，搞不好还会失眠。”

说着叹了口气。电梯来了，她跟韩沛挥挥手，“好运。”

韩沛已经坐上了车，刚要发动，又拔下车钥匙下去。

到楼上冲了澡，把那件有烟味的衬衫换下。

洗过澡，又喝了杯冷咖啡。

想到韩涔实习的事情，他给严沉留言：帮涔涔找个老师，年后她去实习。要涔涔不熟悉的，女律师。

他以为严沉睡了，哪知严沉秒回：涔涔要实习？

韩沛：嗯。

严沉：你没有认识的，涔涔又不熟悉的？

有，他高中的同桌就是学的法律，是名商务律师，可他不想找。

有了秦书，他就尽量避免跟异性有过多往来，特别还是以前的女同学。

韩沛回严沉：没有，麻烦你上上心了。

严沉：你说这话就见外了。

又问：知名女律师就行？年纪上呢？年长一些？

韩沛：年龄无所谓，性格冷一些的最好，不然涔涔那脾气，性格温和的她也不怕。

严沉：有数了。我朋友律所正好有个漂亮的女律师，就是那种冷美人，不过年轻，跟我们差不多大。耐心可能没有年长的律师多，不过严厉，敢管人。

韩沛：这样最好。

严沉：行，这事包我身上了。

收起手机，韩沛把杯子里的冷咖啡全喝下。

窗外的雨雪比之前大了不少，雪花乱舞，有点像北方的雪。

从在酒店门口见到秦书跟贺竞南，到现在已经过去四个小时，他的理智一点点回来，前前后后捋了一遍，微微叹口气。

男人该当如此。

不管事业上还是爱情里。

带上从香港给秦书买的礼物，他拿着车钥匙下楼。

他住的酒店离秦书住的酒店不远，开车只要 15 分钟。

秦书正躺在床上，盯着漆黑的天花板发怔。头疼欲裂，就是没困意。好几次想给韩沛发条信息，后来又忍住了。

忽的，手机屏亮了，韩沛发来的：琪，睡了没？

秦书：没。

韩沛看到那个没字，心里一紧。

秦书又问：你还没忙完？

韩沛答非所问：睡不着就许个愿。

秦书累了，也开不出玩笑，心道，许了也没用，都是骗小孩的。

可还是顺着他的话：愿望就是现在想看到你。

发送出去后，眼泪刷一下掉下来。她侧躺着，右眼的眼泪滑过鼻梁，串串落入左眼，然后顺着眼角滴在枕头上。

以前暗恋失败，她难过时也不会觉得委屈。

那时什么都是一个人扛，偶尔会跟卜一说两句，可他心粗又不会安慰人，有时还会揶揄她，她反倒没有情绪去悲春伤秋。

今晚不同，自从有了韩沛，她不仅会撒娇，也越发矫情，一点小事都会觉得万分委屈，想去找他。

她从没有像现在这样想念一个人，可他偏偏离她那么远。

两分钟后，韩沛给她发来语音：“开门。”

Chapter 41

哄她睡觉

秦书傻了两秒，打开灯，掀起被子就爬下床。

走到门口又驻足。

她看了眼镜子，双眼还发肿，把其他灯都关了，只留门口玄关处的一盏壁灯。

光线昏黄，如果不仔细盯着她的脸看，应该看不出她哭过。

这才去开门。

过道的灯光亮，房间里昏暗，韩沛的眼睛都还没适应过来，就被秦书一把拽进屋里，砰的一声，门被关上。

毫无防备地，韩沛就被秦书推在门上。

“琪琪，你做什么！”韩沛无奈一笑，手里还拎着吃的和给她的礼物，腾不开手抱她了。

秦书勾着他的脖子，一边把他朝自己拉一边踮脚去亲他，咬着他的唇，含糊不清道：“欺负你。”

她只能以这样的方式来表达那种几近蚀骨的想念。

忽然，韩沛“嘶”了声，倒吸口凉气，“轻点咬。”

她不会舌吻，把他舌尖差点咬破。

“你不想我？”她问，呼吸不稳，继续亲着他。

“你说呢？”

秦书顾不上说话。

偌大漆黑的房间，只有彼此纠缠的呼吸声。

韩沛把手里的东西放在玄关的柜子上。她只留一盏灯就是不想他看到她哭过，他索性把那盏壁灯也关了。

屋里瞬间黑得不见五指，韩沛把她往后推推，弯腰将她抱起，一个转身，两人换了位置。

激烈地亲了一会儿，两人的眼睛都适应了黑暗，能看到彼此的轮廓。

秦书摸着他的脸颊，“累不累？”他之前跟她说过他的工作安排，今晚应该还在香港，他却已经到了这里。

韩沛还是那句：“还行。”

秦书想到几个小时前跟他的那通电话，“打电话时你在哪？”

“机场，马上就登机。”他胡编道。

秦书用自己的鼻尖蹭蹭他的，“韩沛。”

“嗯？”

“以后我们别吵架行不行？冷战也不行。”

“好。”

隔了几秒，秦书也觉得夫妻不吵架几乎不现实，说：“只能我跟你吵，你不许说话，就负责抱着我就行。”

“……”韩沛笑了笑，“行。”

秦书在他身上不想下来，“再抱我一会儿？”

“领导不让放，我敢不抱？”

“这还差不多。”秦书把脸埋在他的脖子里，嗅着他身上熟悉的味道，“你洗过澡了？”她闻到了清淡的沐浴露味道。

“嗯，坐飞机累了，冲了个澡才过来。”

秦书深信不疑，在他脖子里蹭了蹭。

“这么晚都不睡，心情不好？”韩沛装作不知，问她，“推介会遇到问题了？”

秦书摇头，“推介会挺好的，我这次能拿不少奖金，到时请你去玩。我们春节时找个地方去旅游好不好？”

韩沛点头，“你选地方，我跟着你去。”

秦书笑，“做我的小跟班？”

韩沛“嗯”了声，亲亲她的耳朵，“现在心情好点没？”

“好了，你一来我就彻底好了。”

隔了有一瞬，她故作轻松的语气说：“哦，对了，我们吃饭时，客户公司的一个领导要给我介绍男朋友，我说有了。后来同事都好奇我男朋友是谁，我就说了。”顿了下，“贺竞南也知道了。”

说完，她屏住呼吸。

在韩沛面前撒谎实在不是一个明智的选择，可她又不想让他们再见面时尴尬。她不想韩沛心情不好，从而影响了合作。

只有撒谎这条路可走。

就算她趴在他怀里，看不见他的表情，韩沛还是配合的表演，用有丝吃惊的口吻问道：“贺竞南知道了？”

“嗯，都说开了。”她说，“以后我跟他就只是上下级关系。等我手上的两个项目结束，我就回公司帮我爸，给我爸打工。”

韩沛用力抱抱她，“决定了？”

“本来我到海纳就是实习，也没打算长期在那里干。其实过去实习，我爸都不想我去，说太费眼睛了。”

韩沛问她：“要不要去我那？”

秦书微怔，随即笑了，“天天见，你不烦我啊？”

“不是做我秘书。我看上一个公司，那个行业对你的健康和眼睛都有好处。等收购了，你就帮我过去管理着，没事还可以去研发中心转转。”

秦书好奇，“什么企业？”

“先不说，送你的毕业礼物。”

秦书一时感动到词穷，只有用力去亲他。

韩沛被她弄得浑身是火，适时结束这个吻，问她：“饿不饿？我给你带了吃的。”

“什么？”

“甜品，还不错，韩涔给我推荐的。”

要吃东西就得开灯，秦书想了想，“不吃了，刚刷过牙，明早吃。”

她抵着他的额头，“今晚陪我？”

“哄你睡着了我就走。”又跟她说在哪家酒店开了房间。

秦书捏着他的下巴，“那边还有女人等你去哄？”

韩沛笑，“又吃哪门子醋？”抱着她靠着墙边摸黑朝卧室走，跟她解释，“你来出差才几天，我立马就追过来，被你同事看到怎么说？别让自己成为别人饭后茶余的谈资。”

其实他是不想跟贺竞南碰面。他无所谓，贺竞南该会尴尬。

秦书抱着他的脖子，“那你什么时候回去？”

“把你哄睡再回。”

秦书故意道：“我可能天亮都不一定睡着。”

韩沛瞥她一眼，“话别说那么早，我有办法让你很快睡着，还能睡得香。”

秦书没深想，因为没经验，就不会想到那一层，她说：“除了安眠药，大概没什么好法子了。”

韩沛没接话。

到了卧室，韩沛把她放在床上。

秦书两脚勾着他的腰，没放，“怎么哄？这里也没钢琴给你弹。”

“用嘴哄。”

秦书以为他要说情话呢。

“松开，我把外衣脱了。”韩沛示意她把脚拿下。

秦书很听话地照做。

韩沛开始脱衣服，秦书自己朝床里面移了移，给他留下躺着的位置。

没带睡衣过来，韩沛就直接穿了衬衫上床。

秦书枕着他的手臂，把他衬衫纽扣给解下几粒，还用手摸摸他的胸前。

“你来劲了？”韩沛在她唇上轻轻咬了下，让她停手，秦书就不听。

一边摸着，一边问：“你给我带礼物了？”

“嗯，小礼物。”

秦书现在就想知道是什么，“那我去拆。”刚要起身，被韩沛拽回去，“不用去，我告诉你。”

"是什么？"

"一个颈圈项链。"

秦书笑，"以为你这样古板的男人，看不得我戴那种颈圈。"

韩沛亲着她，抽空回她："是看不得，感觉勒在脖子上难受。"

秦书反问："那你还买？"

他亲着她的脖子，酥酥麻麻的，她不由抓紧他衬衫，还"嗯"了声。

韩沛翻身到她身上，"你不是喜欢？"低头堵住她的嘴。

秦书一直天真地以为，他用嘴哄她，是说情话，要不然就是唱歌给她听，哪知道他是把她上上下下吃了一遍。

就差最后一步，其他该有的前戏一样不少，两人就跟真做了一遍差不多。

秦书也没想到，原来被抛至云端是这样一种极致体验，蚀骨。

看来真需要跑步锻炼了，明明不需要她动，就只需把两腿架在他肩膀上，过了十几分钟，也累得不行。

"韩沛？"

过了几秒，他抬头，"嗯？"而后继续亲。

秦书实在受不了了，来了一句："这床单被套都是我自己带来的，不是酒店的。"

"然后呢？"韩沛沙哑着声音问。

"弄脏了后……"说着她也编不下去了，明天就回去了，反正床单就算不脏回家也得洗。

韩沛抬头，"放心，你床单是干的。"

又故意说了句："我都吃下去了。"

秦书："……"

瞬间面红耳赤，耳根火辣辣的，烫。

后来，秦书紧紧攀在他身上，忍不住发颤，韩沛不断安抚她。

秦书舒坦了，韩沛却备受煎熬。

几分钟后，秦书终于平静下来，韩沛轻拍她的后背，"躺好了，我去冲个澡。"他呼吸略粗。

"我帮你？"她感受到他身体滚烫。

"不用。"他说，"下回的。"

秦书："……"

韩沛起身去了浴室，没过一会儿，拿了一条温毛巾出来，给秦书清理一番，亲亲她的眼睛，"先睡，我马上好。"

浴室里，哗哗的流水声。

秦书躺在床上，怔怔地发呆，脸颊还是烫的。

想着刚才的那一幕幕，韩沛这样的，大概就是女人口中所说的床品好的男人，从头至尾都特别照顾她的感受。

极尽耐心和温柔，跟他的性格完全联系不到一块。

正花痴着，韩沛从浴室出来了。

秦书赶紧眯上眼，也真的累了，全身放松，却不是疲惫不堪。

难怪刚才韩沛说他有法子让她睡得很香，原来是这样。

韩沛掀开被子躺下，把她纳入怀里。

“你洗好了？”秦书睁开眼，迷迷糊糊地说，一副困得要命的样子。

韩沛瞅着她，“还装！”

秦书忍不住，笑了出来，“谁装了啊！”她勾着他的脖子，“我真的困了，累死了。”

“等回北京，必须每晚去跑步，至少三圈，一圈都别想少。”

秦书：“……”

开始在被子里踢他，抓他。

韩沛无奈一笑，任由她闹了好一会儿。后来她实在困了，闹不动了，这才老实。

“韩沛。”

“怎么了？”

“我明天早上醒了想看到你。”

“晚上我们就见面了。”

“不行，明早就想看到你。”她说，“我改签航班，不跟同事一起回，我跟你一起，我们晚上回。你别走了，就在这睡，等他们走了我们再起床，行不行？”

她整个人都贴在他怀里。

韩沛想了想，“嗯。”

摸过手机，给韩涔发了条信息：明天你自己回去吧。

这就是亲哥，可以随时放鸽子。

收起手机，秦书还没睡着，在他怀里动来动去。

“怎么了？”他问。

“你哄我。”

韩沛亲着她的额头，然后是眼睛，鼻尖，又从嘴巴到下巴。

“睡吧。”

“别停呀。”

韩沛还像刚才那样，从额头亲到下巴，每一下都很轻。

亲了好久，秦书才深深入睡。

Chapter 42 参加同学聚会

翌日清早，因生物钟影响，秦书还是早早就醒了。这一夜她睡得安稳，一直都在韩沛怀里。

昨晚到现在，就跟做了一场梦一样，一点都不真实，可身边的男人又提醒她，一切都是真的。

韩沛没醒，她把他的手轻轻拿开，要起来。

“这么早？”韩沛睁眼，声音沙哑朦胧，说不出的性感。

“嗯，你接着睡，我下楼吃个早饭，再跟同事说一声我改签了航班。”秦书找了条浴巾裹在身上，问他，“你想吃什么，我给你带上来。”

“不用，我再睡会儿。”

“嗯，睡吧。”秦书亲了亲他的唇，下床时，差点都没站稳，又赶紧坐在床沿。

“怎么了？”韩沛问。

“没什么，拖鞋穿反了。”秦书撒了个谎。

两腿发酸，她捶捶腿根，这还只是预热，她都快承受不住。

冲过澡穿衣服时，秦书对着镜子看了看，身上都是韩沛留下的痕迹，青的紫的，有深有浅。

全部收拾好，拿上房卡下楼。

贺竞南跟她是一类人，生物钟使然，早就不知道睡懒觉是什么。除非通宵了，白天能多睡一会儿，不然到了 6 点自然就醒了。

她想通了，有些事要跟他说明白。

到楼下时，贺竞南正在餐厅坐着，面前也没餐盘。

他在这里坐了 40 分钟，就是专程等她。

秦书的早餐向来丰盛，半杯果汁，一小碗燕麦粥，几个烤番茄，两片培根和一个烤肠。又拿了点面包片，偶尔胃口好还会吃个煎蛋。

今早胃口一般，不过她还是等着厨师给她做煎蛋。

这个时间点吃早饭的人不多，做煎蛋的地方不排队，贺竞南也想过去要个煎蛋，走了几步又转身去了别的菜品区。

他真要过去了，怕她连煎蛋都不要了。

看她的表情，她是真的开始怨他了。

就算当年他拒绝了她，再见面她还是能客气地喊他一声贺老师。

现在不一样了，她连搭理都不愿意。

酒店的自助早餐特别丰盛，上百种。

贺竞南和秦书拿的早餐差不多，不是刻意，一种习惯。

他的早餐偏英式，当初在伦敦，他陪秦书吃了不知多少次早餐，后来她也喜欢上了吃这些。

这么多年，秦书习惯了这样吃。这些日子韩沛也是给她做这样的早餐，简单又方便，营养还丰富。

等她意识到跟贺竞南拿了差不多的早餐时，她又夹了一小段油条到盘子里。

贺竞南倒了一杯咖啡，这时秦书坐下来了，他直接过去。

秦书想打声招呼的，话到了嘴边却一点都不想说。

就这么沉默。

用不着再绕弯子，贺竞南直接道："你不必烦恼，爱情对我来说，永远排在事业后。真要爱情第一，也许，我当年就不会离婚。"

秦书看着落地窗外的花园，眼前一片模糊。

贺竞南接着说："一些大道理不用我说你也懂，不管什么事你面对了就会发现，远比你想得要简单，所以你不用躲我，我也不会刻意躲着你。"

他示意她，"先吃东西，一会儿凉了。"

秦书收回视线，低头叉了一块培根，心不在焉地吃起来。

贺竞南喝了口咖啡，继续道："关于工作上，还有跟韩沛合作的项目，你就更不用担心，我还能做得到公私分明。"

想说的基本都说完，贺竞南开始吃东西。

用餐期间谁都没有说话，偶尔有同事也下楼用餐，他们都坐在其他区域，离他们这边远。

秦书食不知味地把餐盘里大多数食物都吃了，再喝下半杯果汁，很撑，看着那根油条，当时脑抽了才拿这个。

可从小就被爷爷教育不许浪费食物，硬着头皮也得给吃下去。

秦书不爱吃油条，贺竞南知道。

瞅了她两眼，"不吃你还拿？你想用一根油条证明什么？证明你现在已经不爱吃英式早餐？还是觉得我会误会你什么？"

秦书扫他一眼，耷拉着脸，没吱声。

"你幼不幼稚？习惯的养成最开始可能会受到某个人或是某些人的影响，可时间久了，它就是你的一个习惯，跟任何人无关，没必要非逼着自己怎样怎样。"

他还说："韩沛也吃这样的早餐，很多人都是。"

秦书不愿承认自己这种幼稚可笑的做法，"你想多了，我就是想吃油条。"

贺竞南的语气缓和下来，浅笑着说："幸亏你姓秦，我姓贺，要是我也姓秦，你现在是不是都打算改姓，然后最好跟我半点联系都没有？"

秦书："……"

贺竞南指指她的油条，“吃不下，就给我。”

秦书摇头，“我想吃。”

自己拿的油条，撑死也要吃下去。

刚才贺竞南要帮她吃那根油条，没有别的意思。

她到现在还记得，大学时贺竞南选了班上几个优秀的学生去他的团队实习做项目。那个项目是中型企业的并购，但有个工厂在国外。贺竞南说难得他那段时间不忙，就带着她们几人出国。

在国外，他们也住的五星酒店，自助早餐想不到的丰盛。有个同学生怕一盘子不够，拿了两盘。

贺竞南本来端着空盘子去拿早餐，后来不知道怎么又放下了，然后坐下来一直在看手机。

有同学问：“贺老师，你不吃吗？”

“你们先吃，我有个重要邮件要回。”

那个拿两盘子早餐的同学太高估自己的胃口，最后只吃了一盘。再看看周围用餐的人，每人盘子里都是小小精致的一份，很少有人会把整个盘子盛满，也不会把那么多吃的都摞一块儿。

实在吃不下去，那一盘怎么办？身边可都是同学，还有老师，多丢人啊，就跟八百年没见过吃的一样。

秦书也吃得差不多，一点帮不上忙。

这时贺竞南收起手机，看了眼桌上的餐盘，再看看那个同学，“这是帮我拿的早餐？”还不等那同学说话，他抢先道谢，然后把那盘吃的拿到自己跟前。

就是那样一个小小的、体贴又温馨的举动，秦书一直记着。那个同学估计这辈子都不会忘。

后来，她跟那个吃货同学成了闺蜜。

她就是颜彦。

直到现在，颜彦每次提及曾经的五星级自助餐，都会感激贺竞南。

而这样的小事对于贺竞南来说，不足挂心，早就忘了。那只是他最本能的反应，永远照顾别人的感受。

她对贺竞南的喜欢就是由一件又一件微不足道的小事促成的。她欣赏他的坦荡，他的自律，他的谦和，他的严谨，还有他认真工作时的样子。

当然，他也有很多缺点。

只是自她表白被拒后，她就慢慢忘了他所拥有的自己曾经欣赏的那些特质，只记得他拒绝了她。

时间久了，这种喜欢都快成了怨念。

怨他怎么就突然对她那么狠心了，怨他怎么那么铁石心肠。

然而今天再看，他还是以前那个他，甚至比前些年更优秀、更稳重。

只不过，她的心境变了。

她爱上了韩沛。

秦书抬眸，盯着他看。

贺竞南顿了下，“怎么了？”

秦书挣扎了下，还是说道：“贺老师，对不起，我昨天情绪有点激动，说话偏激了。”

昨晚她说他有病，他在作践她。

现在再想，如果贺竞南知道她跟韩沛在一起了，肯定就不会再跟她表露心声，他那么骄傲的一个人。

贺竞南笑笑，“没事，说开了就好。”

她又喊他贺老师了，这是一个无法跨越的横沟。

这样也挺好，时刻提醒着他，她现在只是他的学生。

仅此而已。

秦书又说：“等我手上的AC和BD项目结束，我就要回我家公司工作，实习这段时间还是要麻您了。”

贺竞南一怔，没想到她会做出这样的决定。不过一切又是合理的，她不会让韩沛一直委屈自己。她离开海纳，对他，对韩沛都好。

他笑笑，“挺好。这两个项目结束后，你的经验也足以应对工作中的任何状况。”

过了片刻，秦书说：“我就不跟你们一起回了。我妈妈今天要到上海，我跟她见一面再回去。”

贺竞南知道，秦书妈妈几乎就是空中飞人，一年能在家的时间不多。

“行，不着急，你明天回也行。”

“谢谢。”秦书开始吃油条。

实在吃不下，一会儿打包给韩沛吃……

秦书回到房间，韩沛已经洗过澡，正在沙发上看手机。

“怎么起来了？”秦书关上门，问道。

“睡不着。”他看了眼她手里的打包袋，“你拿油条做什么？”

秦书坐他腿上，“吃不完了，不能浪费。”把油条塞他嘴里，“帮我吃掉。”

她趴在他怀里，“我们白天做什么？”

“睡觉。”

“你不是说睡不着？”

韩沛把嘴里的油条咽下，“你在床上就睡得着。”

秦书抬头，笑，“那我还是安眠药了？”

她手沿着他的小腹向下，“来，睡觉。”

“别瞎摸。”韩沛把她的手拉过去，“一会儿有你哭的。”

后来两人也没去逛街。昨夜没睡好，白天补下睡眠。

韩沛被她折腾得够呛，她不时就要撩拨他。

“琪琪！”韩沛想要制止她，她早把他浴袍解开了。

“又嘚瑟了？”韩沛暗呼口气，被她亲得浑身都是火。

秦书笑，“不喜欢？”

等她把他撩得受不住，她却裹了被子说要睡觉。

韩沛把她拉至身下，“不收拾你，你就不知道自己姓什么了？”

秦书搂着他的脖子，“韩沛，我腿疼，哪哪都疼。”

韩沛叹口气，不忍收拾她，“睡觉。”

回到北京已经晚上 10 点多。

汽车行驶至三环，离他们两人的公寓都不远。

韩沛问她：“送你回去？”

秦书一直盯着他看，司机在前头，有些话她不好直说，拿出手机打字：你这话感觉还有另一层深意。

她想去他那里，不过觉得韩沛应该不太愿意，今天在酒店她差点磨死他。

可她想抱着他睡。

韩沛笑，“你哪只眼看到有深意？”

秦书继续打字：正常的不是直接送我回家吗？还用问？

韩沛看了眼前排司机，拿过她的手机打字，把刚才那句话的标点符号改了下：送你回去！

秦书语塞，瞪他一眼。

秦书把手机塞进包里，正好看到化妆包。她拿出口红在右手食指划了几道，伸到韩沛眼前，“你看，手指流血了。”

韩沛捏着她的手指，知道她用口红画的，顺着她的话问：“嗯，然后？”

秦书小声说：“开不了指纹锁，我就这个手指录了指纹，其他手指都没录。”

韩沛笑，用自己的手机打字：先说好，去可以，你给我老老实实睡觉。再胡闹我就直接把你扔床下去。

秦书伸了三根手指作保证。

结果到家洗过澡上了床后，秦书就没那么听话了。

为了陪她，韩沛倚在床头看邮件，秦书整个人都趴在他身上，一粒粒解开他的衬衫纽扣。

“秦书！”他直呼她的大名警告她。

秦书才不管，埋在他胸前轻轻地咬着，亲着。

韩沛暗暗深呼口气，他就知道她的话不该当真。

“琪琪，别闹！”

他不是不想要，只是这几天她心情起伏大，他不想在这个时候。

秦书越发来劲了。

她抬头，媚眼如丝，“我今晚真要欺负你。”

她低头继续亲，沿着胸口向下，时而吮吸，时而轻咬。

这一晚，韩沛被她摧残得不行。

后来他自己都没忍住笑了。

“琪琪。”

“啊？”

“今晚你记好了。”

“记着做什么？”

“情人节看我怎么收拾你。”

“……”

上班后，秦书开始忙手上的项目，跟贺竞南只在一次早会上碰过一面。后来贺竞南到纽约出差，她每天也只是通过邮件向他汇报工作。

临近春节，各种忙，没时间去矫情。

两周下来，当初在上海的激动心情也慢慢平复。

贺竞南出差回来已经是 2 月 13 号上午，也是大年农历二十八，她们都已经放假。那天贺竞南给她打电话，说项目书他看完了，还不错，让她趁放假好好休息，过完年就要忙起来了。

通话结束，秦书无聊地躺在沙发上。

公寓很静，颜彦回老家了，要年后正月初六才回。

拿过手机，给韩沛发了条信息：小哥哥～

这段时间两人都忙，每天的见面时间加起来得按秒计算。早上几百秒，有时晚上他有应酬，抽不出时间找她跑步，就视个频，也只有几百秒。

韩沛很快回过来：无聊就来我办公室。

秦书：不去，会影响你工作。

自从有了那层亲密关系，每次见面，她都想黏着他，恨不得 24 小时贴他身上才好。

韩沛：晚上下班我去找你。

秦书：你们啥时候放假？

韩沛：明天就不用到公司了，春节这几天的时间都给你。

信息刚发出去，秋蓝的电话进来，叮嘱他：“别忘了今晚的同学聚会啊，6 点钟。”

韩沛一怔，又想了想，好像之前去天津出差时秋蓝和他提过这事，便跟她说：“聚餐地址发我。”

Chapter 43

同学聚会

下午不到4点半，秋蓝就去了万禾集团找韩沛，打算跟韩沛一起过去。

“你找不到聚餐的那家饭店？”

秋蓝听得出他话里的嘲讽，也不计较，笑说：“就是我家的饭店，你说我找不找得到？”

又道：“到时候我跟你坐一起，替秦书看好你。”

韩沛盯着她看了几眼，没吱声。女人的脑回路有时候太奇葩，他懒得去深究。

因为聚餐，群里聊得热火朝天。

好几年不聚了，这回大家的积极性极高，就连以前从不参加同学聚会的几个人，这次也都来了。

其中就有她们班以前的学习委员，蔚蓝。

因为名字里都带“蓝”，学习成绩又都差不多，秋蓝和蔚蓝常被同学放一块儿比。

蔚蓝属于文静柔弱的那类女生，看着就让人有保护欲。

秋蓝的性格则跟蔚蓝正好相反，高中那会儿，很爷们儿。

蔚蓝现在是商务律师，小有名气。大学是学金融的，不知道后来为什么又改行做了律师。

这几年，她们高中同学聚过两次，每次蔚蓝都没来。因为她没来，很多男同学都挺遗憾，毕竟当时她可是很多男生眼里的女神。

秀气有灵性，又柔弱，还有点冷。

秋蓝一点都不喜欢蔚蓝，应该说是讨厌。

本以为这次同学聚会蔚蓝还是不会来，哪知前两天蔚蓝突然在群里说话，说她在国内，这次肯定会到。

然后群里那些男同学要炸了，个个捧着，还有好几个人@韩沛，说：班长，学习委员来啦。

对，韩沛是她们的班长。

当时她真想把群给解散了，差点气死。

所以她今天下午就来找韩沛，必须得跟韩沛一起过去，她心里才能平衡一点。

秋蓝看了眼手表，快5点了，问韩沛：“你还没忙完？”

韩沛说：“马上。”

秋蓝若有所思地瞅着他，“欸，到时候你有女朋友这事，我替你宣布哈。这是高兴的事，咱不能掖着藏着。”

韩沛看着她，“你又哪根筋搭错了？”

秋蓝语气认真地回他：“我正常着呢。现在不是流行，同学聚会拆散一对是一对么，毕竟这聚会是我组织的，你呢也是我喊过去的，于情于理我都得为秦书负责，你说是不是？”

韩沛：“……”

他说：“我自己的女人，我自己来公开。”

去饭店的路上，秋蓝一直在看群聊。群里那些男同学大概是吃饱了撑的，没事就 @ 韩沛，说学习委员已经到了，问他什么时候到。

秋蓝忍不住发了句：我跟班长刚出发，估计要一会儿，你们先玩。

也不管他们什么反应，直接退出微信，把手机丢包里。

她一抬头，微怔，提醒韩沛：“欸，你走错啦，你走这边要多绕很多路。”

“知道。”

秋蓝揶揄他：“是不是想到一会儿就要见到蔚蓝，有点紧张，就故意绕路缓解一下？”

韩沛只顾看路，懒得解释。

秋蓝盯着他，看了半晌也看不出丝毫异常，不死心地又确认一遍：“还真是啊？”话里全是酸涩的味道。

他找秦书她认了，毕竟秦书那样的女孩，估计没几个男人不心动。可他真要对蔚蓝念念不忘，她这辈子估计都不会平衡。

韩沛把车停一边，解下安全带，“等我下。”开门下车。

“欸，你去干吗？”秋蓝问道。

韩沛走到马路对面，她的视线一直随着他，直到他进了一家粥铺。

秋蓝思忖着，蔚蓝喜欢喝粥？

反正韩沛不爱喝粥，这个她是了解的。

秋蓝赶紧拿出手机给韩沛发了一条信息：这家的粥的味道好，我也好久没吃了，帮我带一份，红豆薏仁粥吧。

韩沛回过来：要吃自己来买。

秋蓝：“……”

没一会儿，韩沛从粥铺出来。秋蓝望着街对面，高大又清冷的男人拎着一份粥，透出的却是一份别样的温暖。

等他上车，“是不是一会儿要喝酒，就先吃点粥垫肚子？”秋蓝试探着问。

“不是。”韩沛发动车子驶离，并未解释。

秋蓝也不好再多问，直到汽车驶进某高档小区，她恍然：“粥是给秦书买的？”

韩沛终于好好说话，“嗯，她一个人在家，晚饭懒得吃。”

秋蓝点点头，大方又懂事，“我自己一个人时也是将就，能懒就懒。你赶紧给她送上去吧。”

韩沛上楼去了，秋蓝坐在车里无聊。手机一直震动，群里正聊得热火朝天，先到的同学都在催他们。

有人 @ 她：秋大美女，你们到哪儿了？

秋蓝定定地看着手机屏，想了几秒，回：6 点之前肯定到。韩沛顺路给女朋友送点吃的，我们这就过去。

群里可能没反应过来，安静了几秒，忽然炸了锅，都来问她，到底什么情况。

秋蓝从未有过的热心肠，不管同学问什么，她都知无不言，然后言无不尽。

楼上，韩沛的手机也响个不停，好多人 @ 他，他没时间细看。

敲门后，秦书都没来得及换衣服，穿着睡衣就来开门。

她刚洗过澡，准备练瑜伽，哪知他会来。

“你怎么来了？不是要参加同学聚会吗？”秦书惊讶地说，眼神里却掩饰不住惊喜。

“给你送晚饭。”韩沛没进客厅，把粥搁下来，关上门就在玄关处抱了抱她，“趁热把粥吃了，结束后我就回来。”

秦书攀着他的脖子，开始撒娇：“要抱抱。”

韩沛：“……”

一身鸡皮疙瘩。

笑了，“还学会自己惯自己了。”

“嗯。”秦书仰着脸，“我就在你跟前这样惯自己，旁人面前不是这样的。”

又问：“到底抱不抱？”

韩沛弯腰把她抱起来，她软软的身体贴着他的，令人窒息。

秦书双腿使劲缠着他的腰，把唇凑过去，在他嘴角亲了又亲，跟吃果冻一样，一点点吸。

韩沛转身把她抵在门上，“我就不该上来。”

秦书笑，“不把你惹得一身火，我怕你见到同学会忘了我。”

韩沛垂眸看着她，她用舌尖勾着他的唇，玩得不亦乐乎，眼角眉梢都是孩子气的撒娇。

他到现在都记得第一次跟她见面，他去接她，她眉宇间散发着淡淡的凉气，就好像他欠她的一样。

恋爱竟能让一个女人判若两人。

撒过娇，秦书这才想起来问：“给我送粥不耽误你同学聚会？”

“赶得上。”他说，“我要不买粥，你晚上打算吃什么？”

“减肥，不吃。”冰箱里其实有吃的，她懒得做。

说着，她又亲上他，“明天陪我？”

“明天情人节，你说我陪谁？”

秦书叮嘱他：“晚上早点回来，少跟女同学瞎聊。”

韩沛：“……”

笑了，拍拍她的背，“下来，把粥吃了。”

"什么粥？"秦书问，还是不愿下来。

"山药蓝莓。"韩沛催她，"去吃粥。"

"再抱一分钟。"秦书开始解他的衬衫，把脸在他脖子里蹭蹭，还说，"蹭上我的味道。"

末了不忘交代他："可别一看到好看的女同学，就忘了你家里还有个嗷嗷待哺的孩子，结束了就赶紧回来。"

韩沛："……"

思考片刻，他邀她："换衣服跟我一起去。"

秦书摇头，"你同学聚会我去做什么。"

"真不去？"

"不去。"她从他身上下来。

韩沛整理下衬衫，"秋蓝还在楼下，我过去了。"

秦书微怔，"秋蓝？"

"嗯，跟我一起去饭店。"

"她……"秦书话说一半，看向韩沛。

韩沛解释："秋蓝要替你看紧我，大概闲的。你们女人都这样？"

"差不多吧，女人都有神经质的时候。"

秦书还在想着为什么秋蓝说要看紧他，眼珠子骨碌碌转了几圈，好像明白怎么一回事了。他在高中时有喜欢的女同学？所以秋蓝不甘心输给女同学，就站她这一边？

不过就算再好奇，她也没多问。

韩沛把刚才被秦书解开的衬衫纽扣一粒粒扣上，瞅了她一眼，边扣边说："高中同学里，只有处得不错的同学，没你想的那些，更没初恋情人，别瞎吃醋。"

秦书矢口抵赖："你别冤枉好人，我想什么了？啊？我哪儿吃醋了？你给我说清楚。"

韩沛笑，"那是我自作多情了。"在她唇上亲了下，"去吃饭吧。"然后他离开，下了楼。

秦书拍拍那碗粥，无事献殷勤，一看就没好事。

她坐在餐桌前，托腮发呆。

没胃口。

然后开始想某人了。他才刚离开而已，身上还有他留下的吻。

她叹口气，自己对着空气说了句。

秦书啊，你堕落了。

这两个月，她变得差点自己都不认识自己。

以前她也撒娇，跟爷爷奶奶，跟爸爸妈妈。但他们都忙，她就在电话里偶尔撒回娇，说想他们了。

其实她也算挺独立的，19 岁就一个人在国外生活，还要照顾卜一。可自从遇见韩沛，她真就变成了一个嗷嗷待哺的孩子。

又看了看粥，打开开始吃。

韩沛还没下楼，正在等电梯。手机还在不停震动，他点开看了看，群里聊的全跟他有关，说话最多的是秋蓝，把他跟秦书怎么认识的都说了。

到了车上，他瞥了秋蓝一眼，她还在聊个不停，“你说那么多做什么？”

秋蓝头也没抬，“你说哪里多了？”

“用得着说秦书家世？”

“这不挺好的，长辈支持，门当户对，还有谁敢跟秦书抢你？”她收起手机，笑说，“这是为了你跟秦书好。”

韩沛没再搭理她，轻踩油门，汽车缓缓离开。

秋蓝意兴阑珊地看着小区的绿化带，树叶依然是绿的，可少了夏日的苍翠欲滴，多了冬日的萧条。

她就跟这冬天的绿植一样，没有什么生机。也许心态真的老了，过了年就三十岁了。明天就是情人节，可情人还没着落呢。

想着，她微微叹了口气。

“欸，你跟蔚蓝联系多吗？”忽地，秋蓝侧脸问韩沛。

韩沛淡淡的语气，说：“没联系。”

秋蓝不太信，“你们……没有联系？”

怎么可能！骗傻子呢！

韩沛反问：“为什么一定要有联系？”

秋蓝心道，因为你对她特殊呗。

蔚蓝是韩沛高中同桌，他们做了一年同桌，韩沛对蔚蓝最特别。不仅给蔚蓝讲题目，还把自己喜欢的那本书借给蔚蓝看。后来蔚蓝把书弄丢了，他也什么都没说，还宽慰蔚蓝，说一本书而已，没事的。

她知道那本书对韩沛意味着什么。也可能是她自己心里太不平衡，然后就没忍住说了蔚蓝，后来跟蔚蓝争着争着就吵了起来，还闹到了班主任那里。

自那之后，她跟蔚蓝就彻底结下了梁子。

蔚蓝想高中毕业就出国读书，可家里没那么多钱，韩沛却那么大方地要出钱给她出国。

当初要不是她从中作梗，大概他跟蔚蓝早就在一块了吧。

其实想想当年，她也是够坏的，心机够深。

不过要不是当初她那么做，还有秦书什么事？

现在再看，秦书最该感谢的人就是她。

到了饭店，同学来了大半。

韩沛在高中时就最受欢迎，现在因为身份不同，自然也是焦点。他从来不会给人高高在上的感觉，所以受欢迎程度比高中时更甚。

他们一个班 40 多个同学，这次聚得最齐。就只有一个没来，跟着老婆回外地丈母娘家了，说年后一定请他们吃饭。

40 多个人坐了三桌，都在一个小型宴会厅里。

秋蓝一进宴会厅就看到了蔚蓝，在跟几个女同学聊天。可能吃了防腐剂，跟高中毕业那会儿没两样，皮肤还是那么通透，眼角找不出一丝鱼尾纹，化了淡妆，穿得也简单，不过大气。

律师就是不一样，气质都跟其他几个女同学不同。

一个班级里，除了跟蔚蓝关系差，秋蓝跟别的同学都处得不错。女同学看到她，纷纷向她招手，“赶紧过来，你们姐妹花终于又合体了。”

她们笑呵呵地说着。

蔚蓝跟秋蓝吵架的事，她们有点印象，不过后来在老师的调解下，两人“和好”了，她们就没再旧事重提。

再后来秋蓝跟蔚蓝之间发生的事，没人知道，包括韩沛。

班上的女同学都说秋蓝跟蔚蓝是姐妹花，连名字都这么像。秋天的天空是蔚蓝的，秋蓝，蔚蓝，即便蔚蓝读作姓氏时并不读 wèi，可她们都喊习惯了。

蔚蓝笑盈盈地看向秋蓝。视线越过秋蓝，看到的是韩沛。她本想跟韩沛打个招呼，哪知视线还没对上，韩沛就被男同学拉过去聊天了。

“你可一点都没变。”蔚蓝笑了笑，笑容里没有丝毫暖意。

秋蓝也敷衍地淡淡一笑，“哪有，老了。倒是你，越来越好看了。”

“欸，韩沛有女朋友了？啥时候的事？”一个女同学拉着秋蓝问，刚才群里都是男生在说话，她们不好意思多问。

蔚蓝也看向秋蓝，秋蓝笑着打趣那个女同学：“你都是孩子妈了，咋还跟以前一样八卦呢。”

“说明我还是小年轻啊。”说完，女同学自己也哈哈笑起来。

秋蓝说起韩沛什么时候交了女朋友：“前不久的事。”

女同学道：“我还以为你会跟韩沛凑一对呢。”她是说者无心，因为秋蓝跟韩沛看上去还挺配的。

秋蓝笑笑，自己给自己打圆场：“感情的事可不能凑合。我跟他太熟了，认识十四五年了，就跟家人一样。”

“也对，你们从初一就认识。”几个女同学附和着。

因为秋蓝那么大方地说韩沛女朋友的事，就连韩沛有女朋友也是秋蓝公布的，看样子跟韩沛女朋友处得不错，她们真就没多想。

只有蔚蓝听得出秋蓝这话有多勉强，多不甘。

她端着水杯，默默喝了几口，不自觉看向韩沛那边。他侧对着她，她只看到他的侧脸，比高中那会儿更帅气了，多了男人的那份成熟和岁月沉淀后的魅力。

只是自高中毕业，她跟韩沛再也没联系过。那份熟悉的感觉还在，可更多的是陌生。

换作以前，韩沛会主动过来跟她说句话，现在的他，连那份主动都没有了。

没一会儿，他们就入座吃饭。

因为知道了韩沛有女朋友，之前还起哄班长跟学习委员的几人也老实了，识趣地什么都没再提。

韩沛坐在男生那桌，方便喝酒。

秋蓝跟蔚蓝就坐在女生这桌，边吃边八卦，话题离不开当初高中的那段时光。

这顿饭从 6 点半吃到 9 点钟还没结束，男生喝了酒话就更多，聊起来没完。

韩沛喝了不少酒，出来去洗手间正好在窗口透透气。

包间太热，胃里也燥热，他把衬衫最上面的几粒纽扣解开，冷风从窗口吹进来，舒服了不少。

他给司机发了条信息，让司机 11 点到饭店楼下等他。

“韩沛？”身后传来声音。

韩沛回头，是秋蓝，“走啦，去楼上唱歌。”她说，“1809 包间，我先过去，你快点儿啊。”然后跟几个同学一起上楼了。

又散了一会儿酒气，韩沛上楼。

电梯人多，他走了楼梯，正好跟秦书打个电话。

“还有空给我打电话啊？”秦书笑着，她正化妆，对着镜子涂口红。

“在做什么？”

“没做什么，眼巴巴地等你来喂奶。”

韩沛：“……”

她总是三言两语就能把他堵得说不出话，最后还能被她气笑。

韩沛走得快，上了两层楼后发现前面有人，是蔚蓝。

听到脚步声，蔚蓝回头，“韩沛？”

韩沛冲她淡淡地笑了笑，“没坐电梯？”

“没，让给她们了，我习惯走路。”

等到韩沛走近，跟他并肩上楼。

韩沛还持着手机跟秦书打电话，电话里，她的声音传来，“你同学？”

“嗯。”

“女的？”

“嗯。”

“那我可就没那么好心了，你不能挂电话啊，挂了我肯定跟你没完。”

韩沛笑，“还长不大了。”

其实秦书就是故意逗逗他，“好了，你跟同学聊会儿吧。”她收线。

“怎么转行做律师了？”韩沛问蔚蓝，都是老同学还是同桌，也省去了客套寒暄。

蔚蓝微怔，“你知道？”心里莫名惊喜了下，毕竟都那么多年没联系了。

韩沛微微颔首，“听秋蓝提到过。”

那份惊喜瞬间没了。

蔚蓝笑笑，“嗯，研究生读了法律专业。”

两人又聊了几句，都是些无关紧要的。

好几次，蔚蓝都想问他要联系方式，话到嘴边又咽下去。

她跟韩沛都在班级微信群里，可韩沛从来没想过要主动加她。她一直等他主动，没想到等来的却是他有了女朋友。

家里介绍的，门当户对。

到了包间，蔚蓝本来是要跟他坐一起的，还想问他唱不唱歌，结果韩沛说：“你们玩，我喝了不少酒，休息下。”

蔚蓝只好作罢，被其他同学喊去打牌。

期间她不由瞥了韩沛一眼，看来他是不打算主动问她要联系方式了。

玩到 11 点钟，茶几上的手机一直在振动，有人提醒韩沛：“你手机响了。”

韩沛看了眼，“是闹铃。”他关掉，喊正在玩骰子的秋蓝，“秋蓝，走了。”

秋蓝正玩得起劲，“急什么啊，这才几点？”

“你不是让我 11 点提醒你，你回家要开个海外视频会？”

秋蓝愣了下，她什么时候要开会了？？？

迎着韩沛别有深意的目光，瞬间领会他的意思。

她扔下骰子，拍拍脑袋，“你看我这记性，还好让你记着，不然非耽误事不可。”

她起身，跟他们歉意一番，说那就年后再一起玩，到时通宵玩个尽兴。

三月份他们班级有两个同学结婚，也是班里唯一谈恋爱成了的一对。大家说好了，不管再忙，结婚那天一定要到。

出了包间，秋蓝盯着他看，“还以为你会跟蔚蓝专门去道个别，好歹也是同桌，结果你不声不响地就走了。”

然后感慨：“其实我想跟那些结了婚的女人说，老公去参加同学聚会没啥可怕的，只要老公定力好，别说是同学聚会，就是参加睡衣派对，都不会被勾走。”

韩沛：“……今晚就你话最多。”

秋蓝笑了，“看到老同学激动的。”

电梯到了一楼，韩沛问秋蓝是坐他的车回还是让饭店经理安排司机。

这家饭店是秋蓝家的。

秋蓝指了指楼上，“我爸也在这儿招待朋友，我等他一起，不耽误你时间了。”

忍不住多问了句：“这才几点啊，你就要回？”

“12 点前我要到秦书那边。”

秋蓝笑了声，“管你这么严啊，还必须得 12 点前？”

“她从来不管。”又道，“明天情人节。”司机把车开了过来，他坐上离开。

秋蓝盯着渐远的车，恍然明白为什么他执意要 12 点前回去。

因为现在已经是 11 点多，再有不到一个小时就是 2 月 14 号，他要赶在零点时给秦书过情人节。

Chapter 44

My only love

饭店离秦书公寓不远，平时要半个小时，现在春节放假，北京几乎成了座空城，司机在某个以往堵得不行的路口竟然一不小心超速了。

韩沛到秦书那边才 11 点 35 分。

秦书知道韩沛同学聚会后要来找她，一晚上也没闲下来，洗澡，搭配衣服，化妆，打扮好时韩沛正好到了。

开门的瞬间，韩沛微怔，第一次见她穿低胸白色长裙，清纯又不失性感。

秦书把他拉进来，关上门，冲他扬扬眉，“我今晚要欺负你。”看着他手里造型挺奇怪的玫瑰花束，“这是？”

韩沛戏谑道：“玫瑰花氧气瓶。”

秦书：“……”她见过玫瑰熊，可这种奇葩的“氧气瓶”，还是头一回见。

经他这么一说，她越看越像。这个氧气瓶是用几百朵玫瑰花制作而成，香气扑鼻。

“怎么还有两根带子？”秦书正说着，韩沛把她转过来背对着他，“方便你背在背上。”然后把那个玫瑰花氧气瓶给她背上，再帮她把头发整理好。

秦书哭笑不得，“韩沛，你够了啊！”

韩沛笑，“多有创意。”

他前几天到花店去订鲜花，转了好几家都没发现有新意的玫瑰花礼品造型，就临时起意让店员弄了个“氧气瓶”出来。

秦书背着氧气瓶到镜子前看了又看，“我怎么感觉自己背了个灭火器在身上。”自己忍不住笑了。

韩沛也走过来，“嗯，哪里有火灭哪里。”

秦书转身，搂着他的脖子，眼神挑逗，“那你有没有着火的地方要我去灭？”然后耸耸肩上的玫瑰，“这里满满的，够给你灭火。”

韩沛用手掌摩挲着她的脸颊，“别光能惹不能撑。”低头在她锁骨上亲了下，“回我那再收拾你。”

他看了眼时间，还有 10 分钟就到零点，“我去弹琴给你听。”牵着她的手去了客厅。

问她：“想听什么曲子？”

“弹你喜欢的。”

韩沛刚在琴凳上坐下，秦书就从他背后环住他的脖子，整个人贴在他背上。

“站好了。”韩沛对她柔软的身体毫无抵抗力。

“不要。”秦书贴得更紧了，还把脸埋在他脖子里嗅了嗅，“你喝酒了？”

“嗯。”

“看到女同学高兴的？”

“想到家里有个嗷嗷待哺的孩子，愁的。”

“……”秦书手从他的衣领伸进去，“那你先喂奶。”还用力捏了下他，“要不你先喂我两口？”

韩沛笑，被她折腾得不行，“琪琪！”

秦书哈哈笑，这才老实。

韩沛调整了下呼吸，开始弹奏。

秦书跟着节奏哼着曲子，不时亲亲他的脸颊，还会拿自己的脸靠在他脸上。他弹到她喜欢的段落时，她还用手指胡乱拨弄琴键，所有音都乱了。

韩沛不管她，任她闹着，只顾弹自己的。

一曲完毕已经是五分钟过去，韩沛反手拍拍她的脑袋，“别乱动！”她的手又伸进了他领口，在他胸口乱摸着。

他不让她动，秦书却强词夺理：“这是我的地盘，所有的都是我的，你也是我的，我想亲就亲，想摸就摸。”

韩沛好生道：“琪琪，耳朵太硬了，吃亏的是你自己。”

等回去，新账旧账一起算。

他起身，把她按在琴凳上，“该你弹了。”

“不想弹。”现在就想跟他腻歪在一起，亲亲抱抱的时间都不够，谁还想弹琴。

这男人，一点都不解风情。

秦书刚要站起来，又被他双手压下去。

他的吻落在她唇角，“乖，弹首给我听。”

“不想弹。”

韩沛亲着她的嘴，她的眼。

最终，“好吧。”秦书怕把“氧气瓶”上的花瓣给蹭掉，弹琴时小心翼翼地把它拿下来搁在一边。

虽然极不情愿地弹了，可琴声一响，秦书就进入状态，两分钟后彻底陶醉在优美的旋律里，还跟着唱了起来。

韩沛站在她身后，找了个最佳角度，给她录了一个十秒的小视频，写上“My only love”，踩着零点，发了一条朋友圈。

收起手机，韩沛站在一边，认真地听她弹奏。

一曲结束，秦书站起来，还很正式地朝他微微欠身，“谢谢。”

然后下一秒就跳进他怀里，“情人节到了吧？从现在开始你今天全天都属于我，我让你干什么你就得干什么。”

韩沛笑，“听领导吩咐。”然后示意她，“把外套穿上，回我那边。”

“等我一下，我去楼上一趟，马上下来。”秦书光着脚，小跑着上楼去。

秦书刚一走，韩沛这边就有电话进来，是母亲打来的，母亲没有事很少给他电话，“喂，妈，您还没睡？”

“和你爸跟几个朋友一起吃饭刚回来，正准备睡觉呢就看到了你发的朋友圈。”问他，“现在跟秦书在一起？”

“嗯，她去楼上了，什么事？”

韩母问：“你这是确定下来了？”

“嗯。”

犹豫了一瞬，韩母还是问了：“是为了让你爷爷开心，还是你自己觉得不错？要是单纯为了找个人结婚让你爷爷满意，我是不赞成这样的做法的。婚姻大事是你自己的事，以后日子也是你自己过，老婆好不好得自己满意，别人的建议你听听就行，包括我跟你爸的建议。”

韩沛靠在钢琴边，“不是为了爷爷，真要为了结婚而结婚，我会等到现在？”

“那就好。”

韩母本要挂电话的，又想起一事，先是问：“秦书下楼没？”

韩沛不由往楼梯那边望了一眼，“没，在收拾东西，还有事？”

“今晚参加了同学聚会？”

韩沛不答反问：“您怎么知道？”

“巧了，今晚跟你秋叔叔一起吃饭，正好秋蓝到包间玩了会儿，说你们今晚同学聚会。”

他的父母跟秋蓝的父母在参加他们班的家长会时认识，后来就这样处下来，关系一直不错。

韩沛问母亲：“秋蓝跟你们说了什么？”

“具体没说，就说了句你们高中同学今晚聚会。”韩母提醒他，“以后同学聚会什么的，能不参加的就别参加。”

韩沛笑，“妈，您今晚是怎么了？”

“没怎么，就想唠叨你两句，给不给唠叨？”

“……我要说不给唠叨，您是不是就可以挂电话了？”

“这个问题我之前没考虑，毕竟我做好了你让我唠叨的准备。”

韩沛笑，“您说。”

“就跟你聊聊同学聚会这事，到了你们这个岁数，基本都有了男女朋友，有的结婚早大概孩子都有了，也不知道你们还要聚会做什么。

“又不是以前我们那会儿，连电话都没有，时间久了，大家聚一起聊聊也就罢了。现在这个群那个群，有什么大事是语音和电话说不清的？”

韩母接着道：“真正处得好的同学也不必就要等到同学聚会再见，那些原本就关系一般的，就算聚会后，还是一样不联系，所以同学聚会的意义何在？”

韩沛想了想，“确实也没什么意义，就热闹一下。”

“又不是生活在原始森林，你们还缺热闹啊？天天路上堵得喘不过气，地铁要挤，电梯要排队，就连上厕所都要等，怎么就不热闹了？”

韩沛无言以对。母亲要抬起杠来，都能撬动整个银河系。

“我是过来人，还不知道你们想什么？同学聚会最积极，喊得最响的也就那么几个人，无非就是借着聚会的名义见见以前有好感的人罢了，然后埋怨现任的不满，回忆以前的美好，这还是好的结果。有一些不自律的人，索性就看对眼了，什么都不管不顾，还美其名曰，想跟真爱在一起。”

“妈，您一针见血。”

“嗯。”韩母话锋一转，“既然跟秦书定下来了，就别跟以前的女朋友扯不断。”

韩沛有点蒙，“妈，什么跟以前的女朋友扯不断？我哪来的前女友？”

韩母问他：“今晚同学聚会，那个叫蔚蓝的女同学去没去？”

韩沛如实说：“去了。”

“那就对了啊，跟秦书在一块了就收起别的心思。这个圈子就这么大，要是一些不好的话传到秦书父母那里，大家面子上都不好看。你跟秦书也算是你爷爷牵的线，你若不同意跟秦书在一起，你爷爷不会怪你，可你要给他惹出点道德败坏的事，他不会饶了你。”

“妈……谁跟您说蔚蓝是我前女友？”

韩母可是记得清楚，“你妈妈还没老糊涂呢！当初是谁非要资助她去国外？后来你们为什么闹掰，我就不知道了。”

“当初那些事，我一句两句话也说不清，以后再跟您细说。”韩沛说道，“妈，有一点我还是跟我爸挺像的，在乎的人，就算吵架，不管谁错，道歉的那个人肯定是我。”

“嗯，你心里有数就行。年前来不及了，年后选个时间，请秦书的爷爷奶奶和父母到家里做客。”

韩沛点头，“行，您安排吧。”

通话刚结束，秦书正好从楼上下来，背了个大背包。“不用带多少东西，你需要的我那边都准备了。”韩沛收起手机走过去。

“都已经收拾了，带着吧。”

她抱着韩沛的手臂出门，等电梯时，看向韩沛，“欸，现在给你个表现的机会你要不要？”

韩沛瞅她一眼，笑说：“不要。”

秦书：“……”瞪他，“你等着，看我一会儿怎么收拾你。”

韩沛知道她那点小心思，懒到出门都不想带脚。他朝前走了半步，背对着她，“上来吧。”半蹲下。

秦书嘴角扬了扬，整个人趴上去。

“手机带没带？”韩沛问。

她一直挺平静的，是没看到他的那条朋友圈？

“带了，在包里头。”

韩沛“嗯”了声。反正早晚要看到，等她自己去发现，他就没再提示。

深夜，这座城安静得像个熟睡的孩子。

汽车在空旷的路上一路疾驰，偶尔会遇到辆出租车。两旁的路灯如一片星河一样，一直绵延到路尽头，仿佛能通往地老天荒。

秦书趴在驾驶座椅背上，轻声哼歌给韩沛听。等红灯时，她半起身，轻轻亲吻他的耳朵，“唱得好不好听？”

“嗯。”韩沛问她，“平时话多得不行，今晚怎么不问我同学聚会的事？”

他主动提及了。

“大过节的，我才不给自己添堵，万一你遇到了以前有好感的女生呢。”

没有旧情人，没有初恋，不代表没有心仪的女生。

韩沛从后视镜看看她，她正双臂搭在驾驶座椅背上，侧脸枕着手臂，一直盯着外面看，不知道在想什么。想了想，还是跟她说了：“去看看我朋友圈。”

秦书听后立马坐起来，“你放同学聚会的照片了？”

她打开包拿出手机，查看他最近一条朋友圈，也是唯一一条私人动态，上条动态还是一年转发的，跟金融方面有关。

点开那个小视频，她边弹边唱。

最触动她的莫过于他的那个“My only love”，only 这个词彻底治愈了她。

秦书戳戳韩沛的肩膀，“韩沛，你秀恩爱还秀上瘾了。”说着叹口气，“拿什么让你恢复正常，我的爱人。”

韩沛笑了。

绿灯亮了，继续前行。

到了韩沛公寓，秦书缠着韩沛，“今晚高兴，我们喝点红酒吧。”喝点红酒可以助兴还能壮胆。

助兴她不需要，她需要后者，喝得半醉不醉的，她就能放开了去调戏韩沛，欺负韩沛。韩沛想都没想地拒绝：“不行，你沾酒就醉，醉了还会闹。”

秦书环着他的腰，撒娇：“想喝，就喝一点儿，两口就行，好不好？情人节，就该高兴高兴。韩沛——”她拉长尾音，在他怀里缠着他，“给不给我喝？说，给不给喝？给不给？嗯？到底给不给喝？”轻含着他的上唇，又用舌尖勾着他的内唇。

上唇亲完亲下唇，一遍遍。

韩沛第一次遇到这么会磨人的女孩，韩涔已经够让他头疼的，没想到她比韩涔还会撒娇。他有点松动，但仍坚持：“不好。”

秦书眨了眨眼，有了别的点子，“那我们石头剪刀布决定怎么样？三把定输赢，你要赢了我听你的。”

韩沛瞅着她，“确定？”

秦书点头。开始之前，她说：“我三把都出剪刀，你自己看着办吧。”

韩沛：“……”

Chapter 45

情人节

韩沛看着一脸狡猾的秦书，她说出剪刀就一定会出剪刀。情人节，对女人来说最特殊的日子，他总不好让她不开心。

“别磨叽啊，快点出。”秦书开始倒数，“三、二、一。”

韩沛只好摊开手掌，出了布。

秦书笑，“我剪剪剪。”用她两根手指去剪他的手掌。

接下来韩沛都让着她，秦书高兴了，“你输了，我可以喝酒。”

韩沛握着她的脖子用力揉揉，“等我洗过澡给你开酒。”他脱了外套去楼上浴室，顺手把她那个背包送去卧室。

“欸，那个包里有我比较私密的东西。”秦书提醒道，怕他打开来看，那样就没惊喜了。

“我不会动你东西。”

秦书笑着问：“那你的呢？”

“你随意动。”他已经到了二楼，身影消失在楼梯转弯口。

已经凌晨 1 点，秦书没有丝毫困意，窝在沙发上拿出手机刷朋友圈。都放假了，基本每人都成了夜猫子，各种情人节的恶搞刷屏朋友圈。

秦书反复回看韩沛的那条小视频，若有所思几秒，她把那个视频保存下来，用那条视频也发了条朋友圈，并配文——by my first love。

发了后，自己暗戳戳地笑了。

玩了一会儿手机，韩沛还没下来，秦书无聊地去弹琴。那本书还在琴盖上，每次过来她都会翻看。

这本书她也很喜欢，小学时读过，没看懂，也觉得内容没什么意思，勾不起她丝毫兴趣。

初中时又读了一遍，觉得还不错，只不过当时年纪小，无法理解其中的深意。

高中时爷爷又陪她一起读了一遍，也许是长大懂事了，体会跟以前不再一样，被里面的很多情节打动。那次读的是英文版。

后来大学时，颜彦说知道这本书，不过从来没耐心读下去。她建议颜彦静下心来读读，她自己又看了两遍，中英文版都看了，体会里面的不同。

没想到韩沛也喜欢这本书，喜欢里面的那个老人，也喜欢里面的那个孩子。

书上说，“看过《老人与海》的是一种人，没看过《老人与海》的是另一种人。”

她不是太理解，这是一种怎样的界定。

不过，她和韩沛是一种人，因为他们都喜欢这本书。

秦书继续翻看，接着上次看的地方。

这是英文原版，有些年代了。韩沛说他之前有本 1952 年出版的，那是第一版，是韩爷爷年轻那会儿在国外买的，一直珍藏着。

后来韩沛带到学校，同学借去看，结果弄丢了。

再后来去纽约读大学，他又找大学同学帮忙在当地找这个版本。不过没找到，找到的是第二版，也已经挺不错。

他花了高价买下来，就是她现在手里看的这本，是他最喜欢的一本书，也是他做头像的那本。

正看着，韩沛洗过澡下楼。

秦书看得入神，没听到动静，直到落入温暖的怀抱。

“不是看了很多遍？”韩沛从背后把她环在怀里。

“这次看的心情不一样。”她夹好书签，把书搁下来，“去给我开红酒。”

韩沛：“……”

本来以为他上去洗个澡，她就忘了这茬。

“快点去，别想赖掉。”秦书抱着他的脖子，“别以为我不知道你在想什么。”

韩沛笑，抱起她去酒柜那边。

韩沛新开了一瓶红酒，只倒了杯底一点儿。

“就这点啊？”秦书不满。

韩沛望她一眼，“不是说只喝两口？”

秦书回呛：“我嘴大。”

韩沛：“……”

秦书欲要拿酒杯，被韩沛挡下，“我喂给你喝。”

“嗯？”

秦书还不知道这个喂是怎么样喂。

韩沛自己抿了一口，把秦书拉到怀里。秦书笑，知道他这是要嘴对嘴喂给她喝，她主动配合，凑近他的唇。

两人唇舌交缠，秦书只嗅到他舌尖醇厚的红酒味，可没喝到一点儿。

“酒呢？”她咕哝一句。

“在你嘴里。”韩沛再次抱起她，两人一直亲吻着。

“韩沛，你耍赖。”

“耍什么赖？”

“酒被你喝了，再给我喝两口。”

后来韩沛缠着她的舌，秦书便说不出话来。

她还不知道发生了什么，客厅的灯就熄了。

黑色是一种暧昧的颜色，黑夜就是这样的，蛊惑着秦书的感官神经。

她想韩沛跟她一样。

"韩沛。"

"又怎么了？"

"我要喝酒，刚才你作弊，这样不男人。"

韩沛觉察出她是真紧张，"坐酒柜上我喂给你喝。"然后倒了半杯红酒。

"柜面上冷。"她说。

韩沛把左手摊在台面上，"我给你垫着，坐我手上。"

秦书："……"

就算黑暗里看不清彼此的神情，但在韩沛说这话时，她还是感到了他强烈又炽热的占有欲，他忍了那么多天。

"不用，我也不是太冷。"她竟有点不好意思，搂着他的脖子，"韩沛。"

"嗯？"他亲着她的耳朵。

"我们去卧室？"

他沙哑着声音应她："肯定去，不然睡哪？"又问她，"你不是要喝酒？喝酒不在吧台喝，去哪喝？"

"在哪都一样。"她声音很小，"去卧室喝，我喜欢你卧室的沙发。"

又道："你手没那么大，不够我坐的。"

韩沛蹭着她的鼻尖，"是不够你坐，但保证你不冷就行。"

秦书："……"

这种话他竟脱口而出。

韩沛没再说话，双手将她抱起放到边柜上。在她还没反应过来时，韩沛抬起她的腿，将他的左手垫在她身下。

就在接触的一刹那，秦书浑身一颤。

就是当时在上海那晚，他那么亲她，她都没像刚才那样不知所措。

不知道是她的身体滋润了他的手掌，还是他的手掌温暖了她的身体。更不知道是不是他故意的，他手老是来回动，碰触着她的敏感。

他每次都把红酒喝到自己嘴里，一口酒，他自己咽下一多半，喂她喝一小半。

半杯酒就这么喂下去。

他的吻来到她的下巴处。

"韩沛，我们再来一次石头剪刀布？我赢了我们就去卧室。"

韩沛笑，"没有多余的手出。"他一手在她身下垫着，一手扶着她的后背。

还不等秦书说话，他又出声，声音蛊惑人，"我就用左手。"

他的唇贴在她耳后，低声说："感觉到没，我出了布。"

手掌平铺，却一直贴着她。

秦书觉得自己快要疯了，下意识就要推开他一直不断摩挲的左手。没用，她力气太小，推不动他。他故意使坏，手掌贴她的身体更近。

韩沛俯身，亲着她的鼻尖，“之前跟你说过，让你老实点，你不听。”

他说：“说了收拾你，没跟你玩笑，这才刚开始。”

秦书哼了几声，在他肩膀上用力掐了下。然后他左手的力度大了。

“韩沛，我认错。”

在楼下仅仅是被小小地拾掇了一顿，秦书就受不了了。后来韩沛抱着她，从楼下亲到楼上，亲得密不透风。

两人落入床上时，秦书呼吸不稳，提醒道：“没有套。”

韩沛的声音透着一丝性感的沙哑，“我准备了。”

他的吻又覆上来，把她紧紧抱进怀里。

秦书从没想到两人的交缠会如此自然而然。明明没喝多少酒，却跟喝醉了一般，意乱情迷又心甘情愿。

其实从他说晚上找她，再回他公寓这边，她就知道要发生什么。

没有丝毫排斥，甚至有点期待。

两人一路都没点破，就没有任何尴尬，仿佛今晚就该如此，就该做点什么来证明彼此在对方心里。

独一无二，又无可替代。

也可能是上海那晚和刚才在楼下的酒柜处，他们已经算是肌肤相亲。

她想念他的身体，他应该也跟她一样。

他忍了那么久，今晚彻底爆发。

秦书紧紧抱着他，感受他的体温。

韩沛炙热的吻一直在她唇上辗转，呼吸粗重。

房间昏暗，所有的灯都没开。卧室的门刚才进来时没顾得上关紧，透着一点儿缝，走道的灯光铺进来，细细淡淡的一片，落在沙发上。

房间里，静谧柔和。

韩沛的吻来到脖子里，秦书偏头，看着沙发上梦幻一样的那片光，感受他的身体给予她的力道，承受着他所有的爱。

“疼了就告诉我。”他在她耳边隐忍着说道。

怕她身体不适应，他一直都在控制着力度，不敢幅度太大。

秦书摇头，“不疼。”疼也得忍着呀。

她把头埋在他的肩窝。今晚，她不仅睡在了他的床上，还把他当床给睡了，感觉挺不错。

五颗星好评。

曾经她把爱情当成信仰，现在，跟韩沛的爱情才是一种信仰。

平静下来后，秦书还一直腻在韩沛的怀里。这场运动不算长，她知道韩沛是克制了自己的。

结束后，还是没开灯。

两人十指相扣，一直对望，谁都没说话。

直到这一刻，秦书才觉得韩沛是彻底属于她了。

之前都不算。

“去洗澡？”韩沛亲亲她的额头，还有层汗。

“几点了？”秦书开了口才发现，自己声音有点沙哑。

韩沛打开床头灯，看了眼灯上的闹钟，2 点 10 分了。

“等一下再洗，我去拿个东西，你等我。”她裹着他的浴袍下床去，双腿又软又疼。她暗暗呼口气，朝沙发走去。她带来的那个包被韩沛放在了沙发上。

韩沛以为她要去拿换洗的衣服，“浴室有你穿的睡衣，所有东西都备齐了。”

“哦，知道。”秦书还是打开包拿东西，忽然转头跟他说，“把灯关了。”

韩沛照做。

秦书拿好东西，转身时放在背后，走到床边也没上床。

“进来，一会儿着凉。”韩沛掀开被子要拉她。

秦书后退步，“我不冷，热着呢。”要不是还有点不好意思，她真想连浴袍都不穿。

黑暗里，韩沛望着她的轮廓，“要给我什么？”

秦书没说，而是问他：“魔镜啊魔镜，告诉我，韩沛最爱的女人是谁？”

韩沛笑，“琪琪。”

就这时，沙发那边的包里传来闹铃声，最古老的那种嘀嘀嘀的声音。

“你包里什么响了？”韩沛还朝那边看了眼。

秦书没管闹铃，把手里的东西递给他，“情人节快乐。”

韩沛反应过来，她闹铃定的时间应该是 2 点 14 分。

他伸手蹭蹭她的脸颊，什么话都没说，所有言语都没法表达这一刻的心情。

秦书把床头灯打开，韩沛刚要拆礼物，被秦书摁住，“等下拆，先猜猜是什么。”

Chapter 46

最特别的情人节礼物

“《老人与海》。”韩沛看着她说。

单从装包盒的形状，他看不出里面是本书，莫名地，他就感觉是他最喜欢的那本书，也许是他曾经丢掉的那个版本，1952 年版。

只不过年代久远，再想找到比较难。能保存到现在的都是藏书爱好家，再多钱都不会卖。

秦书噘噘嘴，“你真讨厌，就不能多猜两次？”

韩沛笑笑，“心有灵犀，用不着猜第二遍。”

秦书又高兴了，示意他，“拆吧，有惊喜。”

受秦书的影响，韩沛拆礼物时也小心翼翼地，生怕把包装纸弄坏。

打开盒子的瞬间，他愣怔。

“喜不喜欢？”秦书爬上床，靠在他边上坐下，紧紧挨着他。

韩沛看着封面，拇指摩挲了下，是特质的手抄本。

她一笔一画，《老人与海》这几个字写得很工整，跟刻出来的一样。

在书名下面还写了：1952 年出版。

秦书靠在他肩膀上，“我让我哥也帮忙找了，没找到你喜欢的那个版本，我就做了一本给你，喜不喜欢？”

韩沛侧眸看着她，低头亲了又亲，心理的波动比刚才两人运动时都大。

“喜欢。”感觉不够，又加了句，“特别喜欢。”

韩沛翻开第一页，作者简介，一点都不少。

再往后翻，是英文版，全是她手抄下来的。隔几页就有一幅插图，也是她画的，还上了色彩。有蓝天大海，海湾安静，小船停泊；有老人，还有那个孩子，喝着咖啡，幻想第二天可以钓到大鱼；有海鱼成群，夜色下老人疲惫不堪，却依旧坚持；有老人安睡，孩子静静守在一旁，新的一天，太阳又照常升起。

韩沛盯着插画怔神许久，脑袋里是放空的，也不知道自己在想些什么。他一直以为，自己理智的人生不会有感动这样的事发生。

秦书的出现是个例外。

这本书更是个例外。

这种感动侵入到他的血液里，漫延至全身。打动人心的，从来不是金钱，也不是轰轰烈烈的某件事，而是真心。

像秦书精心准备的这本书。

韩沛把书和包装纸收好，放在床头柜上，顺手把灯给关了。

“欸，你……”剩下的话被韩沛悉数吞下。

韩沛覆在她身上，将她双腿分开。

所有感激的话语都不如负距离交流更能表达现在的心情。

这一夜，两人几乎没怎么睡，黏着黏着就黏到一块儿了。

翌日直到10点钟才醒。

秦书浑身都疼，坐起来没几秒又躺了下去。韩沛洗过澡出来，她还在睡。

“还困？”他在床沿坐下。

“累，疼。”她撒娇地说着。

“昨晚是谁逞能，非要一遍遍折腾。”

“是我，怎么了？”秦书抬脚踹他，韩沛没坐稳，差点被踹下床去。

秦书裹了件衣服去了浴室，昨晚两人累了都没洗澡。

冲过澡，她顺手拿了他的家居服穿上，还在镜子前照了又照。

女人穿男人的衣服，大多都是性感的。

韩沛正倚在床头看那本她送的书，看得入神。

秦书把书拿到一边，笑着说：“看我这本大书不好么？你看我也是书。”

韩沛把被子掀开，“过来。”

秦书爬到他身上趴着，“韩沛，我饿了。”

“我起去做饭。”

秦书摇头，“不用，你奶我两口就行。”

韩沛：“……”

秦书埋头在他怀里，轻轻吮吸。韩沛隐忍着，侧脸看向落地窗，有遮光帘挡着，什么都看不见。

几分钟过去，韩沛被折磨得够呛，拍她，“有完没完了？”

秦书抬头，煞有介事的表情，“不让我吃了是不是？想饿死我？啊？”

韩沛跟她对望，她眼神表情又坏又狡猾。

他失笑，“几岁？”

“你自己生的，我怎么知道？”

说着，秦书自己也笑了。

韩沛抱着她把她翻到了身下，亲着她的眼，“你就只能惹不能撑，昨晚哭成那样，忘了？”

秦书缠着他的腰，“韩沛，你家孩子饿了，做饭给我吃。是真的饿了。”她捏着他的下巴，“以后你多喝点汤汤水水的，不然都没奶喂我。”

然后把胳膊伸到他眼前，“你看看，都瘦成什么样了。”

韩沛被气笑了，她就是个得寸进尺的主。

“起来。”又在她脖子里亲了亲，“我做饭给你吃，想吃什么？”

秦书撒娇，“你做的我都爱吃。”

韩沛从她身上起来，再把她拉起来。

秦书打个哈欠，“今天做什么？”

他们把情人节当天要做的都提前到了夜里，白天感觉没啥事可做。

韩沛把衣服递给她，“去看电影，多买几张票，看到夜里再回。”

秦书：“……”这倒挺符合他不浪漫的脑回路。

韩沛做饭时，秦书也一直黏着他，不是从背后抱着他的腰，就是绕到他怀里，紧贴在他身上，不时摸摸亲亲。

“韩沛。”

“嗯？”韩沛垂眸，秦书仰着头，他知道她在索吻，他低头，含住她的唇。

亲了好一会儿，直到蛋都煎糊了。

韩沛看着怀里撒娇的女人，再看看散发着糊味的煎蛋。他自己都觉得挺稀奇，有天他会爱上这样的女人。认识秦书前，他有自己的择偶标准，成熟是最基本的要求。不黏人，给彼此空间，是他一直坚持的标准之一。这些年，不是没有这样的女人出现。也有不少全部符合他对另一半的要求，可总觉得少了什么，喜欢不来。秦书独立却不够成熟，聪明却孩子气十足，业务能力强，可没有应付全局的经验。

就是这样一个不讲理还喜欢黏人的女人，到他心上了。

吃过饭，韩沛去换衣服，秦书看了下时间，都快中午 12 点。

韩沛正在戴手表，她盯着他看。爱一个人大概就是，他戴手表的动作都透着迷人的魅力，独一无二。

“韩沛，我们别去看电影了。”她突然决定。

韩沛问：“你想做什么？随你。”

“就在家挺好，其实我不是太喜欢看电影。”

她算了下，从昨天下午到现在，韩沛快 20 个小时没工作了，之前是同学聚会，之后就一直陪她。

今天睡到 10 点，怕是他起得最晚的一次。

她以前问过他，最长一次休息时间是多久，期间没看一眼邮件。他说，十个小时这样。以前就算是春节，他也照常工作不误。海外的事业部不休息，他一直都有处理不完的工作。不过都习惯了，要是哪天不工作，他会不习惯。

秦书说：“你正好去看邮件，外面也冷，我们就待在家。”

她笑，不正经地笑，“饿了，你就喂我，这比看电影有意思。”

韩沛走过来在她旁边坐下，把她抱腿上，“真不去？”

秦书摇头。他今天没及时处理的工作，以后还得挤时间加班，说不定要熬通宵。

她语气坚定：“不去，真不想去。”

韩沛望着她，“因为我？”

秦书笑，“你可别这么自恋，我哪有那么好心？我就是想欺负你，在外面不方便，在家里随时可以。”

韩沛抱紧她，亲她的下巴，还是说：“谢谢。”

韩沛去书房工作了，秦书在客厅弹弹琴。

她突然想到方慕和：嗨，方妈，情人节快乐。

方慕和很快回：你还记得我是你妈?

秦书笑：没失忆。

问他：看到韩沛的朋友圈没?

方慕和逗她：我把韩沛给屏蔽了。

秦书：……你这样小心眼，小心这辈子爱而不得。

直戳方慕和要害。看到这句话他真想拉黑秦书。

秦书不再闹腾：你跟我们赵领导联系没?

方慕和岔开话题：那个项目进展得怎么样了?

秦书：前期工作差不多了，年后跟进。

方慕和：嗯。

沉默片刻，他问秦书：有赵曼迪电话没？发给我。

秦书诧异：你没有曼迪姐号码？那你们对接项目时怎么联系的?

怎么沟通的?

赵曼迪每次都是用座机给他打电话，也就打了两次。不是太着急的事情，她都是发邮件。

他以为她还是以前那个号码，结果今晚打过去，是空号。

那号码跟他现在用的是情侣号，就算分手了，他也一直用着。可她换了。

没经历过的人无法体会那种心情，当你既紧张又期待的拨了某个号码，听筒里却传来空号的提示音。

那一瞬，一起空了的还有他的心。

方慕和不想说太多，跟秦书说：把号码发给我。

秦书识趣地没多问，找出号码发过去，又发了一个摸头的表情图：我跟卜一长大了，你得找个伴了。就算所爱隔山海，山海也皆可平。

情人节后就是春节了，秦书跟韩沛都忙，忙着去亲戚家拜年。之前韩沛说要带她去，她想了想还是拒绝了。她要是陪他，爷爷奶奶和爸妈该失落了。

“不去了，不然我爸心里空落落的。”秦书道。

韩沛表示理解，“嗯，明天就能见到。”

明天初三，家里请秦书一家过去做客。

又问她：“你现在在哪?”

“在我姥姥家。每年初二我们都在姥姥家聚一聚。你呢?”

“我也是。”问她，“下午有别的安排没?”

“没，家里人多，牌局能凑齐，没我什么事。”

“今天天气不错，带你去郊区转转。”韩沛提议说。

“行啊，吃过饭我去找你。”

这几天都没见到，想他了。

“琪琪，过来。”表哥喊她。

“来啦！”

秦书跟韩沛说：“我帮我哥带孩子去了，下午见。”

表哥家的孩子才半岁多，男孩，叫小团子，特别好玩。

表哥把小团子抱给她，转身出去了。

“欸，哥你要干什么？！”秦书喊他。

“接个工作上的电话。”

秦书把小团子放腿上，逗他玩，还唱歌给他听。小团子呆萌地看着她，不时咧嘴咯咯咯笑。样子太好玩，她没忍住，手指轻轻捏小团子的腮，小团子的口水都下来了。

秦书自己笑了出来，赶紧给他擦擦，“我得把你流口水的样子录下来，以后给你媳妇看。”

秦书拍了张小团子呆萌的照片给韩沛发过去：可爱吧？

韩沛：嗯，喜欢孩子？

秦书：喜欢啊，小孩子好玩又可爱。

韩沛：喜欢的话，等你快毕业时可以考虑生。

秦书无言，他的脑回路总跟别人的不一样。

韩沛的信息又进来：确定要？

秦书：确定要你。

韩沛：又来劲了？

秦书发了好几个收拾他欺负他的表情图，还是不忘问他：你喜欢男孩还是女孩？

韩沛想了想：男孩吧。

秦书：？？不是说爸爸都喜欢女儿？

韩沛：男孩不听话可以打，要是再生个女孩，脾气跟你一样，我还不被你们俩合伙给闹腾死？

秦书笑：不行，我喜欢女孩。

韩沛：那就生女儿。以后跑步不许再偷懒，不然你体质太差，生孩子受罪。

聊着聊着，秦书发觉好像跑题了。

她跟韩沛这才刚热恋，生孩子还早呢，岔开话题：韩沛，我饿了。

韩沛无奈，都快成条件反射了，现在看到她说这句话，他就知道下边要说什么。

韩沛：警告你啊，好好说话！

秦书笑：想你了。

韩沛把姥爷家的地址发给她：你要结束得早，来找我，我尽量赶过去接你。

表哥打完电话回来了，接过小团子。

秦书收起手机，给他捶捶肩，“大过年的，你还不休息几天？”

表哥回说：“纽约那边也不过春节。”

问她：“你跟韩沛，你们都疯了？”在朋友圈秀恩爱秀得停不下来。

秦书哈哈笑，“疯得差不多。”又说他，“你又不是没恋爱过，你要理解我们这颗刚坠入爱河里的炽热的心。你要是不理解，我就怀疑你是不是上了年纪，已经不懂什么是浪漫了。”

表哥：“……”

提醒她：“你那个朋友方慕和，跟韩沛多少会有竞争，到时候你自己处理好了这层关系，理智一点。”处理不好说不定就要跟韩沛闹矛盾。

方慕和看上了 BD 公司，据他所知，韩沛也跟 BD 的高层有接触。

秦书继续逗小团子玩，心不在焉道：“知道。你别唠叨了，我又不是小孩，要公私分明，我懂。”

“懂没用，大道理谁不懂？”

秦书望着他，哀怨的眼神，“哥，大过年的，咱聊点开心的行吗？”

“嗯，聊什么？”

秦书笑，“比如，你那些情敌们。”

表哥：“……”

秦书耸肩，“知道我刚才什么心情了吧？过年咱就开心点，吃好喝好最重要，至于别的，上班后再说。”

中午饭一直吃到 1 点半都还没结束。平日里难得聚到一起，菜都热了两遍，他们酒还没喝完，秦书都看了十多次手表。

韩沛那边结束得要早一点，他没留下来打牌，说要去找秦书。家里所有人都觉得他能谈个恋爱不容易，催他赶紧去。韩沛穿上外套，刚要走，被母亲喊住：“韩沛，你等一下。”

“怎么了？”韩沛走过去。

韩母把他拉到边上的茶室，从包里拿出一个红包给他。

韩沛笑了，“妈，我都三十多岁了，你给我红包做什么？”印象里，他上初中后，父母就没再给过他压岁钱。

韩母说：“不是给你的，给秦书。”

韩沛没接，“明天你亲自给不是更好？”

韩母把红包揣他兜里，“这是我给你准备的，我就不给她红包了，之前在国外时给她买了不少礼物。”

韩沛不解，“她也不是小孩，不用红包。”

韩母说：“当年你爸追我时，春节给了我一个红包，说是压岁钱。99 块，我一个感动，决定嫁给他。这不是钱的事，女人不管多大，都喜欢被当小孩那样对待。”

母亲和父亲是大学同学，自由恋爱，直到现在两人感情都特别好。在他的记忆里，父母吵架次数还挺多，基本每次吵架都是母亲不讲理，可主动道歉的一直是父亲。

韩母拍拍他的肩膀，“赶紧地吧，这都快 2 点了，冬天天黑得早。”

韩沛点点头，问道：“这里头有多少钱？”把红包又掏出来看了看。

韩母没说：“你让秦书自己数。”

韩沛又给秦书带了点坚果和水果还有喝的，这才出门。

下午要开车去郊区，他中午就没喝酒。

今天几个阿姨和舅舅都回来了，姥爷家别墅的院子里停满了车，院子外的路上也是。他来得晚没地停，就放在了小区门口。

从别墅到小区门口要走一会儿，平时安静的小区，这几天多了几分热闹。小区路上来往车辆不断，走亲访友的人一波又一波，不时有孩子的欢声笑语传来。

正走着，“韩沛。”有人喊他，女声。

韩沛抬眸，迎面过来的车缓缓停下，车玻璃已经降下，是蔚蓝。

刚才远远看到韩沛时，她以为自己眼花，还自嘲一番，他怎么会出现在这里。离近了后，确定是他。

“你住这儿？”蔚蓝开门下车。

韩沛淡笑，打了声招呼，说：“姥爷家住这。”

蔚蓝点头，笑着说：“以为你们都住豪华别墅区。”

这个小区位置不差，就是房子有些年代了。三十年前，这里只有权贵才住得起。因为房子老了，很多人早就搬走。

韩沛说：“老人家住惯了。”

蔚蓝附和着：“也对，我爸妈就是。让他们过来住，非要住原来的地方，说街坊邻居都熟悉了。”

她指指前面那栋高楼，“我住那边。”

问韩沛：“你吃过了吧？”

韩沛点头，“马上回去。”

蔚蓝说：“今天好不容易遇到了，我请你喝杯茶。”

韩沛没有丝毫犹豫，“改天我请你，下午要带女朋友出去。”

蔚蓝嘴角的笑一僵，赶忙说：“陪女朋友要紧，那下回的。”顿了下又道，“耽误你几分钟不碍事吧？”

“你说。”

“你在这等我一下，我回家拿个东西给你，马上下来。”说着，她打开车门坐进去，“不用十分钟我就下来。”

韩沛问：“是什么？”

蔚蓝答道：“是你最珍惜的。”

汽车缓缓驶离。

着迷

VOL. **TWO**

梦筱二——著

着迷 OBSESS

目录

/ 001 **Chapter47.** 那本弄丢的书

/ 006 **Chapter48.** 520520 跟她生日的关系

/ 011 **Chapter49.** 韩沛又换了微信头像

/ 017 **Chapter50.** 过去

/ 021 **Chapter51.** 撒娇跟练九阴真经差不多

/ 026 **Chapter52.** 假期结束，狭路相逢

/ 030 **Chapter53.** 正面遇上

/ 037 **Chapter54.** 我老婆叫韩琪琪

/ 044 **Chapter55.** 参加同学婚礼

/ 053 **Chapter56.** 跟韩沛在 BD 公司遇到

/ 060 **Chapter57.** BD 项目花落万禾

/ 065 **Chapter58.** AC 项目泡汤了

/ 071 **Chapter59.** 跟韩沛摊牌

/ 078 **Chapter60.** 回校

/ 086 **Chapter61.** 糟心事一件接着一件

/ 091 **Chapter62.** 摔下来了，我接着

/ 098 **Chapter63.** 机场遇到熟人

/103 **Chapter64.** 这摊水太深，谁都不想趟

/ 107 **Chapter65.** 三个女人一台戏

/ 113 **Chapter66.** 求婚

/ 120 **Chapter67.** 唯一的一种可能

/ 124 **Chapter68.** 晕倒后的意外惊喜

/ 129 ***Chapter69.***
她要是我妻子，
蔚明海不会不收敛

/ 135 ***Chapter70.***
他做爸爸了

/ 143 ***Chapter71.***
别有用意

/ 147 ***Chapter72.***
你不是没时间？我看就行

/ 151 ***Chapter73.***
遇到蔚明海

/156 ***Chapter74.***
第一次交手

/163 ***Chapter75.***
谁都没打算参与

/ 167 ***Chapter76.***
他不会说情话，
可每一句都能暖到她心里

/ 177 ***Chapter77.***
蔚明海主动找她

/ 181 ***Chapter78.***
猜不透的套路

/ 048 ***Chapter79.***
爸爸胎教

/ 186 ***Chapter80.***
打了蔚明海一个措手不及

/191 ***Chapter81.***
结婚请柬

/195 ***Chapter82.***
就算瘦了，
那也是想你想的

/ 200 ***Chapter83.***
每次做坏事都被当场抓到

/ 204 ***Chapter84.***
这场对决中秦书损失惨重

/ 208 ***Chapter85.***
千帆过尽处

/ 212 ***Chapter86.***
她哭得像个孩子

/ 218 ***Chapter87.***
婚礼

/ 224 **番外 1.**
小生命的降临

/ 227 **番外 2.**
父子俩日常

/ 231 **番外 3.**
爱如初

Chapter 47

那本弄丢的书

秦书那边终于结束，大人开始打牌，她跟长辈说了声就离开。边往小区门口走，边给韩沛打去电话，问他吃过饭没。

韩沛问她："你出来了？"听到她那边很静，还有她走路的声音。

"嗯，还在小区，我过去接你。你呢，吃过饭没？"秦书又问一遍。

"正要去接你，碰巧遇到高中同学，她回家拿东西，要耽误十几分钟。"

直到这个时候，她的心情还是愉悦的。遇到同学正常，她并未放在心上，还调侃他："肯定是女同学对不对？"

"嗯，高中同桌，把我书弄丢的那个。"

电话里有几秒的静默。

秦书自己也奇怪，为什么他仅仅说了个高中同桌跟那本书，她就对那个女人敌意那么大？也许真如她们所说，女人恋爱时，个个都是感情里的福尔摩斯，敏感到蛛丝马迹都能发现。

"你跟你同桌以前关系挺好的吧？"不然不会借书给她，那么珍贵的一本书。

韩沛实话实说："嗯，还不错。"

"她喜欢你吗？"

"……应该。"

明知道人家喜欢他，他竟然还站在那里等人家拿东西。秦书缓了下情绪，努力克制着："你同桌很漂亮是不是？"

话一问出口，她自己都觉得有哪里不对。她是彻底打翻了醋坛子。

韩沛客观评价蔚蓝的长相，"还行。"以前不少男同学总称呼蔚蓝班花。

秦书再也忍不住情绪，"也对，你们男人的眼睛都自带滤镜，要是长得不好看，怎么会大冬天喝着冷风都要等人家去拿东西。"

韩沛笑了，"怎么了？"

"没怎么，中午没吃饱，说话难免冲。"

韩沛以为她是真的中午没吃好，"是不是照顾你侄子没来得及吃？我接你到我姥爷家？姥爷家里有好吃的。"

"等你接我？你不是要等你那个漂亮同桌么？等你来，我早饿死了。"

韩沛这才听出她是真不高兴了，连掩饰都掩饰不住。以往说到秋蓝，她就是嘴上开玩笑的不高兴，不像今天，特别不讲理。

"十分钟我就过去。"

秦书没吱声。

过了几秒，韩沛没听到声音，喊她："琪琪？"

隔了几秒，秦书质问道："你以前到底惹了多少情债？"

韩沛无奈道："我能管得住别人的感情？"

他又说："不说以前，就是现在，追我的女人也不止一个，我从来没理会过，以后也会处理好。这些醋，你没吃的必要。"

她都已经那么不高兴了，他还跟她显摆现在有多少女人喜欢他。

忽然就各种委屈，可她言语上表现得挺大度："没吃醋，你跟老同学好不容易见一面，得找个地方好好坐下来聊聊。你先忙，不急着来接我。"

说完她直接挂了电话。

韩沛嘴里的话还没说出口，通话断了。

这是第一次莫名就被挂了电话。韩涔再胡闹，再生气，也不敢挂他电话。

他知道女人善变，就是没料到上一分钟还好好的，下一分钟就能直接挂电话。

秦书正在小区路边，站在那里发愣。

明明几分钟前，她还满心欢喜地去见他，几天不见，她早就想他了。可就为一点破事，他们起争执了。

以前方慕和说，恋爱是把双刃剑，这面是甜蜜，另一面是痛苦，她还不信。

现在她信了。

闹矛盾的滋味真不好受，心里牵扯着难过。

秦书盯着手机，想拨过去，可那个手指倔强地怎么都不愿去碰触拨打键。

"琪琪。"有人喊她，随即传来两声汽车鸣笛。

秦书转脸，是表哥，"哥，你要出去？"

"姥爷让我们在这边住两天，我回家拿些小团子用的东西过来。"

问她："跟韩沛吵架了？"

秦书一怔，"你怎么知道？"

"你脸上写着不高兴。"

秦书把手机塞进包里，没吱声。

表哥示意她上车，"陪我回家。"

"不去了，一会儿韩沛要来接我。"

表哥故意道："先晾着他，让他等两个小时。"

秦书："……"

表哥笑，"怎么，又不舍得了？"

"这样不好。"

"知道不好，你还在这生闷气？什么事是沟通解决不了的？就我对韩沛的了解，他还没那么闲，没事找事跟你吵架。"

秦书反驳："谁说的？他是没故意找事不假，可吵架也是因他而起。有些事，在你们男人的眼里，总觉得是我们女人小题大做，是我们没事找事，可我们女人的心眼就那么大，能怎么办？”

表哥一怔，“到底为了什么吵架？”

秦书只说：“女人。”

“说清楚。”

秦书闷了一会儿才说话：“有女人喜欢他，我不高兴了。”

“如果是韩沛犯了原则性的错误，我不会让你受任何委屈，不用你去找他，我去。要是他已经处理好，你仅仅因为有人喜欢他，就跟他闹，那你得自己找找原因。”

他语重心长地劝解：“琪琪，不管夫妻还是情侣，得学会包容和理解。”

秦书心里正委屈着呢，气不过，瞪他一眼，“到底谁跟你亲？你都不向着我！”

“我要这么护短下去，你日子还怎么过？”

秦书还是不高兴，耷拉着脸不吱声。

“那我现在去把韩沛打一顿？这样你就高兴了是不是？”

“你敢！”

“这不就得了。你自己都不舍得，那还气什么？”他解下安全带，半起身，打开副驾驶的车门，“上来，外头冷，到车里等。”

秦书摇头，“我现在需要冷风，正好冷静一下，你忙去吧。”又说，“我知道我脾气不好，是得改改。”

表哥劝她：“有什么事好好沟通，本来一句话就能说清的事别压在心里。”

秦书点头，“知道了。”

她把车门关好，表哥驱车离开。

手机震动了好几下，都是韩沛发来的，让她先回屋里等他。

嘴上说着要改改脾气，在回韩沛信息时，就只有一个符号：！

韩沛看到后无奈地摇摇头。回拨了电话过去，秦书过了好一会儿才接听，没好气地问：“什么事？”

“刚才是我不好。”他主动道歉。

过了半晌，秦书委屈道：“韩沛，我没吃醋，就是闻到了。”

韩沛低声哄她：“以后连醋味也不会让你闻到。”

远处，蔚蓝缓缓走来，穿着白色羽绒服，头发也挽起来了，打扮得清爽利落，还围了条中国红的围巾。

挺适合现在的节日气氛。

韩沛跟秦书说：“马上过去接你。”

通话结束，蔚蓝也走近。

“猜猜是什么？”蔚蓝笑着说，那本书包了书皮。

韩沛伸手，“以前丢的那本。”

刚才蔚蓝说是他最珍惜的，他就猜到是《老人与海》，所以他留下来等着她回家拿。

要是旁的东西，他不会留下来等。

他向来不收女人的任何礼物，秦书的例外。

蔚蓝把书给他，“没想到还能找到。”顿了下，“早就想给你了。”话说半句，然后看着韩沛。

很多话无从说起，觉得高中那段时光太遥远了。可看着他穿运动装，好像一切又跟昨天一样，不曾远离。

这本书之于她是特别的记忆，之于他，也一样吧。

韩沛接过书，说了声谢谢。

拿到后并没有失而复得的惊喜，只是拿回了爷爷喜欢的一本书。

这书爷爷送给了爸爸，后来爸爸送给他，没想到在他手里弄丢了。

当初书丢了他不是没气过，只是气也没用，蔚蓝不可能给他找回来一本一模一样的。她又是女生，他总不好跟她去计较什么。

这么多年一直有遗憾，直到秦书给他手抄了一本，所有的遗憾都被弥补，那点执念也就放下了。

没想到今天这本又找了回来。

蔚蓝看着那本书，“这些年耽误你看了吧？”

韩沛平静地答道：“没，我有好几本。”

蔚蓝追问：“也是第一版？”

韩沛并不想多聊。在商场上混久了，很多时候能不说话就保持沉默，说多就错多。话本身没毛病，解读的人总会按照自己以为的那样，解读出自己想要的那个意思。

除了秦书跟韩涔，他很少跟人聊些没意义的，特别还是跟他私生活有关。

他不着痕迹地转移话题，“保存得不错。”

蔚蓝一怔，不过也习惯了他思维的跳跃性，随即笑了笑，跟他解释：“嗯，找到后我就一直小心翼翼地存放。当时我把家里都找遍了，就是没找到，没想到后来家里装修要搬床，在床垫跟床板间发现了。”

当时只能用晚上的时间看这本书，可能第二天起床叠被子时不小心弄到了里面。

高三的时候忙，正好那段时间摸底考试，她就没想起来要看那本书。等考完试，韩沛问她书看完没，她才想起来到书包找。没有。

后来翻遍了家里，怎么都没找到。

找到这本书时高考已经结束。家里老旧得不像话，父母要把家里重新拾掇一下，然后就看到了这本书。

一直等着他来找她时再给他，哪知道再见面已是这样。

韩沛对于这本书是何时找到的并不关心，他没时间多逗留，客气道：“以后有空聊，我先回了。”

蔚蓝点头，“行啊，都在北京，见面也方便。”

她下巴微微一扬，“走吧，跟你一起，我正好要去门口便利店买速溶咖啡，家里咖啡喝完了。”说完，用余光特意看了看他。

韩沛也没说什么，两人之间隔着些距离，并肩朝小区门口走去。

蔚蓝两手插兜里，随意地跟他聊着，问他某同学的婚礼要不要去。

韩沛微微颔首，“去。”

新郎跟新娘都是他们班上的，两人分别给他打了电话，说必须得过去，他已经让秘书把他那天的时间空了下来。

蔚蓝似有感慨：“没想到他们这么多年后还能在一起。”想了下，接着说，“那时他们俩坐我们前边吧？”

韩沛不答反问：“你不是律师？”

那意思，她记性好，还用得着问别人？

他那么一说，彻底把回忆过去的这条路堵住。

蔚蓝牵牵嘴角，笑说：“以前又不是律师，这不是后来才改行的么。”

她总觉得韩沛跟以前哪里不一样了，要说不爱说话，他以前也算沉默寡言，可她觉得至少两人聊天时他是有耐心的，现在好像少了那点耐心。

也不走心了。

两人之间有片刻的沉默，蔚蓝主动聊起来：“听同学说你女朋友是家里介绍的？”

她其实更想问，你喜欢她吗？只是太过骄傲，事到如今她还是没法问出口。

韩沛回她：“嗯，通过家里认识的，我追了挺久。”

蔚蓝眼底泛着惊诧的波澜，“你……追人？”

“我要不追，她也看不上我。”

蔚蓝：“……”

他向来骄傲，什么时候这么低姿态过？

Chapter 48

520520
跟她生日的关系

说话间到了小区门口，韩沛示意旁边的那辆车，“我到了。”

蔚蓝跟他挥挥手，“再联系。”

看他打开车门坐进去，她嘴角的笑一点点塌下去。

她根本就不是出来买咖啡的。她不能喝咖啡，他是知道的。

高中时因为喝了点咖啡，她胃疼了一下午。后来都去了医务室，还是他跟班上的另一个女生一起陪她去的。

他都不记得了。

韩沛刚要发动车子，严沉的电话打进来。两人太熟悉连寒暄的话都免了，直接问他：“明晚有时间没？”

韩沛猜到了是什么事，“人约好了？”给韩涔找个律师。

“嗯，我最好的朋友给我牵的线，就是之前跟你说的那个，气质不错，冷美人。人美心善，情商也高，绝对管得了韩涔。约了明晚。”

“行，我安排地方。”

严沉现在正在会所玩，问他：“过不过来？”

“没时间，要陪秦书。”

“……没时间就算了，你约会是正经事。”严沉特意停顿了下，接着说，“那有个事儿，咱能不能打个商量？”

“什么事？”

“以后别在朋友圈发秦书的小视频或是照片了，行不行？人家都是爸爸晒女儿晒上瘾，你怎么也晒上瘾了？”

“碍着你事了？”

“……”

严沉差点就被噎死。当然是碍不着他的事，但是看了到会起鸡皮疙瘩，想想饭都吃不下去。

其实那些照片视频也没什么，没有任何文字，一条朋友圈简单到只有一两张照片，或是一个几秒的小视频。都是秦书工作和生活里的一个抓拍，基本不露正面，有时一个侧脸，有时一个背影。

每次看到韩沛那么高冷的一人晒小视频，他就浑身不得劲。

不光是他，他们那一圈里的人都鉴定盖章：韩沛疯了。

韩沛结束了跟严沉的电话，订好明晚的餐厅，把地址发给严沉，这才去接秦书。

到了秦书姥爷家的小区，远远就看见秦书正站在小区门口的路牙石上，无聊地玩着绿化带的树叶。

他没想到她生气了还会在这边等他。

“琪琪。”韩沛缓缓停下车，喊她。

秦书抬眸，哼了声，却跟没看见一样，漫不经心地收回视线。

韩沛下车，“站在风口冷不冷？”把她拥进怀里，“说了让你先回家等，外头冷，耳朵就这么硬？”又摸摸她的脸颊，“不冷？”

“冷啊，散散醋味。”

韩沛揉揉她的脸颊，“以为你今天不见我了。”

“做错事的又不是我，我为什么要躲？再说了，就算是我错了，那我也得正面刚。我才没那么傻，一个人偷偷躲起来抹眼泪。”

韩沛笑，“不傻就行。”

到了车上，韩沛没急着开，转身看着她，“还饿不饿？”

秦书翻个白眼，不搭腔，也不看他。

韩沛揉揉她的头，“不高兴就说出来。”

“没什么好说的。女人的占有欲作祟，不理智暂时占了上风，现在我浑身是刺，就等着找你茬，你可别招我。”

韩沛倾身，握着她的后脖颈，在她唇上亲了几下。她不主动靠近他，这个角度他不好抱她，索性下车坐到后座。

“你坐这，谁开车？”

“一会儿我开。”

秦书上下瞅他一眼，然后视线落在他胸口，“怎么，你要奶娃？”

韩沛被气笑了，“好好说话。”

秦书斜他一眼，“我不计前嫌能跟你说句话就不错了，你要求还怪多。”

韩沛长臂一伸，把她抱在怀里。

他一直都记得，她在上海时说过，让他以后再也不吵架，要是吵架，只能她吵，他抱着她就行。

过了几分钟，“好点没？”他问。

秦书不答反问：“你还记得啊？”还记得她当时的那段话。

韩沛：“嗯。”又亲亲她的额头。

秦书也不好意思再跟他没完没了，“我们出去转转吧。”

韩沛这才坐到前面去，发动车子离开。秦书又像以往那样，靠在他座椅后面，离他很近。

“这是什么？就是你同桌给你的？”

秦书无意中看到了放在副驾驶的书，吸引她的是包书纸，别有意境。并不是专门的包书纸，而是用了一幅画包起来。包装纸崭新，看样子是刚包上去的。

她顺手拿过来。

韩沛瞅了眼，“是我丢的那本书，刚才就等着拿它。”

秦书打开一看，不禁惊讶：“1952版的《老人与海》？”

“嗯。”

“不是……丢了吗？”

“又找到了。”

秦书看了韩沛几秒，也只能看到他的侧脸，“丢了？多少年后又找到了，现在她又还给你，还弄了个这么……深情的包书纸？”

“什么包书纸？”韩沛问。

他刚才只看了眼，没注意具体是什么包书纸，竟被她说得……深情。

“‘我的同桌’系列。”

韩沛把车靠边停下，拿过那本书，看了看包装纸，直接把书皮拆下来。

“欸，你干什么？”秦书怔了下。

“看你挺喜欢这书皮的，送你了。”

秦书瞪他一眼，还是接过来，胡乱叠了叠塞包里头，眼不见心不烦。

“你同桌，知道你有女朋友了吗？”她问。

“知道。”

“这本书是刚找到？”

“不是。”

“那她现在才想起来还给你，还弄这样暧昧的包书皮。”剩下的话，秦书没爱说，说了给自己添堵。

她再看那书的封面，就跟书里的那个老人一样，上了年纪，经历了风风雨雨，全是褶皱。

“我不是给了你一本么？”问他，“你就这么喜欢这本？非要拿回来。”

“这本书对爷爷来说很有意义。在我这里丢的，现在又找到，我必须得拿回来。”

他从后视镜看了一眼她，“我真要不拿回来，直接送给我同桌，你知道后不得跟我闹翻天？”

“肯定啊，何止闹翻天，直接把你踹床下去。”

“拿回来会不高兴，不拿回来，你更不高兴。”反正这事怎么做都是错。

秦书没再接话，往后靠在后排椅背上离韩沛远了些，没再跟他攀谈，意兴阑珊地望着窗外。她也知道，这种醋实在吃得没意义，更没有必要。谁还没个同桌，谁还没对同桌好过？

可知道归知道，大道理她都懂，真的做到不在意，太难。

那本书都在女同学那里十多年了，仿佛成了他跟那个女同学的专属回忆，当初他那么在意的一本书竟然会借出去。

他自己都说，当初跟那同学关系好。

看到这本书时，她就突然觉得自己手抄的那本彻底失去存在的意义了。

书跟其他的用品还没法比，特别是对于喜欢藏书的人来说，年代越是久远越是绝版，越有意义。心头好永远是心头好，无可替代。

莫名地，她感到失落。

“琪琪？”

“嗯？”秦书再次看向他，从后视镜里。

“我现在要说更喜欢你给我的那本，你肯定会觉得我是为了哄你才这么说。”顿了下，他接着道，“可事实就是如此。”

然后又解释：“我对那本书的执念是因为它丢了，还是我最喜欢的一本，又对爷爷有着不一样的意义。后来是遗憾多于喜欢。

“你送我的那本，我是不可能给任何人看的。而爷爷送我的那本，我不止借给一个同学看过。”话说到此，他就打住了，剩下的让她自己去体会。

韩沛边看着前方的路，边跟她说：“这本书我明天给爷爷。爷爷之前还念叨过，说那是他买的第一本英文小说，还是第一版。人上了年纪，特别爱怀旧。”

他这么一说，秦书反倒觉得自己太小家子气。虽然她也真的不大方，可还是假客气一番，“不用送走，留在你书房吧。”

韩沛却决定了：“给爷爷，爷爷想看看。”

“那随你。”秦书的语气轻松不少。

韩沛忽然想起一事，到了前边再次把汽车靠边停下。

“怎么了？”秦书问。

“新年快乐。”韩沛把红包给他。

“压岁钱？”

“嗯。”

秦书接过来，“多少？”

“自己数。”

妈妈之前在红包里放了 99 张，寓意天长地久。他觉得没新意，拿了不少下来，凑成她的生日数字。

秦书最喜欢数压岁钱，可自从上大学后她就没收到过压岁钱，每次都是礼物。对她来说，礼物再昂贵都不如一个红包有意义，那是童年的一份回忆。

数完了，秦书把钱塞进红包。

“59 张，我的生日。”

她的生日，5 月 9 号。

韩沛凑过去亲了她一下，“不许再闹脾气，过年得高兴点。”

秦书若有所思地望着他，“这样吧，我出个题，你要是猜对了我就彻底不生气了，再给你个吻。”

韩沛笑，“猜什么？”

“我的生日是5月9号，不过我所有的密码都是520520。你猜猜两者有没有关系？要是有，是什么样的关系？一分钟内猜出来算你赢。”

韩沛看着她的眼，“确定我猜出来，你就高兴了？”

秦书点头，“嗯。”

韩沛只在心里想了几秒钟，“520520里的第一个5是5月，2+0+5+2+0=9，所以是你的生日5月9号。”

他把她抱进怀里，“不许闹了。”

Chapter 49

韩沛又换了微信头像

秦书一直盯着他看，知道他聪明，就是没想到他几乎想都没想就说出来了。

“对吗？”韩沛问。

“就算是对的，我也可以说不对，反正也没标准答案，这个520520有好几个解释。”

“你看你那无赖样。”韩沛捏捏她的脸，拍他的腿，“过来坐。”

秦书从后座爬过去，“不怕被我撩？”

“撩起火也是你灭。”

秦书跨坐在他腿上，“你猜对了，我答应你不生气了。”又主动亲了他两下。

“以后别自己生产醋吃，心里有什么疙瘩直接问我。”

秦书点头，“好。”

韩沛没想到她会这么爽快，给她承诺道：“以后不管什么原因吵架，你不用来找我，等着我去给你道歉。”

秦书一时语塞，还在感动着，好一会儿才说话：“那等热恋期过了呢？你还会来找我？”

“会。不过等我老了，实在走不动了，你到我跟前来，我还是会跟你道歉。”

不知道为什么，秦书听到这话，忽然眼睛就有点发红。她说：“我不生气了，以后也不会没事就找你茬，真的。”

韩沛自然不会信她，她什么脾气他现在摸得一清二楚，现在说不气只是被感动了，问她：“想去哪？”

“回家吧，天冷也没什么好玩的。”

韩沛打开音乐，然后专心开车。

“想听歌吗？”秦书问他。

韩沛关了音乐，“想听。”

“想听什么，你尽管点。”

“你琴谱第24页上的歌曲。”

秦书一怔，又一想，原来自己都24岁了。

回到家，韩沛抱着她直接去了卧室。

秦书觉得爱情这东西很奇妙，刚刚他们还有点不愉快，现在两人就蚀骨沉沦，她在他身下，感受着他有力的身体，彼此的汗水都汇在了一起，分不清是谁的。

韩沛把她抱到怀里，“睡吧，今晚就住这。”

秦书困得睁不开眼，“嗯”了一声，又提醒他：“你定个时，明早早点喊我起床，我要回爷爷家，跟爷爷奶奶一起去你们家。”

“好。”

翌日，10 点，秦书一家前往韩沛家。爷爷家距韩沛家半个小时左右的车程。

车上，秦书跟爷爷奶奶坐一侧，秦爸和秦妈坐对面。

“你这指甲的颜色跟今天的衣服不配。”奶奶把秦书的手拿过来仔细瞧了又瞧，摇摇头，“怎么谈个恋爱，连审美水平都下降了？这可不行啊，女孩要时刻保持最精致的状态。”

爷爷说话：“我看着就很好。”

奶奶瞅一眼爷爷，“色盲的人，就别乱在这儿评价。”

爷爷语塞，纠正道：“我是色弱。”

“那什么颜色好看？”秦书靠在奶奶肩头，把话题揽过来，她知道爷爷也说不过奶奶。

“等着啊，我包里有几瓶指甲油，效果应该比你现在的这个好。”奶奶拿出化妆包，先把秦书之前的指甲油清理干净，又用湿纸巾擦几遍，晾干。

秦书问：“那我一手涂一种颜色，怎么样？”

“可以，保准让你满意。”

坐在对面的秦爸和秦妈，两人互相望两眼，全是无奈，可又不能说什么。

秦妈问秦书：“跟韩沛和好了？”

秦书一怔，“啊？”

秦妈解释：“昨天不是吵架来着？”

秦书第一反应就是，“我哥说的？”

秦妈反问：“你哥也知道？”

看来不是哥哥说的。秦书好奇道：“妈，您怎么会知道的？”

“我跟你爸从你姥爷家的小区出来时，正好看到韩沛来接你。”当时闺女脸上气鼓鼓不讲理的样子，她现在都记忆犹新。

秦书“嗯”了声，别的没多说。

“都 24 了，该懂事得懂事。”

秦书不高兴了，“妈，您怎么跟我哥一样，还不知道为什么吵架呢，就都说我的不是。”

“你什么性子我们还不知道？说你那是为你好。你从小到大任性惯了，得学会收敛着点。”

爷爷咳两声，“行啦行啦，我们琪琪已经不错了，长大了。”然后指指她脚上，“你看现在都懂事了，知道主动穿袜子了。”

秦妈：“……”

奶奶开始给秦书涂指甲油，言语间也颇有不满，“我们宝贝大的孩子，自然不能让她受了委屈，女孩子闹脾气那不是正常？难不成还去讨好别人？女人不管在爱情里还是在婚姻里，都得有自己的姿态。”

秦妈刚要说话，被秦爸眼神示意，让她别说，他来。

婆媳之间的一些话，说不好就会是矛盾。他是儿子，不管说什么，就算说错了，母亲也不会放心上，顶多损他两句这事也就过去。

秦爸接过话：“妈，韩沛这孩子什么品性，我们都有目共睹。琪琪不是不好，就是有时太任性，改改不是坏事。小两口之间，哪能谁让谁一辈子。”

奶奶停下手上的动作，抬眸，用不悦的口吻说：“男人多让着点媳妇怎么了？我不是也这么教你的？再说琪琪能长这么大，容易吗？啊？”

秦爸暗道，又来了又来了。接下来母亲要说什么，他都能倒背如流。

奶奶还在唠叨：“琪琪七个月早产，生下来就抢救，后来就连医生都不抱希望了。要不是我怎么都不放弃，坚持每天给她三遍用精油全身抚触推拿，她活不活得成还不好说。现在长这么好，你们要求那么多做什么？真是身在福中不知福。”

秦书已经经历过无数次这样的争执，争来争去也没有个结果。

反正以前只要她犯错，爸爸妈妈都还没开始说教，爷爷奶奶就把责任揽过去，然后就说她能长大就得学会知足，不能要求那么多。

“好啦好啦，今天这么高兴的日子，你们别吵啦。”秦书用脸颊在奶奶的肩头蹭蹭，“奶奶，快点给我涂指甲。”

奶奶又看了眼她的脖子，“你这项链也不太适合这条裙子。你今天这身搭配，整个都有失时尚水准。”

秦书摸摸项链，“这是韩沛送我的，今天戴着让他高兴高兴。”

奶奶满意地点头，“嗯，偶尔给个惊喜可以，不要为了谁改变原来的自己。你一旦按照谁的眼光去改变自己，最后成了那个人眼里标准的乖巧样子，也就是他要离开你的时候。”

秦爸着急了，“妈，您不能这样教孩子！”

“怎么，嫌弃我不会教育？我不会教育，你今天是怎么成功的？”

秦爸：“……”

奶奶接着刚才的话，跟秦书说：“女孩千万别为了讨好谁去改变自己。他要是不喜欢你，你再怎么变他都不会喜欢；他要是喜欢你，那你就更不能改变自己，因为他就是喜欢原来你身上那些跟他一贯坚持的所背道而驰的东西。其实每个人都喜欢别人身上自己所没有的特质。等你改变后，这种特质消失，你就跟他成了一类人，他就没有了新鲜感，然后往往就会移情。男人的劣根性都是如此。”

秦书笑，“一会儿爷爷跟我爸要怼您了。”

“怼我那就说明他们心虚，嘴上不愿承认罢了。”

秦书哈哈笑。

爷爷又出声了，不过跟这个话题无关，“琪琪啊。”

“啊？”

“等假期结束，你把公寓里的东西收拾收拾回来住。我跟你奶奶年纪大了，家里没个孩子觉得冷清。”

爷爷奶奶都溺爱她，可有些规定，严着呢。

他们很早之前就不避讳地跟她聊婚姻爱情的话题，跟她说过好多次，女孩子可以尽情享受爱情，但要有自己的一些原则，不能在领证前就搬到男方那里住。有自己的住处，哪怕是租的，任何时候也都有底气，特别是跟男朋友吵架时。

秦书知道爷爷什么意思，她恋爱了，怕她跟韩沛同居，要管着她。

她没打算跟韩沛同居，不过一起过周末是要的。以后要是住在爷爷奶奶那里，跟韩沛过个夜什么的就特别不方便了。

只好找个理由：“我得陪颜彦，她一个人住害怕。”

奶奶接过话说：“你问问彦子那孩子，她要不嫌弃就跟你一起回来住，反正家里多的是房间。还有厨师做饭，连你们的衣服都有人洗，上班也比你们公寓近了不少。”

“……我习惯，那人家彦子会受拘束啊。”

“她也习惯。当初你出国，我心里空落落的，彦子还经常来看我跟你爷爷，你都不记得了？”

秦书：“……”

秦爸搭腔道：“行，这事就这么定了。”

秦妈也应和道：“嗯，你也不小了，不能光顾着恋爱，抽空多陪你爷爷奶奶。以后结婚了，总有你看到韩沛就烦的那天，现在给彼此留点空间，挺好。”

秦书彻底无力反驳，分分钟他们就统一战线了。

她又为自己做最后的争取：“那这样行不行，我上班时回你们那边，周末我找彦子玩，在公寓过两天，女孩子间有很多话要讲的。”

奶奶知道秦书的那点小心思，女孩子正常恋爱，水到渠成的感情，她不会过多干涉，不同居就行，便点头同意。

很快就到了韩沛爷爷家。

即便有家人陪着，她也来过韩爷爷家，可秦书还是紧张，这毕竟是第一次正式见家长。

后来爷爷陪韩爷爷去下棋，奶奶和妈妈去厨房帮着韩伯母忙活，爸爸跟韩伯伯去了茶室喝茶聊生意，没人有时间管她和韩沛，韩沛便牵着她去了楼上。

“你紧张什么？”韩沛看她。

秦书摇头，“我也不知道。”

到了卧室，秦书躺在韩沛床上，让他给揉腿。昨天运动过量，今天走路都发飘。

秦书问韩沛：“晚上我们去看电影？”

“那得看午夜场。我晚上约了严沉，要给涔涔找个律师带带她。”

“行啊，我正好还没看过午夜场。”她说，“你晚上肯定要喝酒，我去接你。”

韩沛 5 点半就去接韩涔，到餐厅时，严沉跟那个律师已经到了。

看到严沉身边的那人，韩沛一怔，怎么都没想到会是蔚蓝。

韩涔也看到了蔚蓝，立马挽着韩沛的手臂，拖慢他的脚步，“哥，那个女的就是你要介绍给我的老师？”

韩沛却说了句：“我之前也不知道是她。”又问，“你认出来了？”

“废话么。”已经走近，别的韩涔就没多说。

“哪有请客的让客人等的道理！你说你像话吗？！”严沉笑着声讨。

“是我们来早了。”蔚蓝说着，看向韩沛，“你今天穿得这么正式我都差点没认出来。”特别熟稔的口吻。

严沉一愣，刚还打算介绍他们认识。

他讶异道：“你们认识？”

韩沛在对面落座，这才说话：“嗯，同学。”

“你们是同学？”严沉更惊讶了。

蔚蓝浅笑，接着他的话说：“对啊，高中同学，还是同桌呢。”

“你说这缘分。合着绕来绕去都是熟人。”严沉说，“那涔涔你应该也认识了，她小时候可是一步都离不开韩沛。”

蔚蓝点头，“前几年我跟涔涔还见过呢，涔涔越来越漂亮了。”

韩涔客气道：“谢谢。”

服务员过来了，等着点餐。

韩沛把餐单先递给蔚蓝，蔚蓝摆手，“我随意就行，晚上吃得少。”

他知道韩涔喜欢吃什么，就开始点了。

韩涔端着茶杯，漫不经心地喝着。韩沛点某道菜时，她忽然出声：“哥，这是我嫂子爱吃的，我从不吃这个，你忘啦？”

韩沛：“……”

他就没见过像她这样睁眼说瞎话的人，明明就是她喜欢吃的菜，秦书根本不爱吃。

转念一想，瞬间明白了她什么意思，这话她是故意说给蔚蓝听的。

他多看了眼韩涔，平时智商情商都在凹地，今天倒是正常一回。

严沉宽慰韩涔：“热恋中的人都这个样，你看你哥现在每天都在朋友圈晒琪琪，就知道他魔怔了，咱别跟不正常的人一般见识。”

又多说了几句：“等你恋爱了，估计连你哥是谁都忘得差不多。”

韩涔瞪眼，“我有那么白眼狼？”

严沉笑，“你以为你的眼全是黑的？”

蔚蓝在一边默默喝水，听着严沉跟韩涔说笑，明明茶水很烫，她喝下去却感觉是凉的。她没加韩沛微信，不知道韩沛是怎样晒女朋友的。

韩涔还在跟严沉聊韩沛，她问严沉：“欸，严沉哥，你知道我哥那个头像是什么意思吗？”

蔚蓝不自觉地把视线落在韩涔脸上。

严沉说："就你哥昨天半夜新换的那个？"

韩涔笑，"你也知道他半夜换了新的？"

"我当时正跟他聊工作上的事，聊着聊着，发现他头像换了。我当时真的缺个氧气瓶。"

韩涔哈哈笑，"知道闷骚男浪漫起来是什么样了吧？"

韩沛拍下她的脑袋，"你今天哪来那么多话！"

菜还没上来，韩沛起身，示意严沉，"出去抽支烟？"

严沉问："你不是戒了？"

"偶尔抽，在琪琪那不抽。"

两人去了餐厅设置的抽烟区。

严沉把烟递给韩沛一支，韩沛摆手，"不抽。"

"你……"严沉突然意识到哪里不对，"有话跟我说？"他点上烟。

韩沛颔首，"就是蔚蓝带韩涔这事，要跟你说声抱歉，这事我做得不漂亮，让你找人，又临时反悔。"

严沉一头雾水，"到底怎么一回事？你跟蔚蓝还有商业案子上的纠纷？她以前代表其他企业跟你打过官司？"这是他唯一能想到的原因。

韩沛直说了："不是，我以前跟蔚蓝关系还不错，期间发生了些事，就连我妈都误以为我跟她是一对，以前的事我就不多说了。"

严沉弹弹烟灰，明白了，"怕秦书吃醋，所以避嫌？"

韩沛点头，"嗯，这样蔚蓝也懂是什么意思。"

严沉吐出烟雾，"行，这事我有数。"

韩沛还是过意不去，"麻烦你了。"

"咱俩之间就不用客气了。"严沉把烟摁灭，"走吧，菜差不多上了。"

Chapter 50

过 去

等他们回到餐厅里，蔚蓝起身，“我去个洗手间。”

她早就想出去了，刚才韩涔一直跟她说个不停，都是问司法考试的内容，她也不好中断。

到了洗手间的第一件事就是打开手机，点进班级群里。刚才韩涔和严沉聊到韩沛的微信新头像时，她就一直想看，又怕被严沉瞄到手机页面，忍到现在。

蔚蓝把韩沛那个头像放大，还是那架钢琴，不同的是，书换了。入目的是书中间的一幅插画，画的是一望无际的大海，风平浪静，海边坐着那个老人跟孩子。在这幅插画右下角放了两枚围棋棋子，一黑一白。

所以这个头像的意思是，琴棋书画？

饭局结束，韩沛把车钥匙给韩涔，让她开车小心点。

“那你怎么回？”韩涔问，接过他的车钥匙。

“你嫂子来接我。”他说得那么自然，就连韩涔都觉得毫无违和感。

韩涔跟严沉先下楼，把空间留给韩沛和蔚蓝。

蔚蓝等了一整晚，就等这个时候能跟他说几句。今晚她接二连三地从韩涔那里受到打击，韩涔就好像故意针对她一样，三句话不离她嫂子。

“走吧。”韩沛把风衣搭在臂弯，下楼，侧眸看着她，“今晚耽误你时间了。”

蔚蓝笑笑，“你这么说就见外了，我挺喜欢涔涔的。”

韩沛不喜欢拐弯抹角，直接开门见山，连铺设都省去，“涔涔就不麻烦你了，我再给她找个老师。”

蔚蓝一愣，没注意脚下，差点踩空楼梯。韩沛反应快，扶了她一把，“小心点。”

“谢谢，没事。”蔚蓝赶紧整理好自己失态的表情。

楼梯不时有顾客上下，说话也不方便。到了楼下，两人移步到花坛边。

片刻的沉默后，蔚蓝迂回道：“没有什么麻烦不麻烦的，现在的女孩都比较叛逆，就别说涔涔这样家境优越的女孩，我会尽心带她。”

“涔涔被我惯坏了，有时犟起来我都管不了，不能让你为了带她影响到工作。”紧跟着解释了下拒绝她的原因，“我也熟悉不少律师，当初让严沉帮忙介绍，就是不想找熟人。涔涔对不熟的人会克制，还能顾忌点自己的形象，一遇到熟人，她就得寸进尺。”

韩沛看着她说：“万一到时候你带了段时间觉得闹心，又不好意思说不带，无形中就伤了和气，索性把麻烦解决在前头。”

蔚蓝张张嘴，无以反驳。

他明明是不愿意让她带，还说得这么冠冕堂皇又让人无法拒绝。所有理都被他占了。

韩沛说："还是得谢谢你，改天让严沉给你们所多介绍些业务。"

"你会不会太客气了。"言语间明显的不高兴。加上今晚受了那么多刺激和打击，面对着他，她就各种委屈。

韩沛淡笑，"应该的。"绕开话题，问她，"你的车停在哪？"

蔚蓝没应，就这么定定地看着他。眼前的这个男人，太陌生了，再也不是曾经那个关心她的同桌。

蔚蓝盯着韩沛看了数秒，那么多话，最终只化为一句："以后有空再聊，我先回了。"

韩沛给秦书打电话，第一遍，没人接。第二遍，还是无法接通。

大概秦书在开车，他没再继续打。路口风大，他没去别处，就在路边等着秦书。

蔚蓝的车开过来了。她缓了这么久，心情才平复一些，经过他身边时她减了速，"我先走了。"嘴角扯着一丝笑。

韩沛点点头，"开车慢点。"

汽车缓缓驶离。

韩沛再次拨了秦书的电话，这回终于打通了，"到哪了？"

秦书幽幽的声音传来，"往后转。"

韩沛心里咯噔一下，立马转身，后面有辆车缓慢地朝这边开过来。

电话里，秦书的声音再度传来，"我看你这台电脑八成是要被拆了重装，从里到外都要换。"

韩沛："……"

等秦书把车停下，韩沛把手伸进车窗，覆在她手背上，"什么时候到的？"

秦书没答，抽出手，指甲在他虎口处用力掐了下，"她是你同桌蔚蓝？"

韩沛微怔，忽而又一想，应该是她刚才遇到了严沉跟韩涔。

他点头，"嗯，严沉介绍给涔涔的律师，之前我不知道是她。"又把她的手攥手心，"刚才打你的电话怎么不接？"

"我是在等蔚蓝走的。"她又故意说，"其实我想通了。"

"想通什么？"

"要是你对蔚蓝念念不忘，还想跟她再续前缘，我就直接下车，亲自把你的手交到她手上，然后我还会祝福你们。"她特意放缓语气，"祝你们生活不和谐。"

韩沛拍了下她的脑袋，"再瞎说试试！"

秦书笑，抬手捏着他的下巴，"既然你没那方面的心思，我还会继续疼你的。"

刚才严沉跟她说了，韩沛直接拒绝了蔚蓝做韩涔的老师，理由就是不想再让她吃醋。那一瞬，感动不足以表达她的心情。

他承诺她不会再让她闻到醋味，就真的努力去做，没有因为对方是同学，他就抹不开面子。

秦书下巴朝后一扬，"上车，给我讲讲同桌的她。"

韩沛说："我开，你到后面坐。"

秦书蹙着眉心，"怎么，不听话了是吧？见个同学就长本事了？"

韩沛没跟她一般见识，拉开后车门上去。

等汽车开上马路，秦书从后视镜里看了眼韩沛，"把安全带系上，好习惯是靠平时养成的。"

这些都是他以前教训她的，她现在是信手拈来。

韩沛看了她两眼，最后还是把安全带系上了。她现在真就跟个小孩一样，他得言传身教。

见他听话地系好了，秦书才说："开讲吧。"

韩沛不知道要从什么时候讲起，他不擅长讲故事，就算跟自己有关的也讲不出多详细。

他说："你问吧，问什么我回答什么。"

秦书想了想，说："怎么就对她特别了？是不是那时还挺喜欢她的？不然你不会把书借给她看。后来怎么没想过在一起？"

她挑了几个她最想知道的。她不喜欢打听他的过去，那是过去，跟她无关。可偏偏他的过去不在过去好好待着，又跑到现在来，她要是不弄清楚，就会成为心里的一个疙瘩。

那都是很多年前的事了，很多细节韩沛也记不太清，不过他当时的确对蔚蓝不错。

高二的时候他跟蔚蓝还不熟悉，他的座位靠南边的窗户，蔚蓝好像是在北边的窗户，两人说话的次数寥寥无几。

后来高三，他跟蔚蓝成了同桌，是班主任特意安排的。蔚蓝除了数学稍微偏科，其他几门都在年级前几名，每次都是数学拖了后腿。班主任的意思，让他带带她。

她家的条件不太好，没多余的钱上数学补习班，班主任才会有这样的想法。

他没拒绝，同意了老师的安排。

自从知道蔚蓝的家庭情况，他无意识地就会想帮她，每次他有好的辅导书之类的，都会买两份，给她讲题目也是特别有耐心。

他学英语一般都是看英文原著，有次带了那本《老人与海》，蔚蓝声音很小，问能不能借给她看看。他几乎没有犹豫，借给了她。后来就是丢了，他也说没事。当时已经是高三下学期，她又敏感，他不想因为一本书，耽误了她的成绩。

他打算高考后就出国，便开始着手申请学校。当时蔚蓝知道他要出国，无意中流露出也想出去深造的想法。她成绩不差，申请一个好学校完全够了。如果仅仅因为没钱，就没法接受更好的教育，他觉得是件挺遗憾的事，而他完全有能力去帮这个忙。

他高中那会儿就跟着爷爷学投资理财，后来赚了不少，完全够自己和蔚蓝两人的出国费用，包括几年的生活花销。他知道蔚蓝这个人自尊心强，没说资助她，就说如果她父母同意，他先借给她去读书，以后工作了慢慢还。出国的手续，他父母可以帮着办。他也跟父母沟通过，父母挺开明，没多问，说出国学习是好事情。蔚蓝心动了，跟父母商量，结果她父母没同意。

后来秋蓝父母知道他要出国，让秋蓝也过去，说两个孩子有个照应。就秋蓝一个女孩在那边，他们不放心。

秋蓝跟他申请了同一所大学，同一个专业。蔚蓝知道后，突然有天问他能不能申请另一所大学，等她研究生就申请到那边读。到时候成绩好的话可以有全额奖学金，就能跟他一个学校。他没同意，因为他申请的那所学校是他自己中意的，跟秋蓝无关，也不会为谁改变。

也就是因为申请学校的事，他才意识到蔚蓝对他的感情不一样。之后他们再也没有联系，直到前段时间的同学聚会。

秦书熄火，从驾驶座爬到后排，坐在他腿上，“故事就这么简单？”

“不然呢？”

秦书想了想，也对，不然呢？

她现在突然很好奇，问他：“要是我当时跟你是同学，你说我们会怎样？”

韩沛想了想，说：“那我肯定去追你，跟你坐同桌，随你申请一样的学校，说不定毕业我们就结婚了。”

秦书高兴了，亲了亲他，“蔚蓝这事在我这彻底翻篇了，以后再遇到我也不会放心上。”

她跟蔚蓝在工作上免不了会遇上，蔚蓝是商务律师，也许某个项目就会把她跟蔚蓝联系到一块，不是合作方就是竞争对手。

秦书问韩沛：“假期还有三天，我们去短途旅游？”

韩沛歉意道：“只能一日游，明晚我跟严沉还有秋青约了。”怕她吃醋，他要跟异性吃饭就先跟她提前说。

秦书微怔，秋青她知道，秋蓝的姐姐。

也许是职业的敏感性，秦书的第一反应就是，韩沛约秋青是要谈 BD 的那个项目。

她点头，“你的工作要紧，我们明天找个公园溜达溜达也挺好。”

“等你毕业时，我们出去旅游一趟，我提前把时间安排好。”

秦书现在没心思想毕业的事，看着韩沛说：“欸，要是哪天我跟你在竞标桌上遇到了，你说好不好玩？”

“这种情况不会发生。”他说，“你手上的项目结束，不是就要过去帮我忙？”

秦书笑笑，“我是说假如，假如遇到了。”项目都在保密期，她不能多说，也不能多问他，问了会让他为难，只能给他假设了。

韩沛认真想了几秒，“能让着你的我会让，让不了的，晚上到家里给你赔不是。”

Chapter 51

撒娇跟练九阴真经差不多

秦书不时侧脸看一下韩沛，他盯着前方的银幕看得入神。

今晚她选的电影是部爱情片，他不感兴趣，可依然看得投入。

这就是他让她特别着迷的地方。哪怕是自己不喜欢的，为了陪她，他也会特别用心，丝毫不敷衍。有时看完还会陪她聊聊剧情。

忽然他察觉到了她的眼神，对上她的视线，“怎么了？”

他们没按位置坐，在后排找了空位坐下来。后面没人，秦书把唇递过去，韩沛含住亲了几下。

影院暗，银幕上不时变幻的光线打在两人的脸上，前面那么多人，这样的亲吻刺激又心动。

亲过，两人随即分开，没再说话，继续安静地看电影。

爱情片一个多小时就结束，秦书还买了午夜场的一部电影。

中间休息时，韩沛给严沉发了条信息：看着点涔涔，别让她乱跑。

严沉刚才从饭店离开没有回家，要去会所，韩涔也跟着一块去了。

严沉回过来：你知道涔涔为什么长不大吗？你操心太多了。然后摁掉手机，也不管韩沛发什么过来，接着打牌。

他扫一眼休息区那边，韩涔坐在方慕和身边，正默默地吃水果。

“等电话？”韩涔没憋住，问了句。

方慕和收起手机，“嗯”了一声，靠在沙发闭目养神。

韩涔咬着山竹，沉默一秒，像是自言自语地说了一句：“我以前等你电话时，怎么都等不到，我就先把你拉入黑名单一会儿，然后自欺欺人说，你打我电话没打通。”她建议他，“你这样试试，时间就不会很难捱。”

方慕和睁眼，盯着她看，后来什么都没说。

“她是你初恋是吗？”韩涔又问。

其实她知道，来的路上问了严沉，严沉说是。

方慕和还是“嗯”了一声。

“真好。”做那个女人真好，要是她是那个女人，才不舍得让方慕和等电话。

“你们不是复合失败了吗？还要再来一次？”韩涔再次发问，问出来又后悔了，显得自己太放不下他，虽然事实就是如此。

方慕和问服务生要了一杯红酒，这才跟她说：“严沉那个大嘴巴跟你说的？”

韩涔赶紧解释：“是我逼他说的。我就单纯好奇，没别的想法。”

方慕和抿口红酒，没再说话。

那天问秦书要了赵曼迪的号码，打通了，可赵曼迪却说，方慕和，这样就没意思了。你知道我的脾气，真要想复合，我早找你去了，不会欲擒故纵，我也最讨厌欲擒故纵的女人。接你的项目，是看在琪琪的面子上，也是想让我自己跨过这道坎，我想你也是这样的初衷。你真要还非我不可，你就不会有别的女人。我要非你不嫁，也不会有别的男人。

末了，她又说，我们找个时间坐坐吧，把彼此的心结解一解。

方慕和又喝了几口红酒，心里撕扯着难受。他不知道他在不舍什么，过去的那个赵曼迪？还是过去的那段青葱岁月？

琪琪以前说过他，这么渣，早晚要遭报应。

现在报应就来了。

韩涔递了一杯温水给他，“别老喝酒，对胃不好。”

方慕和摆摆手，“谢谢。”

韩涔叹口气，自己喝了。沉默了一会儿，她说：“你以前一定很爱她对不对？我说过的，你要是爱无能了，我是这方面的医生，负责给你医治。”

方慕和这时并不想多说什么，只顾喝酒。

韩涔却像个感情专家一样，说：“你们男人经历过一次轰轰烈烈的感情后，就觉得再也不爱了。其实不是不爱了，是你们的爱随着时间变得内敛了。”

她说：“不管男人还是女人，特别是男人，每个年龄阶段对爱的定义不一样，初恋时纯洁炽热的是爱，三十岁时，包容体贴的也是爱啊。”

方慕和看着她，忽地笑了，“你什么时候这么有研究了？还一套一套的，说得煞有介事。”

“就是你上次跟我谈过心后。”顿了好久，又说，“我跟你们身边那些聪明的女人没法比，我智商一般，情商就更是够呛，我没法克制自己，也没法看得通透，就只能买些感情方面的书来看，靠那一段段心灵鸡汤来自我疗伤。我……”

正说着，被方慕和的手机铃声打断，他接听，“喂，好，我这就过去。”

他起身，不忘叮嘱她：“别玩得太晚。”

韩涔捏着水杯把手，“祝你好运。”然后冲他浅浅地笑了笑。

包间的门关上，他离开了。

韩涔这才收回视线，他那杯酒还剩半杯，她把自己杯子里的温水倒进去，希望有一天，她能稀释温暖他心里的那份冷漠。

春节假期眨眼即过，明天就要上班了。

秦书按照爷爷奶奶的要求，整理了下公寓的东西，搬回别墅。晚上她也没出去跟韩沛约会。

“我去接你。”韩沛已经穿好外套准备出门。

“太晚了，我就不出去了。”

韩沛看了眼时间，才 8 点，“你是婴儿不成？”

秦书笑，“对呀，我不是你嗷嗷待哺的孩子么，你忘了？你这什么记性，上午才奶过我，现在就不记得了？”又跟他说，“不聊了，我困了。”然后打个哈欠。

她知道韩沛来接她做什么，不是约会，是跑步。她才不要。这么冷的天，窝在被子里多舒服。

韩沛问她：“确定以后都不再跑步？”

“不是，上班后正常，现在放假，我懒几天好不好？”然后又低声道，“韩沛，我真的累。上午快被你折腾死了，腿现在都酸，让我歇歇行不行？”

韩沛心软下来，上午帮她在公寓收拾东西，后来亲着亲着没忍住，两人就滚了床单。连午饭都没吃，就在床上度过的。

“那明早还是原来的地方，我给你送早饭。”

“嗯。”

通话刚结束，奶奶敲门进来。

“不吃饭了？

秦书摇头，“跟韩沛吃了下午茶，点心吃多了。”

奶奶在她床沿坐下，看了眼她手里拿的书，“这本书你看几个月了？”

秦书想了想，“快三个月。”

这书是奶奶去纽约时给她买的，她从学校带了回来，跟韩沛认识后她就没抽出时间看，还是两个月前看了三分之一。

奶奶瞥了下页数，“这几个月就没动吧？”

秦书“嗯”了声，没做任何解释。

以往她再忙，每天都会抽出半个小时到一个小时看书，有时睡前，有时在洗手间看，还有时坐车上她都会看一会儿。

从小奶奶就给她的规定，每个月至少看一本书，一年至少读十二本书。

她每年都会超出，有时能读到十五本。

这几个月荒废了。

奶奶又看了眼她的指甲，“洗过澡了还不把指甲油卸了？”

秦书抬手看了又看，“挺好的，明天就不用涂了。”

奶奶起身去了她的化妆间拿来化妆包，开始给她卸指甲油，“我都跟你说多少回了，指甲油晚上一定要洗去，第二天需要再重新涂。精致不是将就，所有的将就不可能成为精致。”

秦书说：“嗯，知道了，这不是恋爱没时间了嘛，以后注意。”

奶奶瞅着她，“谈个恋爱才两个月，你差不多失去三分之一自己了，书忘记看了，审美还不如以前，都学会委屈自己将就别人了。”

秦书不承认：“我审美挺好的呀。”

“好？”奶奶“呵”了声，“那天在车上我都没好意思说你，你说你穿那种裙子，穿个袜子合适？”

不等秦书说话，奶奶继续问：“韩沛给你买的袜子？反正不是你爷爷给你准备的那些袜子。他色弱，颜色都分不太清，也没给你买过黑白条纹相间的。”

秦书抿抿嘴，没吱声。

奶奶知道她心里不服气，问她：“自从你听话地穿了袜子，韩沛还有没有再关注过你的脚？”

秦书想了想，摇头。

奶奶说：“以后等你彻底按照他的要求来，他就什么都不用再操心。不用操心就意味着他没时间去想你，没时间想你之后，渐渐就可有可无。”

“奶奶……你别危言耸听。”

奶奶帮她把指甲油都卸完，“吓你我有什么好处？”

秦书眨了眨眼，“韩沛说不穿袜子，以后老了会得关节炎。爷爷也这么说。我想了想，还是穿吧，不然老了得关节炎可就不好了，走路都犯愁。”

奶奶呛她：“人家八九十岁的老人照样冬泳，我没听过哪个有关节炎走不了路。”

秦书：“……”

奶奶接着道：“温室里的花朵，柔弱娇美得从来经不起暴风雪，可雪山上的植被，永远美得让人向往。”

稍顿，她看着秦书，“做女人就得做到自己的极致，做成自己最佳的珠穆朗玛峰，让男人仰慕你，让他们觉得高不可攀。他们拼了命攀登才能一睹你的容颜，这个过程，他们甘心付出，也死而不悔，这才是女人该有的魅力。先把自己爱好了，你才能更好地爱别人，别人也会愈虔诚地爱你。”

奶奶起身要去浴室给她拿湿毛巾擦手，秦书准备起身，“奶奶，不用，我自己去洗。”

奶奶示意她别起身，“要学会享受。我每晚卸指甲油，都是你爷爷来。这么多年来，他觉得那是他的责任和工作。男人能替你干的，自己就别动手。现在我先替韩沛做，以后让他自己做。”

秦书：“……”

奶奶很快从洗手间出来，给她拧了两条湿毛巾。

“以前我不教你，是你没恋爱，说了你也就忘了。现在你谈恋爱了，以后每天回来，我给你上上紧箍咒。”

秦书认真擦着手，“怎么上紧箍咒？”

奶奶说：“让你时刻保持女孩的自信和独立。每个女孩，不管漂亮与不漂亮，不管有钱与没钱，都是自己的公主。公主是一种生活的态度，而不是个称号。你自己把自己当公主，就没有人会把你当保姆。你自己都觉得自己可以忍受委屈，那别人还跟你客气什么？人都是有劣根性的，绝对善良的人基本不存在。”

她揉揉秦书的头，“以前不想跟你说这些，可社会不是温室也不是象牙塔，我跟你爷爷总要老去，没人会给你保驾护航一辈子，你得学会自己应付这复杂的世界和人性。”

秦书用力点头，想到爷爷奶奶终要老去，她心里就特别难过，缓了下情绪，笑着说：“听君一席话，胜读十年书。”

奶奶说“那是”，然后也笑了，“当然，我的话也不全对，毕竟这只是我个人的经验之谈，不过听听没坏处。”又自我评价道，“我有时是不讲理，也护短，可我也比一般人看得通透。”

秦书拿着奶奶的手蹭蹭自己的脸颊，“您就是我的偶像。”

“得了，别拍马屁，你争气点比什么都强。”奶奶再次揉揉她的脑袋，“看书吧，我练瑜伽去了。今晚就说到这，说多了你一下子也消化不了。”

秦书点头，“嗯，奶奶晚安。”

“晚安。”奶奶离开前不忘叮嘱她，“明天你试试不穿袜子见韩沛是什么情况。”

秦书应着：“好。”

奶奶又特别交代：“记住，不要让男人有十足的成就感，因为满足后就会不思进取；也不能让男人一点成就感没有，挫败久了他就没了积极性，得让他有动力的空间。就像你对爷爷，他给你袜子的时候你总是听话地穿上，等下次再见面还是没袜子。”

秦书笑，“这可以，我最拿手。”

奶奶点头，“嗯，等穿袜子这事韩沛彻底没了兴趣，再给他找点别的事做，不能让他闲着，闲着闲着他就有时间去关注别的女人了。生命不止，我们女人就要不断给男人制造麻烦。”

秦书笑出声，“奶奶，我们是不是太坏了。”

“女人不坏男人不爱。”又多说了几句，“对了，女孩一定要学会撒娇。撒娇也是有讲究的，发嗲不是撒娇，撒娇跟练九阴真经差不多，练好了武功盖世，练歪了，走火入魔后都能把自己毁了。”

秦书笑，“好，以后我每天都跟着您练一招。”

Chapter 52

假期结束
狭路相逢

奶奶离开卧室，秦书一直对着手里的书发怔。

十多分钟过去，还没翻页。

细细回想着，自从认识韩沛，她离当初的那个自己越来越远。

以前她跟颜彦说没人能管得了她，可后来韩沛的强势，她很受用，就渐渐迷失在他的魅力里无法自拔。

跟韩沛认识的第一个月她还能理智，随着跟韩沛有了实质性关系，她就越发黏着他，恨不得他眼里心里全是她，不能看一眼旁人。

她享受那种宠溺，那种以前不曾体验过的欢愉。

第一次恋爱，她彻底沉沦在甜蜜里面，几乎连方向都找不到。

因为韩沛太过优秀，她潜意识里开始妥协退让，还总怕他被别的女人吸引。同学聚会时她就隐隐不安，只是嘴上不愿承认。

蔚蓝的出现，让她彻底打翻醋坛子。

哥哥、妈妈，还有爸爸，所有人都觉得那是她脾气不好，不讲理所致。其实，是她患得患失，不自信了。

这真不是个好事情。

把爱情当信仰当全部的女孩，幸福时比谁都幸福，却也最容易被爱情伤得遍体鳞伤。

还好不晚，奶奶及时给她泼了冷水。

她就是“恋爱脑”，韩沛在这段感情里明显比她理智，就算妥协退让那也有他的底线。就像前几晚他说的那样，能让的他尽量让，让不了的，他用别的方式补偿。

私下的他，工作中的他，都让她着迷。

她也得做个让韩沛着迷的女人。

收回思绪，秦书到楼下找了瓶苏打水，拿着书去了书房。

春节假期就这么过去了，唯一能证明这假来过的痕迹就是腰上的肉又多了一圈。

韩涔也胖了，过个年她胖了三斤，体重已经过百。

挑了合适的衣服，打扮好，下楼。

今天她第一天上班。律所是秦书介绍的，跟她们海纳投行一直有合作。带她的那个律师正好也参与了 AC 项目，她今天就直接去海纳投行那边上班。

现在才 6 点，难得她起那么早，直接去了厨房。

她要做好吃的犒劳一下自己，听说方慕和第二次复合失败。知道时，她高兴地笑了一晚上，后来竟然兴奋地失眠了。

韩涔只会做寿司，什么材料厨师都给她准备好，她只要卷起来，切块就行。

她切了十一块，在饭盒里摆形状。

“这么早？”韩沛进来。

“嗯，我已经不是以前的我了，连早餐我都自己动手。”

韩沛站在她边上，狐疑地望着她，“做给自己吃的？”

韩涔点头，“不然呢？”

韩沛想了想，也给琪琪做寿司吃。

还是老时间，还是老地点，韩沛等到了秦书。

没等韩沛走到跟前，秦书推门下车。为了让韩沛看到她光着的脚，她故意原地跺脚，“呀，脚好冷。”

韩沛将视线落在她脚踝处，一怔，然后责备她：“怎么又不穿袜子！”

秦书搂着他的脖子，“忘了，你昨晚没奶我，我记性差。”

韩沛：“……”

看着她雪白的脚踝露在外面挨冻，他就跟有强迫症一样，非要给她保暖。

让韩沛看到她没穿袜子的目的达到，秦书转移话题，问他：“给我做了什么好吃的？”

韩沛把早饭给她，“寿司。”怕她冷，把车门拉开，“赶紧上去。”

秦书坐上车。她把早饭放在副驾驶，韩沛看着她若有所思。

“怎么了？”秦书问。

“以后周末去我那住，你什么都不用收拾，只带人过去。”

秦书淡笑着，也不吱声，就这么安静地看着他。

韩沛知道她这表情是什么意思，要他拿条件去交换。

她现在住在她爷爷家那边，他见她不方便，也不好及时督促她锻炼，她之前的那些小毛病又开始犯了。

他犹豫两秒，最终退让：“以后每晚你只需跑两圈。”

秦书得了便宜还卖乖：“你看你这人吧，一点原则都没有，我明明特别想跑三圈。我跟你说啊，我都打算好了，新年新气象，我要自己主动给自己多加一圈，以后每晚跑四圈。”

说着还叹口气，“结果你要让我跑两圈，你说像话嘛。”然后话锋一转，“不过我听你的，你说两圈，我绝不跑三圈。”

韩沛捏捏她的下巴，“你这张嘴，欠收拾。”

秦书笑，“来，你收拾一下。”只是跟他开开玩笑，没以为他会在人来人往的大路上亲她，尤其还是在他对她不满时。

韩沛却俯身，吻落在她唇间。秦书立刻抱着他的脖子把他拉近，用舌尖顶开他的唇，轻轻勾着他的舌尖。

不等韩沛深吻，秦书立即松开他，冲他挥挥手。韩沛意犹未尽，她却已经开车离去。

韩沛上车后的第一件事就是到某袜子品牌的官网，下单买了十双。以后他就把袜子备在车上，让她再找借口。

他揉揉眉心，还真是不让人省心。

秦书到了公司楼下，很有缘分，遇到了尹一桥。

两人打过招呼，尹一乔问，“你好像瘦了？”熟悉后她跟秦书说话就没那么多讲究了，想到哪儿说哪儿。

秦书点头，“瘦了一斤。”

尹一乔噎了一下，说：“没法愉快聊天了，这个年我胖了三斤。”然后捏捏自己的腰，有肉了。

“你怎么减的？”她问秦书。

秦书摇头，“没刻意减。”就是每天都要跟韩沛待上几个小时，待在床上……

说话间到了大厅，尹一乔习惯性地输入专用电梯的密码——520520。

结果提示错误。

她以为自己手滑，按错了某个键，再次输入，还是错误。

一共输入了五次。

“别再输了，待会儿锁死了。”秦书提醒她。

“小气巴拉的男人，不就坐他个电梯么！还特意改密码，这样的男人注定就得不到真爱。”

“……”然后秦书余光瞥见有人走近，是贺竞南。她赶紧打招呼，提醒尹一乔别再骂了，“贺总，早。”

贺竞南回道：“早。”

尹一乔：“……”

年后上班第一天，喝凉水都塞了牙缝。

她转身，冲贺竞南笑了笑，笑容特假。

贺竞南并未放在心上，他开始输密码，特意用手遮住了键盘，输入 250250。

放眼全国，大概没第二个人用这个密码。

早会后，韩涔去了秦书的那间办公室。每个人都在忙，看到她的人会打声招呼，继续低头干活。

她拖了张椅子在秦书边上坐下，“小姐姐，有什么我能帮忙做的吗？”

带她的律师老师这阵子正跟赵曼迪商量事情，也没她啥事。

秦书笑笑，“还适应？”

“还不错，瞬间觉得自己也高大上了。”以前她总是懒懒散散的，不管什么事能拖一天是一天。

韩沛说，明日歌就是专门为她这样的人而写。

百年明日能几何？请君听我明日歌。

她不由在心里念了这么一句。

韩涔又道：“看你们都这么忙，我都不好意思在那闲转。”

她一个什么都不懂的人，估计带她的老师也不好给她分配任务。分配了也不放心，毕竟项目那么重要。

秦书没什么让她帮忙的，她也帮不上，可又不能让她有挫败感，于是把 AC 的项目书递给她，“帮我校对，看看有没有错别字，或是不合理的地方，给我指出来。”

韩涔立马来了责任感，压低声音，“嫂子，你放心，我肯定不会辜负你的信赖。”

校对错别字她还是能做得来的，再说是自家公司的项目，她就更上心了。

等她再次抬头时，时间已经过去两个小时。

韩涔揉揉脖子，“小姐姐，休息一会儿吧？你这样长时间坐着不动，对身体不好。”

有外人时，她就喊秦书“小姐姐”。

秦书揉揉眼睛，“行，去洗手间转一趟。”

韩涔：“……”

两人从洗手间回来后，韩涔说：“我有零食，我们吃点好有劲干活。”她小跑着进了办公室拿出零食。

秦书提醒道：“办公室不许吃东西。”

韩涔笑着说：“我们可以去门口吃啊。”

这话不要太熟悉。

她好像能体会贺竞南当时被噎的心情了。

确实很欠扁。

“走吧，走吧。”韩涔还不忘把另一包零食丢在何飞桌上，让他分给大家，然后说，“法不责众。”

秦书笑了，“你大学就学到了这一句吧？”

韩涔哈哈笑，“差不多，其他条款早就忘了。”

两人倚在门边正吃着时，赵曼迪过来了，“你们的胆子还真大，年后上班第一天就捋老虎的胡须。”

韩涔知道赵曼迪是方慕和的初恋，她不喜欢她，但也不讨厌，冲她笑笑，“赵总。”

赵曼迪微微颔首，转而跟秦书说：“把资料准备一下，跟我去天津。”

秦书一愣，“这么急？”

“之前一直在约他们高层，刚刚回了话，下午 2 点在他们会客室面谈。”

“好，我这就准备资料。”

“你要出差啊？”韩涔一下子好失落，除了秦书，她谁都不认识。

秦书点头，给她找点活干，“刚才那个项目书，晚上下班前核对出来。”

韩涔：“……”好几百页呢，眼不得看瞎啊。

下午 1 点 40 分，她们到了 BD 的总部，比预约的时间提前了 20 分钟。

秦书怎么都没想到，会在这个地方，遇到好几个熟人。

Chapter 53

正面遇上

工作的这几年里，秦书第一次跟闺蜜在同一个项目上竞争。

颜彦跟在秋蓝身后，趁人不注意，偷偷冲她扬了扬眉。

颜彦昨晚才从老家回来，她当时已经回了奶奶家，两人没遇上。

没想到一个年过完，颜彦的腰又粗了一圈。

秦书看看颜彦的腰，再看看她的脸，特别嫌弃的眼神。

颜彦翻了个白眼，秦书嘴角上扬。

两拨人里，谁都没有注意到她们俩的小动作。

赵曼迪和秋蓝不陌生，这几年竞标时碰到过几次，不管是什么立场，两人明面上还能客气地打声招呼。

招呼过，秋蓝将视线落在秦书身上，浅笑着说："好久不见。"

秦书也报以微笑，"有空一起喝茶。"

都是聪明人，这一碰面就知道是什么事了。没再久留，秋蓝一行人离开。

"我们被 BD 的高层设局了。"秦书看向赵曼迪。

赵曼迪思忖片刻，说："这样也好，知己知彼。"

她们，包括秋蓝都没想到 BD 的高层会来这一招。

BD 的高层把她们的约见时间安排在差不多的时段，确保她们能见上，就是想借此让她们知道，对 BD 感兴趣的人多了。

一旦竞争的人多了，BD 就有坐地起价的资本。

赵曼迪说："全力以赴就好，别有心理负担。"

秦书点头。她不怕输给秋蓝，或许单论业务能力，她还在秋蓝之上。

她怕的是，韩沛。

再有五个秦书，也不是韩沛的对手。

秦书跟赵曼迪往会客室走去。

她现在还不知道，后头有更大的惊喜在等着她。

会客室的门打开的那一瞬，奇了怪了，一屋子里好几个人，她偏偏第一眼就瞅到了坐在边上的蔚蓝。

她确定自己没看错，对于蔚蓝的那张脸，她印象可不是一般的深刻。

上次是在车里，隔得有点远，今天距离近，她看得更清楚。

蔚蓝比那晚她看到的还要显得娇小柔弱，有着江南水乡的女孩特有的温婉气质，皮肤特白，五官清秀。

别说是男人，连她这个女人，都觉得蔚蓝这样的该好好保护着。

蔚蓝这样的，大概就是那种天生就让人有保护欲的女人。不像她，骨子里有时有点疯，还有点野。

蔚蓝所在的那家律所是 BD 的法律顾问，负责此次的并购事宜。

秦书挺镇定，面上始终挂着浅笑，介绍过后也没再把视线落在蔚蓝身上。

倒是蔚蓝，不自觉地会看几眼秦书。她还不知道秦书就是韩沛的女朋友。不过刚才听到她叫秦书，不知为何，她莫名就想到了韩沛之前的那个一琴一书的微信头像。后来又不免一番自嘲，自己太大惊小怪了。

这次商谈的结果跟秦书预料的差不多，BD 高层提出的要求几乎可以用苛刻来形容，不仅 BD 的环保项目，包括一些不良的项目也要一起打包。

结束后，秦书去了洗手间，出来时蔚蓝正在洗手池边补妆。

也算是认识了，两人相视一笑，谁都没有说话。

秦书今天穿的平底鞋，可身高还是压了蔚蓝半头。蔚蓝莫名地不喜欢秦书，也许是女人的嫉妒心作祟，天生对比自己年轻比自己漂亮的女人有敌意。

刚才她看了秦书做的项目书，里面的估价模型，她看着只有羡慕的份。

秦书擅长的，正是她欠缺的。

回京的路上，赵曼迪跟秦书说起秋蓝和蔚蓝："秋蓝这人，特别能吃苦，还有韧劲，她身上有种特质，跟万禾的韩沛很像。"

秦书好奇："什么特质？"

赵曼迪说："可以被毁灭，但不能被打败。"

秦书笑笑，"我也喜欢这句话。"这是那本书里的。

赵曼迪接着说："遇到秋蓝跟韩沛这样的对手，是幸，也是不幸。哦，对了，那个蔚蓝，你大概不熟悉。"

秦书心道，不要太熟悉。

"她看上去没有丝毫的攻击力，表面上也挺柔弱，可她要是在工作上较起真来，够我们头疼的。"

赵曼迪以前在项目上遇到过蔚蓝，蔚蓝当时是买方的法律顾问，她差点被折腾死。

这次还真是巧，最难对付的，跟最难缠的，都被她遇到了。

秦书拿出手机给韩沛发了条信息，没有文字，就是一个锤子敲头的表情图。

之前她只是猜测有可能跟他会有竞争，今天彻底被证实了。

想到两人不久就要对峙，她心里就跟堵了一道墙一样，怎么也爬不过去。

韩沛懂她这个表情图是什么意思，他已经知道了，对 BD 感兴趣的是方慕和，委托了海纳。也是刚刚知道，秋蓝给他打了电话，说在 BD 遇到了秦书。具体情况他还不知，要等秋蓝回来详说。

外头敲门声响了，"请进。"

秋蓝累得直接倚在沙发上，把今天约谈的情况详细汇报，而后问："秦书有没有跟你联系？”

韩沛收起手机，“没说项目。”

秋蓝一直盯着他看，“你做好决定没？”

“什么决定？”

等了片刻，也没人给她送水来，秋蓝自己倒了一杯，“你这是揣着明白装糊涂呢？现在都知道你家那位是竞争方了，你还要不要继续投？”

韩沛继续看邮件，“为什么不投？”

秋蓝喝了半杯水，移步到他办公桌对面的椅子上坐下，“我没跟你开玩笑，也不是调侃你。”她语气认真，“你要是临时撤了，我理解，也不会怪你。跟自家人竞争，这事有点残忍。毕竟我们都是凡人，是人就有感情，不管是谁，都不会做到绝对的公私分明。”

韩沛抬眸，反问：“你从哪儿看出我在开玩笑？”

秋蓝：“……”

还是不放心，提醒他：“秦书再理智，也有失去理智的时候，你做好这个心理准备。”

她最怕韩沛半途为了秦书放弃。这些钱对韩沛没什么，他可以不在乎，可对她们秋氏，会损失严重。

她没有资本去任性。

“秦书再无理取闹，也不会那么没底线。”

秋蓝松口气，“那就好。”紧跟着说起蔚蓝，“知道 BD 的法律顾问是谁吗？”

“蔚蓝。”韩沛边说边回邮件，漫不经心的语气。

秋蓝很不爽，“呵，到底不一样哦，我都还没说是谁，你就跟她心有灵犀了。”

韩沛都懒得搭理她，头也没抬。

秋蓝继续酸他：“欸，你说到时候，你新欢旧爱都坐在一张谈判桌上，万一发生了言语冲突，你会向着谁？”

“你闲的？”

秋蓝不满地“呵”了声。她喝几口温水，平复下自己。

现在能让她提起就一肚子气的非蔚蓝莫属。这么些年，她就跟蔚蓝一个女人吵过架，还吵得那么凶，吵到了班主任那里，闹到整个年级都知道。

“欸，问你个比较无聊的问题。”秋蓝觉得自己也是真闲得慌，可就是心痒，一定要知道答案。

韩沛不耐，“无聊就别问，干你该干的。”

“放心，不会给你拖后腿。我一天下来一分钟都没闲着，休息两分钟不为过吧？”

她也不管韩沛会不会回答，直接问道：“要是我跟蔚蓝发生冲突了，你向着谁？必须选一个。把秦书排除在外，我还有自知之明，没法跟秦书比，我就是跟蔚蓝比。你也知道，我跟她的那个结有多死。”

韩沛发送邮件，盯着她看了几秒，“蔚蓝没你高，你还打不过她？”

秋蓝："……"

韩沛指指大门的方向，"赶紧回去准备你的项目。"

秋蓝快被气死，"用不着赶我，一会儿你想留也留不住。"

她接着刚才那个话题："你现在不回答也没关系，因为假设的没意义。我现在还挺期待，要是哪天我跟蔚蓝真有冲突了，你会怎么做。"

她把杯子里的水全喝完，"不耽误你工作了，我回去忙了。"现在知道是赵曼迪负责方慕和的项目，她就不能掉以轻心。

走到门口，秋蓝又忽然想起了什么，问他："对了，下周末同学的婚礼，你去吧？"

韩沛"嗯"了声。

"那天我有钢琴表演。听说琪琪也会弹钢琴，要不跟我合奏一曲呗？"只要能气到蔚蓝的，她就乐此不疲。

韩沛毫不犹豫地拒绝，"你现在是越来越无聊了。"

秋蓝笑，"我不是想给秦书个机会，让她惊艳全场吗？"

"用不着，她坐在那里就足以惊艳全场了。"

秋蓝："……"

秋蓝离开不久，韩沛也关了电脑离开。

上班第一天，没那么多事要忙。

给秦书打了电话，"要加班吗？"

"不加，跟我妈在喝咖啡。"

顿了下，韩沛说："把地址发我，我去接你。"

"韩沛？"秦妈问。

"嗯。"秦书把咖啡厅的地址发过去。

她刚到咖啡厅，从天津回来的路上，妈妈就在这里等她。

其实都不用妈妈开口，她就知道妈妈要说什么。正好她也想借这个机会，跟妈妈彻底摊牌。

"工作还顺手？"秦妈问。

"肯定顺手啊，都是我擅长的。"秦书抿了口咖啡。

秦妈没再继续这个话题，聊起别的："以为你到你奶奶那里住，你就不穿袜子了。"

说着，她还特意偏头又瞅了眼秦书脚上的袜子，跟那天都是一个系列的。

秦书没吱声，要说奶奶其实怂恿她不穿，妈妈又要开始反驳奶奶了。这些年她已经受够了妈妈和奶奶对她教育的分歧。

秦妈说："就得这样，坚持自己觉得对的。你奶奶的那些毒鸡汤少喝，喝了你肠子都有悔青的那天。你真要照她那样做，几个男人敢要你？"

然后给她灌输自己的想法："不管夫妻还是情侣都要互相包容，互相理解，你要听奶奶的，一个劲地作，好男人都被你作没了，奶奶的女王思想要不得。"

秦书"嗯"了声。

每次不管奶奶和妈妈说什么，她都听着，应着，你只要一反驳，她们就会拿十个例子去否定你。她现在已经斗争出经验来了，她们说什么，她都听着，偶尔还会说好好好，就该这样。

秦妈轻轻搅着咖啡，不时看秦书一眼，“别光嗯，得记心里。”

她说：“要不是我跟你爸实在太忙，我是不想你去你爷爷奶奶那边住的。奶奶强势惯了，教给你的都是以自我为中心，真要那样，你觉得韩沛跟你能长久？不是我说你，你现在也够呛，动不动就不讲理。韩沛能让你一时，还能让你一辈子？”

秦书揉揉眉心，憋在心里那么久的话，她决定一吐为快：“妈，我们好不容易能坐在一起喝个咖啡，能说点高兴的吗？每次见面你除了否定我，打击我，灌输我，你有关心过我每天过得怎么样吗？”

秦妈手里的咖啡杯都碰到了唇边，闻言一怔，又把咖啡杯放了回去，静静地看着秦书，没说话。

秦书说：“奶奶想让我成为女王那样有魅力的女人，你想让我成为合作伙伴那样理智成熟又心胸宽广的女人，可我既没有女王该有的魄力、野心和高情商，也没有生意场上的女人该有的睿智和包容，我就是一个平凡的有点小脾气的女孩，我不想做别人。”

秦书跟妈妈对望，“妈，你别打断我，我把我想说的一次说完。”

秦妈点头。

秦书呼出口气，“奶奶有很多话，我觉得还是挺有道理的，你的话也是。我昨晚想了好几个小时，要是把你的跟奶奶的观点中和一下，这样的人生应该过得不会差。”

所以她没全听奶奶的就是不穿袜子。她见韩沛时不穿，却带了，到了公司穿上，下午见到韩沛给他个小惊喜。

两分作，三分撒娇，五分理智，这样挺适合她自己的。

秦书问妈妈：“你今天找我喝咖啡，其实是想问问我，什么时候结束项目，能回公司帮你跟爸爸，是吧？”

秦妈微微颔首，喝了口咖啡。

“如果我说我其实对管理公司一点都不感兴趣，你跟爸是不是会很失望？觉得白培养我了？”

秦妈张张嘴，又想到答应了不打断她，示意她继续。

“奶奶想让我接手她的珠宝和奢侈品公司，想让我做个时尚的强势女人，你跟我爸想把我培养成优秀的接班人，就只有爷爷，他随我，他看我什么都好，我高兴做什么就做什么。”

然后还有韩沛，韩沛想让她去管理那家公司。

当时因为贺竞南那事，心里总觉得愧疚于韩沛，她就一个脑热决定离职，想让韩沛高兴。

在感情上，那是她头一次这么无原则地妥协了。

秦书把事情前前后后都跟妈妈说了，包括贺竞南那段。

她说："其实我最喜欢的还是投行的工作，不是因为贺竞南，是受我哥影响。后来我觉得项目成了挺有成就感的。我不擅长管理，也不擅长与人打交道，我享受那种可以专注投入某件事的快乐。我不喜欢应酬，不喜欢盘算生意场的错综复杂，我知道我挺没志向的。"

秦妈用力握着咖啡杯，"就是说，你不打算回公司了？"

沉默片刻，秦书点头，"之前我怕你们失望，你们说什么，我就听什么。昨晚奶奶的一些话倒是提醒了我，做自己认为的最好的自己，别为了任何人改变最初的自己。"

她鼓足勇气，接着说："我现在就想按照自己的心意做一回自己，不想顺着你们给我规划好的既定人生模式来，那样我感觉我是替别人过人生。不管是大人物还是小人生，各有各的精彩。只要认真了，不管是千年雪莲还是路边雏菊，一样让人着迷。"

又是长久沉默。

秦妈克制着没说话，把杯子里的咖啡一小口一小口喝下去，才开口说："改天我们有空再聊，我回公司还要开会。"

秦书知道，妈妈是真的生气了。

望着妈妈离开的背影，她很久都没回过神。

韩沛还没来，秦书又续了一杯咖啡。

心里烦躁得慌，她给方慕和打了电话，把情况跟他说了说。

方慕和笑，"啧，你有勇气跟你妈妈说不，让我刮目相看，不错。"

"行了，别调侃我了。"秦书没心情跟他斗嘴。

方慕和说："没调侃，我是真的替你高兴。那个妈生你气了，你还不是还有一个妈么？我这个妈支持你。"

秦书发愁："我还没跟韩沛说，我不想到他那边工作。我是真的管理不来，也不想学，不感兴趣。要是他介意我现在的工作，我换一家投行。"

方慕和说："我觉得韩沛应该会理解你。"

秦书想了想，"等项目结束我再找他说这事，现在要说，他还以为我拿这个要挟他在项目上让着我。"

咖啡馆窗外，秦书看到了韩沛的车，"先不聊了，韩沛来接我了。"

收了电话，她拿上包离开。

到了汽车前，没绕到他那边，直接打开副驾驶那侧的后门坐上后排。

韩沛转脸看她，"到我后面坐。"

秦书抱着副驾驶的椅背，故意道："不能，咱们现在要保持距离。"

韩沛笑，伸手，"过来。"

秦书把手给他，这才移到驾驶座后面的位置。

韩沛看着她，"做你们这行的，这个项目是合作方，下个项目就可能是对立方，你还没适应？"

"适应，但这回不一样。"她说，"我就怕到时候因为一个项目，伤了我们的感情。

你也知道方慕和对我来说，跟家人无异，你现在也是我的家人，你说……”

她叹口气，“我想你赢，也想方慕和赢。”

韩沛用拇指蹭着她的脸颊，“以后不管遇到什么，别互相埋怨，及时说出来。”

秦书点头，“嗯。”然后把脚抬高，“看一下。”

韩沛微怔，“专程回家拿了袜子？”

秦书心道是我早就装在包里的，可还是撒了个小谎：“嗯，是不是很听话？”

韩沛斜侧身，把她揽过来，亲亲她，“以后我每天提醒你穿袜子，忘了穿也没事，我在车上给你备着。”

没想到她那么自觉，主动穿上袜子，他竟然一阵欣喜。他不能要求她太多，她能这样他已经很满足了。

Chapter 54
我老婆叫韩琪琪

忙碌的时候日子总是眨眼即过，一转眼，三月都已经来了。

今天是周五，爷爷和奶奶都去了国外。秦书昨晚加班晚，说累，后来在车上就睡着了，韩沛接上她直接回了公寓。

在一起住的最大好处就是节省了早上见面的时间，这半个小时被韩沛充分利用起来。

早上醒来，韩沛的精力最充沛，把秦书拉到身下，两人亲了一会儿就情不自禁。一场运动下来，赶上几千米的晨跑。

这段时间跟韩沛过周末，他每天早上都会这样。秦书迷恋上了这样的晨练，她会特意拉开遮光帘，只留一层纱帘。清早的第一缕阳光铺进房间，柔和了韩沛的整个侧脸。

韩沛额头有层细密的汗，他一靠近，秦书就能感受到他略粗重的呼吸。

秦书跟他商量，“以后我们晚上也不跑步了行不行？你看春天的空气最不好，都是雾霾。”

韩沛盯着她看，“你还想干什么？”

秦书眼睛微眯，“你！”

本来半小时就能结束的晨练，一小时后还没好，秦书差点被累死。

今天元宵节，秦书原本想在床上多赖会儿，最后又挣扎着起来，她要煮元宵给韩沛吃。

韩沛冲过澡换上衣服去楼下找秦书，“怎么不多睡儿？”

“煮元宵给你吃。”秦书指指锅里，“都浮上来了，马上就好。”

韩沛想起了同学的婚礼，说：“明天我同学结婚，你跟我一块？”

秦书想了想，摇头，“又不熟，不去了。再说，我一去，你们开个玩笑都不方便。”

“没什么方便不方便的。”

秦书一边搅动锅里，还不忘准备水果。韩沛没帮忙，就在边上看着她忙活。他们有约定，所有节日里的早饭由秦书做，其余时间都是韩沛负责做。

这几天秦书都在忙项目，跟 BD 公司的高层又约了下周一见面，这回主要是方慕和跟他们谈，她陪着过去。

还没针锋相对起来，这段时间她跟韩沛相安无事，因为有了身体上的交流，感情比之前更好了。

“涔涔这段时间怎么样？”韩沛问。

他最近忙，还出了趟差，就没顾得上韩涔。

秦书开始盛汤圆，“还不错，前几天还想着偷懒，这几天渐入佳境。”

韩沛点头，“不用惯着她，该说就说。”

吃饭时，韩沛跟她聊了几句AC项目，想起她早前说过手上就只有两个项目，一个是AC，那另一个就是BD。

BD四月底就会有结果。AC也快了，最迟五月底，而那时她正好也毕业。

韩沛说：“六月份我们去旅游，回来你就到我这边上班。”

问她：“要不要提前跟领导说一声，项目结束你就辞职？”

秦书微怔，点了点头，别的没说。想到要出尔反尔，她都不知道要怎么开口，现在她只盼着BD项目尽快有结果，她就可以跟他摊牌。

她想，他应该会理解她，说不定还会支持她。她觉得韩沛跟她的表哥是一样的男人。妈妈最近都在国外，说等回来跟爸爸一起找她好好聊聊，看来还是不同意她继续在投行干。她不想妥协，爸妈也不会轻易退让。

项目、未来、家里，交错在一起，让她窒息。

“怎么了？”韩沛见她吃得有些心不在焉。

秦书望着他，“欸，你最不喜欢什么样的人？”

“不遵守游戏规则，没信誉的人。”

“……”她接下来可不就是不遵守规则，没信誉？

秦书把餐椅往他那边挪挪，靠近他。

“又怎么了？”韩沛笑。

“靠你近点，吸收你身上讲信用的特质。我觉得我就没什么信用，说了要跑步，总是不自觉，每天都要你监督。等哪天我又有什么没说到做到的，你多理解着点。”秦书把自己的碗朝边上推推，靠近他的碗，舀了他碗里的元宵吃。

韩沛揉揉她的头，“已经做得不错，慢慢来。”

秦书嘴里含了一个元宵，抬头对着他。韩沛低头把她嘴里的元宵含过来，顺便吮吸了下她的唇。秦书笑，回亲了一下。

有根细细的头发垂下来，粘在她嘴边。“别动。”韩沛撩起那根头发，抽了湿纸巾帮她仔细擦了擦。

早饭后，秦书匆匆赶去公司。她现在比以前晚去公司20分钟，错开了贺竞南和尹一乔的上班时间。

错开了乘电梯的时间，但还是躲不开要汇报工作。原本她这样的小角色根本没机会跟分公司的负责人汇报工作，就是因为表哥让贺竞南管她，现在她所有工作上的事都要事无巨细地跟贺竞南汇报，就差一天上几次洗手间这种事不用说。

滴了几滴眼药水，揉揉眼睛，秦书开始了一天的忙碌，拿上项目书找贺竞南去了。

随着一声“请进”，她推开门，一怔，尹一乔也在。

秦书分别打过招呼后说：“贺总，那我一会儿再过来。”

两个领导商量事，她得回避。

“进来吧。”贺竞南对她说完又看向尹一乔，“你再好好考虑，下周这事再议。”

尹一乔丝毫没有犹豫，“不用，我深思熟虑过，贺总你批了吧。我手上的工作五月初能结束，保证项目按质按量完成。”

秦书余光扫了眼贺竟南桌子，一封“辞职信”赫然入目。

她诧异地望着尹一乔，她要辞职？那贺竟南岂不是少了一个得力助手？

尹一乔又朝贺竟南笑了笑，“贺总，还麻烦你尽快批。不打扰你工作了。”说完转身离开。

贺竟南盯着那封辞职信许久，把它反过来搁在电脑旁。

尹一乔上周就给他发了邮件说要辞职，他一直没回复，给她时间让她冷静，结果她今早直接给了他纸质的辞职信。

也许这就是男人跟女人的不同，男人放下了便是彻底放下了，女人就算放下了，还总会顾虑重重。

“你也打算五月份离职是吧？”贺竟南忽然把视线落在秦书脸上。

秦书迟疑一秒，而后点了点头。

其实她还没想好去哪，反正不会留在这边的分公司。要不她就回纽约总部？在这边她每天都要跟他碰面。

他之于她，不是一个追求者那么简单。她曾经那么喜欢他，还喜欢了五年。她知道韩沛心里肯定是介意的。要是回了纽约总部，虽然还是在一个公司，可一年都没机会碰一面。

贺竟南给出中肯意见：“我个人感觉，管理公司不适合你。你再好好考虑一下你的职业规划，实在不行你回总部。”

秦书点点头，“我再考虑一下，谢谢贺老师。”

贺竟南伸手，“资料给我。”

两人开始说工作。

从贺竟南的办公室出来，秦书去了洗手间，正好碰到尹一乔，她正在洗手。

秦书这才发现尹一乔今天是素颜，连鞋都是平底的。

“尹总，你怎么要辞职？”

经过这段时间的相处，她挺喜欢尹一乔的。尹一乔霸道洒脱乐观，刀子嘴豆腐心，听到她要离职，她竟然有一丝不舍得。

尹一乔笑，小声说：“有没有觉得我哪里不一样了？”说着挑挑眉。

秦书点点头，指指她的脚，看着她的脸，眼神示意，然后猜测：“你不会是有了吧？”

尹一乔整个人都是温和的，“是的，我做妈妈了，已经六周啦。”

“恭喜啊。”秦书也高兴，她挺喜欢小孩子的，可又不解，“你可以申请不用加班，不跟项目，等宝宝出生后你状态回来了再跟项目，这个我哥都是允许的啊。”

尹一乔不好说实情，其实是她不想看见贺竟南。现在看不出怀孕，等她肚子大了，成天挺着大肚子在贺竟南面前晃，她自己都觉得尴尬。

曾经爱过，有过感情牵扯的，最好还是保持着距离。为自己，为别人。

她说：“我累了，正好休息一下。这九年我是拼了命的工作，光顾着赚钱都没时间花，等孩子半岁左右，我再工作。”到时候状态和身体都调整得差不多了，孩子也好带了。

秦书问：“那你还回来吗？”

尹一乔摇头，贺竟南在她就不会再回来。而贺竟南不会轻易离职，他好像跟她们老板签了长期合同，老板花了不小的代价才挖到贺竟南，自然不会放人走。对贺竟南来说，同一个平台，没有海纳这样的待遇和工作氛围。所以只能她离职。其实她不舍得离开，从毕业到现在，待在海纳已经九年了，这是她的第一个工作单位也是唯一一个。

她想过要不要申请去总部，可有了孩子后，见面都成问题，还是算了。

“去秋蓝那里吗？”秦书顺口问道。

尹一乔更是摇头，多说了几句：“千万别给朋友打工。你去之前你们还是朋友，关系平等，等你去了，那就是上下级关系，时间久了，什么都变了味，说不定连好朋友都失去了。夫妻也是，如果有选择，也尽量别去老公的公司帮忙。做好了所有人都觉得那是你的本分，哪天你突然做错了，谁都来指责你，就是俗话说的吃力不讨好。”

她想了想，说：“我先休息一年，这一年里我好好规划一下我接下来的人生要怎么走。我还蛮想自己单干的，创业多有劲。”

“这个倒挺好，就是很辛苦。”

“当你不缺钱后，就得找个事让自己辛苦一下，不然人生很无趣的。”

“也对。”秦书笑。

尹一乔要回办公室开早会，“没事找我玩啊，生孩子前我闲人一个。”

秦书笑着点点头，“好，到时约你逛街。”

秦书对着镜子发了一会儿呆，找了个安静的地方给表哥打了电话。

“一早又怎么了？”表哥问。

秦书把心里话都跟表哥说了，包括跟贺竟南的事。

表哥怔了几秒，也没多问，说：“毕业后到我这来，别去分公司了。要去其他投行，你的背调怕是通不过，别人没必要为了一个小分析师担一些未知的风险。”

秦书也想到了这点，主要是她家里有公司，男朋友又是韩沛，表哥还是海纳的老板，她不管去哪家投行，别人都会觉得有违常理，难免生疑。

“你在哪都一样，反正韩沛一年待在北京的时间加起来不会超过三个月，说不定在纽约的时间还多些，过来吧。”

“嗯，五月份我回校后去找你，到时再详说。”

下午时，秦书收到方慕和的信息，说周一到海纳来带她去跟 BD 的高层商谈，再顺便找贺竟南谈一下项目的相关事宜。

秦书：曼迪姐这几天都在公司，涔涔也在，你确定要过来？

方慕和：工作要紧，我努力了那么长时间，贴项目贴人，拿出了我所有的诚意，她还是不愿意再跟我一起，我还跪下来求她不成？

秦书笑：要不你跪一次试试？

方慕和没心思开玩笑：这辈子除了父母，能让我跪的只有我以后的老婆，求婚时我会跪一次。

秦书：呵，说得跟你有多情圣一样。

方慕和：我再渣，也知道陪我走到老的只有老婆一人。

秦书：……方小伙，你受什么刺激了？

方慕和：没受刺激，之前跟曼迪深聊过一次，她说我从里渣到外，还说我谁都不爱，爱的只有自己，只顾自己的感受。

秦书：你刚那句只给老婆下跪，就是想要证明曼迪姐说错了，你其实是个好男人？

方慕和没说话，发了个微笑的表情。

那意思，默认了。

秦书：滚远点！

方慕和那边，秘书敲门进来，提醒他要去开会：不聊了，我要去开会，周一我去接你。

秦书问他：你亲自过去谈，是要不惜一切拿下那个项目？

方慕和：嗯，BD 高层也知道我对那个项目在意，就用不着再矜持，装得自己不想要，我就不再绕弯子，拿出我能给的最高条件。

秦书又投入到工作里。再次抬头时，已经是三个小时后，早过了下班时间。

怕输给秋蓝，这些日子，她除了睡觉和跑步的时间，都用来搞这个项目。其他同事也是，忙得焦头烂额。这个项目要是成了，咨询费可观，到时能拿到一大笔奖金。

秦书对奖金无所谓，反正也是方慕和的钱。她犯愁的是，不管拿得下还是拿不下，方慕和跟韩沛都会一争高下，不会用正常的竞标手段。

想到商场上黑暗的那一面，她不寒而栗。而要让她经受这些，给她人生上第一课的，正是她最信赖的两人。

发了一会儿呆，秦书继续工作。

韩沛给她发来信息：晚上加班到几点？

秦书回：10 点半左右。

韩沛：嗯，我去接你。

韩沛定了闹铃，晚上 10 点。

对面，秋蓝正在整理资料，刚才跟韩沛对接了下项目细节。

她忙得累死累活的，好不容易弄出的东西，他只瞅了两眼，说了句“嗯”，然后就没下文了。

秋蓝之前觉得他挺积极的，这段时间又觉得他好像在敷衍，不管她说什么他都漫不经心的样子，“你到底怎么想的？资料你也不看。”

“看资料是你的事。”

“……可最后以什么合适的价格成交，你总得给我交个底吧？赔钱的买卖咱可不能做。”

韩沛反问：“如果要赔钱呢？”

秋蓝一愣，“几个意思？”

“意思就是，我贴钱也要拿下BD这个项目。”

“……你疯……”那个“了”她没说出口。

韩沛并未解释他跟秋青的交易，秋蓝不清楚，也没必要跟她多说。

冷静了一会儿，秋蓝下了决定，说：“亏就亏了，我赌一把呗，说不定这个项目的盈利比我想的要高呢。”她还是信任韩沛的市场敏感性的。

韩沛叮嘱她：“这几天跟BD高层约一下，我要跟他们碰个面。”

秋蓝盯着他看了又看，“难得。”

难得他竟亲自去谈判，以往合作的项目，都是他出钱，很少亲自出面。

周六一早，秦书就起来试穿参加婚礼的衣服。本来昨晚要试穿的，韩沛抱着她没让，说有时间还不如做点有意义的。

后来两人在床上就没下来，她连澡都没顾得上洗，迷迷糊糊就累得睡着了。

“你穿这套裙子？”韩沛洗了澡，来衣帽间找衣服，秦书早已换好了衣服。

“好不好看？”秦书转过身面对着他。

其他颜色的衣服要么太招眼，要么太深沉，婚礼上穿不适合。找来找去这件不错，成熟又不失仙气。

韩沛评价中肯：“这颜色挑人，你穿还不错。”

“嗯，今年紫色比较流行，这款式和颜色是我奶奶看中的，她说颜色高贵优雅，款式正式场合穿着也得体。”

她指指柜子上，“你的衣服我给你配好了，领带就不用了，不然抢新郎风头。”白色衬衫外面套件深蓝色风衣。

韩沛问：“戴这副袖扣？”他拿起来看了看，袖扣在灯光下会变色，时而黑色，时而紫色，跟她裙子的颜色挺像。

秦书点头，“这是我专门挑的，当时也是想配我这条裙子。”秦书走近抱着他，“这袖扣你喜不喜欢？”

韩沛点头，双手绕到她身后开始戴袖扣。他说：“你可以穿条白色的裙子跟我的衬衫配。这样的小细节，没人会注意。”

“恩爱是我们自己体会，不用秀给别人看。”

韩沛把袖扣戴好，秦书示意他，“帮我把胸针别在裙子上。”

别针跟他的袖扣是一个系列，“你定做的？”他问。

“嗯，这裙子不适合配夸张些的项链，腰带也不合适，我就别枚胸针，反正不注意看也不知道是胸针，还以为是裙子本身的装饰品。”

秦书环着他的腰，“以后你不管穿什么，我都有个小饰品跟你的袖扣是情侣系列。”她说，“你这个袖扣和我的胸针都是我自己设计的。”

韩沛低头亲亲她，开始给她别胸针。弄好后，他整个手掌都覆上去，“我看别得结不结实。”

秦书浑身一颤，不自觉向他靠了靠。

韩沛眉心紧蹙，“没穿内衣？”

“这裙子不适合穿胸衣，用的贴。”还好她的形状不错。

韩沛的手一直覆在那上面，柔柔软软的，他低声说：“时间还早，一会儿再去。”

秦书摇头，“一会儿满身是汗，还要洗澡化妆，太烦。”

她欲要反驳，韩沛把她的唇堵了个严实。

又过了一会儿，韩沛还在变着花样折腾她。

到后来，秦书喊了好几遍他的名字，韩沛才没舍得再收拾她。

韩沛把她捞在怀里，紧紧抱着。

“韩沛。”她声音酥酥的，韩沛比之前更动情。

出门时，秦书的双眼两颊都跟被水滋润了一遍一样，水灵灵的。

“魔镜啊魔镜，告诉我，最美的女人是谁？”秦书收起化妆镜，问韩沛。

韩沛答：“我老婆。”

秦书一愣，差点都没反应过来是在说她，心里美滋滋的，嘴上却说：“你老婆漂亮又不代表我漂亮。”

韩沛问她：“你老公叫什么？”

秦书笑，“秦沛。”

韩沛点头，“名字不错，我老婆叫韩琪琪。”

两人笑着，电梯很快到了楼下。

Chapter 55

参加同学的婚礼

韩沛专注开车，秦书无聊，拿出手机随意刷着。看朋友圈时又看到那几条只有自己可见的动态，那时她还不认识韩沛。

“今天是 2017 年 12 月 16 号，我在肯尼迪机场遇到了韩沛，他碰到我一下，那条好几年都没舍得删的动态就这样被误删了。也不知道韩沛是我的克星，还是‘他’的克星。”

再次看到这条动态，早已物是人非，什么都变了。那时她还信誓旦旦地要找他算账。账没算成，倒把自己搭了进去。

秦书盯着这条动态看了许久，摁了“删除”，又像之前那样，出来“确定”和“取消”两个选项。她将手指放在“确定”键上，只是还没等她摁下，忽然汽车一个急刹车，秦书“啊”的一声，一头冲上驾驶座椅背。

韩沛赶紧回头，问她：“撞到哪了？”

秦书缓了下，“没事，不疼。”又问，“怎么了？”

“前面那辆车急刹。”他们正在路口过绿灯，结果有人闯灯。

后面有鸣笛，韩沛发动车子，又问：“确定没撞到？”

秦书摇头，再看看那条动态，彻底没了。

“……”就像冥冥中注定的一样，她所有的过去都由他来终结。

“韩沛。”

“是不是哪疼？”

“不是。”她说，“其实我以前见过你。我们第一次见面前，我见过你。”

韩沛想了想，“在电视上？”

秦书摇头，又点头，“也算，不过电视上是第二次，之前还有一次。”

“在哪？”

“年前 12 月 16 号。”

这回轮到韩沛吃惊，“在纽约？”

“嗯，机场。”

“怎么不喊我？”问过之后，韩沛自己也笑了，那时他们还不认识。

秦书“哼”了声，“我想找你算账来着，你当时在打电话，我就暂时放了你。”

韩沛淡淡一笑，“怎么得罪你了？”

“你蹭到我了。”

韩沛对于那天他碰到过人没有任何印象，唯一有可能的就是他打电话时没注意，“当时正跟贺竞南打电话，就是谈 AC 这个项目。”

“……”

原来是贺竞南自己终结了自己的感情……

“你呢？第一次打电话为什么响了几声就挂了？”

“……在走神。”

“在想什么？想我长什么样？”

“不是，在想你是不是特别优秀，不然我爷爷不会撮合。你长什么样我大概有数，秦叔叔和阿姨我都熟悉，女儿都像爸爸。”

秦书强调：“可是我像我妈呀。”

“嗯，所以比我想的还漂亮。”

“呵，我说你没见过我怎么就这么积极地来接我呢，原来你也是外貌协会的啊。”

韩沛反问：“你不喜欢好看的？”

“喜欢，你要长得不帅，我肯定就不想把你当床。”

“……”

酒店。

秋蓝到的时候，蔚蓝也到了。

冤家路窄，两人的车停在一个区域，几乎同时下车。

蔚蓝一直低头看手机，没注意到秋蓝。等她收起手机，抬头就看到了秋蓝。

两人之前在天津 BD 公司见过，那时候碍于面子，就勉强着寒暄了两句。

今天不同，没外人。

“这么巧。”蔚蓝先打招呼。

秋蓝皮笑肉不笑的，“巧啊。”忽然顿下脚步，“韩沛今天也来。”

蔚蓝反问：“跟我有关系？”

“是没关系。”又道，“他带女朋友来。”

蔚蓝想极力隐藏那种落寞，可嘴角的表情还是僵了僵。

秋蓝说：“知道我最讨厌你什么吗？讨厌你明明心里有根针还装柔弱，恨不得天下的男人都来同情你、保护你。明明跟女生说话时语气都正常，到了男生跟前你就不自觉地声音降八度，还温柔得不行。”

也不顾蔚蓝的表情，她自顾自说道：“我之前想不通，你以前从不参加同学聚会，怎么这次突然就来了。年轻时不来，都三十了还来，原来是看了韩沛的头像，你误会了，误会韩沛是在跟你表白。”

她笑着，“我没说错吧？”

蔚蓝整理好自己的表情，“欲加之罪何患无辞。”

秋蓝“呵”了声，“你可以继续自欺欺人。”然后抬步离开。

蔚蓝呼口气，心里针扎般难受，尴尬又羞耻。

是的，秋蓝刚才说的就是她当时参加同学聚会的想法。她以为韩沛换了那个头像，还有那本书，是在回忆过去，而那本书的第一版本就在她那里。

哪里知道，他是在跟他女朋友表白。

她一直在自作多情。

当初高三能跟他做同桌，其实是她主动找了班主任，说自己数学不好，想找班上数学好的补补课。当时她就一门心思地想考个好点的学校，给爸妈争口气。

可那时候高三，谁有空管别人的成绩。

就只有韩沛一人，他成绩一直稳居年级第一，高三的所有课程他都自学完成，时间最充裕。

结果就那么顺利地跟他做了同桌。

自从跟韩沛成了同桌，秋蓝没事就会在课后找她的茬，都是言语上的嘲讽。

虽然她跟韩沛做了同桌，可班级里的所有女生，甚至整个年级的女生都以为韩沛跟秋蓝是一对。他们门当户对，两家家长也认识，每天中午秋蓝也是跟韩沛一块吃饭。

当时因为韩沛给她讲题目，秋蓝课后也会找韩沛的茬。韩沛不搭理，秋蓝有时会气鼓鼓的，以至于班级女生以为他们情侣之间闹矛盾了。

女同学问秋蓝是不是跟班长一对，她笑说，哪有，是哥哥一样的。

大家还开玩笑，就算是哥哥那也是情哥哥。

后来大家更坚定他们是情侣，因为他们一起申请了国外的大学。当时高中毕业就出国的不多，整个学校也就几个。

而他们竟然申请了同一所大学的同一个专业。

就连她都觉得韩沛是喜欢秋蓝的，不然为什么要跟她申请同一个专业？

有天课间，她看他拿着国外学校的资料在翻看，心说：等有机会，她也要出去长长见识。

后来他申请学校，准备资料，她拿着他的那些表格看了看，像是无意识地说了句，国外的本科很严，羡慕他们可以接受更好的教育。

那天，韩沛没吱声。

当时她并不是想让韩沛帮她出国，也从来没有那个想法。就是觉得要毕业了，以后隔得那么远，她很难再见到他，心里太不舍。就想着，他会不会说没事，你可以研究生时过来，他等她之类的。可他丝毫没有那方面的意思。

后来有天，他跟她说，要是她想出国，他可以借钱给她。他跟他的父母沟通过，父母觉得出去读书是好事，答应帮忙弄签证和留学手续。

不过他也不是没条件，他让她回家问她父母，得把实际情况跟父母说清楚，要是她父母觉得这样可以，剩下的他来解决。至于出国的所有费用，也是他自己赚的，不着急，以后她工作了，慢慢还。

双方父母都参与进来，其实就是大人之间的借贷关系了。那点钱对韩沛家来说没什么，也许就是韩沛母亲买几个奢侈品包的钱。可对于她们家来说，那是父母不吃不喝都要攒几十年的。

到底当时还小，为了能见到韩沛，她还是心动了，回家问父母，结果父母怎么都不同意。

再后来，没想到韩沛跟秋蓝申请了同一个学校，还是同一个专业。她突然打翻了醋坛子，不知道为什么，潜意识里总觉得韩沛就是她的。

她问韩沛能不能申请别的学校，以后她也过去。那天她的语气也不太好。

没想到韩沛竟然那么决绝，丝毫不拖泥带水。他不会为谁改变，至于她以后申请哪所学校，那是她自己的人生大事，自己考虑好就行。

意思已经再明显不过。

毕业之后他们就失去了联系。她还想着，会不会有天他觉得那天他的态度不友好而来找她道歉，毕竟他们做了一年同桌，他对她是真的不错，特别是学习上，给了她很大帮助。

可他没有。

后来有了微信群，他也在群里，不过很少冒泡，她一直等着他能主动加她。

然而还是没有。

为了八卦方便，班级女生又拉了一个小群，不时八卦一下以前班级里的哪个男生怎么怎么样了，偶尔会说起秋蓝跟韩沛。

知道消息的女生说，韩沛跟秋蓝读研究生时还是一个专业。

工作后，大家聊的就是，韩沛在国外，秋蓝回国了，不过韩沛跟秋蓝还有合作，一起做项目，八成是要结婚的节奏。

不时有人问秋蓝什么时候跟韩沛结婚，秋蓝笑笑，说是朋友啊。

大家就是不信，总以为秋蓝能跟韩沛凑一对。

这几年过来，一直没动静，她猜想着或许韩沛并没打算跟秋蓝在一起，不然这么多年不会这么晾着一个女人。

有次班级群里群聊，有人问韩沛什么时候结婚，他说三十五岁前不考虑。

她无数次心动过，或许等自己特别优秀的那天，他们还有可能。

现在想来，也不过是自己另一种的自欺欺人。

他真要对她有意思，至于这么多年都不联系她?

她跟秋蓝，从高三开始，都彼此把对方当成假想情敌，一样可笑。

不过秋蓝比她强，至少这么多年，韩沛都挺照顾秋蓝，就连做生意，都会优先考虑秋蓝。

而她呢?

主动要帮韩涝，都被他拒绝了。

一路想着过去，不知不觉就到了酒店大厅。

等电梯时，蔚蓝不经意地四处看着，然后瞟到一个熟悉的背影。

是韩沛，他牵着一个女人走向安全通道口。

韩沛拽着秦书的手，两人从楼梯上去。

现在不坐电梯几乎成了两人的小情趣。坐电梯人多，走楼梯可以腻歪，还可以不时欺负他一下。秦书现在比较喜欢走路。

现在是三月份，四月份 BD 的项目就会有结果，不是方慕和拿下，就是韩沛拿下。她还要煎熬一个多月。

等 BD 项目结束，她就要请假回校，回来再忙 AC 那个项目。

秦书想到五月份的毕业典礼，问他："知道我几月毕业吗？"

"不知道。"

"……我也忘了。"

韩沛不再逗她，跟她说："到时看看能不能问同学要张票，我也过去。你要找不到票，我找我以前的老师要。"

她们的毕业典礼，家长要凭票入场。每个学生有两张票，有些学生家长不去，票就没用。

秦书问他："你那天有空？"

"跟有没有空没关系。"

秦书伸出手指，"来，拉钩。不管多忙你也得去，要给我拍照。"

"长不大了？"他把她的手指攥在手心，没拉钩。

秦书说起毕业，"那晚帝国大厦会亮蓝灯，可美了。你得给我多拍几张，纪念我毕业。"

韩沛点头，"嗯。"

到了宴会厅，其他同学都到得差不多了，正挤在一桌聊天。看到韩沛跟秦书，他们一窝蜂起哄。

介绍过，韩沛让秦书坐在他边上。

他们比秦书要大不少，又不熟，还在别人的婚礼上，就没多闹腾，开了两句玩笑后，就跟韩沛聊起来。

直到这一刻，坐在斜对面的蔚蓝都还没缓过来。

原来那天自己的第六感不是失误，这个秦书还真是韩沛晒头像秀恩爱的那个秦书。

现在她无比讨厌自己的职业敏感性，大概其他人都还没发现，今天韩沛穿的衣服跟秦书穿的其实是另一类情侣装。

秦书的胸针和裙子的颜色，跟韩沛的袖扣是一个系列。

两人还戴了情侣对表。

蔚蓝看向秦书时，秦书像有感应一样，正好也看过来。

两人的视线在空中相接，有几秒的对视，假笑打招呼，随即目光又分开。

婚礼开始了，他们都坐回自己的位置。

蔚蓝还是跟他们一桌，坐在她斜对面，韩沛的正对面。

秦书参加过不少婚礼，以前都是凑热闹，吃吃喝喝就回了，今天跟以往的心境不同了，看着台上的新娘，她会想自己跟韩沛的婚礼是什么样。

新娘扔花捧时，秦书小声跟韩沛说："我要不要上台去抢？"

"你抢那个做什么？你缺花？"

"……不是说可以好运么。"

"用不着，不过你可以看看新娘是怎么扔捧花的，等我们结婚，你能用得上。"

秦书笑了，继续观看婚礼。

礼成后，他们开始用餐。

跟在家里吃饭差不多，韩沛并未给秦书夹菜，也没跟秦书多聊，不时跟边上的同学聊几句。

蔚蓝今天所有的注意力全在韩沛和秦书那边，她发现只要秦书喜欢的菜转到了秦书跟前，韩沛都会特意用手指按压一下转盘，等秦书夹了菜，他才松手。

每次转盘旋转过来都是如此，他没有一次忘记过。

酒席吃得差不多了，韩沛去了洗手间。秦书跟周围的人都不熟悉，无聊地翻看手机。等她再抬头，对面的蔚蓝起身，到外头接电话去了。

韩沛从洗手间出来，正好在休息区那边碰到蔚蓝，她刚结束通话。

蔚蓝看到韩沛，冲他笑笑，"晚上要一起去玩吗？"他们一伙同学要去唱歌喝酒。

"不去，陪她转转。"

两人一并朝宴会厅走去。

蔚蓝像是随意的语气，问他："什么时候喝你的喜酒？"

问出这话，心像有针扎一样，刺刺地疼。

韩沛说："随她。"

蔚蓝一怔，随即又不走心地笑笑，"印象里你不是这样的人。"

韩沛问："哪样？"

蔚蓝按照以前对他的了解说："你什么都按自己的想法来，很少会随别人。"

"分人。"

蔚蓝顿了下才反应过来"分人"两个字是什么意思，对别人他还是那样，可对秦书他就会妥协。

眼看着就要走到宴会厅那边，蔚蓝挣扎了又挣扎，好不容易把那点高傲暂时搁一边，问他："对了，你联系方式多少？"解释道，"有项目上的问题，方便沟通。"

之前有问题需要跟他们这边沟通，可她只有秋蓝的联系方式，她是一句话都不愿跟秋蓝说。

韩沛说了串手机号码，特意强调："这是我们万禾副总的电话，这次 BD 项目的负责人，有什么事你直接找他。"

蔚蓝的心在这一刻彻底凉透，她输入备注名的手指不由颤抖了一下，那一刻所有的骄傲和自尊，被这个号码彻底践踏。

就算不念在曾经是同桌的分上，哪怕只是一个普通同学问他要个号码，他也不该这样不念一点旧情地拒绝吧？

况且还是为了他在意的项目。

他这是彻底不要保留这份同学情分了，也许她现在在他眼里，跟路人一样。

宴席散了，不少宾客陆续离开，秦书在宴会厅边等着韩沛，远远地，她就看到了那边蔚蓝在拿手机输东西。

韩沛很快走过来，“等我下，我跟同学打声招呼。”

秦书跟他说：“他们都要去唱歌，你不去？”

“不去，下午陪你转转。”

韩沛进了宴会厅，秦书就在原地等他。

这时蔚蓝走过来，也没看她一眼，直接走过去。

她们本就不熟悉，这样也正常。

和来时一样，韩沛牵着她走楼梯。

秦书特意前后看了下。

“看什么？”韩沛问。

秦书收回视线，“看看有没有人。”她凑近他，压低声音，“蔚蓝加你微信了？”

“没，要手机号。”

秦书看着他，不用想，肯定是给了。都当面要了，又是同学，不给好像说不过去。她理解，就没多说什么。

大概等电梯的人太多，有不少人跟他们一样，走了楼梯下来，不时还有孩子的嬉闹声，韩沛也就没多解释。

“下午想去哪？”他问。

秦书摇头，“一时没想好。”她确定道，“真不用去公司？”

韩沛颔首，“都没好好陪过你。”

像他们这样恋爱的也不多了，每天约会的时间都是在跑步，聊得最多的也都是工作上的事。

亏欠她太多。

秦书想了会儿，到了楼下还是没想好去哪儿。她很少逛街，也知道男人都不喜欢逛街，其他有趣的事就是骑马。

可那个马场有方慕和的股份，现在方慕和跟他竞争项目，他去了大概心里也不是太愿意。

“还没想好？”

秦书摇头。

“先回家换衣服，路上慢慢想。”

“换什么衣服？”

“运动装。”韩沛上下打量她一番，“你这裙子穿平底鞋不好看。”

到了车上，韩沛已经发动了车子，又忽然熄火。

“怎么了？”秦书问。

韩沛整个人侧身过来，解释道：“手机号码给了副总的，他是BD项目的负责人。”

秦书愣怔，不可思议地望着他。

韩沛靠近，亲了亲她，“我的号码没给。”

秦书惊喜又开心，不过也如实道：“其实，要换我，我可能不好意思。”

“不好意思拒绝同学索要号码？”韩沛问。

秦书点头。

静默片刻，韩沛说：“很多人都不好意思，因为要顾忌同学关系，可你想想，给了又有什么意义？”

“谁知道呢。”

韩沛笑了，“你这什么语气？”

秦书大方承认：“吃点小醋呗。”

“现在是认真地跟你讨论这事，别带情绪。”

秦书“嗯”了声，“你说，我听着。”

韩沛本没打算多说，他以为她懂他，看来她还是会有钻牛角尖的时候。

他认真组织了下语言：“我的号码给了没任何意义，要说为了工作，那副总的号码最合适，项目的具体事宜他跟秋蓝两人负责，我只跟BD的高层对话。要说为了私下，同学之间联系感情，那就更没必要。我有你，她以后也会结婚，联系做什么？没事背着双方的另一半怀念高中时光？况且我当初只是单纯地想帮她，没掺杂其他任何感情，没什么好回忆的。”

稍顿，接着说：“很多人做好事并不是说对这人有好感或是别的，只是那个时候这个人正好触动了他们内心那根同情的弦，而他们又刚好有这个能力。”

这么多年，他头一次解释这么多，为了一件小到不能再小的事情。

既然直到现在她心里还有点疙瘩，他索性一次说明白：“就我知道的，我身边的朋友包括我家人，做慈善去帮助和资助家庭条件不好的孩子，并不是为了让谁感激，所有的初衷只是想让他们可以更好地接受教育，有机会看看这世界。

“很多受捐助的孩子，总会想报恩，这可以理解。换我，我也想报恩。一定的感激可以，过了就没必要。真正的感恩是你以自己的能力去帮助更多需要帮助的孩子，那才是慈善的真正意义所在。

“蔚蓝的这件事里，我唯一做错的就是没说这是单纯的资助。考虑到她敏感的自尊，还又是我同学，我就说了是借，包括在我爸妈那边，我都坚持说是借，所以我妈以为我对蔚蓝不一样。”

秦书半起身，亲了他的唇，“你还真这么认真地解释啊？”

“一句话带过你又会过分解读。”他从不喜欢解释，就像秋蓝，不管她问什么，他都不愿多解释。

他看着秦书，“懂你的人自然会懂，不懂你的人，你说再多，他还是按照自己以为的来，多说无益。可因为这人是你，而你在局内，容易迷失，任何时候我都可以解释。”

秦书高兴了，“没有醋味了，全是香水味。”

韩沛把安全带也解了，示意她，“到前面来坐。”

“坐你？”

韩沛笑，“要是能让你心情好点，可以。”

秦书真的爬到驾驶座那边，跨坐在他腿上，没有乱摸乱动，就是搂着他的脖子，安静地听他说话。

韩沛把她朝怀里拥了拥，“以后我会注意跟女性保持距离，不会让对方产生不必要的误会。要是哪天我疏忽了，做得不够好，让你吃醋了，你直接跟我说，有则改之无则加勉。”

“你不觉得我那样是无理取闹？”

韩沛摇头，“我妈就会吃醋，吃我爸的醋。我还算能理解。”

“……”

韩沛拍拍她的背，“到后面坐好，回家。”

“你想好去哪玩了？”她问。

“天气不冷不热，去踏青。”

“这不错。”

发动汽车前，韩沛又想起一事，“琪琪，先提前跟你说一声。”

“嗯，什么事？”秦书爬回后座坐好。

韩沛从后视镜里看着她，“等 BD 项目结果出来，你不高兴可以说出来，不要闷在心里。我们之间，不止感情要沟通，任何事都一样。”

秦书一怔，瞬间明白了他这话的意思，“就是说 BD 项目你势在必得？”

韩沛颔首，“嗯。”

Chapter 56

跟韩沛在BD公司遇到

经过一系列复杂的心理活动，秦书理好自己的心情，笑说："别想从气势上压倒我，没看到结果那刻，我是不会放弃的。"

韩沛也笑笑，知道她心里不舒服。

"我们就开到郊外转转，你想去哪我陪你。"

秦书说随便，又不由埋怨："你就不能等我们玩过回家后再跟我说这事？我看你压根就不想陪我出去。"

"万一BD结果出来，我在外面出差，你找谁算账去？"

秦书点头，"这倒是。"

她理解商场上各为其主，也明白利益为大的商人不会让着谁。

她什么都懂，可轮到自己身上，心里难免会不舒服。

韩沛说："今天就当提前跟我算账，等结果出来，你就没那么不舒服。"

秦书想了想，"你也没错，我怎么跟你算账？"

"你说我错，我就是错。"

秦书靠近他，"现在说好话也没用了，我想想待会儿怎么收拾你。"

回家换了运动装，开车驶去郊外。

三月的天气最舒服，特别是有太阳时，照在身上暖暖的。

她跟韩沛上次去郊外是过年时，那会儿还蛮冷的。

汽车出了市区，"我开吧。"秦书拍拍他。

"你眼睛舒服？"韩沛不放心，今天太阳比较刺眼。

"没事，这边车少，我开慢点，你再帮我看着点路。"秦书想开。

韩沛靠边停下。他没坐在后面，绕到副驾驶那边，结果车门拉不开，从里面锁了，"琪琪，把门开一下。"

秦书降下车窗，春风从两边车窗对流，吹在脸上柔和又舒服。

她微笑，"我想到要怎么找你茬了。"

韩沛看着她，明白了，"让我跟着你的车跑？"

秦书隔空给他一个吻，"好运。"

他还想跟她说两句，结果她一脚油门，汽车嗖地一下窜出去。

韩沛双手抄兜，表情复杂地望着前方。那辆汽车越来越远，慢慢只剩一个黑点，后来消失在路尽头。

他的手机还在车上，这里前不着村后不着店，想联系她都没法子。

韩沛半蹲下，把鞋带系紧，开始快跑追她。不时有汽车从身边经过，韩沛都能感觉到每辆车里的人投来的或好奇或诧异的眼神。

大概跑了五六公里，还是没见到秦书的身影。

还好他每晚都跑十公里左右，这点路对他来说也没什么。就是不知道她会不会故意使坏，跑到二十公里外等着他。

又跑了两公里，还是没看到她人。

今天天气不错，这条路傍河而修，沿途的风景很好，带着孩子过来玩的特别多。

最近几天暖和，垂柳已经发芽，在微风中轻轻摇曳。有的父母在给孩子编花环。

韩沛也停下，找了棵没人围着的柳树边，轻轻扯下几根柳条，边走边弄花环。迎春花和海棠都开了，他间隔一小段就放一朵花。

身边有一家三口经过，那个小女孩忽然说："妈妈，这个花可以采的，你看叔叔他就采了好几朵呢，我也想要在花环上放花。"

韩沛抬头，那个女孩说的叔叔正是他，一家三口都在看着他。

他右手原本都已经碰到了海棠花的枝头，又默默收回。

花环就这样完工，点缀着五六朵小花，粉的，黄的。

怕花环上的花掉下来，韩沛没再跑，开始快走。

走了四五百米，远远看见前方有个红色身影，正是秦书。

她慢慢悠悠，朝这边晃来。在看到韩沛身影的瞬间，秦书停下脚步，一路上空空荡荡的心，这一刻彻底被填满。

她实在走不动了，蹲在路边，双手托腮看着他。

看清他手里的东西后，笑说："你几岁啊？还弄花环。"

"编给家里嗷嗷待哺的孩子。"

走近了，韩沛把花环套她头上，把她抱起来，"心情好点没？"

秦书靠在他怀里，"没，累死了。"

她跑了三公里，腿酸得不行。这是继上次跑去医院，第二次跑那么远。想快点看到他，她就挑战了自己的极限。

"车呢？"

"在前边，离这三公里多。"

"跑来的？"

"嗯。"

韩沛擦擦她额头渗出的细密的汗，"你在这等着，我去开车。"

秦书摇头，"我跟你一起过去。"

"不累？"

"累。"秦书下巴一扬，"待你背上我就不累了。"

"……"就说她没那么好心，还愿意再走几公里。

他弯腰，"上来。"

秦书趴在他背上，把花环拿下看了看，“你手还怪巧的。”然后戴在他头上。

“琪琪！”

“哈哈，沛沛小美人。”

“……”

秦书把长发散下来，将花环又戴在自己头上，“韩沛。”

韩沛停下，转过头，还没来得及说话，秦书的唇就凑上来亲了下，“谢谢。”

过了一会儿，秦书说：“韩沛，等以后，我们要是有矛盾了，也像今天这样，我们可以离得远一些，但要向着对方的那个方向跑。”

“好。”

那天，直到夕阳落山，他们才回城。

晚上时韩沛把一天积攒下来的邮件全部处理完，给严沉打了个电话，问他有没有安排。

“有，要是你的事，我就推了别的。”又问他什么事。

韩沛说有些话在电话里不方便说，约了严沉见面谈。

给秦书做了点吃的，韩沛自己驱车出去。

“你怎么忽然想到要高薪挖人？”严沉给自己倒了酒，又要给韩沛倒，韩沛没要，“我要开车。”接着说起为什么要挖人，“我忙不过来。”

“这话不像你说的。”严沉了解韩沛，他的世界没有“做不到”三个字。

韩沛解释：“把海外的工作交出去一部分，精力跟不上。”

严沉抿着酒，盯着他若有所思，“什么意思？”

“以后留在北京的时间会多点。”

“为了琪琪？”

“嗯。”

以前他一个人无所谓，在哪待的时间长一些都一样，除了爷爷也没什么牵挂。现在不行了，要是以后一年就在北京待两三个月，他跟琪琪就要处于长期分居的状态。

韩沛说：“我就不通过猎头公司了，你那朋友就不错。”

“行，我给你们牵线。”严沉打趣他，“这回见了你可不许再临时反悔，不然我的朋友都被你得罪得差不多。”

“琪琪不会吃男人的醋。”

严沉笑，两人把具体细节交了个底，聊妥。

“周一约你们见面？”严沉又问。

“周二吧，周一我要去天津。”

“行啊。”严沉忽然想起了其他事，“跟秋青的合作谈得怎么样？”

“差不多了。”韩沛把杯子里的温水喝光，“我回了。”

“不会吧？这才几点？到楼上玩一会呗。”严沉看了眼时间，才 9 点半。

“琪琪一个人在家害怕。”

“……”

女人恋爱后胆子都这么小吗？他女朋友也是这样子，有时打个雷都往他怀里钻，嘴里还说着吓死了吓死了。

他可是清楚地记得，小时候她是最喜欢六月的雷雨天，一到雷雨天她能在院子里玩疯。

“琪琪以前都是跟家里人一块住？”严沉好奇。

“不是，自己住。”

严沉恍然，“你不用回去，女人都是装的。”他又猛喝了一口酒，“我现在才知道，女人都一个样，什么胆小害怕，就是专门对付我们男人的，可千万不能上当。”

“作为男人，选择性弱智，是一种美德。”

“……明知女人在撒谎，还要装弱智配合？”那不得憋屈死。

韩沛笑，“你就用不着装了，你的智商正好。”拿上车钥匙离开。

“……”

周一一早，方慕和就到了海纳。

他之前跟贺竞南约了时间，来了后给秦书发了条信息，让她半小时后去楼下等他，便直接去找贺竞南。

刚收起手机，抬头正好看到赵曼迪，她刚从贺竞南的办公室出来。

不算宽敞的走道，两人迎面遇上，猝不及防。

“早。”赵曼迪压制住自己翻滚而来的情绪，跟他打了声招呼。

没人知道她是下了多大的狠心，才能装作若无其事。

方慕和盯着她看了数秒，从最初见面她会紧张，到现在的诧异，再无其他感情。他知道她是真的打算跟他划清界限。

他微微颔首，“早。”

赵曼迪侧身从他旁边走过，就在擦肩的刹那，方慕和一把抓住她的手。

“方慕和你做什么！”赵曼迪想甩开，没甩掉，这是公司，她又不好大声嚷嚷。

方慕和看着她，“我不想放开了，你说怎么办？”

“你先放手，我们好好说。”

“跟你好好说了没用。”方慕和紧盯着她，“过去的就让它过去，行不行？我是渣，你也有错，咱们扯平。现在起，我再追你，我们从头开始。”

从头开始？

她一点都不想，她受够了那种患失患得的感觉，就这样分开，各自找人开始，也许才是对彼此最大的救赎。

“韩涔那样的小女孩挺好的，她包容你理解你，我说真的，不是气话。”赵曼迪就怕不远处贺竞南办公室的门突然打开，她这样太不像话。

“方慕和，你先松手。”她再次跟他好好商量。

方慕和就是不松手，把她的手紧攥在手心，他都能感觉到把她给攥疼了，可就是不想松手。就在刚刚她要走过去时，那一瞬，他感觉自己就要彻底失去她了。

他解释说：“我不喜欢韩涔，她再好我也喜欢不来，没那方面的感觉。她在我这里就跟琪琪一样，小孩子一个。”

“那你找喜欢你的那些成熟有魅力的女人。”赵曼迪别开视线看向别处。

“所以我找你来了。”

“……”赵曼迪缓了一会儿，说，“方慕和，我承认我喜欢你，只不过我喜欢的是曾经的那个你，而不是现在的你。”又用力挣扎了一下，还是没挣脱开他的手。

“那我把过去的那个我找回来给你。”

“……”赵曼迪呼口气，“方慕和，你今天怎么了？”

“想你了行不行？”

赵曼迪眼眶湿润，如果多年前他们闹分手时，他能这么紧地攥着她的手，也许一切就不会像现在这样了。

赵曼迪实在没招，她知道方慕和无赖起来，什么都不管，这点倒是跟以前一样，“我们找个安静的地方谈。”

“我看这地方不错，你们老大的办公室门前，一般也不会有人过来。”

赵曼迪实在没法子了，只好说：“贺总，方总过来了。”她的声音不大不小，也不知道贺竞南能不能听到。

方慕和眼睛微眯，却没松手，“让你们贺总看看我们合作得有多愉快，都不舍得放开手。”

“……”失策了，她现在就祈祷着贺竞南没听到。

哪知，门忽然开了。

贺竞南刚踏出办公室的门就看到这一幕，怔了下，他刚才没听到门外有人争执或是说话。

“贺总，早。”方慕和先打招呼，还是攥着赵曼迪的手，解释说，“昨晚吵架了，正在道歉。”

贺竞南反应也快，秦书第一天上班就说跟赵曼迪认识，而方慕和跟秦书关系那么好，所以赵曼迪跟方慕和是一对，他也不是太意外。

贺竞南笑笑，“男人就该这样。”又说，“我找秦书要个资料，一会儿咱们再聊。”

赵曼迪看着贺竞南的身影，他就这么走了？

方慕和攥着她的手腕把她朝身前拉了一下，“就算你找你们老板蒋总，他也会这么说一句，男人总是向着男人的，你就别天真了。”

赵曼迪剜了他一眼，心里那股深深的怨念，在他死缠烂打的这一刻，好像突然释怀了一点。

方慕和不顾她的表情，自顾自说着：“前几天琪琪跟我说，让我跪你一次试试。后来我想了很久，这辈子我就跪你一人。你现在想不通，不想原谅我，我不强迫你做不喜欢的事。我等你，等你到想原谅我的那天。”

方慕和终于松开赵曼迪的手，从包里拿出一个新的手机包装盒，“这手机我买了两个，白色的你用，手机号也是新办的，尾号还是我的生日。”

以前他们的情侣号就是他用她的生日做手机尾号，她用他的，结果分手后她那个号不用了，成了空号。他又找人重新办了一张卡，好不容易找到一个尾号是他生日的号码。

方慕和把手机盒塞进她怀里，抬步去了贺竞南的会客室。

贺竞南到秦书的办公室时，秦书正在整理要去天津用的资料。

“叩叩。”贺竞南在她的桌面上敲了两下，把秦书吓了一跳。

“现在问你要个资料都这么难？”贺竞南望着她。

之前他给她打电话，让她送资料过去，她答应得好好的，结果等到现在都不见人影。

秦书一愣，“韩涔没送过去？”

贺竞南打电话时她刚好在核对数据，就让闲着没事做的韩涔跑个腿。

“韩涔？”

“对啊。”秦书搁下手里的资料，“那她可能去洗手间了，我去找。”

洗手间没找到，茶水房里也没有，休息区还是没人。

秦书打她手机，没人接，这才想起她的手机扔在桌上没带。

后来听到安全楼道那边有隐隐的哭声，循声找去，见韩涔坐在台阶上，双臂紧紧地抱着自己，哭得像个孩子。

“涔涔，你怎么了？”秦书紧张道，在她身边蹲下来。

韩涔赶紧擦擦脸，“没事。”还在不停地抽噎。

“哪儿不舒服？”

“没有。”

秦书若有所思地问：“是不是看到方慕和了？”

韩涔没说话。

她去送资料时正好看到方慕和拉着赵曼迪的手，她没忍住偷听了墙角。

原来一个男人爱一个女人是那样子的，卑微得可以连自尊都不要。

这也是她第一次看到方慕和那样，那么低姿态。

心碎就是那时她的感觉。

秦书什么都没问，坐下来，陪了她一会儿。

“嫂子，我没事了，真的。”她起身，“我去给贺总送资料，对不起，耽误你的事了。”

“没关系。”秦书不放心，“你要还是难受，就跟我说。”

韩涔摇头。都是她自己的原因，她现在难过得什么都不想说，拿着资料落寞地朝贺竞南的办公室那边走。

“涔涔，我过去吧，正好找贺总问点事。”秦书怕她跟方慕和又遇上。

“好，谢谢嫂子。”韩涔咬咬唇，“我去下洗手间，一会儿就回办公室。你不用担心我，我情绪来得快也走得快。”

秦书揉揉她的头，千言万语也只有那么一句：“爱你的人正在前面等着你呢，就像你哥等我一样。”

到了洗手间，韩涔擦擦已经模糊了视线的眼泪，给方慕和发了条信息：恭喜你啊。然后把他的微信删除。一起删除的还有他的手机号码。

方慕和不懂她这恭喜从何而来，也许看到他跟曼迪了？回她：谢谢。结果没发送出去，出现了红色感叹号。

她把他删除了。

这样也好，她还小，没必要为一个不爱她的男人耗费时间。

去天津的路上，秦书问他今天有没有去找赵曼迪，不然韩涔不会失魂落魄成那个样子，哭得差点不能自已。

方慕和点头，“曼迪还是不原谅我，我也不管她什么感受了，就这样跟她死缠到底吧。”

爱也好恨也罢，纠缠一辈子也不错。

秦书明白了，只叹口气，感情这事，最勉强不来，她只希望韩涔能快点走出来，不要像曾经的她，苦苦挣扎那么久。

她岔开话题，跟他聊起 BD 项目，“你赢的几率有多大？”

“这种不分多大几率，不是赢就是输。”方慕和说，“看待会儿跟他们高层谈的结果如何。”

这次谈得不错，双方都挺满意，这是秦书的感受。

不过爷爷曾经跟她说过，那些看似谈得特别好的，结果也许往往出乎意料。毕竟商场上有时也需要演，不到最后一刻，你永远都不知道对方要怎么出牌。

谈完都已经 5 点半，BD 的执行总裁留他们吃饭，说早就订好了饭店，怎么也要给个面子。

不管生意成不成，留个人情说不定下次就能用上。方慕和笑着说：“那恭敬不如从命了。”

一行人一起下楼，到了大厅时，另一专用电梯的门也缓缓开了，出来的是韩沛和 BD 的董事长及各自的助理。

看到对方，所有人皆是一怔。

Chapter 57

BD 项目花落万禾

原本韩沛是约了上午谈事情，哪知 BD 董事长的航班延误，就拖到了下午。为了表示歉意，董事长说要请韩沛吃饭，然后就这么巧地遇上了。

双方都始料未及。

秦书愣怔住，跟韩沛深邃的眼神对上，她不知道是该高兴还是该忐忑。她的男人跟她的“妈妈”正面遇上了，感觉即将“开撕”。

周围的空气就跟凝固了一般，令人窒息，喘不过气来。

这是她第一次，因工作跟韩沛在同一场合遇上。他冷淡疏离，深藏不露，跟平时她所熟悉的那个他判若两人。这种感觉特别微妙，有了距离感，喜欢却好像比以前多了一点。

如果说狭路相逢勇者胜，那么方慕和跟韩沛不相上下，所以注定要两败俱伤?

收回所有的思绪，秦书冲韩沛莞尔。韩沛也笑笑，很浅，可秦书感觉得到，那是有别于他对别人公式化的笑。

彼此一看就知道对方为何而来，方慕和跟韩沛也握手寒暄了几句。

秦书默默看了眼，也许是两人城府太深，面上风轻云淡，就好像不存在竞争一般，表情和言语都恰到好处。

BD 的董事长跟方慕和也熟悉，只是他先约了韩沛，也不好把两方不对付的人往一桌凑。不管这次的合作什么结果，以后总有遇见的时候，人脉还是要维护的，只好歉意道：“下回去北京，我专程去拜访方总。”

方慕和笑说：“随时欢迎。”

“要不一起？”韩沛问方慕和。

BD 的董事长和执行总裁都是一愣，没想到韩沛会这么提议。毕竟谁都不愿跟竞争对手把酒言欢，敷衍是最累人的事，话不投机半句多。

都以为方慕和会找个理由推辞，结果方慕和淡笑着答应了，“荣幸之至。”

BD 的车先开走，方慕和看秦书的心思都在韩沛身上，不时朝韩沛汽车那边瞅。

是妈又怎样？女大不中留。拍拍她的脑袋，“滚过去吧。”

秦书笑，“我心里都是你，真的，满满的都是你。”说着就一溜烟似的跑到韩沛的汽车边。

韩沛打开车门，“以为你不舍得过来了。”

“怎么会？”秦书笑着坐上去。

“一会儿吃饭时，你跟方慕和之间和气点行吗？”秦书抱着他的手臂。

韩沛瞅着她，“过来就是要跟我说这个？”

“不是。”秦书凑近他的耳边，怕被司机听到，声音很小，哄着他，“想你了。”

“声太小，没听到。”

秦书：“……”

一不做二不休，秦书捏着他的下巴，直接亲上去，还吸了吸他的唇，“听到没？”

韩沛笑，示意她坐好了。

秦书一直盯着他看。

“有话就说。”

秦书小心措辞，“你跟方慕和之间，除了竞争就没有别的路可走了吗？”

韩沛不答反问：“要是有，会等现在再走？”

“你们两个都一起主动找上门来，最后得利的只会是BD，何必去便宜外人？”

她差点就想说，你跟方慕和就不能合作吗？合作拿下那个项目，这样谁都不损失，最后被动的就成了BD。现在他们这样弄，BD的高层立即有了优越感。

“这块肉不好分割，我跟方慕和都想要，就没必要再来回折腾。合作拿下后再内部打得头破血流？多此一举。”

秦书想问他，这个项目又不是金山，他何必这么执着。话还没问出口，韩沛的电话响了，是严沉打来的。

“嗯，方便，你说。”韩沛接通电话就说了这几个字。

秦书主动离他远点，坐到汽车另一边车窗边，看着天津的街景。

大街上，四处乱看、对一切都充满新鲜感的孩子，步履蹒跚的老人，匆忙的年轻人，焦急等待红灯的汽车，还有早就看惯了这座城市的风景的环卫工人，正拿着镊子心无旁骛地捡拾地上细小的垃圾。

街头熙攘热闹，秦书心里装着事，也不知道自己看到了些什么。

那边韩沛还在打电话。

严沉说：“我跟我朋友聊了，他一听你给的条件和诚意，也特别痛快，说不用再耽搁你时间了，他四月中旬把原公司的交接事宜处理好，就到万禾报到。”

“替我说声谢谢。”顿了片刻，韩沛问严沉，“他没女朋友吧？”

严沉纳闷，“……没，怎么了？你对这个还有要求啊。”

“要是没有，等韩涔毕业，我把她放到他那边跟着学习。”

严沉恍然大悟，“我就说你怎么那么大方，给这么好的条件，合着是找妹夫啊。”

“也不是，之前跟你朋友打过交道，觉得人不错。顺其自然，能成最好，你也别多说。”

“了解了。”

挂上电话，秦书好奇地问：“要给涔涔介绍男朋友？”

“不算是，觉得适合涔涔，牵个线。感情这种事撮合不来，靠感觉。”韩沛又叮嘱秦书，“先别跟涔涔透露。”

秦书点头，“放心。”

很快，到了酒店停车场。

秦书下车后很自觉地去找方慕和，跟他一起前往包间。

“还知道回来？”方慕和揶揄她。

秦书笑嘻嘻地：“妈也重要。”

“在跟韩沛商量怎么把我卖了吧？”

秦书笑，哄他：“卖韩沛也不能卖你啊。”

正说着，韩沛跟助理几人正好从她身边经过。

“……”秦书感觉身边的小风都冷飕飕的。

都是睿智的男人，席间不仅没冷场还聊得比较愉快，不过都心照不宣地避开了谈 BD 这个项目。

秦书靠着方慕和一块坐。这么多年习惯了，吃饭时，方慕和都会给秦书夹菜，就连聊天时都不会忘。

一开始，BD 的董事长以为是方慕和绅士才表现得悉心体贴，可一顿饭都快吃完，方慕和始终在照顾着秦书，不是夹菜就是挡酒，还给秦书倒水。

这一看就不是单纯的合作关系。

酒过三巡，话也随意多了，便笑着说：“方总也不给我们介绍一下秦小姐。”

这话说得多有水准。

方慕和刚给秦书倒上果汁，笑说：“阿姨家的妹妹，从小我带大的。”

至于这个阿姨有没有血缘关系，方慕和就没多解释，说多了反而让人误解。

桌上的人，除了韩沛，都惊讶不已。

“难怪。”说着就要敬酒。

“秦书今晚可没喝酒，要不少来点红酒？”BD 董事长提议道。

“她不能喝，我来。”韩沛让服务员把酒杯倒满。

所有人的视线都聚集到韩沛那边，就连秦书也是一愣，他这是要做什么？

“韩总跟秦书也认识？”执行总裁问了问。

“嗯，女朋友。”

“……”

BD 董事长跟总裁不由相视一眼，一下子摸不着韩沛的套路。

韩沛敬了 BD 董事长，说是这一杯替秦书喝。BD 董事长一口闷下杯子里的酒，心里还是没底。

韩沛说：“我跟方总虽然免不了会有竞争，不过总是一家人，我们私下还不错。”

BD 董事长笑笑，附和着：“就该这样。”

这一刻，他再也不确定韩沛跟方慕和到底是敌是友，还是会联手？本来还想让他们双方有嫌隙，彼此高价竞争，他们 BD 坐等渔翁之利，哪知他们两个竟不按常理出牌。万一的万一，韩沛跟方慕和突然联手退出，谁都不要 BD 了，那他们不是偷鸡不成蚀把米？

方慕和坐韩沛对面，他拿起酒杯在桌面上轻轻碰了两下，隔空敬了韩沛一杯。韩沛领会，又满了一杯，一饮而尽。

秦书直到这一刻才看懂，之前 BD 高层给他们设了局，让她们跟秋蓝遇上，韩沛一直记着这事，今晚他就以其人之道还治其人之身，把之前的那口气给出了，让 BD 的高层也紧张一回。

这个男人，腹黑却又不善。

而方慕和也愿意配合。

男人间的话题，跳跃性总是很大，刚才还在说生意，这一下就说到时政大事。

又过了半小时，这场鸿门宴一样的饭局终于结束，跟 BD 的高层在楼下分开。

韩沛看向秦书，“到车上等我。”然后把自己的手机和外套一起递给秦书。

秦书接过，又看向方慕和。

方慕和示意她先上车，“我跟韩总聊几句。”

两人移步到垃圾桶旁，方慕和递一支烟给韩沛。韩沛接过来，点着后说：“我已经戒了，今晚最后一支。”

方慕和有些受宠若惊，随即又明白了，“你是非拿下 BD 不可？”

韩沛缓缓吐出烟雾。“你说呢？”

方慕和笑了笑，“你知道的，做生意我从来不看谁面子。”

韩沛的那支烟他只抽了一口，剩下的摁灭在垃圾桶上，“你都说了是做生意，那就要赚钱。那这生意要是赔本，你还做吗？”

方慕和弹弹烟灰，“什么意思？”

“我赔钱也要这个项目，你怎么跟我争？”

不远处的车里，秦书一直盯着那边看。

两个男人正在无声地较量着，她离那么远都感觉到那边的氛围跟刚才在酒店里的不一样，现在是剑拔弩张，一触即发。

就在她紧张到心都跳到了嗓子眼时，韩沛走了过来。

韩沛一坐上车，车厢里立刻充满了酒精味，很浓。

“你就不能少喝点。”秦书递给他水。

“没事。”韩沛把一瓶苏打水都喝了，将衣服纽扣解了，车窗也降下来，凉快不少。

司机缓缓开动汽车，越来越远，酒店的霓虹灯就只剩下模糊的幻影。

现在这种情况，谁都不想多提那个项目。

韩沛把秦书揽在怀里，“睡一会吧，到家要好几个小时。”

秦书看着他，话都到嘴边又咽了下去，点点头，安静地趴在他胸口。

窗外，冷风吹进来，凉的不知道是她的脸，还是她的心。

回到市区，韩沛让秦书打电话回家，说在天津不回来了。

他喝了酒，秦书想照顾他，回家还要给他煮醒酒汤，就给爷爷撒谎，说还在天津，还特意说了跟方慕和一起出差，让爷爷不用担心。

爷爷说："你把电话给慕和，我叮嘱他两句。"

"……"这还不信任她了？赶紧解释，"我在自己房间，您等一下，我这就找他。"

"不用，我自己打给他。"挂上电话就给方慕和打过去。

爷爷不是不信秦书的话，她说什么他就信，就是不放心她在外面出差。

电话接通，"慕和啊。"

"欸，爷爷，什么吩咐？"

"你照顾点琪琪，可别让她喝酒。"

方慕和一愣，转而明白，秦书撒谎了，"好的，没事，酒我给她挡掉。我们明天就回，您不用担心。"

"好，你们忙。"

方慕和直接给秦书发信息：长本事了，开始撒谎了。

秦书发了一个翻白眼的表情图。

看到方慕和这么说，她就放心了。

回到家，秦书换上鞋子就要去厨房给韩沛煮醒酒汤，被韩沛拉住，"不用，上楼。"

"有事？"她问。

"给你赔不是。"

"……"

她知道这话的潜台词，这个项目他谁都不会让。

那晚，韩沛极尽耐心，一遍遍哄着她。秦书也感受到他给她的前所未有的力道，令她着迷。

四月，北京还下了一场雪，来了场倒春寒，让人始料未及。

雪后，天气渐渐热了。

BD 项目也在这个春光明媚的四月，有了最终结果。

那天是周五，秦书正在忙 AC 的项目。

韩涔在发呆，"涔涔？"她喊她一声。

韩涔回神，"刚才我们聊到哪儿了？"

秦书叹口气，指指桌角的资料，"这个你拿给你们领导，看还有哪里不合适，需要修改。"

韩涔点头，"好的。"站起来时，又犹豫了几秒，一直盯着秦书看。

秦书问："怎么了？"

"心里堵了一个多月了，我哥正好出差，今晚你陪我去酒吧喝酒行不行？"

秦书跟她打商量，"要不你去我们那，我给你买酒回家喝。"

韩涔摇头，"本来就是想找个热闹的地方疯一下。"

秦书想了想，点头，"好。"

韩涔刚离开，她的手机就响了，是赵曼迪打来的，只一句话，BD 项目被万禾集团拿下了。

Chapter 58

AC 项目泡汤了

这个结果，秦书想过，也一直做好了心理准备，可真的来了时，那种滋味不好受。

现在所有希冀和等待都成了泡沫。

方慕和给她打来电话，她没接，直接摁断了。

她现在最不想听的就是方慕和的声音。从小到大，不管遇到什么事，他都体谅她原谅她，从没责备过埋怨过她。而她呢，除了给他带来无穷无尽的麻烦，再无其他。好不容易长大了，结果找个对象还继续给他添堵。

方慕和又给她发来信息，说多大点事，以后再找机会把 BD 给并了。

可只有她知道，方慕和是有多想拿下这个项目，因为这个项目跟方氏的环保业务有竞争，若拿不下来，落在秋青手里，以后会对方氏产生不可估量的影响。所以她尽心帮他，就希望给他消除顾虑。

偏偏被韩沛截了胡。

她也不好问韩沛，明明跟他们万禾不搭边的项目，他怎么就铁了心地想得到？好几次她都想跟韩沛说，赚钱的项目多的是，BD 这个项目要不是以经营为目的，单纯就为了投资，其实并不是那么赚钱，风险还高。有没有这个项目对他没有任何影响，不像方慕和，是为了方氏集团的发展，他也什么都明白，就不能看在她的面子上，别跟方慕和去竞争了吗？投别的更赚钱的项目不好吗？

话到嘴边她又说不出。有些话，说出来就挺没意思的。

秦书也没了加班的心思，在办公桌前一直发呆。

人或许都是双标的，她也不例外。

几个小时过去，秦书还是没想通，韩沛怎么就执意要拿下这个跟万禾无关且盈利一般的项目，她拿笔在废纸上胡乱画着，想着同事知道 BD 项目泡汤后的反应。

她呼口气，感觉特别糟糕。

何飞察觉到她的异常，递一杯酸奶给她，“我女朋友买的，我不喜欢这个味。”

秦书一怔，摆摆手，没要，“谢谢。”

何飞把椅子滑过来，靠近她一些，“你别自责，本来项目失败跟成功的概率就是一半对一半，这个正常。之前我们还有个项目忙了快一年，最后还是没成交。”

秦书勉强一笑，“谢谢。”

“这就客气了，这个项目吃苦最多的是你，也是你拉来的，肯定比谁都想把项目做好。”

他知道秦书糟心什么，她不是难过项目没了，是糟心偏偏赢了项目的那个人是她男朋友。那种感觉很微妙，她夹在中间很为难，觉得对不起团队里的人。这段时间所有人都加班加点，从年前忙到现在，本来还指望这个项目能拿到不少奖金，结果全泡汤了，空欢喜一场。

何飞宽慰她："吃晚饭时，他们都说这不怪你，还专程让我来给你说一下，一个项目而已，让你别有心理压力。"

秦书声音沙哑，"谢谢你们。"

何飞笑，"真不用客气。"又说，"你今晚就别加班了，回家好好休息休息，我们还有 AC 项目要做呢，这个项目成了一样有奖金。"

还笑说："到时候得让韩总多给我们点辛苦费。"

秦书也牵强地笑了笑，"那我先回了。"

何飞做了个 OK 的手势，AC 项目到了关键期，他们还要加班。

之前韩涔约了她去酒吧喝酒，她现在真没心情去，可想到韩涔的心里堵得慌，也不好放她鸽子，就给韩涔发了信息：在哪？

韩涔秒回：就在楼下等你呢。

秦书这么多年只去过方慕和的酒吧，那里安全，今晚她也选了去那边。

韩涔开车，她坐在副驾驶望着窗外发怔。

"嫂子，你怎么了？"韩涔不知道 BD 项目的事情，问她。

秦书没多说，"项目赶在一块，有点累。"

韩涔点头，"那你靠在椅子上睡一会儿，到了我喊你。"

秦书笑笑，说好。她正好不想说话，靠在椅背上闭眼养神。

手机震动了，是韩沛打来的。她犹豫几秒，摁成静音，没接。韩涔在身边，她怕一会儿跟韩沛争执起来。

韩沛一连打了三次，秦书都没接。他正在纽约，也是刚知道项目的结果，给秦书发了条信息：回我电话。然后把手机丢一边，起床。

等冲过澡，吃了早饭，手机还是没动静。韩沛又发了条信息：琪琪？

十多分钟后，依旧没有回复。

韩沛揉揉眉心，早前跟她做的那些心理疏通，没一点用，她照样生气。

这就是孩子气的女人，一不高兴，谁都不放在眼里。

眼前的茶几上，还有半包烟，昨晚朋友过来，没抽完留下的。

自从过年那会儿，她说喜欢女儿，他就没再抽过烟。除了在天津遇到方慕和那回他抽了一口，其他时间，忍得再难受也没碰一下，口香糖不知嚼了多少。

鬼使神差地，他最近连酒都极少碰。每次有人劝酒，他借口胃不舒服，在吃中药，他们也就没再勉强他。

韩沛看了看手机，又拨过去，这回接通了。

"喂。"秦书的声音透着疲惫。

韩沛问："还在加班？"

“没。”

“怎么才能高兴？”他直接问。

“没不高兴，就是有点饿了。”

韩沛现在都成条件反射了，以为她那句饿了意有所指。

他说：“隔那么远，我也喂不了你。”

秦书一噎，“我是真的饿了。”没有跟他开那样意思的玩笑。

“在哪儿？”韩沛问。

秦书没说实话，她要是跟他说陪韩涔来酒吧喝酒，他肯定要收拾她，说不定还要训斥韩涔，就撒谎说：“刚出公司，马上回家。”

韩沛怕她夜里也睡不好，跟她说：“要是不高兴了就跟我说，闷在心里解决不了任何问题。”

秦书倚在车门上，没吱声。

刚到酒吧这边，她说要接个电话，让韩涔先进去找方经理。

韩沛低声喊她：“琪琪？”

“在呢。”

“为了一个项目闹别扭，得不偿失。”

秦书知道这个理儿，之前知道，现在也明白，可真到自己是当局者时，哪能容易地做到绝对的理智。

今天之前，她只考虑了她跟韩沛之间的矛盾。可等项目结果出来，看到同事们的脸上掩饰不住的遗憾跟失落，她才恍然，这个项目不是她一个人的，是大家一百多个日夜熬出来的。好几个女同事连孩子生病都顾不上，每天加班加点。最忙的就属赵曼迪，牺牲了所有休息的时间，都在为方慕和操心这个项目。

可却是这样的结果。

特别是大家还知道，得到项目的那方是万禾集团，是她男友的公司。明明按照正常流程，BD 项目肯定是她们的，而韩沛用了手段。

“韩沛，你什么都别说了，我都懂，让我静静行不行？”隔了好一会儿，秦书终于说话。

她解释道：“我没怪你，真的，就是你得给我时间，让我过了自己心里的这道坎。”

韩沛没说话，就这么安静地陪着她沉默。

又过了半晌，秦书始终不理解，忍不住问他：“方慕和给 BD 高层的条件已经是这个项目的最高价了，超过他的条件，那就是稳赔不赚。”

她说：“你付出的肯定比得到的多，你是生意人，不会做赔本的买卖，既然赔了，那一定是有什么值得你这样心甘情愿地往里头砸钱。”

她轻咬嘴唇，“还是说，你非得跟方慕和这么争？抑或是别的。”

“这个人是不是方慕和，都不会改变我想要这个项目的决心。别多想，跟方慕和没关系。”顿了下，他又说，“跟秋蓝也没关系，她跟不跟我合作，这个项目我还是要拿下的。方慕和真要想那个项目，他以后可以再去竞争。可我错过了这个村，还不知道要再等多久才碰到下一个店。”其他的他没再多解释。

秦书猜测道：“你还有别的项目在密保阶段？”

韩沛：“嗯。”

又宽慰她：“别自寻烦恼，你可以这样想，要不是我破釜沉舟，这个项目就是方慕和的。商场就是这样，我不会让他，他自然也不会让我。”

秦书微微叹口气，“这些道理我都懂。”

他这么一说，她也表示理解，“现在没事了，你也是为了你想要的其他项目才不惜代价。”顿了下，说，“你忙吧，我开车回去了。”

韩沛叮嘱道：“开车小心点，我下周就回家。”

挂了电话，韩沛打开手机进入家里的智能管理系统，把楼上楼下的灯打开，将所有窗帘都合上。又打开电视，调了一首她喜欢的钢琴曲播放，还给她烧了点热水。

秦书锁上车，离开停车场，不经意地瞥向会所大门前，她眉心微蹙，蔚蓝？都快一个月没见到她了。

蔚蓝跟几个朋友一起进了酒吧。

“嫂子，这里。”韩涔正喝酒，朝她招手。

秦书坐过去，“喝几杯了？”

“第二杯，鸡尾酒。”她说，“我想喝烈酒的，那个方经理不让。”她喃喃低语，“方经理人可真好。”

秦书无言，问她：“你到底是因为他姓方才觉得他好，还是因为他本来就好？”

韩涔没有丝毫掩饰，“姓方的人都可爱。”

秦书摇摇头，关心道：“这段时间怎么样了？”

韩涔单手支头，半晌，“我把他的所有联系方式都删了。”然后又喝了一大口酒。

秦书刚要说话，韩涔示意她打住，“嫂子，你不用安慰我，我比一个月前好多了，已经能接受方慕和真的不喜欢我这个事实。他现在还在追赵曼迪，每天都会给赵曼迪送花，赵曼迪好像还是不理他，可他呢，依旧乐此不疲。这就是一个男人爱与不爱的区别。”

她说：“这一个月很难捱，但我也捱过来了，以后……”她呼口气，“以后我能做到彻底忘了他。”

她举起酒杯，跟秦书的饮料杯轻碰，“今晚就陪我喝酒，咱不聊感情。”

“好。”秦书把饮料喝下。她还要负责把韩涔给送回去，就没沾酒。

韩涔忽然想起来，“对了，你刚看到蔚蓝没？”

秦书点头，“在门口看到个背影。”

“她们几个人坐在最里面。算了，不说她了，扫兴。”又要了一杯酒，“今晚不醉不归，明天开始，我要做个快乐美丽的女孩。”

一杯酒她一口气喝了一半，呛得想流眼泪。

“悠着点。”秦书抽了纸巾给她。

韩涔擦擦眼泪，“我是高兴的。”她起身，拉着秦书穿过人群，走向舞池那边，“嫂子，你陪我狂欢一下，明天开始，我就什么都不想，跟着你好好做 AC 的资料，让我哥对我刮目相看。”

“嗯，没必要为一个不爱你的男人虚度时间。我以前在一本杂志上看过一段话，跟不爱你的男人在一起，最好的结局就是你委屈自己跟他过，然后慢慢终老，最坏的结局就是他转脸就爱上了别人，然后抛弃你。”

秦书揉揉她的头，“你还小，一次暗恋而已，没什么的。”又宽慰她，“等 AC 项目成了，我的奖金分你一半。”

韩涔笑了，“来，拉钩。”

那晚，她们一直在酒吧待到快 12 点才回去。

秦书回到家洗过澡都已经凌晨 1 点，躺在床上辗转反侧，怎么都睡不着。快到天亮时还是迷迷糊糊的，没睡着。

这一夜，她想了很多。

翌日，秦书还是老时间去上班，暂时把 BD 搁一边，眼下还有个 AC 项目可以弥补同事。

一出电梯，发现贺竞南在电梯边站着，正低头看手机。

秦书微怔，“贺老师，早。”

贺竞南点点头，脸上没有过多的表情，“去办公室看你的邮箱，看完到我办公室找我。”说完，转身就走。

秦书心里咯噔一下，几乎小跑着到办公室，登录邮箱前的每一分钟都是煎熬。

邮箱有两封邮件，一封是陌生的账号发来的，一封是韩沛。陌生邮件是半个小时前发来的，韩沛那封是二十分钟前。

她做了个深呼吸，打开第一封邮件，是发送给贺竞南的，顺便抄送了十二个人，韩沛、秋蓝、贺竞南、赵曼迪、她，以及其他几个海纳的高层。

附件里有照片，是昨晚她跟韩涔在酒吧的照片，就一张。

正文内容也很简单：

贺总您好！

昨晚跟几个同行去酒吧喝酒，没想到遇到你们海纳的员工，无意中听到她们谈论 AC 公司要出手的消息。

我知道了无所谓，会给您保密。可是一起玩的还有其他投行的人，至于她们怎么想，不好说。

秦书用力掐着手指，看了眼右下角的署名，是另一个投行的项目负责人，她以前打过交道，就是昨晚跟蔚蓝一起去酒吧的人之一。

这封信看似是好心提醒贺竞南，其实就是故意来恶心她的。

秦书打开韩沛的邮件，内容简单得只有一句话：AC 项目，暂停。

她盯着屏幕发怔，其实在看到上一封邮件时，她就基本知道韩沛会怎么做。项目在成交前泄密，未知的风险太大，往小了来说，会影响到AC的成交价。往坏了说，有可能会被竞争对手利用，从而影响到万禾集团的股价。韩沛这人从来都不会做没把握的事，停了项目，是他的行事风格。

手机震动，是贺竞南：还没看完?

秦书关掉邮箱，起身去贺竞南办公室。路上遇到同事，她都不知道要怎么打招呼。两个项目，最后都夭折，都跟她有关。

“秦书，你的职业素养呢！”这是她进贺竞南办公室，贺竞南的第一句话。

秦书也不看他，“对不起。”

“你觉得对不起管用？”

秦书不说话了，也没有什么好解释的。发邮件的人明显就是在针对她，而她确实是错了。

她跟韩涔在酒吧只提到了两次AC公司，还都是一带而过。大概是在去舞池时正好被那几个投行的人听到。

一句AC，以她们的职业敏感，足以推断出来是什么意思。

贺竞南盯着她，“这种最低级最愚蠢的错误，你也敢犯?项目在保密期，严禁在公司以外的地方谈论。韩涔不懂就罢了，你能不知道?以前上课时类似的案例我讲过不止一个，就因为当事人没管住自己的嘴，搞砸了案子，我特意强调了很多遍，不记得了？”

“记得，是我一时疏忽。”

表哥也跟她说了不止百遍，祸从口出，隔墙有耳。她没吃过这个亏，就一直没把它当回事。

今天彻底栽了跟头。

有几秒的沉默，贺竞南叹口气，“先回吧，半小时后的高层会议，你也过来参加。”

秦书点头，“好。”

她知道，是批斗大会。

这种错误，最低级，也是最致命的，几乎没有挽回的余地。

Chapter 59

跟韩沛摊牌

这是秦书第一次参加高层会议，跟她想的完全不一样。

她以为贺竞南会拿她杀鸡儆猴，结果他就只提了她两句，接下来全程都是他在做检讨。他说项目的负责人是他，学生也是带他出来的，结果出了这事，责任在他。又提醒其他高管，千里之堤溃于蚁穴，往往那些你觉得不重要的细节，最后却决定了成败。

散会后，贺竞南让她留下，其他人纷纷离开。

“贺老师，对不起。”秦书主动站起来。

贺竞南示意她坐下，经过几个小时，他也冷静了下来，问她：“跟我说说昨晚怎么回事？”

“没怎么回事，就是跟韩涔去酒吧玩了会儿，说多了。”

贺竞南看着她，“之前有看到蔚蓝她们没？”

秦书点头，“嗯。”

贺竞南纳闷，“你也不是那么没脑子的人，明知那里面有其他投行的人，你还敢跟韩涔讨论工作上的事？”

“不是讨论，说了两次 AC，别的什么都没说。”又道，“当时蔚蓝跟发邮件的那人坐在最里面，我才跟韩涔说了两句。”

她疏忽了蔚蓝那一行人里还有她不认识的，大概就是不认识的人正好在舞池那边。

巧合的是，蔚蓝跟发邮件的那人又知道她是海纳的员工，她们几人一聊，大概 AC 要做什么就都清楚了。

她再次道歉，“是我连累你了。”

“没有连累不连累一说，你疏忽了，也是我的失职。现在也不是争谁对谁错的时候，项目停了是事实，给万禾带来影响也是事实。”

停了几秒，他对秦书说：“你手上的项目全结束了，明天开始你不用再来公司，回去准备你的毕业和考试。”

秦书看着他，那句谢谢到了嘴边还是没说出来，“万禾那边，我去解释。”

“于公，怎么也轮不到你，我跟曼迪过去。”至于私下，他也管不着，那是她跟韩沛的事。

秦书还想要表示感谢，他这个早会把原本属于她的责任全部揽过去，其他高管也不好再多说她什么。

她刚一开口，被贺竞南打住，问她：“同事知道你项目结束后要回学校吗？”

秦书说：“知道。”原本是五月初就要回去，哪知道 AC 项目出了这个岔子，现在可以提前一周回校。

贺竞南也没其他要说的，“你回办公室收拾一下重要的东西，再给同事们道个歉。不管你有多少理由，错了就是错了。”

秦书点头，“我知道。”她也没想过要给自己开脱。

又给自己争取弥补过错的机会，“贺老师，要是万禾以后把AC的IPO交给我们海纳做，我想……”

贺竞南知道她要说什么，打断她说：“可以，做招股说明书和路演你倒是比一般人都在行。”其他的废话就没多说，挥挥手，“过去吧，我打个电话。”

秦书没回办公室，去了一个僻静的角落，一直盯着手机看。从早上收到邮件到现在，两个半小时过去，韩沛没有只言片语，电话也没有。

她现在比较混乱，一时看不透他是什么意思。

秦书给卜一发了条信息：帮我订票，明早。

卜一在二月初就回了校，他有门课没修完，还要准备考试：你明天要回来？以为你谈个恋爱就乐不思蜀，连考试都忘了。

秦书：没，最近事情多。对了，你今天抽空到我那边把卫生搞一下。

卜一：嗯，知道，我一会儿把机票信息发给你。又问她，那天我去接机？

秦书：你不接谁接？

卜一：我以为韩沛在纽约呢，不然你会提前一周回？

秦书不想多说，只道：他忙。

卜一正在图书馆，就没再多聊。

秦书把手机揣兜里，双手抱臂，静静地看着窗外。

这么多年，除了眼睛动过手术，以及被贺竞南拒绝过，她一直在爷爷奶奶和家人的庇护下顺风顺水地长大。就连之前做项目，也是只顾安安心心地做专业部分，剩下的所有都是表哥操心。在他们眼里，她能这么认真这么吃苦，就已经很让他们欣慰了。

他们对她向来要求不高，也一次次把所有的困难和挫折都替她挡掉。这是她人生里第一次栽跟头，一栽就那么大，差点都没爬起来。

站久了，脚都发麻，秦书走到楼梯口坐在台阶上，这边没人，安静得只有风吹玻璃的声音。

“呀，好歹找到你了。”尹一乔拿着一杯咖啡一杯牛奶走过来，“我是把公司能找的犄角旮旯都找遍了。”怕她一时想不开，就来陪陪她。

秦书转头，尹一乔跟她的视线对上。大概是刚哭过，眼睛里还有一层泪水，衬得眸光更清澈，单纯美好得就像一个孩子。

就在这一瞬，尹一乔忽然明白了，为什么韩沛这样成熟的男人会找这样孩子气的女孩。她眼里的纯粹跟美好，是很多成熟现实的女人早就失去了的。

尹一乔一直盯着她的眼看，秦书赶紧擦了擦，“是不是挺矫情的？”

尹一乔说：“也就你，换成别人把这么大个项目给弄丢了，早就崩溃地大哭了。”

“喏，他们家的咖啡好喝。”尹一乔把咖啡递给秦书，自己留下牛奶，在秦书旁边坐下。

“谢谢。”秦书淡淡一笑，实在高兴不起来。

尹一乔喝了几口牛奶，“别笑了，比哭都难看。”

“……”

尹一乔拿牛奶跟她的咖啡碰了碰，“别想太多，没意义。”

“谢谢。”

一些人生大道理，尹一乔没再多说，她觉得秦书那样的女孩什么都懂，就是暂时需要时间冷静一下自己。她就这样安静地陪秦书坐了好一会儿。

秦书缓得差不多了，看着她，“秋蓝有你这样的朋友，特别幸运。”

“嗯，有她我也很幸运。”

秦书抿嘴浅笑。

尹一乔问她：“有兴趣聊会天吗？”

秦书点头，“正好转移转移我的注意力。”

尹一乔说她：“你从小到大大概顺风顺水惯了，都不知道失败是什么。其实这也不是好事，跌倒一次保证你长记性。”

“这倒是。”秦书喝了几口咖啡，真苦。

“你跟韩沛之间，谁让谁多？”尹一乔问。

秦书想了想，“都是他让我，我们之间好像也没吵过架。有次我不想跟他跑步就撒谎说我要出差，结果被他逮个正着，他也没生气。”

尹一乔笑了，说：“你看，有底气就是不一样，换我们遇到这么有钱这么帅的，哪还舍得放鸽子，恨不得天天跟他一起跑步。”

“我好像有点身在福中不知福？”

尹一乔笑眯了眼，“没办法，有钱又漂亮的女人都会不自觉地就任性，所以很多男人都不愿找门当户对的女人，难伺候。”

秦书也笑了，“好像是这么个理儿。”问她，“你的辞职信贺总批了吗？”

“批了，我下月初就离职，要是有空找我去玩。”

“有空肯定会去骚扰你。”

尹一乔看了眼时间，马上还要回去开部门会议，跟秦书说：“反省有必要，但也不能一味地否定自己。我一直都觉得你挺好，你可能还不知道，从你进公司第一天我就想要你到我的团队，就是贺总不给，说赵曼迪那边就够你忙活的了。”

秦书受宠若惊，笑着问：“现在是不是挺庆幸没要我？不然分分钟把你手里的项目给搞砸。”

尹一乔笑了几声，言归正传，“现在我还是喜欢你，你从来都不会因为家世好就觉得自己高人一等。生活里我不知道你是个什么样的人，小公主脾气肯定免不了，不过工作上，就我看到的是你特别自律，不管刮风下雨，你雷打不动地早早地就来办公室，基本也是每天走得最晚的那个。你把团队里最苦最累的活都干了，还从来不抱怨说累，专业部分也是无可挑剔，反正我是自叹不如。”

她说：“以后要是我自己单干了，我一定高薪聘你。”

秦书嘴角上扬，一句谢谢的分量太轻，她什么都没说，晃晃手里的咖啡杯跟尹一乔的牛奶杯碰了碰。

尹一乔起身，揉揉她的头，“我回去忙了，想通了就回办公室。”

尹一乔一走，这边又安静下来。

秦书寻思片刻，拿出手机给韩沛打电话，刚响两声韩沛就接听了。

秦书开口第一句便是：“你都不打我电话找我算账。”

韩沛反问她：“打你电话做什么？要是找，我也是找你们贺总，这是公事。”

他那边是夜里，他正在忙。从AC的事情出来到现在，他一刻都没闲下来。他想给她打电话，后来又没打，怕忍不住会责怪她怎么大晚上还要去酒吧。

“怪我吗？”秦书问。

“怪你什么？”

“把你项目给砸了。”

稍有沉默，韩沛说：“我说了项目砸了这是公对公，我找的是你们负责人。至于你们负责人怎么惩罚你，是你们海纳的规定，我不管。等你受了惩罚要是觉得委屈，你来找我。”

“找你做什么？”秦书问。

“安慰你。”

“我不用安慰，这事本来就是我错了，我不会觉得委屈。”

“那给你个拥抱。”

“嗯，这个我需要。”又问他，“你没有什么话想说？”

顿了片刻，韩沛终于没忍住，“大晚上跑去酒吧喝酒，还跟我撒谎说回家，这个你要怎么解释。”

“我错了，你怎么罚我都行。”

她这么痛快地认错，韩沛反而不好再难为她，“不是你一句错了就行，这个等我回家再说。”

秦书岔开话题问他：“AC公司你打算怎么办？”

韩沛暂时没多想，“等回去跟贺竞南再议。”

秦书嗯了声，隔了一瞬，问他：“你还有什么想跟我说的吗？”

“你想听什么？”

“你说什么我就听什么。”

韩沛笑了笑，“爱你。”

秦书迟疑一瞬，说：“Me too.”又道，“除了这句呢，还有别的吗？”

韩沛知道她在等他表态，“这件事你有错，错在大意，给了竞争对手机会。你心里不舒服的地方是，对方偏偏没有利用这个机会对付你们海纳，只是把你推到风口浪尖，让你没法跟同事和领导交代。你按照你自己开心的方式去回击就好。”

秦书闷闷道：“今天我被彻底教做人，在她们跟前我就是一个傻白甜，被人摆了一道还什么都说不出，不仅哑巴吃黄连，我还得谢谢她们的‘好心提醒’，因为她们职业素养高，没有暗地里把这消息透露给你的竞争对手，没有带来不可估量的损失。”

说着，她顺顺气，“其实她们也不见得会真说给你的竞争对手，她们也不傻，不会为了一时的痛快跟利益去得罪你，得罪我们家。这就是她们的聪明之处，知道透露了没好处就直接挑拨算了，现在不仅我要感激，我们海纳要感激，她们也赢得了你的好感，因为她们光明磊落，不屑于做那些无耻之事。”

越说她心里越窝囊，“现在弄得所有人都知道了，项目终止，她们捞个好名声，还又能彻底打击到我。”顿了顿，秦书提醒他，“那几个人里面有蔚蓝，你知道吧？”

“嗯。”秋蓝早就打电话跟他说了。知道她心里窝囊，韩沛又道，“我还知道，她们欺负我老婆了。”

就这一句话，秦书糟糕的心情好了不少，“等我回校忙完那个考试，我再回来请她们几人喝咖啡。”

然后说起这次犯的错，问他：“韩沛，你有失误的时候吗？像这样犯很低级的错。”

韩沛点头，“有，也不少。”

他想了想，说：“我也在公共场合提过 AC，当初在肯尼迪机场，我说过 AC，只不过我运气比较好，没被有心人听到。”

然后宽慰她：“谁都不是圣人，难免会犯错。这事不止你，我也要引以为戒。”

秦书不知道韩沛说的这事是真的还是单纯想要安慰她，不管怎样，他都把自己放在了一个最低的姿态同她说话。

看了眼手表，她出来太久了，还要回办公室面对同事。她都能想象到同事的表情，她们都已经原谅了她一次。现在接连着两个项目因她砸了，谁都没那么大方地再说没关系了。

想到这些，秦书心情又再次沉重起来，对韩沛说：“你忙吧，我也忙了。”

挂电话前，她又想起来其他事，“对了，我明早回纽约。”

“什么？”韩沛以为自己听岔了，他明早去伦敦的航班，跟她也碰不到一块，对她说，“你别过来了，我明早飞伦敦，安排好工作，下周六就回。”

“我要回学校。”

韩沛还记得她说过的，“你不是五月初回去？”

秦书嗯了声，说：“现在项目提前结束，我要回去准备考试，票已经订好了。”

韩沛跟她商量：“推迟几天吧，等我回去。”

他知道她最近心情不好，接二连三的打击，一般人都会受不了。等他回去疏导疏导她，也许会好点。

秦书还是坚持，“不了，票都订好了。原本我是打算在海纳分公司就实习一个月，接着回总部实习，正好回校准备考试。结果跟了项目，我就推迟了回校时间。这段时间我光忙着项目，考试的书还没看。五月底考试，我怕过不了，我得回校看书。”

韩沛也坚持自己的，“在家看一样，没人打扰你。”

“考试的书在纽约的公寓。再说，在家看书没有学校图书馆的那种氛围。”

电话里双方陷入了短暂的沉默，仿佛都能听到彼此压抑又隐忍的心跳。

最后，韩沛让步，声音比之前要温和一些，“五月初，万禾有股东会，我没法缺席。股东会 10 号结束，我赶不上给你过生日。你推迟几天，我给你过了生日你再走。”

秦书的喉咙里轻轻滚动着，没拿手机的那只手，大拇指的指甲无意识地抠着食指，抠得生疼，她都没什么感觉。

她艰难开口：“生日无所谓，我也不是每年都过生日，我爸妈经常忙得忘了给我过生日。没关系的，下次再补上。”

这话一出，彻底把两人的关系逼进了僵局。

韩沛没接话，觉得心口像被东西堵了一般。他走到窗边，打开窗户让风吹进来，使自己冷静。

大概僵持了一两分钟，谁都没主动说话。

“韩沛？”这回是秦书打破沉默。

“你就是不想看到我？”韩沛问得直接。

“不是，我想冷静一下。”

“琪琪，我说了，AC 项目砸了没人怪你。一个项目而已，并购不是唯一出路，我可以排队等 IPO。还有 BD 项目，这不是你的错，我跟方慕和不存在谁让着谁，你别把所有责任都往自己身上揽。”韩沛极力控制自己的情绪，可说话时语气还是不禁有些重了。

“我知道，我什么都知道，你们不是我，都别说了行不行？我现在不想听任何心灵鸡汤，对我来说没一点用，什么用都没有！AC 项目就是因为我才搞砸了，我辜负了你，对不起我哥的信任，还连累了团队所有人。再加上 BD……”

秦书揉揉心口，平复呼吸。

“我昨夜几乎一夜没睡，猜了一夜，也许你是想用 BD 项目换你想要的东西，而这东西可能还跟我有关，大概就是你送我的毕业礼物，对不对？”

现在也没什么好隐瞒的了，韩沛说是。

虽然早就有了心理准备，可听见他亲口说出时，震撼、感动、内疚，都交织在一起，充斥着秦书的大脑和胸腔，久久都没说出话来。

“琪琪？”

“听着呢。”秦书还在平复情绪，“你不管送什么，我都喜欢，这个最喜欢。可是……”她一下都不知道要怎么表达现在纠结的心情。

“没事，你说。”韩沛听出她的挣扎和矛盾。

秦书呼口气，“可是你有没有想过，这礼物我要怎么收下去？这是牺牲了方慕和公司的利益得来的。你知道方慕和对我来说意味着什么吗？他跟你一样，是我愿意用全部财富去换的人。”说着，她用力眨眨眼，不让眼泪掉下来，“方慕和拼命想要的BD，却被你拿下，又从他竞争对手那里给我换了礼物，你说我……”

韩沛始终沉默，秦书也猜不透他现在在想什么。

她接着说：“韩沛，我没怪你。你没错，因为你跟方慕和本来就是对手，不存在谁让着谁。可我不行啊，我没用，没法做到你那样的理智冷静，我不知道我要怎么办了。”

短短几分钟里，韩沛经过几番挣扎做了决定，“行，这个礼物我自己留着，换个毕业礼物给你。”

又跟她说：“你想要冷静，可以，回校好好看书，毕业典礼时我去看你。”

秦书嗯了声，心里还是难受，“对不起，总是让你迁就我。”

韩沛沉声道：“错的是我，我没站在你的角度去考虑，把我以为好的东西强加给你了，没顾及你的感受。”

他也不想再提这事，“你好好准备考试，考完后我们去旅游，回来你就到我这边来上班，给你再重新换家分公司，AC和BD这事就此翻篇，以后也不许你再不高兴。”

秦书内心天人交战，可有些事不能再拖了，“我就不去你那边了，我这样的性格不适合管理公司，我还是到我哥这边上班。”

说完，她的心都提到了嗓子眼。

选择今天这个时机跟他摊牌并不好，可话赶话都赶在这里了，不说也不行。

韩沛一怔，“你要继续留在海纳？”

秦书解释：“不留在北京这边，也不跟贺竞南共事，我回纽约总部。”

“决定了？”他又问一遍。

“嗯。”

也不知道过了多久，久到秦书觉得自己去了天堂，然后从天堂掉进地狱，好不容易又从地狱爬回人间。

最终，韩沛只说了句，“我知道了，你忙吧。”

“欸，韩沛。”秦书着急地喊了他一声。

“怎么了？”

“我知道你不高兴了，也知道我出尔反尔太不像话，我不是因为你没让着方慕和的BD项目，因为不高兴才不去你那上班，我留在海纳，只是想做我自己喜欢的事。”

静默了数秒，韩沛问她：“眼不想要了？”他的声音平静又冷淡。

秦书尽可能地忽略他不带感情的质问，保证道：“我每次就只跟一个项目，一年最多跟两个，不会熬夜，也会多注意休息。你不在纽约出差时，不管你在哪，我都去看你。”

话都说到这个分上，两人也没什么其他好聊的了，却又不想挂电话。

秦书知道，BD项目和AC项目，始终是他们心里的一个疙瘩，嘴上说着没事，其实谁都没过去那个坎。毕竟每个项目都不是小数额，不是说能过去就能过去。而她工作的去留，直接成了导火索。

又沉默了大半分钟，就这样结束了通话。

Chapter 60

回 校

电话都挂了十多分钟，韩沛一直看着手机屏，黑色屏幕就像一面镜子，映着清晰的自己。这种不确定的感觉继上海那晚，再次来了。

直到敲门声响了，韩沛才回过神，把手机搁一边，“请进。”

“韩总。”裴烨把这一年的工作计划书递给韩沛，别的没多说。

裴烨是严沉同学，这几天他在纽约就是跟裴烨交接海外的部分工作，已经全部交接妥当，打算明天再带裴烨去伦敦的分公司转一圈，他就回国。

结果秦书跟他说，她要留在纽约。

计划书有五页，他一时也看不完，收起来，问裴烨：“还不回？”

裴烨回说：“这就走。”

韩沛关了电脑，“我也回了。”

裴烨回办公室收拾好，两人一同下了楼。

韩沛跟裴烨年纪相仿，和公司其他高管比起来，他跟裴烨的共同话题要多一点。

裴烨的家里是做餐饮和娱乐传媒的，他毕业至今一直在外打拼，靠自己的能力有了今天的成就。

韩沛随意地跟他聊着，“没打算回家帮忙？”

“暂时没考虑，再说吧。”

他对酒店管理和餐饮业不感兴趣，对娱乐传媒更是没有丝毫兴致，可家里就他一个孩子，早晚得回去。

他一直在拖，能拖一天是一天。也心存侥幸，想等父母改变想法，说不定愿意请职业经理人去管理，不比他这个外行强？虽然这种概率几乎为零。

裴烨感慨：“大概只有到了走投无路时，才会接受那条自己都嫌弃的出路，不管好不好走，也认了。”

韩沛淡淡一笑，“这倒是。”

忽地，裴烨半开玩笑说：“也许还有种可能我会提前回国。”

“哪种？”

裴烨笑，“就像你。”

韩沛微怔，可惜他这次好像是自作多情，做了无用功。

韩沛笑了笑，没多说什么。

裴烨跟韩沛之前就打过交道，他印象里，韩沛是那种理智到让人觉得无懈可击的人，找不到他丝毫的软肋，哪知也会因感情退让。大概普天下的男人都大差不离，能让其心甘情愿妥协退让的，一是自己的至亲，然后是所爱的女人。

两个身在高处又都孤独的人，最易产生共鸣。

他们又聊了几句，在公司楼下分开。

回到家，韩沛洗过澡冷静一番，继续工作。

时不时地，就会走神。

北京。

秦书煎熬了一天，终于熬到晚上，纽约那边天亮了，可她再也没有收到韩沛的只言片语。

回到家时没想到爷爷提前回来了，奶奶还在国外。

见她无精打采的，爷爷问："怎么了？"

"最近赶项目，累。"秦书把行李箱靠一边放下，有气无力地倚在沙发里，什么话都不想说。

爷爷这才注意到行李箱，蹙着眉问："你这是？"

"哦，我明早回纽约。"

爷爷诧异道："明天就回？"

秦书没说话，点了点头。

"这么急？"

"项目今天结束了，我赶回去看书，准备考试。"

爷爷叮嘱她："悠着点，别把身体给熬垮了。"

爷爷把文件放一边，摘下眼镜，拍拍自己的腿，"来，把你的脚搁上边，我给你捏捏，保证捏完后你全身轻松。"

秦书睁开眼，笑着说："这像什么话，哪能倒着来呢，我给您捏脚还差不多，真不用。"又朝爷爷那边挪了挪，"肩膀给我靠一下就行。"

爷爷心细，总感觉她不是因为累，摸摸她的脑袋，"跟爷爷说说怎么了？工作上遇到挫折了？"

秦书眼睛发酸，摇摇头。

"跟韩沛吵架了？"

秦书没说话。

爷爷懂了。

"爷爷不问你们为什么吵架，感情的事家长一掺和就变了味。你就告诉我，你们有没有误会？"

"没，都说清楚了。"

"沟通过了？"

"嗯。"

"不是置气的沟通？"

秦书摇头，"好好交流的，我明白他为什么那样做，他也知道我为什么要这样做，就是谁都不想放弃自己的立场，僵持在这里了。”

爷爷拍拍她的肩膀，“睡会吧。那就不用多想，交流沟通解决不了的，就交给时间，你们两人都好好冷静一下。”

秦书不可思议地看着爷爷，“您真不教导我两句？”

“成长得你自己来，日子得你自己过，夫妻之间出现什么问题自然也得你自己悟着去解决，其他人的方式解决不了你跟韩沛之间的矛盾。”

秦书点点头，“我知道了。”

秦书靠在爷爷的肩膀上眯了一会儿，也没睡着，不时动一下，偶尔轻轻叹口气。

爷爷让她起来，“睡不着就跟我去书房。”

“去书房做什么？”

“帮我把书架上所有的书都重新分类放好，年纪大了，找个书也要找半天。”

“……”好几千本书，都要重新整理，不得忙到天亮？

事实证明，天快亮时，秦书还没忙活完。一直到快 7 点钟，才终于全部整理好。秦书累瘫了，直打哈欠。

“去洗个澡，换身衣服吃点东西我送你去机场。”爷爷昨晚早早就睡了，就留她一人在书房整理书。

秦书盘腿坐在地板上，头靠着书架，“累死了，都没劲起来了。”

“嗯，到飞机上好好睡一觉。”

爷爷知道她的性子，心里装不下事，要是不给她找点活干，她能难过一夜。这样累了一夜，白天在飞机上还能好好睡一觉。

临上飞机前，爷爷还是没忍住多唠叨了两句：“要是把夫妻比作同心圆的话，基本上没有几对夫妻能是半径相同的圆，把自己的一半收进去正好跟对象的另一半严丝合缝的，太少，至少我没遇到过。夫妻大都是半径不一样的圆，都需要磨合，半径长得那人要收收自己，半径短的那人要拉伸拉伸自己。等磨到你们半径看上去差不多长时，日子也就好过了。这个过程肯定是疼的，有些人受不了，那就分手离婚，分道扬镳。其实这解决不了根本的问题，因为下一次，你还得经历这个过程。”

爷爷摸摸她的头，“成长肯定有烦恼，也恭喜你快长大了。”

秦书点头，用力抱了抱爷爷。

飞机离开这座城市时，秦书说不出是什么心情，她以为韩沛能给她发条信息，可一直没有。

他是真的生气了。

秦书是真的太累了，在飞机上胡思乱想了一两个小时，后来就沉沉睡过去。中间吃了顿饭，继续看着窗外的云海发呆，不知不觉又迷迷糊糊地睡着，再次醒来时飞机已经落地。

飞了十几个小时，这里还是白天。四月的纽约，天气正舒服。卜一戴着墨镜，正在人群里等她。

“啧，你看你跟个霜打的茄子似的，蔫了吧唧的，被你家韩霜给打了？”卜一接过她的行李箱。

秦书正郁闷着，“别怪我踹你啊。”

她低头拿出手机，打开看了看，还又晃了晃，没有任何消息。

卜一瞥她几眼，还真吵架了？那他就不随便开她玩笑了，问道：“想吃什么？我去给你买。”

秦书摇头，问他：“你怎么来的？”

“开车，带你去逛逛？”

秦书嗯了声，又道：“我来开。”

卜一想都不想地拒绝：“你还是歇歇吧，我怕你一走神咱俩就彻底歇菜了。”

秦书也没再执意要开，坐在副驾驶上安安静静地看着窗外。

卜一有点不习惯这样沉默的她，“琪琪？”

“嗯？”秦书转头，“怎么了？”

“你跟前几个月不一样了。”

“对啊，长大一岁了。”然后又转过头去看车外。

卜一轻轻叹口气，以前不管他说什么，她总是有十句话等着反驳他，现在她连斗嘴都懒得斗了。

一路上的风景明明不一样，秦书却以为自己还在国内。有那么一瞬，她忽然想到了三月的那个下午。韩沛带她去郊外，他给她编了花环，她向他跑了三公里。可现在，他们在朝着越来越远的方向走去。

到了公寓，就跟刚走时一样，家里干干净净的，就连花都是新鲜的，花瓣上面还有露珠。

“你买的花？”

“不然爬来的呀？”

“……”

秦书也觉得自己可笑，总幻想着，或许韩沛会飞来纽约给她个惊喜呢。

卜一解释：“我看你朋友圈天天晒一朵花，还自己修剪花枝，觉得你好不容易高雅一回，我得好好鼓励一番。”

秦书没再说什么，拿着手机回了卧室。

“欸，你中午吃什么？”

“不饿，我睡了，你走时把门带上。”

躺在床上，一直捱到晚上都没眯着一分钟。

秦书盯着手机屏幕，手机就跟快断气了一样，半死不活的。平时还有广告推送的消息，今天安静得什么都没有。

也不是没有，有爷爷的消息，有方慕和的，还有闺蜜颜彦的。

她一直等着的，却始终没有发来。

秦书把这两天的事又好好理了一遍，她跟韩沛好像谁都没错，又好像谁都错了，就因为彼此的立场不同，这矛盾就不好解开。

接下来的几天，他们都没联系。她从没那么想过他，比之前上海那次还要想念。

秦书觉得爷爷说的话总是很有道理，当沟通都解决不了问题时，就交给时间。时间会让人体会什么是想念、难过、疼痛，也让人学会反思。

直到一声“Sorry”传来，秦书回神，冲那个学生笑笑。

不小心碰到她的是一位混血男生，长得帅气又漂亮。特别是眼睛，亮而深邃。刚才他一直低头走路看书，不小心走歪了，碰到了秦书的椅子。

那位男生走向自己常坐的位置，秦书继续低头看书，小插曲就这样过去。

连着好多天了，每天她都给自己定好计划，逼着自己不许分心。可一旦计划内的学习任务完成，她所有的细胞都开始排斥看书。

然后就是走神。

至于想了什么，她也理不清。过去，现在，以后都有，乱七八糟的。

已经下午 5 点钟，秦书收拾书准备离开。

今天都已经六号，万禾股东大会的第一天，韩沛更没时间儿女情长。

秦书扫了眼手机，连着几天，她跟韩沛之间再也没联系。

现在她走到一个分岔路口，往右走，回到韩沛的怀抱，接受他的安排，两人暂时风平浪静。可她知道，时间久了，她不可能开心，矛盾照样会来，只是迟一些罢了。

往左走，是她自己给自己选的那条路，一旦她走了，她跟韩沛之间就会越来越远，她不知道在下一个路口她是能再次遇到韩沛，还是以后这条路上再也没有他。

一路想着，就走到了图书馆门口，卜一正躺在图书馆旁边草坪上，双手枕在脑后，仰天长望。

秦书走过去踢他一脚，在边上坐下，“什么时候来的？”

卜一拿下墨镜，“晒了半个下午的太阳，看了半个下午的书。”抓着秦书的手臂坐起来。

秦书瞅他一眼，“你搁这里看书？”

“嗯哼。”

“你是看美女顺带着瞄两眼书吧。”

正说着，从图书馆那边跑出来一个高个子男生，大概是中法混血，像是在找人，东张西望。

秦书眼睛微眯，想起是谁了，就是刚才在图书馆里碰到她的那个帅气男生，不知道他在找谁。

“你认识？”卜一问。

秦书摇头，“在图书馆见过。”

那男生正好看向他们这边，看到秦书时，明显松了口气，眼神都是亮亮的，有种失而复得的满足。那一瞬，他眼里就只看到了秦书。等他注意到秦书边上的卜一时，脸色一怔，表情由欣喜到失落再到尴尬。

这所有的小动作也只是几秒内的事。

然后他又多看了眼秦书，转身回了图书馆。

卜一伸手，“给钱。”

秦书给了他一巴掌。

这些年都是卜一给她挡掉了桃花，她也落个清净。

卜一搓搓手掌，“你还是个女人么，下手那么重。”

他将下巴朝着图书馆方向扬了一下，“其实你就该找个那样的男生谈恋爱，高兴时大路上都能抱在一起啃。生气了，两人 K 一架，你拿矿泉水泼他一身，然后两人和好，继续浪漫。爱也能爱得轰轰烈烈，恨也能恨得刻骨铭心。”

说着不由叹口气，“你看看你现在，谈个恋爱就跟要了命似的。不对，谈个恋爱就跟下棋一样，步步为营，要看韩沛怎么走，你要怎么见招拆招。你说你们累不累？就不能简单点吗？”

秦书盘腿而坐，看着不时经过的男男女女，她跟他们一样年轻，可他们身上有一种她现在没有了的东西——肆意。

她说：“我也想简单，想过一天算一天，把今天的工作做好，不去想明天，随心而为。可韩沛不行啊，我这样的，在他那里大概就是不思进取，可谁让我又偏偏看上了他。”

卜一摸摸鼻尖，这就是男人跟男人的区别？反正他做不到方妈跟韩沛那样理智，所以可能注定成不了什么大气候。

他分析给秦书听：“韩沛跟方妈一样，运筹帷幄，把控全局。他习惯了掌控一切，结果你又不听话。换了别的女人，别说送一个公司，就是送一套房子，都能激动半天，恨不得以身相许，你呢？”

秦书睄他，“我怎么了？”

“韩沛眼巴巴地送你公司，结果你还不要，连一点点感动都没有。”

秦书不让，“瞎说！我也挺喜欢那个礼物的好不好。”

卜一反驳：“那也只是喜欢。你说放眼全国，有几个女的能做到，对方送个那么大的公司做毕业礼物，还能淡定地只说喜欢？”

秦书张张嘴，又没吱声。

卜一沉思，几秒后，来了句，“等我以后有闺女了，我得好好考虑要不要像你那样富养了。虽说富养的女孩一般男人都骗不去，可要是哪个男的都骗不去，成了大龄剩女，那做长辈的不得哭瞎眼？”

“……”秦书无语地望着他，“你想那么多做什么？你连媳妇都还没有呢！”

卜一嘚瑟：“只要我想，那还不是分分钟的事儿。”

秦书嫌弃道：“就你那情商，分分钟甩你还差不多。”

“……说两句好听的你会丑还是怎么了？”

秦书也没那个心情跟他斗嘴，爬起来说："回家了。"

卜一也爬起来紧跟上去，问她："还有两天就是你的生日，你打算就这么继续跟韩沛僵着？"

"不知道。"

"要不你去找你哥。"卜一给她出主意。

"找我哥做什么？"

"你哥跟韩沛是一类人，说不定找你哥能找到突破口。"

"找我哥也没用，我哥想的也不是韩沛想的。现在的关键是，我不想退让，韩沛也觉得自己退让到底了。"

"什么意思？韩沛退让到底了？"关于韩沛那边，卜一知道得并不多。

秦书点头，"韩涔昨晚给我电话，也是无意中说的，万禾旗下一直由韩沛负责的能源海外事业部有了职业经理人，她被那个负责人管得不轻，苦不堪言。"

卜一眨了眨眼，"韩沛把能源业务的海外事业部交给别人管理了？"

秦书深呼口气，"嗯"了声，能源业务一直是万禾的几大核心业务之一。

卜一感慨："他这是爱江山更爱美人啊。为了美人把权力都下放一部分，想从此守着美人好好过日子，结果美人偏偏要翻墙。"

"……"

卜一劝她，"那你真得好好琢磨琢磨接下来要怎么办了，不然你们俩这样冷着，迟早要凉。"

"瞎说试试！"

"不是吓唬你，我也是男的，还知道男的那点心思。时间久了，女的老是端着，谁还愿意伺候？"

秦书脚步一怔，又缓缓落下。

这时一对情侣从他们身边经过，正用英语对话，两人之间在争执。

等他们走远，卜一叹口气，"哎，毕业季啊，失业季，分手季。"

北京，早上9九点开始，很多人一直在看网络视频直播。

今天是万禾集团举行业绩发布会的日子，出现在直播镜头里的有万禾的名誉董事局主席韩老爷子，万禾董事局主席韩董，以及万禾的执行总裁韩沛，业绩汇报主要由韩沛负责。

主席台前，韩沛身穿白衬衫黑西装，佩戴酒红色黑条纹领带，沉稳中透着强势，还有一丝说不出的性感。

这是蔚蓝的感觉，她也在看直播，此时韩沛正在接受记者提问。

提问韩沛的那个女记者大概跟他熟悉，蔚蓝还记得前几个月韩沛做客财经访谈节目，当时的财经主持人就是眼前的这个美女记者。

提问开始了，女记者没问跟万禾集团有关的，而是问了一个比较犀利又是所有人都感兴趣的私人问题。就是他前段时间忽然减持自己手里的万禾股份，套现20多亿，现金高价收购了BD项目的相关资产，然后跟秋氏股权置换了制药公司股份。

从高价收购BD到跟秋氏置换制药公司，都是他的个人行为，跟万禾集团没有丝毫关系。抛售所持有的一部分万禾股份就是为了套现，为了并购BD去换制药公司的股份。

所有人都不解，毕竟万禾集团的市值跟发展前景，不是制药公司能同日而语的。他这么做的具体原因，外人一直没有揣测出来。

所有人都等着他回答，蔚蓝也是。她紧盯着屏幕，从当初接触到那个项目，一直到现在她都没想明白，他怎么会做赔本的买卖?

想了那么久也一直没想通。

韩沛面对着那么多话筒和镜头，只是淡淡地笑了笑，跟提问的记者说："私人问题咱们就私下聊。"

一句话将这个尖锐的问题带过去。他总不好说，制药公司是他送给女朋友的毕业礼物，结果女朋友还没要。

记者跟他认识，就没再为难他，紧跟着问起跟万禾集团业务有关的问题。

坐在台上的韩老爷子不由得看了眼韩沛，这么一份用心的礼物没送出去，是够他挫败的。

Chapter 61

糟心事一件接着一件

上午的发布会一直持续了近三个小时，结束后韩沛休息了一会儿，准备下午的股东大会。

正在看资料，敲门声响。他知道是谁，中午的这个时间段，只有秋蓝跟秘书预约了时间。

“进。”

秋蓝刚从国外出差回来，很多事电话里说不清，她一下飞机就紧赶着过来了，先是恭喜他上午的业绩发布会圆满落幕。

“谢了。”韩沛还在看文件，头也没抬。

秋蓝在他对面坐下，一开口就是：“AC 的事你就准备这么算了？”

韩沛反问：“不然？”

秋蓝不可置信，“你咽得下这口气？”

韩沛无所谓，“有什么咽不下去的？生意场不都这样？你有竞争对手的把柄你不利用一下？”

又道：“有闲时间跟那些人一般见识，还不如想想怎么赚更多钱。”

秋蓝“呵”一声，一气之下有些口不择言，“也对，咽不下也得咽呀，有蔚蓝在里头，你当然不舍得对付她们。”

韩沛抬眸，不耐道：“有完没完了？”

秋蓝心里正憋着一口气没出，“我损失了这么多，还不许我说两句了？”

秋蓝起身倒了一大杯水，“咕咚咕咚”一口气喝下去，她坐回来继续，“蔚蓝明显就是最想打击我，因为她知道 AC 不管是并购还是 IPO，对你都没太大影响，顶多有点糟心，对秦书那就更没影响了，你们俩最多拌两句嘴。可对我不一样，她知道为了 BD 这个项目，我本来就超预算投了，就等着 AC 套现，结果被套牢，等 IPO 退出还不知道要等到猴年马月！”

她真没想到蔚蓝会这么绝，一箭三雕。蔚蓝大概也不喜欢韩涔，一封邮件，把秦书、韩涔还有她，彻底恶心了一遍。

最后她自己还落下个好名声，就连韩沛都会觉得要感谢她，毕竟要不是她，说不定这商业机密被竞争对手利用了呢，反正所有好处都被她一个人占尽了。

秋蓝现在都快被怄死，“我之前还问过你，要是哪天我跟秋蓝……”她差点想咬掉自己的舌头，竟然把蔚蓝叫成自己名字。

平复了下，秋蓝接着说：“我以前问过你，要是哪天我跟蔚蓝有了争执，你向着谁？

以前是假设，现在事实摆在这了，我就想知道你的态度。”

说完，她目光炯炯地看着韩沛。

韩沛搁下文件夹，不解，“你这样有意思？”

“对我来说有，我不需要你为我做什么，就只想知道你一个态度。”

“什么态度？”韩沛漫不经心地问了句。

秋蓝也不管不顾了，“既然你始终不承认你喜欢过蔚蓝，那我跟蔚蓝就都是你老同学，要是我现在要去撕蔚蓝，你向着谁？必须得选一个，我还是她。”

韩沛揉揉眉心，没见过这么……不可理喻又有点疯的女人，他自己的事到现在还没理顺，懒得搭理。

“韩沛，我是认真问你的。”秋蓝尽量显得语气平和，她是真的想知道，“你只需要回答一个字，我还是她。”

沉静片刻，韩沛说：“你。”

秋蓝愣怔，盯着他发呆。

他这个“你”，不是敷衍。她了解他，要么就沉默，一旦开口，就肯定不是应付。

等回过神，秋蓝的情绪有点崩溃，眼泪啪嗒啪嗒往下掉。

韩沛蹙眉，“……怎么了？”

秋蓝赶紧别过脸，胡乱地抹着眼泪，一直摇头，“没事，没事。”她是高兴的。

秋蓝深呼口气，“我终于平衡了。”

跟自己较劲，跟蔚蓝较劲，今天终于平衡了，好像那十几年的喜欢，终于有了最好的归处。

除了秦书，韩沛懒得去猜别的女人的心里在想什么。他拿过一包抽纸递到她面前。

“谢谢。”秋蓝拿出镜子照着，怕把眼妆擦花。

这一段情，就在刚才那一刻，彻底放下。

她自己也觉得好笑，可心里真的就暖了，好像再无遗憾。

她再次说了声谢谢。

收拾好后，秋蓝站起来，“不打扰你了，AC 接下来要不要等 IPO，你决定吧，我随意。这段时间太累了，我要好好休息一下。”

正好尹一乔也离职了，约好了一起出国玩玩，等回来，她再找蔚蓝算账。

她跟韩沛不一样，心胸没那么大，她不会先欺负人，可要是有人故意欺负她，她会加倍地讨回来。

走到门口，秋蓝已经拉开门，又关上，驻足转头，“这辈子，不管是你，还是你家媳妇，有求我必应。”

秋蓝离开后，韩沛丝毫没受影响，接着看文件。手机响了，是私人号码那个手机，还以为是秦书，没想到是一个不认识的北京号。

知道他这个号码的不多，都是家人和朋友。

思忖了几秒，他接听。

“韩沛，是我啊。”慈祥温和的声音传来。

韩沛一怔，“爷爷。”

是秦书的爷爷。

“没打扰你吧？”

“没，爷爷您有什么吩咐？”

“我先替琪琪谢谢你。”他也是刚才看了发布会直播才明白怎么回事，秋氏制药厂是国内有名的跟眼疾有关的集研发和生产于一体的药厂。

韩沛连忙说：“爷爷，您这么说就见外了，这是我该做的。”

秦爷爷感慨，“这是我们家琪琪的福气啊，之前我们都没想到要去投个药厂。她的眼睛现在看着没什么，到老了谁知道呢。”而目前又没有什么药是可以根治的。

眼疾缠身，是特别痛苦的事。

秦爷爷知道秦书跟韩沛冷战着，他不想掺和孩子的具体事情，就婉转地表达了自己的意思，问韩沛：“跟琪琪这孩子在一起很累吧？”

韩沛笑了笑，在秦爷爷面前也无需说谎，“有时累，不过很踏实。”

她的喜怒哀乐都放脸上，一句不高兴就立马翻白眼给你看。有时他觉得是一种乐趣，因为他的人生太过理智，太过枯燥无味。

秦爷爷也笑了，给他点拨了下，“琪琪什么都好，就是被我们给惯得太不讲理，再加上她妈妈和奶奶，把两种比较激烈又有分歧的教育方式强加给她，虽然她有自己的判断力，没去盲目顺从她奶奶和妈妈的话，可家长的话说多了就跟天天重播的广告词一样，你不想记都会留下印象，导致她不受控制地就会不是左就是右。以后她要是不讲理了，你也不用哄她，她悟性还挺高，让她自己想通。”

韩沛心里特别有感触，“谢谢爷爷。”

“我们一家还得谢谢你这么包容琪琪呢。”秦爷爷其他的话没多说，“爷爷也没其他事，你忙吧。”

“好的，等忙完这一阵子我去看望您跟奶奶。”

通话结束，韩沛存下爷爷的号码，又盯着那个号码看了半晌。

能让他欣赏钦佩的人并不多，他自己的爷爷算一个，然后就是秦爷爷，他们的胸怀，足以放下一整个世界。

韩沛接着看材料，电脑右下角显示有财经新闻推送，标题出现了方氏集团，他便打开来。

方氏集团在A股市场已经连着七天出现大宗交易，累计交易额43.6亿，都是第三大股东在减持股份，而买方都是EF资本集团。

EF是近年来，资本市场里异军突起的一家资本运作公司，走在法律的边缘，一次次投机获利。短短八年时间，在风起云涌的资本市场完成了原始积累，站稳了脚跟。

EF在金融市场的运作能力不容小觑，两年前收购了一家制造业，短时间内竟然有十二家金融机构为其助力。

EF 的实际控股人是蔚明海，业内都直接称呼蔚大海，蔚明海是蔚蓝的叔叔。

这一次，蔚明海竟然盯上了方氏集团。

此时，方慕和家，司机已经把行李箱拿到车上，方慕和刚结束一个通话，边扣纽扣边下楼。

方母问他：“要出差？”

“不是，去看看琪琪。”方慕和正要戴袖扣，又一想，马上要去机场，躺飞机上也用不着那么正式，就把袖扣收起来装进了口袋。那袖扣还是好几年前赵曼迪送他的。

方母一愣，“去看琪琪？她眼睛又不舒服了？”

“不是，马上就是她的生日了，过几天又是毕业典礼。”

“……”方母不可思议地看向方慕和，“都这个时候了，你还有闲情去玩？你爸都在到处想法子怎么应对 EF 的恶意收购，你倒好……”方母气得说不出话来。

方慕和拍拍母亲的肩膀，“天要下雨娘要嫁人，得顺其自然。”

“……瞎说什么呢！”方母用力拍了他的手背好几下。

“嘶！您也轻点啊，我好歹是您亲生的。”方慕和揉揉手背，“妈，您多注意身体，别发愁，愁也没用，该怎么样还得怎么样。我走了。”

“你等等。”方母喊住他。

“嗯？”方慕和顿下脚步。

“EF 的那个蔚明海的为人你也不是不清楚，他要想入股哪家公司，就从来不会轻易罢手。至于生日毕业典礼的，都是小事，眼下要紧的是想想怎么应对恶意收购。”方母心里着急上火。

“每个生日只有一次，错过了，这辈子就不会再来，毕业典礼也是。公司不一样，输了还有机会再赢回来。”

“你说你这孩子！”方母揉揉心口，“天都快塌下来了，你还没点数啊！”

“放心，不是还有我么。”

方母还是坚持，“你爸跟几个高管商定，一致决定增发。就这几天的事，你哪儿也别去，在家看看到时什么情况。”

方慕和本不想说的，可就算不说，过几天也是一样知道结果，“妈，我撂句话搁这儿，我爸的增发方案要是股东会能通过，您来找我。”

方母一顿，“什么意思？”

“您还看不出？几个股东联合着 EF 想让方氏易主，他们会允许我爸增发来稀释股权？”

他自问自答：“不可能。”

方母着急了，“你明知道这个结果，那你现在还要去纽约？！”

“兵来将挡水来土掩，打仗之前我总得换个好心情是不是？”他轻轻抱了抱母亲的肩膀，“妈，没事，有我呢。”

等汽车离开别墅院子，方慕和揉揉眉心。

这糟心事啊，一件接着一件。

蔚明海这是跟他杠上了？

翌日，万禾股东大会的第二天，相对要轻松一些。下午韩沛就参加了一场会议，有些累，结束后也没再回办公室，直接离开了公司。

从英国回来就一直住在爷爷那边，今天叔叔姑姑们都在爷爷家，人多，他就没过去，回了自己公寓。

打开门时，韩沛微怔，家里跟他出差时有点不一样。具体哪里不一样，他又说不出来，收拾得很干净，应该是秦书回学校前收拾的。

鞋柜前，两双情侣拖鞋紧紧地挨在一起。不仅挨着，她的那双还踩在了他的那双上面。

她故意这么放的，每次都是，非要欺负着他她才高兴，哪怕只是一双拖鞋。

韩沛换下拖鞋，走了几步又折回来，弯腰将她的拖鞋又踩在他的皮鞋上。

喝了点水，韩沛靠在沙发里闭目休息。这段时间连轴转，一个城市接着一个城市，时差都来不及倒。

太累，就这样睡着了。后来是被突然响起的电视声给吵醒，他吓了一跳。这时，客厅的窗帘缓缓合上，所有的灯也瞬间亮起。

韩沛缓了缓神，明白过来怎么一回事，是秦书登录了家里的智能系统，替他打开了这些。

他看了下时间，已经 7 点多，他这一觉睡了快三个小时。

又过了几秒，电视里传来音乐声，是他常听的第 24 页琴谱上的曲子。

这一瞬，他以为秦书就在家里。

盯着电视，他怔了很久。

Chapter 62

摔下来了，我接着

钢琴曲一遍结束，继续循环。

不知道为什么，韩沛觉得秦书就在身边，离他很近。

跟她在一起的时间并不长，从认识到现在，也就四个多月。可就是这短短的四个多月，她已经成了他生命里不可分割的一部分，一个能牵动他所有情绪的女人。

正出神，手机响了，是严沉打来的。

韩沛接听。

“你不在公司？”

严沉到万禾集团找他，以为他开完下午的那场会会空一下，就过去找他玩玩，哪知扑了空。

“回来了，有事？”

“没事，以为你加班，正好路过万禾。”严沉想起了什么，顿了下，才问韩沛，“对了，裴烨跟韩涔现在怎么样？”

“没问，我把涔涔拉黑了。”

“……什么情况？”

“天天打电话骂我，朝我发脾气。”

严沉笑，“被裴烨管的？”

“应该。”

“是得狠狠心找人管管她，不然以后日子也不好过。”

严沉找韩沛也不是单纯玩，问他：“方慕和跟蔚明海这回的争夺，你怎么看？”

“蔚明海这人心狠手辣胃口大，不达目的誓不罢休。方慕和只有背水一战，谁输谁赢，现在不好说。”

正说着，严沉那边传来对话声，韩沛觉得声音有些熟悉，“你在哪？”

“在你们公司啊，结果你不在。刚从楼上下来，正好遇到你们万禾的副总，打了声招呼。”严沉走到外面，没上车，就倚在车门上抽烟，继续聊。

“我现在才知道蔚明海是蔚蓝的叔叔。我就说她研究生才毕业几年，怎么会在我朋友的律所担任重要职务，还是好几家大型上市公司的法律顾问，以为她业务能力超群，原来都是蔚明海的关系。”

韩沛客观评价道：“业务能力也不错，不然蔚明海放心？”

“也对。”严沉忽然笑了，“我发觉我挺傻的，她跟你是高中同学，家里背景怎么可能一般般。”

韩沛跟秋蓝读的都是私立学校，能进去的非富即贵。

韩沛说："她父母的能力一般，以前在蔚明海的公司做后勤工作。不过蔚明海对蔚蓝不错，当初那么贵的私立学校也让她上。后来就算破产了，顶着负债压力，也硬是让她在我们学校读完了高中。"

那时蔚家是真的穷，连补课费都支付不起，这些都是班主任跟他说的。

严沉对蔚明海不算熟悉，仅限于这几年商场上的了解，问道："蔚明海以前怎么回事？"

韩沛也是前几年听爷爷说起过。当时海外有个项目，他看上了，蔚明海也参与了竞标，还有意跟万禾合作，爷爷知道后让他撤回。

他不理解，爷爷说道不同不相为谋，又给他讲了讲蔚明海的发家史。

二十多年前，蔚明海在国外靠投机倒把和一些走私生意发了家，在北京买了房，把一大家人都从老家接了过去，包括蔚蓝一家。不仅把家人接过去，还给家里人都安排了工作。

他虽然做生意会走些歪门邪道，不过对家人不错，认识他的人都知道。

后来蔚明海进军资本市场，结果被合伙人坑得不轻。合作人卷钱跑路，留下几千万美元的负债给他。当时正好又碰上 2007 年至 2008 年的金融危机，蔚明海彻底垮下，最困难时连地下室的房租都付不起。

蔚明海一度消沉了好几年，之后振作起来注册了 EF 公司，别人都还没明白过来怎么一回事，他就起来了。

至于这次是怎么发家，背后的资本又从哪儿来，谁也不清楚。

严沉缓缓吐出烟雾，"蔚明海在美国混的时候，你在上小学，我应该也是。"

"嗯。"

忽地，严沉笑了，"你家媳妇还没出生。"

"……"

"那方慕和是要背水一战了。"严沉收起玩笑，言归正传，"你准备怎么办？"

"什么怎么办？"

"你家那位跟方慕和的关系那么好，为了方慕和，你送她制药公司她都不要，这回怎么可能眼睁睁地看着方慕和陷入困境？"

韩沛没作声，也在思考这事。

严沉那边又有电话进来，"我接我家领导电话，改天聊。"

"好。"

通话结束，客厅安静得只有钢琴曲在流淌，旋律好像比之前更优美，都能淌进人心里去。

韩沛点开手机给秦书发了条信息：起来没？她那边是早上。

秦书正躺在床上，睡美人的姿势，想着一会儿要怎么收拾他，没想到他就发来了信息。

看到他的信息，秦书一下就特别委屈，忍不住埋怨他：这几天你也不问问我，电话没有，信息也没有，我还是不是你的琪琪了！

隔了片刻，韩沛回：没联系的必要。

秦书的心一沉，手指僵硬着打下几个字：什么意思？就连呼吸都显得急促。

他要敢说以后都不用再联系，她保证踹他两脚，潇洒离开。

韩沛：问题摆在那没解决，还没想好具体怎么办，联系了也是沉默和埋怨，矛盾会更深，联系做什么？

秦书：我以为你要跟我分手呢。

韩沛一怔：分手不会，没想过。

秦书又问：怎么冷战都不会分手？我就怕跟你冷着冷着，你就移情别的女人了。

韩沛：你这些问题无聊。

秦书：女人都这样无聊。

接着之前的话题，问他：那你现在联系我，是想好了要怎么办？

韩沛：差不多。

韩沛起身上楼，边走边问：早饭吃了没？

秦书却回：晚饭还没吃。

韩沛：别使小性子，赶紧去吃饭，不是还要看书考试？

秦书回：等你做给我吃。

韩沛哄着她：快起来吃饭，我现在在北京，就是飞也飞不过去。听话，起来吃饭。

说着，走到了卧室门口。卧室的门关着，他顺手一推，没推动。晃晃门把手，门从里面锁了。

他愣怔几秒，忽然反应过来，“琪琪，开门。”

“不开！”屋里，秦书不讲理的声音传来。

韩沛笑了，惊喜之余更多的是感动，这几天所有的疲倦瞬间不见踪影。

跟她商量：“开门，一会儿你怎么发脾气都行，先开门。”

“不开。什么都别说了，我现在就是不想看到你。”秦书倚在门板上，一边委屈着一边跟他较劲。

决定回来的那一刻，她心里除了想他没别的。等看到他，她就觉得万分委屈，委屈他连个电话都不给她。

她比他早回来，一早就到了北京，然后就在家里化妆等他。再后来趴在床上睡着了，等醒来，发现他已经回来，正在楼下睡觉。她也没打扰他，直接把灯给打开。

秦书转身，对着门问：“你就不想我？”

韩沛声音低了下去，“想。”怎么会不想。

没再僵持，秦书打开了门。

韩沛还没看清眼前的人，头上猛地被罩了条浴巾，然后就是一阵拳打脚踢。

她没用力，韩沛也不觉得疼，扯掉浴巾丢一边，把她紧紧地抱在怀里，正式地道歉，“对不起，这次是我的错。”

秦书一愣，安静了几秒，摇摇头，“你没错。”

她抱着他的脖子，两人相视而对，“这几天我都想清楚了，是我只顾着自己的心情。从头到尾我只站在方慕和的立场，忽略了你的感受，我该去解决这件事的，却一直在责怪你。”

秦书小声问他：“我想要那个毕业礼物，你还给我吗？”

韩沛有丝吃惊，“收了后，不会觉得有愧方慕和？”

秦书没直接回答，而是说：“你的礼物我特别喜欢，以后就归我了。方慕和那边，我再想办法帮他把 BD 给弄回来，或者找秋青，看看能不能共赢发展。”

“其实……”

韩沛看着她，“其实什么？”

“其实方慕和从没怪过我，他早就跟我说得明白，他跟你之间不存在感情，就是常见的竞争。是我太感性了，我不该一味苦恼，得慢慢学着平衡你们之间的矛盾，毕竟这不会是你们最后一次竞争。”

又问他：“那个礼物还送不送我了？”晃着他的脖子，“送不送了嘛。”又亲亲他的唇。

“送不送都不一样，反正最后也归你。”

“那不一样。”送是他的心意，她把他的这份心意直接给践踏了。

她含着他的唇，很轻地摩挲几下，弄得韩沛浑身是火。他想加深这个吻，秦书却向后缩了下，偏不让。

“说，到底给不给我？嗯？给不给？”说着，秦书用舌尖勾了一下他的唇角。

她这话本没有毛病，就是落在韩沛的耳朵里变成另一种味道。他带着占有欲的眼神望着她，故意曲解她话里的意思，“确定要？”

秦书没理解他这个要是什么意思，点头，“要，你给，我就要。”

韩沛用劲把她扣在胸前，低头开始亲她，半亲半咬，夹杂着说不出的想念。他忽然问：“这几天是经期吧？”

“还没来，快了，就这两天。”

韩沛没再说话，继续低头亲咬着她的唇。

“韩沛。”她囫囵一句，其余的声音被他吃了下去。

这一次没有太多前戏，两人艰难地一点点适应彼此。

怕她疼，韩沛都不太敢动，把她抱起来，朝床边走。

每走一步都绞着疼，秦书咬着他的唇，太过用力，有一丝丝血腥味。

这是两人之间最疯狂的一次，里面夹杂着太多情感，爱与怨、想念和委屈、疼痛跟退让。

不仅她，韩沛也是。

五月初的夜晚，风吹进房间，似乎还有点冷。

秦书却热得汗流浃背，额头脸颊上都是汗珠，长发黏在脸上，一缕缕，像刚经过一场雨。

韩沛也好不到哪，比长跑了1万米还累，胸口不断起伏，肌肉平滑纹理流畅的身上细细密密的全是汗。

韩沛低头亲着秦书的眼，然后是唇。

秦书还在云端没有回神。亲她时他不由得动了下，牵动着她一个微颤，身体还在敏感着。

“还想？”韩沛声音此时有丝说不出的性感。

秦书不由“嗯”了声，又连忙摇头，“不要，你别动。”

韩沛小心翼翼地亲着她，把她脸上的头发轻轻拨到耳后，妆都有些花了。

问她：“什么时候回来的？”

“一早到的北京。”

韩沛把自己的手臂放在她脑后给她枕着，“不是说了，不管什么时候吵架，你等着我去找你道歉？这几天忙，股东会结束我就会过去。”

秦书还是摇头，“是你的错你要道歉，不道歉我也不让你，非跟你闹不行。可要不是你的错，你也委屈着，那总不能还让你来道歉。这回是我的错。”

韩沛吮吸了下她的鼻尖，“也不能全怪你，我跟方慕和光顾着我们男人之间的理智，忘了你始终是个小女孩。”

这几天他不是没反思自己，到底问题出在了哪里。就在下午从公司回来的路上他都在想，后来好像明白了，如果说他跟方慕和之间的竞争是一场拔河比赛，而秦书就是那根绳子。

最后不管谁赢，疼的都是秦书，她被拉扯了一路。

秦书歇得差不多，抬手圈住他的脖子，“我不要你礼物时，你当时是不是特别……”她想了想措辞，“特别挫败？”

韩沛淡淡笑了笑，没说话。

秦书愧疚道：“我不仅没要你煞费苦心换来的礼物，还怪你不理解我。这些都算了，我还一味地偏袒方慕和，没替你考虑一点点。”

这么多年她习惯了维护着方慕和，谁都不许说他的不好。现在她身份不一样了，得改改了。以后维护方慕和时，她要考虑韩沛的心情；维护韩沛时，她也要照顾方慕和的情绪。

她勾着他，用力倾身，在他唇上亲了下，“对不起。”

“没事，用不着道歉。”韩沛用指腹轻轻摩挲着她的唇瓣，“那这事就彻底翻篇，以后也不许为这个再闹矛盾。”

秦书点头，说好。

她起身先去冲澡，冲过躺床上后也没睡，一直等韩沛洗过回来。

他刚一躺下，她就枕到他的枕头上，跟他鼻尖相碰，还又轻轻蹭蹭，后来自己笑出声来。

被韩沛给抱进怀里，“睡吧。”

“嗯。”嘴上应着，却又不老实地在他怀里翻了几下，闹腾了他好一会儿。

韩沛无奈地看着她闹腾，她闹腾时，生活里的那种真实感又回来了。

卧室的灯熄了，一下子陷入黑暗。秦书摸摸韩沛的脸，满足地把脸埋在他脖子里，他身上的味道让她安神，总能让她很快入睡。

就快要睡着时，手机响了，只响了几声就自动断掉，接着有信息进来。

韩沛把手机调成夜间模式才递给她，“是卜一。”

秦书打开信息，卜一：你看看你回来时不被打断腿的！

秦书回他：我回去就把腿伸到你跟前，有种你就打断，不打断我直接弄死你！

卜一：姑奶奶，什么时候回？！

秦书笑：这么快就认怂了？

卜一：反正回来后一顿收拾是少不了的！不说了，我开车了。

秦书把手机又给韩沛，“放回去吧。”

刚才她看手机也没回避他，上面对话内容韩沛全看到了，问她：“你平时也这么横？”

秦书眨了眨眼，“哪有，我是个温柔的女孩，真的。”然后缠着韩沛，亲他，开始撒娇，“你看看，我不要太淑女。”

“……再瞎摸我把你扔床下了啊。”

秦书笑，“你敢，我一脚把你踹下去差不多。”

后来又被韩沛收拾了一顿。

第二天，韩沛上午没去公司，给秦书收拾回纽约的行李。

秦书这几天都没静下心来看书，一周就这样浪费过去，再不急着赶进度，怕是考试前书还看不完。

韩沛把她行李箱放一边，“不用带那么多，我过去时再给你带。”

“嗯。”秦书正在吃面，韩沛一早给她买的手擀面，自己煮的。还给她买了一小块蛋糕。

“先凑合，以后给你补上。”韩沛舀了一勺蛋糕喂她吃。

秦书咽下蛋糕，“不用补，挺好的呀。”

去机场的路上，还是不可避免地提到了她毕业后工作的问题。

韩沛做出让步，“既然你不喜欢管理，我不勉强你。”

秦书一个高兴，也顾不上司机还在前面，用力亲了一下韩沛，保证道：“我会好好听话，有空就去看你。”

“……我话还没说完。”

秦书笑着，“你说，我听着。”这一趟回来得值，所有矛盾都解决了。

韩沛看着她，“我们万禾也有专门的投资部门，负责跟投行对接相关事宜，工作相比投行轻松很多。你就去投资部门，有重要并购项目时，由你把关，跟投行对接。”

秦书嘴角的笑一僵，“还是要去你那上班？”

“不让你管理，做你自己喜欢做的事，对你唯一的要求就是，不能熬时间，你眼睛不行。”

秦书静静地看着他，没搭腔。

“怎么了？”韩沛问。

“我不想去我自家公司上班，也不想去你那上班。”

韩沛不明白她到底在想什么，他也不猜了，直接道：“说说你的想法。”

秦书尽量说得详细，“我哥最近接了一个收购案，是汽车巨头的案子，我本来就喜欢汽车，这次还有机会去他们的工厂做尽调。而且这么复杂的跨国收购案，牵扯到三家汽车商业巨头，我也许一辈子都碰不到，现在正好有了这个机会，我想参与。”

韩沛反问：“这个案子结束了呢？你就回来？”

“我……”秦书心里叹口气。

韩沛接过话，“你就想留在海纳？”

秦书解释：“我不是就想留在海纳，是我喜欢不受拘束又有挑战性的工作。不管在我自家公司还是在你那，我都有压力，时间久了也没丝毫成就感，总感觉是活在你们的羽翼下。一年两年行，五年十年后呢？生活就跟一潭死水差不多。”

她特别认真的语气，“能跟你妥协的，我愿意妥协，哪怕是主动道歉，因为我爱你，我愿意放下自己曾经觉得无比重要的骄傲和面子。可有些，我不想妥协，我还是想坚持自己的想法。就是这样的。”

韩沛盯着她看了许久，然后把她的手攥在手心，“你现在就是一只雏鹰，对外面充满好奇，想飞上天看看是什么样。”他说，“那我放手。”

说着，韩沛把她的手松开，而他的手也没收回去，手掌平铺，像在出布。

秦书心里咯噔一下，不明白他到底什么意思，“然后呢？”

“你尽管飞，有多大劲使多大劲。累了，摔下来了，我接着。”

韩沛用他有力又温暖的手掌托着她的手，“送你的 24 岁生日礼物，生日快乐。”

秦书一直偏头看着他，起先是笑着的，后来笑着笑着两串眼泪就掉下来了，也顾不上会不会弄脏他的衬衫，直接把脸埋在他怀里。

Chapter 63

机场遇到熟人

到了机场，时间还早，秦书一直没闲着，拥抱索吻一样都不少。

韩沛被她缠得不行，“不累？”

她一手环着他的腰，围他转圈。一圈两圈，后来把韩沛头都绕晕了。

“琪琪。”

“啊？”

“不累？”韩沛又问一遍。

秦书摇头，“不累。”

右边转几圈又朝左边转几圈。

又过了一会儿，秦书停下来，头有些晕，靠在他怀里歇着。

“你几岁？”韩沛拧开一瓶水递给她。

秦书喘口气，喝了半瓶水，这才说：“烦恼多时，这样转圈能放空自己。”

“还有什么烦恼？”韩沛问。

秦书笑着，“成长的烦恼。”

她没说实话。刚才在来机场的路上她看了国内的财经新闻，才知道方慕和跟 EF 公司的事，今天又有大宗交易。

EF 来者不善。

韩沛大概对方慕和的新闻也不感兴趣，她就没多说什么。

“韩沛？”身后传来女声。

韩沛跟秦书一同转身，是蔚蓝，推着行李箱走过来。

“这么巧。”蔚蓝浅笑着，笑意并不深。

韩沛颔首，“出差？”

“对，去多伦多。”说着，蔚蓝冲秦书点点头，然后视线又落回韩沛身上，“你也要出差？”

“送她。”

蔚蓝没接话，只是笑笑，表示知道，随即歉意的表情，“AC 的事，没能帮到你们，挺抱歉的。那天一起去的几个人里，有两个跟我们也不是太熟。你也知道，人心隔肚皮，她们说了不会说，可谁知道。”

秦书抢先韩沛开口，嘴角带笑，“蔚律师，你可千万别自责，你这样已经帮了我大忙。等我回国找你喝咖啡，到时叫上你的几个朋友，我得好好感谢你们，不然指不定造成多大的损失，谢谢你们让我及时止损。”

蔚蓝一愣，瞬间又恢复浅笑，“秦小姐客气了，我跟韩总是老同学，应该的。”然后话锋一转，“秦小姐出差？”

秦书淡笑，“不是。”

“你们聊，我过去安检。”蔚蓝找了个借口，又假客气地寒暄两句，离开。

等蔚蓝走远，韩沛看着秦书，他是男人，看问题始终跟女人不一样，单手把她往身前带了带，“这局你赢，以后这事翻篇，成天为这种事伤神，得不偿失。”

秦书盯着蔚蓝的背影若有所思，收回视线回韩沛：“知道了。”

她终于理解为何秋蓝那么讨厌蔚蓝，蔚蓝这个女人，看上去柔弱如水，就连挑拨离间都做在明面上，却又让人挑不出刺。

韩沛牵着她，“时间差不多，去安检。”

秦书上下扫他几眼，“蔚蓝这事，你好像一点都不生气，也没责怪她的意思。”

“这是做生意，有竞争就有输赢，输了就认输找原因。至于生气责怪，那不是男人跟自己女人之间的事？”

秦书眨了眨眼，忽地嘴角上扬，也满足了，问他：“就是说，你只会生我一个女人的气？”

韩沛反问：“不然？”

秦书亲了他一下，“好吧，下次石头剪刀布时我出石头，让你一回。”

韩沛淡淡笑了。

马上安检，韩沛掏出一个眼罩套在秦书额头上，“上飞机就睡觉，不许看手机。”

“就为你刚才那句话，我也必须得听话。放心，绝不看手机。”

她越是这样信誓旦旦地保证，可信度就越低。韩沛拽拽她的耳朵，“别到飞机上就都忘得一干二净。”

“不会忘的。”秦书抱抱韩沛。

一到候机大厅，秦书就迫不及待地给方慕和打了电话，结果被秒挂。

方慕和给她发信息：在忙。

秦书：嗯，空了给我电话。

她更加着急，不知道现在方氏情况怎么样。方慕和基本上不管什么时候都接她电话，哪怕是开会。这是为数不多的，他竟没接她电话，看来情况比她想得还要严重。

没再打扰他，默默等电话。结果这一等就到了纽约，方慕和还是没打来。

秦书到了纽约，卜一没来接机，过来接她的只有司机。

她问司机卜一呢，司机摇头。

秦书盯着司机看了几秒，司机默默地转过身看着前方的路，不吱声。

“开车吧。”

“好。”

秦书给卜一发了信息：不想混了？

一分钟过去，没回。

十五分钟过去，还是没回。

啧，长本事了。

秦书又给韩沛发了条信息，说自己已经到了。

韩沛叮嘱她：别光顾着看书，注意休息，锻炼也要跟上。

秦书爽快地应着，至于跑步？天热了，一点都不想动。

回到家，一片狼藉。

她的公寓不大，客厅堆得乱七八糟，满满都是礼盒。沙发那边，方慕和跟卜一正坐在地上喝酒，茶几上摆满了吃的，地上还有啤酒罐。

“过来，看我不掐死你。”方慕和朝她招手。

秦书眨了眨眼，半晌才发出声音：“方妈，你……怎么来了？”

“给白眼狼过生日。”

秦书甩掉脚上的鞋，赤脚走过去，“你怎么也不说一声啊。”

“谁知道你回国！平时不是犟得不行？怎么，开始服软了？”

“我回家是因为突然就想念北京了，你想哪儿去了。”

方慕和用力揉揉她的脖子，“是么？”

卜一接过话，“感觉北京城都要感动得落泪了，我看看天气预报，北京是不是在下雨。”说完哈哈笑。

“……”秦书起身找了件衣服直接套在卜一头上，用力缠着。

“方妈，救命啊！”

方慕和抿了口红酒，“活该你。”

卜一一脸蒙。几个意思？不是之前还说得好好的，要给琪琪一个教训，让她好好长长记性，不管去哪都要及时报备。怎么一下转风向了？

他也不知道琪琪临时回国，等他来找她时，发现家里没人，就一直等。从日出等到日落，等到星星也爬上了天空，电话还是打不通，害他差点要报警，还好看了下她的电脑记录，她买了回国的票。

秦书收拾了卜一一顿，这才解气，看着方慕和，“哪有一大早就喝酒的？”

方慕和说：“时差还没倒过来，北京这会儿夜生活正好开始。”把切好的一块蛋糕给她，“生日快乐。”

秦书也不闹腾了，“谢谢。”

正好还没吃早饭，一盘蛋糕很快被吃光，问方慕和：“你来纽约出差？”

“给你过生日，参加完你的毕业典礼我就回。”

秦书早就习惯了卜一跟方慕和对她的好，也习惯了他们俩每年给她过生日。以前她每次过生日，方慕和都会漂洋过海来陪她，从没缺席过。

现在她感动的是，他的公司遭遇并购危机了，他竟还赶过来，跟他说：“毕业典礼也没那么重要，我本科时的毕业典礼你不是也参加了吗？赶快回去吧。”

方慕和给她倒了牛奶，“我有安排，你就别瞎操心了。”

卜一刚才被秦书抹了一脸的蛋糕，刚从洗手间洗干净出来。听到他们的对话，他插话："方妈，你还是赶紧回吧，琪琪的毕业典礼，到时我给拍视频就行了。"

"你们俩都别废话了。"方慕和吩咐卜一，"把厨房里的菜端来，我们继续喝酒。"

"……"

真是要了命，谁一大早起来就吃肉喝酒？

秦书安静地喝着牛奶，一直在走神。

"想什么呢？"方慕和瞅着她。

秦书回神，"方妈，你想没想过通过投行来解除你们方氏被恶意收购的危机？不过要花钱的。"她不会要他的钱，可毕竟团队里的其他人要养活自己，投行也得运营下去。

"钱无所谓，就是从别处融资也得有高额利息和管理费。"然后笑着说，"找你做这个案子？"

秦书声音很小，眼神却认真，"你信得过我吗？"

她说："我不知道最后的结果如何，因为我不确定 EF 最终能找来多少资金对付你，可我会拼尽全力的。"上个项目，她就特别愧对他。

方慕和理解她的想法，大概思忖了一分钟，他点头，"好。"

秦书舒了口气，"我吃过就去总部找我哥，会尽快给你一个方案，等我考完试就回国。"

方慕和道："别着急，看看他们到底还有什么牌没出。"

他揉揉她的头，长大了，知道替他分忧解愁了。

秦书的手机响起，是韩涔打来的，她看了眼方慕和，接听，"欸，涔涔，什么事？"

"嫂子，你在家吗？"

"在呢。"

"生日快乐。"韩涔笑着说。

"谢谢。"

在北京时是九号，飞到这边依然是九号，还是她的生日。

韩涔说："我在你公寓楼下，给你送点东西，你方便下来吗？这边不好停车。"

"好，我这就下去。"

"怎么了？"方慕和问。

"韩涔在楼下，我马上上来。"她穿上鞋匆匆下楼。

"嫂子，这里。"韩涔在车里，降下车窗，拿出一个小蛋糕，一束鲜花。

"你哪还用专程跑来，一个电话，心意到了就好。"秦书接过来，蛋糕是她喜欢的口味，花也是她爱的。

"不知道你生日就罢了，知道了必须得表示一下。"韩涔系好安全带，"你忙吧，我要去公司。"

"最近怎么样？"秦书关心道。

韩涔耷拉着脑袋，"还能怎么样？差点就死过去。"

昨天她草拟了一份合同，结果四处地方有错，然后这边的负责人，那个叫裴烨的，竟然让她抄写法律条文。

对，是法律条文，那么厚一本，要死人的。

规定她一个月内必须抄完。

秦书没忍住笑了出来，也没说穿，“那你不会找负责人说你不抄啊。”

说到这，韩涔就更郁闷了，“我去找了，结果被他秘书拦下，说我这个级别的，裴总不见。要是有事，让我顶头上司找他。”光是说着，心口就有一股怨气涌来。

秦书并未多说，忍着笑，表示同情，“没办法，老大就是老大。你乖乖听话，抄法律条文对你也有好处啊，你不是要参加明年的司法考试吗？”

又问：“你们负责人姓裴？”

韩涔点点头，“嗯，叫裴烨。”义愤填膺道，“裴烨？陪夜？改天我的小宇宙爆发了，非得治治他，让他陪我一夜！”

秦书笑了出来，“这个可以有。”然后看似随意地问，“对了，那个裴烨帅吗？”

韩涔摇头，“不知道，我来了这么久就没见过他人长什么样。不是说了么，我这个级别的他不见。”然后叹口气，“不聊了，要是迟到了，还要多抄一本。”

秦书憋着笑，跟她挥挥手，“慢点。”

Chapter 64

这摊水太深
谁都不想趟

接下来的几天，秦书每一分钟都闲不下来，白天忙着看书，晚上就开始做应对方案，还又把EF公司拿来好好研究了一遍。

蔚明海这人她听过，以前有过接触，那是在认识蔚蓝之前，她也没把蔚明海这人放心上。今天再次看到他的名字，不自觉就会跟蔚蓝往一块联系。

她拿着笔盖在下巴上无意识地来回扫着，想起蔚蓝跟韩沛姥爷家住一个小区，虽说那个小区年代有些久，可位置不一般啊，那里边的房子，小套也得上千万。

而蔚蓝高中那会儿连补课费的钱都拿不出，她父母又是普通人，她这才研究生毕业几年，就能买得起那边的房子？

发了一会儿呆，秦书给秋蓝打了个电话。

“哎哟，秦大美女有何指教？”

秦书也直接，“蔚明海跟蔚蓝有没有关系？”

“有啊，蔚蓝的叔叔。他们的行事风格那么像，你还感觉不出？”秋蓝此时正跟尹一乔在海边消遣，没有任何避讳地问秦书，“怎么？你要帮方慕和？”

“嗯。”

秋蓝把冰饮放一边，拿遮阳帽盖在脸上，提醒她：“跟蔚明海玩阴的，你还嫩了点，劝你别趟这浑水。”拿自己当例子，“这次AC的事，我看蔚蓝那么不爽，也没想着要立即还击，得想好对策啊，小妹妹。我是为你好，别意气用事，反而帮倒忙。”

秦书反问：“要是你姐姐秋青被这样算计了，你会怎么做？”

秋蓝想都没想，说：“肯定跟他死磕到底啊，不要脸的肯定怕不要命的啊。”

“那不就得了。”秦书顿了片刻，低声跟秋蓝说了句，“AC项目搞砸了，我很抱歉。”不管什么原因，她始终欠秋蓝一句道歉。

秋蓝一怔，忽地又笑了，“那我收下了，毕竟得到你秦大小姐的道歉不容易。”女人最感性，她忍不住多说了几句，“对付蔚明海，你也别小看了蔚蓝，这突破口得从多处找。”

“谢谢。”

“谢谢就不用了，赶明儿让你那吝啬的老公多给我几个项目就行了。你等一下啊，你知心大姐姐要跟你说两句。”

秦书还没整明白怎么一回事，尹一乔的声音传来，“哈喽，小妞。”

“尹总？”

“都辞职了，就喊我尹姐吧。”

“尹姐。”

“乖。”然后尹一乔爽朗的笑声传来，都能穿透耳膜。

“……”秦书问她，“你跟秋总在一块？”

“对啊，吹着海风，晒着加州的阳光，吃着美味的冰淇淋，看着美女帅哥，羡慕吧？”说着尹一乔又笑出来。

秦书想了想，好像自打本科毕业开始工作到现在，她就一直在做项目，看书考试，再无其他，不由得感慨，“我感觉我都好多年没这么放纵过了。”

尹一乔笑，“等你怀孕了，你也这么可以嘚瑟一回。”

“……”秦书不由耳红，“早呢。”

尹一乔没拿她开玩笑，问她：“在纽约？”

“嗯，准备毕业典礼跟五月底的考试。”

“那行啊，等我跟秋蓝在这边浪几天，去纽约找你玩，去之前给你电话。”

“好。”

挂上电话，秦书开始查询跟蔚蓝有关的一些信息，以及蔚蓝跟哪些金融机构和公司有业务往来。她手里几乎没什么资料，网上能搜到的那都是高大上的新闻，没一点用，就给爷爷打电话，让爷爷帮忙。

爷爷对她有求必应，还不多问。

不知不觉已经忙到深夜。

她正打算洗澡睡觉，手机震动，韩沛发来的：睡了没?

秦书回：被你吵醒了。

韩沛：你大概不知道，你睡着了后，打雷都不醒。

秦书：“……”

怎么可能?她以前可是经常失眠，睡眠质量差得不行。

也许，在韩沛怀里她就睡得很香?

其实她不知道，是运动做多了的缘故。

秦书就没再撒谎：正准备洗澡，马上睡。

韩沛的电话打进来，“以后不许这么晚睡。”

秦书敷衍着说好，还又特别强调：“对了，我现在每天都跑步，今天跑了八圈，棒不棒?”

韩沛笑，很无奈，“棒。”

有时她就像个孩子，明明跑步是她自己的事，她跑完了竟会跟他邀功，说自己今天做了什么什么。

秦书合上笔记本，“你这会儿不忙？”

“忙，会议中场休息。”

有些事，秦书觉得还是提前沟通，免得到时又出岔子，“我想跟你商量个事儿。”

“嗯，你说。”韩沛停下手里的工作，专心听她说话。

秦书问他，知不知道方氏集团跟 EF 公司最近的事。

她一开口，韩沛就知道她想做什么了，问她：“你想好了？”

“嗯，我做不到事不关己。”

静了一会儿，韩沛问：“考完试回北京？”

秦书“嗯”了声。

韩沛提醒她：“方慕和跟蔚明海之间的争夺，来势汹汹又异常激烈，你掺和进去，起不到什么作用。”

秦书明白，可但凡她能出点力的，她就不会后退。换成是韩沛遇到了这样的事情，她也一样，拼尽全力。

这是一种亲人间的本能。

她说：“你就当我正好对那片天好奇了，想飞过去看看是什么样。”

“可以。”韩沛也提前把话说开，“不管遇到什么，我接着你，但也只接你一人。”其他人他没那么多精力去管。

秦书理解韩沛这么做的原因，方慕和这事，不是一点小钱就能解决的，万禾也不是他一人的。况且蔚明海这摊水太深，谁都不想趟。

挂了韩沛的电话，秦书的手机又响起，是妈妈打来的。

自那次跟妈妈说过不想回家里的公司上班，这段时间她们母女基本处于冷战模式，妈妈每次给她打电话都是叮嘱她别熬夜，注意眼睛，其他就没了。

电话接通了，“喂，妈。”

“还不准备睡？”

“马上。”

妈妈“嗯”了声，问她跟韩沛联系了没，她如实说了，刚跟韩沛结束通话。

“韩沛有没有跟你说？”妈妈问。

秦书一头雾水，“说什么？”她反应过来，“哦，是不是让我去接机？”大后天就是她们学院的毕业典礼。

电话里有几秒的沉默，妈妈难为情地开口：“毕业典礼我参加不了，韩沛大概也没法参加。”

秦书心里咯噔一下，“你们怎么了？”

“要随商务代表团出国。这次我们公司跟万禾集团都在名单之列，18 号动身，我刚接到通知。”

秦书一下蒙了，然后就是失落，她的毕业典礼，她父母跟男朋友都不能参加了？

“琪琪？”

“我知道了。”

“不高兴了？”

秦书摇头，“有点失落，没事的，这个也不是你们能决定去不去的。”刚才韩沛给她打电话，大概就是想要说这事，可能怕她半夜睡不着，他就没说。

即便隔着万里，她还是能感觉到妈妈的愧疚，“妈，没事的，您跟爸忙你们的，我大学时的毕业典礼你们不是参加了吗？都一样的，就是换个地方而已。”

妈妈还是歉疚道：“等这边忙完，我跟你爸就过去看你。”

跟妈妈的那点隔阂暂时就被冰冻了，妈妈没再提那事，她也就没多问，能拖一时是一时吧。

她看着窗外的夜幕，稀稀落落的，能看到几颗星，还很模糊。

想到韩沛跟爸妈都要缺席自己的毕业典礼，秦书的心情就跟这夜空一样，不怎么美丽了。

第二天傍晚，秦书看书看得累了，到楼下咖啡馆点了杯咖啡，坐在露天位置上，悠闲地看着街头过往的各种肤色的人。

正好韩沛打来电话，她算了下时差，“你起那么早啊？”

“嗯，今天不困。”

秦书听到他那边有些嘈杂，“你在哪？”

“公园边。”

“是公园那些晨练的爷爷奶奶的声音？”秦书抿着咖啡，问道。

韩沛最不擅长的就是撒谎，哪怕是善意的谎言，就没吱声。

秦书说：“我在跑步。”

韩沛顿下脚步，“在跑步？”

秦书笑，“对啊，你不是不许我晚上出去么，我都改成傍晚跑，听到我急促的喘息声没？”站起来原地跑了几步，然后大口喘气，撒娇地问道，“老公，听到没？”

韩沛不答反问：“不累？”

秦书还在原地踏步跑，“累，不过要坚持啊。”

跑了不到一分钟，还真有点累，感觉后背出汗了。她停下，单手掐腰，“我们一看就心有灵犀，你在北京晨练，我在纽约跑步。”她坐下来，开始摇手机。

想了下，秦书又说：“一会儿，我们看好友排名，看看谁跑的步数多。我现在爱上运动了，出汗后皮肤变好，心情也舒畅。”

手机晃动得更厉害，手腕都晃酸了，又换另一只手继续晃手机骗步数。

静默几秒，韩沛说：“你这段时间在好友运动榜的排名，都是你坐在那里摇手机摇出来的？”

秦书一愣，“什么跟什么？”

“别晃手机了，影响通话质量。”

“……”

反应过来后，秦书抬头，前面没有。又赶紧转头，傻眼了。

韩沛在马路对面，正朝这边走来。

Chapter 65

三个女人一台戏

秦书赶紧长吁一口气，开始酝酿悲伤的情绪，不然这次还不得被韩沛给收拾死?

韩沛走过来，盯着她瞅了半晌。

秦书没给任何反应，还是低着头，头埋得太深，他看不见她脸。

韩沛在她对面坐下，拿起她的咖啡杯喝了几口咖啡，“跑累了？”

秦书终于抬头，眼眶发红。韩沛一怔，摸不着她什么路数。

秦书上前几步，在他腿边蹲下，紧紧抱着他的腰，“我以为你赶不及来参加我毕业典礼，从昨晚到现在，我都难受得不行。”

万分委屈的语气，说着把脸埋在他怀里，声音越来越低，“我妈说她跟我爸没法来，你也没空。”

韩沛被这一席话弄的，连责备都不忍，轻轻摩挲着她的脑袋，温和道：“不是来了？”

秦书带着哭腔的声音，“我以为你不来了呀。我刚才看书也看不进去，就来喝咖啡，怕你听出我情绪异常，我就装跑步。”她抬眸，眼眶里湿漉漉的，“我没想要骗你，之前真都是我自己跑的。就是今天我实在没心情跑，又怕你以为我哪里不对劲，我不想让你担心，这才拿着手机晃。”差点声泪俱下。

韩沛把她拉起来，将她抱腿上，“阿姨都跟你说了？”

秦书点头，“昨晚你刚挂电话，我妈就打了过来。”伸手圈着他的脖子，“你怎么突然来了？”

“我跟我爸换了下工作安排，我爸随商务团出去，我留下来接待我们万禾的一个大客户，不过我只能参加你们学院的典礼，学校的典礼来不及，明天下午就得回。”

秦书已经很满足，“没事的，参加一个就够。”

她知道随团出访的意义对他来说不一样，可他舍弃了。

“商务考察要紧，你看你这次错过了这么好的一个机会。”

“有舍才有得。”韩沛把咖啡的单买了，又留下小费，牵着她，“走吧，上楼。”

他知道她那点小心思，心情不好是真，可骗步数也是真。刚才那可怜样也是半真半演，就跟动真格的一样。

韩沛说：“下次不管什么原因，都不许欺骗。”

秦书跟他掰扯，“我这不叫欺骗，我这叫撒谎，还是善意的。”

韩沛：“……”

跟她就不能讲道理，讲了她也会给带下道。

收拾她最好的办法，就是床上。

到了楼上，韩沛打量了一圈，公寓虽小，五脏俱全，浪漫的英伦装修风格，房里收拾得也干净整洁。

只有一个卧室，床上竟然是干枯玫瑰色系列，他要怎么睡得下去？

跟秦书打商量："把床单被套换一下？"

"不要，最近迷这个颜色。"

"……"

韩沛把行李放好，一把将秦书抱起来。

"欸，你干什么？"

"把今天的运动补上。"

后来就听秦书保证，"我以后再也不撒谎了，真的，说到做到。"边哭边说，说着说着又笑了，差点被韩沛给折腾死。

韩沛把她的眼泪吃下去，"今天只是给你提个醒，下回再撒谎被我逮着，可就不会像今天这么好说话。"

"韩沛。"秦书撒娇喊道。

"撒娇没用，我看透了，给你个梯子你就能上天。"

韩沛从她身上起来，亲了亲她，"想喝点什么？"

"柠檬汁。"

韩沛蹙眉，"那个酸。"

"嗯，就想喝了。"她自己也奇怪，这几天就想酸的饮料，越酸越好。

家里没柠檬，韩沛换上衣服出去给她买。

楼下咖啡馆门口，韩沛碰到方慕和。方慕和正在喝咖啡，手机还放在耳边。

方慕和跟韩沛一照面，什么都不用说就知道什么情况。

两人没多寒暄，彼此点点头。

方慕和客气地问了句："出去？"

"嗯，买柠檬。"

方慕和家里有柠檬，可就是不想给，自己买去。

电话里，那边问："在跟谁说话？"

方慕和回："韩沛。"

赵曼迪一愣，"韩沛在纽约？他不工作了？"

"嗯，要美人不要江山了。"方慕和忽然低声问她，"曼迪，要是我也像韩沛这样，你回来行不行？不想我？"

赵曼迪忍不住打击道："你先守住你的江山再说吧。"

方慕和："……"

赵曼迪今天主动联系他，也是贺竞南吩咐下来的工作任务，她们海纳接了方氏的活，还是由她这个团队负责。

“不聊了，等你回来再详说。”

“好，琪琪这边典礼一结束我就回。”

翌日傍晚，尹一乔给秦书去了电话，说跟秋蓝已经到了纽约，还从别的城市给她带了点好吃的。

“去我家那边换换脑子？”秋蓝问。

秦书问远不远，她明天还要参加学院的毕业典礼，远了来不及赶回来。

秋蓝说：“离你那边最多二十分钟车程。我们喝喝酒聊聊天，晚上就住我那吧，你知心姐姐想跟你聊天。”

“过去玩可以，不过能不能过夜，我一会儿回你电话。”秦书没有立即应下来。

秋蓝明白了，“还要请示你家那位？”

“嗯。”

“那你快点，我跟一乔马上就到你家楼下。”

韩沛正在给秦书榨柠檬汁，昨晚给她榨了一杯，她眼都没眨一下，一口气喝下去，喝完还特别满足的表情。他光是看着她喝，就酸得不行。今天她还要喝。

秦书从背后抱着他，“老公。”说着，拿脸蹭着他的后背，“跟你商量个事儿。”

“说。”

“尹一乔跟秋蓝在这边度假，过来找我玩，你说我去不去？”

韩沛惊讶，“秋蓝？”

秦书点头，“对啊，跟尹一乔。尹一乔以前是我在海纳的同事，对我挺好的。之前她们就说来找我，现在过来了。”

韩沛并不反对她跟尹一乔和秋蓝有往来，尹一乔跟秋蓝都是有自己原则和底线的女人，跟她们一块，对秦书来说是好事。

只叮嘱她：“别太晚，早点回家。”

“今晚能住那儿吗？就在家里聊聊天，不出去。”秦书小声跟他请示。

沉默了片刻，韩沛最终应允，“可以，但不许喝酒。”

“好，我保证不喝。”秦书绕到他身前，“那就留你一人在家了。”

“你在家我也没时间陪你，还要工作。这几天你一直忙，正好去放松一下。”

秦书用力吮吸了下他的唇，“谢谢老公，爱你。我明天一早就回来。”

说完松开他，拿上包一溜烟跑下楼。

韩沛：“……”

他想说的话一句都还没说，她也不缠着他了。看来有些话说得没错，一个有自己工作有自己朋友圈的女人，老公基本上都是需要时才拿来用用。

接上秦书后，三个女人去超市买了点吃的，直奔秋蓝家。

秦书好久都没这么惬意，可以暂时放下烦恼。

“你好像胖了点？”尹一乔盯着她看了几秒，说了这么一句。

“真的假的？”秦书赶紧拿出镜子照照，她自己倒是没看出来。

“感觉好像胖了。”秋蓝也这么说。

秦书想了想，“最近忙，天天吃夜宵，大概长肉了。”

也可能是前段时间没跟韩沛运动，就长膘了。看来真得锻炼了，光靠着晃手机骗步数也不是办法。

“你真决定趟这摊浑水？”秋蓝从后视镜里看了眼秦书，问她。

秦书点头，反问：“不然你还有什么好法子？”

秋蓝耸肩，“我能有什么好法子？那就祝你旗开得胜。”

“谢谢。”

尹一乔收起手机，多说了几句，“我觉得吧，对付蔚明海那样的，得靠策略，硬碰硬必输无疑。”拍拍秦书的肩膀，“姐姐看好你。”

秦书笑了笑，“你这么一说，我还必须得做出点成绩了。”又问秋蓝，“等回北京，能帮我约你姐姐喝杯咖啡吗？”

秋蓝幽幽道：“我就说么，你哪那么有闲情逸致跟我喝酒浪费时间，合着打我主意呢？”

秦书紧跟着问：“那你给不给我打这个主意？”

秋蓝也实话实说：“你算准了我看不惯蔚蓝，肯定会帮你，你才愿意跟我说方慕和这事，对吧？不然你刚吃了嘴上的亏，不会无缘无故找我说这么机密的事儿。”

“我这不是信得过你才跟你说的么？”

“得得得，你这话还是拿去毒害韩沛吧。”

“……”

秋蓝也爽快，“我回去就替你约我姐，至于你们俩谈成什么样，我可不管。”

秦书笑，“谢了，就知道你人美心善。”

秋蓝：“……”马屁精一个。

秦书还比较自觉，答应了韩沛不喝酒，就没碰酒，陪着尹一乔喝了点饮料。

尹一乔怀孕后就特爱吃酸的，饮料也是，柠檬汁混着葡萄汁。

“我这个酸。”尹一乔提醒秦书。

“没事，酸的饮料维 C 多，美白。”

就只有秋蓝一人喝红酒，还喝了不少。

几人边吃边聊，一直聊到凌晨 1 点。

大概是神经细胞太兴奋，一点都不困。

“聊点刺激的怎么样？”秋蓝趴在沙发上，问她们两人。

“行啊，说个自己的秘密。”尹一乔不嫌事大，看向秦书，“你呢？有没有问题？”

秦书想了想，“我好像没什么秘密你们会感兴趣。”

“要不聊聊你前男友是谁？”秋蓝喝得微醉，也没了顾忌，跟秦书说，“公平一点，我说说我的秘密吧，我以前暗恋过你男人。其实我是可怜他，给他点面子，不然一大好青年也没女人围着，多没面子。”

尹一乔睨她一眼，“你接着酸。我杯子里柠檬汁跟葡萄汁混起来的果汁，都没你的话酸。要不你改名算了，就叫秋酸酸？别说，这名还真不赖。”

秋蓝自己也笑场，“滚一边去！”

尹一乔下巴朝着秦书一扬，“接着说。”

“我初恋就是韩沛呀，没前男友。”

秋蓝爬起来，倒了半杯红酒，“那多没劲，一辈子就这一个男人，你都没有对比。”

尹一乔不认同，“谁说一个男人就无聊了啊。韩沛那样子的，一个不得顶十个啊，说不定十个也赶不上他一个。”说着哈哈笑了出来。

秦书：“……”跟她们熟女在一起，还真不是对手，她放不开。

尹一乔坐在地毯上，靠着沙发，整个人都懒洋洋的，问她：“你这么漂亮，遇到韩沛前不可能没有优秀的男人追你啊，就没喜欢的？”

“对啊，说个以前的男神。”秋蓝附和着。

“我暗恋我老师，后来表白被拒绝。”

“靠！这么劲爆？！你这样的还被拒绝？”秋蓝来了精神，放下酒杯，靠秦书近了一些，“说说，那个老师长什么样？肯定眼瞎，不然这么好的小妞，怎么舍得拒绝？”

秦书没说名字，毕竟秋蓝跟尹一乔都认识贺竞南。至于后来贺竞南跟她表白这事，她就更没提及半句，就简单说了下，“我那个老师挺帅的，很有魅力。大概不喜欢我这个类型的，就拒绝了。”

尹一乔一直若有所思地望着秦书，回想着从第一次见秦书到现在，特别是跟贺竞南有关的一些细节，她都细细回想了一遍。

她恍然，“秦书，你暗恋的老师，不会是我们……老大吧？”

“谁？”秋蓝蹙眉，以为自己听错。

尹一乔反问：“我们行还有谁帅？”

“贺竞南呗。”秋蓝想都没想就说道。

尹一乔基本确定了，就是贺竞南。

贺竞南对秦书一直很维护，当初她要秦书到她那组，贺竞南丝毫不给她面子。以前不解，现在明白了，原来贺竞南是顾及秦书的感受。

秦书在 AC 项目上犯了那样低级的错，贺竞南从没有过的维护，那种维护显然超出了一个上司对下属的感情，是出自男人对一个女人的本能维护。

大概贺竞南错过了秦书。

这个男人还跟以前一样，事业永远最重要。

尹一乔看着秦书，“是不是你贺老师？”

秦书笑，“忘了。”

“这什么缘分，我的个天！”秋蓝激动不已，“我真佩服贺竞南，暗恋自己的女人跟自己的前妻都在自己手底下工作，他还能镇定自如。”

秦书一怔，“贺老师前妻也在我们海纳？”

尹一乔冲她递个眼神，笑说：“来，乖，喊一声前师母我听听。”

秦书：“……”

她直接趟地毯上，拿手臂遮眼。

世界就这么小，兜兜转转，她跟贺竞南的前妻交上了朋友。

“不行，我还要喝一杯。”秋蓝跪爬过去，也不用毛巾了，直接用手拿红酒瓶倒了一大杯，特别感慨，“真的，幸福都是比出来的，知道你这样的竟然也爱而不得，我就彻底平衡了。来，咱们苦命的三个女人干一杯。”

秦书还躺在地上，“容本公主缓缓。”

尹一乔笑，“看到前师母激动的？”

她拍拍秦书的脚，“起来，你看你头都枕哪去了。”

“我觉得你该庆幸，幸亏当初你贺老师拒绝了你，不然你哪有机会遇到韩沛？说实话，贺竞南是个一流的搭档，亦师亦友，是有魅力的上司，也是让人尊重的对手，唯独爱情家庭，他一点都不称职。”

秦书缓得差不多，慢慢起来。

秋蓝递一杯红酒给她，“来吧，少喝点。”

秦书摆手，“我一喝就醉，答应了韩沛不喝的。”

尹一乔看向秋蓝，“别劝酒，她的眼睛不太好，酒精类的饮品还是少碰。”

秦书惊讶，“这个你也知道？”

尹一乔点头，“嗯，我一直问贺竞南要人，后来贺竞南被我讹得没办法，说你眼睛不好，一直看电脑受不了，我这才作罢。”

她拿了两盒酸奶倒在杯子里，给秦书一杯，又示意秋蓝，“来，我们一起喝一杯。敬我们曾经不悔的青春，谢谢我们遇到的那个他，让我们成长。更要谢谢我们自己，谢谢我们没变坏，没放任没走歪，破茧成蝶后，我们收获了最美的自己。也感谢茫茫人海里，我们仨能遇上。”

后来也不知道聊到几点，大概快天亮。

聊饿了，秋蓝又去做了点吃的，吃过后继续聊。最后聊累了，躺在沙发上就睡过去了。

尹一乔也睁不开眼，还是硬撑着起来，找了毛毯给秦书和秋蓝盖上，自己留一条，也没去卧室，就在另一个沙发上将就睡了一会儿。

这一晚，对秦书来说，是生命里特别有意义的一段。

很多年后她跟尹一乔和秋蓝聊起那晚，还会特别感慨，从尹一乔跟秋蓝身上，她看到，原来女人可以活得那样大度，那样潇洒。

Chapter 66

求 婚

清早，纽约的太阳还没升起，韩沛就来到秋蓝家楼下，等着接秦书。

来得太早，他坐在车里无聊地敲着方向盘，有一下，没一下，不时朝公寓楼那边瞅一眼。

昨夜失眠了，他归结为时差原因。

他又催了一遍：还没下来？

刚发送出去，严沉的电话进来，开口就抱怨：“现在见你一面怎么这么难？”

严沉刚从万禾楼上下来，连着两次没找到韩沛人，这种情况放以前不可能发生。只要韩沛在北京，他晚上下班去万禾，铁定能找到韩沛。

韩沛回说：“在纽约。”

“什么？”严沉满脸吃惊，“你明天不是接待客户？”

“嗯，下午回，赶得上。”

“又去看琪琪？”

“嗯。”

“……你真把纽约当天津了？”

韩沛没扯闲篇，问他：“什么事？”

严沉轻咳几声，表情也严肃不少，“我过几天就领证了，女人都喜欢的那个日子。到时一起来热闹一下，你把 20 号晚上的时间空出来。”

韩沛先是恭喜，而后说一定到。

严沉有点高兴，一时没忍住多啰嗦了几句，“你也抓抓紧，争取明年跟琪琪求婚。琪琪也不算小，再玩两三年差不多可以收收心结婚了。”然后笑着说，“到时我家娃估计也有了，去给你免费做花童。”

又问韩沛：“琪琪是什么意思？”

韩沛只说：“她还小。”

“也是，她这个年龄，正是想玩的时候。那你忙，我回家了。”

韩沛看着断掉的通话，想着严沉刚才那句“正是想玩的时候”。

琪琪的确就是这样的心态，一直把自己当成小孩，还跟他说过，让他把她当小孩惯几年再说。

现在让她结婚生子？

难。

换成别的女人，怕是早就想跟他把证给领了。

她倒好，能拖一时是一时。

楼上，秦书哈欠连篇，回复韩沛：这就下去，老公你等我一下，就一下下。

来不及梳洗，把头发胡乱扎了下，跟秋蓝和尹一乔告别。

秋蓝到现在都醉乎乎的，眼也睁不开。缓了几秒，有气无力道："起这么早？"

"今天毕业典礼。"秦书拿上包，"你们接着睡，我走了，北京见。"

尹一乔也没了困意，"我去给你们做饭，吃了早饭再过去。"

"不用，韩沛肯定给我准备好了吃的。"秦书换好鞋，风一样刮下去。

秋蓝翻个身，睁开惺忪的睡眼，瞅一眼尹一乔，尹一乔已经穿好衣服起来，她又眯上眼，"这才几点？睡会吧，反正今天也没事。"

"最近时差乱，也不是太困。"尹一乔喝了杯温水，准备练瑜伽。

"我还以为韩沛在国内呢，哪知道跑过来了。"秋蓝咕哝一句，把抱枕放好，趴下接着睡。

尹一乔把瑜伽垫铺好，说道："秦书的毕业典礼，他能不参加？"

秋蓝羡慕片刻，叹口气，"被男人捧在手心疼的女人就是幸福，不管到哪，他都跟着追来，也不找借口说忙没时间了。"

"那你就找个疼你的男人。"

"回去就找。"

等秦书到了楼下，韩沛把早餐给她，盯着她看了几秒，伸手拂拂她的眼眶，有点浮肿，还有黑眼圈。

"昨晚几点才睡？"

秦书想了想，"四点多？"睡了不到两个小时。

"以后不能这么熬。"

"嗯，女人到一起话就多，说个八卦都能说一两个小时。"

韩沛示意她吃早餐，然后发动车子离开。

纽约是一早，而北京那边，一天刚刚结束，也不知道今天方氏跟 EF 是什么情况。

秦书边吃早餐边登录邮箱，这几天爷爷都会把相关新闻整理发给她。

出乎意料，今天没有任何大宗交易。

秦书思忖片刻，侧眸问韩沛："国内的新闻你看了没？"

"嗯。"

"你怎么看？"

"蔚明海的招数怎么会让你轻易破解。"

秦书没吱声，心不在焉地嚼着三明治，陷入沉思。

现在有两种可能，要么是蔚明海的资金暂时没跟上，要么就是他在等方氏的回应。

只是现在有时差，比较烦人，没法时刻关注国内的动向，总不能一直不睡觉等那边的消息。

想着想着，她眼前一亮。如果以后她对付蔚明海时，采取时差战，未必不是个好法子。彻底搞清楚蔚明海在海外投资控股的公司，找时差大的几家下手，让他一天二十四小时都心力交瘁。

“想什么呢？”韩沛看她一眼，那点三明治到现在都没吃几口。

秦书回神，“以后我用时差对付蔚明海。”

韩沛微微颔首，“这倒可以。”

秦书把今天的新闻看完，给爷爷回消息：看了，谢谢爷爷，爱您！

秦爷爷：真打算扯进去？

秦书：嗯，听说成长都是要付出代价的，不然我可能一辈子就这样混混沌沌不思进取地过下去，多没劲。

秦爷爷：成啊，难得你有这股拼劲。

又给她提示：还记得小时候爷爷给你讲的一个故事吗？跟赛马有关的。

秦书想了想：田忌赛马？

秦爷爷：嗯，不用战术，二十个你也不是蔚明海对手。不只你，包括方慕和都不行，因为你们没他那股狠劲儿。

其实爷爷还想说，就算你用了战术，也没用，赢不了。对付蔚明海，光靠战术不行，还得靠钱说话。没钱，也是白搭。

蔚明海敢公然这么叫板，那一定是有备而来，方氏短期内根本就凑不到那么多资金跟他去抗衡。要命的是，方氏的阻力还有一半来自他们方氏内部。

秦爷爷刚要回复秦书，家里有人说话了：“爸，您还真纵容着琪琪啊？她现在是瞎胡闹，您知不知道？”

秦妈也是刚知道这事，还是琪琪爸说的。

秦爷爷把手机暂时搁一边，看向儿子跟儿媳妇，“怎么个瞎胡闹了？”

秦妈妈说：“蔚明海什么人？琪琪还是个没断奶的孩子，天真地以为做生意跟过家家一样，你好我好大家都好，钱就赚来了。生意场哪是她想的那样？爸，您疼她惯她都行，可不能一味纵容，做生意最忌讳的就是感情用事。”

又问道：“爸，您觉得琪琪这事的胜算有多大？”

秦爷爷也不避讳：“赢的几率是零，必输无疑。”

秦妈噎了一下，道：“我们明知道结果是什么，还这样任她胡来？”

秦爸接着道：“爸，这回我也觉得琪琪有点胡闹了。她才刚毕业，就算是之前有的那两年工作经验，那也是什么都是她哥在操心，她什么都不用管，这跟没经验又有什么区别？她掺和进来，反而添乱。”

秦奶奶刚才在敷面膜，不方便吱声，现在面膜撕下来，跟儿子说：“你现在做生意的这些经验，都是以前我跟你爸拿钱砸出来的。以前你独立投资时，亏了多少？忘了？”

秦爸也噎了一下，“妈，现在是在说琪琪，您怎么扯我身上了？”

秦奶奶瞥他一眼，“因为我看你欠扁。”

“……”

秦爷爷道：“不管是我、你们，还是蔚明海，所有人的人生经验跟经历，都是在一次次的失败磨炼中来的。那些从书上看的，从旁人那听到的，是别人的人生，跟咱们没关系。你现在不给她机会锻炼，想等到什么时候？再说，能有机会跟蔚明海这样的人交手，不管输赢，琪琪收获领悟到的，是咱们花钱也买不到的。”

秦爸欲反驳，被秦爷爷给打断，“成长不是你把你成功的经验传授给她，让她复制你们的轨迹。能说出来的都是鸡汤，还是别人煮的。偶尔喝喝就算了，真要当饭吃，这个人一辈子都不会有出路。”

然后摆摆手，“行了，都别说了，这事我说了算。”

秦奶奶已经涂好护肤品，坐了回来。

她看着自家儿子，“我觉得我有必要把一些话给你说清楚，我的公司是留给我孙女的，琪琪的几个哥哥在结婚时我就把该给他们的那份已经给了他们。现在，公司就是琪琪一人的，她爱怎么折腾就怎么折腾，就算把钱拿去帮方慕和，我也没任何意见。只要经历过这一遭，活出自己就行，想那么多做什么？还有你，我的公司你就别多想了，多想了就尴尬了。”

秦爸无奈地看着自己母亲，“妈，您怎么又扯偏了？没人惦记您的公司，我们自己这一摊子都忙不过来。”

秦奶奶扫儿子一眼，“你惦记也是瞎惦记，我不给呀。”

“……”

没工夫跟他们闲扯，秦爷爷继续和秦书聊天，问：你这几天准备得怎么样？有点头绪没？

秦书笑：不告诉您。

秦爷爷：啧，还跟我保密呐。

秦书：具体的方案我还要理一理。因为资金问题，我想尽量让最少的钱溅起最大的浪花。要是扔进去后连响都听不到，不是白搭？

秦爷爷乐了：还知道要考虑钱？不错不错。

秦书嗔怪：爷爷，我好歹也跟我哥在投行混了两年，大项目接了三四个，还知道点生意的道道，我没那么天真的。

秦爷爷放心了：那就行，就怕你都是纸上谈兵，到时候一点儿不见效，你心里就先崩溃了。

秦书：哪能。

又征求爷爷的意见：爷爷，我回国后可能要用些不厚道的招，这是不是有点阴暗？

爷爷：你用厚道的招也不管用啊，人蔚明海不吃你心慈手软善良那套。对手已经打到家门口，方慕和现在都四面楚歌了，还讲什么厚道？好用就行，不管什么招数。

秦书：那我就放心了。爷爷，其实我还是个好孩子，真的。

秦爷爷笑了。

遇到信号灯，韩沛停下车，把牛奶拧开递到秦书嘴边，“喝点。”

“嗯，我自己来。”秦书把手机丢到一边，这才认真吃东西。

“一早上跟谁在聊？”

“我爷爷。”

“知道你要掺和方慕和那事了？”

“嗯，这么大的事我肯定不能先斩后奏啊。”

韩沛问：“爷爷同意了？”

秦书点头，笑着说：“爷爷跟你一样好。”

“少说好听话。”

“哪有，真心话。”秦书凑过来，亲亲他的嘴角，“昨晚我没在，睡得好不好？”

“很好。”

“不想我啊？”

“不想。”

“哼！”

“坐好，我开车了。”

秦书坐过去，悠哉地喝着牛奶，看了看时间，才6点半呢。闲着也是闲着，拿手机打卜一公寓的座机，响几声就挂断。

一连打了好几次。

最后一次，卜一接听了，“你烦不烦？！”

“毕业的美好日子，你还睡得着？”

“早起来了！”

卜一挂了电话，伸了个懒腰，去洗澡。

方慕和也早就起来了，5点半后醒了也不困，便开始处理工作。这会儿正在电脑前眉头紧锁，盯着屏幕若有所思。

“方妈，你早上吃什么？”卜一洗过澡走进书房问道。

“随便。”

“那我下去买了。”卜一刚走两步，又退回来，“欸，方妈，有没有觉得我其实跟琪琪一样，都是瓜子脸？”刚才刮胡子照了照镜子，发现脸比以前瘦点了。

方慕和抬眸，瞅他两眼，“琪琪是尖瓜子，你是西瓜子。”

卜一：“……”受到暴击。

这段时间他一直在健身房锻炼，争取拍毕业照时能更上镜一点。

大学时光，明天就真的再见了。

连同说再见的，还有他的女神。

方慕和望着他，寻思片刻，“你一个大男人怎么对自己的脸这么在意了？”

卜一叹口气，“就觉得一个女人要是不喜欢你，你长再帅都没用。”

方慕和点支烟，“那说明你还没那么帅。你要长我这样，看有哪个女的舍得不要你？”

卜一：“……”

他能不能说，人家赵曼迪就不要你？

看在他万里迢迢来参加他毕业典礼的分上，忍了。

韩沛今天穿得很正式，连领带都系了。

秦书正在化妆，很淡的生活妆，挑了个他送的口红涂上。从镜中看到他时，她笑，“今天热，你还要打领带？”

韩沛“嗯”了一声，其余没多说。

秦书转头盯着他的领带看，“你现在也喜欢玫瑰色？”

“我没有喜欢或不喜欢的颜色，合适就好。”韩沛戴上手表，问她，“好了没？过去吧，今天路上可能要堵。”

今天韩沛什么都随她，她要坐副驾，他也答应了。

秦书趴在车窗上，看着纽约忙碌的清晨，人们脸上的每一抹笑容好像都是在庆祝他们今天毕业了。

“欸，你毕业典礼那会儿，有谁参加？”秦书问韩沛。

“家里没人过来。我爸妈一直对我是放养的，我也没让他们操心过。我又是男的，他们就更无所谓，等我毕业了才想起来毕业典礼这回事。”

秦书都替他遗憾，“要是那时认识你就好了，我去给你拍照。”

韩沛笑了笑，说起拍照，“照片拍了。秋蓝的爸妈过来参加她的毕业典礼，当时帮我拍了不少。”

“那就好。”秦书说，“我现在觉得秋蓝挺傻的，明明你对她比对蔚蓝好，她还分不清。”

韩沛看她一眼，“你才知道她傻？”

“……那不是有时又觉得她挺精明的么。就像上次参加你们万禾的年会，她可一点都不傻。”

韩沛说：“一半是她闺蜜的功劳，另一半是在生意场上摸索出来的，跟她的情商没关系。”又问她，“昨晚玩得挺开心？”

秦书一个劲地点头，“受益匪浅。”

韩沛知道她昨晚找秋蓝聊什么去了，提醒她：“秋蓝性格直爽，不太计较。可她姐姐秋青不一样，秋青从来不讲感情，生意就是生意，利益就是利益。”

秦书点头，“嗯，我明白。”

快到学校，方慕和给她打来电话，“有韩沛陪着你，我去参加卜一的学院典礼，明天学校典礼我给你拍照。”

“好，今天拿卜一练练手，拍好点。”

“方慕和不过来？”韩沛问。

“嗯，他去卜一那边。”秦书把手机塞在韩沛口袋里，“我去集合了。”又亲了他两下。

家长区，韩沛找到位置坐下来。他周边都是中年人，还有不少老年人，像他这个年纪的很少。

毕业典礼对韩沛来说，无疑是乏味枯燥的，直到秦书上台。

听到秦书的名字，他顿时有了精神，打开手机录像模式。

秦书穿着学位服站在台上，余光在台下找他，像是一个走丢的孩子在找大人。等看到他时，她嘴角上扬，连眼神都安稳了。

这一刻，他竟生出一种“韩家有女初成长”的感慨。

全部仪式结束，秦书来找他，小跑着直接扑进他怀里。那种感觉，就好像他是她的全部。

事业上的舍，这一刻的得，好像没了任何可比性。

忽然，韩沛把她推出他的怀抱，“站好了。”他后退半步。

在秦书愣怔的时候，韩沛单膝下跪。就在这时，也不知道从哪儿出来二十多个穿着燕尾服的男生，每人手持一朵玫瑰，站成今天毕业的日子。

秦书认出这些穿燕尾服的男生，是她们学校合唱团的成员，都是本科的学生，经常在学校演出。

他们开始唱歌，是她喜欢的歌曲。他们声音不大，却磁性悦耳，自带音响效果。

“主角在这，你往哪儿看？”韩沛自己也笑了。

秦书回头，还有点蒙。

只见韩沛拿出戒指，还暗暗做了个深呼吸。

周边围满了人，她们学院的同学，还有来参见典礼的家长，却没有任何人发出声音，安静得只有合唱团的歌声。

韩沛眼眸专注地望着她，“先恭喜你毕业了，明天你就要离开校园，告别老师还有你的同学，继续你人生的下一个旅程。以后的日子不比学校里，它没有你想的那么简单美好，也不是你期望的你用真心就能换到别人的真心。你得去面对社会上的各种残酷和不公平，不过没关系，我会一直牵着你。Happy graduation！”

他微微调整呼吸，把手掌摊平伸给她，“以后你可以继续你的任性，做你喜欢的事，偶尔还能撒个谎。”

要说的有很多，千言万语却又一时找不到头绪，最终化为：“这辈子不吵架不冷战，我没法保证，但我能做到包容你，让着你。嫁给我吧。”

秦书浅笑着看他，眼前是模糊的，汪汪的，全是水。

她没有丝毫犹豫，把手递给他。

韩沛把戒指给她戴上，又轻轻吻了吻她的手。

周边人群这才欢闹起来。

Chapter 67

唯一的一种可能

合唱团的歌声还在继续，轻柔悠远，余音绕梁，唱到人的心坎里去。

今天纽约的天空也分外蓝，水洗一样。大片大片棉花般的云朵，像不远万里赶来祝福，绕过一圈高楼大厦，又匆匆远去，到下一个需要祝福的地方。

韩沛双手捧着她的脸，用指腹把她的眼泪擦去，“不许哭了。”

秦书用力地点头，还是又哭又笑。周围人都看着，她极力控制自己的眼泪，可不管用。特别是在他说，她偶尔还能撒谎时。他太了解她，却又能做到包容甚至纵容她。

有好多同学过来抱抱她，就连不认识的家长都给了她热情的拥抱，还有人不忘给他们录视频，留下联系方式说传给她。

这样美好的毕业日子里，那么多素不相识的人给她祝福。

秦书擦了擦眼泪，去抱了抱每一个给她唱歌的合唱团成员。他们把手里的玫瑰花送给她。

以前她还跟卜一讨论过，生活里的仪式感有没有必要。她觉得有必要，那是乏味日子里的一抹甜蜜剂，可卜一觉得无需费心费力，过日子呗，踏踏实实就行，弄那些花里胡哨的做什么。

男人可能都这样，嫌烦。

方慕和也算赞同卜一的看法。不过说归说，任何重要的节日，他跟卜一都会给她一些惊喜。这些惊喜还都不小，限量版的越野车，马场，游轮……他们还陪她去世界各地，陪她去极地旅行。以至于平常的礼物，不管多少，都不足以感动到她。

有时她也担心，被家里这样宠着，以后结了婚，会不会没有幸福感。可自打认识韩沛，他的每一个惊喜，必让她难忘。他花的不是钱，是那份心，一双袜子，一瓶眼药水，一个表白的头像。他也让她知道，生活里需要仪式感，却也不用那么轰轰烈烈。就像这个求婚，简单低调，却能温暖她长长的一辈子。

人群散去，陆陆续续离开，最后就只剩韩沛跟秦书。

过去几十分钟，秦书还感觉跟在梦里一样，摸摸眼前男人的脸，是真实的。掐掐自己，真的疼。

“没做梦。”韩沛捏捏她的下巴。

到现在秦书的心脏还在怦怦怦快跳个不停。这个求婚，她是一点点防备都没有，“怎么会在今天求婚？”

“不是说了追你到毕业？”

毕业了，自然就求婚。等走出校园，也实在没什么特殊的日子能让她这么铭记，索性就在今天。

秦书轻轻拭去泪痕，跟他在一起后，重要的事情他都会选在一个让她感动的日子。

她记性好，可只记跟工作有关的，生活里的琐事，她从不花心思去记。大概他了解她，所以每个对她有着重要意义的日子，他都会选个特别的时间。他们的第一次亲吻，圣诞节那晚；他公开她，情人节零点；她成为他的女人也是在情人节那天；他求婚，在她毕业典礼上。

领证呢？大概也会是个不一样的日子，也许会选在明年她的生日？说不定也许是后年。大后年也有可能。听说他三十五岁前不考虑婚姻。但不管怎样，他在每个重要时刻，都花了那么多心思哄她开心。

秦书问起合唱团，“你怎么找到了我们校的合唱团？”

韩沛说：“我认识音乐学院的教授，通过他联系到了合唱团。”

所有人都是他亲自打电话过去邀请，说自己想在毕业典礼那天向女朋友求婚，他们没有丝毫犹豫，还主动提出唱一首秦书喜欢的歌曲，排练了不少时间。

秦书好好平复了下激动的情绪，“陪我去学校图书馆门口拍几张？”

“你喜欢的地方都可以拍。”韩沛牵着她朝图书馆那边走。

“你以前来过我们学校吗？”

“来过。”

“找你老婆？”秦书开玩笑道。

“嗯，找了一圈没找到。”

秦书笑，“我那时还在上初中。”

忽然，秦书指指那边，“我跟卜一经常在那边看书，看累了就看一会儿帅哥美女，还会拌拌嘴。”

不仅会拌嘴，她还经常会修理卜一一顿，让他好好听话。

想着想着，毕业的伤感就袭来。

还来不及沉浸在里面，她又想起韩沛的时间，“你 3 点的航班吧？”

“嗯，3 点多。”韩沛看了眼手表，“没事，来得及陪你转转。”

今天大太阳，走了一会儿就热得受不了。韩沛拿下领带直接套在秦书脖子上，“配你的学位服。”

秦书捏着领带蹭蹭鼻尖，领带上还有他身上的气息，淡淡的，特好闻。

这才后知后觉，“我真是笨死了，你平时都不打领带，今天这么热你还非要系上，我都没想到哪里不对。”然后笑着说，“大概是被你帅到了，就光想着看你系领带的样子。”

韩沛盯着她看，不管她的眼神还是表情都不像在糊弄，“确定系领带好看？”

秦书连连点头，“又帅又性感。”

韩沛把领带从她脖子里拿下来，重新系上。

“……你不热？”

“热，忍忍。今天你所有的要求我都满足。”

那天，韩沛给她拍了不少照片，半年前她都不敢想，她的毕业典礼是自己的老公参加。更不敢奢望，她会在毕业典礼时被求婚。那应该是每个女孩都曾幻想过的，她却梦想成真。

中午秦书送韩沛去机场，熟悉的大厅，她拉着韩沛，“等一下。”

“怎么了？”

“当时大致就在这个位置，你蹭到我了。”

“找我算账？”

都没给她不讲理的机会，说完他就低头亲上她。

这一瞬，好像时光倒流。

他蹭到他，她拉住他，而他亲了她。

秦书被他亲得，不由悸动。

马上就要过安检，韩沛看着她，又到了每次叮嘱的时刻。他自己都笑了，特别无奈，叮嘱了也是白叮嘱，出了机场她就能忘得一干二净，可还是给她上上紧箍咒，“你现在又要看书又要准备材料，必须得多运动，不然心脏负荷不了。”

秦书保证：“好，我记住了。”

“光记住没用。”

“信我一回吧。”她把戒指伸到他眼前，“我现在长大了，真的。”

她的保证，韩沛也只是听听，太认真的话能被她气死，问她：“考完试就回？”

秦书点头，“嗯，29 号考试，跟卜一在这边再转转，31 号回。”

韩沛算了下时间，她 31 号从这边飞，到北京就 2 号了，赶不上。

“别转了，考完就回，以后又不是不过来。30 号回，‘六一’早上我去接你。”

“为什么非得‘六一’到家？”秦书没多想，笑着问，“给我过儿童节？”

韩沛顺着她的话敷衍地“嗯”了一声。

“那好吧。”

马上就要分开，秦书有点舍不得，紧紧抱着他。韩沛没说话也没动，任由她抱了好一会儿。

离别的伤感还是被求婚的喜悦冲淡不少。顾不上不舍，等韩沛一进安检，秦书就给爷爷奶奶打了电话。

“爷爷，爷爷。”秦书说话时差点口齿不清。

爷爷笑，“你看你把自己给惯的，话都不会说了？”

“对呀对呀。”秦书实在憋不住了，“韩沛向我求婚咯，向我求婚咯。”又笑起来。

爷爷很淡定，问她：“戒指喜欢不？”

“喜欢啊，喜欢得不得了！这个款式我还没见过，独一无二。”秦书说着还又看了看戒指，忽然觉得哪里不对，“欸？爷爷，你听到韩沛向我求婚，怎么一点也不惊讶？”

爷爷没隐瞒，“早知道了，还惊讶什么？”

“啊？？”

“你的戒指还是你奶奶亲手给你设计的。”

“……”

“不然你毕业那么重要的日子，我跟你奶奶会不去？”爷爷解释说，“怕去了，韩沛求婚会紧张。求婚都是你们小年轻的事，我跟你奶奶就没过去。”

爷爷又说：“不过给你准备了毕业礼物，回来给你。”

秦书愣怔片刻，说：“就是说你们都知道韩沛要在今天跟我求婚，就我不知道？”

“可以这么说。”

“你们组团欺负我哦，得给惊喜补偿。”

“这几天好好看书考试，回来后惊喜多着呢！”

“什么惊喜？”

“很多。”

“爷爷，透露点呗。”秦书撒娇央求着。

爷爷笑说：“那可不行。”

“那你把电话给奶奶，我要跟奶奶说话。”

“你奶奶睡着了。就这样吧，我也接着睡觉了。”

秦书：“……”

看了下时间，北京那边现在是夜里，她这是兴奋过头了。

到了停车场，秦书有些口渴，让司机打开后备厢，她拿水喝。

秦书拿了两瓶，递一瓶给司机。她拧开刚喝了两口，胃里忽然一阵恶心，她赶紧捂住嘴，跑到车尾那边，却什么也吐不出。

秦书轻轻揉揉胃部，舒服了点。大概是大姨妈要来了。以前来大姨妈前，也会偶尔胃里恶心。只是这次经期都推迟三天了，不由有点紧张。

难道是怀孕了？

又不大可能啊，每次韩沛都做了措施。

如果真的怀孕了，那就只有一种可能，套套被做破了……不过这种概率肯定不会发生在她身上。

秦书又喝了几口水，这回没恶心。大概最近压力大，经常熬夜，又时差混乱，姨妈才推迟了几天。以前也有过这样的情况。

这么一想，心情又放松下来。

从机场回市区，秦书打开车窗。初夏的风吹进来，她的长发扬起，控制不住的喜悦都溢了出来，她唱了一路，不时盯着戒指看看。

在她毕业的这个特殊日子里，她成了韩沛的未婚妻。

Chapter 68

晕倒后的意外惊喜

第二天是学校典礼，父母和韩沛都错过了，好在有表哥跟方慕和。他们早早就过来，给她记录下了典礼上的每一个瞬间。

家长坐席区，方慕和拍得差不多了，把相机收起来，和表哥两人聊起了蔚明海。

“摸清他的底牌了没？”表哥问。

方慕和摇头，“没有丝毫头绪。查到一半查不下去，很多东西被人为销毁了。”

这一点表哥也早预料到了，“要是不知道他的资金来源，也就估不准他还有多少力没发，你现在不管采取什么方式，基本都没什么作用。”

方慕和点头，“我晚上回国，跟我爸碰个头，看他那边什么情况。”

表哥问：“你现在有什么初步想法了吗？”

“以静制动。”

“目前也只能这么着。”

表哥这几天也在关注蔚明海那边的动向，今天竟没有任何交易发生。他分析道：“估计他的资金来自境外，因为数额过大，受到管制没法入境，暂时被截留。下个月也许他还会有大动作。”

方慕和若有所思，“他现在敢这么明目张胆，这部分资金也一定合法，所以进来只是早晚的事。”

“嗯，他早前吃过这种哑巴亏，现在不管做什么他都走在法律的最边缘和空子里，没触及那条红线。他这些年得罪的人不少，想整他的人也多的是，可他还稳如泰山，那就是没有任何法律上的把柄让人捏。对付这样的人，难。”

“嗯。关键是不明白他最终目的是什么。”方慕和又道，“看看他下月还有什么动作吧。”

“说不定他不仅没有任何动作，还突然停止了所有的交易，好让你们放松警惕，他找合适的机会再出手。这人一向不按常理出牌。”

正聊着，秦书蹦蹦跳跳地过来了，他们的对话终止。

“在聊谁？”秦书靠在表哥的肩膀上问。

方慕和回答说：“还能有谁，我跟蒋总熟悉的就只有你。”

“刚才我上台，你有没有拍下来？”

“都在相机里，自己看。”方慕和把相机给她。

秦书打开相机，挑了一些满意的同步上传到手机里，给韩沛发过去：哎呀，这是谁家的漂亮媳妇？

韩沛笑：看着眼熟，韩沛家的？

秦书也笑：好不好看？

韩沛：嗯，多发几张给我。

秦书：马上。

几分钟后，韩沛发了条朋友圈：毕业，长大。配了九宫格照片。

后来，方慕和看到了韩沛的这条朋友圈，他一愣，这九张照片不全是他给琪琪拍的吗？竟被韩沛晒了出来！

他留言：照片拍得不错。

那晚，方慕和跟卜一陪着秦书，看帝国大厦的蓝灯亮起。蓝色璀璨美丽得叫人心动，像是引航灯。

人生的每一个阶段，从幼儿园开始，都有卜一跟方慕和的身影。

秦书歪头看向方慕和，“你有未卜先知的本事？”

方慕和在给卜一拍照，“什么未卜先知？”

秦书望着远处的那抹蓝色，“你早知道我爸妈和韩沛都没法来，所以公司那么重要的事你都放下了，就为了过来参加我跟卜一的毕业典礼？”

方慕和笑，“是不是要叫我方半仙？”

秦书顺着他的话，“半仙妈，你怎么知道的？”

“有个同学在商务部门。”

原来如此。

卜一走过来，“拍得怎么样？”

方慕和把相机递给他，“自己看，要觉得不行，你把三脚架支起来自己拍。”他看了眼手表，对卜一说，“赶紧拍，二十分钟后送我去机场。”

秦书一怔，“这就回去？这么急？”

方慕和点头。这几天除了参加他们俩的毕业典礼，他也没闲着，拜访了几家股东跟金融机构的负责人。

北京那边，蔚明海上午又有了动作。他们的一致行动人加起来已经三度举牌方氏，目前他们持有方氏的股份已达 15.6%。

秦书说：“我 6 月初就回去。”

方慕和笑，调节气氛，“就等你去救市。”

秦书现在没心思跟他调侃，也知道他现在有些焦头烂额，转移话题问起别的，“方妈，你跟曼迪姐最近怎么样？”

“不怎么样，不过迟早让她当你们爸。”

卜一突然就很怀念七八岁时，方慕和跟赵曼迪带他和琪琪去游乐园，疯过后还带他们吃牛排。吃薯条时他跟琪琪两人，一根薯条就能蘸好几包番茄酱。蘸着蘸着两人还能打起来，谁都不让谁。

吃饱喝足也累了，他跟琪琪在人家西餐厅的沙发上就睡着了。方慕和背着他，赵曼迪就背着琪琪，一路走回家。

那晚还有月亮，高高挂在天空。

他中途醒来一次，可实在不想走路就继续装睡。看向琪琪时，琪琪也正好看向他。两个小孩都坏，挤眉弄眼，抿嘴偷笑，谁也没说话。

卜一收回思绪，一副语重心长的样子，还用力拍拍方慕和的肩膀，“妈，加油吧，我们也大了，你是该找个伴儿了。”

方慕和对着他的脑袋就是几下。

“疼死了。”

“活该你。”

毕业了，她好像也长大了，以后大概再也没有机会享受校园生活。

接下来的日子，秦书过得忙碌又充实，每天除了看书就是忙着方慕和的事。

卜一本来打算毕业后就回国，为了等她一起，延后了回去。

他帮不上方慕和的忙，就负责给秦书打打下手。她准备资料时，他筛选校对，偶尔还能分析分析。两人时常忙到快天亮都没发现。

“你有几成把握？”卜一问。

“零。”

卜一不解：“那你还瞎忙活！”

“不忙活那就一点希望都没有。”示意他，“干活吧，少说话。”

卜一先前不了解蔚明海这人，就把秦书整理出来的资料认真翻看了一遍，看完后他彻底不吱声了。

蔚明海这人，就是韩沛跟他正面交手，也不见得能赢。

秦书忙完手里的活，抬头就见卜一愁眉苦脸，再看看他手里拿的文件，明白了，“你别灭自己人威风行不行？”

卜一看着她，“我们这是鸡蛋碰石头。”

秦书问他：“听过‘压死骆驼的最后一根稻草’这句话没？”

卜一瞅着她，“废话么，谁不知道？”

“我们不拿鸡蛋跟石头硬碰，碰了肯定是我们碎。我们争取做最后一根稻草，直接压死蔚明海。”

卜一眨了眨眼，好像明白了，又好像还是不明白。

他看了眼时间，“不早了，你赶紧睡。后天就考试了，这两天你歇歇，回北京我们继续搞。”

“回北京有回北京的活，这些是我私下搞的。回北京我就要跟海纳的团队一起，哪还有闲工夫整理这些？现在有你帮着，我还能轻松点。”

卜一思忖几秒，做了个决定：“我这几个月也不去上班，就帮你跑腿打下手，直到方妈的公司没事。”

“那你怎么跟家里解释？我们这工作要保密，最好也别跟你家里人说。万一像我上次那样无意说出去，可就麻烦了。”

“我知道，我谁都不说，你有什么活直接吩咐我干就行。”

“你不去上班，你爸不扒你的皮？”

“有我妈向着我，没事，分分钟摆平。”

秦书拍拍卜一的脑袋，“方妈没白疼你。”指挥他，“弄点吃的去，我饿死了。”

卜一懒得去厨房，“大姐，这都夜里两点多了？你不保持身材了？”

秦书回他：“能吃是福。”

卜一开始叨叨，“你最近胖了，你知不知道？你都比我吃得多了。人得学会居安思危，特别是你们女人，不能因为有了对象，就开始放纵自己。变成小胖丫，韩沛会不会娶你可就不好说了。”

秦书忍无可忍，“你哪来那么多废话！赶紧去！”

“你是真胖了，我之前没好意思打击你。”

秦书摸摸自己的脸，“有吗？”

“有，现在跟猪一样，能吃能睡。”

“……瞎说！”

不过确实比以前吃得多了，不仅能吃，还贪睡。大概是最近太累，早上经常要闹钟闹几遍才醒，以前可是 6 点半准时起的。

考试那天，秦书差点没赶上，因为闹铃响了后她还困，就把闹铃关了。本来想醒醒神，结果睡着了。直到卜一给她打电话，问她什么时候下楼，要送她去考试，她才猛地坐起来。都没来得及化妆，她洗了脸，拿上面包跟牛奶就狂奔下去。

“你刚起？”卜一看她急吼吼的那样，问道。

秦书撒谎：“没，早起了，临时看了会儿书。”把头发随意扎了下，开始吃早餐。

“我在考场外等你？”

“嗯，我会提前交卷的。”

“别吹牛。”

结果秦书提前 30 多分钟交卷，靠在车门上，嘚瑟地下巴一扬，“羡慕嫉妒恨吧？别人都做不完，我时间多到用不了。”

“……”卜一想不通的是，“这门科目跟你的专业也没关系，你考它做什么？”

“知识用时方恨少，你懂什么！”秦书拉开副驾驶的门，坐上车。

“现在去哪？”卜一问。

“回公寓，收拾行李，准备打道回府。”

他们订了明天的票回国。整理好行李，把他家跟秦书那边的公寓的卫生都打扫了一遍。全部收拾好已经傍晚，两人简单地吃了一顿晚饭。卜一说今晚别忙了，好好放松一下，打个游戏什么的。他这几天都没时间打游戏，手痒得不行，也不知道那些小伙伴有多想他。

“你打游戏吧，我去跑步，今天的任务还没完成。”

卜一不放心她一个人去跑，挣扎着放下手机，“我陪你。”

秦书才跑了不到 1000 米，感觉有点不对劲。

“你怎么了？”

“没什么，有点头晕。”

“那我们歇歇再跑。”卜一提议。

秦书摇头，“没事儿。”又继续跑起来。

结果没跑几步，就感觉眼前一黑。她下意识去抓身边的卜一，然后就没了意识。

还好卜一反应快，在她要歪倒时，扶住了她。

见她晕过去，他吓得手都在发抖，“琪琪？你怎么了？”

没有任何回应。

有旁边路过的人，替他叫了救护车。

几个小时后，医院病房里，就听卜一激动地喊：“我做舅舅啦？！啊啊啊！我做舅舅了！我做舅舅了！哈哈！我这就给方妈打电话，他做外婆了！”

Chapter 69

她要是我妻子 蔚明海不会不收敛

方慕和听到这个消息时半晌都没说话。

他那边是一早，被卜一吵醒后很难入睡，索性起床。

东边天际泛起鱼鳞片的云朵，很轻很薄，还有点淡。没一会儿，云朵有了色彩，似红似黄。地平线上像谁家的孩子拿着红色油画棒抹了一笔，太阳冒出个头。

他站在三十多层的露台，俯瞰着这一幕。

北京城开始了一天的忙碌。

他望了望对面的那栋楼，赵曼迪大概早就起来了。

等他再看向东边，太阳已经露出小半个脸，乍一看去，像一幅色彩斑斓的油画。

电话那端，卜一还在喋喋不休，像自己怀孕了一样，激动得差点把手机塞嘴巴里，唠叨个不停。

“方妈？”

“嗯，听着呢。”方慕和抽烟醒神。

“谈谈你做外婆的感受。”

方慕和纠正他：“是姥姥。”

“一样，外婆比较适合你，以后唱外婆的澎湖湾哄孩子。”

“……”

方慕和吐出烟雾，现在才缓过神，“琪琪呢？”

“在发呆，让我别打扰她。”

卜一现在在走廊外面，问方慕和：“刚才你怎么不说话？”

“我不得做个心里缓冲啊。”方慕和揉揉鼻梁，外孙都有了，娃他外公还没着落。

想着，他不由又看了眼对面的那栋楼。

他也没想过有天自己会这么冲动，冲动到偷偷跑到她的附近住。可这段时间一天都没遇到她，哪怕是在小区门口等到很晚。难道是搬到父母家住了？

抽了半支烟，方慕和彻底清醒了，“把电话给琪琪，我跟她说两句。”

“别，我可不敢。你知道她的脾气，打起我来从不手下留情，现在我又不敢还手，我就不招惹她了。”

方慕和叹口气，她自己都还是个孩子呢，他都一时没反应过来，更别说她了。

叮嘱卜一：“你现在要做的不是宽慰开导她，大道理她懂得比你还多，你在她旁边看着她就行，给她点时间慢慢想通。要说她小，24 岁了，也不算小，是该学着为自己的未来负责了。这事你先别嚷嚷，让她自己跟家里人说。”

卜一点头，“我知道，我什么都不说。我现在一张嘴，她就烦。”

方慕和这边本来糟心事就多，现在又突然多了个外孙，够热闹的。

大概那天韩沛去买柠檬时，就已经有孩子了。韩沛不知道她平时不沾柠檬，可他知道。不过当时他没多想，以为她要用柠檬敷脸美白。

方慕和把烟头摁在玻璃上揉了揉，熄灭。冲过澡，换上衣服去公司，在公司楼下遇到了他父亲。

“爸，您怎么这么早？”方慕和瞅着父亲，不到二十天，父亲苍老了很多。

瞬息万变的生意场，谁都不知道明天会发生什么，也不知道谁主沉浮。

父亲说：“昨晚睡得早。”

方慕和微微叹口气，凌晨2点，父亲还给公司高管发了邮件，顺便抄送给他。

大概忘了。

7点钟，清早的空气不错。商务楼这边还比较安静，偶尔有上班来得早的人路过。

父亲没急着上去，跟他多聊了几句。

“你那边筹得怎么样？”父亲问他。

“加起来有20个亿。”

可跟蔚明海对抗，资金还差太远。蔚明海说不定准备了好几个月甚至大半年，他短时间内到哪去找那么多钱？

父亲点点头。原本是想定向增发，可方案在董事会上没通过，后来召开临时股东会，依旧没有通过。

“等蔚明海成为方氏的第一大股东，以后经营上，除了矛盾，没别的了。”

方慕和拿出烟，还没点着，就被父亲给夺走，“少抽点。”

“嗯。”方慕和摆弄着打火机玩，顿了几秒，跟父亲说，“我不会让蔚明海成为第一大股东的。发生这样的恶意并购也挺好，正好清理清理本来就乱的管理层。”

他们方氏吃亏就吃亏在股权比较散，当初爷爷创立方氏，为了鼓动大家的积极性，把股权分了一大部分给管理层，结果造成今天动荡的局面。

“是福不是祸，”父亲宽慰他，“以后就算方氏到了蔚明海的手里，我们也是第二大股东，少操点心没什么不好。”

父亲拍拍他的肩膀，“平常心看待，尽力就好。”说完，上楼去了。

方慕和呼口气，他知道父亲有多在乎方氏，那是他跟爷爷一辈子的心血。

刚锁上车，手机震动了，秦书发来了一条信息：方妈，你要是筹到钱了，暂时先别动。等我回去找秋青，你把方氏旗下你跟方伯伯控股的环保公司转给秋青。

这孩子，自己都顾不过来，还惦记着他。

方慕和给她去了电话，没提她怀孕这事，怕她烦心，直接问：“什么意思？”

“你得留个后手，不能什么牌都让蔚明海看清了，那你肯定必输无疑。把环保公司放掉吧，我知道你不舍得，可你现在跟方伯伯是局内人，没我看得明白。”

方慕和笑了，“你一个小屁孩，说得轻巧。”

秦书没跟他调侃，特别认真的语气，“我考虑很久了，这个方案可行。你看BD在秋青那，以前我们还想着把BD弄回来，可谁知道出了这个事，那基本没可能有那个精力再顾BD。以后秋青公司就垄断环保市场三分之二的业务，其他小公司再分点，方氏的环保公司还能吃的蛋糕并不多。”

方慕和这几天只顾着操心集团的事，这些还真没考虑，认真听着，“你说。”

“你知道我擅长下棋对不对？围棋啊象棋啊都不错。”

方慕和笑，“你这话题跳得，怎么了？”

“下棋时，有招叫‘丢卒保车’。不管你有多厉害，一盘棋下到最后，你不可能保证你所有的棋子都在，那只能放弃不重要的，保住重要的。”她把手机开了扬声器，翻看备忘录的东西，“我给你们的环保公司做了估价，还对未来盈利和市场情况做了分析，都不算太乐观。趁现在出手，是最佳时机，正好给蔚明海造成假象，你筹不到钱，眼下破釜沉舟只能卖资产。反正蔚明海不会轻易收手就是了，你手里现在有的现金以备不时之需。”

“然后呢？”

“然后就是，这样你跟方伯伯能保住你们第二大股东的位置。不然说不定被挤到连前三都进不去，到时你们在董事会就没有任何话语权了 。”

方慕和没吱声，一直盯着手里的打火机看。

他跟父亲想的是尽全力保证他们第二大股东的优势，却没想，蔚明海或许还会联合一致行动人，把方氏前三大股东的位置都占去。到时还真就没有他跟父亲什么事了，说不定就只能混个一般的管理位置，最后拿年终分红。

真要到那个分上，谁还有脸面再去公司上班？

他做不到，父亲肯定也做不到。

秦书知道方慕和舍不得环保公司，有种情怀在里头。公司就是自家孩子，只要不赔，一般很少有人会把经营那么多年的公司卖掉。可眼下要是舍不得这家公司，就有可能失去整个方氏。

方慕和终于开口：“我跟我爸商量一下。”

“嗯，我要明天才到家，回去后再约秋青，看她什么意思。”

挂了电话，脱离工作状态，秦书又回到那个死胡同里。

她有宝宝了。

可她自己还是个孩子。

秦书到现在都是蒙的状态，大喜大悲都不足以表达她现在的心情。她没打电话给任何人，不管是家里还是韩沛。

等司机把车开来，他们离开医院。

秦书不知道自己在想什么，看着街头一张张陌生的脸，好像也看到了人群里一个陌生的自己。

再徘徊，再犹豫，却也没想过要后退，她只是对未来充满了焦虑。

路上正好路过一家男装店，秦书跟司机说："到前边停一下。"

卜一愣了一下，然后是说不出的惊喜，终于说话了！说话了就好！

他悬着的心终于放下，从检查结果出来到现在，她一句话都没说。

卜一问她："要吃什么东西？我下去买。"

"不饿，去店里逛逛，马上就出来。"

"不急不急，你逛到打烊都行，我们等你。"卜一觉得她的脸色比之前在医院好多了。

当时医生询问她这几天身体有什么异常时，她说爱吃酸的，贪吃贪睡。医生基本肯定她是怀孕了，而这次晕倒也是孕早期的一些反应。

等检查结果出来，兴奋的是他，呆滞的是她。

秦书进了店里，给韩沛买了几条玫瑰色系的领带。原本打算明天到商场逛逛街好好挑选，结果韩沛非让她明天就回。时间赶不上，只好凑合买两条。

从店里出来，卜一盯着她的脸看了看，一点喜悦都看不出，还是呆滞状态，问她："你不要跟韩沛说？"他跟方妈都知道了，孩他爸还不知道呢。

"这样的消息不得当面说吗？"

卜一想了想，也对，反正明天就回家了。

后来秦书就没再说话，意兴阑珊地看着外面，一直到住处，她沉默了一路。

卜一又开始担心了，暗暗叹口气，给她倒了一杯温水，"你先歇着，我回家一下马上过来。"

他就住在隔壁那栋楼，回住处把行李箱拿上，没做任何停留，赶紧回琪琪公寓。

今夜他打算就在客厅将就一下，他不太清楚产前忧郁症是什么，可他害怕琪琪这样的精神状态，有可能会患上，他得注意点。

没像以前那么懒，今天他准备给琪琪做柠檬饭吃。

开门后，房里很静，"琪琪？"

没人回应。

卜一去她卧室，门关着，上面贴了张便签纸：闲人勿扰。

他敲敲门，"琪琪，听到吱一声。"

"我没事儿，明早喊我早起。"

"行，那你有事喊我，我今晚就睡客厅沙发。"

今夜，怕是谁都睡不着。

秦书在窗边呆坐，不时就会摸摸自己的小腹，平平的，什么也感觉不到。可每次手搁在那个地方，呼吸就会不自觉急促，连心跳都莫名加快。

那种感觉特别神奇。

半个多小时过去，脚都快坐麻了，秦书起身，把行李箱里的所有东西都摆到床上，再一件件整理放进箱子。

从小就受奶奶的影响，物必有家。她所有的东西都有归处，不会随意放。哪怕是礼盒包装纸，她都会有专门的整理箱收着，还会在包装纸上标明哪天谁送了什么礼物。

她井井有条的人生，忽然闯进一个不在计划内的小生命，彻底打乱了她职业规划的脚步。

全部收拾好，已经10点半。秦书简单洗漱后，躺在床上酝酿睡觉的情绪，结果被韩沛的电话打断。

“还在忙？”他问。

“没，躺床上了。”秦书侧身，把手机开了免提放在床头。

韩沛顿了下，“这就睡了？”觉得有些不可思议。

“嗯，明天要早起赶飞机。”

“那睡吧，到时我接你。”

“你不忙？”

“不是早说了，接你那天不忙。”

秦书学会了理解，“你最近的事情不是多？要是忙，就不用专程去接我，让司机接就行。我去公司找你。”

“不忙，给你过儿童节。”

“还真要给我过儿童节啊！我都这么大了呀，让人知道多不好意思。”秦书嘴上说着，嘴角的笑意却深了些。

韩沛允诺：“以后给你找个合适的理由过节，每年都过。”

“那等有孩子了呢？”秦书脱口就说。

“不耽误，各过各的。”

秦书这下满足了，“你放音乐给我听，不用管我，你接着忙。”

“好。”

韩沛把手机调成外放模式，打开电脑音乐。悠扬的钢琴曲从他那边传来，秦书非但不困，还更亢奋。她开始翻看手机相册，把毕业那天的照片又浏览一遍，看完继续翻看后面的，有张是表哥的儿子小团子的照片。盯着那张肉嘟嘟的笑脸，她不自觉嘴角扬了扬。那天她还捏小团子的脸，口水都被她捏下来了，还又拍了照片发给韩沛，当时韩沛还说：“喜欢的话，等你快毕业时可以考虑生。”

那时真就是一句玩笑话，结果一语成谶。

秦书忽然喊他：“韩沛？”

那边没回应。

“韩沛？”她声音大了一点。

韩沛正看文件，听到手机里好像有声音，他关小音乐，手机里再次传来一声呼喊：“韩沛？”

“在呢。”韩沛拿起手机，“怎么了？”

“没什么，刚才无聊看相册，翻到我小侄子的照片。你说……”秦书谨慎地想了想措辞，“你说我要是做了妈妈，孩子得被我带成什么样？我那天还欺负我小侄子来着。”

韩沛笑，“要是女孩，性格随你没什么不好，别把自己想得那么差。”

秦书紧跟着问："那要是男孩呢？我估计也教不出个什么好。"

"男孩我带。"

秦书惊讶，"你带？"

"嗯，男孩跟着我能独立。女孩我不带，到时候带成心理强大的女强人也不好。女孩就该有女孩的娇气。"

韩沛好奇，"大晚上的怎么忽然考虑这些？"

秦书赶紧解释："哦，不就是正好看到我小侄子的照片。还有这几天尹一乔在群里说一直在看育婴的书，感慨教育孩子是门学问，比做项目都难。"

"别想那么多，教育孩子，身教比言传重要，我们做好榜样，孩子差不到哪去。"

"嗯。"秦书心情好了不少，跟他说，"我听会音乐就睡了。你忙吧，明天给你个儿童节礼物，希望你喜欢。"

韩沛笑，"肯定喜欢。"

他把手机放在电脑前，将音乐声开大。

后来韩沛专注看文件，一时忘了时间。等他忙完，快一个小时过去，手机马上没电。他喊秦书，她没出声，以为她已经睡着，这才挂了电话。

这时正好助理敲门进来，"韩总，您要的资料，暂时只找到这么多，我再继续。"

把资料放到韩沛面前，发现电脑边有两本户口本，助理微怔。

这是 EF 公司近年来的合同，以及他们内部的文件，韩沛翻看了眼，放到一边，"辛苦了。"

"这是我分内的事。"助理没急着离开，"韩总，有句话不知道当说不当说。"

韩沛微微颔首，示意他说。

助理提醒道："蔚明海这个人，我以前跟他打过交道。"就是之前海外一个项目，蔚明海想要跟他们万禾合作，他当时调查了蔚明海这人。

"他的行事方式跟我们不一样，有时喜欢玩阴招，秦小姐那么单纯的人，怕是接不住他的招。"

韩沛倒不担心这个，"琪琪不是生在普通人家，商场上的尔虞我诈她虽没经历过，也是耳濡目染，知道防人之心的。"

助理顾虑的是，"生意上的阴招不怕，可就怕蔚明海在生活里来个阴的，有时我们再小心，也会防不胜防。"

韩沛点头，这个他也想到了，"琪琪是我女朋友，蔚明海不一定有顾忌，但她要是我妻子，蔚明海不会不收敛。"

助理恍然，明白了户口本是要做什么用的。虽然韩总明说只给秦书提供一些资料，不会掺和方氏跟 EF 的争夺战，但是其实私下默默给了秦书最大的保护伞和后盾。

韩沛又吩咐他："明天的工作你去处理，我一天都不过来。"

"好，我会处理妥。"提前说了句，"韩总，恭喜。"

"谢谢。"韩沛的嘴角不由漾起一丝浅笑，他自己都没察觉。

Chapter 70

他做爸爸了

一个多小时过去，秦书还没睡着，对着漆黑一片的房间发呆。

再次看手机时，已经凌晨3点半。她自己都辨不清，是兴奋得睡不着，还是愁得睡不着。

大概今夜没法入眠了，她在三个人的小群里发了条信息：明天我就回去了，晚上找你们吃饭啊。

又给颜彦发了条信息：彦子啊，最近减肥减得怎么样？回去后我要给你称体重的，不许糊弄。

三人群里，尹一乔最先回了一条信息：这都几点了你还不睡？别忙了，身体熬垮了不正合蔚明海的意？

秋蓝：这一看就不是熬夜。大概是要回来见到某人了，激动得睡不着觉。

又说：我姐那边给你约好了，这周末晚，具体明晚跟你聊。

秦书：好，明晚去哪吃？

尹一乔问：明晚真一块吃饭？

秋蓝：对啊，过儿童节去，把小时候失去的童年找回来。

三人随后约好了吃饭的地方。

这边刚聊完，颜彦回她了：你不要命了啊，怎么现在还不睡？

秦书：睡不着，闯祸了。

颜彦一紧张：到底怎么了？快跟我说说。是不是工作上又出岔子了？

秦书回：生命里多了一个我从此放不下的人。

颜彦蒙了，把秦书的那条信息好好品味一番，又结合着那句“闯祸了”……错不了，就是她以为的那个意思！

颜彦气道：你在纽约喜欢上别的男人了？什么时候的事？你也不跟我说！

要是秦书早跟她说，她肯定给她醒醒脑！这段时间她忙着做项目，又有时差，跟秦书有时一周才联系一次，每次也是匆匆聊几句。

秦书一本正经地回她：就这个月。

颜彦揉揉心口，这回糟了，她跟韩沛怕是要玩完，问她：你移情的那个男人是谁？比韩沛跟贺老师还帅？

秦书一时被她逗乐了，回她：嗯，在我心里他是最帅的。

如果要是个男孩的话。

颜彦问：你决定跟那个男的在一起？

秦书笑着：我怎么能放弃他?

颜彦现在也说不出是什么心情：……那你准备什么时候跟韩沛摊牌?

秦书：明天回去就跟他说。

颜彦叹口气：琪琪，你虽然是我最好的朋友，跟家人一样亲，可是这回我真的没法站你这边，你说你怎么……

秦书不逗她了：是我跟韩沛的小生命，恭喜你荣升干妈了。

颜彦看到这条信息后，激动地一下没忍住："我的天！"

等她吼过，办公室里静悄悄的，所有同事都朝她看过来。

"……"她反应过来，不忘急救形象，"哦，买的一只股票跌停了。"

然后所有同事的眼神由意味不明变成了安慰同情。她整理下表情，很沉重的样子："没事，就当今年上半年白忙活了。"

秦书又给颜彦发去信息，两人继续聊，聊得停不下来。

后来颜彦催她赶紧睡，说熬夜对宝宝不好，秦书这才强迫自己赶快入睡。就这样半睡半醒，一直到天亮，好像睡着了，又好像一直醒着。

刚要熟睡，卜一敲她的门，该起床了。

卜一从来没这么勤快，老早起来，跑了很远去买秦书喜欢的早餐。秦书无精打采地吃着，不时走神。

"有没有哪里不舒服？"卜一担心她一夜不睡，身体受不了。

秦书摇头，"挺好，在想方妈公司的事，你别打扰我。"

"好。"

去机场的路上，秦书困得眼都睁不开。

"以后你可别熬夜了。"卜一用手臂捣捣她，"听到没？"

"嗯，以后不会。"

难得她这么听话，猝不及防，卜一都不适应她乖乖女的样子，瞅了她半晌，"想通了？"

秦书点头。

卜一不敢相信，"确定生下来？"

秦书扫他一眼，"不然呢？我也没想过不生啊，就是一下子没做好心理准备。"

卜一莫名松了口气，"那就好，那就好。"

哎呀吗，吓死他了，他就怕她一时任性随着自己性子来，不要孩子了。

想通就好。

他似乎还是不放心，又确定一遍："你得跟我说实话，确定一夜没睡就都想通了？"

秦书摩挲着戒指，视线也一直盯着戒指看。片刻后，她点点头，"奶奶以前就跟我说过，孩子跟父母之间是一种缘分，不是你什么时候想要，孩子就什么时候能来，既然来了，那就是缘分到了。"

秦书又说："我们什么都是现成的，不用愁车子和房子，也不用考虑婚礼要花多少钱，我要说下个月结婚，都不用韩沛忙活，婚礼的大小事奶奶就包了。”

这倒是，卜一忽然又想到，“你考虑过你事业没有？别到时候觉得孩子是你的累赘，天天跟韩沛闹得鸡犬不宁，对孩子也不好。你什么都得想清楚了，孩子不是别的，你生下来就没法塞回去了。”

秦书：“……”

今天的心情还算不赖，就控制住了脾气，她好生解释：“我本来就计划着每年最多接两个项目，能有时间陪韩沛，要是精力多余，我就兼顾着他公司的投资部。私人时间上，我又比其他职场女性有优势了。”说着也不由叹口气，“我现在愁的是，我感觉我会不称职，我生活上连我自己都照顾不好，你说我能照顾好一个孩子吗？”

卜一宽慰她：“没事，我妈现在都没谱，天天盯着我给她打排位，你看我照样长这么好。”递一瓶自己鲜榨的柠檬汁给她，“恭喜你想通了，这是舅舅送给外甥的第一个礼物。”

“说不定就是女孩呢，我喜欢女孩。”秦书拧开尝了一小口，人间美味。

坐在边上的卜一赶紧转过脸，光是看着她喝，他的牙差点都被酸掉了。

卜一想了想，跟她说：“那你回北京后就好好养着，方妈的事你别操心了，我信方妈能扛过来。”

秦书却说：“不影响，我们行里那些怀孕的女人，都是挺着肚子跟项目，没看哪个矫情地说怀孕了就没法工作了。”又说起她奶奶，“我奶奶怀我爸那会儿，天天骑着二八自行车去进货。”

卜一就欣赏她工作上的这股劲，愿意吃苦，从来不找借口，“行，我就跟着你混。”

之后两人聊起方氏跟EF。卜一这几天也一直有关注国内的新闻，快替方慕和愁死了，可他又不精这些，只能干着急，问秦书：“你现在有底了没？”

秦书点头，“差不多，回去就跟蔚明海打第一仗，先给他制造点小麻烦。”

不过她有了个更大胆的想法，小声跟卜一说：“我准备做空蔚明海集团下面的两家公司。”

卜一瞪大眼睛，“你说什么？”

秦书拧着他的耳朵，“别一惊一乍的，有点出息行不行！”

“大姐，你都要做空了，我能镇定吗？！”他摸摸秦书的额头，体温正常，“琪琪啊，你这是产前综合征？”

“滚！”

卜一瞅着她，听到她竟然有做空的想法，他差点心肌梗塞。把蔚明海公司的股票弄跌，蔚明海不得跟她急眼啊！且不说蔚明海那边会怎样，股市本来就瞬息万变，没有十足的把握，谁会去做空一家公司的股票？万一到时候蔚明海公司没啥大事，还能反过来指控她，去法院告她。

卜一好声好气跟她说：“琪琪你是不是昨晚没睡好？所以开始信口开河了？”

秦书认真的语气，“我这几天真这么打算的，当然了，只是打算。我再好好找些资料研究研究。”

卜一了解她的性子，不到黄河心不死，劝她是劝不动了，问道：“蔚明海有在港股上市的公司？”

秦书点头，“嗯，美股也有，我准备拿那两家开刀。我分析了这两家公司近年来的数据，财报都虚报了利润，能抓住的漏洞还不少。”

“确定？”

秦书点头，“我还发现港股的那家公司去年有笔交易其实是关联交易，可信息没有披露出来，到时我要公布这些材料，那蔚明海公司就得调整会计政策，利润自然就受到影响。还有很多细枝末节，要是仔细分析，都经不起推敲。”

卜一提醒道：“你知道做空的风险吗？有可能你一分钱都赚不到，也打击不到蔚明海，最后弄得自己倾家荡产。”

这个秦书肯定想过，“钱不重要，没了我再赚，可方妈跟方伯伯心里的打击，多少钱也治不好。”

“我理解你的心情，可这是场豪赌！秦爷爷秦奶奶知道了，还不劈了你！”卜一叹口气，觉得秦书已经走火入魔了。

“我奶奶支持我。”秦书看着卜一愁眉苦脸的，安慰他，“我也只是初步想法。我手里现在掌握的资料暂时还不足以做空，等我再收集一些，拿到确切证据再做最后决定。”

卜一明知劝不动她，还是忍不住苦口婆心：“我知道你想用做空赚的钱去帮方妈，同时还能彻底打击到蔚明海。可做空就是一把双刃剑，弄不好就把自己伤得体无完肤。这样自杀式的做法，我不赞同。”

秦书递一瓶水给他，“喝点压压惊。别那么激动，不是说了这只是我初步的想法。再说我一个人能力有限，还得有个团队帮我。最重要的，我还没借到蔚明海公司的股票呢。”

做空前，她肯定会跟爷爷、表哥还有韩沛商量，不会鲁莽行事。如果最后实在没办法，那也只能富贵险中求了。

过安检时，饮料没法带进去，秦书一口气把剩下的半瓶柠檬汁都给喝掉了。喝完后感觉整个世界都亮了，连带着心情都变美了。

卜一掐了掐自己的腮帮，差点没被酸死。

飞机上，卜一继续打游戏，秦书很听话，把手机放包里，拿了本杂志过来看。上面不少新闻她之前看过，没一会一本杂志就翻完。

无聊，她把座椅放平，侧躺着，盯着窗口发怔，不时就会不自觉地摸摸小腹那里，然后安稳地眯上眼睡觉。

这一路好像并不难熬，睡了几觉，飞机落地。

飞了那么多地方，还是觉得这个城市最好。

卜一不让她拿任何行李，所有箱子他都自己推着。就连她的那个单肩小包，他也拿过来背自己身上。

秦书看他狼狈不堪的样子，笑了，伸手，“包给我，不用那么草木皆兵，这个小包加起来有一斤重？没事的。”

卜一摆手，“我来我来，孩子他外婆特意叮嘱我，什么都不能让你拿，你做你的公主就好。”

等秦书反应过来“孩子他外婆”是方慕和时，笑出声来。

这个称呼有趣。

孩子他外婆？

她又小声说了一遍，决定以后就这么称呼方慕和。

边走边给方慕和发信息：孩子他外婆，忙啥呢？

方慕和：欠收拾吧！

他正好散会，问她晚上有空没？

秦书知道他是要说环保公司的事：白天陪我家那位，晚上跟秋蓝有约，明天中午找你吃饭。

方慕和：嗯，那具体明天聊。

不远处，韩沛早就等着他们。看到秦书悠哉地什么都没拿，再看看卜一，推着三个箱子，还背着秦书的小包，他无奈地笑了笑。

秦书无意间抬头，正好跟他视线对上。她没像以前那样激动地跑到他怀里，而是不紧不慢地朝这边走。他把手伸过去，她还是没跑过来。

“姐夫。”卜一先打招呼。

“辛苦了。”

“应该的。”

韩沛接过两个行李箱。

“你手里拿的什么？”秦书歪着头凑过去看。

“儿童套餐。”韩沛把打包纸袋递给她，“里面有两份，你一份，卜一一份。”

卜一：“……”

简直比方慕和那句“西瓜子的脸”还要暴击。

他都是男人了好不好？！过什么儿童节啊！

他跟韩沛没那么熟悉，太过的玩笑话不能开。

找个拒绝的理由，一不留神脱口而出，“我都当舅……”只是后面的那个舅还没说出来，就看到秦书冷冷的制止的眼神。

卜一立马刹车改口，“我这个年龄都是快要做舅舅的人了，过什么儿童节。”

韩沛如实道：“那份不是特意给你买的，今天搞活动，买一送一。”

卜一：“……”

秦书哈哈笑。

卜一没跟他们同车回去，他妈妈让司机来接他，他跟秦书韩沛在停车场分开，上车前不忘跟秦书说："我随时等你电话。"

现在开始，就得忙着方妈的事了。

秦书做了个电话联系的手势。

卜一一走，秦书便把好吃的放车里，伸手让韩沛抱抱。

韩沛将她原地抱起，抱了几秒又放下。

"你好像重了。"韩沛随口说了一句。

"是么？可能最近老吃夜宵。"秦书故作漫不经心，心里却在想着什么时候给他这个惊喜，然后发现韩沛今天又打了领带，还是玫瑰色系。

"今天有商务活动？"秦书拨弄着他的领带玩。

"没有，今天不去公司。"韩沛把行李箱放后备厢里，"上车，带你去个地方。"

"去哪儿？"秦书笑着打趣他，"游乐园？"

"可以，你要想去，等下午带你去。"

"那上午呢？"

"民政局。"

秦书愣怔，眨眨眼，又眨了眨。

韩沛揉揉她的脸，"傻了？"

秦书抓着他的领带，杏眸圆瞪，"领证？"

韩沛颔首，"嗯。"

秦书惊喜得一下说不出话来，就跟他求婚时一样。

嘴巴张合见好几次，不知道要说什么。

她这几天算得上是四喜临门。

毕业，求婚，有娃，领证。

"怎么这么突然？"秦书平复好久，问道。

她都怀疑他是不是知道了她怀孕这事，可她知道，方慕和跟卜一都不会乱说。

"不突然，时间刚好，都是我计划里的。我们在一起半年，什么都了解，也见过家长，正好这个日子也不错。"

他早在半个月前就跟秦家的长辈都说过，等她毕业他就想领证。他们说这是他们小两口的事，大人不参与，只给祝福。

他把秦书手攥在手心，"只领证，婚礼先不办，等你忙完方慕和公司的事再说。至于孩子，我随你。你想玩两年或是三年再生，都可以。"

身边不时有人经过，秦书也顾不上，直接抱着他，"以后儿童节我就过结婚纪念日是吧？"

"嗯。"

"韩沛，以后我会对你好的，我也会让着你。"

韩沛淡笑，亲亲她的发顶，"走吧，那边估计排了不少人。"

去民政局的路上，车里异常安静。

秦书到现在都沉浸在惊喜里没出来，前几个月她陪他参加同学婚礼，看着台上的新娘，还有身边的他，她第一次有了想结婚的念头。那时她就想着等毕业时跟他领证，又怕领证后会被家里人催生，各种矛盾。后来无意间知道他暂时没考虑要这么早进入婚姻，她就没再多想，打算顺其自然。

知道他不想早婚也是偶然。

那晚跟秋蓝和尹一乔聊天，说到男人爱不爱这个话题，秋蓝无意间感慨了句，说韩沛之前还在微信群里说过，35 岁前不考虑婚姻，不也早早地找了女朋友？所以男人的话不能信。

当时她的理解是，现在有了女友，不代表就要早结婚。毕竟男人都是抵触婚姻的，觉得那是一种束缚和羁绊。特别是有钱有资本的男人，就更不想早早把自己葬进爱情的坟墓。

她早都做好了他两三年后再跟她领证的心理准备，哪知他总是不经意间就给她制造这么大的惊喜，还给了她充分的自由和尊重。

看来爷爷奶奶也知道了他们今天领证，不然韩沛没她的户口本。合着爷爷说的大惊喜，是这个呀！

秦书看向他，问道："我们的爱情才刚短跑了一小段路，就进入了婚姻，算闪婚吗？"

"不算。"韩沛很肯定的语气，"我跟你都算比较理智的人，我知道你的缺点，你也了解我的不足。从在一块到现在，不管是你还是我，都在坚持自己的底线，也在努力去包容着彼此，有人谈好多年恋爱，都不一定能做到我们这样。闪婚不能仅从认识的时间上算，包括太多方面。"

秦书说："我之前还想过，我们会不会爱情长跑几年才结婚。"

韩沛看她一眼，"爱情长跑不会。你没听过，大多爱情长跑的，最后爱情都被跑死了？"

秦书笑，"你还知道这个？"

"韩涔天天说，爱情鸡汤她是一桶一桶地喝。"一点用都没有。

"……"

今天领证的人还不少，秦书和韩沛到那边时还要排队，他们跟着其他人一起排队。

秦书靠在韩沛身上，拿着他的手放在她的小腹上，小声道："刚刚你说我胖了，有没有觉得我这里有肉？"

韩沛认真地摸摸，"没有，很平。"

秦书但笑不语，又围着他转了几圈。

"站好了，转得我头晕。"韩沛把她拽到身前，双手握着她的肩，不让她动弹。

秦书再次提醒，"有没有觉得我今天哪里不一样？"

韩沛上下打量她一番，没感觉有哪里不一样啊？她今天穿了平底鞋，白色长裙，好像没化妆？不过这样的装束最适合坐飞机，他就没多想。

“没看出来？”秦书抱着他的手臂问。

韩沛笑说：“漂亮了。”

秦书还是笑。

很快，排到他们了。

填表格，拍照，拿证，比想象的流程要简单，却有一种神圣感。

看着那两个小红本本，她跟他是夫妻了。

韩沛用力抱抱她。

从民政局出来，秦书乐得像个孩子一样，“孩他爸。”她喊了一声。

韩沛一怔，都忘了把抬起的步子落下。等反应过来后，他淡淡一笑，摸摸她的头，等有了孩子，他就是她孩子的爸爸。

坐上车后，秦书终于憋不住，冲他勾勾手指头，“过来，给你一个儿童节跟领证的惊喜。”

韩沛笑，“什么惊喜？”他把身体朝她那边倾斜。

秦书半起身，“之前还怕你不喜欢，现在确定你会很惊喜。”

她凑在他耳边说了句话。

韩沛像石化了一般，半晌都没反应。

秦书亲亲他的唇，又把他的手拿在她小腹上，“感觉到没？”

韩沛张了张嘴，喉间滚烫，却怎么都发不出任何声音。他盯着秦书看了数秒，指腹摩挲着她的脸颊，一遍又一遍，特别用力。后来他把脸转过去看着窗外，整个眼眶里都是湿的。

他做爸爸了。

秦书偏头望向韩沛，发觉他的眼眶红了。

他所有的锋芒强势、冷情和城府，这一刻全部敛去，只剩下说不出的温柔，独属于她跟他们的小生命。

秦书鼻子一酸，自己掉下了眼泪。怕他发现，她赶紧轻轻擦去。

初为父母的喜悦，用言语没法表达。

车厢里依旧很安静，韩沛还是看着外面。

秦书没打扰他，静静陪着。

Chapter 71

别有用意

秦书发现，今天北京的云朵像棉花，洁白柔软，像极了毕业那天纽约天空的白云。

原来心情好时，不管在哪，景色都一样美。

过了片刻，韩沛的心情还在波澜壮阔中，不过可以开车了，他叮嘱秦书："坐好了，我们回家。"

"好。"

现在哪都不想去，就想回去独自享受这份喜悦。

汽车离开，街景一直倒退，窗玻璃上倒映的风景，一幅幅，每一秒都在变，直到熟悉的高楼映在上面，他们到家了。

下车后，秦书终于跟他正面相对。韩沛把她抱怀里，没说话，用力抱着，又亲亲她的额头。

秦书要帮他推箱子，韩沛不让。

"没事，这很轻。"

"你自己都说轻，我还拎不动？"

秦书不再执拗，听话地跟在他后面走。

"抓着我。"韩沛忽然回头对她说。

秦书笑，"我还丢了不成？"说归说，还是照做。

这个季节他也没穿外套，她抓着他的皮带，不时用力拉拉，"感受到我没？"

"别用那么大劲。"

到了电梯，韩沛让秦书坐在箱子上，他自己蹲了下来。

秦书不解："你蹲下来做什么？"

"给你揉腿。"又问她，"排队站那么久累不累？"

韩沛轻轻帮她放松她的小腿肚。

"不累。"

可他还是继续给她揉捏。

秦书感觉出他的惊喜到现在都无处释放，便由着他。

如果她找了个同龄的男朋友，这个时候大概跟男朋友又唱又跳，说不定找个地方小嗨一下。可韩沛偏偏是个内敛的男人，就算激动，也暗暗地闷在心里。

还是家里好，什么都是熟悉的，就连空气都是。

坐了一夜飞机，秦书找衣服去冲澡。

韩沛坐在客厅发怔，还是跟做梦一样。

他给严沉发消息：你什么时候办婚礼？

严沉打过来电话，笑着问："怎么，你要赞助场地？"

韩沛现在特别好说话，"可以，你想在哪举行？"

"具体在哪还没想好，随她。"

"没打算在今年？"韩沛第一次八卦别人的事。

严沉觉得有趣，"你今天是怎么了？"又说，"要举行婚礼肯定提前一个月告诉你，还打算让你给我做伴郎呢，伴娘就让琪琪来。"

韩沛问："伴郎伴娘不是都要未婚？"

严沉没多想，顺着他的话说："肯定啊，跟我玩得好的基本都结婚了，就还有你。"他放下手里的工作，悠哉地点了支烟。

"要是未婚，我就没法做伴郎了。"

电话里大概有两秒的沉默，严沉也顾不上抽烟了，直接掐灭，"什么情况？"

"就是你想的那样。"

"你什么时候求婚了？"

韩沛只说："你要过两年举行婚礼，我儿子去给你做花童。"

"你……你……你说什么？"严沉震惊到差点吐不出字，结结巴巴的。

"你忙吧。"韩沛挂了电话。

严沉又打来，韩沛直接挂断，然后把今天领的结婚证拍照发给他。

又发了十块钱红包给严沉，备注："买包糖吃。"

秦书洗过澡下来，坐到他怀里，两人对视了数秒，韩沛把她脖子上的水滴擦去。

他有很多话想说，可一到嘴边就觉得，所有言语都没法表达现在的心情。

秦书搂着他的脖子，洗过澡身上冰冰凉凉，蹭着他的脸颊，温温的，低声问："你不准备给我说点什么？"

韩沛很认真地想了想，其实之前也有考虑这些问题，他说："从现在开始，到孩子上幼儿园前，我减少工作，把手里的项目再分一些给我爸妈，多抽时间陪你跟孩子。要是不出差，我尽量接你上下班。"

"……"秦书笑了，"我以为你会说，以后别工作了，别看手机了，在家好好养着，等孩子生下来再考虑工作的事。"结果，全是承诺他自己要做的事。

韩沛把她按在怀里，"怎么会，怀孕本身就辛苦，还得舍弃很多工作上的机会。你本来还打算多玩几年，现在愿意为我孕育这个小生命，我已经很知足。"也特别感激。

后来两人都没说话，紧紧地抱一块，感受着彼此的心跳，还有那个小生命，就这么安静地待了大半个小时。

"困不困？"韩沛问。

秦书点头，刚才趴在他的肩头差点睡着，现在眼睛都有点睁不开。

"到床上睡，这样不舒服。"

韩沛让她起身，秦书不动，摇头，"就要这样，到床上睡不着。"

韩沛哄着她，“我跟你一块睡。”

“你不用工作？”

“今天一天都休息。”

韩沛也好几天没休息好，忙着工作，还想着跟她领证的事。

秦书躺在他怀里很快睡着，太累了，睡得又沉又香。

韩沛搂着她也睡了一会儿，中午醒来时，想要起床吃点东西却被秦书缠着。怕弄醒她，他就躺床上，一直盯着秦书的脸看，她眉宇间全是疲惫，也不知道多久没睡了。

他拿手指很轻地抚了抚，秦书睡得太沉，连动都没动一下。不自觉地，他把手放在她的小腹上。

怀孕不在他计划内，知道她还想玩，还想他再惯着她几年，他也一直做好措施，虽然不尽兴，可都顾及着她，没有哪次没用。上次她生日时从纽约回来，两人做得太激烈，当时觉得有点不对，可也没多想。

看来就是那次弄破了。

秦书睡觉时过一会就会换个姿势，睡着睡着就睡歪了。韩沛把她往身前抱抱，将手臂调整了姿势给她继续枕着。

现在他也不困，拿过手机放在她背后，打开微信群，给高中班级群里的每个人发了两百块钱红包。

刚开始群里很静，等打开红包后炸锅了。女同学说，班长这是给他们集体过儿童节了？男生想的就不一样，问是不是马上要喝喜酒？群里你一句我一句，平时安静如鸡的群现在聊得不断刷屏。

蔚蓝也点开了红包，200 元。

原来每人金额都一样。

她没说话，就默默看别的同学聊，有男同学问韩沛什么时候结婚，还专门 @ 他，韩沛也没回应。

蔚蓝想着，要是真结婚了的话，以他的性格早直说了，不会让人猜来猜去。也许，他真就是给她们过儿童节才发的红包。

这时，秋蓝 @ 韩沛：你家领导今天高兴，给你零花钱了？

韩沛这才回：请你们吃喜糖。

秋蓝：领证了？

韩沛没说话，把刚才发给严沉的那张照片转发到群里，群里的表情图瞬间“屠”屏。韩沛想把那张照片撤回，可等他找到，已经超时。

蔚蓝嘴角的表情凝结，照片早不知被刷到哪里去了，可刚才韩沛发到群里时，她还是清楚地看到了，是今天领的结婚证。

知道他们早晚要结婚的，可亲眼看到结婚证，她就像被置于一个密封的空间，怎么都出不来。起身倒了一杯冰水喝下去，窒息感才减少一点。

周围的同事问：“蔚姐，是不是哪里不舒服？你脸色很差。”

蔚蓝扯着一丝笑，“没事，有点累。”

“多注意休息。”同事继续忙去了。

蔚蓝拿着手机到了外面，好长时间才平静下来。她现在好像懂韩沛什么意思了，他那样一个从来不管别人眼光的人，怎么会这么高调地在群里秀恩爱？他不是秀恩爱，是特意给她看的，让她知道秦书是他老婆，她小叔跟方慕和的竞争别牵扯到秦书身上。

把事情前后都理了一遍，蔚蓝拨通了叔叔的电话，那边好一会儿才接听。

蔚明海刚才正在开视频会，简单吩咐他们几句，退出了视频才接起电话，“蓝蓝，什么事？”

“小叔，要跟你说个事。”

“嗯，你说。”

“我也是刚知道，秦书跟韩沛领证了。”

蔚明海不知道秦书是谁，“韩沛结婚了？”

“嗯。”

“我跟韩沛没私交，他结婚也不会请我。”自然他也不可能主动去祝贺。

“我要说的不是这个，是秦书。”

“秦书？”

“嗯，秦书是海纳投行的，跟方慕和关系不是一般地好。这回方慕和找海纳解决并购案，大概也是秦书牵的线。”

蔚明海拿下金边眼镜，揉揉眉心，又朝远处眺望，眼前的景是模糊的。重新戴上眼镜，北京城还是原来的模样。

思忖片刻，蔚明海道：“我有数了。”

刚挂上电话，秘书进来了，“蔚总，这份文件要您签个字。”

蔚明海大致翻看了下，签上自己的名字，龙飞凤舞，抬头跟秘书说：“下周之前给我一份秦书的详细资料，海纳投行的秦书。”

秘书点头，“我这就去办。”

Chapter 72

你不是没时间
我看就行

秘书出去后，蔚明海给蔚蓝发消息：这几天要是不忙，去我家吃饭。

蔚蓝回：好，今晚过去。

群里的消息一直响不停，十几分钟过去，他们还在激动，就跟自己领证结婚一样。

嫌烦，蔚蓝把群消息设置成免打扰，看着韩沛的那个头像，心里更堵了。

韩沛发了那条信息后，也退出了微信，问助理：事情处理得怎么样了？

助理很快回：秦小姐的档案资料我已经按照您的要求修改了，除了她身边的亲人，没人知道她详尽的履历。

又补充道：就算蔚明海现在对秦小姐不关注，可到EF跟方慕和争夺的后期，肯定会从秦小姐这边下手找漏洞。秦小姐身边只有她的那个叫颜彦的闺蜜，是个突破口。

而后征求韩沛的意见：我们要不要提前防范？

韩沛：具体事宜我不插手，留给琪琪自己处理。

助理：好，我明白了。

秦书这一觉，一直睡到下午4点，连午饭都没吃。睁开眼发现还是在韩沛怀里，“几点了？”她沙哑着声音问。

“4点一刻。”

“……我睡了六个小时？”

韩沛点头，开始亲她。秦书推推他，“前三个月不行。”她笑着，“不过我可以欺负你。”说着，秦书翻到他身上，开始亲他。

“琪琪，别闹。”

“你可别乱动，我肚子里有你儿子。”

“……”

秦书亲了亲他的唇，没再闹他，睡了一觉浑身都轻松，“我饿了。”

“我去做。”

“算了，我简单吃点，晚上约了秋蓝她们一起吃饭。”

“又跟她们一起？”

“嗯，过儿童节，我早点回来陪你。”

秦书起来找衣服换上，没化妆，做了简单的基础护肤。

她把所有高跟鞋都收了起来。

出门时，韩沛才发现她素颜，“不化妆？”

“不化了，化妆品多少会对宝宝不好。”问他，“我素颜好不好看？”

韩沛点头，“好看。”

他没想到她会做出这么大的改变，以前她是不化妆不出门。那时大冬天去上班，她也早起半个小时化妆打扮。

认识这么久，他只见过她两次素颜出门，第一次是他车祸在医院，她连头发都来不及梳，然后就是今天。

“我抱你到电梯？”韩沛主动提出。

“真的假的？”秦书怀疑的表情。

韩沛弯腰，把她抱起。

“欸，我以后是不是不用再去跑步？”

“嗯。”

秦书高兴坏了。

可还没高兴两分钟，就听韩沛说：“明天开始我陪你散步，每天散步一小时。”

“……”

她在纽约晕倒的事还是不跟他说了，说了后肯定要增加散步时间。

到了餐厅，秦书问他要不要一起上去。韩沛说不去，要去逛书店。

“你要买书？”

“嗯。”

他喜欢看书，每年都会花几千块钱买书。她没多想，拿着包上楼。

到了包间，秋蓝跟尹一乔早就到了。

两人起哄，喊她“韩太太”，秦书还有点不好意思。

“韩沛真男人。”尹一乔说，“要是男人都像他那样，社会就和谐了，也没那么多怨女。”

秋蓝接过话，“今天可把我刺激到了。你说你这个‘95后’都领证结婚了，让我这个‘80后’老阿姨情何以堪。”用薯条蘸着番茄酱吃了口，她做了个决定，“我准备去相亲了。”

“相亲？”尹一乔也撕开番茄酱挤到盘子里，开始拿薯条蘸。

“嗯，争取今年把自己给嫁了。你们都成双入对，就我孤家寡人一个，天天吃狗粮会消化不良的。”

秦书拿湿毛巾擦过手，看看桌上吃的东西，全是儿童套餐，她们俩竟然都在用薯条蘸番茄酱。

“你们今天？”

“儿童节当然得入儿童的主流。”尹一乔笑着，递给她一根薯条，“来，赶紧加入进来。”

“准备得怎么样了？”秋蓝问她。

秦书拿起一根薯条，“差不多了，马上进行第一步反击。”

“哦？”尹一乔感兴趣地说，“我这是看热闹不嫌事大。来点不一样的，不然我在家闷得慌。”

秦书点头，“肯定。”

秋蓝跟她说：“蔚明海已经成为方氏第二大股东了，他要求召开临时股东会，股东会的具体时间你去问方慕和，这个时候回击不错。”

尹一乔说：“我们一根薯条就够蘸番茄酱了，剩下的也不能浪费了，我们拼字吃怎么样？”

秋蓝同意，“这个好玩。”

“拼什么？”秦书问。

尹一乔想了下，“就拼现在什么损招能让蔚明海焦头烂额。”

“这个可以。”秋蓝拿来三个干净的盘子，每人分一个。

尹一乔摩拳擦掌，“来，我说开始后我们就拼，先拼好并且答案被我们认可的那个人，可以得两包番茄酱。”

秦书知道，她们俩是以这样的方式给她出主意，她把自己的那盘薯条端到面前。随着尹一乔的一声“开始”，她们迅速在盘子里拼字。

没有短的薯条，她们就把一根薯条吃掉一半。几乎差不多的时间，三人先后拼完。

秋蓝看看盘子里的字，越看越不像，“我怎么感觉我好像写错了？”

几人把盘子放一起，惊讶地发现，竟然一模一样。

“这么神奇？”秋蓝站起来看了又看，的确一样。

她们都写了“舆论”这两个字。

“来，每人得两包番茄酱。”尹一乔开始发番茄酱。

三人就着番茄酱，把这两个字吃下去。

尹一乔笑，“得罪谁，都不能得罪我们女人。”

秦书点头，“嗯，尤其还是我这样小心眼的女人。”

“还要不要来第二局？”秋蓝问。

尹一乔哈哈笑起来，“我反正没问题，我坏点子多着呢，哈哈。”

秦书把刚才拼字的薯条吃完，“好，再来一局。”

这一次的时间要长点，三人都认真想了一番，开始拼字。

“我好了。”秦书最快。

“我这回字多，等一下。”尹一乔说，“这几个字的笔画太多，还不好拼。”

四五分钟过去，尹一乔才好，秋蓝比她稍微快一点结束。

三个女人把各自的盘端起来，秦书拼的是“做空”，尹一乔的是“围魏救赵”，秋蓝的则是“声东击西”。

尹一乔开始吃那几个字的薯条，“没想到我们这么心有灵犀。不过这招铤而走险，你可要想好了。”

秋蓝把番茄酱撒在薯条上拌着吃，跟秦书说：“开弓没有回头箭，就是有，那命中的也是自己。”

秦书点头，“我知道，这个是下下策了。”问她们，“要不要赚点外快？你们不用出钱，也不用承担任何风险，就只需要投入你们的专业技术。”

尹一乔笑，“我正好闲着没事干，顺便赚点奶粉钱，给我老公减轻点负担。”下巴对着秋蓝一扬，“你缺不缺钱？”

秋蓝慢条斯理地嚼着薯条，“缺啊，怎么不缺？我AC被套牢了，还不知猴年马月能退出，就等着钱去投资呢！”然后问秦书，“说说能给我们多少分成？都说无利不起早，亲姐妹明算账，咱私交是私交，生意上得都扯明白了。这是你家老公教我的，我觉得在理。”

秦书拿湿毛巾擦擦手，“这个必须得谈妥。”

尹一乔用手臂微微蹭一下秦书，“欸，我觉得你应该去找个高人来。”

“我哥？”秦书问。

尹一乔摇头，“你哥就不用找了，你要有什么让他帮忙，他也不会推辞。我说的是另一个人。”

秦书反应过来，“你说贺老师？”

尹一乔点头，“他这些年一直在做海外并购，这里头的很多道道他比较懂。调查蔚明海的公司从哪儿入手，他最清楚不过。论业务能力，我们仨加起来也不一定是他对手。”

秦书想了想，摇摇头，“不麻烦他了，海纳的事已经够他忙活的了。要是有什么问题，我可以去咨询他。”

秋蓝赞同，“你都结婚了，就少跟以前暗恋的男人走动。你家那个移动的醋坛子，说裂就裂，到时搞得北京满大街都是醋味就不好了。”

秦书语塞，半晌笑了出来。

今晚她们几人比较收敛，没玩到三更半夜，10点半就散了场。

秦书下楼时，韩沛的车已经停在餐厅边上，跟她们道别分开，她直奔汽车。

车窗半降，韩沛一直低着头看东西，她走近了他都没察觉。

秦书倚在车门上，敲了敲车窗，“小哥哥。”

韩沛抬头，“结束了？”

“嗯。”秦书凑近车窗，“看什么呢？”

韩沛把书举起来给她看封面，《怀孕百科》。

秦书：“……”

韩沛把刚才看到的地方折页，收起书，说：“上车。”

秦书坐上车，副驾驶一堆书，都是跟孕期有关的，“你怎么想起来看这个？”

“你不是没时间？我看就行。”

Chapter 73
遇到蔚明海

秦书都不记得这是第几回，韩沛深夜载她回家。城市俱寂，车里安静，只有风吹过车窗的声音。红灯时，韩沛递了一板糖给她。

秦书笑，“还有呢？”

“嗯。”他前几天又买了不少备在车上。

秦书抠了一粒放嘴里，薄荷润喉糖，整个口腔都冰凉清爽。

第一次买糖时，他们还不熟，她心情糟糕无比，他却耐着性子给她排遣。那时他身上还有种距离感，天生的那种冷淡。她不自觉被吸引，也想要靠近。

秦书伸手蹭蹭他的脸。

“怎么了？”韩沛回头问她。

“没什么。”示意他绿灯亮了。

汽车继续前行，道路两旁的饭店招牌全都清晰入眼。

以往秦书看到这些就跟没看见一样，她自控力还算说得过去，为了皮肤跟身材，晚上说不吃就肯定不吃。可现在不行了，明明刚吃过儿童套餐呀，现在馋虫全都被勾出来，特别是看到“烧烤”俩字，忍不了了。

“老公。”

“嗯？”

“你家宝宝跟我讲，他想吃烧烤了。”

“……”韩沛故意逗她，“你让儿子直接跟我说，我好好给他上一课。”

“……你欺负人啊。”

韩沛笑了，很温和。

搁以前，这样不健康的东西他肯定不允许她随便吃，还怀着孩子。不过刚才看了书，上面说女人在妊娠期就像个孩子，会很馋很挑，看到别人吃什么自己就想，有时馋到没法控制。

韩沛看了眼倒车镜，打了个方向拐进饭店那边。门口拥挤，停车都没地方，韩沛又拐出去找好地方停车。

这一片的饭店韩沛没来吃过，“不知道哪家味道好。”拿出手机准备问吃货韩涔，被秦书给拦下。她可是这里的常客，从小就跟这方慕和混迹这边，跟着方慕和，不仅光顾了北京高端餐厅，也吃遍了北京的胡同小巷。

指指右手边那家，秦书说：“别看招牌不气派，这家店的年龄比我还大。”

韩沛随她，“那就这家。”

秦书挽着他的手臂，乐呵地不时哼两句。

“吃可以，不能多吃。”这是他唯一要求。

秦书很爽快地答应：“我就只吃几口解解馋。”

烧烤店的生意红火，碰巧又是周五，已经快 11 点，店里基本都满桌。

他们没去楼上的包间，直接在楼下找了张空桌。隔壁桌有男有女，桌上除了烧烤就是啤酒。

边喝冰啤边撸串，是夏天的享受。

秦书原本也想喝几口啤酒，但是忍了，要了酸梅汁。

“你以前会不会出来撸串？”她问韩沛。

“偶尔。”

“跟严沉？”

“不是，涔涔。”韩涔除了会吃能吃，不挑食，好像也找不出其他特别的优点来了。

秦书喝了几口冰镇酸梅，心情舒畅，说起自己：“我跟你一样，吃得不算多，不过夏天时会陪方慕和跟卜一出来吃夜宵。”

提起方慕和，韩沛有点不明白，“你跟方慕和，熟悉到什么程度？”

烧烤上来，香味直窜鼻子，油滋滋香喷喷，冒着的也不知道是烟还是热气。

秦书顾不上回他，先啃了几口肉，有点烫，酸梅汤赶紧跟上。这滋味就像长时间缺氧快要窒息，然后有人送来了氧气瓶，人生都亮了。

秦书嘴角沾了一点孜然，韩沛拿纸给她擦去，“小心点，别被烫着。”

“好吃死了，你尝一口。”秦书把手里的烤翅递到韩沛嘴边，这才有空回他刚才那个问题，“我跟方慕和之间，三天三夜都讲不完。要说跟他有多好，就跟你和涔涔一样，说不定你还没方慕和那么有耐心。”

就这半年她对韩沛的了解，他虽然也疼韩涔，有时也纵容，可到底是理智时居多，不会没原则地放任韩涔。

而方慕和不是，唯一的原则就是她高兴就好。

挑了两件跟方慕和有关的，简单说了说。

当年方慕和投资赚到的第一桶金投了一家马场，当时钱还不怎么够，又问朋友借了点。她跟卜一去马场时甭提有多高兴，比考试考满分都还激动。其实马场这么多年基本都是亏损状态，就因为她跟卜一喜欢，方慕和一直亏损经营着，还不时花大价钱去买血统好的马。

她还喜欢玩车，可视力不好，方慕和不放心。每次出去玩，她就只能干坐在车里，没有丝毫成就感，只有羡慕的分，不时还替自己惋惜。后来再带她越野，方慕和就会给她分活干，说修车的任务就交给她了。她不会修，每次方慕和就会耐着性子手把手教她。现在汽车的各种小状况，她基本都能解决。

方慕和对她跟卜一，从来只有舍。

秦书啃完一个鸡翅，接着说：“还有这次毕业典礼，方慕和怕我跟卜一失望，那么重要的事没顾，还是去了。”

韩沛微微颔首，懂了，别的没再多问。

她说：“就像你跟秋蓝，当然了，你们关系不及我跟方慕和的万分之一，可要是哪天你跟我说，秋蓝家遇到生意上的困境，你想帮他们家，我会支持你的。虽然在商言商，可毕竟我们都是有感情的人，谁也做不到冷血机器那样。”

“好不好吃？”秦书问韩沛，他那个烤翅刚好吃完。

韩沛点头，他对美食没有那么多要求，健康就好。

秦书看看邻桌，然后笑着小声跟他说：“要不要给你点几串霸王腰？很补的。”说着忍不住笑了出来。

韩沛扫她两眼，“又来劲了！”

又一盘烧烤上来，茄子、土豆、脆骨、板筋。

韩沛看着她，“你点了多少？”

“好吃的都点了几串。”余光正好瞄到服务员给邻桌端了吃的来，等看清后，对韩沛说，“他们家老北京疙瘩汤好吃，我想来一碗。”

韩沛现在什么都由着她，喊来服务员。

秦书叮嘱服务员，“给我放最酸的西红柿，越酸越好。”

服务员也没隐瞒，“我们这不是一碗一碗现做，都是一大锅出来，可能没您要的那么酸，您还要点吗？”

秦书说：“那就给我往里头放点番茄酱，多放点。”

这时老板的母亲正好经过他们这桌，跟秦书面熟，提醒道：“丫头，加了番茄酱可就不是那个味儿了啊。”

秦书笑，“没事儿没事儿，多放点番茄酱，就想吃酸的。”然后晃晃手里的酸梅汤，“这都不够味呢。”

老太太瞅着她，笑了，“丫头，你这是？”

秦书也笑，没置可否。

老太太说：“跟我当年一样，就爱酸的，肯定是男孩儿。”然后笑呵呵地去后厨忙活了。

秦书看向韩沛时，韩沛也在看她，两人相视一笑。

“要是儿子的话，你带。”

“肯定。”

没一会儿，疙瘩汤上来了。

够酸够味。

空调的冷风吹着烧烤，满屋的香味弥漫。

这个晚上，她跟韩沛的婚后日子，有了生活气息。

秦书有滋有味地吃着疙瘩汤，细嚼慢咽，边上那桌的人都结账走了，她的一碗汤才吃了一半。

门口又有客人来，服务员招待说里面有位置，把客人往里带。

韩沛无意间抬头，就跟熟悉的视线对上。

两人皆是一怔。

蔚蓝惊讶于他也会来这种平价烧烤店吃东西，在她印象里，他是只去高级餐厅的那类人。

彼此淡笑着点点头，算是打招呼。

韩沛跟蔚明海不熟悉，男人一般都讲究面子上的气度，也微微颔首。

蔚明海淡淡一笑，跟蔚蓝落座。本来他们是要坐韩沛隔壁那桌，又临时改变主意，坐在靠门口那边。

蔚明海跟蔚蓝谈事一直谈到现在，蔚蓝说有点饿，两人便一起出来吃个夜宵。这家店蔚蓝经常跟同事来吃，就带了叔叔过来。

冤家路窄，大概就是这个意思。

“坐对面那个就是秦书。”蔚蓝小声跟叔叔说。

烧烤店里人声大，这么小的声音瞬间被淹没。

蔚明海余光瞅了下，只有一个背影。

蔚蓝说：“很漂亮，男人看了就会心动的那种。不过脾气不是一般的大，有时不知道收敛。”

蔚明海关心的是，“业务能力？”

至于专业方面，第一次在BD公司见到秦书时，蔚蓝觉得她挺厉害，还曾一度羡慕过。可自从上次她跟韩涔竟然在酒吧谈论公事，她就怀疑她的专业素养，也许是看在她表哥是投行老板的分上，迫不得已，赵曼迪才会把她带上。

蔚明海微微颔首，秘书那边的调查资料还没过来，他暂时就没做过多评论。

“蔚蓝跟蔚明海也在这吃烧烤，坐门边。”韩沛拿了一串土豆递到秦书嘴边。

秦书一怔，迟疑片刻，还是做样子咬了一口土豆。她想转头看看蔚明海什么样，网络上没他的照片，又怕被蔚蓝给看到，她忍着好奇没转头。

“他们什么时候来的？”她问韩沛。

“刚来。”

那就好，一会儿走的时候看看他到底什么样。

韩沛本不饿，还是把那串土豆给吃了下去，问秦书：“要不要给你个误导他们的机会？”

秦书意兴阑珊地吃着疙瘩汤，光顾着走神，没听到韩沛说什么。

韩沛用脚在桌下踢她一下，秦书抬眸，“怎么了？”

“要不要给你个误导他们的机会？”他又说一遍。

秦书一时没明白，眨了眨眼，等反应过来后，点头，“好，谢啦。”嘴角露出一丝浅笑。

韩沛拿纸巾擦擦手，去了楼上洗手间。

秦书重新拿了一个杯子，要了一瓶啤酒，倒了一小杯，起身朝门口走去。

小小的烧烤店里，靠门边有两桌，都坐着一男一女，可右边那桌的气质明显不太一样。

蔚蓝背对着她，蔚明海好像感觉到了她，忽地抬眸。凭着衣服，蔚明海认出了她。

猝不及防，两人视线在空中相接。她的眼神很冷，夹带着不屑。他的则淡淡的，不动声色。

秦书看清了蔚明海的长相，跟蔚蓝五官很像，像父女，可明显年纪不对。

蔚明海戴着金边眼镜，头发很短，格外有精神。

眼眸狭长，像鹰隼一样。

不算帅，气质非凡，还有种不怒自威的气场。

看样子的话，最多四十岁出头。

Chapter 74

第一次交手

秦书走近，蔚蓝在蔚明海的示意下转过头。

“蔚律师好，蔚董好。”秦书假笑着打招呼。

蔚明海似笑非笑地点点头，蔚蓝起身，“好久不见。”

“是有些日子没看到你人了。”说着，秦书拿自己的杯子跟蔚蓝的碰碰，“我刚回来，还没抽出空请你喝咖啡呢，改天咱们一定得好好坐坐，先敬你。”她装样子抿了口，却没喝。

蔚蓝一时摸不着她的套路，嘴角淡笑，“还没来得及恭喜你跟韩沛新婚快乐呢。”这话她一百个不情愿地说了出来，也不想自己被这种没有结果的感情牵绊。

秦书笑，“谢谢，祝福我收下了。”

蔚明海晃着啤酒杯里的啤酒，杯底一小串泡泡由下而上咕噜咕噜着往上冒，锦簇一块，浮上浅褐色的啤酒表面。

刹那间，透明小气泡一个个破裂。

蔚明海看似专注于手里的啤酒杯，不时也看她两眼。

他心思藏得深，秦书猜不透他到底在想什么，好像所有不为人知的心思都被那副金边眼镜给隐藏了。

现在距离近了，他的样子，她就瞧得更清楚，四十岁的男人，却没有中年大叔的油腻，给人的感觉干净清爽。即便坐着，也没有一丁点啤酒肚。

蔚明海的衬衫衣袖卷到臂弯，手肘撑在桌面上，漫不经心地品着啤酒，任由秦书的视线暗暗打量着自己。他露出的麦色甚至还要偏深的小臂上有好几处疤痕，有些颜色已经淡了，留着浅浅的白。

秦书知道这些疤痕从哪里来。

蔚明海并不像一般的老板，只顾坐办公室处理公务，他极度热爱户外探险。在热带雨林被困多日，最终有惊无险，虽然浑身是伤，却也顽强地存活了下来。所以在风云莫测的金融市场，在弱肉强食的生意场，即便经历过多年前的那次低谷，他依旧可以叱咤商场。

蔚蓝点的烧烤上来了，顿时香气喷鼻。

“要不要一起吃点？”蔚蓝客气道。

“谢谢，吃饱了。”

秦书的视线再次落在蔚明海身上，跟他随意聊着：“现在都讲究健康饮食，蔚董点这么多，消化得完？”影射他若吞下方氏会被撑着。

这话听着就傲慢无礼，蔚明海浅笑，看不出丝毫不高兴，“我每天都做锻炼，胃口不错，谢谢关心。”

秦书朝二楼楼梯口那望了一眼，好像是在看韩沛有没有下楼。那边没人，她神色松了不少，视线又回到蔚明海身上。

她忽然感慨自己的演技尚可。

“蔚董，做实业的那么多，您怎么偏偏就要挑方氏下手？”

蔚明海不紧不慢道：“秦小姐言重了，这是投资，我觉得前景不错。秦小姐要不要跟我一起入个股？”

秦书笑，“没钱可怎么办？”

“技术入股也一样。”

“谢谢蔚董抬爱。要说技术入股，我觉得自己还可以吧。”秦书说完，不动声色地打量着蔚明海。

蔚明海始终淡笑，眼底没有丝毫波澜。也不知道是不是漩涡太深，她没看清。

时间差不多，韩沛估计马上就要下楼，她得回去了，就没再绕弯子，“蔚董，如果您真铁了心地想拿下方氏，还准备把方慕和跟方伯伯挤出董事会，那谁的日子都不好过。”

“哦？”蔚明海抿了一口啤酒，表情并未有丝毫变化，道，“愿闻其详。”

“等跟您过招时，您不就知道了？早早告诉了您，也没意思，对不对？”刻意停顿了下，又说，“损人不利己的事还是别太过，不然到时候，我怕您就是有三头六臂也应付不过来。蔚董，您还是再好好考虑一下，要不要适时收手。有钱大家一起赚，细水才能长流，一口不但吃不成个胖子，还会吃出胃病。”

警告加上威胁。

蔚明海忽然笑了声，很轻。

盯着她看了数秒，秦书也跟他对望，依旧瞧不出个所以然来。

秦书幽幽道：“冰啤配烧烤，人间美味，可是呀，上了年纪的人还是节制点好。蔚董，您慢用，失陪。”

蔚明海接着抿了口杯子里的啤酒，淡淡的麦香味。

喉结上下滑动，冰啤咽下，从口腔到喉咙，就一个字，爽。

几秒后，嗓间似有若无有丝苦涩。

他始终没吱声。

等她走远，蔚明海才收回视线，眸光加深，让人看不懂。

蔚蓝以为叔叔被冒犯后不高兴了，宽慰他，“她就那样，娇生惯养的，习惯盛气凌人。小叔，你不用放心上。”

到现在她都记得，当时在机场，她去加拿大出差，秦书好像回校，仗着韩沛在，秦书对她一副咄咄逼人的样子。

蔚明海说了句：“眼见不一定为实，耳听不见得是虚。”

蔚蓝一时没明白这话是什么意思，刚要问，蔚明海示意她，再不吃就冷了，没那个味了。

“小叔，以你们男的眼光看，秦书是不是会让男人第一眼就心动的女人？”蔚蓝食不知味地嚼着一串脆骨，问蔚明海。

蔚明海若有所思地盯着她，反问道：“你喜欢韩沛？”

蔚蓝差点被烧烤钎给烫到，没有正面回答，“怎么可能。”

但是也没有承认。

蔚明海也懒得拆穿她，“感情是最靠不住的，什么都没钱实在。你也不小了，别再给我拖着。找个能力不错，对你好的人赶紧结婚。都三十岁了，你要拖到哪年？”

“知道知道，你别唠叨我了，奶奶还天天在我面前唠叨你呢。”

蔚明海又给自己倒了一杯冰啤，一大杯他就这么一口闷下去，“我当年差点就死在女人手里，你们都忘了？”

就是再好看的女人，也不会让他有丝毫的好感。

蔚蓝咬咬嘴唇，她不该在吃饭时提这么扫兴的话题。当初叔叔破产，就是被她前小婶给坑了。

那几年对她们一大家来说，天都差点塌了。

小叔也是有一两年音信全无，谁都不知道他在哪，但他还是不忘给她汇学费来。等家里人赶到那个汇款的城市，依旧找不到他人。

四年后，小叔才重新振作起来。

蔚蓝觉察出蔚明海的情绪有点波动，赶紧转移话题，拿一串脆骨给蔚明海，“这个好吃，你尝尝。”

秦书刚回到座位没两分钟，韩沛从楼上下来。

“还吃不吃？”

秦书摇头，“饱了。”也没什么胃口。

两人结账离开。走到门口，蔚明海还是客套地站了起来。

刚才蔚明海坐着，秦书没什么感觉，可一等他站起来，秦书立马有了压迫感。蔚明海跟韩沛几乎差不多高，顶多比韩沛矮一两公分。她穿着平底鞋，蔚明海高出她一个头。加上他穿着黑衬衫，整个人给她的感觉就是强势的掠夺者。

韩沛礼节性地跟他握握手，蔚明海淡淡一笑。

两个势均力敌的男人在这间小小的烧烤店里狭路相逢了，没有过多的言语，谁都懒得说。

短短的几秒，四周好像硝烟弥漫，都盖住了烧烤特有的香味。

气氛格外紧张。

秦书面无表情地望了蔚明海一眼，跟韩沛一同走出去。

到了外面，韩沛问她：“跟蔚明海说了什么？”

秦书笑，“像个傻大姐一样去警告他。当时他内心肯定是崩溃的，估计做生意这么多年，都没遇到像我这样不自量力的人，当面让他下不来台。”

“挺好，就得让他看不清哪个才是真正的你。”怕她得意地翘小尾巴，又给她泼泼冷水，“蔚明海不会轻信自己看到的，你今晚这一出，他现在信了，回去后好好想想也不一定不怀疑。”

“你不是马上就要对付他？”他问。

“嗯，就这几天。”

“那你所有对付他的策略，都得打破常规。”

秦书点头，“这个我知道。”

她挽着韩沛的手臂，整个人都挂在他身上，“还有什么要叮嘱我的？”

“叮嘱没有。”韩沛如实道，“跟蔚明海过招，你还弱了点。”

这点秦书清楚，她还知道自己几斤几两，现在唯一的取胜方法就是出其不意。

打击蔚明海这样的男人，就是得让他怀疑自己的判断力。等他产生自我否定时，就是她找到突破口时。

不过做到这点，太难。

“蔚明海的私生活你了解吗？”秦书问。

网上没有任何报道，爷爷给她的资料里也没有提及。关于他具体多大年龄，家庭婚姻状况，她一概不知。

韩沛把知道的都告诉她，“蔚明海在家排行老七，今年正好四十岁。他有过一次婚史，在他破产时他老婆提出离婚，之后他也没再婚。孩子没有，蔚蓝基本就等于他女儿，那时他负债累累还是坚持让蔚蓝读完了私立高中。至于感情状况，这个不了解。”顿了下，总结说，“他那样的人，不会让女人成为牵绊。”

秦书点点头，私生活检点的男人，基本没有软肋可击。也意味着他理智冷静到可怕，所有的欲望都是权势跟金钱。

汽车停在远处，回家时又经过烧烤店，秦书不自觉地看了眼店里。

看着蔚明海的背影，她思绪复杂，一路上都在想着怎么破局。

思绪走到死胡同时，秦书揉揉眉心，手不由放在小腹上摸摸，光是放在上面就感触到另一种柔软。

现在她成天宫心计，估计等孩子生出来也不是个善茬。

她笑着跟韩沛说：“我觉得我再算计下去，会带坏你家儿子。”

“带不坏，我们家基因摆在那。”

秦书：“……”

零点之前都算儿童节，回到家，韩沛在23点56分时又给了秦书一份礼物，“还没到2号，‘六一’快乐。”

秦书拿过档案袋，边拆边笑着，“又是什么惊喜？”

“自己看。”韩沛脱衣服，准备冲澡。

光是看到文件上的公司名字，秦书就激动地把档案袋往沙发上一丢，跳进韩沛怀里，“老公，你怎么这么好！”

在这之前，她真以为韩沛什么都不会管，没想到他还是心有不忍。

韩沛差点都没接住她，“注意点，不能像以前那么皮了。”

“没事，我有数。”

“有数你还跳？”韩沛把她抱起，秦书的双腿缠着他的腰，扣紧他的脖子，在他唇上亲了又亲，“费了不少工夫吧？”

“还行。”韩沛抱她朝浴室走。

秦书窝在他怀里，兴奋地无以言表。

之前爷爷也给了她不少资料，可分析那些资料后，不足以做空蔚明海公司。现在有了韩沛这一叠厚厚的文件，她有了底气。

今晚初次跟蔚明海交锋，她感觉到前所未有的心理压力。就像之前卜一说的那样，就是韩沛跟他正面交手，都不见得能赢，最好的结果大概就是打个平手。

“要是哪天你跟蔚明海有矛盾了，会是什么局面？”她好奇问他。

“基本不可能。”

“说说原因。”

“旗鼓相当时，有矛盾就等于两败俱伤，我跟他都不会碰这条高压线。”

秦书点点头，他们这是井水不犯河水。

进浴室后，韩沛先给秦书冲洗。

“累不累？”看她精神恹恹的样子，韩沛问道。

“还行，下午睡了那么长时间。”秦书说着，打了个哈欠。

“洗过就睡，别看资料了。”

秦书点头，现在肚子里有个小东西，她不能像以前那样熬夜了。待会就瞅两眼大概是什么资料，具体的不研究了。

“打算什么时候跟家里说你怀孕了？”韩沛征求她的意见。

秦书想了想，说：“下个月吧，正好领证一个月，怀孕也正常，不然我奶奶肯定要劈我。”

奶奶虽然开明，可早早就跟她说过，女孩享受爱情时就该好好享受，什么身份履行什么责任，怀孕生子那是结婚后才要考虑的事。奉子成婚的婚姻，总觉得少了点什么。

其实她跟韩沛不是奉子成婚，是他在不知道她有宝宝时，就给了她这么多惊喜，凑巧她又怀孕了。

不过这样的巧合说出去没人信。

韩沛说：“那就按你的想法来，没必要让老人家心里不高兴。”

两人就这么商量着决定了，下个月再跟家里说。

秦书懒懒地靠在韩沛身上，任由韩沛给她搓着沐浴露。低头看看自己的小腹，跟以前没什么两样。

“欸，你说以后宝宝在肚子里长大了，我肚皮上会不会有那种妊娠纹？”还真有点担心，要是有妊娠纹，夏天穿衣服可就不好看了。

韩沛拿着她的手臂认真冲洗，“没事，等到肚子大一些，我每天给你用孕妇专用精油按摩。”

秦书用指尖在自己身上挑一块沐浴露泡沫直接抹他脸上，不由失笑。

“别动。”

韩沛用手背擦掉，秦书立马又抹一下，玩得不亦乐乎，问他：“你知道有孕妇专用精油？”

“嗯，刚看的那本书上有说。”

“你想不想？”忽地，秦书靠近他问，又在他耳边呼了口气。

韩沛继续给她冲澡，“想什么？”

“你说呢？”

韩沛瞥她两眼，“不是说前三个月都不能？”

秦书摊手，“我有布。”然后笑。

“……”

原本韩沛是真的没有别的想法，单纯给她冲澡，结果她老是撩拨他，后来他也没法坐怀不乱。

她用别的方式满足了他一次，到底是不尽兴，不过也算泄了一半火气。

结束后，韩沛暗暗长吁口气。

洗过澡，秦书困得不行，来不及瞅一眼资料就回了卧室。

韩沛这一天也折腾得够呛，没再去书房，陪着秦书一起睡了。

黑暗里，两人感受着彼此熟悉的体温和气息。

秦书快要昏昏欲睡，又忽然想起一事，“老公。”

“怎么了？”

“你上次做客访谈节目，还有前段时间业绩发布会时，那个女记者是你朋友？”秦书努力睁开眼睛。

韩沛点头，“嗯，朋友的老婆，怎么了？”

秦书靠他近一些，“跟你商量一下，你能介绍那个美女记者给我认识吗？”

“你要认识她做什么？”其实韩沛也想到了缘由，假装不知地问。

秦书没隐瞒，“还能为了什么，方慕和那事呗。”

“她最能惹祸，你就别跟她一起掺和了。”

“她哪里惹祸了呀，节目做得火，点评也犀利到位。别的记者不敢发的新闻，到她那里绝不是事。这么好一个记者，你说她能惹祸？”

“这还不够惹祸？要不是她老公给她兜底，你真以为她能安稳到现在？”

“那她老公是不错，不过我感觉我老公更好。”秦书用力抱着他。

韩沛不吃这套，“别拍马屁，没用。”

“我哪有拍马屁，实话实说。谁都没你好，我哥也没你好，脱了鞋都赶不上你。”

秦书在他怀里蹭蹭，温柔地撒娇。

韩沛捏捏她的脸，“改天你当着你哥的面这么说，我就信了。”

“……”那她哥不得拍死她。

秦书找理由，“这话是我们夫妻间关了灯在被窝里说的，哪能给别人听到。”

韩沛把她按在怀里，“睡吧，太晚了。”

秦书又抬头，“老公，介绍给我认识呗。”然后把他的唇含在嘴里轻轻吮吸，厮磨着他。

韩沛到底还是纵容了她，只不过不凑巧的是，“她跟他老公最近在国外，要月底回。时间上你来得及？”

秦书摇头，月底的话时间肯定来不及，想了想决定道，“等你联系好了，给我她的邮箱就行。”

高兴地在他唇上用力亲了几下，从他怀里翻过身去，枕在自己枕头上。

这段时间她不在家，韩沛总觉得少了什么，“到我怀里来。”他伸手够她。

秦书摇头，又往自己那边挪了点，“不过去，万一你压着我家宝宝怎么办？”

“你这是用完就过河拆桥？”

“怎么会，桥哪能现在拆，不然你不给我邮箱怎么办？”说着，秦书笑了出来，眯眼睡觉。

韩沛等了片刻，秦书还是没过来。他自己挪过去，让她后背贴着他，他把手轻轻覆在她的小腹上。

Chapter 75
谁都没打算参与

没过多久秦书就进入梦乡，睡得深而沉。

失眠的人成了韩沛。

认识秦书之前，失眠对他来说是个遥远的词。

每天繁忙的工作，大量的运动，到了床上很快就能入睡。反观这半年，他失眠了三四回，都跟秦书有关。就这短短的一个月，今晚已经是第三次失眠。第一次，求婚前一晚；第二次，领证前一晚。

实在睡不着，躺床上煎熬，韩沛起来跑步。五公里下来，全身是汗。一想到自己做了爸爸，精神还是亢奋，于是到楼下拿来那本《怀孕百科》继续研究。

第二天，秦书睡到自然醒，看了下时间，快8点钟。现在生物钟对她来说就是摆设，一点用都没有。

韩沛早就去上班了，大概叫她都没叫醒。

今天安排得还挺满，吃了点早餐，秦书先去了海纳。

8点多，路上正堵，一个路口，等了十几分钟才过去。以前她基本都在7点半前到公司，这是第一次这么晚。

时间都浪费在了堵车上。

不知道是不是怀孕的关系，心情莫名有丝烦躁。

同事知道她要跟他们一起做这个项目，她去后他们也没有惊讶，给了个简单的欢迎仪式。

项目小组开过会，秦书去找赵曼迪。

刚才开会时见赵曼迪脸色不佳，后来接了个电话临时离开会议室，直到会议结束还没回来。

敲门进去后，“曼迪姐。”

赵曼迪笑笑，“好像胖了。”

秦书“呵呵”两声，就不刺激她了，敷衍道，“嗯，最近老吃夜宵。”

赵曼迪说起工作：“我手头上的资料还没分析好，等全好了跟你碰一下再做决定。”

话还没说两句，赵曼迪的手机又响了。她眉心紧蹙，犹豫片刻还是不耐地接起电话，“喂，妈，行了行了，我知道……我有数。”

不知道那边说了什么，就听赵曼迪说：“我做不到袖手旁观……我没傻。妈，求您了，您别说了行不行？我忙着呢。”

“那我出去租房子住还不行吗！行了，行了，我不想跟您吵了。”

秦书觉得不便听这些，口型说了句要去找贺竞南。

赵曼迪牵强地笑笑，示意她先过去。

从赵曼迪办公室出来，秦书真的去找了贺竞南，她来了得跟他打声招呼。

贺竞南刚拜访客户回来，他们在走廊上遇到。

再次遇到，所有的心境都变得不同。

领证，有了孩子，再次看到他，心里没有了那种感情波澜。他只是她青春年少时欣赏喜欢的人，存在那段记忆里，与现在，以后，都不再有关系。

大概尹一乔也是这样的，所以能在离婚之后，那么淡然地面对他。

可能，不曾亏欠，就不会有遗憾，也就不会有历久弥新的眷恋。

原来，彻底放下一个人是需要一个过程的，而不是嘴上说的那样，我忘了，就真的忘了。这个过程需要经历很多，失去很多，也得到很多。然后那颗心归于平静，有了港湾。

就像现在的她。

他的眼神是温暖谦和的，就跟初见时一样。那时，他是她的老师，而她仅仅是他的学生。

“贺老师。”秦书先打招呼。

“刚来？”

“嗯。”

他们之间并没有任何不适的尴尬，就像她出了个差刚回来。

“你还真会给我找麻烦，弄了这么个棘手的项目来。”贺竞南说着，跟她并肩走向他办公室。

秦书笑了笑，“要是做好了，赚的可比并购多。”

还好做空蔚明海公司的事没跟他说，不然他的脸色估计更严肃。

“我得替方慕和谢谢你，要不是你们这段时间的忙活，现在方氏的第一大股东肯定就不是方慕和了。”秦书诚意道。

“谢就不用了，也不是白干活。”说着到了办公室门口，贺竞南开门。

贺竞南问她喝点什么，秦书道：“我自己来，又不是客人，还是你属下。”

“我现在是管不了你了。”一语双关，贺竞南给她从冰箱拿了瓶果汁。

秦书细细品味他刚才那话的意思，因为了解贺竞南，知道他的每句话肯定不是随意说出口的。

“贺老师，你想说什么就说吧。”

贺竞南自己拿了一瓶功能饮料，今天天气燥热，这才六月刚开头，就热得人喘不过气来。

一瓶饮料喝完，他才说话：“你自己想做什么，还要我说？”

秦书抿抿嘴，心虚道：“我没打算做什么。”

贺竞南瞅她一眼，没吱声，坐到办公桌前开电脑。

秦书在门边站了片刻，低头看着手里的饮料，也没作声。

“过来坐。”贺竞南示意她坐他对面。

秦书拖着不情愿的步子走过去，她都知道他接下来要说什么，没想到他还是猜到了她心里所想，还以为能瞒天过海。

贺竞南翻看了桌上的文件，没看下去，丢一边，看向她，“真以为凭你自己就能做空一家公司？做空不是做项目，不是只有实力跟能力就够，还要靠运气，就跟赌博是一样的。你想没想过要是赌输了，后果是什么？”

“想过。”

“想过了你还动这个心思？”贺竞南打开保险柜，拿出一份文件给她，“这是蔚明海比较齐全的个人资料，你好好看看，看看他是怎么玩资本运作的。你跟这样的人玩做空，是自寻死路，你知不知道！”

秦书翻看了几页，好多都是她之前没看过的，“谢谢贺老师，这些资料真及时，对做空有帮助。”

“……”

贺竞南一时吃了憋，都说不出话来，气得他又去冰箱里拿了一瓶冰饮。

撇去她是他喜欢的女人这点不说，单说她是他学生，他就不会让她冒这个风险，劝她：“你与其拿你的公司去拼一个不知道结果的未来，还不如把这个公司直接给方慕和。方氏失去就失去，找机会再并回来。”

秦书不赞同这样的说法，“要是哪天有人故意整你，想让你离开海纳离开金融圈，而我家公司有个位置可以给你，那你是不是就甘心离开这个行业去我家公司？你肯定不愿意。这不是钱多少的问题，还关系到男人的面子。其实话说回来，人活着，大都不是为了争一口气吗？”

贺竞南无奈一笑，她总有本事把歪理给讲得一本正经，还让人无法反驳。

他说：“这不是一回事。”

秦书接道：“大差不离。”

贺竞南问她：“真不听我劝？”

秦书没说话，也没任何表态。

贺竞南知道，她这是铁了心要做下去，他劝不动她，提醒道：“蔚明海跟方慕和看来是要打持久战，蔚明海不光是想要方氏大股东的位置，他是想要洗牌方氏，自己进入董事会来管理方氏。”

“这个我也想到了。”她把这几天的分析说给贺竞南听，“蔚明海的 EF 集团虽然叱咤资本市场，可毕竟是一个很虚的东西，说不定来场金融危机就能让它分崩离析。”

蔚明海早前吃过这个亏，现在他有钱了，就想要防范。不仅要防范金融危机，也以防有人会做空他在港股美股的公司，所以他要找一家实业集团来转嫁这种风险。就算股市再变化无常，可有实业在那顶着。

实业是真真实实的东西，不像他的资本公司，看不见摸不着。而目前实业做得好的就那几家，韩沛的公司蔚明海肯定不予考虑，目标太大，他啃不下来。那退而求其次，就是方氏。

贺竞南叹口气："你都想到了蔚明海是有备而来，费尽心机地要得到方氏，那你还跟他硬碰硬做什么？"

秦书想了想，大概就是一种小心眼的报复心理？蔚明海不让方慕和好过，她也不会让蔚明海过得舒坦的。

贺竞南不再多说了，说了也白搭。问她，韩沛知不知道她要做什么。

秦书摇头，她还没跟韩沛说。现在只是初步打算，等前期全部工作做好，决定要这么做时再问韩沛的意见。

缓了几秒，贺竞南心平气和道："一般去做空港股或美股的那些公司，都是挑一些好下手的，最好是老板跟管理层都不懂资本市场或一知半解的。可蔚明海这人，就是靠玩资本运作发家的。"说着说着，他发觉话题又回到原处，及时打住。也没必要多费口舌，让她自己好好想想。

秦书点头，"我不会鲁莽行事，至少认真准备半年到一年，不然我就是拿钱打水漂。贺老师，我有谱的。"

"……"

每个这么说的人，都觉得自己的谱是最正确，且独一无二的。

"贺老师，要是我以后找你帮忙，你会不会帮？"

"不会。"

Chapter 76

他不会说情话 可每一句都能暖到她心里

从贺竞南的办公室出来，秦书心里蒙上了一层淡淡的阴影，没想到贺竞南会如此强烈反对，看来蔚明海比她了解的还要强大，甚至深不见底。

能让贺竞南都觉得玩资本厉害的人，不多。翻手为云覆手为雨，说的大概就是蔚明海这类人。正面交锋后，状况有多惨烈，她现在都不敢想。

把玩着没喝完的半瓶果汁，秦书在车里呆坐了好一会儿。回过神，从包里拿出蔚明海的个人资料开始认真看。

而此时蔚明海这边，他早早就来到公司，上午的工作已经处理得差不多，就还有两封邮件没回复。

秘书一如既往的高效，昨天蔚明海吩咐的任务，今早就完成，把秦书的个人资料递给蔚明海，“蔚总，您要的资料。”

蔚明海放下手里的工作，“嗯”了声。

看完第一页，眉心不由微蹙，抬眸问秘书：“属实？”

“从海纳人事部跟她学校复印来的。”

有钱能使鬼推磨，想要的东西，拿钱就能摆平。

蔚明海没置可否，接着看，直到三页全部看完，吩咐秘书：“继续做背调。”

秘书点头，“好。”

刚要抬步离开，“等一下。”蔚明海出声。

“蔚总，还有什么吩咐？”秘书转身问。

蔚明海在便签纸上写了几行字，从保险柜里拿出一个档案袋，把便签条塞进档案袋，“把这个给蔚蓝。”

“马上就送去。”又问，“还有要嘱托蔚小姐的吗？”

“看了文件她就明白。”

秘书离开，蔚明海继续处理工作。忽而手指一顿，想起什么，又拿过秦书那份材料翻看。

他左手虎口抵着下巴，盯着页面数秒，她 19 岁就大学毕业了？

毕业年龄倒跟他当年一样，他也是 19 岁就大学毕业。在他那个年代，凤毛麟角。

不仅他们县，就连他们整个市甚至省里，都没几个人不到 20 岁就大学毕业的。他天生理科好，逻辑能力更是胜过一般人，小学到大学，跳了好几级。本科毕业就直接创业，在生意场上摸爬滚打。

单从教育背景来看，秦书完胜他。可社会经验，她基本为零。就这样，她还敢跟他正面宣战。

蔚明海"呵"了声，把资料锁进保险柜，点了支烟。

秦书大概想得太天真了，以为她老师贺竞南跟韩沛能帮她出出主意，其实不然。贺竞南跟韩沛了解他不假，可他更了解韩沛跟贺竞南，彼此用什么招数，会使什么套路，什么实力，早已心知肚明。

这仗还怎么打？

没法打。就是打了他也会破局，损失的最终还是秦书。所以不管是韩沛还是贺竞南都不会帮她。

他们不仅不给她出主意，就连资金上也不会帮。首先贺竞南没钱，心有余而力不足。韩沛有钱也不会动，他得保存实力为万禾集团的长远发展考虑。

韩沛这人他知道，跟他差不多，在商言商，根本就不会谈感情。

生意人一旦谈感情，顾虑这顾虑那，那就离败不远了。

韩沛今年把万禾董事会重新洗牌，管理层全换成自己的人，这时他需要做出成绩给股东看，而不是个人英雄主义。

至于秦家，他就更不用多虑。秦书的父母跟她的几个叔叔，今年开拓了海外市场，每个项目都是大笔投资，就更不会拿自己公司开玩笑。她现在也不知道哪来的底气要跟他宣战，好像还势在必得的样子。

蔚明海缓缓吐出烟雾，把大半支烟摁灭在烟灰缸，拿茶水浇了一下。喝了半杯温水，继续看邮件。

秦书也刚好把蔚明海所有个人资料都看完，越想心情越压抑。

蔚明海创业那会儿，她才三岁。是真的三岁，话都说不溜，那时他就在生意场上厮杀了。

他的人生经历远比她之前想的还要精彩，经历过死亡跌进过地狱的人，就什么都看得透彻，无所畏惧。所以昨晚她的那点雕虫小技，很快就会被他识破。

如果识破，他就会找证据证明，他会从哪入手？

她身边的人。

而她身边除了卜一就是颜彦。卜一的概率要低点，因为他没啥利用价值，不缺钱也不会轻易被迷惑。

剩下的就是颜彦。

想到此，她下意识地握了握方向盘。

沉思片刻，秦书把剩余的果汁喝完，看了下时间才 10 点钟，去找方慕和还有点早，给韩沛发信息：现在忙吗？

韩沛：上午还行，下午有会。问她，过不过来？

秦书说这就过去。

韩沛的公司离这边也近，现在路上不算堵，不到 20 分钟她就到了万禾集团。

她没急着上去，停好车，给尹一乔打了个电话，问她："你之前知不知道蔚明海的具体情况？”

尹一乔回说：“知道啊。”笑着问秦书，“怎么，你是要打退堂鼓？”

“怎么会？”秦书又道，“谢谢。”她们哪是赚奶粉钱，其实就是为了帮她。

“客气什么，赢了就有钱拿，赔了你也会给我们辛苦费，反正闲着也是闲着。别有压力，我跟秋蓝是拿钱干活，不是白帮忙。”

“先不聊了啊，我在上课，晚上再说。”

秦书迟疑，“上课？”

“嗯，孕妇课程。”

秦书淡笑着，“好，那你忙。”

思忖着是不是她也去报个这样的班，减压的同时，还能让蔚明海放松警惕。

好像可行。

秦书拿上包，锁车上楼。

秦书一进办公室就黏着韩沛，亲吻拥抱一样没少。黏了他一会儿，说：“你忙吧，不能耽误你工作。”

韩沛之前说上午不怎么忙，可一直没闲下来，期间不时有高管过来汇报工作。

秦书不便听，在他办公桌上拿了本书到他的休息间去。

她好久都没过来，看到他床头摆的照片，微怔。是她穿着毕业服的照片，笑得像个傻子一样。

秦书趴在床上，盯着那张照片看了一会儿，开始看书，是昨晚韩沛看的那本《怀孕百科》。

比看金融类的专业书都枯燥，看了五页就看不下去，竟然看得犯困。秦书打了个哈欠，孕期反应严重扰乱了她的作息时间，精力也跟不上。

她随意往后翻着，再看看韩沛折页的地方，已经是五十二页。

这时韩沛推门进来，跟她说：“他们都回去了。”

秦书点点头表示知道，问他：“你每页都看了？”

韩沛不明白，“什么？”

秦书晃晃手里的书，“你都看到五十二页了，是每页都看了吗？”

“嗯，还不错。”

“不无聊？”

“还行。”

秦书快速把书从头翻到尾，搁至一边。

她是没那个耐心看，就是看了也不会照做，太繁琐。想了想，还是劝韩沛：“你也别看了，浪费时间。人家那些没研究这些书籍的，还不是照样生孩子？”

“看了总比不看强，不然一点经验都没有。”他说，“你妊娠反应还不明显，再有两周估计就要孕吐。那段时间会很痛苦，不管有什么脾气你不用忍，朝我发就行。”

他不会说情话，可每一句都能暖到她心里去。

秦书一手抱着他的枕头搁在侧脸下，一手手指朝他勾勾，整个人显得慵懒又魅惑。

韩沛关上门进来，她的手指在他皮带上抠了抠。

在他这里她总能找到一份安稳，再压抑都能得到释放。

韩沛在床边半蹲下来，“脸色怎么不好？”

“有吗？”秦书摸摸脸，“孕妇好像都这样，气色不好，还会显老。”

韩沛提前跟她说道：“我让爷爷的营养师给你弄了份菜单，下周开始有厨师来家里做饭，你尽量每顿饭都在家吃。”

有了宝宝后，秦书变乖不少，点头说好。

“给我靠一会儿。”秦书从床上爬起来。

韩沛起身，让她的头靠在他小腹上。

安静了一阵，韩沛问她有没有去公司。

秦书点头，“给你发信息时刚从公司出来，我现在不用坐班。”

“韩沛。”她低低喊他一声，“我现在能理解你的不容易了，不仅要管好公司，还得时刻应对各种危机，要居安思危，累了也没处说，什么都得一个人扛着。”

韩沛摸摸她的头，“男人不就该这样？”

秦书用侧脸在他小腹上蹭蹭，“以后我会帮你分担点。等方慕和这事过去，我好好调整一段时间，以后一年就接一个项目，其他时间帮着你忙忙。”

“只接一个项目？”韩沛不敢信。

她仰头看着他，保证道：“嗯，只要保证专业方面不荒废就行。”

韩沛俯身，捧着她的脸亲下去。

秦书抬手圈着他的脖子，两人温柔地亲着，就跟第一次接吻时一样。

那种悸动直沁心脾。

Chapter 77

蔚明海主动找她

快到中午时，秦书从韩沛那边离开去找方慕和。

秦书一离开，助理就来汇报工作。把今天股市开盘的情况跟韩沛汇报了一番，方氏这几天的股价没跌反涨，今天开盘到现在一路涨。这个时候方慕和增持太不明智，也没那么多钱继续往里砸，定增又通不过，只能暂时观望。可蔚明海还在进行大宗交易，昨天的成交额是 2.26 亿，今天估计还有。

“我们还是静观其变？”助理问。

韩沛颔首，他不会掺和进去，牵一发而动全身。这水太深，几个亿砸进去都听不见响的。

静默片刻，助理犹豫后还是说了，“据我分析，秦小姐……”这几个字刚脱口，他意识到哪里有点不对劲，转念一想，立马改口，“韩太太有可能会走做空这条路。”

韩沛“嗯”了声，“这符合她的行事风格。”

助理担心道：“以蔚明海的手段，韩太太哪是他的对手。”

韩沛没吱声，打开文件夹，在要签字的那页签上名字。

以他对秦书和秦书表哥的了解，真要做空，秦书不会自己单独上阵，说不定刚到战场就歇了。她那么小精明，不会让自己白白送死。

所以幕后主力不是她。

秦书的表哥向来险中求胜，会给她找国外专业做空机构在港股或美股袭击蔚明海的公司。虽然代价大点，可至少赢的几率大。

而秦书现在招兵买马，组建团队，只是在迷惑误导蔚明海而已。当然不只是迷惑，她也在做大量的分析调查工作，以保万无一失。她真要能让蔚明海把大部分注意力都集中到她身上，而忽略别的，救方氏大概也就成功了一半。只不过蔚明海没那么好误导。

助理继续汇报，接下来都是跟蔚明海的 EF 集团有关。EF 今天上午出现了三笔大宗交易，买方是三家不同公司，都不是很有名气，之前没听过，还有一家来自境外。

他抬头看向韩沛，“这三家公司我还没来得及调查，韩总，您怎么看？”

韩沛手上的笔一顿，接着把日期给签好。

他说：“不用调查。”

助理微诧，“您猜到是谁？”

韩沛反问：“除了琪琪还有谁？”

助理一怔，随即好像又明白了，只是没想到秦书动作这么快，刚回来就动手。她跟蔚明海之间，今天算是正面对战起来了。

不过助理在心里摇摇头，这招太小儿科，也不好说得那么直白，“她这么做很快就会被蔚明海察觉。”

这时敲门声响，“韩沛。”声音同时传来。

韩沛跟助理说：“是琪琪。”大概是什么东西丢在这忘记拿了。

助理明白了，整理好文件，拿着离开。

“怎么了？”秦书进来后，韩沛问。

秦书指指茶几上，“车钥匙忘拿了，你看我上了战场竟然没带枪。”叹口气，“一孕傻三年，一点都不假。”

别到时候蔚明海没对付得了，自己成了傻大姐。

韩沛走过来，“着不着急过去？”

“无所谓，反正就只跟方慕和一人吃饭，早点晚点一样。”问他，“你有事？”

韩沛示意她坐下。

“做什么？”

“给你把头按按。”

秦书坐好，抱着他的腰，“一个上午都头昏脑涨的。”说起刚才在外面，“你助理看我的眼神很复杂。”

“怎么复杂了？”

“大概觉得我自不量力吧。”

她说着想要抬头，韩沛出声制止，“别乱动。”

秦书保持刚才的姿势，继续道：“我现在有种众人皆醉我独醒的良好感觉。”说着，不禁笑了几声。

“挺好，不能长他人志气灭自己威风。”韩沛并没多问，那些还没成熟的想法问了她，她也不知道要怎么说，还难为情。

韩沛给她按摩了十来分钟，轻轻揉揉她的发顶，“好了，去忙吧。”

秦书抱抱他，“晚上见。”

这回没忘拿车钥匙，秦书走到门口又驻足，“老公，我想报那种跟孕妇有关的课程，先跟你说一声。”

韩沛点头，“这个可以上，你忙你的，课程我来找。”

“你这么忙，哪有空，我自己来就行。”秦书比以前要体谅他了。

韩沛倒是觉得无所谓，这点空还是抽得出来的。

他指指桌角的手机，“现在除了接重要电话，看重要邮件，我基本不碰了，咨询课程的时间还是有的，吃饭时都能利用上。”手挥了挥，“快去吧。”

在去方氏公司的路上接到奶奶的电话，让她回家吃午饭。她现在哪还有时间品味美食，跟奶奶解释，中午约了方慕和一块吃饭，等明天回去看他们。

“回来吧，有什么事你们吃完再谈。今天你爷爷亲自下厨给你做了好吃的，以为你要回来倒时差，一大早就没给你打电话。”

不想让爷爷奶奶失望，秦书答应："那好。"

秦书给方慕和去了电话，说下午去公司找他，挂上电话直奔奶奶家。

一路上秦书光顾着想怎么对付蔚明海，想着贺竞南的那番话，自己穿了什么早不记得。等到了奶奶家，发觉爷爷跟奶奶都盯着她看。

"怎么了？"她心虚道。

脸上也没写着怀孕，他们看什么？

爷爷觉得哪里有点不一样，又一时找不出，说没什么，就感觉她好像瘦了，把好吃的往她跟前放，"多吃点。"

于是收到奶奶嫌弃的眼神。奶奶心道，你眼神不好还是咋了？孙女明明胖了，还睁眼说瞎话！

奶奶漫不经心地吃着，不时还会给秦书夹菜，余光偶尔会看她的脸，然后又朝她脚上瞥，平底鞋。秦书冬天喜欢穿平底鞋，可夏天一般都会穿高跟鞋配裙子。

奶奶不动声色地收回视线，思忖着什么。

"准备什么时候办婚礼？我们两家大人一起商量挑个好日子。"爷爷眼角的皱纹都舒展开来。

"不急，明年吧，春天结婚多好。"秦书找了个牵强的理由。

爷爷附和着，"我也觉得春天好，那就随你们。"

奶奶忍不住戳穿爷爷，"之前是谁说十月份结婚好？秋高气爽，收获满满。"

爷爷牵牵嘴角，"其实三百六十五天哪天都好。"

"……"

奶奶给秦书舀了一勺松子玉米，"你最爱吃的，多吃点。"

"我自己来，都这么大了，不用你们再夹给我。"其实是不想吃。

玉米偏甜，秦书现在一点都不爱吃甜食，平时不怎么爱吃的醋熘鱼她倒是吃了大半条下去。可再不想吃玉米，奶奶都已经舀给她，还是做样子吃了几粒。

怀孕可真奇怪，不想吃的东西看着都难受，强迫自己把嘴里的几粒玉米咽下去，碟子里还有不少，之后她就没再动筷。

"怎么了？今天炒得不好吃？不应该呀，玉米跟松子都特别新鲜，一早我跟你爷爷亲自去菜场挑的。"

秦书摇头，扯谎说："不是，吃饱了。"

奶奶没多说，直接把自己跟前的那盘糖醋里脊放到秦书那边，"喏，吃这个吧，这个酸，合你胃口。"

秦书心里边不由咯噔一下，不会吧？她撇脸看向奶奶，发现奶奶也用意味深长的眼神盯着她，看看她的脸，然后看看她光洁的没涂指甲油的指甲，又朝桌底瞅瞅。

糟了，奶奶好像猜到她怀孕了。

大脑有几秒的空白，秦书强装镇定，本来筷子都放下了，又拿起来夹了一块里脊放嘴里，特别牵强痛苦的表情，终于咽下去，跟奶奶说："撑死我了。"小声问奶奶，"酸的东西吃多了真能生儿子？”

奶奶一愣，差点都不知道要怎么接招。顿了片刻，问：“你都听谁说的？”

秦书拿餐巾擦擦嘴，“我们一个同事怀孕了，上次她去旅游正好到纽约找我玩，说酸儿辣女，她就一直吃酸的。”

奶奶解释说：“这也不绝对，爱吃酸的生男孩的概率大点。还有，不是像你说的那样，吃了酸的就能怀男孩，是孕妇有了孩子爱吃酸的有可能生儿子。”

秦书一副恍然的样子，“原来这样啊，那我不吃了。这几天我一直吃酸的改良细胞，看来白费了。”

奶奶若有所思，“什么意思？”

爷爷没多言，不过注意力全都集中到秦书身上。

秦书认真的小眼神，“我跟韩沛决定今年要孩子。”

奶奶故作吃惊，“今年？”

秦书点头，轻咳几声，“嗯，对。”

奶奶顺着她的话，“之前不是还说想要玩几年？怎么，结婚一天就想通了？”

秦书开始长篇大论，“也不是想通了，就是结婚了蛮有感慨。韩爷爷身体不好，而且我也想趁着年轻把孩子生下来，这样您跟爷爷还能帮我带孩子。反正孩子早生晚生都要生，那我还不如趁早，这样的话孩子既有人带，我身体也好恢复，生过孩子就不影响我的职业规划了。一举三得，多好。”她拿手捏捏脸，“没骗你们，你看我现在都不化妆了，指甲油也不涂了，正在积极备孕中。”

秦书以为自己的演技炉火纯青，其实秦奶奶早就知道她在演，虽然演技不怎么样，可秦奶奶还是一个合格的观众，看完戏后，给了她赞扬和肯定，“嗯，不错，长大了，知道怎么兼顾工作跟家庭了。”

奶奶拍拍她的肩膀，“按照自己的想法来吧，好也罢坏也罢，你过得开心，觉得它好就行，别人的想法也只是参考。”

事已至此，她还能说什么？

秦书离开时奶奶给她准备了好多零食跟水果，都是酸的。“多吃点酸的也有好处。”奶奶这么说。

“好。”秦书高兴地应着，以为真的骗过了爷爷跟奶奶，为自己的演技精湛而沾沾自喜。

家里这关总算蒙混过去。

奶奶给她两大袋，指指右边的那袋，“这个是给颜彦的。我跟你爷爷上次在国外带了不少好吃的，这边都没有卖，颜彦喜欢吃这些。”

“好，我待会儿就给她送去。”

爷爷把两袋吃的都放在后备厢里。

发动车子后，奶奶伸手进车里摸摸她的头，从小就捧在手心里的孩子，现在也做妈妈了，万千感慨，最后也只说了句，“开车慢点。”

秦书抿嘴笑，跟他们挥手。

汽车驶离，爷爷说：“我以为你会训琪琪呢。”他也看出琪琪在撒谎，从小带大的孩子，她一个眼神他们就知道她要干什么。

奶奶叹口气，“训她做什么？她现在领证了，说多了就会给他们夫妻造成矛盾。”侧脸跟爷爷说，“现在开始我没时间陪你去下棋。”

爷爷说：“我也没时间。”

两人异口同声道：“你要忙什么？”

“设计婚纱。”

“跟韩老爷子商量婚礼怎么办。”

片刻后，爷爷又想到，“琪琪现在明显还不想办婚礼，大概是要对付蔚明海，觉得办婚礼耽误她时间。”问奶奶，“你怎么打算？”

奶奶想了想，“我有办法让她在显怀之前把这婚给结了。”

爷爷好奇，“啥好办法？”

奶奶耸耸肩，“你不是号称自己聪明吗？你猜。”

“……”

秦书从奶奶家出来直接去颜彦的公司，她已经一个多月没跟颜彦碰面，不知道她现在胖成什么样了。

在楼下停好车，给颜彦打电话。

颜彦没接，摁掉了：亲爱的，我跟客户的法律顾问在外面吃饭，结束后打给你。附上亲亲的表情。

秦书还没来得及回复，微信消息通知冒出，有人添加她为好友。

看到附加信息，她微怔。

“我是蔚明海。”就这五个字。

秦书盯着手机若有所思，倒是没想到蔚明海会直接先找她，她还以为，像他那样的男人不用微信呢。

沉吟片刻，她点击通过验证。

蔚明海发来一张截图，今天买入 EF 股份的那三家公司名称，随即发来文字信息：秦小姐这么看中 EF，说明 EF 前景还不错，我的荣幸。

呵，这么快就知道是她。

不过秦书并不讶异，都在她预料内，要是短时间内查不到是她，那他也不叫蔚明海了。她今天三家公司同时买进，就没打算藏着掖着。蔚明海要是猜不到这三家公司是她的，那就不好玩了。

秦书回他：那晚在烧烤店，蔚总还问我要不要跟你一起入个股，我考虑一夜，觉得可行。蔚总眼光一向独到，跟着蔚总投资亏不了。不过我对方氏没兴趣，对 EF 倒是喜欢得不行，再说 EF 是您看好又自己执掌的集团，投了肯定稳赚不赔。

蔚明海：秦小姐谬赞，不敢当。

又说：不过你这几天入手不划算，周四可以再试着买进些，那天我预测股价会有跌幅，是买进的好时机。

开始诚心诚意给她分析。他连说话都不按常理出牌，明明该生气的，他还气定神闲地教她怎么赚钱。

秦书笑着回：谢谢蔚董指点。接着打字，希望未来某天能跟蔚总坐在一个会议室，喝喝茶嗑嗑瓜子，聊聊EF董事会的那些事儿。

蔚明海脸上似笑非笑：秦小姐想成为我的大股东，进入我的董事会？

秦书：蔚总，您就说欢不欢迎吧？

蔚明海：随时恭候。

他想点进她的朋友圈，结果发现她把他给屏蔽了，把手机丢一边，继续盯着今天的汇报表看。

秘书凝神屏息，一直瞅着他。好半晌过去，蔚明海也没有丝毫反应，秘书直接问道："蔚总，您接下来有什么指示？"

蔚明海头也没抬，"指示什么？"

秘书一噎。她真的没料到蔚明海会直接告诉秦书，他已经知道那三家公司是她的。换作一般人肯定不会声张，然后给对方来个当头一棒。可蔚明海好像压根就不放心上。也许这就是高人跟高人过招，彼此清清楚楚知道对方的底牌，就看出牌顺序。

秘书提醒道："三家公司里有家是境外的，或许是韩沛控股呢？"

蔚明海风轻云淡地说："韩沛没那么闲。"

韩沛如果真要参与进来，早就正面交锋，他不会背地里用这些小儿科招数。而且上次为了拿到BD，自己的钱不够，韩沛都通过减持股份来套现，现在也没那么多闲钱往里打水漂。

钱多得用不完，还又闲得难受想找他茬的，目前就只有秦书。

秘书还是有些担心，"现在秦书想要围魏救赵，围攻我们EF大本营去救方氏，我们就这样置之不理？"

"她的最终目标不是EF总部。"

秘书不明所以，看着他。蔚明海并未吱声，接着看手里的报表。

EF集团总部这块骨头太硬，秦书啃不动，不过也不会轻易放弃，她的最终目标是他在港股或美股的公司，只是现在还不确定她要挑哪家下手。

蔚明海有电话进来，他对助理挥挥手，"忙去吧。"

助理还有很多话没来得及说，最后只好全部咽下。

秦书等了几分钟，蔚明海没再发信息过来，便退出了聊天窗口。

手指毫无节奏地敲着方向盘，如果她没猜错，现在蔚明海已经知道，她不仅要对EF总部下手，还会对他的港股和美股的公司下手。

蔚明海猜到她要做什么，她也清楚他目前不会采取任何对策，所以接下来应该怎么破局？

Chapter 78

猜不透的套路

想了一会儿，没有丝毫头绪，想起来还没回复颜彦的信息，回复她：不急，我在你公司楼下。

片刻后，颜彦回过来：那你等我，我这边马上结束，很快就回去。

“合同没问题吧？”坐在颜彦对面的蔚蓝问道。

颜彦放下手机，淡笑着点头，“看过了，没问题。”

她跟蔚蓝因为BD项目熟悉，之前团队一起吃过两次饭，也没深交。

今天早上蔚蓝突然给她打电话，说有个客户要做个并购的小项目，找专业团队做成本有点高，蔚蓝就问她有没有时间接这个项目。电话里，蔚蓝还特别强调说，这个项目虽然辛苦，不过提成可观。她不缺肉不缺脂肪就缺钱，想早点攒足首付买个属于自己的小窝。小窝就是底气，哪怕她胖，哪怕所有男人都不会多看她一眼，她照样过潇洒的人生。自从大四跟前男友分手，不知道是对男人彻底失望，还是对自己不抱希望，她就想自己过了。虽然生病难过时也想找个依靠，可等到理智回归，曾经那种撕心裂肺的痛让她又退缩，还是觉得一个人好。

经不住对房子的诱惑，颜彦跟蔚蓝就约了今天中午见面谈。刚才她仔仔细细地一条条地看了合同，报酬太有吸引力。

累归累，为了银子，值！

蔚蓝喝口温水，不时打量她，“怎么样？”

颜彦几乎没有犹豫，“我接了，谢谢蔚律师。”

蔚蓝浅笑，“跟我还客气，这也是我的工作。合同你留着，你也不用再签合同给我，知道你们老板都不许私下接活。”

说出这话，她自己都觉得违心，她一个律师，竟然不要对方签合同就把项目交出去，该有的职业素养都丢了。万一真要出了问题，她怎么跟客户交代？

可叔叔的秘书交代，按照吩咐来办就行。叔叔在便签条上就写了一句话：颜彦是咱们老乡，能力不错，有私活你多照顾点她。

她不知道叔叔跟颜彦家里人是不是有什么交情或是别的。她对颜彦谈不上喜欢或是不喜欢，因为她是秋蓝手下的人，不过撇去一些偏见，颜彦确实认真踏实。

颜彦很感激，这份合同有那家公司的盖章签字，哪天她需要走法律流程，只要自己补上自己的名字即可，不怕他们不支付提成。

这份合同的结算条款都是有利她的。

“不签合同的话，你就不怕我把项目给做砸了？”颜彦笑问。

蔚蓝吃着饭后水果，“找你自然是信得过你。”

颜彦感激道：“肯定不会让你失望。”

蔚蓝递了一块西瓜给她，“尝尝，很甜。”接着刚才的话题说，“现在像你这么踏实细心，能力又不错的女孩少了，第一次见面就对你印象不错，上次合作得也蛮愉快，以后还想跟你长期合作呢。”

颜彦被夸得有些不好意思，“蔚律师谬赞了。”

“喊我蔚姐就行，喊蔚律师太见外。”

两人又聊了一会儿，吃得差不多，结账下楼。

蔚蓝跟她随意聊着，也不好直说她们是老乡，这样就像调查过她一样，委婉问道：“上次吃饭时，好像听你说你不是北京人？”

颜彦点头，说了自己老家是哪。

蔚蓝惊讶道：“这么巧？还真是有缘。”

颜彦一怔，巧？忙不迭问道：“我们一个市？”

蔚蓝浅笑说：“我老家跟你家隔壁镇。”

颜彦简直不敢相信，张大嘴巴，却又不知道要说什么。

这时蔚蓝说了家乡话，颜彦由惊到喜，随即两人用家乡话热聊起来，瞬间拉近了距离，亲切感倍增。

颜彦之前对蔚蓝的印象谈不上好坏，就觉得蔚蓝天生自带距离感，冷冷的，像不食人间烟火一样。可现在的蔚蓝，哪还有半分仙女的样子？操着方言跟她聊以前的趣事儿，说到有趣的地方，还会笑笑。

六月的天，北京已经闷热，尤其大中午。可两人聊得忘我，在餐厅门口一站就是二十分钟。

蔚蓝看了下手表，跟颜彦说：“我回所里还有事，下午约了客户，改天咱们好好聊聊。”问她，“明晚有时间吗？去喝咖啡。”

颜彦点头，“必须得有空。不过可能要晚点，加完班我就过去。”

两人约了见面的咖啡馆，这才分开。

蔚蓝上车后就跟叔叔打了电话，“小叔，我跟颜彦刚吃过饭，都按您的意思来的。”

“嗯，以后你专心工作，我这边的事情就不用你操心了。”

蔚蓝一愣，“怎么了？”

“没什么，商场竞争残酷又黑暗，你只需要把你专业部分做好，保证我在法律这条线内就行了，其他的都不是你的事。”

“小叔，我不小了，都三十岁了，能为你分担点了，你真别把我当小孩。”

蔚蓝心里一阵酸涩，除了当初叔叔破产的那几年，她过得特别拮据，后来都是在叔叔的庇护下长大。就连工作也是，从来不用看人脸色，所有的客户资源都是最优质的。

“怎么？我的话也不听了？”

“不是，小叔，我……”

"听话就行。"顿了下，蔚明海道，"你自己都说不小了，三十岁了，还跟我这样拖着？你不是带了好几个徒弟么？适时放手，工作分点出去，也该找个人成家了。"

"哎呀，我知道。"一被催婚，蔚蓝的语气就没那么好。

"别不耐烦，给你的那份购房合同看了没？"蔚明海问。

"看了。"蔚蓝说，"小叔，我现在住的那地方挺好的，虽然小区稍稍有点老，可周围什么都方便，离我上班的地方走路也就十来分钟，我不想换地方。"

她不想要那套别墅，现在正是叔叔用钱的时候，虽然这点钱对叔叔来说不算什么，可万一急需时也能派上用场。

"你现在话怎么这么多？我的话你听着就行。"蔚明海那边正忙，要挂电话。

"欸，小叔，你等一下。"

"嗯，怎么了？"

"你跟颜彦家里的关系不错？"蔚蓝有些纳闷，就直接问了。

蔚明海压根就没见过颜彦，更不知道颜彦的父母是谁，叮嘱她："你好好跟她处着就行，其他不用管。"

"好。"蔚蓝又提醒小叔，"颜彦是秋蓝的属下，跟秦书一起的，要不要我套什么话？"

"用不着，就当朋友好好处着，不用套她的话，不要朝她打听跟秦书或秋蓝有关的任何事，也别自作聪明，那样你会帮我倒忙。"

"明白了。"

颜彦回到公司已经是一个半小时后，秦书靠在座椅上都睡了一觉。

"琪琪。"颜彦敲敲车窗。

秦书伸个懒腰，打开车门下去，"大姐，北京就堵你的车？你看现在都几点了？"

颜彦掩藏不住脸上的喜悦，"接了个私活，为了跟客户搞好关系，就跟他们的律师多聊了几句。等我拿到提成我们出国玩儿去，这回我请你，给我干儿子的第一个礼物。"

"私活？你最近手里不是有两个项目？忙得过来吗？"秦书捏捏她的脸，肉乎乎的，虽然怒其不争，可也心疼，"你看你脸色差的，多久没睡好了？"

颜彦想了想，"就过年那几天睡了个好觉。"到现在就没休过一天，为五斗米折腰，为五十平方米的小窝折腰。

她把头靠在秦书肩膀上，撒娇道："你要是个男人多好。"

秦书在她腰上捏一把，"我要是男人我就不会让你这么靠着，你说你成天这么忙，也不见你瘦二两，感觉你好像比之前又胖了。"

颜彦不承认，"瞎说，明明瘦了好不好！现在风大时我都不敢出门，要是被刮跑了，你到哪里去找我？"说完自己都忍不住笑了出来。

秦书忍不住打击她，"你要是能被刮跑，那北京城估计都空了。"

颜彦："……"

忍不住就要像以前打两下秦书，手伸出去又猛地缩回来。差点忘了，她是有干儿子的人了。

秦书还要去找方慕和，没时间逗留，打开后备厢把食品袋拎给颜彦，“喏，我奶奶给你的，都是你爱吃的。”叮嘱她，“这么多东西，可不是让你一个晚上都干光！”

颜彦一把拿过来，馋得她现在都想打开一包吃吃。她开始为自己的胖找理由开脱：“你说你们这样，我能减下肥来吗？啊？你以后不许再叨叨我了，我胖，你有一半的责任。”

秦书双手捧着她的脸又搓又挤，“管不住饮食还赖人！这些零食我也吃的呀，跟你说过多少遍，没有垃圾食品只有垃圾吃法。”

“我走啦。”秦书放开她。

“开车小心点，别熬夜，照顾好我干儿子。”

秦书做了个 OK 的手势，示意她赶紧上去。

方慕和这两天忙得不可开交，拜访股东，拜访金融机构负责人，还要应对公司内部管理层的情绪。昨天还接到蔚明海那边的函，要求召开临时股东会。

秦书到时，他刚结束一个会议，脸上全是疲倦。

“你是多久没休息好了？”秦书给他捏捏肩膀。

方慕和揉揉眉心，“还行。”问她身体怎么样。

“挺好的，你就不用操心我了。”秦书又给他捶了一会儿，“你跟方伯伯商量得怎么样了？我明晚约了秋青，看看她那边什么意思。”

“按你的方案来吧。”方慕和思忖片刻，做了最终决定。

秦书莫名心疼，她看出方慕和的不舍。

“方妈，以后等方氏稳定下来，你可以继续投资秋青的公司。”尽量给他宽心。

方慕和淡笑，“我哪用你安慰。”

这个沉重的话题就此跳过。

秦书问他，方氏准备什么时候召开临时股东会。

“下周五。”

秦书点头，“哦，我知道了。”

方慕和抬眸看她，“你要做什么？”

秦书摇头，“没什么，关注那天的新闻呗。”找了个理由绕开话题，“今天中午没来得及睡午觉，我困得不行，回家补一觉。”说着还假假地打了个哈欠。

方慕和合上笔记本，“我送你。”

“我有车。”

“犯困时不能开车。”

Chapter 79

爸爸胎教

秦书回家没有睡觉，直接去了书房开始研究昨晚韩沛给她的那些资料，想找蔚明海的突破口。

接下来的两天，她全身心投入到里边，找到不少有价值的线索。

秋蓝跟尹一乔那边出奇地高效，就两天时间，已经给她发来不少有用的资料。

秦书对着屏幕上的邮件若有所思，给韩沛发了消息：老公，你帮我约的那个美女记者，有消息了没？

韩沛原本准备晚上回家跟她说，哪知她那么着急：邮箱马上发给你，你有什么要紧的资料直接发她，分类做好备注。紧跟着把美女记者的邮箱跟联系号码发来。

秦书回：老公，爱你。

韩沛：现在在哪？

秦书：在家。

韩沛没再回，秦书把之前就整理好的电子版材料直接发到那个邮箱，至于新闻怎么发，她觉得那个记者比她在行。又特别备注：最好在周五前发。

没想到那边在二十分钟后回复：没问题。这条新闻线我很感兴趣。不急，我们放长线钓大鱼，拿到奖金分你一半。

秦书松口气，开始专心做别的。遇到数据分析时，她盯着电脑屏幕，眼睛都花了，给卜一发了信息：有空没？

卜一：就等着你分派工作。

秦书：那你到我家来。

半个小时后，卜一来了。秦书把电脑搬到客厅，还有韩沛给她的那些资料，她也一起拿下去。

她把文件分类，“我说你来输，我眼睛看得都疼了。”

“这个难不倒我。”卜一退出游戏，一秒进入工作状态。

偌大的客厅，只有哗啦哗啦翻资料和噼里啪啦敲键盘的声音。

从小就搭配写作业，这么多年也练出了默契。卜一数学不如他，每次从奥数班回来，他的作业都靠她完成。而她历史不好，发下来的课后练习都是卜一给她写。后来卜一模仿她写字能模仿到老师都分不清到底是谁写的。

“你看我们俩这默契，所以说小时候互相写作业也不是没好处。”卜一说。

很多时候，秦书都怀疑自己跟卜一是不是双胞胎，她想什么他也会想什么，有时他的那点小心思，她瞄一眼就知道了。

秦书没接他这茬，而是说道："我'六一'那晚见到了蔚明海。"

"谁？"卜一嘴里叼着个棒棒糖，蹲在沙发上认真地录入数据，没太上心秦书说了什么。

"蔚明海。"

"……"卜一觉得这名字耳熟，他在脑海里搜索一番，等反应过来，差点从沙发上掉下来，"你去找蔚明海了？"

"不是，在烧烤店遇到的，他跟蔚蓝去吃烧烤。"

卜一缓了缓，"厉害吗？"

秦书点头，"深不见底。"

卜一陷入沉思，半晌后，忽地一拍大腿，"有了！"

秦书正低头看资料，被他的动静吓了一跳，"你能不能别一惊一乍的？"问他，"什么有了？"

卜一也不知道有没有用，暂时就没说，指指电脑，"哦，数据有了。"

秦书无语地摇摇头，继续看资料。

6 点时，需要卜一帮忙的资料全部完成。

卜一揉揉脖子，去冰箱拿找饮料喝，发现冰箱里竟然没有任何饮料。

"你家冰箱这是？"

"有白开水。"

"……苏打水都没有？"

"没了。"韩沛说怕她看着饮料馋，他自己也不喝了，现在陪她一块喝冷开水。

秦书抬头，"以后跟韩沛学着点，别什么都光顾自己。"

"我发觉你爱唠叨了。"卜一拿上车钥匙，"我回啦，有事随时打我电话。"

卜一离开后，秦书把资料收拾好去楼上。正在分析蔚明海港股上市那家公司的内部财报时，书房敲门声响。不用想也是韩沛，"你回来这么早？"

韩沛推门，"没打扰你吧？"

秦书摇头，"没。"这才扫了眼电脑上的时间，6 点半，"你这样早早回来，那你的工作怎么办？"

"处理得差不多了，剩下的等你睡了后我再忙一会儿。"牵着她下楼，"吃过饭再忙。"

事实上，吃过饭之后，秦书就没有了忙的时间。

饭后就跟韩沛出去散步，走得并不快，慢悠悠地。

可秦书懒，一步都不想走了，她蹲地上，"孕妇不能这么运动的。"

韩沛也半蹲下来，跟她平视，"你问问哪个孕妇不出去做适量的运动？对孩子对你都好，你下午在电脑前坐了好几个小时吧？"

秦书没吱声，韩沛这么一说，她就挺自觉地站起来，"好吧。"

这回轮到韩沛惊诧，她的反应完全出乎他的意料，还以为她会像以前那样赖着不走，甚至更能耍无赖，毕竟有孩子这个护身符。

哪知她会这么听话。

韩沛把她的手攥进手里轻轻揉了揉，也做出让步，“今天先走半小时，以后每周多加十分钟，加到一小时为止。”

秦书这会儿开始卖乖，“你最近都在看跟孕妇有关的书，懂得比我多，你说什么我都听你的。”在他下巴上亲亲。

微风拂面，这个季节夜跑的人不少，秦书攥着韩沛的手，时而走在后面拖着他，时而又绕到前面拉着他。

“你老实点不行？”

“不行。”秦书两手抓着他的一只手，倒着走，“欸，你说要是我俩不认识，你娶了别的女人，你会不会也对她这么好？”

“问这种问题，不无聊吗？”韩沛特别不理解女人哪来那么多假设，秋蓝是，韩涔也是。

“不无聊。”秦书摇着他的手臂，“说说。”

其实这个问题是陷阱，不管他说会或不会，她都不高兴，因为他娶了别的女人。

最终，韩沛说：“我们真要不认识，你就不会关心这个问题了。”

秦书笑，“应付女人是不是很累？”

韩沛望着她，“累也是因为想应付，换别的女人，半个字我都懒得说。”

秦书抿嘴笑，上前半步抱了抱他，然后继续退着走。

她说：“真没想到你会变成现在这样的性格。”

韩沛问：“你很了解以前的我？”

秦书摇头，“不算，偶尔会听方慕和说起，说你和他是差不多的人，没那耐心哄女人。对了，还跟我说过以前有个香港富豪家的女儿，一路从英国追你到北京。”

韩沛想了想，点头，“有这事。”

那女人从小在国外长大，性格张扬且外放，父亲是EF集团的第二大股东，跟蔚明海交好。认识那女的是因为当初跟蔚明海同时竞标一个项目，蔚明海想跟他合作，那女的当时代表EF跟他们的集团商谈过。后来爷爷说跟蔚明海道不同不相为谋，就没了下文。

秦书瞅着他，“美女追你这样的事，你都还需要回想？”

“追我的女人太多，我哪有空天天记这些。”

秦书忽然想起，过年时，她因为蔚蓝跟他闹别扭。那时她希望他哄哄她，可他却说，追他的女人不管以前还是现在，都不止一个，还说那些醋她没必要吃。她当时以为他在显摆，所以更委屈。其实现在再看，他只是在陈述一个事实而已，只是说者无意听者有心罢了。

“在想什么？”韩沛看她走神，问道。

秦书摇头，“没什么，好像以前误会你了。”

她明显不想说，韩沛就没多问。

半小时后两人回家，洗过澡后秦书还想再忙一会儿，不过韩沛不怎么乐意，说以后晚上尽量别熬时间，对她的眼睛不好，白天可以尽管忙。

"可现在才10点，我睡不着啊。"秦书用毛巾胡乱擦着头发，从来没这么早睡过，生物钟也不习惯。

"睡不着我们就胎教。"

秦书一副不可思议的表情，"……太早了吧，爸爸进行胎教是不是要有胎动之后做？"她也不太清楚，"你说胎教到底有没有用？"

"爸爸胎教到底到对胎儿有没有用我不知道，不过可以肯定的是，它能让孕妇心情变好，胎儿自然也就心情好。"

秦书点头，"这倒是。"

她整个身体都黏着他，"那你准备做些什么胎教？"

韩沛想了想，"先弹钢琴给你听，再给你读幼儿故事。"

秦书笑，"读什么幼儿故事？豌豆公主？"

"可以。"

"……你还记得啊？"秦书吃惊。

"童话书都买了。"

"……"

韩沛拉着她朝钢琴那边走，琴凳让她一半，征求她的意见，"四手联弹？"

"行，试试咱俩的默契。"秦书翻琴谱，找到一首适合联弹的曲子。

琴声悠扬，秦书一天的疲惫都不见了。

弹了一会儿琴，韩沛开始给秦书读故事。秦书侧躺着，抓着他的一只手，听着听着上下眼皮直打架。

韩沛放下书，捏捏她的下巴，"八月份我们举行婚礼吧。"

秦书忽地睁开眼，"你之前不是说随我吗？"

韩沛没提之前，第一次出尔反尔，可为了哄老人家开心，也没法子。他避重就轻道："不耽误你任何时间，婚礼那天你人到场就行，就当你那天休息一下。"

"老公，不是我现在不想结，是我现在心里有事，没法全身心地投入到婚礼里边。这样匆忙的婚礼，我觉得对不起你。"

秦书坐起来，抱抱他，"我只顾着帮方慕和，一直忽略你，总不能婚礼也全部让你来吧。"

"我无所谓，婚礼只是一个形式，大多是为了给别人看的。多少人办婚礼都累得够呛，一点喜悦都没了。"韩沛接着解释，"两家老人都想我们早点完婚，我们平时也没替长辈做什么，反倒让他们一直操心，这回就让他们开心一次，行不行？"

他都这么说了，她要再拒绝，多伤他啊！韩爷爷肯定是希望他们早点办婚礼，趁着他身体硬朗，还能走着去婚礼现场。

秦书点头，"好，听你的，八月份。"她躺下来，心事重重。

结婚哪能说她不用操心就真的一点精力不花？可她真没时间可浪费啊，争分夺秒都不够用。

韩沛拿毛毯给她盖好肚子，替她出主意，“结婚时你可以请蔚明海来，你浪费时间了，也让他浪费点时间，正好让他猜不透你要做什么。”

“这个主意好，我之前怎么没想到。”秦书心里轻松不少，开始盘算着要怎么发请柬给蔚明海。

“睡吧。”韩沛亲了亲她，关灯。

秦书开心了，睡觉也安稳。

韩沛摸摸她的脸颊，还是奶奶了解她，让他主动提办婚礼，秦书再不情愿也不好一口回绝，要顾虑夫妻感情，毕竟他什么都让着她，她也不好一直任性。然后说让蔚明海来参加，她那点担心就没了。

果不其然。

其实八月举行婚礼并不是他的意思，他想随她高兴。可秦奶奶上午给他打电话说：“韩沛啊，之前你要跟琪琪求婚，奶奶二话没说直接给你设计戒指；之后你说想领证，给琪琪一个惊喜，奶奶是不是又很爽快地就把琪琪的户口本给你了？”

这些秦奶奶说得都没错，直到现在他都感激秦奶奶跟秦爷爷对他的信任和支持，就跟自己的爷爷奶奶一样。

秦奶奶接着说：“现在奶奶也想请你帮个忙，不知道会不会让你难为情。”

他说：“奶奶，您这么说就见外了，都是一家人，您跟爷爷的事就是我分内的事。”

恍惚间他意识到，秦奶奶突然跟他提之前的那些，大概是要跟他讲什么条件。

果然，秦奶奶说：“我也觉得跟你这么客气就生分了，那我有什么就说什么了。”接下来开始跟他商量婚礼上的细节。

他就这么被套路了。

然后不管秦奶奶提什么条件，他就只有同意的份。电话里一直是奶奶在说话，偶尔他也会出声，却只有“嗯”“好”“行”。

Chapter 80

打了蔚明海一个措手不及

把秦书哄睡着，韩沛起来继续工作。

现在每天抽出两个小时给秦书后，就感觉时间不够用。其实一整天，他给她的也仅仅是两个小时，中午抽半小时看书，晚上一小时散步，半小时陪她说话，胎教时间。

从在一起到现在，他彻底放下工作，两人正儿八经约会的次数，加起来一个巴掌就够了。他一直都在亏欠她，而现在他陪她弹弹琴，给她读读书，她就特别满足。

发了一会儿怔，韩沛打开电脑开始处理工作。

刚打开邮箱，助理的电话打了进来："韩总，左瑞来北京了。"

韩沛拿着鼠标的手略顿，"什么时候来的？"

"刚查了她的航班，昨晚。"

韩沛继续点邮件，考虑片刻后，说："先看看她要做什么吧。"

"好。这个节骨眼上蔚明海把左瑞叫来，不用想也是对付秋蓝跟尹一乔她们几个女人。蔚明海现在没那么多时间去跟女人周旋，可又不能放任不管。"千里之堤溃于蚁穴。

"行，我知道了。"

左瑞就是EF集团第二大股东的女儿，也是当初一路追他的那个女人。

蔚明海知道自己的短板，便让左瑞上阵，毕竟女人更了解女人的路数跟想法。只是这样一来，秦书的这一仗，就越显得艰难。

"韩总，应对蔚明海是件苦差事，光凭韩太太一己之力，杯水车薪。"助理说到这儿就及时打住了。决定，他是没法做，一切还得看韩沛的意思，他也知道韩沛的顾虑。搁以前他是不会多嘴说任何事，老板吩咐什么就做什么。这次忍不住是因为挺欣赏秦书的魄力，还有她对朋友的义气。换成他们男人也不一定能做得到她那样。

韩沛指尖转着烟，这支烟他玩了有好几个月，已经皱巴巴的，开始往下掉烟丝。他说："现在还不知道蔚明海到底有多少资金，且资金的来源我们也还没查清楚，底牌不能动，继续静观其变。"

"好，左瑞那边我也会注意盯着。"

"嗯，辛苦了。"

韩沛11点半就处理好工作了，卧室的灯光很暗，他帮秦书把紧皱的眉头一点点舒缓开来。她现在连睡觉都不踏实，满腹心事。明天还约了秋青谈环保项目，希望她一切顺利吧。

韩沛亲亲她的额头，熄灯，把她抱在怀里。

直到见到秋青，秦书才直观地感受到韩沛之前跟她说的那句话，秋青跟秋蓝不一样，秋青只谈生意，只谈利益。感情什么的，在她那统统忽略不计。

秋蓝直爽，生意上没那么计较，差不多就行。可秋青却是锱铢必较的人，从她那里得到好处，很难。姐妹俩的性格截然相反。

该谈的都谈得差不多，秋青始终表现得不算热络。咖啡喝完，她续了一杯，问秦书要不要来一杯。

秦书摇头，“谢谢。”她杯子里的酸奶还有一大半。

“这价格是你的意思还是方慕和的意思？”秋青问。

秦书说：“我的意思，也是方慕和的意思，都一样。”

“你能做主？”秋青文，“要是不能做主，我就不费口舌了。”

“都找你来谈了，自然不会闹着玩。”

“那好。”

秋青伸了个三个手指头，“在你报价的基础上减这个数。”

三亿？

秦书笑了，很轻。

秋青倒无所谓她什么表情，没有丝毫掩饰地说：“这不是很正常？你想要套现，也急着出手，我肯定要压价，压到我觉得合适的价位，不然我图什么？我又不是做慈善的。”

秦书两手捧着杯子，冰冰的，她跟秋青对视，“一分都不会少。”她浅浅笑着，“那是我的诚意价格，也是最低价格。秋总，我算过，这个价格你只赚不亏。压价的话，我就不考虑了，今天耽搁你时间了。”

秋青若有所思地看着她，心里不由一笑，这小丫头片子还跟她玩心理战术，以为吓吓，她就会害怕。她哪能让一小丫头给唬住，“那希望以后有机会合作。时间不早了，我还要回公司开会。”说着，秋青站起来。

谈到这里是彻底僵持住了。

秦书也站起来，跟她握握手，“改天有时间一起吃饭，买卖不成情谊在。”

“好。”秋青淡淡一笑。

直到她拿上包要离开，秦书也没再多提半句跟项目有关的话，她稍稍诧异了下。

秋青离开后，秦书一人在餐厅坐了一会儿。刚刚吃得不算多，可胃里不舒服，她轻轻揉着，大概是妊娠反应。

已经晚上 9 点半，秦书回家，没想到在公寓楼下遇到韩沛。韩沛也刚回来，车还没停好。

秦书在后面鸣笛，韩沛从倒车镜里看到她的车，手伸出车窗示意她开上来。

两个车位并排，秦书没有直接开进去，而是甩了把方向盘，一点点往后倒进去，这样她离韩沛的距离就近了。经过他驾驶座时，还伸手摸摸他搭在车窗上的手，摸完哈哈笑，像占了多大便宜一样。

韩沛无奈，“你倒车就是为了这个？”之前他还不懂她为什么那么麻烦要倒进来。

秦书故作不懂，笑，“为了什么？”

“明知故问。”

“对啊，就是为了摸你一下，我觊觎你的手很久了。第一次你来接我去陪爷爷下棋，在车上我就盯着你的手看了好半晌，没发觉吧？”

“发现了，当时没好意思说。”

秦书不信，“真的假的？”

等秦书停好，韩沛才把车开进去，下车，“不然当时你怎么突然问我会不会弹钢琴？不就是看上了我的手？”

秦书哈哈笑，“还不傻。”

“吃饭了没？”韩沛问。

“嗯，跟秋青一起吃的。”

“去散会儿步？”他伸手牵她。

秦书点头，把手给他。

一整天没见了，秦书把唇凑上前索吻。韩沛亲了下，“跟秋青谈得怎么样？”

“不怎么样。”秦书说，“我咬住价没松口。”

韩沛笑，“知道怎么谈生意了，不错。”

秦书刚要接话，忽然胃里一阵翻腾，甩开韩沛的手就往花坛边跑，等跑到时，却又吐不出来。韩沛赶紧跟上去，给她拍着后背。

秦书的眼泪差点下来，胃里难受得不行。

韩沛去车里给她拿了一瓶水，拧开给她，一直给她捋着后背，什么忙都帮不上。

秦书喝了几口水，缓了缓。

“没事的。”她浅笑着跟韩沛说，还有拿手背蹭蹭他的脸颊。

韩沛没说话，把她抱进怀里。

“还能不能走路？不能我们就回家歇着。”

“没问题，可以走的。”

她现在自觉了。今天又是在电脑前坐了一天，就晚上去餐厅跟秋青吃了顿饭，其他时间都窝在那儿没动弹，对孩子不好。

韩沛望着她，“别勉强自己。”他以为还要有段时间她才会孕吐，哪知现在就有反应了。

“没，现在好多了。”秦书把水递给他，“帮我拿着。”

给他水时，她又蹭蹭他的手，“男人的手长得好看也是吸引女人的资本，我当初就被你这双手给迷惑了。”

韩沛看她一眼，“只有手？”

“脸，身材。不过还是最喜欢你这双手，可以牵我，抱我。”

“嗯，别处也能用。”

“……”秦书掐他一下，“正经点儿。”

路过一排饭店时，里面香味四溢。

秦书忽然馋了，抱着韩沛的手臂，“老公，你回家给我做豆角焖面吃。”

“豆角焖面？”

“嗯，想吃了。”

“……”可他不会做。

“没事，你做成什么样的我都爱吃。我们现在就回去做，你家儿子要吃了。”

两人现去超市买食材，“要多少肉？”韩沛问道。

“你等一下，我查查。”

韩沛笑了，“我估计你到半夜都不一定能吃到。”

食材买齐，两人散步回家。有辆跑车从他们身边经过，他们只顾着说话，丝毫没注意，可豪车里的人注意到他们了。

车里是两个女人，坐在副驾的女人的手肘抵在车窗上，手伸到车外抖抖烟灰，“刚才那个是韩沛吧？”

驾驶座开车的女人“嗯”了声，不由从倒车镜看了后面几眼，韩沛牵着一个女人，手里还提着超市购物袋。

车速快，一晃就看不见后面的人，女人收回视线，漫不经心地看着前方的路。

副驾驶的女人轻轻呼出烟雾，白色烟雾缭绕跟她的黑裙形成鲜明对比，烟雾瞬间被风吹散，被黑夜淹没。

她说：“当年你一路从英国追到美国，韩沛去香港，你也跟着去追，最后跟他到了北京，结果还是被拒。我还真以为他那方面寡淡，合着开始过接地气的小日子了？”

驾驶座的女人的眸光很深，“男人都这样呗。”

今晚风还不小，敞篷车开得快，她的红裙裙摆轻轻扬着。

副驾驶的黑裙美女说：“这就要怪蔚明海了，要不是当年他有个项目想要跟韩沛合作，你就不会代表 EF 找韩沛，就不会认识他。”她把烟蒂摁在烟灰缸，把烟灰缸推进去，“我明天回伦敦了，你呢？还要留在北京？”

红裙女人没有说话，点了点头，脚底油门稍稍带了一点，白色跑车很快便消失在夜色里。

回到家，韩沛开始忙活做豆角焖面，第一次做，一点头绪都没有。

秦书闻不得油烟味，就在客厅看电视等着他。

韩沛先把豆角跟肉炒好，放足水小火焖着，接着焖面。后来忘了豆角这个锅，洗了点水果给秦书送去，又亲了几下。等他回厨房，干锅了，豆角糊了，一点汤汁都没有。

韩沛：“……”

只好再新切豆角，重新弄。等他把豆角焖面做好，秦书已经躺沙发上睡着了。

韩沛没喊她，把她抱楼上卧室。秦书太困了，中途也没醒来。

周四那天下午，EF 集团的负面新闻出来。

新闻爆料跟EF集团的业务并不相关，而是他们中层及高层管理人员，涉嫌利用职务之便压低项目合同价，差价部分共同分赃。甚至还有管理人员把原本属于公司的项目直接转为自己的私活，拿高额提成，严重损害了集团跟股东利益。

新闻一出，EF集团内部炸开了锅。

“蔚总，新闻压不下，对方不撤。”秘书着急进来汇报。

蔚明海把新闻页面关掉，“不撤？”

秘书点头，“不管什么条件，对方就是不撤，说这是为我们EF还有EF股东着想。”

“呵。”蔚明海倒出一支烟，将烟盒丢一边，结果发现打火机打不着了。秘书赶紧拿来一个。

蔚明海问：“那个记者什么背景？”

“记者本人没背景，是她老公，纪家的。”又道，“还是韩沛朋友。”

蔚明海明白了。其实这个新闻一出，他就猜到是秦书干的。她这个损招，让他防不胜防。

他算错了，一直以为她会从他们公司的业务上找漏洞，也一直在防范，保证她掀不起什么风浪，对股市也就不会有任何影响。哪知她放弃了这条路，直接挑他的团队人员下手。

蔚明海点上烟，办公室座机又响了，从新闻出来，座机就一直响个不停，都是各股东打来的。

他没接，思忖片刻，道：“通知一下，两小时后召开董事会议。”

“好。”秘书离开。

一支烟抽完，蔚明海拿过手机给秦书发了条信息。

刚发出去，敲门声响。

Chapter 81

结婚请柬

“进。”蔚明海头也没抬，正盯着手机。

“蔚叔叔，您这手机能看出钱来？”左瑞拖了张椅子坐过来，也不客气，拿了蔚明海的烟倒出一支含上，伸手就摸边上的打火机。

“那个没气了。”蔚明海把手里的那个丢给她。

左瑞看看打火机，“你这打火机几块钱？”大概是最便宜的。

“批发的，五毛一个。”

“……”左瑞刚抽了一口，差点被呛着。

蔚明海问她：“你朋友回伦敦了？”

“早回了。”

“知不知道你为什么留北京？”蔚明海问。

左瑞吐出烟雾，摇头，“没说。”

蔚明海“嗯”了声。

左瑞不明白：“要对付秦书跟她几个闺蜜，还不在你话下？”

“我不擅长揣摩女人心思，你比我强。”

左瑞笑了，“您这是夸我呢还是损我？”好奇道，“对付她们几个，您那侄女不比我厉害？她是律师，最懂人心思。”

蔚明海没吱声，他不想说的谁都问不出所以然。

他不想让蔚蓝掺和进来，对付秦书时或多或少要牵扯到韩沛。蔚蓝喜欢韩沛，而以前韩沛对蔚蓝也确实不错。在蔚蓝心里，韩沛始终是个特殊的存在，那是年少时的一种情结，他不想把侄女心里的那点美好给毁了。

“怎么，舍不得您侄女牵扯进来？”左瑞把烟灰缸拨到自己面前，弹弹烟灰，看着蔚明海。

“她不是 EF 的人。”

“呵，到底是亲的，不一样就是不一样。您看我也喊您一声叔叔，您可从来没考虑过我什么感受，毕竟我以前可是追了韩沛那么久。您说这回我要对付秦书，万一到时韩沛直接找我算账，我心里该多难受？”左瑞笑着说，可话里有声讨的意味。

“你喜欢韩沛那都是陈芝麻烂谷子的事了，生意人谈感情做什么？”

左瑞耸耸肩，说了也没意思，把烟蒂熄灭，“有什么要吩咐我做的？”

“秘书会跟你说。”蔚明海手里的手机震动了下，他点开，秦书回他：蔚总何出此言？你是说我又买进 EF 的股份这事？

蔚明海：呵，今天新闻没看？

秦书：哦，你说 EF 那新闻？看了，刚还在看。我觉得这个财经记者对您还真不错，您都没发现的问题，及时替您找出来了。

紧跟着来了一条：虽说水至清则无鱼，可这水要是太浑了，鱼就会被呛死。我想您也不愿看着 EF 其他管理层被这浑水给呛死，蔚总，您说是不是？

“蔚叔叔，您什么时候也开始用微信聊天了？”左瑞站起来时发现了他的手机页面，随口问了句。

她爸爸是 EF 的第二大股东，跟蔚明海的关系一直不错，她从小就习惯了跟蔚明海这么说话。

蔚明海没有丝毫避讳，直接把手机递给她看，“了解一下秦书是个什么样的人，知彼知己。”

左瑞拿过手机，“随便看？”

“没什么秘密。”

左瑞把聊天记录全翻看了，虽然聊天内容不多，不过她也从中对秦书略知一二。把手机还给蔚明海，她笑着说：“蔚叔叔，虽然聊天可以套出不少对方的性格跟心里想法，不过……”她刻意停顿下来。

蔚明海抬眸，“不过什么？”

“当心您把自己给搭进去，陷入网恋。”

“……”

蔚明海不管是内心还是脸上没有丝毫波动，问左瑞：“知道你为什么输给秦书吗？”

左瑞做出一副虚心倾听的表情。

“因为看到男人，你首先想到的是这个男人会不会对你有意思，你有没有可能爱上他，而秦书不是。”

他跟秦书，恰好是一类人。在他眼里，生意场上无男女之分，不是队友就是对手。

晚上韩沛回家时，秦书今天工作结束得早，正在客厅看电视。

“老公。”她回头看他，嘴里吃着水果。

“嗯，今天身体怎么样，有没有吐？”韩沛问。从早上出门，他跟秦书就几乎没时间联系，只能到晚上见。

秦书摇头，“今天还不错。”

韩沛走过来，茶几上有两大盘水果，一盘青葡萄，一盘李子，而她右手李子左手葡萄，吃得津津有味。韩沛看着都觉得酸。

“新闻看了没？”秦书问。

韩沛在她旁边坐了下来，“看了。”没想到她会从这方面入手，打了蔚明海一个措手不及。

他说：“这回够蔚明海忙活的了。”

秦书笑，“嗯，蔚明海再厉害，可智者千虑必有一失。”

现在蔚明海公司的高管，有问题的人开始抓狂焦虑，不知道自己会不会被媒体爆出来。如今个个都是泥菩萨过河，自身难保了，谁还有心思去给他卖命？

这段时间他们内乱，方慕和终于能喘口气。

她把手里的葡萄给一粒韩沛，“很好吃的。”

“我不吃酸的。”

“不酸，甜。真的。”

“你的话现在没有可信度。”韩沛自然不会上当。

秦书笑，把葡萄含嘴里，然后凑到他唇边，做出索吻的样子。韩沛看了她几秒，最后还是亲下去，把那粒葡萄给含过来。他没嚼，直接吞了下去，不知道是酸还是甜。

“怎么老吃葡萄？”

“听说吃葡萄宝宝的眼睛会大一些。”

“……你还真信？”

“无所谓，反正多吃时令水果对皮肤好。”

韩沛说起正事，提醒她：“蔚明海很快就会反击，你得有心理准备。”

“没事，兵来将挡，水来土掩。”

然而接下来蔚明海并未反击，EF 内部乱套比他想得还要严重，自顾不暇。

秦书过了一段安稳日子，从六月中旬到七月底，最热的一段时间她过得还算舒坦，白天偶尔去公司，其余时间都在家里研究资料。只要不出差，韩沛每晚都会陪她散步，一周三次的孕妇瑜伽课，韩沛也会抽时间陪她去。

不知道是不是跟肚子里的小家伙心有灵犀，小家伙体谅她现在的难处，怀孕三个多月，她只吐了几次，其余时间胃口还算不错。就是特别能吃酸，这个夏季她都不知道喝了多少酸梅汤。

这两个月里，可忙坏了蔚明海，因为新闻不时就会爆料 EF 高管的负面新闻，导致他的团队人心惶惶，谁都没心思干活。

从团队下手，给了蔚明海致命一击。

高管的那些破事，蔚明海一清二楚。在商场那么多年，他深谙水至清则无鱼，无利不起早，所以只要他们不太过分，他很宽容，睁一只眼闭一只眼。这些年来都是如此，他发大财，他们发小财。所以他的团队几乎零失误，所向披靡。

哪知秦书从这里找到了突破口，直击要害，他连防范的机会都没有。就算他早知道那些暗箱操作，也觉得没什么。人贪欲的劣根性，谁都没法免俗。可问题是，现在被爆出来了，直接摆在了台面上，不仅股东瞧着，公司那么多员工也等着看他怎么罚，逼着他不得不做决定。

短短两个月，他的团队几乎重新洗牌。

秦书还收到了蔚明海的信息：这一局，你暂时领先。恭喜。

他用的是“暂时”。

秦书知道，他的招还在后面呢，基本没开始用。这两个月，蔚明海没法把全部心思放在方氏，加上海纳团队的反并购策略，EF所持方氏的股份没有多少变化，还是维持在21%左右，方慕和依旧是最大股东。

这正好给了秦书时间，她的整个团队在积极准备做空计划。而她手里所持EF的股份已经第一次举牌，达到了5.22%。

现在基本万事俱备，就只差东风吹起。

他们一直在商量选什么节点公开做空的消息，消息要提前三天公开，以免一些股市散户受损严重。

秦书的婚礼定在了八月中旬。七月底，周二这天，韩沛出差还没回来，她一个人在家研究资料，看得头昏眼花。躺在沙发上休息了一会儿，还是不清醒，然后扫到了桌角的结婚请柬。她决定亲自去给蔚明海送请柬，正好会会他，看看他最近在忙些什么，顺便出去放松一下大脑。

去之前，秦书先给蔚明海发了信息：蔚董，能耽误您一分钟吗？

蔚明海正在开会，手机震动，他盯着那条信息看了数秒。

她的损招让他元气大伤，他都还没找她算账，她倒是先找上来了。

他面无表情地回：秦小姐，有什么指示？

秦书：指示不敢当，方便把您秘书的联系方式给我吗？

蔚明海：？

秦书：找她预约时间啊。知道蔚董您这样的大忙人，可不是随时有空见我们这些小喽啰的。听说您最近忙着肃清EF的内部管理层，那就更没时间了，我不能这么不识好歹是不是？

蔚明海很轻地"呵"了声，还真把秘书的联系方式发给她了。

她不是想预约么，那就让她等。

蔚明海放下手机，示意秘书过来。

秘书小跑着过来，俯身小声问："蔚总，什么吩咐？"

"秦书要是约我，这周都没时间，最早下周二。"挫挫她的锐气。

秘书点头，"好，我明白了。"

Chapter 82

就算瘦了
那也是想你想的

会议结束，蔚明海回办公室，左瑞正等着他。

“我来得不巧，刚来您就开会去了。”左瑞指指咖啡杯，“续了第三杯了。”又示意烟灰缸，“您的烟我也全都抽完了。”烟灰缸里全是烟头。

“烟瘾这么大？”

“这是享受。”蔚明海算是她长辈，她也不能太没分寸。要是对面坐的是闺蜜，她肯定会口不择言了。

蔚明海坐下来，“什么事？”

“跟您汇报工作啊。”左瑞这段时间也没闲着，什么事都是亲力亲为，虽然她一直都有些不务正业，可涉及集团利益，她也不敢打马虎眼。

蔚明海把水杯递给她，示意她倒杯水。

他揉揉眉心，第一次跟女人交锋，比对付十个男人都累人。生意场上，男人跟男人之间的战争最直接，没有那些弯弯绕，凭实力说话，就算是阴招，那也是输得心服口服。可秦书偏偏是女人，善用女人的攻心计，用的还是阴招里的损招。

他防不胜防。

问左瑞：“有成果了？”

“有，还不小。”左瑞边倒水边说，“我摸清了秦书周边的人，跟她组建团队的目前只有两个女人，就是您之前怀疑的那两人。”

“秋蓝，尹一乔？”

左瑞点头，“她们的能力不错。”把水杯递给他后在他对面坐下，“您想用什么法子对付她们？”她征求他的意见。

“我没时间操心这些，都交给你了，你自己看着来。”

左瑞原本到了嘴边的话又咽下去，点头，“好。”

又想起一事，“哦，对了，秦书还给方慕和牵线，想让秋青并购方氏旗下的环保公司。据秋青身边的人说，秋青一直在压价，到现在都没谈拢。看来方慕和实在没招了，要把他们方氏起家的公司也转手。”

蔚明海微怔，“还有这事？”

“嗯，消息属实。”

“我知道了。”蔚明海点点头，其他也没多说，昨夜没睡好，揉了揉太阳穴。

左瑞看蔚明海最近心力交瘁，这两个月几乎都没休息，她主动揽过来，“蔚叔叔，据我这几个月的观察，秦书对付您的那几招都挺 LOW 的，就是侥幸才赢了。既然她也没那么高深，我对付她绰绰有余，您就专心应对方慕和吧。”

蔚明海抬眸，“你？”

左瑞不乐意了，“您这什么口气？我怎么了？合着在您心里就秦书最好？”

“不是我小看你，是你跟秦书比起来，还真差点儿。”

左瑞不服气，“差哪儿了？嗯？”

蔚明海本来懒得多说，怕影响她干活的情绪，却又难得解释那么多，说：“秦书有女人的那种特别作的本事，她除了会小儿科的阴招，她还有男人理性的一面。你别看她天天闲得没事干的样子，在资本市场上该怎么对付我，她可是一点都没松懈。”

“您可真了解她。”

“我了解我的每一个对手，不然怎么玩？你还真以为你吃喝玩乐的钱是从天上掉下来的？”

“……别说的我一无是处。”

蔚明海摆摆手，“忙去吧。”

左瑞站起来时多问了一句，“接下来您有什么打算？要不要继续增持方氏的股份？我爸那边又来了一笔钱。”

“没有任何打算。”

左瑞不明白，“时机这么好，您不打算增持？”

“韬光养晦，懂不懂？”

这两个月，秦书已经蓄势待发，他不能把所有的钱都砸在方氏上，不然到时候他没法自救。

左瑞本来还想说两句，结果蔚明海拨通了座机，“给她约了周几？”

左瑞不方便听，拿上包离开。

电话那边，是秘书，答复说：“蔚总，秦书没打来。”

“嗯，我知道了。”把电话挂上。

不知道她这回又玩什么阴招。

他现在对她的这些损招是有些头疼了，总是出其不意，让他没有丝毫防备。

秦书收到蔚明海秘书的联系方式后没预约，她忽然改变了主意。

跟蔚明海碰面后，她心里想什么十有八九会被蔚明海给窥探了，别到时候她没试探出他的想法，她的那些小心思却被蔚明海给看得一清二楚。

这样得不偿失。

至于请柬，她快递给他。

正在填写收件地址时，手机响了。

韩沛的第一句话就是，“我出差回来了。”

秦书一个激动，手机差点掉下来，赶紧用肩膀夹紧，“什么时候回来的？”

“刚回，在办公室。”

他出差已经快十天，两人都忙又有时差，有时聊不到几句就被其他电话给打断，这十多天里也没好好聊一会儿。

韩沛问她："要不要到我办公室？"

"嗯。"

"现在在哪？"韩沛的声音里透着一丝疲惫。

"在快递点。"秦书把手机夹在耳边，继续写。

韩沛刚到办公室，倒了杯水喝下，不禁好奇地问："你去那做什么？"

这边有工作人员，不方便多说，秦书简洁道："寄东西给蔚蓝她叔啊，一会儿跟你细说。"

韩沛明白她要寄什么了，立刻阻止，"算了，不请他了。"

秦书手里的笔一顿，"为什么？"

"说不定等不到我们婚礼，这场竞争就已经结束了。"韩沛问她，"准备得怎么样了？"

"差不多了。"

"那别拖，拖一天就多一点变数。"

"好。"秦书答应道，跟工作人员说不邮寄了。

在去韩沛公司的路上，一辆白色的跑车迎面而过。秦书不认识左瑞，看也没看对面那辆跑车一眼。

可左瑞知道秦书的车牌照，看到那个牌照，擦肩时，她不由看了眼车里的人。

素颜，依旧美艳动人。

很快，汽车错过去。

到家后，左瑞去了书房，打开邮件里的视频，再次点开来。只有不到两分钟的监控视频，她看了不下五遍。

有些烦躁，左瑞点了支烟，给闺蜜打电话。

闺蜜疑道："没找男人？"

"大白天的我找什么男人？"

闺蜜揉揉眼，"什么事？"

"公事，现在拿不定主意，看来我真是成不了大事。"

"涉及商业机密？"

"现在也不算机密了，你不是从新闻上也看到了？我们EF跟方氏的竞争。"

闺蜜起床，趴在窗边，点上一根烟，"嗯，然后？"

"留在北京的这两个月，努力总算没白费，我了解到秦书跟韩沛在一起之前，喜欢贺竞南。"

闺蜜眉心微蹙，"贺竞南？"她知道贺竞南这人，在伦敦金融界赫赫有名，只要他参与的并购案，基本零失误。

"这样的男人，女人喜欢不是正常？"

左瑞后仰，靠在椅背上，"是正常，关键是秦书跟韩沛在一起后，她跟贺竞南还有牵扯。贺竞南好像喜欢秦书，他们在上海出差的监控视频我拿到了。”

左瑞给闺蜜详细地说了说：“尹一乔是贺竞南的前妻。对了，尹一乔的闺蜜秋蓝，也暗恋韩沛。之前我还跟秋蓝打过几次照面，占有欲那叫一个强。你说这几人的关系多有意思，狗血得让你想不到吧？”

“继续。”

“我之前是想把这个视频以邮件的方式发送给韩沛，然后顺便抄送贺竞南、尹一乔、秦书和秋蓝。当然，秦书家里跟韩沛家里的长辈我也会一一抄送，让他们一锅乱。”

邮件早就写好了，一直在存稿箱，她好几次想点，点不下去。

闺蜜吹出烟雾，“为什么你又没做？”

左瑞指间夹着烟，刚要放到嘴边，又把烟头直接丢在水杯里，“我在想，是不是韩沛没了男人的面子和尊严，跟秦书冷战后，我就会有报复他后的痛快？”

“结果？”

“没有那种快感。”

韩沛是第一个让她费尽心思想要得到的男人。那段日子，她世界各地跟他后面跑，也是她最纯粹最快乐的时光。

明明都二十八岁了，可当时就跟十六七岁情窦初开的年纪一样。

闺蜜安慰她：“那就别做。做事是为了开心，有所得。你都身心煎熬了，何必做？况且你这样的做法实属不高明。”

困得要死，抽烟都没法提神，闺蜜把烟丢了，接着道：“你看秦书，从不进行人身攻击。你说她能没有蔚明海以前那段婚姻的黑料？但她没利用。就算哪天蔚明海输了，应该也是心服口服，说不定以后还会有合作的机会。在生意场上，竞争可以，哪怕恶意并购也无可厚非，毕竟弱肉强食，这是生存法则。可你要在人家私生活的伤口上撒盐，以后谁还敢跟你合作？凡事别太绝，给你们EF留条退路。”

左瑞玩着打火机，“我明白。我手里还有尹一乔和秋蓝工作上的不少内幕资料，那我就从她们的项目上下手。”

至于那个监控视频资料，她就只发给了秦书一人，让她糟心一阵子，肯定能分散她的注意力。

女人最终最在意的还是感情。

左瑞本想挂电话，又后知后觉地说：“刚才那些长篇大论，我怎么听着，你句句都是为蔚明海着想？”

站在窗口有点凉，闺蜜找了条浴巾裹上，丝毫不避讳，“好歹也是我中意的男人。”

左瑞不解，“那你上次来也不见见？”劝道，“等他忙完这阵子，你主动追他吧。”

闺蜜“呵”了声，“追？我字典里压根就没这个字。”

左瑞说：“那蔚明海更不可能追女人。”

“不管他输或赢，EF肯定会伤到元气。我要包养他！”

“……”

秦书到了韩沛的办公室，刚开门，都还没看清里面的人，就被拽进一个怀抱。

“想你了。”她在他怀里撒着娇。

韩沛把她抱起来，“怎么瘦了？”

“瘦了吗？我还觉得胖了呢。”秦书搂着他的脖子，笑说，“就算瘦了，那也是想你想的。”

低头亲亲他的唇，秦书问他：“不是说明天才回？”

“事情结束了。”韩沛直接把她抱进了休息室。

秦书也想他了。

三个月都没在一起，现在他把她抱怀里亲着她。

韩沛怕碰到她的肚子，侧躺在她身侧，手肘支撑起，另一只手垫在她后脑勺，小心翼翼地亲着她。

Chapter 83

每次做坏事
都被当场抓到

亲了半分钟，韩沛呼吸开始急促，哑声问她：“现在三个多月，可以了吧？”

这三个月对他来说，每天都是煎熬。

秦书点头，已经三个半月，可还是担心：“你轻点。”

韩沛喉结上下滚动了下，连亲吻都倍加轻柔。特别是亲到小腹，那里稍稍鼓起来，他亲了又亲。后来他的额头都冒出了细细的汗珠。

结束后，韩沛吻着她的额头。

两人躺在床上缓了一会儿。

韩沛还有工作要处理，没法休息，他起身，把空调调低，给她盖好被子，“你睡会儿，晚上下班一起回去。”

秦书也累了，点点头，打个哈欠，“接下来我大概也没什么安稳日子过了。”

她的第六感向来很准，蔚明海这回吃了这么大的哑巴亏，肯定要还给她。

“先别想那么多，睡会儿吧。”

“嗯。”

简单地冲了个澡，换了衣服，韩沛出去工作。

秦书正睡得迷迷糊糊，手机响了。

手机还在包里，她又爬起来拿包。早知道是卜一的电话，她就不接了。

“喂，干什么！”

“说话方便吗？”

秦书清醒几分，“方便，怎么了？”

卜一心里挣扎，可不说也不行，“琪琪，你得做好心理准备。”

“赶紧说！”

“那个……我本来是想找蔚蓝咨询点法律上的事，准备分散她的注意力。”

秦书打断他的话，“你什么时候去找蔚蓝的？”

“哦，六月份的时候。就是那天在你家，你说遇到蔚明海跟蔚蓝吃烧烤，我想着可以从蔚蓝入手。她是个律师，肯定不会轻易说不该说的，我就想找她咨询项目上的问题，分散她的时间。”

秦书关心的是，“结果呢？”

“蔚蓝直接把我交给了她带的徒弟，说跟她徒弟说也一样，她最近手里的项目多。”

“傻子哎，蔚蓝早就知道你是我身边的人。”

卜一后来也想明白了是怎么回事，不过这些都已经不要紧，反正傻也傻过了，他现在想说的也不是这个，“琪琪，你别打断我行不行？你都把话题带偏了！”

“行，你说。”

“我第一次去找蔚蓝时，在她公司楼下的咖啡馆，我看到了她跟颜彦喝咖啡。”

“颜彦？”

“对啊，你那个闺蜜颜彦，她的样子我可不会记错。”

秦书并不惊讶，这个她早有心理准备。

卜一继续说：“如果说一次是巧合，是因为做项目才接触……可我昨晚又在烧烤店里碰到她们了！当时颜彦也没注意到我，她们聊得那个开心！我走的时候她们还在聊，说的是我听不懂的话，大概是方言。

“哦，对了，就是你遇到蔚明海的那家烧烤店。我觉得这事我必须得跟你说一声，不是我怀疑颜彦，是蔚明海会不会就从她着手对付你了？”

秦书言语平静，“嗯，差不多。”

卜一等着她继续说，结果却没有了下文，他着急得不行，“现在都已经火烧眉毛，你还一副事不关己的样子？！琪琪，你傻了？”

“我没傻，我早知道蔚明海会接近颜彦。”

卜一一噎，“那你早知道还不跟颜彦说？让她好有点心理准备。”

“说什么？怎么说？只要颜彦正常上班，接触客户，蔚明海就有法子接触到她，难道我让颜彦与世隔绝？”

“那现在怎么办？你还不跟颜彦说？”

“说什么？”秦书反问。

“让她留点心。”

“要是我没猜错，蔚蓝跟颜彦接触，就是正儿八经地跟她做项目，肯定没有提及我只言片语。”

彦子前几天还跟她说，上一个项目她赚了几十万，大概就是蔚蓝给她介绍的。最近颜彦又接了一个小项目，等年底还能进账十几万。她现在对蔚蓝是一种感激，加上老乡的那份特殊亲近在里面。

顿了下，秦书说：“蔚明海让蔚蓝跟颜彦相处，就是想从心理上打击我，让我自寻烦恼，乱了方寸，我不能着了他的圈套。”

所以彦子这条线，她决定彻底放下不管，不能让它扰乱她的计划，她现在没那么多精力牵扯进这里边。

蔚明海想让她心烦意乱，她偏不如他意。

卜一说：“你比我想的还要了解蔚明海一些，他现在心里想什么，你基本都能揣摩透。只是成天猜他想什么，得死多少脑细胞？”人家怀孕能吃后，都胖了，就她还瘦了几斤。

“不然怎么办？要是硬碰硬，一分钟就被他给撂倒了。”

卜一平静下来，认真想了想秦书之前的那番话，可还是担心，“你刚才那么说也没错，可是也不排除万一。万一到时候蔚蓝就是给颜彦设圈套的，你怎么办？现在不管不是留了后患？”

这些秦书早就考虑过，可也没有更好的办法。

秦书一直没吱声，卜一喊她：“琪琪？”

“在呢。”她说，“蔚明海真要想设圈套，就算我跟颜彦说了，颜彦也一直留心，可还会防不胜防。她不是蔚明海的对手，最后照样被算计，说不定摔得比现在还惨。”

卜一正坐在车里，空调打太低，冷得起鸡皮疙瘩。他降下车窗，猛地一阵热气窜进来，又赶紧关上窗户。

他现在的心情就跟刚才热气涌进来时的感觉一样，冰火两重天。

说也不行，不说就留后患。

所以就只能坐以待毙了？

秦书唯一比较舒心的是，“至少彦子现在钱赚到了，都是正经生意。”

跟蔚明海的对峙还不知道哪天才结束，说不定要耗上一段时间，这中间心力交瘁，她不想把彦子给搅和进来。

颜彦跟她不一样，她吃喝不愁，钱多得差点不知道要怎么花。可颜彦不行，她还要买房，还要负担老家家里的父母弟妹。她就不跟颜彦说商战的这些烦心事了，让她安安心心上班，偶尔赚个外快。

卜一叹口气，也没再多说什么。

秦书宽慰他：“好了，别唉声叹气的。方妈不是很早就教我们，这世界并不是非黑即白，生意场上利益为大。”

举个子例给卜一，“你看我以前还跟韩沛竞争 BD 项目呢，他可是用了手段的，你能说他是个坏人？方妈以前还截过人家的项目。蔚明海肯定也不是善类，可在蔚蓝心里，他一定是这个世上最好的亲人。说不定蔚蓝在跟颜彦处的时候，也没有恶意。”

她说：“我们带着恶意的想法去看一个人时，那人就有罪。当我们自己想得简单了，事情就没那么复杂。”

“当了妈的人都这么唠叨吗？”

“……滚！”

卜一摸摸鼻子，又不好骂回去，只好说起正事，“那你闺蜜这条线我们真不管了？”

“不管了，以后你也不用再关注蔚蓝。你没发觉你这两个月的精力都被蔚蓝一人给牵扯了吗？一点有用的事都没做。”

卜一没吱声。不过不得不承认，他这段时间的所有注意力确实都放在了蔚蓝跟颜彦身上。

秦书说：“这就是典型的捡了芝麻丢了西瓜，正是蔚明海所期望的。”

卜一点头，“嗯”了声。

“跟蔚明海玩，要得更要舍。”沉默了几秒，秦书接着说，“退一万步，就算彦子是我身上的突破口，被蔚明海给利用了，我现在也没精力去管那么多，我得丢卒保车。”

卜一呼出一口气，“你确定彻底不管，丢卒保车？”

秦书下意识地攥紧了手机，顿了片刻，肯定道：“确定。”

“那好，我现在开始就不再关注她俩了。”卜一又问，“那你的伴娘还是颜彦？”

秦书叹口气，“别提了，她说要减肥，美美的给我当伴娘。可她最近都快忙翻了，没时间运动就吃了减肥药，结果反弹了十几斤，比之前还胖，礼服都没法穿。她说她没勇气站在台上，我找了韩涔来救场。”

原本打算让卜一当伴郎，可卜一的酒量不行，最后换成了裴烨。

听说好几个月下来，韩涔还在抄法律条款，依旧没见到自己的新任总裁，等婚礼上估计能一睹裴烨的真颜。

挂上电话后，秦书就一点都不困了，马上就要到婚礼的日子，再有不到两周就要做产检，还要做唐筛检查。

要命的是，她跟蔚明海之间马上就要胜负见分晓了。只是不知道他会从哪里下手，会不会继续增持方氏。

越想越烦，又睡不着，秦书拿出手机玩了会儿游戏。正玩到关键时刻，休息间的门推开，脚步声进来。秦书不敢朝门口看，把手机往被子里一塞，赶紧眯上眼装睡。

韩沛已经把几封邮件处理好，时差没倒过来，现在困得不行，打算睡一会儿后继续工作。

他把衣服脱了，要掀被子躺下，拉拉被角，竟然没拉动。

秦书眯着眼，从被窝里正用力死死拽着被角，就是不让他掀。

手机还在被窝里，她现在也一时摸不到手机。关键手机屏幕上正是游戏页面，她得僵持一会儿，等游戏结束。

Chapter 84

这场对决中 秦书损失惨重

韩沛盯着她看，从她紧闭的双眼，还有皱着的眉头，知道她又干坏事了。

他没再拉被子，走到床中间，手伸进被窝摸了摸。果然是手机，页面停留在游戏上，本局失败。

正打算搁下手机收拾她，手机上有提示消息，收到了新邮件，邮件标题：贺竞南，拥抱。

他心里不由一紧，扫了眼秦书，她还在装睡。

韩沛没时间多想，直接点开邮件。果然，那段视频就是上海酒店外的一幕。

他暗吁一口气，看后把这封邮件彻底删除。

发邮件的那人应该看到了已读。

不用想，是左瑞发来的，想从精神上打击秦书。

韩沛装作什么都没发生，凑到秦书耳边，亲了亲她的耳朵，“真睡了？”热气喷在她侧脸，痒痒的。

秦书忍着笑，没动。

韩沛又在她唇上落了一吻，“好好睡，手机我先没收。”

拿着手机去了外面办公室，让助理查左瑞的联系方式。

十分钟后，助理发过来。

韩沛没立刻打电话过去，又等了十五分钟，直接给左瑞发了信息：我是韩沛，你那封邮件我老婆给我看了。你若是调了酒店监控就该发现，那晚我也在，只是为避免大家尴尬，我回避了一下。既然你这么好奇我们之间的事，我亲自说给你听。我追我老婆之前就知道她喜欢贺竞南，暗恋了四五年，所以我花了不少心思才追上她。你拿到的视频里，当时贺竞南不知道我跟秦书已经在一起，才有了那个拥抱，后来全都解释清楚了。要是你还有不明白的地方，尽管问我，知无不言。

左瑞收到信息，看到前几行字，脸色一僵。等看完，她觉得自己现在就跟个跳梁小丑差不多。

其实她早就放下了，现在弄得这么不堪……

她打了几个字准备回他，后来又全部删掉。

今天，真是糟糕透顶。

周四那天，秦书幕后的那个做空机构在其官方平台，发布了蔚明海在美股那家控股公司的一些财务信息，暗示他们公司的财报有虚假。

这是第一波消息。

“这么快？”卜一看到了消息，第一时间给秦书打来电话。

秦书无疑是紧张的，“嗯，韩沛说不能再拖，不然等蔚明海恢复元气，我就找不到合适的下手机会了。昨天秋蓝跟尹一乔之前的项目都曝出了问题，虽然我们也早有准备，可发生后还是焦头烂额。再拖下去，还不知道要殃及多少人。”

韩沛看到这条新闻时，正在开会，中场他直接离开了。

助理紧跟着韩沛出来，他刚才也看到了那条推送的新闻，秦书的操作倒是让他有些意外。他说：“我以为韩太太会突袭蔚明海在港股的那家公司。”

毕竟那家公司能找出的漏洞更多，加上合适的操作，做空的风险也相对小些。

韩沛说：“她想要打个时差战。”

助理点点头，这倒是也可行。

“韩总，现在我们？”

很快到了办公室，韩沛打开邮件，开始打字。就在助理说话间的工夫，他的邮件已经发送出去，这才回复助理，就一个字，“等。”

助理还有疑惑，不过也没多说，点点头，“好，明白。”

韩沛看出他的疑惑，多说了一句：“秦书赢的几率只有百分之五，还得靠运气。”

助理担心的是，“蔚明海有时做事挺狠的，就怕他的出招也让韩太太防不胜防。”

蔚明海对自己狠，从不拖泥带水，舍得放弃一些东西。

“不狠他怎么能有今天？”

助理问：“那要不要提醒一下韩太太？”

韩沛喝口水，“不用，她肯定想过这个可能，现在她也在赌。”赌蔚明海放弃方氏保住自己的公司。

差不多的时间，蔚蓝也看到了新闻，现在铺天盖地都是。

她平静了片刻，给叔叔打电话：“小叔，这家做空机构肯定跟秦书脱不了干系！”这个节骨眼上出了这样的事，不用想也是对手想给他们一击。

蔚明海心平气和地说：“资本市场不就这样？”他以前也这样玩过，所以轮到自己的公司被盯上，他倒是坦然了许多，靠在椅背里，开始抽烟。

“这会影响股价啊，说不定都能跌停。”蔚蓝着急道。

点上烟，蔚明海把打火机丢一边。

水蓝色塑料打火机，不值几毛钱。

可就是这么便宜的打火机，小时候家里也不舍得买，都是用火柴。就连只用几分钱就能买到的一盒火柴，母亲都省着用。

那时他唯一的人生理想就是成为有钱人，这些年从来都没变过。

电话那端，蔚蓝更急了，“小叔！”

蔚明海收回思绪，“她想要我那家公司，我就给她折腾去。”

“什么意思？”蔚蓝现在有点乱，也没时间去深想。

“意思就是，她的最终目标是想让我放弃方氏，跟方慕和和解，套现去增持那家被做空的公司。”

怎么可能？

蔚蓝一愣，“秦书还想在低价时买入你那家公司的股份，成为你的大股东？”

“嗯，开始大概想用做空赚的钱救方氏，后来发现风险大，也不见得能赚多少，说不定还会赔个底朝天，估计就改变了策略。”

秦书想围魏救赵。

把他公司的股价搞下来，她再趁机买入。要是成为几大股东之一，就有机会进入董事会。到时候要是她持有的比例过高，影响到他的第一大股东地位，他自然也会趁低价增持。而增持需要钱，他就得从方氏那边减持撤回资金。

这是秦书的打算。

蔚蓝还记得秦书持有 EF 集团百分之五点几的股份。都被套了那么多钱进去，她哪来的闲钱去增持小叔其他公司的股份？

蔚明海弹着烟灰，“钱多，她把自己全部身家都压了上去。”

他之前也没料到秦家老两口会这么放纵她，拿钱给她折腾。

好在他早有准备。

蔚蓝现在没心思去关心秦书的钱到底从哪儿来，而是担心，“小叔，您真应付得过来？”

蔚明海笑，反问：“在你眼里，我弱到连个小女孩都不如？”

“当然不是。毕竟再厉害的人也有疏忽大意的时候。”

蔚明海宽慰她：“没事，韩沛跟贺竞南都不愿掺和进来，你就知道这仗有多不好打。凭秦书，她还年轻了点。”

韩沛和贺竞南都知道，这仗打了也是两败俱伤，所以他们中立。就只有秦书，大概过不了自己心里那关，非要帮方慕和。

明知山有虎却偏向虎山行。

单凭这点，他倒是挺欣赏她。

患难见真情，不管是哪个男人，甚至每个人，都希望在低谷时遇到这样的朋友，不离不弃。

不是所有人都有勇气赌上自己的全部身家，为朋友两肋插刀。

人生有一个秦书，足矣。

蔚蓝的心里稍稍有了点底，“小叔，颜彦是不是你布的一颗棋子？”

“嗯，不过已经用不上了。”

“嗯？”蔚蓝不明所以。

“之前怕秦书会拿我过去的那些破事做文章，既然她手下留情，我也不会以怨报德。”蔚明海想了想，说，“等这阵子过去，你要是觉得颜彦有值得你深交的地方，或是跟她合作项目还算愉快，那你们继续。”

这时蔚明海有其他电话进来，“回家聊，我接个重要电话。”

挂了蔚蓝的电话，蔚明海接通了左瑞父亲的电话，“嗯，可以，就今天吧。拖的时间够长了，耽误我多少赚钱的机会。行。”

刚放下手机，秘书敲门进来，“蔚总，纽约那边的高层等您指示。刚打您电话一直没打进来，他们连夜召开了会议。”

蔚明海把烟头丢进烟灰缸，“尽力应对就行。”

“如果真要遭遇大幅下滑，在低点时要不要增持？”秘书问。

“不用。”思忖片刻，蔚明海说，“明天开始，继续增持方氏。”

秘书微怔，还是点头，“好，明白了。”

秦书跟蔚明海的这场对决，在一周后就逐渐有了分晓。

蔚明海并未增持被做空的那家公司，而是持续增持方氏的股份，一度达到了25.92%。加上一致行动人的股份，已经到了要约收购的那道线。

看到这条新闻是一早，秦书还在床上，拿着手机的那只手都不自觉抖了下。

韩沛已经去了公司，她给韩沛打电话，“老公……”

她不知道要说什么，哽咽着喊了他一声。

韩沛正在电脑前，新闻早看过了。这个结果好像在所有人的预料内，可成定局那一刹，她还是受不了。

他声音温润，“你已经很棒了，中午我回去给你做豆角焖面吃。”

韩沛那么一说，秦书本来强忍的眼泪一下决了口。

她忍着没出声，抹去眼泪，努力去调整自己的呼吸。

现在她都有预感，她是离败不远了，而且损失惨重。

她虽然持有蔚明海美股那家公司不少股份，对蔚明海第一大股东的地位也造成了威胁。可哪知道在做空后，蔚明海竟然没有去积极救市，而是把全部心思都扑在了方氏上，打了她一个措手不及。

他那家公司一路狂跌，昨天跌停。

她彻底被套牢。

为了得到方氏，蔚明海是破釜沉舟了。

如果说她的做法是“丢卒保车”，那么蔚明海的招数就是“舍不得孩子套不住狼”。

比她狠。

现在，她就只有从 EF 下手，可也是困难重重。

秦书哑声道：“韩沛，我感觉我可能要败了。”

韩沛都没敢告诉她，蔚明海还有致命的一招在等着她。

他刚才得到了内部消息，大概 EF 集团很快就会官宣。

Chapter 85

千帆过尽处

那晚，秦书没睡好，下半夜了，她还来回翻身。

韩沛把她抱怀里，“别胡思乱想，你不睡也改变不了任何结果。”

秦书知道这个理，可就是眯着眼也睡不着。她说：“我总觉得蔚明海不会这么轻易地收手，还有招等着我。”

韩沛给她摁着眉心，没多说：“睡吧。”亲亲她的眼，“睡好了才好有精力对付蔚明海。”

“嗯。”

过了一会儿，秦书又出声：“有没有觉得我挺没用？”

韩沛拿自己的脸颊蹭蹭她的，“还不睡？”

“睡不着。”

“那跟我聊天。”

“好。”

韩沛说：“这个不能用‘有用’跟‘没用’概论，你不是一个人在跟蔚明海拼，还有做空机构，你能说你身后的那个做空机构没用？他们整个团队袭击了多少家美股的公司？哪次不是获利？”

秦书没吱声。

韩沛接着说：“只是谁都没料到蔚明海真的就放弃了救市。打个不恰当的比喻，在战场上，不怕厉害的对手，因为你拼一拼还有赢的希望。就怕碰到要跟你同归于尽的，点燃身上的一堆炸弹，你们再厉害也没用。”

“……”秦书亲亲他的唇，“我被安慰了不少。”

“那睡觉？”

“嗯。”

韩沛知道她一时肯定缓不过来，攥着她的手一起放在她小腹上，“睡吧。”

特别神奇，秦书感受着不时才会有的一点点胎动，很快平静下来，慢慢入睡。

翌日。

方慕和约她中午一起吃饭，同去的还有卜一。

“你哭什么！”方慕和拿纸巾给她擦眼泪，“该哭的是我才对，别抢了我的活。”

秦书又笑又哭，踢方慕和几脚，别过脸去。

看到方慕和跟卜一，就突然控制不住眼泪。

卜一递给她爱喝的柠檬汁，秦书摇头，现在什么胃口都没有。

“还来劲了啊，不许哭。”方慕和看她的眼睛肿着，就知道她昨晚肯定哭得不轻，心疼地伸手揉揉她的脑袋。

“你才多大？你要赢了蔚明海，那他那么多年的饭不就白吃了？”方慕和叹口气，“怪我，我光忙着应付蔚明海，忽略了你。要是我多关心着你点，就能发现你背地里准备做空的计划，怎么着我也会拦着你。”说着他斜睨了一眼卜一。

卜一心虚，低头玩手机。

他之前问过卜一，琪琪最近是不是挺老实的？卜一说是，就只买了 EF 的股份，其他没动作。

他就是太信卜一的话。

想想还来气，踹了卜一一脚，“等我忙完，看我怎么收拾你！”

卜一也不敢吱声。

方慕和又用湿毛巾给秦书擦了擦脸，“都做妈的人了，不能说哭就哭。”转移她的注意力，“跟我说说，你给自己的这次表现打几分？满分是十分。”

秦书做个深呼吸，平复了一下，“我自己给自己打分的话，十分。”她真的已经拼尽全力，没有一丝一毫的懈怠。

“那你还哭什么！”

“还是没帮到你。”

“帮了。”方慕和把水杯给她，“喝点水。”

他说：“要不是你分散了蔚明海的一部分注意力，我也没时间去融资，没时间去拜票。你看现在至少方氏还是我的。”

秦书闷闷道：“可马上就要到要约收购线了。”

“不是还没到？一天没到，方氏就是我的。金融市场明天会发生什么，谁知道？”

菜上来，方慕和把秦书喜欢的菜夹到她盘子里，“多吃点，你要不好好照顾自己，那不是让我操心？你看我现在哪还有时间？”

他这么一说，秦书赶紧拿起筷子吃起来。

公司里的事太多，方慕和吃过饭就要赶回公司。

饭店楼下，他嘱咐卜一把秦书送回家，叮嘱秦书：“好好休息，别多想，还没到最后一刻，谁知道谁赢？”

他轻轻抱抱秦书，“不许再自责。就算是亲闺女，结婚后也不见得会把自己的全部嫁妆拿来给父亲用，有你这个闺女我知足了。那么多生意人，大概没谁有我这样的福气，背地里还不知道有多眼红多羡慕我。”

秦书眼角又湿了，用力点点头。

到了方氏集团楼下，司机慢慢停下，提醒方慕和：“方总，那个好像是赵小姐的车。”

方慕和正在看邮件，听见司机的话猛地抬头，就是赵曼迪的车。

司机停下，方慕和直接把笔记本丢在一边，下车前，他还把衬衫整理了下。

赵曼迪在这等了快半小时，她下班就直接过来，结果方慕和的秘书说他跟卜一去吃饭了。她也没打电话过去催，就一直在楼下等。

“曼迪。”方慕和边走近，边叫了她一声。

赵曼迪看到他时怔了怔。她要没记错，他身上的那件衬衫还是她买的。赶紧回神，拿着包下车。

方慕和已经快一个月没看到她了。之前在海纳见过一面，她跟贺竞南接了方氏反并购的案子，那次他过去跟他们商讨细节。后来他不时出差，很多事都交给副总处理。

“怎么不给我打电话？”走近后，方慕和看着她说。

“我也刚到。”

“楼下热，去我办公室。”

赵曼迪摇头，“不用了，我还得回公司，今天找你不是为了公事。”

她从包里拿出一张银行卡给他，“先借你，一年后还，利息就按理财的给我。”

怕他不收，她说得很现实。

方慕和真就拿着了，“多少钱？”

“两千万多一点。”

她把房子卖了，还有这些年上班的存款，加起来也只有这么多。她没看他，视线瞥向一旁，“这点钱杯水车薪，可急用时也能顶一顶。”

她知道他已经把自己的私人财产全部拿来救市，现在身上应该没多少钱，还要各路通关系，没有钱寸步难行。

方慕和盯着她看了许久，“房子卖了是吗？”

这几个月他在小区门口等着，一次都没遇到过她，原来是把房子卖了。

赵曼迪没吱声，默认了。

房子前段时间才出手，之前父母一直不同意。这两个月她软磨硬泡，母亲还是不松口，说要实在想帮，就把家里的存款拿去，卖房子不可能。

可存款也就只有几百万。

后来父亲松了口，说她真想卖就卖吧，以后赚了钱再买房子。

父亲还偷偷跟她说，他退休后被返聘了，年薪可观，攒几年再给她付首付买一套，让她别愁。

方慕和捏着卡，看了又看。他现在再缺钱，也不缺这两千万。可是她借了，他就收下了。

他把卡装起来，伸手将她拽进怀里。

赵曼迪还没反应过来，方慕和就一把将她抱紧。现在他是没有一丁点多余的精力去谈情说爱，可他要是不趁这个机会抱住她，以后大概就没有机会了。

最近太累，累到不想说话，就想这么安静地抱抱她，暂时歇一歇。

赵曼迪并没有像前几次那样，他一碰她她就会反应激烈。今天她没推开他，知道他这几个月有多累，就任由他抱着。

被他勒得太疼，赵曼迪深呼口气，抬手环住他的腰。

就在这一瞬，她明显感觉方慕和整个身形一顿，然后把她抱得更紧。

方慕和低头在她肩膀上咬了一口，没舍得太用力，“我现在顾不上，等我不忙了，我好好去追你。”

他松开她，“马上我还有会。”又轻轻摩挲了下她的脸颊，“开车慢点。”

赵曼迪点点头，什么都没多说。宽慰鼓励的话，对于他们彼此都显多余。她尽力了，他也是。

经过这几个月的努力，就算最后蔚明海成为第一大股东，以现在的情形看，方慕和依旧会是第二大股东，比之前预期得要好一些。

直到赵曼迪的汽车拐上马路，方慕和才收回视线，又拿出那张卡，看了再看。

方慕和边进大楼边给母亲打电话，“喂，妈。”

母亲正躺在床上午休，连日来操劳，这段时间天天头疼。

“慕和，是不是公司又有什么事？”她的心一下子提到了嗓子眼。

“不是，妈，您现在就着手准备我婚礼的事情，不然到时候我怕来不及。您看现在都八月份了，离十二月也才三个多月。”

方母蒙了，“慕和，你？”她真怕儿子受了什么刺激。

“妈，我没事。我想跟曼迪结婚了，等十二月份就是她三十一岁生日，我想在她三十一岁前娶她，不然她感觉自己又老了一岁。”

方母诧异道：“你跟赵曼迪？你们俩不是几年前就分了吗？”

“嗯，我再把她追回来。”方慕和已经到了电梯前，“我先忙了。妈，这个事您一定要上心，我实在顾不上，一会儿就把曼迪喜欢的装修风格发给您。”

接下来的几天，竞争进入了最后的僵持阶段。

该来的还是来了，让秦书猝不及防。

Chapter 86

她哭得像个孩子

周五时，EF 官方宣布，EF 被国外某资产管理公司并购，蔚明海将辞去 EF 的董事局主席职务，只持有 EF 一定股份，不再参与 EF 的具体运营。

几乎差不多的时间，资本市场上又新兴了一家资本公司 GK，实际控股人姓左，左瑞的父亲。

而秦书发现，之前 EF 那些被蔚明海辞退的高管，全都在 GK 入职。

GK 公司很快宣布，将聘请蔚明海为 GK 的执行总裁。

其实国外的那家资产管理公司，估计幕后操控人也是蔚明海，只是所有并购程序都是合法的，找不出任何破绽。

蔚明海早在 EF 管理层出现问题，被逼得不得不开除他的团队人员时，就开始谋划另立新公司，这个计划只有他跟左瑞的父亲知道，连左瑞都瞒过了。

来了个漂亮的金蝉脱壳。

什么都没损失，相当于把 EF 改了个名，继续原班人马运营。

EF 在并购后股市低迷，一路下跌，秦书持有的股份又在锁定期，没法交易，可谓损失惨重。

“以为你会看在秦书漂亮的分上，手下留点情。”左瑞刚从楼下打包了两杯冰咖啡，递一杯给蔚明海。

蔚明海摆手，“我不喝这个。不喝都睡不着，喝了那得整夜睁着眼。”

左瑞把那杯搁一边，自己喝起来，“我可是听我爸说，你睡眠一向不错，看来这段时间你也千头万绪。”

蔚明海累了，靠在沙发里闭目养神。

左瑞接着刚才的话说：“这回秦书输得那叫一个惨。说真话，我一直以为你会心软，给她留几分余地。”

蔚明海反问：“你什么时候看我对对手心慈手软过？”

“话是这么说，可这回不是对手不一样么。你以前可从来没遇到过女人做对手，还是这么惊艳的女人。男人不是天生就会对女人有保护欲？”

“都到战场上了，你去跟敌人讲情分？想保护她？你不杀她她就杀你。”

蔚明海指指茶几上那个信封，“给你的。”

“给我？”左瑞放下咖啡杯，打开信封，是一张黑卡。

“嗯，这两个月的辛苦费，应该够你败一阵子了，也感谢你没有给我捅什么大娄子。”

“……你都知道我有时不靠谱，你还敢用我？”

“篓子谁没捅过？比起能力强的外人，你不会出卖我跟你爸。”

“这也不好说。”左瑞拿着黑卡敲敲手心，笑着，“要是韩沛对我好，说不定我连你跟我爸一起卖。”

“所以说韩沛不会看上你。”

“……蔚叔叔，咱还能不能好好开玩笑了？”左瑞收起卡，“我就不跟你客气了，等忙完我就回英国，把卡刷爆犒劳我自己。”

“你明天就可以回。”

“竞争都还没彻底结束，不需要我打杂了？”左瑞看着他。

“剩下的是我跟韩沛的事，你留下来也帮不上什么。”蔚明海睁开眼，示意她给他倒水。

左瑞拿杯子给他倒温水，不明所以，“你不是说韩沛不会掺和？”

“那是之前。”他跟秦书一对决，虽然损失没那么严重，可把底牌都亮了一半出来。

左瑞担心道：“韩沛既然知道了你一半的底牌，要是再跟你对峙，那你不是明显处在了弱势？”

蔚明海喝了几口水润润嗓子，“也还行，就是比较吃力，元气会大伤。”

他现在已经不想再跟谁商战，伤身费神，还丢了赚钱的机会。他想韩沛也不想两败俱伤，只是他不知道韩沛会怎么收尾。

太累了，想着想着，蔚明海就睡着了。

身心俱疲。

“蔚叔叔？”

没回应。

左瑞微微叹口气，去休息间给蔚明海拿了条毛毯盖上，他丝毫没反应。

她第一次见他疲惫不堪的样子，这么多年里从没有过。

要说秦书输了，其实她也算赢了。

左瑞拿着手机拍了张蔚明海睡着的照片，发给闺蜜，“你中意的男人累得竟然就这样睡着了。”

“累累也好，不然他哪知道我的肩膀是温暖的。我在收拾行李，马上飞过去把肩膀借给他靠靠。”

左瑞笑，“真的假的？”

怕打扰到蔚明海，她拿上蔚明海的手机，再把他座机的话筒放歪，出去找秘书。

“蔚总睡着了，先别去打扰他。”她把手机递给秘书。

“好。”

这时闺蜜直接开了视频，指指眼前的箱子，“看到没？这里头是包养费。”

“哟，你还玩上瘾了？”

她跟闺蜜边聊着，离开了蔚明海公司。

蔚明海也没睡多久，秘书接到重要电话后不敢拖延，还是敲响了他的门。

“蔚总，刚才韩沛的助理来电话，跟我预约您的时间。”

蔚明海清醒片刻，“韩沛的助理？”

“嗯。”

“他要约什么时候？”

“下午三点。”

韩沛的办公室，他正在跟秦书打电话。那条新闻一出来，他就一直跟她聊，怕她情绪不稳，结果她的状态比他预想得要好不少，还是给她做心理疏通，“你不是一开始就知道自己赢的希望渺茫？尽力就好。”

继而宽慰她：“看上去是蔚明海赢了，可他这几个月也被你折腾得不轻。你真以为他想放弃 EF？那也是迫不得已，他的损失比你少不了多少。”

秦书呼口气，“你不用安慰我，输了就是输了，没事的，我早就做好了心理准备。”

“换我跟他去对峙，也许是差不多的结果。这个不是安慰你。你真以为蔚明海在商场这么多年，是白混的？况且他还有左家这个靠山。”问她，“那你告诉我，你后不后悔当初选择跟他硬拼？”

秦书摇头，“我又不是不知道输的后果是什么，要是后悔，我当时就不这么干了。”跟蔚明海过招，学到了很多。更是体会到韩沛、爸妈，还有爷爷奶奶平时有多不易。

高处不胜寒，在那个职位，由不得自己任性。

这时助理敲门进来。

韩沛对秦书说：“晚上回家再说，我先忙了。你看看电视，不想看就去逛街。”

“嗯，没事。”秦书语气故作轻松地答应道。

助理汇报着，“韩总，蔚明海那边的时间已经约好了，三点。”

“好。”

他看了眼手表，已经 1 点多，马上就得过去。

助理担心道：“韩老爷子那边我们怎么交代？”

“爷爷会理解的，做生意不能墨守成规。”

他跟父亲聊了一个上午，显然父亲不支持他的决定。可有时一些生意并不能以暂时的得失，来判定它是不是值得。最后，父亲没支持也没再反对，说既然公司交给他，决定由他做，责任自然也就由他承担。

韩沛这么快就来找他商谈，意料之外又好像是情理之中。蔚明海亲自给他煮了茶。

“谢谢。”韩沛接过茶杯。

两人本来就惜字如金，也懒得拐弯抹角多说话。蔚明海似笑非笑，开门见山道：“韩总准备给我什么条件？”

韩沛双腿自然交叠，轻靠在沙发上，“我把万禾旗下的能源公司的部分股份，九折转给你。转给你那天起，万禾不再参与能源业务的运营，全部交给你的团队，我只参与年终分红。”

蔚明海一顿，若有所思地看了他半秒，“让我拿方氏的股权给你交换？”

韩沛淡笑，“不然？”

蔚明海也笑，“如果我没打算放弃方氏呢？”

韩沛的语气非常笃定，他说：“你不会。再耗下去谁都耗不起，这四个月时间，不仅方氏，包括你自己的公司，业务丢了多少？”

韩沛说的是事实，谁都耗不起。

生意人就是为了赚钱，谁也不想无止境地把精力跟金钱都耗在商战上面，见好就收才能保证利益。他跟方慕和都已经周旋了那么久，加上秦书，他现在筋疲力尽。韩沛就看准了他这点，才会这么笃定地来跟他谈判。

蔚明海说：“从看上方氏到现在，我基本忙活了快一年。韩总可能不知道，我不喜欢‘输’这个字。”

韩沛说：“蔚董没输，我也没赢。”

蔚明海笑了几声，“你这词用得好。”

韩沛找到了一个利益平衡点，他不至于损失太多，而蔚明海也能接受。

蔚明海给自己添了一杯茶，“能源业务一直都是万禾的几大核心业务之一，你怎么舍得放手？”

韩沛没隐瞒，“能源赚钱不假，你也知道，海外的业务都要跟各国政府和财团打交道，错综复杂，一般人很难胜任。我回国接手万禾的这几年就有些顾不上那边，虽然能源那边的整个团队水平都提升了，可业务的增长速度明显不如以前。”

就算现在有裴烨，可裴烨早晚要接手家里的公司，他得做长远打算。从蔚明海这几个月的那些决策看，他不仅对他家人好，对他身边人、他的团队人员都不错，就算开除了之前的属下，还又成立一个公司把他们又聚了起来。有他这样一个领导跟那样一个团队，能源公司交给他来运营，差不到哪儿去。

蔚明海说：“交给我也不见得能让业务增长。”

韩沛笑了笑，“蔚董您谦虚了。”

蔚明海半开玩笑道：“韩总就不怕我团队里的高管把你能源公司的业务私自拦下赚外快？”

韩沛：“谁要有这个本事把能源业务给拦下自己赚外快，我直接把他调到集团里重用。这样的人才不可多得。”

蔚明海笑，这么些年他也是这么做的。财散人聚，没利可图时，谁会跟你死心塌地？看透了，便成功了。

蔚明海也知道韩沛的此次谈判是带着诚意，也势在必得，要是他不合作，接下来还是对峙。

他问：“韩总打算给我能源公司多少股份？”

韩沛伸出三根手指，“再给你绝对的投票权。”

蔚明海举起茶杯，“合作愉快。”

30%的股份和绝对投票权换他所持方氏26%的股份，他不算太亏。

要不是实在耗不起，他肯定不会就这么痛快地答应股权置换。

跟韩沛通过电话后，秦书就把手机关了，一人待在书房，谁都不想见。她从下午坐到现在，三个小时过去，只盯着窗外发呆，也不知道自己在看什么。等她渴了时，才发现外头都黑了。

秦书换上运动装，拿了一瓶矿泉水出门。换上鞋，习惯性地让自己的拖鞋踩着韩沛的拖鞋。

八月初，晚上还是闷热。这几个月，每晚都会跟韩沛出来散步，现在走个几公里都不累。

她一路走去学校，路过很多熟悉的地方。

那个长椅，情人节时她坐上面，韩沛给她穿袜子；那个路边，韩沛每早在那里等她，给她送早饭，送鲜花；那一排饭店，她闻到了香味，想吃豆角焖面，韩沛便给她下厨做……

学校早就放了暑假，晚上在操场跑步的学生寥寥无几，周边居民过来锻炼的倒是不少。秦书双手抄兜，绕着跑道慢慢悠悠地走着。

第一次来操场散步，是陪韩沛，那时他们不熟悉，一丁点都不熟悉。怕她脚冷，他把他的风衣系在她腰间。

就是从那个时候起，什么都不一样了。

风吹过，一阵闷热。

走到弯道处，秦书记得那时她不愿跑步，赖在地上不肯跑，还装呼吸困难，韩沛给了她一个氧气瓶，最后竟背着她跑。

一幕幕，就跟刚发生的一样。

绕着操场走了三圈，有些累，秦书坐在草坪上休息，周围都是蚊子的嗡嗡声，她也没挨咬，手上脚上贴了防蚊贴，还戴了防蚊脚环手环，都是韩沛给她买的，就怕她被蚊子咬。

真把她当成小孩了。

秦书拧开水瓶喝了几口，一侧脸，不禁一怔，远处有个熟悉的身影朝她这边走来。

韩沛回家发现门口鞋柜里的运动鞋没了，就知道她来了操场。

她坐在那，无助自责得像个做错事的小孩。

“手里拿了什么？”韩沛走近，秦书问。

“水果。”韩沛在她对面盘腿而坐，打开塑料袋，用牙签叉了一块西瓜放到她嘴里，“饿不饿？”

秦书摇头，咽下西瓜，说：“还行。”为了不让他担心，她撒谎，“我在餐厅吃了点东西。”

韩沛没再说话，只喂水果给她吃。

吃了一些，秦书摇头，“不想吃了。”

她把手搭在他的手臂上，看着他，眼泪哗啦一下就往外掉，最后什么都没说。

韩沛亲去她的眼泪，把她的手托在自己手心，“之前不是就跟你说了，你摔下来我接着。”他承诺的就会兑现。

最开始，他也不愿她掺和进来。输了，不仅仅是亏钱，还要承受精神上的打击。后来她坚持，他也就支持了。

也庆幸自己支持了她，这几个月，他感受到了她设身处地理解他的那面。他没帮方慕和，她没有丝毫不开心。不像上次BD项目，她嘴上说着理解他，说每人的立场不同，可心里还是委屈。就算后来她从纽约回来给他惊喜，她也只是说服自己理解他。跟EF商战的起初，她其实也还想着他能帮帮方慕和。后来等她真正进入到商战里，她才深刻体会，有些决定不是随意做的。

就是那个时候她才感同身受地理解他，在其位要谋其职，没法随着自己的心性来。

在这场战争里，他更看到了她理智有魄力的一面。虽然有时生活里她还是会孩子气，可她心理上成熟了太多。

那天韩涔还跟他打电话，说了一大桶鸡汤。

“哥，你可别怪嫂子，钱亏了咱可以再赚，你不能鼠目寸光只盯着亏的钱看，你得多看看内在的一些东西。你看嫂子经过这次，是不是更有魅力更有女人味了？

“我跟你说啊，魅力可不是一蹴而就的，它需要沉淀。而这个沉淀的过程一点都不美丽，要经历挫折打击，甚至失败。嫂子正在做最好的自己，你该欣慰的。”

他第一次没反驳韩涔的这些鸡汤，甚至觉得还不错。如果说之前秦书让他着迷的是外在的东西多一些，那现在已经深入到内在。

韩沛收回思绪，拿着她的手亲了亲。

秦书歉意道：“这几个月，也害得你替我操心。”

韩沛淡笑着说：“不然要我做什么？不就是替你操心？”

覆在她耳边低声告诉她，事情圆满解决，以后他们万禾是方氏的第二大股东，且不参与方氏的经营管理。万禾的能源公司则交给蔚明海管理，万禾只参与分红。

最后谁都没输，谁也没赢。

秦书一直盯着他看，等回过神，她张张嘴，什么都说不出，紧紧抱着他的腰，趴在他怀里。

隐忍了一个下午，现在忍不住了，哭得像个孩子一样。

Chapter 87

婚 礼

海边，阳光，微风。

三个女人靠在躺椅上，吃着冰激凌，看着沙滩上的美女帅哥。

所有的烦恼都能暂抛脑后。

秦书把墨镜往上推了推，畏光，又赶紧戴好，问秋蓝："欸，你那个案子怎么样了？"

这个案子不是项目，是经济案件。

左瑞之前搅和她们，狠到直接把秋蓝跟尹一乔告上法庭，说她们做项目时违规操作，损害了她们家的公司的利益。

恰好那个项目跟左家北京分公司有关联。

秋蓝抱着椰子，悠哉道："我都交给律师了，相信律师会尽心尽力替我们分忧解愁的。"

说着，朝尹一乔扬了扬下巴，"是吧？"

两个女人哈哈笑出来。

秦书看看秋蓝再瞧瞧尹一乔，两人没有丝毫的担心。

她恍然，"你们俩不会找了蔚蓝做代理律师吧？"

"你猜。"秋蓝又笑，幸灾乐祸的表情。

这哪还用猜。

"你们这招够狠。她的叔叔找你们茬，你们直接让她去解决。"秦书舀了一勺冰激凌放嘴里，"蔚蓝当时什么表情？"

秋蓝回想了下那天的情景，到现在都觉得那叫一个爽，"蔚蓝当时的脸比调色板都精彩，估计想掐死我的心都有了。"

秦书好奇，"蔚蓝怎么会愿意接你们的案子？"

秋蓝说："大概蔚明海没让她参与到这次的事里头，她不知道这个案子是她小叔那边故意整我跟尹一乔的，当时是项目的客户方在我们的授意下直接找到她代理，委托人是我们的那个客户。"

正好这类案子又是蔚蓝擅长的，她就接了。

案子开庭前，客户带着她和尹一乔去跟蔚蓝见面。那一瞬，蔚蓝才明白了是怎么一回事。

蔚蓝在专业领域还是不错的，至少这几年她接的所有案件，零败诉。

她大概也萌生过不想代理的念头，可又没有合适的理由。而且她那么好强，绝不允许这个小案子砸了她的招牌，就算有一万个不愿意，也只好硬着头皮继续履行委托代理合同。

哑巴吃黄连。

“那这样看来，赢肯定没问题。”秦书用冰激凌盒子碰碰她的椰子，“祝贺。到时，律师代理费我来出。”

秋蓝不客气地说：“你不仅要出律师费，还得给我精神损失费。”

刚说完，手机震动。

她看向秦书，“你发了几块钱？”

尹一乔探头过来，“你也把她想得太大方了。”

秦书没吱声，边笑边吃冰激凌。

秋蓝狐疑地望着秦书，还是点开那个红包，0.01 元。

“……”她踹了一脚秦书的躺椅，“冰激凌还我！”

两人闹了好一会儿。

消停后，秦书问她：“你跟蔚蓝基本就算闹翻了，以后同学聚会还怎么见面？不尴尬？”

秋蓝则表示无所谓，“有什么尴尬的？以前就不和，早习惯了。”又吸了一口椰汁，说，“以后大概不会再聚，我回去就要谈恋爱，谁还有时间弄聚会？再说，就算我有时间组织，估计蔚蓝也不会去。”

尹一乔插话说：“不聊蔚蓝了，多扫兴。我跟琪琪现在是孕妇，得多听点美丽开心的事儿。”

秋蓝笑，“那就聊聊我这个秋阿姨有多性感多妖艳，以后做他们的干妈，那是他们的福气。”

秦书看着她，“你对性感是不是有什么误解？”

尹一乔继续打击道：“何止是对性感有误解，她现在还不知道妖艳是怎么一回事，以为化个浓妆就是妖艳，就是风情万种。”

两人笑。

秋蓝看傻子的表情睨了两人一眼，“我都不爱跟你们两个傻子一般见识，你没看到不管哪个男的路过，都会盯着这边看吗？”

尹一乔毫不留情地说：“人家那是看琪琪的，你看她这白花花的大长腿，女人都想多看两眼。”

“你们欺负人是吧。”秋蓝抱着椰子直接坐到秦书的躺椅前头，挡住了秦书，摆成一个优雅的姿势，“你看看有没有男人往这边看！”

两分钟过去，尹一乔忍不住笑出声来。

秋蓝感觉受到了暴击，竟然没人朝她看，“我的天！”然后说，“我这椰子汁一定是隐形药水，喝多了男人就看不到我了。”

“你脸皮真厚！”

“一边去！”

那天，直到太阳西下，星辰浮现，她们才一路嬉闹着往酒店走。

回到北京，距婚礼就剩三天。

秦书出去散了几天心，心态调整得不错。因为怀孕，婚礼的大小事宜她没操一点心，就只负责吃喝玩乐，不时闹闹韩沛。

晚上，秦书窝在韩沛怀里，韩沛正倚在床头看书。她不时拿手指挡着一行，韩沛腾出手来抓着她，不让她捣乱，结果秦书换另一只手挡。

“别胡闹。”

“不是我要闹你，是你家宝贝闹人，我现在完全不受自己控制，真的。”秦书笑着看他。

“等他生下来，我就开始揍。”

“你敢。”秦书问他，“婚礼后你准备休息几天？”

“十天。”

“太多了，不耽误你工作？”

“都安排得差不多了。”

韩沛看书看不下去，她老是添乱，他搁下书，开始亲她。

“就生一个，以后不生了。”他说。

“怀孕是我辛苦，你怎么不想要了？”秦书躺好，枕在枕头上，任他亲吻。

“影响夫妻生活。”

秦书坏笑，“那等你快四十了我们再生一个，到时你就心有余而力不足，就不会成天想着这个了。”

韩沛停下亲吻，看了她数秒，捏捏她的下巴，“嘴上越逞能，往往身体越受罪，等你生完孩子，之前的那些账一块算。”

秦书抱着他，“哎呀，我乐意。”笑着，主动亲他。

他亲着她的小腹，那里比前两周又鼓了一些。

“欸，你紧张吗？”秦书问。

“紧张什么？”

“婚礼。”

“不知道。”

也许。

婚礼那天，秦书才看到度假村的婚礼现场是什么样的。之前原本想去海边，奶奶说那样的话，可能达不到预期的效果，她便听奶奶的，正好怀孕犯懒，她觉得在北京也不错。

婚礼现场以奶白色和干枯玫瑰色为主色系，连地毯都是。舞台美轮美奂，演唱会也不过如此。

舞台旁是两架钢琴，有人正在弹琴。

曲子是她跟韩沛认识没多久，他在酒吧弹给她的那首。

用来装饰婚礼的鲜花，全部是一早从韩爷爷的花房里采摘来的，连今天的花捧都是爷爷亲自挑拣的玫瑰。

听韩涔说，爷爷家的花房里现在就只有绿叶，看不到一朵花。

今天婚礼的拍摄是表嫂，她一早就来了。

“来，现在先给你拍几张，不然一会儿哭花了妆就不好看了。”表嫂示意她往右边站站。

“奶奶设计的婚纱不错，一点都看不出你怀孕了。”嫂子很快便抓拍了几张，问她，“你肚子里的小家伙，取名字了没？”

秦书摇头，“不知道小名叫什么好，没找到好听的。有些名字不错，就是家里的亲戚的小孩也叫那个名。”

嫂子想了想，“那就叫小元子。”

“……这么随便？”

嫂子笑，“这样好养活。我家儿子叫小团子，你家儿子叫小元子，一听就是难兄难弟，不挺好？”

“聊什么？”表哥走过来。

嫂子笑说：“哦，说你家儿子帅。”

表哥瞅了自家媳妇一眼，“看你脸上的坏笑就知道没说什么好话。”

“……”

表哥拍拍嫂子的头，“赶紧去忙，别顾着瞎聊。”

又跟秦书说，“你自己还玩开了，去那边招呼下亲戚，人家来参加婚礼都看不到新娘在哪。”

“哦，我马上过去。”秦书刚走两步，韩涔迎面走来，手里拿着水杯，“嫂子你喝点温水。”

“你真不用把我当小孩。”秦书哭笑不得。

韩涔一本正经地答：“我今天的任务就是照顾好你。”

秦书问：“伴郎你认识吗？”

“化成灰我都认识。”

秦书忍着笑，“你跟他有过节？”

韩涔气鼓鼓地说：“那可不是一般地大！他就是裴烨，那个罚我抄法律条文的！我在我们公司内部网站找到了他的介绍，还有新闻活动的照片。刚才我一看到他就确定是他，等晚上忙完了，看我弄不死他。”

“……”秦书喝了两口水，“我得去找你哥了。”

说完赶紧去找韩沛，他正在入口那边跟朋友说话。他朋友带着老婆一起来的，就是那个美女财经记者。

介绍过后，美女记者上前挽着秦书，说：“上次跟你说过，等我拿了奖金分你一半。奖金这个月发了，哪天我们去逛街，把钱花光。”

秦书笑，“行，我们一人买条裙子。”

然后两人商量买什么款式什么颜色的裙子。

站在旁边的两个男人一脸无奈地相视一笑。

那边，蔚明海也过来了。

“蔚董。”韩沛淡笑着，上前一步跟蔚明海握手。

“恭喜。”

“谢谢。”

几个男人简单地打过招呼。

秦书跟美女记者面面相觑，她们商量买裙子的钱可是从蔚明海那里赚的，谁知道一夜之间就从对手变成了队友。

秦书浅笑，伸手，“蔚叔叔，谢谢您能参加我跟韩沛的婚礼。”

美女记者也笑笑，“蔚叔叔，您好！您是我和秦书的偶像，我们特别崇拜您，改天我跟秦书找您喝咖啡，向您请教一些金融方面的问题。”

称呼的变化，让蔚明海猝不及防。不管之前她们俩如何联手整 EF，现在她们主动给了台阶，他一个男人总不好不顺着下来。

她们都比蔚蓝小，他也算是长她们俩一辈。

蔚明海淡笑，“两位侄女抬爱了，随时欢迎。”

又有宾客过来，他们几人先去入座。

一阵忙过，韩沛问秦书累不累？

秦书摇头，“不累。”

兴奋得不行，哪还会累。

韩沛看了眼手表，“你去找爷爷奶奶，婚礼快开始了。”

“好。”

宾客都到得差不多，赵曼迪跟同事坐一桌。

方慕和原本是在新娘那边的主桌位置，他叮嘱卜一两句就来找赵曼迪。

海纳团队的工作人员都认识方慕和，他坐过来她们也没太好奇，刚刚帮他们方氏圆满完成了反并购案子，以为他是特意过来感谢的。

只有赵曼迪知道他又开始厚脸皮了。

打过招呼，方慕和紧靠着赵曼迪坐下。

舞台那边音乐响起，主持人开始讲话，大家的注意力都被吸引了过去，他在桌下攥紧赵曼迪的手。

赵曼迪下意识就想挣脱开，可他攥得太紧。

她倏地斜他一眼，他跟没事人一样，看似专注地望着舞台那边，嘴角却不由上扬。

秦书之前一直都是兴奋的，直到音乐响起，婚礼开始，父亲牵着她的手走向那条玫瑰色的长毯，她心里忽然一阵酸涩。

原来真的长大了，出嫁了。

大概是奶奶特意将这条地毯定做得特别长，距舞台那边有几十米的距离，这样爸爸就能多陪她走一段。

还是在她很小的时候，爸爸像这样紧紧地牵过她。她贪玩，不牵着就会乱跑。后来爸爸忙着工作，她由爷爷奶奶带着，她跟爸爸的感情生疏了不少。

可就在刚才爸爸抓着她的手的那一瞬，好像又回到了小时候。

她穿着奶奶亲手给她设计裁剪和缝制的婚纱，虽不名贵，可这件“王女奶奶”牌婚纱，在她心里价值连城。

这才走了一小段，她的眼泪就掉下来，赶紧轻轻擦去。

又走了几米，秦书这才发现爷爷站在前方不远处，白发苍苍，西装衬衫，还打了领结，戴着一副淡茶色的眼镜。

她还没反应过来，爸爸就把她的手交给爷爷。

就像小时候那样，爸爸每早把她送到爷爷家，爷爷从爸爸手里牵过她。

秦书再也忍不住，眼泪大串往下流，她也不管了。

爷爷侧脸看她，边走边给她擦擦眼泪，手很粗糙，布满了老茧。

她自己都控制不住眼泪，哭得稀里哗啦。

坐在主桌的奶奶，今天跟爷爷一样，也戴了茶色眼镜，就怕掉眼泪被人看见，后来发现戴了也白戴。

眼泪都流到脸颊上了。

颜彦赶紧帮她擦去，自己也看哭了。

奶奶的视线一直紧锁着红毯上的爷孙俩，她从不哭。就是秦书刚生出来，好几次医生下了病危通知，她都没哭。她知道哭救不了孩子，强撑着去面对。

没想到今天还是没忍住。

这条玫瑰色的地毯再长都嫌短，即便已经走得那么慢，可还是快走到韩沛那边。

韩沛看着向自己缓缓走来的爷孙俩，他暗暗做了个深呼吸，去迎接他生命里最重要的她。

爷爷抱抱秦书，“长大了，以后得听话。”

秦书一直点头，哽咽着说不出话。

爷爷把秦书的手放在韩沛手里，什么都没说，双手把他们俩的手用力握了握，一切便尽在不言中。

韩沛一手攥着秦书，另一手轻轻抱抱爷爷，“爷爷，您放心，我不会让琪琪受一点委屈。”

爷爷点点头，拍了拍他的肩膀。

不少宾客都悄悄擦眼泪。

韩沛低头亲去秦书脸上的眼泪，然后不约而同地，台下响起了祝福的掌声。

他牵着她，走向他给的幸福。

番外 / 1

小生命的降临

秦书怀孕八个半月时，就休假在家待产。

韩沛陪她的时间比之前多了不少，他工作的时间现在基本是朝九晚五，不过晚上等她睡着，他还要继续加班到深夜。

吃过晚饭，秦书弹了一会儿钢琴。

四五首曲子弹完，还不见韩沛从厨房出来。

也就只有两个碗几个盘子，怎么洗到现在？

“老公。”秦书喊他。

厨房里水流声哗啦哗啦，韩沛没听到。

秦书又喊了一声，还是无人应答，她起身去找他。

“你这是？”

秦书诧异地看着水池边的一溜儿奶瓶，随后笑了，“你买的？”

韩沛点头，今天下班时专程去了一趟母婴店，把该买的都买齐了，这会儿开始消毒工作。

“奶奶说，待产包什么的她都准备好了，你不用操心。”秦书倚在琉璃台边，拿了一个最小号的奶瓶放在手里把玩。

小巧精致，爱不释手。

韩沛刚才用热水全部煮过一遍，准备沥干后放消毒柜里，随时备用。

他说：“奶奶准备的是奶奶的心意，孩子是我们自己的，我们得有当父母的意识，不然怎么带好孩子？”

秦书点头，“嗯，长辈都溺爱孩子。你看我爷爷奶奶对我那就是没原则，我爸妈当初光顾着忙事业，有时我十天半个月都见不到他们一面。等到他们想管我的时候，发现力不从心了。”她的性格已经基本养成，想纠正，太难。

“你买这么点儿的奶瓶做什么？喝奶粉也不够啊。”

秦书看了下容量，30毫升。

韩沛促狭地看了一眼秦书，“那个是买给你的。”

“……”

秦书哭笑不得，“你买给我做什么？”

“等你住院躺在床上时，喝水方便。这么小一个瓶子，你握在手里，别人也不知道是奶瓶，喝完了我再给你添水。”

秦书左右看看小奶瓶，越看越觉得可爱，像个小梨子，圆鼓鼓的小肚子。

她说："产妇可以用吸管喝水。再说床又能调节，基本都是半躺着，自己喝水没问题的。"

"让你体会一下小时候。"他就是看着可爱才买来给她，哄哄她。

秦书现在已经没法从他身后抱着他的腰，她肚子太大，手臂够不着圈住他的腰。

她张开手臂，"抱抱。"

"等一下。"韩沛把所有奶瓶都收拾好放进消毒柜里，绕到她身后，把她整个人揽在怀里，亲亲她的脖子，"陪你去洗澡。"

"嗯。"

每晚洗澡时，秦书都会对着镜子看看自己有没有妊娠纹。之前尹一乔也没有，哪知后来几天里就长出不少。她现在每天都担心，万一肚皮花得像个西瓜，就算产后恢复，大概也没法全部消失。

"不用看，没有。"韩沛让她躺好，开始用精油给她按摩。

只要他不出差，每晚洗澡，他都会给她按摩一会儿。不光是肚子上，从头到脚，特别是小腿和脚，他都要轻揉按摩半个多小时，促进血液循环。

她怀孕八个半月，脚和小腿都不算浮肿。

秦书现在的生物钟就跟婴儿差不多，八点多就躺到床上了，不到九点就已经开始哈欠连篇。

孕期她不怎么能吃，但特别能睡。

这半年，韩沛已经把之前买的所有故事书都读完，有些经典的还读了好几遍，今天他又去书店买了一些来。

不知道是不是心有灵犀，每晚他读故事时，胎动就特别厉害，宝宝好像很兴奋的样子，东一拳西一脚。

每次这个时候都是秦书最享受的时候，肚皮不时鼓出一个小拳头，她用手指轻轻碰碰，小家伙好像还会回应，继续动。

读完故事，韩沛还会跟她一起数胎心。

秦书发觉，好像没有韩沛不懂的，而且他还极具耐心，甚至超过了她这个准妈妈。

数完胎心，韩沛忽然想起来有东西要给秦书，就去楼下包里拿来给她。

"什么？"

"不知道，方慕和出差给你买的。"

韩沛示意她自己打开来看。

秦书打开一看，是她小时候爱吃的东西。南方某小城的特产，基本都是现做现卖，市面上也没有卖，口感和味道极佳。每次方慕和出差路过那个小城，都会给她买一些。

现在不饿，秦书把东西放床头柜上，"你遇到他了？"

"他路过万禾，到我办公室坐了一会儿。"

韩沛跟她说完，看出她犯困，便坐到床尾，拍拍自己的腿。

秦书把脚伸到韩沛怀里，问道："你们俩有话题聊？"

“还行。问我当时怎么戒的烟，他刚戒了三天，难受得不行，快要坚持不下去。”

秦书忽地睁开眼，“方妈要戒烟？”

“嗯，赵曼迪说想要孩子。”

“曼迪姐不是说再过两年要孩子的吗？”

曼迪姐说她正处在事业上升期，一旦生孩子就得耽搁两年，看来是考虑到方慕和也不算小了，就打算早生。

韩沛继续给她揉着小腿，秦书侧躺着，很快入睡。

秦书深睡后，韩沛去书房接着工作。然后接到妈妈的电话，“韩沛，你最近在家？”

“嗯，这周不出差。”

“那你们收拾一下，到我们这边来住吧。你不在家时，我们方便照顾琪琪。现在八个半月还多，万一到时候孩子提前出生，她一个人在家不行。”

“嗯，她本来也打算这几天回别墅那边。”她说一个人在家闷得难受，去爷爷家还能到花房帮帮忙，修剪花花草草什么的。

真如母亲说的那样，孩子比预产期提前两周出生。

前一天早上他出差前，琪琪在房间跟他还撒了一会儿娇，什么都正常。哪知第二天上午妈妈给他打电话，说琪琪羊水破了，正往医院送，让他赶紧回来。

那个时候他正在香港，刚谈完事情。

三十多年来，那是他第一次后悔。

早知道就不来出差，他就怕等他回到北京时，孩子已经出生。那他就错过了他人生里特别重要的一个时刻。

在回程的航班上，他心急如焚，如坐针毡，可只能干着急。

到了北京，汽车一路疾驰赶去医院。可快到医院的那个路口堵车，韩沛吩咐司机把后备厢打开，他下车换上运动鞋，直接跑去医院。

西装革履配着运动鞋在人行道上狂跑，这是他最不修边幅的一次。

琪琪是顺产，疼了七八个小时，孩子还没有出来。他进产房时，她的宫口才开了快八指。

她疼得头发丝里都在冒汗，衣服全都湿透，像刚从水里捞出来一样。

领证那天听到她怀孕的消息，他只是眼眶湿了。这回看到她这样，他没忍住，眼泪直接就掉了下来。

宫缩来了时，秦书疼得掉眼泪，可咬牙强忍着没发出声。那一瞬，他感觉他用一辈子惯着她都不够。

他陪着，她又疼了快两小时，到后来她拼了全身所有的劲，孩子嘹亮的哭声终于传来，她整个人也基本虚脱了。

儿子高高的鼻梁，长得琪琪，也像他。

他握着琪琪的手，两人谁都没说话，笑了笑，各自流泪。

他们做爸爸妈妈了。

番外 / 2

父子俩日常

小元子快两岁时，说话咬字已经非常清楚，还能准确表达出自己的意思，爷爷说比他小时候那会儿强多了，他三岁时说话都有点口齿不清。

其实小元子一开始说话也咬着舌头说，感觉舌头捋不直，像自己惯着自己。

特别是每次从爷爷那边回来，小元子这种口齿不清的现象就会更加地严重，要纠正好久。

今天北京又下雪了，后天就是圣诞节，琪琪出差没在家，说会在明晚平安夜前赶回来陪他们。

“爸爸，饿，（七）饭。”小元子眼巴巴地望着韩沛。

韩沛在布置圣诞树，看了他几秒，“爸爸听不懂你说什么，冰箱有八宝饭，要不要热给你吃？”

小元子眨巴眨巴眼，想了想，也不知道八宝饭是什么吃的。两个小手指互相抠着，憋了很久才吐出那个正确读音：“爸爸，饿，吃饭。”那个“吃”还蛮费劲的。

韩沛指指客厅一角的挂钟，“还没到时间，现在才 5 点半，6 点再吃。”

小元子中午在爷爷家没好好吃饭，光顾着吃零食，说了也不听。

小元子看不懂时间，但还是假模假样地望了那边几眼。他潜意识里已经意识到好像错了，瞅瞅韩沛，撇撇嘴，“告诉妈妈。”

那意思，等妈妈回来要跟妈妈告状。

“小男子汉，什么事都要妈妈帮你，以后还怎么保护妈妈？”

韩沛把彩灯全部装饰好，从梯子上下来，蹲下来，揉揉小元子的脸，“明天妈妈就回来了，我们今晚得把这个圣诞树弄好。爸爸现在要去储藏室搬礼物过来，要不要帮我一起搬？”

一听是要给妈妈礼物，小元子使劲点头，小跑着跟在爸爸身后去储藏间。他没什么力气，只能帮忙拿最小最轻的礼物。

今年给琪琪准备的礼物比往年还要多一点，堆了小半个储藏室。韩沛把小的礼物盒，小元子能抱动的挑在一边，也不多，二十来个。

他指指那一堆，“这些都是你的，你得把这些盒子全部抱到圣诞树旁边。”

“好！”小元子兴奋地答应下来。

他一趟趟都是小跑着来回，精神头十足。可毕竟是小孩子，跑了十来趟就没那么多耐心，觉得不好玩了，速度渐渐慢下来，边走边玩。

后来还剩五个时，他不想拿了，磨磨唧唧地，半天走一步。

韩沛已经把礼物搬了一大半，小元子看着韩沛，“爸爸。”

“怎么了？”

“累，走不动。”眼神可怜兮兮的，跟秦书撒娇时的眼神如出一辙。

“累了就先歇歇，等不累了你再抱。”

小元子没想到是这个结果，扑闪着眼睛，不知所措。

纠结了半天，还是闷闷地继续把剩下那几个礼物给拿到圣诞树边。

不到6点，礼物全都搬过来了，能挂在圣诞树上的韩沛也全挂好了。

小元子无聊地坐在沙发上，不时晃着腿。他还不懂为什么要给妈妈这么多礼物，对圣诞节也不理解，只是小肚子已经开始“咕噜咕噜”了，张张嘴，后来又没敢说。

这时阿姨已经把晚饭端上了餐桌，喊小元子过去洗手。小元子两眼一亮，撒开腿就往那边跑。

阿姨抱起小元子，瞅了眼韩沛那边，看他正在收梯子，便往小元子嘴里塞了个小饼干，小声说：“宝贝饿了吧？”

小元子都来不及说话，赶紧拿手捂住嘴，怕被爸爸发现。

阿姨抱着小元子去洗手，背对着韩沛。

韩沛在家，她不好多说，也不能擅自给小元子吃的，只能趁韩沛不注意的时候给小元子解解馋。

她年龄大了，见不得孩子挨饿。

吃饭时，韩沛把小元子抱到特别定做的宝宝椅里，这样小元子正好能够到餐桌。

韩沛把勺子跟筷子一起递给小元子，小元子立马朝阿姨发去求救的眼神。他想让阿姨喂他，平时爸爸不在家，都是阿姨喂他。有时妈妈也会喂他。

只要爸爸在家，他就得自己吃饭。

韩沛当作什么都没看到，问他：“还要什么？爸爸给你去拿。”

小元子摇摇头，拿勺子舀米饭吃。决定了，今晚不吃菜了，这样就不用拿筷子了。

结果韩沛拿了个小盘子，把他要吃的分量专门挑出来，放到他面前，“这些菜是你的，要全部吃下，不然晚上饿了没其他东西吃。”

爸爸出差十多天，他一直都没自己吃饭，不管是在爷爷奶奶家还是在姥姥姥爷家，都有人喂他，筷子差不多都不会用了，夹菜时特别吃力，一根蔬菜要夹好半天。

韩沛没管小元子，但他自己也吃得特别慢，等着小元子，然后委婉地跟阿姨说：“阿姨，以后我不在家，你记得提醒琪琪，让她别喂孩子吃饭。这么大了，自己能吃饭了。”

其实是她喂孩子多。

阿姨连连应着，“好好。”

“孩子手上的肌肉需要锻炼，手跟大脑的灵活性和配合度也是要常锻炼的。孩子自己用筷子吃饭，比上些早教班都有用。”

“好，我记着了。”

小孩子的情绪来得快去得也快，刚才还满肚子委屈，这会儿用筷子比之前熟练多了，他一下子就有了成就感，夹了一小块菌菇给韩沛。

“爸爸。”小元子身体前倾，手慢慢移过去。

韩沛一怔。

只是还没到韩沛碗里，菌菇就掉在了餐桌上。

“谢谢。”韩沛夹起来直接放进了嘴里，伸手摸摸他的头。

小元子可高兴了，脸上堆满了笑，吃饭也认真起来。

吃过饭就是小元子玩耍的时间，他拉着韩沛去他的房间玩玩具。

韩沛对他比较严，可陪他玩的时候也是极具耐心。

玩了一会儿球，父子俩开始开立环跑车。小元子操控遥控器的灵敏度不行，韩沛盘腿坐地上，把小元子抱身前，手把手教他玩。

过弯道时，小元子兴奋地大喊大叫，还踢脚。

玩到快 8 点时，韩沛发现小元子不时用手揉眼睛，知道他玩困了。

“爸爸给你去洗澡，我们明天再玩。”

小元子点点头，从韩沛腿上爬起来，转身抱着韩沛的脖子，韩沛抱起他去浴室。

本来困得差点都睁不开眼了，可到了浴缸里，小元子顿时又玩兴大起，开始打水枪，对着浴室到处打。

玩了一会儿水枪，韩沛给他洗头发。

阿姨进来问要不要她帮忙。

“不用，我可以。”

阿姨不放心，“要不头发我来洗？耳朵可不能进了水。”

“没事，我会注意。”

小元子还比较配合，洗头发时，他主动用手指塞住耳朵。

以前韩沛也给小元子洗过头发，每次洗完自己累得一身汗。现在小元子大了点，比之前省不少劲。

洗过头发，韩沛用了两条毛巾把头发几乎擦得半干。

“爸爸，还要玩水。”小元子用渴望的眼神望着爸爸。

韩沛想了几秒，把浴缸的水调好水温，把他又放了进去。小元子坐在浴缸里使劲扑腾，用手猛拍水，边拍边咯咯咯笑出声，水花四溅，韩沛的家居服上、脸上都是。

“你慢点拍，别弄到自己耳朵里。”也没管自己的衣服已经湿透。

爸爸说的话小元子一句也没听进去，继续拍，直到小手臂拍酸了才停下来歇息。

看向爸爸时，发现爸爸脸上被他弄上了水，小元子扶着浴缸边缘想要站起来。

韩沛赶紧扶着他，“你要干什么？”

小元子伸手在韩沛的脸上轻轻抹抹，想擦去水。

韩沛浅浅一笑，“不碍事。”

也就两周没见到儿子，却发觉这十几天里，孩子的变化很大，仿佛在某一瞬长大了不少。

小元子玩累了，打了个哈欠，韩沛把他从浴缸抱出来，用浴巾包起来。

“爸爸。”

“嗯？”

“吃冰激凌。”

“嗯？”韩沛以为自己听错。

小元子的手指在韩沛的脖子里无意识地抠着，“冰激凌。”怕爸爸不让吃，赶紧说，“妈妈给吃。”

韩沛给他擦好，开始穿衣服，“妈妈？”

小元子认真地点头，“嗯。”

“妈妈晚上跟你一起吃冰激凌？”

“对呀，我（七）……”然后意识到说错了，立马改过来，“我吃。”

“吃”字说出来时，还是有点吃力。

小元子说：“我吃一勺，妈妈把一大盒都（七）光。”还用手比划了一下有多大。

韩沛无奈笑了。

大冬天的，她竟然吃冰激凌。

“吃冰激凌，小肚肚会疼。”韩沛说着，指了指小元子的肚子，“这里会疼，要打针的。”

衣服穿好了，小元子抱着爸爸的脖子，还是不死心，“爸爸，吃。”

后面三个字他不敢说。

韩沛把他抱起来，去卧室，故意曲解道：“要吃奶是吗？爸爸一会儿给你把奶粉兑好。”

小元子：“……”

爱如初

小元子用两手扒着爸爸的脖子，特别乖巧地趴在爸爸肩头，声音很小地说，“爸爸，要吃，吃一口。”

韩沛拍拍他的后背，“天太冷，等天热了再吃。”

小元子没吱声，嘟嘟嘴。

韩沛把小元子放床上，盖好被子，开始读故事书。故事书已经是第二遍读了，琪琪孕期时他把这些书都读了一遍。

刚读了两页，发现小元子把手脚都伸到了被子外面。

韩沛把他的小脚放进手心里捂捂，又放回被子里。没过几秒，小元子又把脚伸出来，“爸爸，我热。”

房间的暖气并不是很热，春秋的温度，盖被子正好，哪里热了？

小元子又道：“爸爸，热，吃冰激凌。”

“……”

韩沛笑了，“等夏天才能吃，这是冬天。眯上眼，明早爸爸给你榨果汁喝，比冰激凌的味道好。”

小元子知道吃冰激凌无望了，有果汁喝也行，伸出小手，“拉钩。”这一招是跟琪琪学的。

韩沛伸出手指勾了勾，说了句“睡吧”，继续给小元子读故事。

安静了几分钟，小元子很快就上下眼皮直打架，刚眯上没两秒又强撑着睁开，“爸爸，晚安。”

韩沛倾身，在他的额头上亲了下，“晚安。”

小元子实在太困，眯上眼就睡着了。

韩沛给小元子掖好被子，又亲了他一下才回到他们的大床，把床头灯调到最暗，给琪琪发信息：到机场没？

二十多分钟后秦书才打来电话，“老公。”就跟三天没吃饭一样，有气无力。

韩沛知道她这是在撒娇。

“在机场？”他听到周边很吵。

“嗯，刚到候机大厅。”秦书找个位置坐下来，“儿子呢？”

“刚睡。”

“给我看看他。”

“明早就能看到了。他睡着了，手机的亮光会刺到他的眼睛。”

“那好吧。”问韩沛，“想不想我？”

“我现在在床上，你说想不想？”

秦书笑，“脸皮厚。”

两人现在聊天的内容十句基本有六句是跟儿子有关。

这次也一样，聊了几句又说到小元子。

“今天跟你在家乖吗？”

“不错。”

“有没有找我？”

“有提到你。”

“你这词用得很微妙呀。”秦书问，“提到我什么了？”

“说你是个好妈妈，帮他把剩下的冰激凌都吃了。”

“……这孩子的记性一看就遗传了我，夏天的事儿他到现在都记得那么清。”秦书说着，呵呵了两声。

韩沛问她：“我不在家时你到底吃了多少冷的？”

“喂？喂？韩沛？听到我说话没？”

她又开始耍赖了，韩沛无奈叹气，“听到了，你说。”

“什么？你刚说什么？我这边信号不好。”

韩沛诈她，“我晚上陪小元子吃了盒冰激凌，就给他吃了一口。”

秦书脱口而出，“你找到我藏的冰激凌了？”她可是藏在最下面那层的最里面，他那个身高，一般不会使劲儿埋头往里瞅。

韩沛笑，“没，我自己买的。”

秦书反应过来了，“韩沛！”

“不是不许你吃，那么大一盒，你一次吃完，什么胃能受得了？”

秦书柔声道：“那我听话，你去给我买小盒装的那种好不好？”

“嗯。”韩沛应下来。

“你想不想我？”秦书问。

“刚不是问了一遍？”

“想听你说。”

“想。”韩沛的嗓音里带着那么一丝说不出的沙哑。

秦书得寸进尺，“那你多给我买几盒。”

“……”

“我就当你答应我了。”秦书赶紧转移话题，“北京下雪没？”

“下了，还挺大，明天就没雪了。”

“不聊了，我马上登机，晚安。”

时间还早，韩沛用手机开始处理邮件。

忙完已经快 12 点，隔壁的儿童床上，小元子不时翻个身，睡得有点不踏实。

韩沛知道小元子这样翻来覆去是有点憋尿了，走过去俯身在小元子的耳边轻声说："爸爸抱你去尿尿，听话。"

小元子在睡梦里，还"嗯"了一声。

韩沛抱着他时他特别配合，知道要紧紧地抓着爸爸的衣服。

尿过尿，小元子就睡得安稳了。

知道妈妈今天回来，小元子早早地就醒来了，侧脸看着大床上的爸爸，还睡着呢，"爸爸。"

条件反射般，韩沛应声，"爸爸在这，怎么了？"睡眼惺忪。

"接妈妈。"

韩沛看了下时间，才6点。

"再睡会儿，8点我们去机场。"

"不要，去等妈妈。"小元子用执拗的眼神望着韩沛。他也不知道8点是几点，反正现在就得去机场等着妈妈。

韩沛现在越发有耐心了，给小元子穿好衣服，就带着小元子去了洗手间，教他怎么洗漱。虽然基本都是韩沛来，可是小元子也懂洗漱是怎么一回事，自己拿毛巾擦脸时像模像样。

韩沛抱起他，递给他一个小梳子，"把头发梳梳。"

短短的头发哪用得着梳，所以小元子玩得特别开心，对着镜子一边玩一边梳，还咯咯地笑，自己梳过之后还要给韩沛梳。

韩沛任由他闹了几分钟。

他们在洗手间磨蹭了大半个小时，下楼时阿姨正在准备早饭，见了他们父子俩一愣，"今天这么早？"

"小元子睡不着了。"

"奶奶早。"

"宝贝早。"阿姨笑呵呵地跟他打招呼。

"我还想着7点钟再做饭也赶得上，那我现在就做。"

韩沛开始洗水果，说要榨果汁给小元子喝。

小元子乖巧地站在爸爸身边，还拿了个苹果递给爸爸。

阿姨拿出榨汁机，"你们出去，我来我来。"

韩沛坚持自己动手，"昨晚答应了要榨果汁给他喝。"

阿姨觉得无所谓，"谁弄不都一样。"一会儿能喝上果汁就行了。

"不一样。"从洗水果到切水果去皮去核，都是他自己弄的。

小元子不懂大人间的对话，反正他记得，今天早上的果汁是爸爸榨给他的，爸爸说话算话。

他们提前一个多小时就到了机场，小元子问韩沛："爸爸，妈妈到了没？"

"没，还要一个小时。"

“哦。”

小元子玩着玩具，过了还不到两分钟，又问爸爸：“爸爸，妈妈到了没？”

“没，我们还得等，妈妈的飞机现在已经落地了，快了。”

“哦。”

每隔几分钟小元子就问一遍，韩沛依旧不厌其烦地耐心回答。

一个小时后，秦书推着行李箱从海关出来，远远就看到了人群里的父子俩。小元子看到她了，兴奋地冲她招手，嘴里还喊着“妈妈。”

小元子迈着小短腿朝秦书跑去，跑到一半时一个急刹车，又折回去，“爸爸，花。”

韩沛看看手里的玫瑰，是要送给琪琪的，就一朵，昨天从爷爷家里顺手牵来，在花瓶养了一夜，早上开得正好。

结果这个小不点要拿。

韩沛逗他，“要怎么跟妈妈说？”

“爸爸给妈妈的。”

“嗯。”韩沛拿出纸巾把花枝上的小刺搓掉，递给他，“谢谢。”

秦书站在那里没动，她现在离韩沛也就四五米的距离，直到小元子拿到花转身，她才抬步，走了几步半蹲下来。

“妈妈。”小元子扑到秦书怀里，“妈妈，花。”特别强调道，“我带来给妈妈的。”

秦书笑，亲亲他，“谢谢宝贝，想不想妈妈？”

“想。”小脸在秦书脖子里一个劲地蹭着。

韩沛走到她另一边，接过她的行李。

秦书侧脸，两人有默契地吻了一下，等小元子抬头，他们已经分开。

今天虽然雪停了，风却很大，吹在脸上刺骨地疼。

出大厅前，韩沛把行李箱交给司机，从秦书那里接过小元子，“趴在爸爸怀里，不能抬头。”

“哦。”小元子很听话，把小手也放到爸爸的衣领里。

韩沛用风衣将小元子整个身体都裹在怀里，又转脸对秦书说：“把围巾围好，手放进我的口袋里。”

秦书听话地把手插进他的风衣口袋，边走边不忘逗小元子。

小元子很安稳地窝在爸爸的怀里，眼前都是黑的，闻着爸爸身上的味道，满满的全是安全感。忽然眼前出现一丝亮光，他眼睛咕噜一转，然后就看到了妈妈的双眼。

妈妈在弄斗鸡眼！

小元子咯咯地笑出来。

“琪琪！”

“干什么？”

“你好好走路行不行？”她整个身体都贴在他身上，横着走。

“我逗儿子玩玩。”

走出大厅，迎面一阵凛冽的北风吹来，让人瑟缩不止。秦书赶紧把风衣拢好给儿子挡风。

回到家，秦书傻眼了，小半个客厅都是礼物盒。

秦书给小元子带了圣诞礼物，阿姨抱着小元子去了楼上。

韩沛抱抱她，“圣诞快乐。”

“以后就别这么麻烦了，我都是孩子妈了，哪还用过圣诞节。”秦书的心里是感动的，他最近忙，还要花那么多精力去准备礼物。

韩沛牵着她去拆礼物，“这几年都没好好给你过圣诞节，今年补上。”

从孩子出生，他的精力被牵扯了一半，甚至还要多。去年想陪她好好过节，哪知圣诞节那几天的天气太冷，小元子发了高烧，后来转成小儿急性肺炎，在医院里折腾了十来天。

两个人都筋疲力尽的。

孩子发烧不舒服一直闹，谁也没心思去过什么圣诞节。

当时也准备了不少礼物，可都是让秘书买的，没什么意义。今年这些都是他自己挑的。每次去国外出差遇到好的东西就会买下来，一年下来买了不少。

当初婚礼上他承诺她，婚后的日子，她依旧可以做她的公主。可孩子出生后，他发现，不是他不愿去兑现，而是有时实际情况不允许。

有时明明准备好了过纪念日，可等到那天时，总会有突发情况。有时是孩子不舒服，有时会是双方的长辈身体不舒适，还有时，家里亲戚有什么事情。

结婚两年半了，他发现自己亏欠她的越来越多。每次总想着，下次好好补偿她。可到了下次时，又会被别的事情耽搁。

而她自从做了妈妈，变得比以前懂事多了，每次都会反过来宽慰他，说没事儿的，又不是小孩子了，过什么节日啊。

他不知道是不是每个女人结了婚有了孩子后，就会为了孩子变得隐忍和坚强，就算有了委屈，也不觉得那是委屈。

她仿佛一夜之间就长大了。

偶尔也会有孩子气的时候，可自己有个度。

秦书赤脚坐在地毯上，几乎被礼物墙包围。她认真地拆着礼物，每一件都很精致，没有多贵，却是她平常喜欢的。

秦书无意间侧脸瞅了韩沛一眼，见他一直盯着她看，“怎么了？”

“没什么。”韩沛揉揉她的头发。

她拆礼物，他就在一边帮她仔细地把包装纸叠好。

客厅循环播放着钢琴曲，柔情似水。

是琴谱第 26 页上的曲子。